# 中世歌壇と歌人伝の研究

井上宗雄

Inoue Muneo

笠間書院

# 初めに

本書は、平安時代末期・鎌倉時代初期に関わる幾つかの考察を別として、鎌倉時代中期から江戸ごく初頭に至る、私の関心を抱いた歌人の調査を第I部、同時期の歌壇の種々相の若干《いくばく》かについての考察を第II部とし、最後に第III部として、半世紀余り歌壇史研究という方法に関わって過して来た総括の文章を掲げるという形で構成してみた。なおそのあとに、前著『鎌倉時代歌人伝の研究』のまとめに「歌壇の概観」として承久〜弘安につき記したが、本書ではそのあとを受けて正応〜慶長初までの概観を試みて、まとめに代えた。

旧稿の内、第II部第一章は昭和期のものであるが、あと既発表の文章はここ十余年の拙文である（なお新稿はこの数年以内に書き置いたものである）。

表現・表記は出来るだけ統一するようには努めたが、敢て細かい所まで統一する運びに至らなかった。またもとの論文を原則的には大きく変えずに収めたので、重複記事の存することも、併せて御海容を請う次第である。

昭和以前は年号で、そのあとは西暦で表示するのを原則とした。申すまでもないが年齢はすべて数え年である。

なお引用した本文は、例えば、和歌の場合、『私家集大成』『新編国歌大観』など、学界で多く用いられているものに拠った（但し適宜よみ易く校訂した所がある）。

# 目　次

# 第II部　〔中世歌壇の種々相〕

# 第III部 〔歌壇史のこと〕

# 第Ⅰ部

〔歌人伝を中心に〕

# 第一章　中御門宗家

## はじめに

宗家は藤原頼宗流の貴族である。平安末期の歌人としては『千載集』以下の作者であり、また家集に『中御門大納言殿集』を持つ人として知られる。この家集は書陵部に零本（四十首と不完全な一首とを収める）があり、『私家集大成2』『新編国歌大観第七巻』に翻刻されているが、その時点では宗家の家集とは分らなかった。そののち冷泉家から上記を含む百四十首本が発見され、『中世私家集　二』（冷泉家時雨亭叢書）に収められ、宗家歌十一首が存し、その集であることが明らかになった。表題は定家筆、本文は俊成ら三筆に分れるが、鎌倉初期の写本と思われ、貴重な伝本である。その詳細は同書解題を参照されたい。（〔付記〕参照）

また宗家は楽の人で、とりわけ催馬楽藤家流を伝えた人物として注意され、なお権大納言となって平安末期の、変転する政界における廟堂を構成した一人でもある。以上の諸点を踏まえて、その生涯の軌跡を辿ってみたい。

まず父母両系の略系図を掲げておく。

頼宗（右大臣）―俊家（右大臣）―宗俊（権大納言）―宗忠（右大臣）―宗能（内大臣）┬宗家（権大納言）┬宗経（初名宗国）（左中将）―宗平（参議）…
　　　　　　　　　　　　　　　　　　　　　　　　　　　　　　　　　　　　　│　　　　　　　　　└女子（後白河院官女・参議高能室）
　　　　　　　　　　　　　　　　　　　　　　　　　　　　　　　　　　　　　└女子（季行室定能母）

顕季┬長実┬得子（美福門院）
　　│　　└女（宗家母）
　　├家保―家成―隆季
　　└顕輔┬清輔
　　　　　└重家

本稿は宗家の年譜を主として記し、これを中心として宗家の事跡・業績をまとめるという構成をとることとする。

## 年譜

記録類にみえる宗家の主要事跡を以下に記す。典拠とした記録類は次のような略号で記す。叙任は『公卿補任』に依った。

吉（『吉記』）　玉（『玉葉』）　山（『山槐記』）　兵（『兵範記』）　明（『明月記』）

**保延五年**（一一三九）　一歳

この年、生れる。父宗能は従三位権中納言、五十六歳。母は藤原長実女。初名信能。

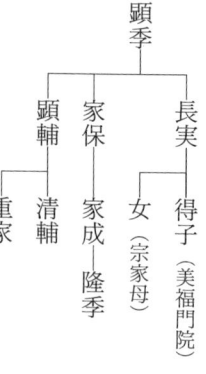

**永治元年**（一一四一）　三歳
四月二十日、祖父宗忠没。八十歳。十二月二十六日、叙従五位下（『公卿補任』に「御即位次」とあり。近衛天皇の即位による）。

**久安五年**（一一四九）　十一歳
二月十三日、叙従五位上（朝覲行幸、皇后宮御給。皇后は長実女得子）。六月六日、任侍従。

**仁平元年**（一一五一）　十三歳
正月六日、叙正五位下（父宗能卿平野大原野行幸行事賞追叙）。

**仁平二年**（一一五二）　十四歳
二月二十五日、鳥羽院五十賀試楽。隆季・重家らと共に信能笙を吹く。三月七日の五十賀にも同。二十五日石清水行幸、宝前に舞人。八月二十八日忠実、高陽院白河御堂にて院の五十賀。信能、隆季・重家らと笙を吹く（兵）。

**久寿二年**（一一五五）　十七歳
四月四日、任右権少将。十四日、美福門院八幡御幸雑事定、舞人に信能決る。十月二十六日、後白河即位、侍従成親・信能昇殿。十一月二十五日節会、御遊あり、信能笙を吹く（兵）。

**保元元年**（一一五六）　十八歳
正月二十七日、転左少将。三月十日石清水行幸に舞人（兵・山）。四月六日叙従四位下（院久安三年御給）。七月鳥羽院他界。保元の乱。十一月二十八日叙従四位上（皇嘉門院去年未給）。

**保元二年**（一一五七）　十九歳

正月二十四日兼尾張介。二月の春日祭、十一月の童女御覧、十二月二十二日右大臣基実慶賀などに参仕（兵）。

**保元三年**（一一五八）　二十歳

正月六日、叙正四位下（叔母美福門院当年御給）。十日、美福門院の白河押小路殿に朝覲行幸、御遊。信能付歌（『御遊抄』）。二十二日内宴。「家通卿記云、右《（ママ）》少将信能、同通家二人所作云々」（『御遊抄』）。二十七日、任左権中将。八月二条天皇践祚。

**平治元年**（一一五九）　二十一歳

二月二十一日、姝子内親王（鳥羽院と美福門院との子。のちの高松院。『分脈』によると宗家の姉妹が仕えて御匣殿別当）中宮となる。信能兼中宮権亮。御遊あり、付歌（『御遊抄』）。四月六日、補蔵人頭。十二月平治の乱。

**永暦元年**（一一六〇）　二十二歳

四月二日、任参議。十一月二十四日、美福門院葬送。宗能・信能参籠（信能は女院の甥）。

**応保元年**（一一六一）　二十三歳

正月二十三日、兼丹波権守。

このころ、家集（中御門大納言殿集）始まるか。冒頭の「二条院十首」は重家集にみえる二条院内裏百首（永暦二年七月。十題十首）と関係あるか（二条院の会は前年から始まる）。

**応保二年**（一一六二）　二十四歳

正月十日、「幸東三条宗家卿記内大臣《（宗能）》殿令取拍子給也」（『御遊抄』）。日記の存在が知られる。八月十七日、叙従三位（宗能坊官賞。宗能は二条天皇東宮時代に春宮大夫）。

**長寛元年**（一一六三）　二十五歳

正月二日、法住寺殿へ朝覲行幸、御遊。信能付歌（『御遊抄』）。

**長寛二年**（一一六四）　二十六歳

正月二十六日、法住寺殿へ朝覲行幸、御遊。「拍子参議宗家（マヽ）本名能信、宗家卿記云、下官拍子、予借大宮（隆季）相公笏云々」（『御遊抄』）。六月十五日、名を宗家と改める。閏十月十三日、叙正三位（去年石清水賀茂行幸行事。またこの日八十一歳の宗能内大臣を辞し、宗家の正三位を申す）。二十三日経宗任右大臣、御遊、笙宗家（『御遊抄』）。

この年、二月の祈穀奉幣の儀ほかに参（山）。

**永万元年**（一一六五）　二十七歳

正月二日、法住寺殿へ朝覲行幸、拍子宗家。「宗家卿記云、平調々子吹返、予可有万歳（楽脱歟）之由存之処、大宮（隆季）宰相先可有歌之由被申、不被知故実歟、依予命新中納言次万歳楽一反、次更衣二反、三台急数反云々」（『御遊抄』）。二十二日の除目に参、二十三日兼右中将、二十八日「宗家卿来、六波羅使」（山）。

『平安遺文』（第七巻。二六四一頁）に次の文書がある。

〇三三三五　内大臣宗能譲状案〇南部文書

中御門内大臣宗能公譲状案

譲渡

家地并資財書籍庄園等事

一小泉庄在越後国

一新屋庄在丹波国

他事略之

右件家地并資財日記書籍庄園等、任相伝之公験、併所譲渡宰相中将宗家也他事略之

長寛三年三月六日

○本文書稍疑フベシ。

この年、宗能は前内大臣、八十二歳。「疑」いについては未考。事実なら庄園等が知られて興味深い。また松蔭斉『日記の家』一一〇頁には、記録譲状として掲げられている。

六月二十五日、六条天皇践祚、参仕。七月五日、即位定、宗家、左即位擬侍従、二十七日即位に参。以上の外、元日の儀以下に参仕（山）。

七月二十八日二条院没。こののち『続詞花集』成る（清輔撰）。一首入集。次いで『今撰集』成る。「宮づかへ」の女に贈る歌一首入集（家集に何故か入らず）。

**仁安元年**（一一六六）　二十八歳

正月十三日（二とも）、兼越前権守。八月二十七日任権中納言。十月十日、憲仁立太子の儀に参（兵）。十一月三日兼実右大臣拝賀に扈従（兵・玉）、十二月二十二日東宮著袴の儀に参（玉）。

この年（四月以後、八月改元以前催行か）重家家歌合に加わる（二勝二持一負）。なお家集に、この歌合より少し前、左衛門督公光に忘れた櫛を返す折の歌がある。

この年、宗国（のち宗経）生れる（安元二年十一歳より逆算）。

『十訓抄』（第十）に、

宗家大納言とて神楽・催馬楽歌ひてやさしく神さびたる人おはしき。北の方は後白川院の女房右衛門佐と申しける。宗経の中将など生みなどして、後にかれがれに成りて遠ざかり給ひけるに、

　逢事のたえば命もたえなんとおもひしかどもあられける身を
と書きてやられければ、返事はなくて車を遣して迎へとりて年ごろに成りにけり

とある（以下、本文の引用は信頼すべきテキストに依り、表記は若干変える）。この歌は『月詣』五七四・『続古今』一三四七に高松院右衛門佐としてみえる。

この右衛門佐については久保田淳「高松院右衛門佐とその周辺」（『和歌文学新論』所収）に詳しい。教長の子三井寺長慶と顕良（俊成叔父）女との間に久安元年頃に生れ、高松院姝子内親王に仕え、永万元年頃には宗家と交渉があって宗国をもうけたと推測。なお『十訓抄』の話は歌徳説話として語られたもので、宗家と添いとげたと信ずるのは危険で、この後、禅智法印と交渉があり、元久元年頃まで生きたという。

『分脈』には宗国母をなぜ能定女と記しているのか、右衛門佐は北の方であったのか愛人であったのか、など分らないことも多いが、いま久保田説に依っておく。なお右衛門佐は『続詞花集』『新古今集』以下に入集、相当著名な歌人であった。なお高松院と宗家との縁は深い（平治元年参照）。

**仁安二年**（一一六七）　二十九歳

正月二十八日、法住寺殿朝覲行幸に参（兵）。『御遊抄』に「同（仁安 六条）二正四、法住寺殿　舞五曲　拍子資賢 上首宗家卿候座」（下略）とあるのは二十八日の行幸の折の御遊であろう。二月十一日、東宮、法住寺殿に行啓、内大臣平清盛太政大臣に、大納言藤原忠雅内大臣になる。忠雅大饗を行い、管絃があったが、『山槐記』によると、拍子は資賢。注記があって、この日、宗家は東宮行啓に参、前少弼師広は八幡に参り、「近年此三人之外無此人」とある。

三月十四日上皇の普賢講、十九日石清水臨時祭試楽、五月五日法勝寺三十講、二十二日および二十六日の最勝講などに参じている。二十三日には皇嘉門院が封戸を辞しているが、院司としてその儀に祇候している（兵）。

辞状等に署名、「依為院司上臈也」と『玉葉』にある。十月六日の同女院の懺法結願にも参（玉）。十月十五日忠通子道快（慈円）の白川房にての出家にも参じ（玉）、十一月六日兼実の男子（良通であろう）出生し、十二日の御湯の儀に参（玉）。二十七日摂政基房春日社参に供もし、十二月十日の基房閑院邸の移徙にも参じているが（兵）、『玉葉』に多くその名がみえ、摂関家の中ではやはり兼実と親しかった。

この年、以上の外、宮中の公事、院・東宮などの諸儀によく参じている（玉・山・兵。また十二月九日東宮読書始に参ずること、『資長卿記』にもみえ、多忙の様が窺われる）。

**仁安三年**（一一六八）　三十歳

正月一日、節会、二日、院拝礼、摂政基房臨時客などに参（玉・兵）。六日、東宮、法住寺殿へ行啓、御遊、大納言師長琵琶、権中納言宗家拍子調之新キ……」（兵・玉にも）。十日、法皇日吉参詣より帰るに供す。二月八日、宗家、兼実を訪う（玉）。十九日六条天皇、高倉天皇への譲位の儀に参（兵）。

三月四日、宗家ら兼実を訪れる。「中納言（宗家）云、御竃神度、上卿被催仰云々、又云、御渡日可有女官除目云々」（玉）。このの ち即位・除目・五節ほかの諸儀に年末まで多く参仕（玉・兵）。八月四日、法住寺殿に朝覲行幸（玉・兵）。御遊、「拍子源宰相資賢上首宗家卿候座」（『御遊抄』）。十日権中納言より中納言（正官）に転。

**嘉応元年**（一一六九）　三十一歳

六月十七日後白河院出家、五十日逆修を行う。宗家参仕（玉・兵）。二十五日仗座に候、以下、八月二十九日賀茂行幸に供奉ほか公事に参ずる記事あり（兵）。

家集の巻軸歌に「大納言さねふさ、むめのおろしえだこひにつかはしたりしに」と贈答歌がある。実房が大納言になったのは仁安三年八月で、梅についての贈答だから、これは嘉応元年以後の某年の春である（家集の官表記はおおむね現任の時のものである)。家集は一応編年によるようなので、この後まもない某年の成立とみてよい。

右の巻軸歌の前に「源氏一品経供養」として信解品と薬草喩品の二首があり、後者は『新勅撰集』六〇二に入集している。そして『隆信集』II九五一に「はゝの、紫式部がれうに一品経せられしに、だらに品をとりて、夢のうちもまもるちかひのしるしあらばながきねぶりをさませとぞおもふ」とあり、これが宗家の歌と同じ折のもので、更に澄憲の一品経表白も同じ折のものと考えられている(寺本直彦『源氏物語受容史論考』正・続編参照)。なお寺本氏は後藤丹治『中世国文学研究』の所説を受けて、この催しは隆信の母すなわち親忠女(美福門院加賀)の発起であるが、親忠女はのち俊成の妻となって八条院按察と定家とを生んでおり、按察が宗家の妻となった関係で、宗家も加わったのであろう、と推測している。

私見では、宗家の家集の成立は、その全体の構成から見て、既述のようにもっと早いようである(宗家と按察婚姻の治承二年より前。上記解題参照)。宗家は美福門院の甥であり、おそらく加賀と宗家は旧知で、その関係で加わったとみてよくはなかろうか。なお宗家の家集は、永暦~嘉応(下っても承安頃)までの、前半生を中心とした歌をまとめているようなので、源氏供養も仁安・嘉応(下っても承安)ごろの催行ではなかろうか。

**嘉応二年**(一一七〇)　三十二歳

正月二十一日、兼実を訪う。「言談之次云、昨日賭弓左右大将取奏之間頗有違……」と作法の相違を述べる(玉)。二月十一日、入道宗能没。八十六歳。宗家服解、四月二十八日復任。

**承安元年**(一一七一)　三十三歳

四月二十三日、改元定に参。以後、諸儀に参ずること多し。五月四日、兼実を訪う。忠通初めて執筆を勤める時の「故右府(宗能)記所被持来也、語云、今日依当番参法性寺云々」。十月六日、兼実を訪う。五節を献ずべく譴責され、領状したが「無計略、事甚多」由を語る。また「按察宗俊記者名尊林、故入道右府記ハ名愚林云々」とある。九日、昨日の上西門院の御堂供養の儀を兼実に注し送る。十一月十九日、五節を奉る（玉）。十二月二十四日、荷前の上卿（兵）。

**承安二年**（一一七二）　三十四歳

正月二日、摂政基房臨時客。宗家、邦綱・重家らと早く兼実を訪い、装束ほかを計る。七日白馬節会、十九日朝覲行幸、二十二日除目、二月十日立后節会、御遊に宗家拍子（玉）以下諸儀参仕記事多し。

三月二十九日、叙従二位（高祖父右大臣《(俊家)》永保二八幡加茂行幸行事賞）。四月十四日兼実にその喜びを述べている。「加級事殊被自愛、尤可然云々、数刻談話、入夜帰了」（玉）。兼実とは話が合ったのであろう。五月十日ほかにも来訪記事があり、八月二十一日の良通著袴にも参じている。また十月七日院参、十二月八日「関白嫡童着袴」に参じ、その儀のことを注し送り、二十八日摂政基房が関白に遷った折の拝賀の扈従など（玉）。

**承安三年**（一一七三）　三十五歳

正月一日院拝礼に参。五日、叙位。病いにより参内しえぬ兼実に、九日宗家そのことを注し送る。二月二日、兼実を訪う。「言談之次語云、去十六日節会内弁左大将、雨儀之間、毎事無其礼云々」（玉）。諸儀によく参じ、作法に明るかった。四月五日兼実を訪う。「数刻談雑事、臨晩被退帰了」。なお来訪記事がある（八月三日・十月二十三日）。七月五日神今食上卿（吉）。二十五日祈年奉穀祭、八幡使宗家。五月一日、石清水八幡宮に対する種々の課役を不可とする官宣旨を奉（『平安遺文』第七巻。二八二〇頁）。八月二十八日豊受宮神宝発遣（来月遷宮の為）、上卿（玉）。

**承安四年**（一一七四）　三十六歳

正月一日、院拝礼に参。三日兼実を訪う（玉）。十一月法住寺殿に朝覲行幸。「宗家卿記云、依可勤留主参閑院云々」（『御遊抄』）。二月二十三日蓮華心院供養に法皇臨む。宗家、兼実にその儀に違乱のあったことを語る。四月一日平座、上卿（玉）。年中行事的な儀に上卿となることが多く、有能といえるであろう。十二月二十一日皇嘉門院、新造の九条殿に移徙、宗家遅参（玉）。なお『吉記』二月九日以降にも公事参仕記事が多い。

**安元元年**（一一七五）　三十七歳

正月一日、院拝礼に参、元日節会、外弁上卿宗家。二十三日除目下名の上卿。三月九日清盛室時子、八条朱雀堂供養、法皇・建春門院・中宮臨む。宗家不参。「中御門中納言、花山院中納言已上疱瘡」（玉）。

七月四日、法皇御賀の童舞につき人々に仰すに辞退、宗家譴責されて領状（玉）、八月十七日十歳の子（おそらく宗国）童舞に加えられる（山）。九月十八日兼実に呼ばれて、父内大臣の神事についての間のことを問われる（玉）。なおこの年宗家諸方の儀に参（玉）。

**安元二年**（一一七六）　三十八歳

正月十一日、女叙位入眼、上卿（玉。この年諸儀への参仕多く、上卿のみ記す）。二十三日、法皇御賀の舞を見る。宗家息（宗国）陵王を舞う。「中納言宗家卿息年十一、装束天冠等、如胡飲酒、但糸鞋也、定能泰通等朝臣扶持之、其舞又以神妙、尤得其骨」（玉）。三十日除目入眼、清書上卿。二月十九日兼実を訪い数刻雑談、二十六日にも未剋に定能と訪れ「有催馬楽等、及晩各退出了」（玉）。

二月二十一日御賀試楽、小舎人宗国の舞は「優美」で、還入の折、勅喚に応じて定能・泰通扶持、勅禄を賜うたので父宗家が受け取って拝舞。泰通が扶持したのは一族だからという（玉）。定能は宗国の従兄だが、泰通は外祖母が顕季女、宗家外祖父が顕季女の兄弟長実で、なお中御門家と泰通の家（宗通系）と共に頼宗流という縁であろうか。三月四日法皇、法住寺殿にて五十賀。宗国の陵王は「其舞絶妙、勝于試楽日」(玉)。六日後宴、宗国また陵王を舞う。宗家御遊にて拍子。院司として宗家叙正二位(玉・『安元御賀記』)。父子にとって栄ある晴の日々であった。

三月十日、兼実の乙児(良経)著袴に参。二十五日宗家正二位の拝賀(玉、二十四日の条)。四月九日平野祭上卿(吉)。二十七日法皇叡山御幸に供奉(玉・吉)。七月十四日建春門院初七日に参(女院八日に没)。八月二日兼実を訪う。十二月三十日流人(義経)のことを議す。上卿となる(玉)。

**治承元年**(一一七七)　三十九歳

この年、公儀出仕(正月二十二日、四月十八日・五月二十日以下)、兼実を訪い(正月一日・五月十二日以下)などの記事がみえる(玉)。十二月十二日弓場始に射手となり(玉)、二十二日勅授帯剣。

**治承二年**(一一七八)　四十歳

正月二日、兼実を訪う(玉。この年も、四月八日・七月十六日・十二月六日ほか多し)。四日、法住寺殿に朝覲行幸、御遊、拍子宗家(玉・山・『御遊抄』)。八日御斎会、二十三日法住寺殿尊勝陀羅尼供養、二十八日除目入眼に参。この年も諸儀に出仕多し(玉・山)。

三月六日、服暇(玉。誰のか不明)。四月二十六日関白基房男師家元服に参(玉)。五月二十一日供花結願に参(山)。六月十七日中殿作文御会、御遊あり、拍子(玉・山・『御遊抄』・『古今著聞集』巻四)。十月九日兼実、春日祭使随身装束の調進を宗家に示す(「件人家争原憲、雖似無心」頼んだという興味深い記事がある)。二十八日宗家、随身装束を調えて送る。二十九日春日祭使良通発遣、宗家、兼実邸に参ず。十一月二日還立、参。十二月十六日言仁親王立太子第二日、関白・大臣不参。宗家上首(玉)。

この年、宗家、俊成女（八条院按察、二十五歳）と婚し、按察の同母弟定家（十七歳）を猶子とす。「故亜相《（宗家）》治承二年為婚姻之始、予可有猶子之儀之由、先人《（俊成）》被示付、後命云、如実子常可同宿、車文可相替者、予雖少年、頗有所思、便宜成猶子之儀、雖可憑申、改本家之人非所庶幾（下略）」（明、寛喜元年三月十三日）とある。俊成女はもとより正室であろう。宗国を生んだ右衛門佐が正室であったか、愛人であったかは不明だが、この年には既に別れていたのであろう。そして俊成は定家を、二十三歳年長の宗家の猶子としたのである。実子と同様に、と命じている俊成の意志は不明。定家より七歳上の成家が健在なので、定家の厚い庇護を俊成は宗家に期待したのか。

**治承三年**（一一七九）　四十一歳

正月三日、兼実を訪れて語る。昨日の朝覲行幸の御遊に拍子は資賢。宗家の子が行うべきであったのに不出仕であったと（玉）。この年もよく訪れている。五日宗国従五位下。十七日除目始、政始。上卿（玉・山）。この年も公儀参仕は多い。二月二十四日、兼実は一昨二十二日東宮百ケ日の儀の報知で、御遊の拍子が実国であったのを見て、宗家が行わなかったのは不審だが、実国が「以近臣推望」したのだ、実国は資賢の弟子だが「而其師云、甚未練也云々」（玉）。なお『御遊抄』には三月九日臨時の御遊に拍子宗家の由がみえる。四月三日定、上卿（玉・山）。十月九日任権大納言。二十四日兼実の車を借り、翌日拝賀。

**治承四年**（一一八〇）　四十二歳

正月七日、白馬節会に参。この年も公事に列すること多かった（玉・山・吉・明）。二十日、東宮魚味著袴。御遊。拍子宗家（玉）。二月高倉天皇、安徳天皇に譲位。四月一日小除目、七日賀茂社奉幣、十二日斎院御禊、十五日賀茂祭潔斎に上卿（玉・山。吉にも）。十九日即位を前にして摂政基通巡検、参、二十二日即位に参（玉・山・吉）。五月二十七日（宇治川の戦の翌日）、新院殿上定に参（玉・山）。六月八〜十三日福原に赴く（明）。

十月十四日摂政基通上表の儀に候し、その後、福原に赴く。二十一日兼実を訪い、「暫経廻新都」のことを語る（玉）。十一月十一・二十日福原にあり（吉）、二十六日還京に供奉（吉）。三十日新院にて東国乱逆のことを議す。参（山・吉・『古今著聞集』巻三）。

**養和元年**（一一八一）　四十三歳

正月一日、兵革により四方拝などは行われず。節会あり、参（玉）。この年も公事に参（玉・吉・明）。三日定家、中御門第を訪れ、女房（姉）に会う（明）。四日定能、兼実を訪い、宗家の治承元年の石清水賀茂社行幸（十月五・十四日のであろう）行事の賞を譲られたので三位を申請（玉）、五日の叙位で従三位となる（定能の母は宗能女。すなわち宗家の甥。『分脈』によると定能は宗能の子となる）。九日兼実訪う。この年もしばしば訪れる。閏二月六日公卿を院殿上に会し、頼朝以下の追討のことを議す。参。六月十五日小除目の上卿（玉）。

**寿永元年**（一一八二）　四十四歳

正月十八日故皇嘉門院仏事、別当であった宗家参（吉）。五月二十日「以使者訪静賢所労、自行云々、答無術之由、又訪中御門大納言、不知何病也」（玉）とあり、宗家病むか。八月十四日立后（亮子内親王を皇后とする）の後の御遊には拍子を参仕（玉）。

八月二十九日兼実を訪れる。「大将（良通）習始催馬楽伊勢海先三句、宰相中将定能卿同在此座、余有憚暫不指出、彼（後イ）対面後（亜相即イ）語談被帰了無引出物也」。九月三日には「大将習伊勢海残三句了」、十三日「教催馬楽於大将」、十二月七日「大将習催馬楽」（玉）と兼実家にて良通に催馬楽を教えている。

**寿永二年**（一一八三）　四十五歳

九月七日大嘗会官府請印、十一日例幣の上卿、十月二日閑院より大内に行幸、宗家遅参（玉）。

正月九日兼実を訪う。良通「問政之間作法」。二十三日「今日右大将密々向宗家卿第、為習催馬楽也、此事近代之礼、雖不必可然、知足院殿向経信第、聴琵琶、又故殿時々向中御門右府第給（中略）於家有其例為親昵之上、又非趁権勢之儀、仍所令行向也、帰出之間、大納言降立庭中、其子息大夫褰車簾、可輦車之由再三雖被示、大将不承引猶於門外乗之云々、翌日大納言被賀昨日大将向彼第之悦之由」（玉）。摂家の息が習いに訪れたことを宗家は光栄としている。

二十六日兼実を訪う。風病により会えず、良通邸に赴く。二月二十一日法住寺殿に朝覲行幸、御遊。拍子宗家（『御遊抄』）。四月三日定能と兼実を訪う。「大将習催馬楽庭生於亜相」（玉）。

四月二十日伊勢公卿勅使定の上卿、二十六日源通親公卿勅使として出発、その儀の上卿、五月十五日平親宗を佐保山陵に遣し、東大寺大仏像の焼亡を謝す儀に上卿、六月十八日仁王会定に上卿（吉）。

七月二十二日義仲の軍が京に迫り、院にて諸事を議した。参（玉・吉）。二十五日平家都落。二十六日法皇は平家に伴われるのを避けて既に叡山に登っていたか、兼実・宗家らも登山（玉）。八月後白河院の詔により後鳥羽天皇践祚。十一月朔旦冬至、百官賀表を奉る。「依重服不参人」の中に宗家（吉）。十二月七日兼実を訪う。「重服以後出仕之後、今日始被来也」（玉）。誰か（母か）の喪に服していた。

**元暦元年**（一一八四）　四十六歳

三月二十七日兼実を訪う。「大将家教催馬楽云々」、四月十三日にも「大（将）習催馬楽」、十一月二十九日兼実と談じ、「大将自院帰来之後、大納言被授催馬楽於大将高砂一段」（玉）とあり、なお時々兼実を訪うている。

七月二十八日後鳥羽即位に不参、「中御門大納言宗家重服」（山）。十二月十六日摂政基通の春日詣には供している（玉）。

**文治元年**（一一八五）　四十七歳

正月十八日除目始に参（吉）。三月十三日兼実を訪う。「大将習難波海」（玉）。四月二十一日公卿を院に会し神器還京の事を議す（三月二十四日平家亡）。参（玉）。八月二十八日東大寺大仏落慶供養に法皇臨み、宗家行事奉行（山）。十一月二十六日宗家、左兵衛佐宗国を初めて連れて兼実家に赴く（玉）。十二月二十七日頼朝の奏請による、議奏公卿十人の中に宗家の名がみえ、石見国を知行国として賜わった（玉・吉）。

**文治二年**（一一八六）　四十八歳

二月九日兼実を訪う。「大将習催馬楽、葛城」、三月二十七日「大将習催馬楽、余又謁之」、七月十九日「大将習催馬楽」（玉）。議奏公卿はいちおう治天の君に対して独立性を持って政を議するのが建前ではあった（なお美川圭『院政期の研究』参照）。

二月十一日春日祭のことにつき「今度為新儀問雅頼宗家等卿」。三月十二日兼実摂政となり、十六日の拝賀に扈従、十七日兼実は宗家に礼状を認めた。四月三十日宇佐和気使帰洛につき仗議、上卿。宇佐宮関係記事が六月七・十六、七月七日以下にみえる（玉）。

閏七月十六日に院殿上にて、義行（義経）叡山に隠れているとの情報あり、議するが、宗家病により不参。十六日八幡奉幣の事など宗家らに問う。十月二十九日良通任内大臣に伴う大饗に宗国と共に参、十一月二日の拝賀に左兵衛権佐宗国扈従。十一月二十九日「義顕《（義経）》追討奉幣也、上卿宗家卿」（玉）。十二月十五日除目入眼。内大臣不参、宗家上首（玉）。

**文治三年**（一一八七）　四十九歳

正月一日、兼実邸に賀（玉）。二月二十日頃、春日詣。三月四日院宣を左大臣経宗以下二十二人に下し、直言

を上らす。宗家も人数に入る。四月十三日法皇の病癒え、院にて勧賞の議あり、宗家参。十月三日宇佐造宮の下問につき返答（玉）。四月十三日以後、記録に名みえず、病むか。

十一月一日「内府《良通》為練習催馬楽并習唱歌、密々〈以人車懸下簾〉向宗家卿家〈件卿月来病悩、猶未復尋常、仍内々所向也〉習唱歌等了、及子刻帰来、件卿親昵之上、行而学者礼也、仍令向者也、今日習殿上其駒之一説了云々」（玉）。数ケ月病床にあり、その病をおして催馬楽、唱歌を教えた、というのだが、この「其駒」の曲は秘曲で、大納言能信が知っていたのを俊家が伝えてこの家に伝わり、宗忠・宗能に至った。宗家はかつて清盛に強要されて厳島内侍に伝えたが、曲に二説ある内、「劣る説」を、他に伝えないように起請を書かせて伝えた。「此曲は宗家卿、冷泉内府《良通》にも教へられたりけるとかや」（『古今著聞集』巻六）とある。晩年は病気がちで、命の長くないことを悟って伝えたのであろうか。

**文治四年**（一一八八）　五十歳

正月二十七日、兼実春日詣、左権少将宗国供す（玉）。

二月二十日良通没。兼実追悼の文を記し、中に「文章是得天骨ノ詩句多在人口、加之従宗家卿伝歌曲道之奥旨、不残繊芥、又就楽人宗賢、屢々習竜笛骨法稟体、漸欲達宮商之道、近日又学和語、所詠之歌纔雖不過両三、風情入幽玄……」（玉）。宗家参の記事なく、病床か。

四月、『千載集』奏覧（撰者俊成）。三首入集。

**文治五年**（一一八九）　五十一歳

正月一日兼実邸四方拝に参。十七日除目中日には参じたが所労の気味であったらしい。二月十四日良通周忌の法事を寂勝金剛院にて行い、参。二十四日祈年穀奉幣、上卿。三月十六日石清水臨時祭に参仕（玉）。

閏四月二十二日薨。「先出家云々」（『補任』）、「大納言宗家卿薨〈腹病云々〉」（『仲資王記』）。『明月記』天福元年二月十

日「宗家又長病臨終……」とあり、長く一進一退の「腹病」であったらしい。

この折、室（俊成女）出家か。

建仁三年二月十三日宗家室、定家の宅に住む。十二月十七日朱雀尼上（宗家室）没。五十歳。「本性甚廉直之人也」（明）。その所領のことなど『明月記』元久二年八月三日の条に見える。

建保元年九月九日の条に、後鳥羽院皇子一条宮が十三歳で薨じたが、これは故一条高能の妻であった宗家の女が養っていた（明）。

寛喜元年三月十三日夜、宗経（初名宗国。宗家男）の子宗平中将が定家を訪れた。「所縁十二年非無其好、故今中将（宗平）常為厳親（宗経）不快、雖無同心之体、又至于老後、互音信之人也、仍不可存疎簡由示之、宰相（為家）又甚深之知音云々」、すなわち定家は宗家の猶子となって宗家が死ぬまで十二年好《よし》みがあった、宗平は父宗経と不快だが、知らない仲ではないから、宗平を疎略にはしない、為家とも親しいから、というのであろうか。

宗国は既に述べた如く、安元二年御賀の折、陵王の舞は「神妙」「優美」「絶妙」と絶賛されたが、治承三年正月三日の朝覲行幸の折に拍子を行うべきなのに不出仕で、建久元年八月二十七日兼実邸で「宗国唱催馬楽、頗不堪事歟、如何」（玉）と貶され、それでも五年八月十一日中宮歌会・御遊や、六年十月七日今上第一皇女五十日御遊には「付歌」を勤めているが（玉）、七年（某日）時節外れの冬の直衣を着て参内し追出され、「遂失前途」ということであった（明、寛喜二年四月二十一日）。これは或は建久九年正月二日服装違えの失態（明、三日の条）であったかもしれない。ただ宗国はこの後も中将には昇進はしている。建仁三年正月二十九日頃、宗経と改名。少年時あれほど褒められたのに、性格言動に変った所があったのであろうか、公卿には至らずに終った。宗平の方はのち参議に進み、その子孫はいわゆる松木中御門家として存続した。

## まとめ（宗家の業績）

宗家という人物は、「神楽催馬楽歌ひて、やさしく神さびたる人おはしき」（『十訓抄』）と称せられている。温和優雅で、円熟老成した人柄というのであろう。

年譜によりその生涯の事跡を見て、特徴的なことを掲げてみよう。

まず政界人あるいは官僚としてだが、権中納言となってからしばしば上卿を勤めている。初見は仁安三年三月四日の御竃神渡の上卿であろうか。そして没する直前の文治五年二月二十四日祈年穀奉幣まで、記録に現れているものでも三十ケ度近くあるであろう。上卿はいうまでもなく、ある行事・公事の主宰者（実行委員長）なので、無能な人ではできない。但しその行事・公事にはさまざまな性格があって、宗家に特徴的なのは、神事（以下、年譜を参照されたい。その行われた年月のみを記す。承安三年七月、治承四年四月、寿永元年九月、同二年四月、文治二年四月ほか）、除目・叙位（安元二年正月、治承四年四月、養和元年六月ほか）等である。外の行事をも勿論行ったことがあるが（承安四年四月、安元元年正月、治承三年四月等）、平常それらの公事に勤仕していたから出来ることである。行事となったのも、上卿と同様の理由である（養和元年の条および文治元年八月参照）。式次第やその作法に通じていたらしく、それらの違乱・相違を指摘したり、人から作法などを問われたりしている（嘉応二年正月、承安四年二月、寿永二年正月、文治二年二月等）。宗家は曽祖父宗俊・祖父宗忠の日記を所蔵していた。「以便於朝儀」と『続本朝通鑑』にあるのは、『玉葉』承安元年五月四日、十月六日の記事などに基づいているのであろう。そして皇嘉門院院司別当などを勤めているのも（仁安二年三月・寿永元年正月等）、実務にも一応明るかったからであろう。

また廉直清貧の人であったらしい（治承二年の条参照）。

治承四年福原遷都の折には、半年間に少なくとも三度下向している。また文治元年十二月議奏公卿の中に入り、三年三月直言する公卿二十四人が選ばれた中にも入っているが、政治的な問題で他を大きくリードしたということはなかった。兼実をしばしば訪れて長話をしている。政治的な談もあったろうが、その顧問という程でもなかったであろう。兼実とはうまがあったのかもしれない。因みに、松園斉『日記の家』（六四頁）では、中御門流は、宗忠の段階では勧修寺流などと同じく摂関家の家司同様の扱いであったが、宗家段階では家司の扱いではなくなった。中御門流の「家」としての独立か、または摂関家の地盤沈下によるか、とする。

何といっても、その位置づけが高いのは、音楽関係についてである。若い時は石清水臨時祭などの舞人を勤め（仁平二年八月、久寿二年四月、保元元年三月等）、御遊などには笙を吹き（仁平二年二月・八月、久寿二年十一月、長寛二年閏十月等）、付歌し（保元三年正月、二月、長寛元年正月等）、長じては専ら拍子をとった（長寛二年正月以下寿永二年二月に至るまで多い）。仁安二年二月には、いま拍子は宗家・資賢・師広の三人だ、と謳われた。

催馬楽に関しては安元二年二月の記事が初見と思われるが、寿永元年八月以後、良通に教授する階梯が『玉葉』によって窺われる。催馬楽は父宗能からの伝えで、同時代の資賢の源家流に対して藤家流の代表者であった。

源博雅——至光——藤原頼宗——俊家——宗俊——宗忠——宗能┬—宗家┬—定能
　　　　　　　　　　　　　　　　　　　　　　　　　　　　└—師長　├—隆房
　　　　　　　　　　　　　　　　　　　　　　　　　　　　　　　　└—宗経——宗平……

「催馬楽師伝相承」によると、宗家は定能・隆房・宗経に伝えている。略系を示しておく。

なお『文机談』の中の「両家系図事」を参照されたい（岩佐美代子『校註文机談』七一頁以下）。

『続本朝通鑑』に「通音律、伝得神楽催馬楽」とあるように宗家にとって音楽が最も重要なのだが、私自身不案内の分野なので、あと管見に入った系譜類を掲げておく。

（神楽系図）……右大臣頼宗―右大臣俊家―大納言宗俊―右大臣宗忠―内大臣宗能―大納言宗家……

（鳳笙師伝相承）昭宣公……堀河右大臣―大宮右大臣―按察大納言―中御門右大臣―中御門内大臣―中御門大納言宗家

（秦箏相承血脈）自堀河右大臣頼宗公至中御門大納言宗家卿子孫次第相伝、但至宗家卿又受利秋……右大臣俊家―権大納言宗俊―右大臣宗忠―内大臣宗能―権大納言宗家 母権中納言長実女

（大家笛血脈）……昭宣公……時光―時元
源義光
堀河右大臣―大宮右大臣―按察大納言―中御門右大臣―中御門内大臣―中御門大納言宗家

次に和歌について略述する。『続詞花』一首、『今撰』一首、『千載』三首（以上生前）、『新勅撰』三首、『続後

撰』『玉葉』に各一首入集。『千載』『新勅撰』三首などは縁故の匂いがある。上記撰集入集歌八首（『千載』六九七と『新勅撰』六六四は重出。また『今撰』歌を除く）と重家家歌合の五首とは家集（中御門大納言殿集）にあり、宗家の和歌事蹟は他の歌集類や記録にみえず、ほぼその家集によってのみ知られるのである。

歌合にはただ一度だけ招かれて加わったことがある。永万二年重家家歌合だが、重家とは若い時から親しかったらしい（仁平二年二月・八月）。二条院の会でも同座していたらしい（宗家・重家の家集）。そういう縁で招かれたのであろう。その歌合での三首を挙げてみよう（判者は顕広俊成）。

春はただ花さくよもの山ごとに心をさへももらしつるかな（花三番、左負）

この歌について「歌さまをかしく侍るを、花により四方の山に心をちらすこと、近き代の歌ども詠み給へし心地する」と評する。

夕づく夜いるさの山の木がくれにほのかにもなく時鳥かな（時鳥三番、左勝）

には「姿ことばいとをかしくこそ見えはんべれ」とある（千載・一六三入集歌）。

久方の天津み空や春ならん花ちるとのみ見ゆる白雪（雪三番、左持）

には「雲のあなたは春にやあるらむといへる歌、思ひ出でられてをかしく侍る、これは春ならむといへる言葉のいひおほせられぬやうに聞ゆるにや」として、しかし右歌にも科があって持となっている。

宗家の歌には、上記歌合の判詞に指摘されているような、姿も言葉も平明で滞りないもの、古歌や同時代歌から着想をえているもの、表現に工夫の足りぬものなどが往々にみられる。

小萩原朝露すがる花ざかり夕まぐれにも劣らざりけり（家集）

など、すらりとした歌を含め、伝統的な発想の歌が中心で、良くも悪しくも当代の平均的な歌風であり、歌壇的にとりわけ注目される存在ではなかった。ただ重家家歌合より少し前に自邸で歌合を催しており（家集に「私密〳〵哥合」と詞書がある）、家集の中心を為す永暦〜嘉応・承安頃が和歌に熱を入れた時期であったのだろう。

家に伝わる業に通達しつつ官僚・政界人としての仕事も怠りなく、同時に（終生というほどではなくても）傍ら和歌に関わりを持つ、といったタイプの歌人がこの時期には多かったのではあるまいか。宗家の生涯を辿って、そんな印象を受けるのである。

［付記］

冷泉家時雨亭文庫本の表紙中央のうちつけ書きは、定家がはじめ「中御門大納言集」と記したらしく、のち「集」の上に「殿」と重ね書きして「中御門大納言殿集」としたらしい。同様のケースは、天理図書館本、定家自筆『明月記』治承四年六月四日の条に「付中御門亜相之便」の「之」の上に「殿」を重ね書きし、同十四日・七月二十一日、「大納言」にも「殿」を書き加えている（辻彦三郎『藤原定家明月記の研究』九八頁）。猶子であった定家が敬称を付したのである。なお家集はおそらくは編年的な構成と思われるが（嘉応元年の条参照）、所々に合点の如きものがあり、今後の検討が望まれる集である。

# 第二章　歌僧慶融

藤原為家の子で、歌人として地味ながら注意すべき仕事をし、また平安・鎌倉初期の文学作品の書写にも業績を挙げている法眼慶融の輪郭を記しておきたい。

## 1

慶融の生没年は不明である。嘉元元年（一三〇三）四月に生存していることは「定為法印申文」によって確かで、死去はその後である。

その活動事跡を見ると、弘長三年（一二六三）住吉・玉津島歌合、文永二年（一二六五）続古今集の成立、という二つの和歌事跡に名がみえず、文永七年（一二七〇）の『為氏卿記』にみえる「法眼」が慶融であるとしたら、これが最初の記録である。

弘長三年・文永二年に和歌事跡がないのは、若年（和歌未熟）か、特に前者に関しては京を離れて修行していたか、と想察される。若年ということであったら、弘長三年二十歳前後で、文永二年は二十二歳前後。ただ七年に法眼とあるから、その年は三十歳位と考えられなくもない。

弘長三年を二十歳（文永二年二十二歳）とすれば寛元二年（一二四四）の生れ、文永七年を三十歳とすれば仁治二年（一二四一）生れとなる。(1)

井上は文永二年を二十歳と仮定し、寛元四年（一二四六）頃の生れかと年譜で記し、暫くしてやや前にした方が適当か、と思ったが、佐藤恒雄氏は嘉禎二年（一二三六）～仁治二年（一二四一）頃の生れとし、仮にとして嘉禎三年生れとして年譜を立てた。私もそれについてさしたる異見はないのだが、やや後でもよいか、と考え、一応中間をとって仁治二年（一二四一。定家の没年である）としておきたい。何れにしろ嘉禎二年前後から寛元二、三年頃（一二三六～一二四五）の出生としてほぼ間違いないであろう。

母は誰であろうか。

系図類には母の名はなく、不明という外はないが、佐藤氏は上記の資料で、為家室宇都宮頼綱女の長男は為氏、二男為定（源承）、三男為教、長女大納言典侍為子を挙げ、後二者について典拠として『明月記』を挙げている。その次に慶融を掲げ、「頼綱女の四男（末子）として……仮に嘉禎三年（一二三七）生まれとすると、父為家は権中納言従二位40歳、母は35歳。……」としている。おそらく生涯にわたって為氏・源承らをはじめとして宗家（いわゆる二条家）と親しくしていた点からの推定であろう。(2)

『源承和歌口伝』（永仁頃成立という）の筆致も慶融にそう悪意がなく、『続拾遺集』（為氏撰）の撰集に協力し、為氏の猶子ともなっていたらしいことなど、佐藤氏の推定に賛意を表するのに吝かではないが、一方、源承と仲の悪かった為相と親しく、また京極派系と思われる『伝伏見院宸筆判詞歌合』の作者に加わるなど（後述）、為氏・源承らの同母兄弟としては若干違和感のある点もあり、まずは母が頼綱女であるということに九割以上の可能性を認めて、十割の断定は避けておきたい。

## 2

世をのがれて後、那智にまうでて侍りけるに、そのかみ千日の山ごもりし侍りけることを思ひて滝のもとにかきつけ侍りける　　法眼慶融

三とせへし滝のしら糸いかなれば思ふすぢなく袖ぬらすらん　　（新千載集・雑下・二〇三〇）

いつの頃か不明だが、かなり若い頃に熊野に籠って、千日の修行をしたようである。

それではどの寺に属していたのだろうか。『尊卑分脈』は「仁」としながら、異本には「寺」ともある。続類従本や彰考館本の系譜類には「仁」とある。仁和寺と関係深い『閑月集』に、兄源承の三首入集より多い四首入集していることを見ると、仁和寺の僧の可能性が高いと思われる（但し新三井集にも一首入集している）。

弘長三年御子左一門を中心に催された住吉・玉津島歌合（為家勧進、作者に為氏・為教・源承・為顕ら）に名が見えないのは、若年未熟か修行中で在京しなかったか、などの理由が考えられる。文永二年成立の『続古今集』にも入集していない。尤もこれには源承（四十二歳）も入っていない。慶融は未熟と目されたのかもしれないが、為家が撰集のあり方に不満を抱き、子弟を強く推薦しなかった、というようなことがあったからかもしれない。

文永七年十〜十二月『為氏卿記』（時雨亭叢書『古記録集』所収）に「法眼」が六ケ所みえる。佐藤氏は文永十年七月為氏宛融覚書状にみえる「法眼」を慶融と見て、『為氏卿記』の法眼も慶融で、為氏のもとにあり、行を共にしたか、と推測する。おそらく慶融であろう。三十歳ほどである。

慶融は『尊卑分脈』に、為家の子であると共に為氏の子としても掲げられており、為氏は二十歳ほども下の末

弟を愛して猶子にしていた可能性もある。『為氏卿記』中に近親としては為教・阿仏尼の名もみえるが、頻出するのは子息の武衛為世と少将為雄で、その外には、例えば「十二月廿七日、参嵯峨《（為家）》、兵衛督・法眼・亀同車・晩頭帰」などとある人々で、おそらく「法眼」は慶融、「亀」は為実（七歳。為氏男）ではないか（父為氏の幼名は鶴若）、と推測される。

八年催行と思われる法印覚源勧進日吉社七首歌合（佐藤氏による。覚源は為家弟。『華頂要略』によると文永七年十二月には法印）に慶融も加わる（閑月集・一二九。なお同集・四五七、八ほか）。この歌合には融覚・為氏・為教・源承・為世・為教女ら一門が加わり、慶融の確実なる和歌事跡の初見であると共に、一門の歌人としても認められていたことが確認される。

　ほととぎすさつきまつまのねをそへてものおもふやどのねざめにぞきく

（閑月集・一二九、新続古今集・二四七）

九年八月十五夜、為家の嵯峨邸にて月百首続歌に加わる（新三井集・二五〇、明題部類抄）。

十一年二月北辺持明院の為家家三首にも（明題部類抄）、「前大納言為家家三首歌に　関路春月を」として慶融の歌がある（閑月集・九三）。これより少し前（八年後半？）阿仏尼は持明院の北林《（辺カ）》に移り、嵯峨から和歌文書を運ぶ（源承和歌口伝）。為家は、佐藤恒雄『藤原為家全歌集』によると、十一年三月以後詠歌なく、老病に沈んだと思われる。『源承和歌口伝』（訓説思ひ思ひなる事）に、「其比、北林へまかりて侍しかば」とあるのは、おそらく病床に臥すことの多かった文永末年頃であろう。源承が北林に赴くと、

　さてしづかに《（為家が）》経よみて聞かせよ、と侍りしかば、とどまりて侍りし夜、阿房は一条殿へ参るとていでぬ。妹の美のは為相に付きてみえず。いふかひなき青侍二人の外は病をかへりみる者なし。慶融を尋ね侍りしか

ば、何事にやらん腹立ちて廿日ばかりみえ来たらずとぞ侍りし。暁に経よみ果てたりしかば、煎物すすむる者もなくて、いかにてき（ママ）なしや、とぞ申し侍りし。阿房朝に帰り来たる、其程の振舞心にたがふ事多かりき。

とある。慶融もしばしば病床に侍したが、時に阿仏らと衝突することがあったらしい。

建治元年（一二七五）五月一日為家没。七十八歳。

前大納言為家におくれてのち、懐旧の歌とてよみ侍りけるに　法眼慶融

たらちねのさらぬ別れの涙より見し世忘れずぬるる袖かな　（新後撰集・雑下・一五六三）

我が身いかにするがの山のうつつにも夢にもいまはとふ人のなき　（同・一五六四）

これは寂蓮法師が歌とて、僧正道誉夢に見え侍りけるとなむ

さて、左注の付された「我が身いかに」の歌は藤原信実の『今物語』に存している。「少輔入道（寂蓮）と聞えし歌よみの」歌三首を挿話と共に載せ、四首目に、

この人失せて後、宇治なる僧の夢に、ありしより事のほかにほけたるさまにて、

我が身いかにするがの山のうつつにも夢にも今はとふ人のなき

とながめてける、いとあはれなり。この歌のさま、うつつにその人の好まれし姿なるこそまことにあはれに侍りけれ。

とある。三木紀人『今物語全訳注』によると、『今物語』は延応元年（一二三九）から翌仁治元年頃の成立とされているので、『新後撰集』より六十余年前の成立である。『今物語』には「宇治なる僧の夢」とあって、「道誉」とはない。三木氏によると、道誉は藤原兼房の子で、三井寺の僧、定家と若干の交渉があった。但し道誉と宇治との

関りは不明という。更に三木氏は『雲玉抄』に載る、この歌にまつわる話を引いている。寂蓮の死後、後鳥羽院の夢に入って来て、この歌を詠んだので、院が定家にこの歌の出典を聞くと、定家はどの集にもないが、「寂蓮此世にながらへたらば、彼歌口とこそ存ずれど、一世の歌は皆承りぬ」と言って外は申さなかった、という（雲玉抄・四六七）。

この歌を撰者が『新後撰集』に採った経緯は知り難い。慶融の哀傷歌（たらちねの）と、何かの事情でセットになっていたのだろうか。しかし左注が付されているのは不思議である。慶融生前中のことと推測されるので、いよいよ不明確である（奏覧後、『今物語』系の伝称に気がついて左注を付したのか？）。因みに、『今物語』の作者藤原信実は為家の従兄であり、寂蓮も定家の従兄である。しかしこういう係累関係が左右した結果とも思われない。

全くの憶測だが、ただ一つ合理的に解決できるのは、『新後撰集』一五六三と一五六四との間にもともと「詠み人知らず」と作者名があったのだが（すなわち一五六四歌は「詠み人知らず」なのだが）、その作者名が（或は「題知らず」などの詞書と共に一行分）書写の間か、或は外の事情で落ちて了ったのではないか、ということである。これは伝本上の問題なので、今後その面からの調査が必要になろう（なお半田公平『寂蓮研究』'06もこの歌に触れている）。

慶融は生前為家から折々口伝を受けたことがあったらしい。歌学書『遂加』（追加・慶融法眼抄）は為家の『詠歌一体』の追補である。

以先人遺命私書加之　　法眼慶融

と奥書がある。為家の没後あまり隔たらず成るか、と考えられている（佐藤恒雄『詠歌一躰考』言語と文芸、昭和40・5参照）。

建治二年正月九日『八雲御抄』（乾元本八雲抄）写。『校本万葉集一』所載本で、細川幽斎→烏丸家→中山家を経て竹柏園蔵（'32年現在）。

本云
建治二年正月九日以冷泉御本書写之此草子部類十帖也肝心有此帖間別書留也件本文永十一年秋比不思懸自東方出来等云々　慶融

とある（自身による「慶融」の署の初見か）。以下、弘安十年・正応元年了然、乾元二年尊憲の奥書がある。「冷泉」は、定家の邸が為家―為氏と伝領されたものをさすのだろうから、文永十一年秋、東方から出現した本が為家―為氏に伝わったものを写したと思われる。そののち了然（御子左一族、光家子、二条派歌人）が写し、正本と校合している。

建治二年七月為氏は亀山院から勅撰集撰進の命を受ける（代々勅撰部立）。寄人は源兼氏・慶融・定為（勅撰歌集一覧）。開闔は源兼氏であったが、その没後、慶融がなった（東野州聞書）。三十六歳ほどで、一応その任に就いたとみてよく、撰集に励んだと思われる。兼氏の歌「をばただの板田の橋とこぼるゝはわたらぬ中の涙なりけり」（新続古今集・一一四三）に異議を挟んだ所、その夜の夢に現れて腰に抱きつき「うらめしく」と言った。慶融はそののち腰を病んで平癒しなかったという（井蛙抄）。

秋、住吉社三十五番歌合。為氏一門と津守神主一門を中心とした歌合で、「たらちねのあとをつたへて住吉の松にかひある名を残すかな」（廿九番左）という為氏の歌があり、撰者となった喜びと撰集の成功を祈ってであろう（未刊国文資料『中世歌合集と研究』上、福田秀一解題。『新編国歌大観』第十巻所収）。為氏判、慶融は三勝二負。

建治年間、「建治御室御会」に出詠（源承和歌口伝）。仁和寺性助の会である。また入道二品親王性助家の三首に出詠（閑月集・三四四）。性助は後嵯峨院皇子、和歌に熱心であった。

弘安元年（一二七八）、秋には弘安百首が詠進されたと思われる。為氏は源承と慶融を作者に推したが、隠遁の仁は不可然として許されなかった（定為法印申文）。十二月『続拾遺集』成る。源承と共に三首入集。慶融は撰集に助力したとはいえ、初入集であるから妥当な数であろう。但し伝為兼筆本（弘安三年九月本奥書。署名なく南北朝〜室町初期頃の写本。平館英子「伝為兼卿筆本『続拾遺和歌集』」、国文目白44、'05・2参照）には、五三七「ゆふかけて」の作者に「よみ人しらす 朱／実者慶融法眼也」とある。この注記は信用しうると思われ、助成の功として隠名で入集されたのであろう。為顕は百首の作者でありながら入集数は一首と厳しい（なおこの集に関わる「寂恵法師文」に慶融の名もみえる）。

三年八月『顕注密勘』写（日本歌学大系別巻5）。

此草子先年於嵯峨中院雖披見不能書写空送年序、不慮以本上中二帖ハ自染筆畢、下帖聊有違例事以他筆終功畢、土代雖為他抄物令勘付又当家秘口伝也、仍故可秘蔵者也

弘安三年八月四日書写畢

三代撰者末孫和歌末学　慶融在判

前に承久三年三月定家の、また後十月藤原（為家カ）書写の奥書があるが、定家本を為家が書写所持して嵯峨中院の宅にあったのを、かつて披見して写せなかったが、思いがけず上・中帖を写し、「違例」（病いカ）により下帖は他筆によって写し終えたという。

弘安初めの頃、『残葉集』を撰ぶ（散逸私撰集。源承和歌口伝。福田秀一「中世私撰和歌集の考察」文学・語学15）。

四、五年の頃『閑月集』成る（久保田淳編、古典文庫・『新編国歌大観』第六巻等）。仁和寺またはその周辺の僧の手に成るか。慶融四首入集（但し現存本は残欠本）。一位は為世廿九首。

七年四月二十五日古今集写。閏四月十九日、阿闍梨存誉に口伝を授けた。「和歌浦末塵慶融」と署（久曽神昇『古今和歌集成立論 研究編』・田中登『平成新修古筆資料集』による。書写奥書が存する由）。

九年九月為氏没。

## 3

正応三年（一二九〇）正月『拾遺愚草』写（岩波文庫本による。「木《（来）》田本、巻中奥書」とあり）。

正応三年正月於大懸禅房、以京極入道中納言家真筆、不違一字少生執筆写之畢、以同本校合之

この本については『拾遺愚草上中』（冷泉家時雨亭叢書）解題に久保田淳氏が言及している。

「大懸禅房」は、外村展子『鎌倉の歌人』および小川剛生氏の教示によると「犬懸」すなわち鎌倉の犬懸にあった禅房ではないか、という。そう考えるのが自然と思われるが、そうするとこの時点で慶融は鎌倉に下っていたのであろう。後述の事跡から考えてその可能性は大きいと思われるが、この年為相も鎌倉にいたかと思われるので、[3]その所持本を写したのであろうか。『拾遺愚草』来田本（現名古屋大学本）と時雨亭本との相違など、今後博雅の士の御教示を得たい。

崇光院の日記『不知記』に次のような記載がある。永和四年（一三七八）三月廿三日の記事に、三十首続歌の催行に続き、故正親町公蔭（京極為兼猶子）の遺跡から源俊頼自筆の金葉集が出現し、それを見たと記されており（奥書は「天治二年五月書了」）、次に、

冷《（為尹）》羽 近日見拾《（ママ）》遺ヲ見歟、此本奥書、以次書之

とあって、天福元年仲秋中旬……為相に付属する融覚の奥書、拾遺抄哥などの記事があり、次に

以相伝秘本書之、舎兄慶融法眼所執筆也、可為証本矣
正応四年三月日　　右近少将藤原朝臣（為相）判
此集　仭（ママ）身就道之一諸所授家説也而已　参議藤原朝臣（為相カ）

とある。以上、伊地知鐵男「東山御文庫本『不知記』を紹介して中世の和歌・連歌・猿楽のことに及ぶ」（国文学研究35、『伊地知鐵男著作集II』所収）に奥書全文の記載があり、これによると、正応四年三月為相の奥書によって「舎兄慶融」に相伝の秘本を書写せしめた、ということである。なお『不知記』の「天福元年……」から「拾遺抄哥」までの奥書を、久曽神昇編『藤原定家筆　拾遺和歌集』のそれと比較すると、小異はあるものの『不知記』にみえる『拾遺集』はやはり定家筆本を写したのではなかろうか。

さて、書陵部蔵、観慧筆本拾遺集の奥書に、前年の三年八月十一日夜、「於鎌倉釈迦堂谷旅宿終書写之功以京極黄門禅閤真筆本不違其字写之……観慧（花押）」とある。長舜（観慧。兼氏子）は二条派系の歌人だが、若い頃関東に滞留（井蛙抄）、おそらくこの集も為相から借り写したのではなかろうか（観慧本については片桐洋一『拾遺和歌集の研究』参照）。為相は相伝の『拾遺集』を人々に見せているようだが、上記によって慶融とはかなり親しくしていたことが知られる。

次のような奥書のある源氏物語が『源氏物語大成7』（徳本氏旧蔵本）に見え、なお伊井春樹編『源氏物語　注釈書・享受史事典』によると、現在天理図書館蔵、三十冊本の由である。

去正応四年之比此物語一部以家本不違一字所撰也、於此巻者舎兄慶融法眼筆也、可為証本乎
通議大夫藤原為相判

この奥書は為相の叙正四位下の永仁二年（一二九四）三月以後のものだが、「舎兄慶融」に家本を以て桐壺巻を写さ

せたのである。この源氏物語の性格については専門の方の教示を俟つとして、関東において慶融（正応四年五十一歳位）と為相（二十九歳）とが親しく交際していることを窺いうる。慶融東下の理由は明らかでないが、地方においては兄弟としての親交があったのである。この親交という点は源承と違っているようだ。

五年執権北条貞時勧進の三島社十首に加わる（夫木抄・一〇三二〇）。為兼・為相・為道・雅有・蓮愉らが作者。(4)ここに加わったのは在東の折、貞時に対面した可能性もあり、その縁による所があったであろう。

正応四年から永仁四年の間に『伝伏見院宸筆判詞歌合』が行われた。古筆断簡によって七首（九・十七・廿三番および不明番右歌）が残るのみだが、慶融・右王麿・為相・為兼・憲淳・宗秀が作者。慶融のは

なつくさのしげみにむすぶ下露もひかりすずしくとぶほたるかな　（九番左、蛍、負）

本文は伝為相筆、判詞は伏見院かと思われ、歌風には京極派初期の特色がみられるという（『新編国歌大観』十、岩佐美代子解題）。慶融の名は摺り消しの上に書かれているというが、何れにしろ京極・冷泉系の人々（宗秀・憲淳を含めて）の中に加わっている点は注意される。上記為相との親交と合せて、慶融のかなり自由な立場乃至はその人柄が察せられる。

永仁四年（一二九六）六月下旬『俊成卿百番自歌合』を編む。

細川文庫本奥書に、

本云
此歌合雖企経年自然空馳過、今旅宿之徒然之間書番了、此内撰集歌少々除之、聊愚意依分別也、定而僻案至極歟

永仁四年六月下旬　慶融記之

写本云
永仁六年十月十日夜於鎌倉旅宿以彼自筆本書写之　（玄覚か）権少僧都判

初め谷山茂氏本が紹介されたが奥書なく（著作集6参照）、次いで細川文庫本の発見によって慶融撰なることが明らかになった。鎌倉において編まれたものと思われる（野口元大「俊成卿百番歌合について」法文論叢13。『平安和歌叢（二）』所収）。なお細川文庫本には天正十六年端午日素然奥書、「幽斎玄旨」の署名、天理図書館春海文庫本は、「天正十六年端午日於京洛幽斎書院記之　素然（印）」とある素然（中院通勝）筆本。

定家には自撰の『百番自歌合』があり、為家も文永十一年老病を押して百番自歌合を編んだという（井蛙抄跋）。慶融はおそらく祖父・父の自歌合に倣い曽祖父の自歌合を編んだのであろう。家の人としての意識というか、誇りが明らかにみえている。なお谷山・野口氏は二条派風の歌を選んでいる、と指摘している。

なお慶融には次の詠がある。

前大僧正源忠（恵）障子絵　　法眼慶融

駒なめて打出の浜のみぎはよりこほりにかかる雪のさざ波　（夫木抄・七三五〇）

『夫木抄』によると、この障子絵は湖辺の歌枕を描いたものに、為相・慈忠・雅有・為世・道瑜・慶融らが歌を詠じたものらしく、雅有が正安三年（一三〇一）正月に没している所から、それより前の成立である（錺武彦論文による）。源恵は将軍藤原頼経の子。勝長寿院（大御堂）に住、大御堂僧正と称せられた。この作者たちはすべて関東に住したわけではないが、縁のある人々で、源恵が大御堂に飾るための絵に加える歌を請うたわけである。なお源恵は正応五年九月四日から六年五月九日まで天台座主となっており、湖辺の障子絵はそのことと関わりがありそうである。

右によって慶融が鎌倉の僧（歌人でもあった）源恵と関わりのあったことが知られるが、慶融は何の目的でしばしば東下したのであろうか。所領関係のことか、或いは宗門の所用か、或いは異母兄弟の為顕のような歌壇の新開拓か（これは可能性が薄いであろうが）、明らかではない。

何時の年か、往復の途次に遠江の藤原（勝間田）長清の許に立寄って詠歌したこともあった（夫木抄・一一六五）。為相の縁であろう。

また伝わらないが家集のあったことが夫木抄（七一七六・一〇四〇三・一一七二四・一四四八七）によって知られる。

家集　永仁六年羇中眺望

たかし山こえ来て見ればはま松の一すぢ遠きうらの入うみ　（一〇四〇三）

これも東海道往反の途次の歌であろうか。

嘉元元年（一三〇三）四月十一日、甥の定為は内裏百首の人数に加えて貰うべく申文を提出したが、中に「源承法眼・慶融法眼者、為撰者之末流、稽古年久、加　勅撰作者于今存命候」（定為法印申文）とあり、存命していることが知られる。源承八十歳、慶融はおよそ六十三歳ほどであった。この年十二月に成った『新後撰集』には六首入集しているが、内一首（一五六四）は先述のように、寂連歌か、とする左注がある。為世十一首、源承八首、定為・為道七首、為藤六首などに比べて、優遇といえるが、為兼・為教女為子九首、為相四首で、為世が二条一門を比較的抑えている所からみると、公平な所であろうか。


見し事を寝覚のとこにおどろけば老の枕の夢ぞみじかき　（新後撰集・雑下・一四八二）

何時の詠か分からないが、晩年の感懐であろう。

このの後慶融の事跡は明らかでない。延慶元年（一三〇八）頃成立の『拾遺風体集』（為相撰）に四首入集。もしこれが現存者として優遇された結果とみるならば、延慶頃まで生存していたかもしれない。七十歳か、少し前か、という所であろう。

4

慶融の和歌は、続拾遺以下の勅撰集、『閑月集』『夫木抄』『拾遺風体集』『新三井集』などの私撰集、『住吉社歌合』『伝伏見院宸筆判詞歌合』『源承和歌口伝』などにみえ、重複歌を除いて四十三首ほど残る。

吹きむすぶ荻の葉分にちる露を袖までさそふ秋の夕風　（源承口伝・九五）

続千載集（三六四）入集歌でもあり、おそらく「宮城野の露吹きむすぶ風の音に小萩がもとを思ひこそやれ」（源氏物語・桐壺）を意識したかと思われるが、源承は『和歌口伝』で自詠「荻の葉にかごとばかりの風過ぎて袖までむすぶ秋の夕霧」（九六）を並べて、表現や構想の似ていることを暗に批判している。

折りてだに色まがへとや梅の花かさなる雪の袖にかかれる　（源承口伝・二〇八）

源承は康資王母の「梅ちらす風もこえてやふきつらんかをれる雪の袖に乱るる」（新古今集・五〇）に、題の心が同じであることを批判している。

ふりまさる雪につけても我身世にうづもれてのみつもるとしかな　（源承口伝・二二九）

源承は、右の慶融の歌は建治御室の会の歌だからまあよいとしても、としつつ、このころ同じ心・詞の歌の多いことを批判している。

以上、『源承和歌口伝』による同派内の批判だが、穏健無難な題詠歌として一首の完結性を求めると、どうしても心（構想・趣向）や詞（表現）に類似のものが生まれて来るであろう。まずは典型的な二条派の詠風といえよう。

時鳥五月まつまの音をそへて物思ふ宿の寝覚にぞ聞く　（閑月集・一二九、新続古今・二四七）

といった歌を挙げれば際限がない。

花の色は尾上の雲にうつろひて霞に残る松のむらだち　(拾遺風体集・二八)

山本に柴つむ小舟ほのみえて朝霧のこる宇治の川島　(同・一〇六)

夏草のしげみにむすぶ下露も光すずしく飛ぶ蛍かな　(伝伏見院宸筆判詞歌合)

などは、さすがに新味がある。

しかし、慶融は歌人としては二流であったというべきであろう。ただ源承や定為のように宗家一辺倒ではなく、若干の幅広さがあったようで、これはかなり長期的に(正応・永仁頃)、またはしばしばなる海道往反によって、関東歌壇や地方の歌人達との接触による所が大きかったからであろう。

また注意される業績としては、縁辺に求めて相当多くの古典籍の書写を行っている点が注意される。[5] 更に『俊成百番自歌合』の編、『拾遺愚草』『顕注密勘』の写、『詠歌一体』の追補としての『追加』の著など、何れも父祖との関りあるものであり、歌の家の人としての使命感があったのであろう。

たらちねの跡とてみれば小倉山昔の庵ぞ苔に残れる　(夫木抄・家集「山家苔」・一四四八七)

という追懐歌も残している。

【注】

(1) 二〇〇三年一月二十九日東大中世文学研究会において「戦後和歌研究の一側面」、三月二十二日早稲田中世の会において「鎌倉後期における御子左家の歌人たち」と題して発表した折、前から作成していた「慶融略年譜」をプリントして配付した。その資料は同学の士に送ったが、同年七月五日関西大学で行われた和歌文学会関西例会「シンポジウム歌の家冷泉家の確立と展開」において、パネラーの一人佐藤恒雄氏は「藤原為家の妻室と子女たち」という題で資料を作成したが、その中で「慶融について　略年譜　多く井上氏による」として年譜を掲出した。井上の年譜の採用部分も存すると共に、氏の新見も多く込められている。以下、両年譜を適宜利用し、特に佐藤氏の新見についてはそれを明示する。

（2）因みに、為家の主な子女について記しておく。

佐藤氏は上記の外、次の人々を挙げている。

まず為顕であるが、為家と藤原家信女（尊卑分脈に「大納言為家室離別」とある女性）との間に生まれたと推定する（別項）。また系譜類に名のみえぬ法眼覚尊という僧を挙げる。時雨亭文庫本『貞応本古今和歌集』の奥書に、覚尊は祖父入道中納言（定家）筆本を写したとあり、次に「文永四年七月廿二日丁未　以同本校合了　七十　桑門融覚　右筆法眼覚尊」と為家の校合し加証した奥書がある（詳しくは『冷泉家時雨亭叢書』10の古今集および片桐洋一氏執筆の解題を参照されたい）。法眼覚尊は定家の孫、為家の子と思われ、佐藤氏は文永四年を二十歳と仮定すると宝治二年（一二四八）生まれとなる、としている。勅撰集・私撰集等に名はみえないが留意すべき人物（［追記］参照）。以上の外、安嘉門院四条（阿仏尼）との間に、弘長三年生れの為相、文永二年生まれの為守（暁月）についてはは申すまでもないであろう。更に女子、猶子とした僧がいるが省略する。

（3）1に掲出したシンポジウムで、井上は「冷泉為相の一側面」と題して発表したが、そこで正応から永仁初まで鎌倉滞在の多かった旨を述べた。

（4）小林一彦「『正応五年北条貞時勧進三島社奉納十首和歌』を読む」（京都産業大学日本文化研究所紀要5、'00・3）参照。

（5）現在、慶融の筆跡で残るのは、弘安七年の件りで述べた久曽神昇氏・田中登氏の記述の古今集である。また伝承の筆跡としては近江切がある。近江切には古今・後撰・拾遺集とあって、藤井隆氏が後撰集四半切を蔵する由（『国文学古筆切入門』）。古今集の切は多くの人が未見であるという。また仁平道明氏より、私信で、古今集の切を所蔵されていると御教示を受けた。「慶融法眼」とある川勝宗久の極札を付す。近江切としてよいのではないかという由である。なお拾遺集の切は多くの手鑑などに残るが、本文系統は天福二年定家筆本（藤井氏）、慶融筆古今集と同筆で、近江切は紛れもなく慶融真跡の由（久曽神昇・田中登『平安新修古筆資料集』）。外に、小林強「後撰集・拾遺集・拾遺抄古筆切資料集成稿（第一稿）」（『自讃歌注釈研究会誌』9、'03・10）を参照されたい。また伝称筆跡の書としては書陵部蔵（五〇一・四一）拾遺集（鎌倉末期写。天福元年奥書本）は箱書に慶融筆とある由である（図書寮典籍解題　文学篇）。

〔追記〕

本稿を公表した折、近江切について佐々木孝浩氏より興味深い教示があったが、その後、氏によって「ツレの多い古筆切――慶融筆拾遺集切をめぐって――」（『古筆への誘い』国文学研究資料館編。三弥井書店発行、'05・3）において内容が発表されたので、追記として要旨を記しておく。

まず近江切を詳しく考察し、その後、慶融と覚尊との筆跡の酷似を指摘、二人の活動の時期は重ならず、或は為家の死後、為氏の養子になったような折に、覚尊→慶融の改名がなされた可能性があるのではなかろうか、という（なお「覚」も「融」も為家の法名の一字である）。もちろん、あくまでも可能性として、慎重であるが、興味深い（また魅力的な）推測である。

# 第三章　藤原為顕

## 1

藤原為家男で、歌人であり、後の和歌史にも影響を及ぼすことのあった為顕という人物につき、一通りの伝記を組みたてておく。

父は為家、その正室は宇都宮頼綱（入道蓮生）の女。夫妻の間に、長子為氏（貞応元年、一二二二生）、次子為定（のち出家、源承。元仁元年一二二四生）、三子為教（安貞元年一二二七生）、長女（後の後嵯峨院大納言典侍。天福元年一二三三生）らがいる。

為顕の母は『源承和歌口伝』に「内侍女」（九条家本では「同侍女」すなわち為家の侍女）とあるが、佐藤恒雄「藤原為家息為顕の母藤原家信女について」（『香川大学国文研究』28、'03）に詳しい考証があり、「内侍女」は「家信女」の字形相似による『源承和歌口伝』の書写者の誤読か誤写ではないか、と推測する。『尊卑分脈』によると、後二条関白師通流、家信女子の一人に「大納言為家卿室　離別」とある女性がそれであろう、とする。なお家信は正三位に至り、嘉禎二年（一二三六）八月二十二日五十五歳で没した。

為顕の生年に関わる史料は管見に入らない。次の点から推測するに止まる。

まず園部市小出文庫本古今集に次の奥書がある（浅田徹・五月女肇志「マイクロフィルムによる古今集奥書集成（三）」。『調査研究報告』22、'01。国文学研究資料館文献資料部）。嘉禎三年八月十五日明将（明静＝定家か）奥書に続き、

任先師之庭訓之儀為相伝以来随分秘蔵之備証本者也
為後学遺鏡記之畢云々当家莫於窓外而已可秘々々
弘長元年辛酉初春之天　侍従為顕　花洛隠士為家卿法名融覚在判

とあって、更に秘蔵して証本に備うべき旨を記した「永仁三壬午初秋　桑門明覚在判為顕法名」の奥書（後掲）がある。

これが信じられれば、弘長元年（一二六一）に為顕は為家から定家嘉禎三年本古今集を譲られたようにみえるが、弘長元年は文応二年二月二十日が改元で、初春（正月）は改元以前である。後にこの奥書を記した、とも考えられ、いちおう弘長元年に奥書を記した可能性もあろう、という程度として、慎重に扱うべきであろう。

弘長三年には住吉・玉津嶋歌合に出詠しており、これは信用しうる。仮にこの年を二十歳すぎ、二十三歳ぐらいとすると仁治三年（一二四二）の生れとなる。佐藤氏は寛元二年（一二四四）とし、若干の誤差はあろうが、いちおう佐藤説に従って寛元二年の生れとしておく。父為家は四十七歳、正二位前権大納言、異母長兄為氏は二十三歳、正四位下左中将、次兄源承は二十一歳、三兄為教は十八歳、従四位下左少将。なお母の家信女は、佐藤氏は寛元二年を二十歳代と推測している。佐藤氏によると、為家と家信および家信女との接点は乏しいが、家信邸は姉小路烏丸、為家邸は冷泉高倉で、近い位置関係にあったという。

なお為家と正室頼綱女とは、文応元年秋には別居しており、文永四年三月以前に離婚している。家信女は、『尊卑分脈』に「大納言為家卿室　離別」とあるから、婚姻関係が認められていたことは確かである。

## 2

建長八年（一二五六）四月二十九日叙爵（経俊卿記）。十三歳の叙爵は一族中甚だ遅い。多くは十歳未満の叙爵であり、為顕母子が必ずしも為家（とその周辺）から好感を持たれていなかったらしいことを推測させる。

しかし弘長三年（一二六三）に行われた住吉・玉津島歌合は、御子左一族と、それと親しい津守家ほかの人々によって行われたもので、為顕（二十歳）も作者となり、一族の末席に数えられてはいた。一首を挙げておこう。

　はるばると浦路の波の夕霞かすみてとほき吹上の浜　（玉津島歌合、「浜霞」）

まだ初心のレベルというべき歌であろうか。なお「従五位下行侍従」とある。上述弘長元年の「奥書」にも侍従とあり、叙爵後まもない頃の任官であろうか。

　これより前、建長五年（一二五三）頃、安嘉門院四条（阿仏尼。以下、阿仏尼で通す）を為家は秘書のような形で側に置いた。主たる務めは源氏物語の書写であった。やがて二人は恋愛関係に発展するが、正元元年（一二五九）十一月為家室の父蓮生が没する。既に二十年近く前から家信女とは婚姻関係にあったが、息為顕の叙爵の遅さをみても、そう親愛関係にあったとも思われない。新しい恋人の阿仏尼は才女であり、家信女より十五歳ほど若い。正元元年以後、おそらく数年後に為家は正室と離別し、そのあと為家に愛され、待遇を高められたのは阿仏尼であった。

　（上略）続後撰奏覧之後事也、年月をおくりて（阿仏尼は）定覚律師をうめり、誰が子やらんにて侍りしほどにはるかにして為相をうめり、其後より為顕母内侍女と中あしくなりて嵯峨のこばやしに侍りしほどに……

（源承和歌口伝）

とある。私の憶測（『鎌倉時代歌人伝の研究』）では、恋人（または前夫）と切れていず、定覚も「誰が子やらん」という噂さえあった。二人の仲を快く思わなかった人々も、かなり存在したのであろう（なお為家は定覚を実子と思っていた。文永五年十一月十九日融覚譲状に「をの子三人うみて」とある。冷泉家文書1）。

しかし古くから婚姻関係にあった家信女との間より、阿仏尼を愛する為家は、文応元年（一二六〇）秋、為氏の勧めもあったらしく（佐藤氏）、嵯峨中院に居を移した。そして弘長三年（一二六三）為相が生まれ、為顕母と険悪化するのである。為家と阿仏尼との間も婚姻関係は成立していたことも険悪化の要因であろう。

## 3

文永二年（一二六五）十二月、『続古今集』が成立した。為氏は十七首、為教は三首入集したが、源承も為顕も入集しなかった。為家はこの勅撰集について、撰者追加のことなど不満があって、強いて口入しなかったのか。そして為顕は二十二歳にはなっていたが、なお未熟とみられていたのであろうか。

この年および七年において、為顕に関わる問題が存する。三輪正胤『歌学秘伝の研究』（七五頁）を引く。

『竹園抄』の諸本の中で、最も古い年号である文永二年（一二六五）の奥書を持つ三輪本は「文永二年三月六日書之畢藤原為顕」と初めに記している。これと同系である宮内庁書陵部本、日光輪王寺本は、この文永二年の奥書を欠いて、次に三輪本と同じく「文永七年八月十三日　洛陽東山於法勝寺辺、或女房許相伝之、可秘云々、更不可出懐中云々」という奥書を記している。一見、三輪本が特殊であるかの感を受けるが、この三本は共に、その冒頭に「竹のそのにて、子息におしへ給へる為家卿詞也。仍号竹園抄」との言を記している。為家が、その子息に教えたものであることは確かであり、その子息を、三輪本は奥書において為顕であると限定しているのである。これに対して書陵部本と日光輪王寺本の二本は、〝文永七年〟に〝或女房〟の許で相伝したという事に重みを与えているのである。『竹園抄』と為顕の関わりは文永年間の事に絞られているのである。

更に三輪氏は、為家―為顕―能基―空恵と四代相伝系統を示す本（九大細川文庫本ほか）、為顕―能基―空恵の三代の相伝を示す本（京大本ほか）のあること、空恵は『尊卑分脈』によると為顕の子であることなどに言及し、「以上に見る奥書類からは、『竹園抄』には、為家の言が入り込んでいるかどうかはともかく、何らかの形で為顕が関係していた」と指摘する。

文永という段階で為顕は早くも『竹園抄』の著作に関わったという。三輪氏の指摘するように、本書は、九章の義、性・体・形の六義、懐紙の書様についての極秘伝など、従来の歌学書にあらわれなかった記述を持っている。

文永三年十一月に大友時親に『口伝抄　為家』を授けている。この書は『和歌肝要』等と合綴され、「和歌に可有用心事」として「不可好詠詞」と「哥好詠詞」など約百語を挙げて説明する。以下、三輪著書（二四四、五頁）を主に、『日本歌学大系（四）』解題を参照して奥書を掲げる。

①授良瑜法師畢。穴賢。勿許外見而已。
　永仁四年十一月日　　理達　在判

②文永三年十一月日、依器量之仁、書授大友太郎時親畢。
　勅撰作者十五代（後胤五代）撰者末葉　為顕　判

　此書相伝之時表紙に
和歌の浦かさなる跡ぞもしほ草かきあらはせるかひはなけれど

返し
わかの浦に今はまよはじもしほ草かきあらはせる跡をつたへて
時親

③正応元年七月二十七日、雖為相伝秘本、依此道志深、授理達法師畢、更々勿許他人一見而已。
沙弥道恵　在判

（道恵と理達の贈答歌省略）

④此抄者、当家無双之重宝、数代相伝之秘書也。雖然以旅宿之面拝、契約不浅之上、当道事志深之由、懇望之間、所授之也。更々莫及他披見而已
永仁四年十一月日
沙門理達　在判

（理達の和歌省略）

詳細は三輪著書を参照されたいが、①④は永仁四年十一月、理達が相伝の秘書を、④は某に、①は良瑜に授けたもので、『和歌肝要』にも同じ趣の奥書がある。すなわち『和歌肝要』『口伝抄　為家』は理達から良瑜に授けたものであろう。②は文永三年に為顕が友親に、③は正応元年に道恵が理達に授けたもののようだ。右によると、為顕—時親—道恵—理達—良瑜という相伝関係が想定されるが、時親—道恵との関係が不明なので、三輪氏は多少の疑問はあるが、理達は御子左家の俊忠系の人、歌人でもあった（二四三頁以下）と見る。為顕が早くから「秘伝書」と称するものを弟子に与えたことが窺知しうるが、この大友時親とはどんな人物であったのか。

この大友時親は、北条時貞男、続古今・夫木抄作者か、続千載の藤原時親か、何れにしろ武士であろう、と拙著『中世歌壇史の研究　南北朝期』で推測した。所が、川添昭二『中世九州の政治・文化史』（四七頁。海鳥社、'03）

は次の如く記している。

筆者（川添氏）は『和歌口伝抄』を見ていないので、確かなことはいえないが、井上氏の紹介の範囲でいえば、大友太郎時親は、豊後大友氏の庶流戸次時親ではないかと推測する。田北学編『増補訂正編年大友史料』三二・諸家系図所収の入江家蔵本「大友戸次氏系図」によると、大友第二代の親秀から重秀―時親となっており、時親について「太郎、法名道恵、相模守時宗加元服、正応三年四月三日於箱根執行所死去畢」と割注されている。従って前掲奥書の道恵も戸次時親の法名ということになる。ただ、戸次時親に関する史料はほとんどなく、系図の記述が年次・排行・実名・法名などにおいて符合するというのが推測の根拠であるから、さらに精査を期さねばならない。

たいへん興味深い推測で、蓋然性も高い（時親と道恵は同一人物となる）。なお氏の指摘のように、更なる史料の発見が望まれよう。いずれにしろ、為顕がこのころ武家との親しい関係にあった点は注意されよう。

上記奥書の「勅撰作者……五代撰者末葉……」など、解し難い点があるが、『口伝抄』は為家の『詠歌一躰』の改変書めいた点があり、為顕がこの辺の関与によって武家に伝授した、ということになるのであろうか。

さて、文永の、おそらく七年四月以前と思われる時期に、左の事蹟がある。『菟玖波集』巻十九（片句連歌）に、

車にのりてうち野を過ぎ侍りけるに

大庭のかたにむくなる車かな　　福光園入道前関白左大臣

藤原為顕など同車し侍りけれどもつゐにつけでやみにけり

とある。福光園入道は二条良実である。良実は文永七年十一月に出家、没しているから、それ以前のことである。

おそらく良実の在世時から、為顕は良実や息師忠に仕えていたのではなかろうか（この二条家との縁で為顕女は師忠

男兼基の側室となったのではあるまいか）。

文永七年八月に竹園抄相伝のことは上に記したが、それに先立って次の事蹟がある。

『柿本人麻呂之事』という一書がある（三輪著書に翻刻）。延宝八年（一六八〇）、一楽軒栄治が、鍋島備前公の求めによって、人麿の出生・位署・住所・時代等を考証した書に、栄治がまとめて識語を記したものであるが、その前に元の書の奥書がある。

写本之奥書ニ云

右之大事、当家深秘之口決、不及于他家秘伝也。依宿習最深、得聞此奥儀而已。莫令軽之

于時文永第七暦仲呂（四月）上旬為顕入道明覚判在

当家の口伝を記したというこの奥書について三輪氏は問題ないと認めている。詳細は三輪著書を参看願うとして、『柿本人麻呂之事』と為顕流の関係が記されている。

そして右の奥書に依れば、文永七年四月までに出家して、明覚と名乗っていたのである。七年は二十七歳ほど。明静（定家）と融覚（為家）との法名を敢て採ったのではなかろうか。

定家―為家の家は、叙爵して侍従―少将となるコースが定着しつつあった。為顕は侍従のまま遂に少将に昇れなかった。

弘安百首歌に

昔わが名をさへかけぬ三笠山いかなる藤の下葉なるらむ　藤原為顕

（新続古今・神祇・二一〇七）

近衛少将に昇りえなかった嘆きである。文永三年十一月から七年四月の間、おそらくは後者に近い時点で、前途を諦めて出家したのであろう。外祖父も亡く、父からのひきも期待しえなかったと思われる。

出家ののち詠み侍りける　　　　　　　　　　　藤原為顕

いかにわがむすびおきける本結の霜よりさきにかはりはつらん
（続拾遺・雑中・一二四〇）

白髪になる前に出家した感懐が滲み出ている。

## 4

文永八年四月、為顕は寂恵（もと陰陽師、安倍範元）を伴って為家を訪うた。「……世をのがれて後、文永の末つかた、松陰といふ山里にこもり侍りし頃、明覚とぶらひきたりて嵯峨の中院にさそはれまうづる事侍りき」と「寂恵法師歌語」（久保田淳『中世和歌史の研究』七七六頁）にあるが、これは『為家集』にある一連と照応するものであろう。すなわち『為家集』三三四ほか、佐藤恒雄『藤原為家全歌集』五五〇七以下であるが、一首を掲げておこう。

山郭公　文永八年四月四日続五十首、寂恵始入来

をぐら山まつとはすれど郭公くれぬといそぐ声もきこえず

友人を伴なって父を訪れ、詠歌しあうことはあったのである。

為顕流の秘事を集めた書に『玉伝神秘巻』がある。古今集・伊勢物語などにまつわるものが多い（片桐洋一『中世古今集注釈書解題五』に翻刻・解説がある。また三輪著書参照）。神宮文庫本などの中に「血脈の次第」があって、住吉大明神、業平以下の伝授の年月・和歌が掲げられ、俊成・定家・為家に続いて次のようにある。

為顕

鹿の鳴く秋のゆふべのまくず原うらみてのみぞ露はこぼるる

文永十年三月三日　為家在判

神垂

天つ空晴れてもふるか富士の嶺の雲より上に見ゆる白雪

弘安元年十二月十二日　明覚在判

（以下略）

右の文永十年の翌々年の建治元年（一二七五）五月為家は没する。七十八歳。為顕は三十二歳ほどであったと思われる。

文永年間、為顕に関わる和歌以外の史料は管見に入らない。多くの伝書にみえる為顕の事蹟はその通り事実であるか否かは疑問であるが、八年四月の行動にみるように、父との交渉は存したし、おそらくその前に父から和歌の訓説を受けたことはあったのであろう。出家して自由な身上から父の訓えに基づいて人々に和歌を講じ、著作めいたこともあったであろうが、現存伝書の多くはその門流（為顕流）の中で成長して行った面もあり、その核が文永期（二十代後半から三十代前半）に形成された可能性があろう。

なお次に述べるが、文永末には関東に既に滞留した可能性があり、その地で人々に和歌を指導し、また門下の養成を行っていたと思われ、その過程で歌学書・手引書の著作が行われていたと推測される。

弘安元年（一二七八）は為氏が『続拾遺集』を撰了した年だが、先立って『弘安百首』が詠進された。為顕もその作者に加えられ、

和歌の浦に沈み果てにし捨舟もいま人なみのよにひかれつつ　（新拾遺・一七九三、拾遺風躰集四二一）

など、諦めていた和歌の道に掬い上げられた喜びを詠じている。しかし

すみぞめの袂は春のよそながら夏たちかはる色だにもなし　（続千載・一六九二）

雲るまであがるひばりもあるものをうき影しづむのべのさは水　（題林愚抄・一三二二）

など、昇進も出来ず、出家した身の不遇を嘆じ、その結果は、

東路のおくての山田かりにのみ思ひしいほもすみなれにけり　（新千載・二〇六五）

という東国での暮しであった。この歌によると、弘安元年より相当前に（文永末ごろか）東国に庵を構えたようだ。

なお『弘安百首』については小林強「弘安百首に関する基礎的考察」（『解釈』789・6）があり、同「弘安百首佚文集成稿」（『中世文芸論稿』12、'89・3）に為顕歌二十一首が収集されている。

「寂恵法師文」の中に、（弘安元年）「明覚許へ御文、悦入候。秋は定　奏覧候歟。当時及中書候。構々忩可有上洛候。一向中書はたのみまいらせ候」（下略）の三月廿七日付為氏の書状が引かれ、その追而書に「御志物、悦入候。明覚下向候者、定中書人、大切候歟。御上洛候者、真実此道御志、被思知候歟」などとあり、寂恵は九月二十三日上洛するのだが、委しくは久保田淳「順教房寂恵」（『中世和歌史の研究』所収）、寂恵法師文輪読会「『寂恵法師文』注釈（上）」（『研究と資料』45、'01・7）を参照されたい。為顕と関東の寂恵との間で手紙の往復があるが、為顕は中書を手伝っていたのだろうか。そして仕事の途中で関東に下ったようである。

十二月二十七日に『続拾遺集』は奏覧されたが、為顕は出家後の詠（前掲）が一首入集、寂恵は入集しなかった。因みに、為氏は二十一、為世は六首、源承・慶融は三、定為は二、為教七、為兼は二首であった。好遇とはいえないであろう。

十二月十一日為顕は性即（弟子）に『玉伝神秘巻』（名大本）を授けた（三輪正胤『歌学秘伝の研究』九九頁以下）。

弘安期に為顕は能基に古今集を講じている。これについては片桐洋一『中世古今集注釈書解題　二』に『古今

和歌集序聞書』の翻刻がある。奥に、

弘安元年閏十二月十八日古今序之講義畢

写本定家私風被将写也

とあり、解題（三一頁）によると、「閏十二月」とある点から、弘安九年の誤写という。そして同書所収の『弘安十年古今集歌注』の奥には、

弘安十年丁亥七月十二日読之

とある。なお東大図書館本等の奥書には、

弘安九年十二月十八日古今序講義畢

定家余風　　能基

とあることが、上記片桐、また三輪著書によって示されている。年次ほか若干のくい違いを細かく述べる力はないが、この古今は、内容的に為顕流の内容を持つもので、おそらくは弘安九年（閏）十二月十八日に為顕は能基に序を講じ、十年七月十二日に巻二十までの講釈を終ったのであろう。

能基は弘安八年に没した公卿藤原氏と考えられて来たが、三輪氏が『玉伝深秘巻』の異本である『金玉雙義』に記された略歴によって「伊豆山密厳院法印覚玄弟子」であり、密厳院に寄る唱導僧との関わりある人物と考えられ、為顕流の形成・継承には真言密教僧の参加が確認されると指摘した。従って能基への古今集の伝授は奥書のように弘安九、十年とみてよいと思われる。

以上、為顕流の口伝を受けた人物に、能基・神垂らの名があったが、三輪氏は伊長系という一派の存在を指摘、「為顕流は多くの秘伝書を作りつつ、少なくとも三つの流派を内に抱えて勢力を伸ばしてきたことが分かる。」と

して、為顕―能基系、為顕―神垂系、為顕―伊長系を挙げ、この背後にはなお多数の人々の存在が予想され、関東の密教系寺院の僧を中心に形成されたもの、と指摘する（三輪著一八四頁および三二三、四頁参照）。ほぼ鎌倉末期から南北朝期にかけてのことと考えられる。

## 5

さて、上に述べたように、為顕は関東でその地盤を築き、門流を拡大した。関東における生活を具体的に示しているのは次の歌であろう。

侍従入道明覚あむしちにて人々歌よみ侍しに
杣人のいかだのさをにとりそへて一枝折れる山吹の花（沙弥蓮愉集一二四）

これによると、おそらく鎌倉であろうが、庵室を設け、歌会を催していたのである。蓮愉（宇都宮景綱）は、弘安八年の霜月騒動で一時失脚はしたが、次いで政界に復活した幕府の要人である。このクラスの人々や、僧侶をもまじえて頻々と歌会が行われたのであろう。蓮愉との縁によってか、宇都宮にも下っている。

宇都宮ニテ連歌アリケルニ
親ハカクシテ子ハ老ニケリ
ト云句、難句ナリケルニ、明覚房
わがやどのそともにうゑし三年竹
歌人播磨房、感ジテ落涙シケルト云リ（沙石集、古活字本巻五）

武士や僧と連歌による交流である。なお彼の連歌は『菟玖波集』にも二句みえている。

『六巻抄』で定為は弟子の行乗に、

（上略）故源承法眼、明覚房など、余りに人々此の集授くる事をこのみし程に、此の一門の難となる事どもも侍し也

と批判している。頻々と古今の講説伝授を行うと、歌道家の権威も低下するからである。しかし為顕としては門流の拡大、経済的立場なども当然あったであろう。何といっても為家の息であり、歌道家の人である声望は一般の人々の中では高かったであろう。

平宣時朝臣家探題三百首歌中

はしたかのかりばのすゑのいぬがみやたつるうづらのとこの山かぜ（夫木抄・五六七七）

後に執権にも就任する要人大仏宗宣家の会にも出ている。

なお関東関係の和歌には次の如きものがある。

あづまのかたにまかれりける時、藤原為顕にたづねあひて、かへさは必ずともなはんと契りて侍りけるに、さはる事ありければつかはしける　津守国助

同じ世の命のうちのみちだにもおくれさきだつ程ぞかなしき（新後撰・五四〇）

返し　藤原為顕

契りありてめぐりあひぬる同じ世の命のうちのみちはへだつな（同・五四一）

藤原為顕にともなひて東に下りてひとり上るとて　藤原為守朝臣

このたびは都におくる友もなし涙となるな有明の月（拾遺風体集・二三五）

為守は為家と阿仏尼との間の子、為相の同母弟、為顕の異母弟。文永二年の生れであるから、二十一歳下。や

はり不遇で、いつの頃から関東に新天地を求めて居住するのだが、右の年時は不明。仮に正応元年（一二八八）のこととすると二十四歳、為顕四十五歳。為守の比較的若い頃の東下の折ではなかろうか。

正応五年（一二九二）八月十日、藤原親範が父の病いを厳島社に祈り、平癒した報賽に、人々に和歌を勧めて奉納した「厳島社頭和歌」（続群書類従）に、歌道家の人々、廷臣、女房ら有力歌人が名を連ねているが、為顕も為守も加わっている。この折は在京していた可能性があろう。一門の歌人として遇せられていたことは確かである。

6

『夫木抄』に（永仁元年）「楚忽百首」として十首ほど見える（一七二二以下）。急ぎ詠じた未熟な詠という謙称であろうか。

田　楚忽百首　　参議為相卿

いにしへの神のみとしろ跡しあれば今もたねまけあまのむらわせ　（一〇一二三）

同　　藤原為顕

田あるものは田をぞうれふるなはしろのみづから身をばくるしむるかな　（一〇一二四）

右をみると、為相と共に詠じたのであろうか。為顕歌には概してくだけた体の歌、また嘆きを込めた歌がみえる。

永仁二年為相家の会に詠歌（夫木抄・一三一一〇）。為相はこの年春、遠州に寄り上洛。八月までは在京している。関東に帰ってから歌会を催したのであろう。

永仁三年七月、古今集の弘長元年奥書の次に永仁三年の奥書がある。前にも述べたように、弘長元年のそれは保留すべき点があるのだが、次の永仁三年の方はどうであろうか。

於此集者不先達儀至于今以定家卿自書写来者也僻案之輩卒尓用之称書生之失錯為和歌之衰微之基不可然努々不可聊尓秘蔵可備証本者也当家莫於窓外而已可秘〳〵　桑門明覚在判為顕法名

永仁三壬午初秋

解し難い点もあり、年次の「永仁三壬午」というのも誤りで、永仁三は乙未である。これらと共に事実か否か保留すべきであろう。なお善本の出現を俟ちたい。

永仁三年の和歌記事が『夫木抄』に三ケ所見える。

永仁三年九月為相卿家会、杵を

しづかならぬ風のうへきにおもふかなのこるははその秋の心を　（秋部六・六〇五七）

永仁三年為相卿家三首歌合、海辺暮秋

月のみや清見が関の秋のなごり山はこのはのいろもとむらん　（雑部三・九五八六）

永仁三年或所会、粟津野秋

をみなへしはなの色さへあはづのにむすべるつゆの乱れてぞちる　（雑部四・九七八六）

以上、別々の催しらしく、「しづかならぬ」は九月為相家会、「月のみや」は同家歌合、「をみなへし」は別の家の会（武家か僧房か）。みな秋題がたまたま残っているのであろうが、明確に月が表示されいるのは「九月」で、これが為顕の事蹟の最後である。五十二歳ほどであった。

## 7

為顕の家族（子女）は分脈を引くと、

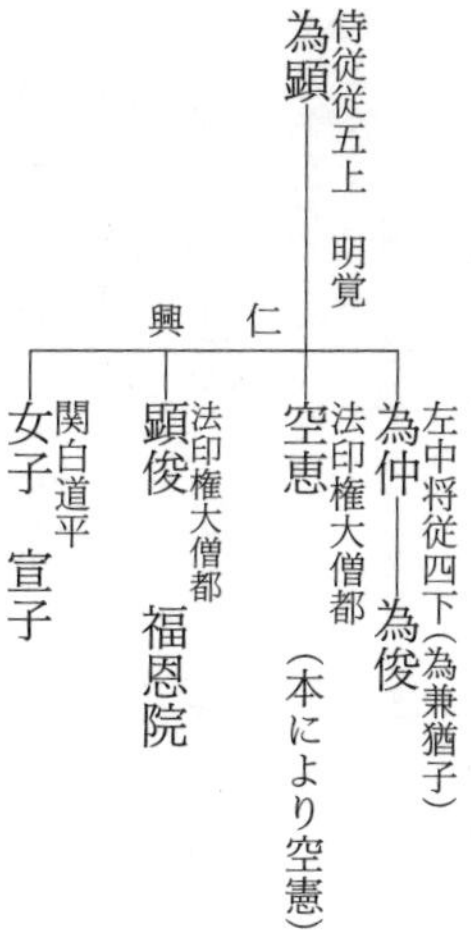


因みに、関白家との関係は次のようになる。

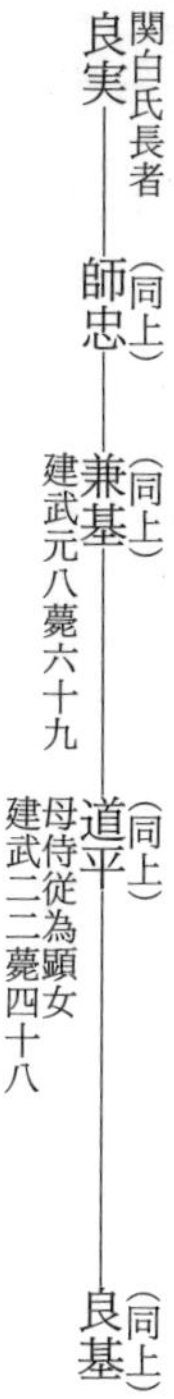


まず宣子について述べると、既に述べたように、為顕は若い頃、摂家二条家に仕えていたので、為顕出家後だが、旧縁で宣子を女房として参仕せしめ、宣子は関白兼基に愛されて妾となったようである。兼基は、建武元年八月に没しているが、公卿補任では六十七、分脈では六十九歳で、文永三〜五年（一二六六〜八）の生である。道平

も分脈と補任との間に一年ずれがあるが、補任に従うと弘安十年（一二八七）生となる。
為顕女を兼基と同年位と仮定すると、文永五年生として、為顕二十五歳ごろ出生。道平を生んだのが二十歳位となる。大筋はこの辺で妥当するのではなかろうか。『公卿補任』によると、元亨元年（一三二一）二月道平は母の喪に服しているから、没年は知られる。五十四歳ほどか。嘉元元年成立の『新後撰集』、正和元年成立の『玉葉集』に「従三位」、元応元年成立の『続千載集』には「従二位」とあり、後述するように「二位局」と称せられたが、この叙二位は摂家の嗣の母であることによるのであろう。因みに、良基の祖母に当たる。従って為顕は曽祖父になる。

為顕の子空恵が仁和寺に入り、顕俊が興福寺に入って、法印権大僧都に至ったのも、二条家の背景によったものではなかろうか。彰考館本冷泉系図によると、顕俊は正応五年竪義、延慶二年講師、正和五年他寺探題とあり、活躍しているのも、氏長者二条家の背景に依ったと考えられよう。また興福寺の実力者実聡の弟子であった。

為仲の事蹟は分明でないが、『野槌』に、

権少僧都弘融、文保二年十月、於押小路亭随少将為仲入道受古今和歌集訓説云々、（下略）

とあるのは信ずべきものとされている。押小路亭というのは摂家二条家の邸で、借用することは自然である（この邸については小川剛生『二条良基研究』に詳しい）。従四位下左少将と父を超えたのもこれらの後押しがあったのであろう。また為兼の猶子ともなっている。なお後述する。

空恵の竹園抄伝授については上述した。

為顕家の荘園などは不明だが、越部下荘が、為家—京極姫君（為家女大納言典侍の娘）—為氏—為相と伝えられたが、一時、二条道平に譲られた（「越部下荘相伝文書正文目録」。『冷泉家古文書』6）。次いで「越部下荘相伝系図」

（同7）に「為顕《侍従》—二位局《二条前関白母》」とあり、為家の孫という縁で、為顕女（道平母）が実質的に保有していたのであろうか。この荘は「二条道平避状」（同13）によって、元亨三年九月二十八日道平から為相に譲られているが、二位局が元亨元年に没したことと関係があるのかもしれない。

右の状況によって、為顕は晩年に僧を含めた子供達が安定した環境をえつつあることを見届けえたのではなかったろうか。

## 8

為顕は、蓮生女（為家正室）の諸子や、阿仏尼所生の諸子と違って、為家とはやや離れた所で育ったようで、官途を見ても、早い年齢で出家したことを見ても、為家から愛されていたとは思えないが、しかし寂恵を伴って父を訪れたことによっても、父子の絆は保っていたと思われる。前にも記したようにおそらく若い頃には和歌に関わる教えを受けたこともあったであろう。

為顕は、不遇感を抱いて関東に新天地を求めた早い時期の歌人であった。そこで父から受けた訓説に自説を加えて弟子たちに語り、また書としてもまとめたと思われる。そして為顕を師とし、その言説を受容した武士層や僧侶たちの間で為顕流といった門流が形成されて行ったのであろう。

三輪『歌学秘伝の研究』によれば、和歌の世界で、秘伝を持った師匠が神の威光を背景にして弟子に秘事を伝えて行く作法は、時代的に見て、潅頂伝授期、切紙伝授期、神道伝授期に分けられるという。

為顕流は潅頂伝授期における流派としては大きな存在であった。そして上記のような展開の中から、為顕とその門流の関わって成立した書に、『竹園抄』とその周辺（『深秘九章』ほか）、潅頂の名を持つ諸著（『和歌古今潅頂巻』

ほか）等々がある。今その詳しい解説・意義づけについては、ぜひ上掲三輪著書を参照されたい。

為顕の和歌は、勅撰集では、続拾遺1、新後撰2、玉葉5、続千載2、続後拾遺1、風雅2、新千載1、新拾遺1、新続古今2、私撰集では、拾遺風体集5、夫木抄48首、他に住吉歌合3、玉津島歌合3、厳島社頭和歌1首および題林愚抄等にみえる。連歌が菟玖波集2、沙石集に1句。以上重複歌を除き、八十九首、連歌三句。『夫木抄』によると、名所百首、楚忽百首、（建久二年十題百首による）百首、品経歌ほかの定数歌を詠んでいる。

その特徴として挙げられるのは次の如くであろうか。

○不遇感を込めたもの。

月はなほ身のうきことのなぐさめを見し夜の秋も昔なりけり（玉葉・二〇〇四）

など相当数ある。

○特異な素材を扱ったもの。

花を見る道のほとりの古狐かりの色にや人まよふらん（夫木抄・一三〇二八）

白氏文集「古塚狐」に依ったという（久保田淳氏教示）

○旅の歌

清見潟関吹きのぼるしほ風に浪の声きく峯の松原（夫木抄・九五八八）

右も「名所歌」として詠まれたものだが、「名所百首」を含めて実際の旅中の見聞に裏づけられたものが多いであろう。

○京極派風のものには、

雲うつる日影の色もうすくなりぬ花の光の夕ばえの空（玉葉・二〇九）

霧はるる雲まに月は影みえてなほ降りすさぶ秋のむら雨　（同・七二二）

などが挙げられよう。『玉葉集』の五首入集は、二条家の撰集の入集状況が少い、すなわち反宗家の傾向を持していた為顕への為兼の好意であろうか。『夫木抄』への大量入集は為相からの、撰者への資料提供があったのであろう。概していえば、若干の特異性を持ちながら和歌の家の人としての水準は保っているといえよう。

息為仲は『玉葉集』に一首、『風雅集』に一首（七四二「外山よりしぐれてわたるうき雲に木のは吹きまぜ行く嵐かな」）のみで、あとは既述の古今集を弘融に講じたことぐらいが事蹟で、為兼の猶子といい条、大した才能はなかったらしい。文保二年（三二八）は生存していたが、これは為兼の第二次失脚の後である。

僧となった子の顕俊は『玉葉集』に「権少僧都」として一首（二七一六）、『続千載』には「法印」として一首（九六一）入集している。

宣子は歌人としてかなり重んじられている。新後撰3、玉葉5、続千載9、続後拾遺2、風雅6、新千載3、新拾遺4、新続古今1首入集。『文保百首』に加わっている。

すみのぼる高ねの月は空はれて山もと白き夜半の秋霧　（玉葉・六四二）

は、為兼の「すみのぼる月のあたりは空はれて山のは遠く残る浮雲」（新後撰・三四五）に近いが、下の句の印象鮮明な表現が撰者為兼に評価されたのであろう。

山人のおへる真柴の枝にさへなほ音づれてゆく嵐かな　（風雅・一七三三）

細かい視点が興味深い。

くらしかねながきおもひの春の日にうれへともなふ鶯の声　（玉葉・二四四六）

「上陽人」を題にした歌。白氏からの取材は前述のように、為顕にも見える。

折々の身のあらましも変りけりわが心さへ定めなの世や
（風雅・一八七八）

わが「心」の表白が興味深い。

いく秋も変らずてらせ池水に雲ゐの月のかげをうつして
（文保百首）

貴顕に仕える女性の感懐である。

京極派に親しい歌人と見られながら、『続千載』九首入集というのは関白道平の母であるということにもよろう。『新拾遺』四首というのも関白良基の祖母という点があったかもしれない。しかし『玉葉集』に五首、『風雅集』に六首入集というのを見合せると、やはり宣子の持つ力量は評価されていたとみてよいのである。

以上、為顕の基礎的な事蹟を中心に記して来た。為顕流の歌学秘伝書は、広がりを大きく持つもので、和歌史のみならず中世の思想・文化史上でも注意すべきものであるが、その点への解明は全く力が及ばず、大方三輪・片桐氏の諸著に頼った記述になって了った。為顕流に関する今後の研究が望まれるが、為顕の事実を中心とした伝記について草してみたのである。

# 第四章　一条法印定為

一条法印と称せられた定為は、鎌倉中・末期において相当に注意されてよい歌人と考えられる。ここでその生涯の輪郭と業績とを明らかにしておきたい。

## 1

定為《じょうい》は、著名な歌人であった藤原為家の嫡子為氏の子。定家の曾孫に当たる。母は、為氏男為世と「一つ腹」（『春の深山路』）、また為世の「さしつぎの弟」（『古今秘聴抄』[1]）とあり、為世の同母弟。すなわち母は飛鳥井教定女ということになる（尊卑分脈・公卿補任）。為世は建長二年（一二五〇）生であるから、定為の出生はその後だが、その出生年を推測してみる。

定為が醍醐寺の僧となったことは『尊卑分脈』や『勅撰作者部類』の注記などによって確実と思われるが、僧としての事跡は全く不明で、入山の年も分らない。為世が祖父為家から古今集の説を受けるに当り、「法師にて聞書などはしなれたる」定為を具して赴いたが、為家は余人を混えて伝授はしない、という話が『井蛙抄』（巻六）にみえる。但し『六巻抄』（後述）、『古今秘聴抄』ほかによって、結局定為は為世の伝授の折に聞書の執筆を勤めたことが分る。

而して「延慶両卿訴陳状」に、

（前略）為世従十五歳為当道練習、従祖父入道送年序畢、其間受三代集之説、伝撰歌之故実畢……又於最後之病床重受三代集説畢……凡亡父従祖父五十余年、為世従亡父卅余年、毎致晨昏之礼、莫不談家業、世以所知也（下略）

とある。すなわち為世は十五歳の文永元年（一二六四）から和歌の道を為家から教わり、その間に三代集（当然古今集を含む）の説を受け、最後の病床で重ねて受けた。為世は父為氏から三十余年にわたり明け暮れ和歌を談じたというが、これは為氏の没年弘安九年（一二八六）より溯ると正嘉元年（一二五七。八歳）が三十年前で、その少し前から和歌に手を染め、十五歳から本格的に祖父為家の教えを受け、文永元年より少し後（十七、八歳頃）に三代集の説を受け、「最後之病床」で重ねて受けたことになる。最後の病床というのは為家が老病の床に就くことの多かった文永十一年（為世二十五歳）と推測される。定為が聞書の執筆をしたのはこの折であろう。法師として聞書に馴れていたというから二十歳はこえていたと思われる。定為は嘉元元年（一三〇三）の「定為法印申文」で「嗜稽古之勤已及三十年」とあり、三十年前の文永十年頃から本格的に和歌を学んだ。その頃には法師の経験も積み、聞書役も可能であったであろう。仮に文永十一年を二十三歳とすれば、為世より二歳年少、建長四年の生れとなる。全くの推測だが、大きく外れてはいないと思うので、これを生年としておきたい。

定為が確実な文献の上に名を表わすのは(2)建治二年（一二七六）「住吉社三十五番歌合」においてである。

この歌合は五題中三題が秋題なので、秋季の催行であろう。為氏一門と津守神主一門とを中心とした歌合で、判者は為氏。この七月下旬為氏は亀山院より勅撰集撰進の院宣を受けている。為氏の「たらちねのあとをつたへて住吉の松にかひある名をのこすかな」（廿九番左。なお為家は前年に没）などを見ると、撰者となった喜びと撰集の成功を祈っての歌合であろう（未刊国文資料『中世歌合集と研究』上、福田秀一執筆の解題）。この歌合に阿闍梨定為が作者となり、弟為実と番えられている。

十八番　左持　　為実朝臣

夕日影うつろふ雲にあらはれてよそのもみぢぞ色まさりける

右　　定為

かづらきやしぐるる雲のひまも猶夕日うつろふ峰の紅葉ば　（夕紅葉）

定為は三持二負。全体として為実の方が歌らしく、定為の方が素直である。為実は「彰考館本冷泉家系図」によると文永元年（或は弘長三年）生、この年十三歳。為氏の愛を一身に受けており、或は父の添削があったのであろうか。

勅撰集は弘安元年（一二七八）十二月『続拾遺集』として奏覧されるが、定為（二十七歳）は叔父慶融らと共に和歌所寄人となったという（神宮文庫蔵『勅撰歌集一覧』）。定為二首入集。「権律師」とあるから、建治二年秋以降昇任したのである。この外に、伝為兼筆本『続拾遺集』（「慶融」の項参照）に、一〇五二「いつまでか」の作者に「よみ人しらず実者定為律師歌也」と注記されているが、これは信じられるようなのでおそらく助力者として隠名入集されたのであろう。なおこれ以前か、藤原盛徳が弟子となっている（別項参照）。

弘安三年元日飛鳥井雅有（定為母方の叔父）催行の着到和歌に為世・為実や玄覚らと共に加わった[3]（『春の深山路』）。九年九月父為氏を喪う。一周忌に津守国助の訪れに対して哀傷歌を詠じた（続千載・二〇五〇。『新編国歌大観』番号。以下同じ）。

弘安の終り頃、定為の仙覚『万葉集注釈』書写に関わる事跡がある。冷泉家時雨亭叢書39（万葉集関係書の内に）『万葉集注釈』巻一・三が影印で収められているが、巻一は、弘安八年夏から玄覚筆本によって書写、支障があって十一年正月二十七日終功、首夏の頃一校したという定為の奥書がある。二二ウ六行までが定為筆という。巻三は十一年十月、人に書写せしめ、十一月一日一校を終えた、と定為の奥書があり、二ウの半ばまで自ら写したという。巻一・三共に（花押）が据えられている（詳しくは竹下豊氏による解題参照）。

前大納言為世家にて題を探りて千首歌よみ侍りける時、山家花　法印定為

風さそふかげのいほりの山桜なほうき時ぞ花に知らるる（新千載一七〇二）

これは弘安末・正応初め頃、為世が催行した中院亭千首題による会と思われる（拙稿「中世における千首和歌の展開」。別項）。定為は生涯為世に忠実であったが、右はその初期の一場面である。

内閣文庫本『顕注密勘』の奥書に、「正応五年壬辰正月十九日以定為法師本書写了」という某の奥書がある。この本には多くの奥書があり、それらとの関係は不明のようだが（海野圭介「顕注密勘伝本考」古代中世文学研究論集1・'96）、定為がこの年以前に歌書の伝来に関わっていたことなど注意される。

永仁二年（一二九四。四十一歳ほど）、春日若宮神主中臣祐臣の百首に合点した（自葉集八二以下、「一条法印御房御点」）。祐臣はこの前後、熱心に詠歌している。外に御点（為世か）、円光院殿（鷹司基忠）御点、隆博卿合点、故左中将殿（為道）御点などの記載が集にみえる。点者名は後に付したものらしいので、この時定為が法印に昇っていたかどうかは分らないが、歌道家の人として重んぜられていたことが知られる。

永仁二年。三月右中将三条実躬は蔵人頭を望み、後深草院に誓紙を以て申入れたが、為世男為道もそれを競望した。所が為世の弟為雄が補せられ、実躬は面目を失った。為雄は「一文不通、可謂有若亡」というような人物

であったが、補せられたのは「為兼卿所為歟、当時政道只有彼卿」という情勢であった（実躬卿記廿七日条）。持明院統に結合していた為兼の政治力は大変なものであった（同記四月二日等参照）。その為兼が無能と目せられていた為雄を蔵人頭に推挙し、実現せしめたのは注意される。

為兼は後に為世の弟為言の子俊言（実父は為雄ともいうが）を養子とし、また為世の兄実聡（冷泉家系図によると「為世卿兄也」。為世と同年齢。異母兄であろう。興福寺の僧）と親しく、なお為世の姉妹延政門院新大納言も為兼が中心となっている京極派の女性歌人である。近親に恵まれなかった為兼は、宗家二条家の人々（といっても為雄らは為兼と従兄弟同士である）を味方につけ、いわば楔を打ち込む策をとったのではあるまいか。しかも為氏の異母弟為顕（定為の叔父）、為相らも二条家とは不和であり、為世・定為の異母弟為実も、為世や為兼とも異なる独自の道を歩み出す。為世の同母弟として定為は為世を強く援護しようと決意したのであろう。

## 2

永仁頃の事跡の可能性があるものとして、『後拾遺集』に関わることを述べておきたい。

田中槐堂蔵十冊本八代集の『後拾遺集』奥書に次のようにある。

本云以一条法印定為本書写之、此本者道洪法師依夢想送遣宗匠（為氏）草子内也、順徳院御本黒表紙云々

（上巻）

貞治第三暦大呂（十二月）中旬云々書写訖

此本道洪法師城四郎左衛門入道依夢想之告進先人文書等内也、是順徳院御本清範朝臣筆也、外題并所被考付之異本等皆宸筆云々、尤可為証本者、仍不違文字仕等教人令書写之手自令校合了

永仁五年七月十一日　　在判

先人御奥書也
順徳院御宸筆外題也、所々御入筆有之
弘安二年二月廿七日　　　在判
于時貞治第三暦大蔟（正月カ）上旬書写訖　　　（下巻）

以上、後藤祥子「後拾遺和歌集の伝本」（日本女子大学紀要、文学部22、昭48）に依って書き抜いたが、ほぼ同様の奥書を持つ書陵部十一冊本八代集がある（松田武夫『勅撰和歌集の研究』）。

順徳院の清範に書かしめたものが、何時の頃か道洪に渡り、夢想の告により為氏に、為氏の没後、定為の手に帰し、永仁五年某の書写校合を経て貞治三年（一三六四）の奥書となったと推測されている（後藤論文）。

下巻の「順徳院……」、弘安二年の「在判」は「先人」為氏の奥書であろう。その前の永仁五年「在判」は、上巻の某の「本云……」から推測すると定為の奥書ではあるまいか（但し書陵部本には「在御判」とあり、為世の可能性もなくはない）。何れにしろ定為は宗家（為氏―為世）の文庫の蔵書を披見しうる立場にあり、為氏蔵の『後拾遺集』を写し、人に写させ、校合するような力があったと思われる。國學院大學図書館蔵『後拾遺集』に、元徳二年七月書写したという奥書について、烏丸光広の識語に定為書写とあるが、これは誤りと思われる（藤原盛徳の項参照）。

大仏宗宣は永仁五年七月から乾元元年正月までの間、南六波羅探題であった。その在任（すなわち在京）時に住吉社卅六首歌を勧進している。定為の詠が『続千載』（一二〇二・一八八四）、『拾遺現藻集』（四二二）にみえる。『拾遺現藻集』（後述）によると、実泰・家定・有忠・長舜も加わり、規模の大きい奉納歌であった。

六年、人々に為氏十三回忌歌を勧進した（拾藻鈔四三一）。

正安元年五月五日為世の嫡子左中将為道が二十九歳で没した。『冷泉家古文書』二三八「定為書状」はこの折のものである。

(前略)抑明日故中将百ケ日候、或仁夢想に、閑中秋夕、見月忍昔、契後不逢恋、此三首題をよみて百ケ日可講之由見て候とて新中将如此内々勧進候つる程に、禅林寺殿被聞召候て可被下御製なと御沙汰候(下略)

「八月十五日　定為」とある。十六日が為道の百ケ日で、某の夢想の三題を新中将為藤が人々に勧進した所、禅林寺殿(亀山院か後宇多院か)が御製を下されることになったという。宛名は不明。なお定家様の筆跡ではない。また次の『冷泉家古文書』二三九「某書状」も「八月十六日　定□《とし》」とあり、定為と関わりのあるものか。

正安二年、有名な定為本『袖中抄』(高松宮旧蔵、歴博現蔵)の書写に関わる事跡がある。第四(卯月中旬)、第十一(五月十六日)、第十二(五月中旬)、第十八・第廿(六月廿日)の日付で、阿闍梨祐尊の書写奥書があるが、本文の首題と巻頭数葉が定為筆という(俊成や定家がよく行った法)。第五・七・十三・十四・十五・十六・十七・十九の八巻は数年下る鎌倉期写本だが、第七紙背に一条御房(定為)宛、第十九には「京極御房」「定為持病事」を含む書状、第十四には嘉元元年(一三〇三)の定為法印申文の一部分(四十字)がある。なお第六は室町前期の写本だが、弘安元年四月玄覚、正安二年五月祐尊の奥書がある。詳しくは『校本万葉集』解説、橋本不美男・後藤祥子『袖中抄の校本と研究』解題を参照されたいが、なお藤本孝一「冷泉家と二条家本」(しくれてい34、'90・9)によると、旧高松宮本二十巻はもと冷泉家からの分蔵と思われ、冷泉家時雨亭文庫に祐尊奥書を有する『袖中抄』があり、高松本補写の巻子は冷泉家に原本が、冷泉家補写のものは高松宮に原本がある僚巻関係のものの由である(川上新一郎『六条藤家歌学の研究』にも指摘がある)。

以上が、本稿発表当時の研究状況の大略を踏えて記したが、その後、高松宮本は歴史民俗博物館にうつって歴博本と呼ばれるようになり、'99『貴重典籍叢書』に『袖中抄』が収められ、後藤祥子氏の詳しい解説が載せられた（文学篇、第十四巻、'99）。更に'03冷泉家時雨亭本が『冷泉家時雨亭叢書』36に影印化され、後藤・藤本孝一氏による詳しい解題が付せられた。時雨亭本は十二巻の残欠本。南北朝写の二巻の外は鎌倉期の写で、定為または為藤が監督して嘉元～延慶頃に書写されたものという。第二十巻は歴博本、時雨亭本が分断されたもので、両文庫本は補完関係にあるが、時雨亭本の紙背には上記『冷泉家古文書』238の定為書状の二紙が間批《あいへぎ》されている由である。詳しくは以上の諸解題を参照されたい。定為や二条家一門の協力によって書写が行われたのである。

正安三年五月為道三回忌結縁供養に詠歌（新後撰・一五三四）、同年「日吉社歌合」（夫木・一六〇三九）、四年「住吉社歌合」（同・一三三六）に加わった（詳しい歌合の性格は未詳）。

三年十一月に為世は後宇多院から勅撰集撰進を命ぜられ、為藤・定為・津守国冬・平親世・長舜を寄人とした（『勅撰歌集一覧』。なお『代々勅撰部立』には親世が見えず、津守国道が加わり、連署となったという）。この集の資料としていわゆる『嘉元仙洞百首』の催行があり、乾元元年（一三〇三）冬から翌嘉元元年秋にかけて人々は詠進した。定為もその人数に入っている。「法印定為上」と署。自筆一巻が静嘉堂蔵（『静嘉堂　日本の書蹟』、五島美術館『定家様』に「柳」までの写真版を掲出。定家様の筆跡である）。一二三四六・一二三八九の肩に「藍田抄」、一二三九七に「新浜木綿集」と入集撰集名が記されている（藍田抄は未詳）。

十二月『新後撰集』成立。七首入集。またこの年内裏百首が行われ、四月十一日付「定為法印申文」がある（群書類従所収。既述のように自筆の一部が残る）。この百首は十九歳になった後二条天皇の催行のようだが詳しくは不明。申文の文中に「又依重病多年籠居之間、沈淪而雖移涼燠于今不抛本意」とあり、長く病床にいたこともあったらしい。

法性寺為信の家集は嘉元～延慶頃の成立だが、中に、○・右・左点と「一」の記号ある歌がある。これは為世・為藤らの点と共に「一条法印」の点ではなかろうか。また嘉元三年九月他界の亀山院への哀傷歌（新千載二二一三～四、続現葉六六八）、後二条院催行の相当大規模な嘉元三十首の詠がある（拾遺現藻集）、というように和歌事跡は絶えないが、三年成立の、醍醐寺関係の私撰集『続門葉集』には、定為は醍醐寺の僧でありながら入集していない。監修者であった憲淳は親京極派の人らしく、定為の詠が入手しにくかったのかもしれない（この集については岩佐美代子「『伏見院宸筆判詞歌合』新出資料報告と続門葉集瞥見」国文鶴見24、'89・12参照）。

延慶三年（一三一〇）には有名な為世・為兼の、勅撰集をめぐる訴陳があった（延慶両卿訴陳状）。『六巻抄』古今序の注の裏書に、「ならの帝」について諸説あるが、「延慶訴状ニ文武ト書リ、是ハ故定為法印草也、既ニ是ノ宗匠《為世》モ同テ公方ニ被出之上ハ非ニアラザル条勿論也」とある。為世は定為の学識と文章力とを尊重して訴状の草稿を書かせたらしい。なお現存の訴陳状は為世の第三次訴状とそこに引いている為兼の第二次陳状で（福田秀一『中世和歌史の研究』参照）、「奈良の帝」のことは見えないが、散逸部分にあったのだろう。因みに、奈良の帝は俊成が聖武説、定家が文武説で、子孫達は苦慮したらしい。定為・為世は文武説で、為世は聖武説の『古来風体抄』を俊成作でないとして、のち（嘉暦三年）為相が自筆本を提示したこと（詞林采葉）で古来風体真作のことが決定している。

延慶三年八月二十日定家遠忌に「廿五三昧」を修し（新千載二二一七）、某年為家の遠忌に人々に歌を勧め（光吉集二五一）、応長元年為道十三回忌を人々に勧進（拾藻鈔四四七・四九三）。法師として当然の勤めであろうが、家の正統性を誇示する気持も強かったのである。

正和元年（一三一二）三月『玉葉集』成る。定為一首入集。これは歌壇状況からいってやむをえないことである。

また書陵部伏見本『無名抄』（江戸写）に「本云 正和元年五月廿九日以大納言法印定為自筆本書写之」と某の奥書がある。こういう呼称もあったのである。翌年九月某は定為筆本を以て『拾遺愚草員外』を写した。「於此本者以一条定為法印并覚《（玄覚）》僧都尚本正和二年九月下旬之比書写并校合訖」と奥書にある（委細は久保田淳『中世和歌史の研究』を参照されたい）。

この年、三首歌勧進（拾藻鈔一〇〇・一八八）。公順とは親しかった（同二五七・二五八・四八一等）。

この二年十二月定為の弟子行乗は順徳院宸筆本『八雲御抄』を写したが（巻一奥書）、それは弘安十年八月・十月および正応三年七月に玄覚が写したものであった（詳しくは『校本八雲御抄とその研究』参照）。なお玄覚から行乗に直接本が与えられたらしいが、定為の介在も想像されよう。

## 3

『六巻抄』[5]の冒頭を掲げる。

正和三年四月五日参《（行乗）》一条京極亭、古今の説を奉伝授、依年来所望也、被仰《（定為）》云、此集口伝等此道の大事也、されば藤亜相《（為世）》存日のあひだなど定為伝授之器ニ不相当者也

しかし為世が為家から伝授の時、定為は聞書の執筆をしているので、定為から文字読・難義をよく教わって「伝授之儀は藤亜相《（為世）》か為藤卿かにかさねて可被仰也」ということであった。故源承や明覚房為顕が余りに人々にこの集を授ける事を好んだので一門の難があったが、御辺（行乗）はこの道に志深き門弟なので聞き置いた事は残らず伝えよう、と記されている。定為の没後、行乗は為世の二条亭に赴き、嘉暦二年冬から伝授を受け三年二月三日奥書を得た。為世と定為の説は全く違わなかったというから、おそらく定為は執筆の役を勤めた折の手控

えなどによって講じたのであろう。但し深津論文（注5）によると、仮名序注は定為の講説、和歌注は定為の説に為世のものが加えられ、また行乗が独自に他の注釈（僻案抄・顕注密勘ほか）を引用してまとめ、裏書には後の延文五年為明の説なども含んでいるなど、複雑な経過があると推定されている。

なお『六巻抄』の記事若干を考察する。

仮名序「フジノ山ノ煙事」で為兼・為相の不立説を批判しているが、一方「みづぐきの」（古今一〇七二）の歌で、為相が「水ぐきの岡のやかたに妹と我《あれ》と」と読んだのを小倉公雄が難じ、「水ぐきの岡のやかたに妹とあれど」と読んだのについて、定為は「小倉説僻事也」と歌の家の人として為相を上位に置いている。なお公雄は「彼上綱此道ノ先達無左右仁也」と定為を高く評価していたという。

また「御国忌事」の条で「雲禅僧都云、先師法印《（定為）》故吉田大臣殿定房ニ古今伝授之時、御《オン》コキトヨミツケテ侍也、ト申カバ……」とあり、定房にも古今伝授を行った。また右の雲禅の語が直接話法として記されているとしたら、雲禅も定為の弟子であった。雲禅は二条派の歌僧だが、為道の子という説がある（彰考館本冷泉家系図）。なお右は裏書部分なので後年の記載である（定房の任内大臣は建武元年。暦応元年没）。

その定房は正和三、四年頃しきりに歌会を行い（為理集）、定為も某年出詠している（続千載一二六）。また定為は正和三年頃為世勧進の春日社三十首にも加わった（続現葉二八六）。円熟の六十代に入って二条派の重鎮として活躍しているのである。なお年次未詳だが、「一条法印坊三首歌に」として光吉が参じて詠歌している（光吉集一三三）。人々からの信望は厚かった。

文保二年（一三一八）二月二条家にとって待望久しい後醍醐天皇の践祚。九月定為は為氏卅三回忌を人々に勧進（拾藻鈔・四三一・四八三）。十月三十日為世に勅撰集撰進の命が下り、十一月三日事始。和歌所開闔は長舜、連署は為藤・定為・国冬・国道等、奉行は中納言定房（『代々勅撰部立』）。十二月百首詠進の命が下った。この『文保百首』は翌元応元年春から二年夏にかけて人々は詠進する。『井蛙抄』に、

晴の歌は人にも見せ合せ、又我晴に出したる歌にも可校なり、一条法印嘉元の御百首に、道のべに賤が門松荷もていそぐと見ゆる年の暮哉、といふ歌、文保御百首に又此歌あり、さしもかやうの事、執せられたりし人の老後の失錯也、又門弟などにあまた見せあはせられぬ故なり

とあるが、現在の『嘉元百首』歳暮歌は「空にこそ月日もめぐれさのみなどむなしき年の身につもるらん」で、『文保百首』は「いはふべき民の門松になひもていそぐに見ゆる年の暮かな」。「空にこそ」は『続千載』七〇二に入集。頓阿のいう「道のべの」は第三句以下が『文保百首』のそれと同形である。詳しい事情は不明である。なお頓阿は「をしむらむ心はしらず人ごとにいそぐとみゆる年の暮かな」という歌を後に作っている（覚助五十首、草庵集八三五）。

なお『続千載』に『文保百首』の歌として定為の「わたつ海のかざしの浪も白妙に月もてみがく秋の浦風」（四九五）が採られているが、『文保百首』では「明石潟氷をむすぶ月影を浪もてみがく秋の浦風」となっている。『文保百首』の書陵部本・早大本は集成本文だから（蒲原義明「文保百首について」古典論叢12、昭58・6）、草稿本・精撰本その折その折に改作などのことがあったのかもしれない。上記歳暮歌と共に今後の検討が必要である。

『続千載集』は元応元年四月頃、四季部を奏覧、二年七月完成。定為は異本歌の一首を別にして二十首入集。但し伝本によっては一二六・二七一・五四一・一六九五の四首がない。

『続千載集』は『勅撰歌集一覧』『拾芥抄』によると総歌数二一二〇首とある。但し現存伝本の多くは二一四〇（余）首を収め、その中間の数を持つ本もある。いま二一二〇首前後の本は久保田淳本だけだが、吉田兼右本が

二一四二首の内、二三首ほどが細字補入またはすりけしの上に書入れした歌である（すなわちこれを引くと約二一二〇首本に近くなる）。そして兼右本では、

南殿の桜を本府よりうへ侍ける時大内の花のたねにて侍ければ　左近大将冬教

いにしへの雲井の桜たねしあればまた春にあふ御代ぞしらるる（一〇七）

が細字で、「身の春を」（一〇六）の歌の次に入るべき記号で補入されている。冬教が左大将となったのは元応二年四月十二日、すなわち完成の三ケ月前のことで、これによって兼右本の細字歌は補入歌ではないか、と推測される。この補入歌らしき約二〇首には親房・公明・行房・雲雅・是法ら二条派系の人が多く、或は為世がその方針である歌人層拡大の意志によって、初め二一二〇首で奏覧したが、すぐ歌を追加して七月下旬完成披露したのではなかろうか。兼右本・久保田本については『続千載和歌集吉田兼右筆十三代集』（久保田淳解説）を参照されたい(6)。

元亨二年（一三二二）三月『拾遺現藻集』成る（歴博蔵。二条派の私撰集。三弥井書店刊、小川剛生編著による）。定為は二十七首入集で、評価は大変高い。

同年九月十二日、兼右本古今集奥書に「授河合権祝了」とある（松田武夫『勅撰和歌集の研究』。鴨某への伝授か）。

三年秋、『続現葉集』成る（為世撰。続千載撰外佳作の集。翌年追補が為された。福田秀一「中世私撰和歌集の考察」文学・語学15、昭35・3）。『続現葉』は現存歌人の詠を集めたもので、定為は八首（現存本は残欠本）入集しており、従って三年秋までその生存が確認される。正中二年（一三二五）七〜十月二条家の人々と鴨社家の人々とが「一条第会」として月次会を開いているが（飛月集）、ここに定為はみえない。十二月の『続後拾遺集』には十首入集（続千載集より半数を減）。これらによって正中二年には他界していたことが想察される。嘉暦二年（一三二七）冬、行乗が為世の

許に古今の伝授を請うたのだが、『六巻抄』に「故定為法印」「先師被逝去畢」などとあり、元亨三年終り頃から嘉暦二年冬以前（おそらく正中元年前後）に没したのであろう。正中元年とすれば七十三歳、嘉暦二年とすれば七十六歳ほどであった。

## 4

定為の生涯を追跡した所で、その事跡をまとめておきたい。

定為は為世を家長とする二条家を基盤として活動した。和歌の現存状況をみても、その立場は明らかである（算用数字は入集歌数）。

続拾遺2　新後撰7　玉葉1　続千載20（なお異本に1）　続後拾遺10　風雅1　新千載18　新拾遺8　新後拾遺5　新続古今9
夫木2　続現葉8　拾遺現藻28　高良玉垂宮神秘秘書同紙背和歌1
嘉元百首100　文保百首100
住吉社三十五番歌合5

重複歌を除き、約二百五十首現存。右に見るように、『新続古今集』まで、『玉葉』『風雅』を除いて多く採られているのも、温雅な二条歌風が基調にあるからである。

日影さす籬の花のいろいろに露を重ねて晴るる朝霧（続千載・秋上・四三四）

『新後撰』『続千載』の撰集に当たって連署・寄人という役で協力し、請われて詠草に合点し（自葉集。或は為信集も）、行乗や吉田定房・河合権祝らに古今伝授を行うなど、指導力があり、歌人間の信望も厚かったが、古今講説を行っても、最終の伝授奥書を記すことは為世ら宗家に遠慮し、謙虚な態度であった。この慎重さに通ずるのは次の記事であろう。

一条法印云、勅撰は或可然高位の人を賞し、譜代の輩をさきだてらるるあひだ、歌の読ぐち、数寄稽古などは次になりて道の賢愚あらはれがたし、(私撰集)うち聞を撰て、歌の善悪によりて可用捨之由、年来思企侍しかども、打聞も人の恨は同事なるべきほどに終不思立云々　（井蛙抄）

八方美人的ともいえるが、これが定為の性格であり、処世方針であった。

一族の人々（定家・為家・為氏・為道）の遠忌・忌日を修するのは僧として当然の勤めではあるが、同時に正統な血脈を受けている歌僧としての誇りであったと思われる。

実隆記・別記文明十五年十月廿四日の条に、

為氏歌合定為法印所番也一両首見之、已及昏

とある。父為氏の歌を選んで自歌合としたのであろう。定家には自撰の『百番自歌合』が現存し、為家も自撰したという（散逸。為家「文永十一年病おもくおはしける比、兼氏朝臣の執筆にて一期の秀逸を百番歌合につがはれ……」『井蛙抄』跋）。そして叔父慶融が永仁四年六月『俊成卿百番自歌合』（細川文庫本ほか）を撰んでおり、定為はこれに学んで亡父の自歌合を編んだのであろう。俊成・定家・為家三代のあとを承けたのである（散逸）。

このような定為の、家に対する厚い思いが、その筆跡を定家風たらしめたのであろう。定為の真跡は現在、『袖中抄』の一部（及び紙背の申文・書状）、書状（時雨亭文庫）が残るが、定為筆とされる『嘉元百首』（静嘉堂）が定家様であることは注意される（五島美術館『定家様』。なお『和歌文学論集』9『百人一首と秀歌撰』所収の名児耶明「定家様と小倉色紙」など参照。また上述の『後拾遺集』など、定家様の筆跡が伝定為とされるのも故なしとしない）。なお冷泉為広の

「大永元年九年堺津雑書」（冷泉家時雨亭叢書『為広下向記』釈文一〇五〜七頁）に、何集か不明だが、定為筆の定家筆跡を模した歌集を為広は見ているが、外に定為の名のない同様の奥書が挙げられている。不分明だが、定為筆というものは多かったらしい。

定為の第が一条京極にあったことは『六巻抄』によって明らかだが、「前中納言定家はやくすみける京極の家にて歌合し侍りける時」という定為の歌（新千載二四七）の京極の家も定家の一条京極邸で、恐らくはそれを伝領していたのであろう。

耕雲千首付載消息（書陵部。竹柏園旧蔵）に、

　身（宗良か）の昔は為世・為藤・定為法印、他家には公惟（雄）小倉中納言など、毎月に歌会候て、歌のさたとて日をさだめて一条に定家が旧宅にて談義候し時（下略）

とあるが、この歌会の様子は宗良親王が十代初めの元亨頃（元年が十一歳）の事ではなかろうか（拙著『中世歌壇史の研究南北朝期』）。右の一条旧宅も定為の住宅と思われる。そして定為没後かと思われる正中二年七月「一条第会」として為世以下、二条家・鴨家の人々によって月次会が行われているが（上述、飛月集）、これも一条京極邸と思われ、どうもこの定家邸は二条家が伝領していたらしい。定為はその管理者として預って房にしていたのかもしれない。なお定為の交友圏は既述したが、一族や定房・公雄・祐臣・光吉・元盛らのほか、例えば行済（続千載二七二）など、ほぼ二条派の人々に限られたようだ。

定為の顕著な業績に古典の書写など、繰り返し述べるまでもあるまい。書名のみを挙げれば、顕注密勘・袖中抄・後拾遺集・無名抄・拾遺愚草員外および古今集。

歌学に造詣の深かったこともいうまでもないであろう。古今集については『六巻抄』の講説について窺知しう

るし、「延慶両卿訴陳状」における訴状の一部を草したことがあった。また『井蛙抄』には、西園寺実氏が「寛元六帖俗に近く続古今新撰者無秀歌」と言ったことを為家が書状に記していた、と定為が為藤に語ったことがみえ、なお有名な『六百番歌合』における寂蓮・顕昭の「独古かまくび」の争いも定為の言であったといい、定為は家の語りをよく伝える人であった。

定為はけれんのない、真面目な性格であったようだ。生涯を通じて為世を中心とする宗家、いわゆる二条家の協力者・擁護者としての態度を貫いた。一族、就中為世の周辺からも家に忠実でない人々が次々に出てくるのを眼のあたりにした危機感も強かったであろう。古典籍の尊重、歌学の蓄積、古典講説から書風の習熟に至るまで定家の正統であることに誇りを持ち、その立場を堅持していこうとした歌僧であった。「才学無比肩之人、偏助彼家」という『古今秘聴抄』の評はきわめて的確なものというべきであろう。

**【注】**

（1）別項（〔藤原盛徳〕）参照。

（2）これより前に記された文永七年『為氏卿記』（零本。『冷泉家時雨亭叢書』所収）の中に「一条法印」の名がみえるが、これは定為とは考えられない（定為はまだ法橋にもなっていない。なおこの記で為氏が寵愛しているのは「菩提山《(尊信)》禅師秘蔵童」（為氏子の実聡か）、「亀」（為実？）、「法眼」（叔父の慶融？）ら。

（3）久保田淳『中世和歌史の研究』にその伝を所収。定為と関わりがあった（後述）。

（4）國學院大學本には了佐の極めはないが、了音（古筆家六代）の「代付」（代金三十枚）、「証文」（定為筆なること、補書一枚と奥書が光広筆なる由を記す宝永五年季冬下旬の記載）がある（各楮紙厚紙）。なお本集は川村晃生校注『後拾遺和歌集』、『新編国歌大観』後拾遺集解題（後藤祥子執筆）に掲出されているが、後拾遺集のどの系統にも分類しえない由である。

（5）六巻抄の本文で公刊されているのは『古今和歌集聞書』（ノートルダム清心女子大学古典叢書、赤羽淑編）、『古今集聞書』（曼殊院蔵古今伝授資料三、浅見緑解題）、『六親』（東海大学蔵桃園文庫影印叢書十、金子金治郎解題）の影印があり、片桐洋一『中世古今集注釈書解題三』に東山御文庫本の翻刻と解題がある（本稿引用はこれによる）。論文には深津睦夫「六巻抄と宗匠家説」（国語国文、昭62・2）、「宗匠家説とそれをめぐる注釈南北朝期」（『古今集の世界伝授と享受』）、小川剛生「南北朝期の二条家歌人と古今集説」（明月記研究3）等がある。

因みに記しておくと、為明（為藤男）は為世に古今を伝受したが、定為筆本を用いたらしく、またこの定為筆本は為明が所持していたらしい（『諸雑記』）。また安田徳子「二条為明の生涯」岐阜聖徳学園大学国語国文学19・'00）。

（6）続千載集の伝本については中條敦仁「続千載集諸本論」（和歌文学会関西例会、'99・4発表）を種々参考にした点を記しておきたい。その折の中條氏の見通しと上記私見とは若干の相違があるが、何よりも氏の成稿公表が俟たれる。

（7）伝定為筆のもの。拾遺集（静嘉堂本。片桐洋一『拾遺和歌集の研究』参照）。歌集断簡（富岡美術館、手鑑「文彩」）、新勅撰集断簡（五島美術館、手鑑「筆陣毫戦」）、古今集（徳川美術館）、続千載集切（平野切。「藻塩草」「翰墨城」、藤井隆・田中登編『国文学古筆切入門』）ほか。なお伊井春樹・高田信敬編『古筆学提要』、小松茂美『日本書流全史』等参照。

また書写に関わった記事も多く（例えば、類従本『拾遺抄』奥書）、とにかく定為筆と称するものは多いので省記させていただく。

（8）これに近い文章が、「右の大臣」（誰か不明）の語として「耕雲口伝」の終部にみえる。為世存生の時、「為藤卿、定為法印」ら一門と公雄らが「定家卿遺跡、京極の家にて毎月の歌談義とて……」とあるが、同じ一条邸であろう。

# 第五章　藤原為実略伝——年譜形式で——

## 1

為実は『公卿補任』の延慶二年（叙三位の折の）尻付によると、為氏の四男で、母は左京大夫重名女。伊与内侍という（尊卑分脈等）。文永三年叙爵。補任に、公卿となってからの家名には「五条」とある。嘉暦三年（一三二八）には六十三（歳）とあり、元徳二年（一三三〇）には六十五歳と記され、元弘元年（一三三一）には記載なく、二年六十七歳、三年七月二日没、六十八歳とあって、嘉暦三年以後の年令記載に齟齬はない。但しこれによると、文永三年（一二六六）生となる。そうすると叙爵は当歳（数え年一歳）となる。仮に父の偏愛を受けていたにしても疑問が生じよう。彰考館本『冷泉家系図』（以下、系図と略す）には「文永元年月日誕生」とあり、文永元年誕生説を採り、これによって年齢記載があるが、嘉暦三年六十六歳、元弘三年の享年を七十一歳としていて、これに従うと、文永元年より一年前の弘長三年（一二六三）生となる。以上のように資料にくい違いがあって、弘長三年、文永元年、文永三年の出生と三説が生じている。

文永三年叙爵は補任・系図ともに一致するが、生年は上述のように不審なので、弘長三、文永元の両説が妥当と思われる。が、ここでは生年を明記している文永元年説にいちおう拠っておくことにする。

補任には為氏の「四男」とある。分脈・系図では、為世・為雄・為実・為言の順に記載され、三男となる。なお為氏の子には僧となった実聡がおり、系図に「為世卿兄也」とあるが、文永十年二十四歳という記載もあり、これによると、為世と同年の建長二年（一二五〇）生れとなる。おそらく母が異り、若干早く生れたのではなかろうか。

為世の母為氏室は飛鳥井家の教定女で、同母弟に定為がいる。建長四年頃の生であろう（別項）。為雄は系図によると建長七年生。母は不明だが、和歌とは無縁な生涯であった。おそらくは為世の異母弟であろう。なお実聡も定為も僧となったので、普通は兄弟の順には加えず、長子為世、次子為雄は間違いない。

第三子は誰であろうか。為実と為言とのどちらかである。為実は文永元年生で、為雄より九歳下である。まず為言について述べておこう。

『勘仲記』、弘安九年閏十二月八日の条に、

（前略）参議右兵衛督為世卿、中将為雄朝臣、左馬頭為忠等復任云々、其外可尋注

とある。此れはおそらくこの年九月十四日為氏の死によって服解した諸子達が復任したことを述べているのであろう。

右の内、為世・為雄が為氏男であるころは申すまでもない。為実の名のないことは疑問だが、「為忠等」とある中に入っていて、省記されたのであろうか。しかし左馬頭為忠が為氏男であるとする系譜類は管見に入らない。

弘安期、為忠という廷臣は二人いたようである。一人は、『勘仲記』弘安二年八月廿八日、御書所作文に「文人」として、殿上人の中に名のみえる「為忠」（「朝臣」とないので五位か）である。同年八月十三日亀山院御幸の供

奉に名のみえる「民部権大輔為忠」で、儒家漢詩文系の人である。分脈、高藤流に、民部輔為忠が二人（高俊男と高経男）いるが、何れかであろう。

もう一人は右の八月十三日御幸の、宮御方（亀山院皇子。母は新陽明門院）の供奉の内に見える「左馬頭為忠」である。この為忠は『勘仲記』『実躬卿記』にしばしば名がみえる。建治二年十一月廿五日今宮方の仁王会および十二月廿五日女院方御仏名に参仕した為忠は同一人物の可能性があろう。

この為忠の、弘安年間の記事を一々掲げるのは煩雑なので、注意すべき点のみ記す。

『勘仲記』弘安二年正月九日の法成寺修正、亀山院御幸の供奉人に「左馬頭為忠」とあって既に左馬頭に任ぜられていたが、「朝臣」とはなく、すなわち五位であった。『春の深山路』三年三月一日、五月十四日東宮鞠の会に為世・兼行・為雄・為実らと参仕（「朝臣」とはない）、『実躬卿記』六年正月十七日亀山院嵯峨殿御幸の供奉人に「……為忠等朝臣」とあり、これ以前に四位に昇っていたようだ。以下しばしば御幸の供奉に参仕し、亀山院に近仕していたらしい。八年三月一日貞子九十賀の蹴鞠御会に「……為忠朝臣衣冠、薄色衣、紅単」とみえ、この折、為氏・為世・為兼・為雄・為実・為道も人数にあり、御子左一門の人と思われ、それ故、その家芸としての鞠の嗜みがあったのであろう。ただこの会の前に行われた和歌御会には加わらず、歌人ではないと見てよいであろう。

さて、この八年十二月四日亀山院北白川殿御幸に「……為忠等朝臣」の名があるが、同月十九日亀山院賀茂社御幸の供奉人に「……為雄・下官（実躬）・為言等朝臣」と『実躬卿記』にみえ、九年（前半実躬卿記欠）、八月一日から九月八日までの間に為言朝臣の名がみえて、すなわち八年十二月十九日以降、為忠朝臣の名なく、為言朝臣の名が頻出するが、これは十五日の間に改名したとみてよいのではないか（唯一例外が九年閏十二月八日の『勘仲記』の為忠だが、これは左馬頭為忠の旧名をうかつに記して了ったのではなかろうか。すなわち為忠が為世らの弟為言と推定されるのである。

九年九月為氏没後、しばらくその名の記録にみえないのも、父の服喪中であったからであろう。）

弘安十年年末以後、記録に名を見せることが極めて少なくなる。正応二年（一二八九）二月十九日関白二条師忠の宇治行の供人の名に「地下公達」として「左馬頭為言朝臣」の名が『勘仲記』に久しぶりにみえ、左馬頭は現職のままだが、おそらく新帝伏見の践祚（弘安十年十月）に当たって昇殿を聴されなかったのであろう。その後も、亀山院には近仕し、院の殿上は聴されていたようだが、正応四年十一月六日源師行邸和歌会に、珍しく歌人として出席「……前左馬頭為言等朝臣」（実躬卿記）とあり、既に左馬頭は辞していた。永仁三年（一二九五）閏二月十九日亀山院御幸に供奉したことが『実躬卿記』にみえる最終事蹟であろうか。

まとめておくと、為言は初名為忠、弘安八年十二月改名。主として亀山院に近仕、四位左馬頭を極位極官として永仁三年まで事跡が確かめられる。

為忠の公事参仕は弘安二年（或は建治二年とも）左馬頭であったから、まずはその頃二十歳ほどと思われる。仮に弘安二年（一二七九）を二十歳とすれば、文応元年（一二六〇）生。文永元年生の為実の兄になる。憶測だが、為言が侍従―少将―中将というコースにのらず、公卿に列せず、四位左馬頭で終ったのは、母が側室であったというような事情があったのであろうか。最終事蹟の永仁三年は三十六歳ほどであったと思われる。なお為言については別項（俊言の項）で再び言及する。

為言が公卿に列せず、早世であったために、公卿となった為実が、実は四男であったが、三男とされたのではなかろうか。系譜類はすべて為実が為言より前に記されている。

## 2

母方の重名は長良流、代々四位か五位を極位とする官人を出す家で、重名は後嵯峨院の近臣、上北面で、内昇殿を聴され、正四位下に昇り、文永五年院の出家の供をし、願西と名乗った（井上『鎌倉時代歌人伝の研究』四六九頁）。その女伊与内侍（詳しくは未考）と、為氏は文応前後に交渉があり、やがて為実をもうけたと思われる（玉葉集の伊予は花園院の侍女で、別人）。重名は和歌を嗜み、文永二年七月七日白河殿七百首および七月二十四日歌合（院側近を中心とした歌合）に作者として連なり、『続拾遺』『続千載』に各一首入集する。

為実は為氏四十四歳の子で、当時としては初老すぎてからの末子であり、為実を可愛がったらしい。三年正月三歳にして叙爵、六年正月六歳で従五位上（為世は二歳で叙爵、六歳で従五位上）。

『為氏卿記』は文永七年十〜十二月の三ケ月しか現存しないが、近親者として、法眼、亀という人物が二十数回にわたって登場し、同車して嵯峨（為家の許か）に赴いている。法眼は慶融らしいが、「亀」は七歳の為実の幼名の可能性があろう。

以下しばらくの年譜形式を混えて記す。

文永八年（八歳）七月二日、叙正五位下。

同十一年（十一歳）二月二十日、任左兵衛権佐。十一月十四日（十七日とも）、任近江守（大嘗会国司）。

建治元年（一二七五。十二歳）五月一日、祖父為家没。

同二年（十三歳）正月五日、叙従四位下、権佐を辞す。

この年。秋と思われるが、住吉社三十五番歌合が行われた。為氏一門と津守神主一族との歌合で、為実の五首は異母兄定為と番えられている。

夕日影うつろふ雲にあらはれてよそのもみぢぞ色まさりける（夕紅葉。十八番左持）

つらさのみつもりのうらのあさゆふにほすひまもなき浪の下草（寄草恋、廿五番左持）

など、十三歳とは思えない出来ばえである。勝二、持三という成績を見ても父の手が大きく加わっていたのであろう。そして父が為実を歌人として成長させて行くことを期待していたことが察せられるであろう。

弘安元年（三七八。十五歳）十二月二十七日、任右権少将。

同四年（十八歳）六月五日、「府労」として従四位上。

同六年（二十歳）十月三十日、叙正四位下。

おそらく父の庇護によるのであろうが、順調な昇叙である。ただ為世・為雄・為忠の公事参仕の記事は記録類にしばしば見えるが、少将為実の名は殆どみえない。

弘安八年三月一日、貞子九十賀の盛大な催しに、為実は和歌を献じている。続いて行われた蹴鞠御会に、為氏・為世・為兼・為雄・為実・為道・為忠と共に人数に加わっている。この時為実は正四位下であり、為忠より前に名が記されており（実躬卿記）、為忠の位を越えていた。歌・鞠の素養は家の人として既に備わっていたようだ。

同年八月十五日亀山院御所の御会の詠進メンバーの中に、「為具」（実躬卿記）とあるのは為実ではなかろうか。九年三月二十七日の春日社行幸の供奉の人数に「左少将為実朝臣」（勘仲記）とあり、某年左少将に遷っていた。七月二日春宮方の会に講師となっており（中務内侍日記）、二十三歳の若さだが、和歌の家の人として認められていたらしい。八月十七日の亀山院の亀山殿御幸に供奉（実躬卿記）、この頃、少将としての勤めは果していたようだ。そして九月父を喪い、先述の如く閏十二月には為世・為雄・為忠（為言）は復任。おそらく為実も同様であったと思われる。

### 3

**弘安十一年**（一二八八。四月二十八日正応と改元）　二十五歳。

正月二十九日、宮内卿高階重経邸の月次会に赴く。実仲・実任・実躬・隆久・仲頼・頼泰がメンバーで、会途中で上方（亀山院の御所の方角）で火災があって中止、為実らは御所に参じている。二月二日あらためて五十番歌合が行われた（実躬卿記）。頼泰（平氏）は、『続拾遺』の作者と同一人物か。為実のみ歌の家の人である。

三月四日、亀山院嵯峨殿御幸、為雄・為実参（実躬卿記）。五月二十三日、左中将に昇る。

**正応二年**　二十六歳。

正月十九日、伏見天皇角御所で鞠の会。為世・雅有・為兼・為雄・為実・為道・範藤。二十四日も鞠の会が行われた（メンバーはほぼ同じ）。二月二十一日、天皇の許で俄かの鞠の会、為兼・為雄・為実・説春のみ。三月二日の鞠の会にも加わる（伏見院記。鞠の会が盛んで、御子左の人々は家芸として多く連なる）。三月二十四日鳥羽殿朝覲行幸の会。題は「花添春色」。彰考館本『晴御会部類』の内（『新編国歌大観』十所収）。天皇以下、晴の会であるから、為世・雅有・為兼・隆博ら歌道家の人々が出詠。為実の位署は「正四位下行左近衛権中将臣藤原朝臣為実」。

五月三日、後深草院鞠の会。ここにも為世・雅有・為兼・為実ほかの人々が参じている（実躬卿記）。

**正応三年**　二十七歳。

正月四日に次の記事がある。

『愚秘抄』（木板本）奥書（歌学大系四解題）

于時建保五年七月七日於住吉御前参籠之次、聊所註付也、且思道之故、且懐子之源也、仍凌老眼不堪宣愚意之浅旨耳

前中納言藤原朝臣定家在判

本云
以彼自筆本于時宝治元年十月六日於北山亭書写畢

前大納言藤原朝臣為家在判

于時以彼本弘長二年八月十一日相伝畢

前中納言藤原朝臣為氏在判

正応三年正月四日件本同京極黄門自筆本共相伝畢

侍従藤原朝臣為実在判

次の通春奥書は正和三年の条参照。

正応三年は為実左中将であり、「侍従」とあるのは不審。また後に述べるように、正和三年にはこの書を通春に伝えているから、こののち為実およびその周辺で、定家住吉参籠の折に執筆したとして仮託されたものであろう。

正月十日、内裏鞠始に参仕（伏見院記。実躬卿記）。二十日内裏歌会にも。為世・為兼・為道ら一族、兼行・家親・定成ら天皇に近い廷臣（後の京極派有力歌人）も加わり、為実は講師を勤めた（伏見院記）。

九月十三夜御会（神宮文庫本等。『新編 国歌大観』十所収）。伏見天皇内裏会。「夕月」等三首。為世・為兼らと共に出詠。

**正応四年**　二十八歳。

正月九日、宮中御会始には「献懐紙不参」であったが、同日の鞠始には参じている（実躬卿記）。伏見天皇は文永二年生、為実より一歳下の二十七歳。

十一月七日、源師行和歌会に出。当座五十番歌合。為言も出席（実躬卿記）。

**正応五年**　二十九歳。

三月二十六日「月次御会今日重経朝臣密々可申行」として、重経家で行われている五十番歌合が白川殿（亀山院御所）で催された。中院通重・中御門為方・為実・為定（為言か）や六条有房も出席している（院の意向による会であろうか。盛会のようであった）。

八月十日厳島社頭和歌。書陵部の続類従のもとの本を底本として『大観十』所収。藤原親範が父の病を厳島明神に祈り、平癒した報賽に人々に詠ぜしめたもの。為実は「夕述懐」を詠。

**永仁元年**（八月五日改元。一二九三）　三十歳。

七月八日、伊勢公卿勅使為兼を見送りに赴いた為実が落馬した、と為雄や為道が語ったことを伏見天皇が日記に書き留めている。酉の刻には「雷一声」があった。信愛する臣為兼の公務の旅立ちを気にかけてのことのようだ。八月十五夜の宮廷歌会には「不参」（実躬卿記）、しかし懐紙は進めて、五首歌は現存する（書陵部。『新編国歌大観』十所収）。

**永仁二年**　三十一歳。

五月二十八日、禁裏和歌御会には、為世・為兼・雅有・隆博・為相ら家の人々と共に出席、関白以下も加わった晴の会で、題者は為兼、講師は為道（実躬卿記）、為兼の歌壇への進出顕著。

**永仁三年**　三十二歳。

為顕この年まで生存。『竹園抄』は為顕が関与して成ったことは確かであるが、おそらく為実は為顕から『竹園抄』をえていた可能性がある。また直接授与されてはいなくとも、為顕の蔵書が東国辺で伝流していたのを為実が入手したとも推測される。為実は十一項目を記す『竹園抄』から、和歌会作法のみを引出して『竹園抄』と号して某法師に与え、残りの十項目に自己の考えを加えて『詞引袖宝集』を仕立てたという。某法師に与えたという記事は今川了俊の『落書露顕』にもみえる。また為実の『竹園抄』を写したとする奥書ある伝本も存する（蓬左文庫本。三輪正胤『歌学秘伝の研究』七四〜五頁参照）。

なお参考までに落書露顕の文章を掲げておく。

此間、号竹園抄とて、和歌の会の作法を注したるを一見するに、定家卿真筆の跡に替りたる事多し。かの奥書を見るに、為実朝臣のたれやらん法師に与へられたる歟。以家本書之と云々。弥々不審也。かの家抄物は為相卿一人の外は、定家卿の子孫の中に不及披見物也。鵜の本末（愚秘抄）とか云秘抄も、二条家には名をだに不尋知をも、かの為実朝臣の号口伝云々。更難心得事共也。

次に永仁の年時が記されている『三五記』上巻（鷺本）の奥書を神宮本によって掲げる（板本もほぼ同）。

遺老藤原朝臣定家在判
建保五年八月廿八日記之畢
藤原朝臣為家在判
以彼本于時宝治元年十月廿九日於京極宿所書写之
藤原朝臣為氏在判
文永六年二月七日彼自筆本相伝之
藤原朝臣為実在判
永仁三年七月六日彼自筆本相伝之
（次の奥書は正和二年の条に）

板本下巻にもほぼ同様の奥書あり、為実の奥書は永仁二年七月六日となっている。この奥書は信ぜられないとされている（後述するが、『三五記』の成立はかなり下ると思われる）。

なお永仁三年の事蹟を一つ掲げる。

『夫木抄』（巻三十三、一五五九三）に次の歌がみえる。

もしほの衣

永仁三年内裏御会　　為実朝臣

くみぬらすもしほの衣ふきほさで風のみせたるうらの月影

とある。この年の内裏歌会は『俊光集』、『実躬卿記』八月二十六日の条にみえるが、右の夫木抄の会は何れか明らかでない。

**永仁四年**　三十三歳。

永仁四年仙洞歌合に　　正三位為実

［　］よそになるみのしほ風にひがたの千鳥遠ざかる哉

『拾遺現藻集』(冬・三〇四)にみえる歌だが、これは同集の校注(小川剛生氏)にあるように後宇多院仙洞の会であろう。なおこの年五月十五日為兼の第一次失脚。権中納言を辞している。因みに、有名な「遠くなり近くなるみの浜千鳥なく音に汐の満ち干をぞ知る」は冷泉為守の詠と伝えるが(兼載雑談)、この歌の変形のような感もある。

**永仁六年**　三十五歳。

亀山殿五首歌合に　　前参議為実

哀など春や昔の月故に俤霞む宿をとふらん　(藤葉集・恋下・六二八)

という歌がある。年次不明歌だが、『新拾遺集』(恋三・一一七九)に「永仁六年亀山殿五首歌合に、来不留恋の心を　正二位隆教　おのづからきてもたのまず涙せく花色衣かへりやすきは」という歌がある。「亀山殿五首歌合」は、或は何度か行われたかもしれないが、一応同じ折の可能性もあろうと考えておく。

この年三月、為兼は佐渡に配流された。

**正安二年**（一三〇〇）　三十七歳。

五月、藤原為道の一周忌に当たって公紹（中納言藤原実世子、醍醐寺の僧、新後撰集等作者）と追悼歌を贈答（続門葉集六七〇）。

**同三年**　三十八歳。

正月二十一日、伏見天皇退位、後二条天皇践祚（正安の政変）。

十一月、為世、後宇多院より勅撰集撰集の命を受ける。

**嘉元元年**（一三〇三。乾元二年、八月五日改元）　四十歳。

閏四月、為兼帰洛。

この年、嘉元百首が召されたが、為実は（為世としっくり行かず、未熟という理由でか）人数に入らず、十二月十九日奏覧の『新後撰集』には二首入集。為世十一、源承八、定為・為道七、為藤・慶融六、為世女為子五首に比べると、冷遇である。その二首も恋歌である点も合せて為世から高く評価されていなかったと思われる。

この年、伏見院側で歌人より三十首を召した。別府節子「『伏見院三十首歌切』について」（出光美術館研究紀要2、'96・7）および追補として「鎌倉時代後期の古筆切資料」（同9、'03・12）に詳しい調査研究がある。これによると、現在分明な作者三十五名の内、京極派・持明院統系十九名、二条派・大覚寺統系四名、その他（飛鳥井・九条、権門の人々ほか）十二名となる。二条家の家の人としては為世・為実の二名のみで、為実の歌は諸歌集や古筆切などから十二首採集される。一首を掲げる。

浦風のいりしほ高く吹きこせば空に声してゆく千鳥かな　（藤葉集三三八）

右に述べた点から、この三十首は二条家に対して好感が持たれず、そして為実は伏見院や為兼から忌避されてはいなかったと思われる。

**嘉元二年**　四十一歳。

十月七日、十五年ほど勤めた左中将を辞した。任少将より数えると、近衛次将として二十五年以上になる。ただ記録を見ても、行幸・御幸の供奉をはじめとして、勤務に名をみることは少ないようである。

仙洞三十首、花歌　　為実卿

うらみばや御はしの前にとるほこの身をたてかぬる花の下かげ　（夫木抄・雑・一四一七二）

伏見院三十首歌である。近衛次将としての述懐である。永年勤めても昇階しえぬ嘆きであろう。詠歌の時期は不明だが、在任期間が長かった感はある。

為実の勤務が精励とみえないのは、一つには関東滞在があったのではないか、と思われる。それについて触れておこう。

**嘉元三年**　四十二歳。

為実は嘉元三年に『楚忽百首』というものを詠んで、これを鶴岡社に奉納している（夫木抄三七一八・九一六三）。鎌倉滞在中であろう。四十歳すぎてのこの年が始めての東下ではないであろう。

うれふることありてあづまにくだり侍りける秋、月をみてよみ侍りける　　為実朝臣

つかへつつ人よりちかくなれし身をおもひいでずや雲の上の月　（柳風抄・八一）

『柳風抄』は延慶三年頃の成立だから、この歌はそれ以前の作としかいえないが、宮廷参仕の身の不遇感を込め、憂いを抱いて東下した思いを叙べている（なお東下の歌は拾遺現藻集三九九にもみえる）。年時ははっきりしない

が、嘉元三年より前、かなり早い頃から関東に下ることがあったのではあるまいか。

『楚忽百首』を詠む（夫木抄に十七首。一九七八・二二七五・三七一八・四五八二・五一八五・五四一九・六五三八・七一八一・九〇四六・九一六三・一〇二七六・一一二八一・一二五〇八・一四九八六・一六〇八二〜四）。『楚忽百首』というのは、深く思慮しない、早々の内に詠んだ百首という謙称であろう。慈円のそれが古いものらしく（拾玉集七〇一〜）、為家も弘長元年に詠み、それに倣ってか永仁元年に為顕が、また年時不明ながら為相も詠じた（夫木抄）。関東ではしばしば試みられた百首であったのか（不遇な身の上を嘆く人々が多かったからか）。

**徳治元年**（一三〇六。十二月十四日改元）　四十三歳。

十〜十一月、『当座百首』を詠じた。『夫木抄』に十七首みえ、「十月」とあるのが八首（八六四以下）、十一月とあるのが「七首」（一二八八以下）、月のない（二七八・一七〇一五）のが二首で、二・三度百首を詠んだという可能性もあるが、「十月」「十一月」は何れかの誤写とみておく。

4

**延慶元年**（一三〇八。十月九日改元）　四十四歳。

八月二十五日、後二条天皇他界、花園天皇践祚。

**延慶二年**　四十五歳。

三月二十九日、叙従三位。公卿に列した。約四年半の散位の時期を経てであった。近衛次将が長かったし、家柄からいっても公卿になることは無理ではなかったと思われるが、推挙者がいたのであろうか。関東滞在による武家との親交の結果、そのあとおしがあったのか、或は為兼辺の推薦があったのか。

十一月、通春に為実は所持の『和歌密書』の書写を許す。

本云
凡此道至極条々載之畢、仍為備後家之了見不顧老眼不堪所翰墨也、尚以不可有他見云々　　前藤亜相在判

彼批云

自冷泉左中将殿為実申出彼本、于時延慶二年仲冬上旬令書写之畢　　通春

『和歌密書』は「第一用意部」「第二六義部」以下、「第八疎句部」を内容とする歌学書。「第一」は『八雲御抄』と、「第二」以下は『三五記』（下）と深い関わりを持つ（『三五記』下の原初的なものはこれ以前に成立）。「前藤亜相」は為氏かと思われ、権威づけと見られる。通春は新宮別当といい、熊野系の僧と考えられる（三輪『歌学秘伝の研究』）。この書の成立は為実の周辺にあったと見られるようである。

**延慶三年**　四十六歳。

この年（あるいは前年末頃か）、為相は『柳風抄』を撰んだ。為実は二首入集（一首は上掲、東下の折の歌）。この集に入ったのはすべて為相と関わりのある人々である。

この年、勝間田長清（為相門）、夫木抄を撰ぶ。為実は八十八首ほど採られている。おそらく関東において和歌資料を為相に提供したのではなかろうか。ここに採入されている歌によって、前述の『楚忽百首』『当座百首』などの営みが知られるが、そのほか「名所歌」十六首、「菊」（九十九首菊歌の内）三十首が知られる。かなり熱心に和歌に立向っている。

清見潟磯山もとの浪の上にせきもとどめずかよふ松風　（九五八九）

など、名所歌は旅と重なって清新な感のものが多い。八五〇三の「仙洞百首」の委細は不明。

この年か。『続千載』（秋下・五〇七）に、「二品法親王家五十首歌に、竹間月　ささ竹の大宮人はとひもこで葉

分の月をひとりこそ見れ」、『拾遺現藻集』（八二三）に「二品法親王家五十首歌に」とあって、為実は二品法親王覚助の五十首の作者となっている。『覚助五十首』は、延慶ごろ、正和四年、文保頃、元亨頃とたびたび召されている（拙著『南北朝期』一七七頁参照）。覚助は二条派系の歌人であるから、作者には為世以下二条派系歌人が多いが（京極・冷泉派の人はみえない）、為実も家の人として加えられたのであろう。右が延慶度か正和度（または文保度か）不明だが、いちおうここに掲げておく。

**正和元年**（一三一二。三月二十日改元）　四十九歳。

三月二十九日、為兼、『玉葉集』を奏覧。為実は六首入集。為世十首、為藤・為世女為子五首、定為一首などに比べると、まずは優遇といえるであろう。

たれにかは秋の心も愁へまし友なき宿の夕ぐれの空　（秋上・四八四）
あふ坂やいそぐ関路も夜やふかき袖さへしめる杉の下露　（旅・一一三七）
夕まぐれ風も野分と吹きたてばよもの千草ぞしづ心なき　（雑一・一九五九）

など、自己の心境に即し、或は独特な表現で（——は独異句）、注意してよい歌が多い。「たれにかは」は関東における孤愁であろうか。

**正和二年**　五十歳。

『三五記』（鷺末・神宮本）に次の奥書がある。

正和二年六月廿三日蒙芳免書写之、但非戸部（定家）自筆本、以彼自筆本（可脱カ）書写之也

また東大研究室本には、

正和六（二）年六月廿三日　　蒙芳免令書写之畢　　通春

新宮別当二位僧正通春

とある。定家自筆に非ざる本によって写したとあるが、この前の為実の奥書（永仁三年の条に掲出）には、為実は定家本により写した、とあり、ここでは為実は通春には為実筆本の書写を許したというのである。定家自筆本というのは勿論疑問である。なお次年参照。

**正和三年**　五十一歳。

『愚秘抄』（彰考館本・内閣本・東北大本等）には、建保五年定家・宝治元年為家・弘長二年為氏・正応三年為実奥書（正応三年参照）に続いて次の奥書がある。

正和三年二月十八日相伝之、自或貴方不慮之外賜之、染筆者也

蚊山松下通春

とある。これは為実より下賜されたとみるべきなのだろう。

以上によって、『愚秘抄』『三五記』は（少なくとも現在みる形の原型は）この頃までに為実が関わりを持って成立していたとみられるであろう。但し三輪著書（三二一～五頁）が指摘するように、異本を博捜すると、為実一人ではなく、為実を頭にいただきつつ、他の流派とも交渉を持った集団（為実流）の手に成ったということであろう。その伝流者の一人に通春がいたのである。すなわち正和の頃には、為実を頂点とする流派（グループ）が形成されていたのであろう。

**5**

**文保二年**（一三一八）　五十五歳。

正月五日、叙正三位。

二月二十六日、花園天皇、後醍醐天皇に譲位。後宇多院政開始。
十月、後宇多院、為世に勅撰集の撰進を下命。人々に百首詠進を命ずる（文保百首）。為実もその人数に入る。

**元応二年**（一三二〇）　五十七歳。

春、『文保百首』を詠進か。「春日同詠応　製和歌　正三位臣藤原朝臣為実」と端作りがあり、元応元年春の可能性もあるが、二年春とみておくのが適当であろう。

総体的にみて、他にみえぬ、いわば特異な句を用いた歌が多い。二、三挙げる。

いはがくれしみつく色のかはるまでたるみのうへに残る白雪　（春）
峰の月みぎはの氷さへかはし空をうつして色ぞあらそふ　（冬）
ほさずともさらばあふよをまつしまや名こそをじまの浪のぬれ衣　（恋）
さびしさの心のきはもなき物はしらぬ野山の夕べなりけり　（雑）

珍しい表現による新しい趣向を目指し、あるいは「さびしさの」の歌のように、深い寂寥感を表出した詠もある。

面影はただそのままにのこるかな昔は馴れし雲の上の月　（秋）
つかへこしみのの中山へだつともしづみなはてそ関のふぢ川　（雑）

のような述懐調もある（後者は定家の藤河百首歌を踏まえた歌）。

君が代にふたたびかへるかひありてかさねてよする和歌のうらなみ　（雑）

大覚寺統の復権、後宇多院の院政をことほいだのである。
全体としてやはり変化の色調があって、興味深い所があろう。

七月二十五日、『続千載集』奏覧。為実は九首入集した。為世三十六、定為二十、為藤十七、為世女為子十三首に比べれば少ないが、為定六首、他家の雅孝七、為相五首に比べれば、この度はまずまず妥当な待遇のされ方であろう。なお九首の内、五首が恋歌である。恋歌が得意であったというよりは、比較的恋歌に穏やかなものが多かったからかもしれない。

夢にてもまたあふことやかたからんまどろまれぬぞせめてかなしき（一五三四）

**元亨二年**（一三二二）　五十九歳。

三月、『拾遺現藻集』成る、撰者は不明だが、二条家系の撰集である。入集者はほぼ現存者のようである。為実は八首。為世三十二、定為二十七、為藤二十五、為定十、為相十一首で、好遇とはいえず、やや異端の気味ある庶流歌人と見られての待遇であろうか。

**元亨三年**　六十歳。

この年、『続現葉集』、いったん成り、翌年増補か。かつて為氏が『続拾遺集』の選外佳作編として『現葉集』を編んだが（散逸）、為世が『続千載集』の選外佳作編として撰んだらしい（福田秀一「中世私撰和歌集の考察」。文学・語学15、昭35・3）。為実は三首入集。ただし現存本は残欠。

三月、為藤、後醍醐天皇より撰集受命。

**正中元年**（一三二四。十二月九日改元）　六十一歳。

七月、為藤急逝、十一月、為定が撰集の業を継ぐ。

**正中二年**　六十二歳。

正月二十九日、任侍従。四月二日、任参議（侍従を辞すか）。散三位より現任の官となった点は注意される。

七月七日、内裏御会に参（冷泉家時雨亭叢書『中世百首歌　七夕御会和歌懐紙』）。

七月二十日、花園院に謁し、二十七日東下の暇乞い。「歌事等談之、藤大納言所立之義、非所存之由申之、為兼卿所立、又大概雖甘心、有聊参差云々、不能委記」（花園院記）。花園院に向ってであるからか、為世の考え方に賛成せず、少し食い違いはあるものの為兼の義に近いことを述べた。院が委しく記せないほど滔々と自論を展開したのである。こののち関東に下ったようだ。

九月九日、辞参議、十一月二十二日、聴本座。

**嘉暦元年**（一三二六）　六十三歳。

六月、『続後拾遺集』（為定撰）返納（完成）。為実三首入集。この集は前集（続千載集）の約六割三分の歌数だから、為実の前集九首に比すると冷遇とみてよい。

**嘉暦三年**　六十五歳。

三月十六日、叙従二位。

**元弘元年**＝元徳三年（一三三一。八月九日改元なれど、武家方従わず）　六十八歳。

八月二十四日後醍醐天皇蒙塵、九月幕府、光厳天皇を擁立。

「元徳三年十月廿一日」某の厳命により元盛法師（藤原盛徳。別項）は『古今秘聴抄』を著した（『曼殊院蔵　古今伝授資料』二。'91、汲古書院）。中に古今伝受の人のことなどが記されているが、為実については、

前宰相為実事　父為氏譲為世卿之状云、細川庄可賜為実之由、雖申置、彼母、為実三代集猶以不伝候之上者、一円可被管領也云々、以之思之為実不受置之条、顕然也

とあり為氏は細川庄を為実に与える意向を持っていたが、「彼母」（阿仏尼か）が、為実は三代集を伝受していな

いので、（やはりこの庄は当方が）一円管領する、といったという。為実は三代集を伝えていない、というのだが、右の記事の信頼性は未考。内々そういう経緯があったのかもしれない。

夏・秋の頃か、『臨永集』成る。撰者不明。二条派の撰集（浄弁辺が関与か）。為実十首入集。為世二十五、為定十二首に比べると、まずまず無難といった所か。

同じ頃、『松花集』成る。現存本は残欠。撰者不明、これも撰集に浄弁が関与したふしがある。二条派の撰集である。為実二首入集。

**正慶元年**（四月二十八日改元。一三三二。元弘二年）六十九歳。

三月、幕府、後醍醐天皇を隠岐に遷す。

八月三日、光厳天皇の宮廷により叙正二位。

**正慶二年**（元弘三年。一三三三）七十歳。

五月十二日、後醍醐天皇の復辟により、旧（従二位）に復せられる。

晩年の叙任を見ると、叙従三位・正三位は花園天皇、任参議・叙従二位は後醍醐天皇、光厳天皇により正二位。後醍醐復辟による降位は一律の人事である。為実は政治的には無力といってよく、両統から格別に重視はされていなかったようだが、また忌避もされていなかったのである。ここに至ったのは家格による昇進であったと思われるが、何れかの権門筋の推挙などもあったかもしれない。

七月二日、他界。

## 6

為実の和歌は、『新後撰集』以下の勅撰集（新続古今集を除く）、『夫木抄』『続門葉集』『柳風抄』『拾遺現藻集』『続現葉集』『松花集』『臨永集』『藤葉集』『六華集』『題林愚抄』などの私撰集、『文保百首』『住吉三十五番歌合』『正応二年三月和歌御会』『厳島社頭和歌』『永仁元年内裏御会』などに見え、重複歌を除いて二百六十二首ほど残る。

為実の歌風は、前にも少し触れたが、まず、あまり用いられない語句（いわゆる特異句など）によって新しく、珍しい趣向を表わそうとする。

花の色にくれなばなげとはかられて我ぞこよひの春の山もり　（文保百首・春）

八重むぐら門さすまでも色めくはきくこそ草のあるじなりけれ　（夫木・五九二六）

なお京極派的な歌は殆どない。

身の不運・沈淪を嘆く述懐歌が多い。

思へどもかひもなぎさに沈みけりいかにかせまし和歌のうら浪　（松花・二七八）

歌枕の歌が多いが、中には旅の体験に発したとみられるものもみえる。

鹿のねも色そふばかり宇津の山下もみぢこきつたの中道　（夫木・四七八二）

二百年近くも後のものだが、『兼載雑談』に、

為実卿五十余にて死せられし時、我がとしをたのみにて、飛びかへりめづらしき歌ばかりよみて終に思ひ入りたる歌をいまだ詠まで死する事の口惜しき、とありしとなり。しからば作も頃によるべきにや、宗砌など

も思ひ入りたる句をばせで死ぬるとありしとなり。

「五十余」で死んだ、などと正確ならざる記事もあり、書かれている通り「辞世の詞」かどうか分からないが、「飛びかへりめづらしき歌」の多いことは、自身も周辺も認める所であったのかもしれない。相当に目立つ発想や着想の珍しい歌などがそれに該当するのであろう。

もとより勅撰集や『文保百首』『夫木抄』などには穏やかな歌もあり、それらは専門歌人として標準的な歌で、それらを詠む力量はあったのである。

為実は和歌の家の庶子として生れた。その官途は必ずしも快調とはいい難かったが、しかしひどく停滞したわけではない。立場上、歌壇の中枢にいて指導力を発揮することは出来なかったが、しかし和歌を以て宮廷その他の権門に仕える家柄の出である以上、それなりに詠作にも、歌学・歌論の勉学にも努力したようではある。ただ、宗家の二条家と全く同じでは自己の存立意義がないので、晩年に花園院に語っているように、為世の和歌（歌論）とは違っている、また為兼とは近いが（これは花園院に対しての顧慮であろう）、少し異る、というように語っているのである。

歌学については、為顕の影響を受けて、定家・為家・為氏からの説を伝えたという書（いわゆる仮託書）を弟子達に相伝するということを試みたらしい。仮託書とされる『三五記』『愚秘抄』なども、三輪氏が指摘するように、為実一人の手に成ったとはいえないが、為実を指導者とする周辺の人々が、他の流派との交流を持ちつつ制作されたものと考えられている。

こういった為実を指導者とするグループの中で名の分明なのは、前述の通春ぐらいであるが、これら僧侶や、おそらく武士たちをも含めて関東を中心に為実流といった流派が形成されたと思われる。その時期は流動的なものだから明確化し難いが、仮託書の奥書などから推測すると、永仁〜正和およびそれ以後か、と大まかなことしか想像できない。

歌学秘伝のこと、仮託書成立・流布の問題などは表の歴史に現われ難い所が多いが、その存在・内容は中世和歌の問題として無視しえないものである。その一流派の指導者（或は象徴的代表者）であったとされる為実について、確実な資料に即した歩みをとらえておくことも必要と思って伝記を綴ってみたのである。

# 第六章　今出河院近衛

『徒然草』第六十七段は、賀茂の末社岩本・橋本の祭神が業平・実方である逸話を記し、

今出川院の近衛とて集どもあまた入りたる人は、若かりける時、常に百首の歌を詠みてかの二つの社の御前の水に書きて、手向けられけり。誠にやむごとなき誉ありて、人の口にある歌多し。作文し序（詩トモ）などいみじく書く人なり。

と、その才媛なることを称している。また『井蛙抄』（巻六）には次のようにみえる。

今出川院近衛局被語云、故大納言（伊平）、子どもに歌をよませしに、伊頼卿・覚道上人・実伊僧正など若くて面々よみき。吾身は九に成し時、池水と云題を（案ず）、兄どもの歌をみれば、みな「うす氷」とよみて侍りし程に、同じさまにてはあいなしと思ひて「池のみぎはのあつ氷」とよみたりしを、大納言興に入て、此あつ氷の歌いづれよりもよし、いかにも始終歌よみになるべし、と申されしが、続古今よりこのかた、いきて五代勅撰にあひて歌数もあまた入て侍るは、父の詞の末とほりて侍る、と語られき、詩なども作りて兼作集にも入、仏法にも立入て一生不犯の禅尼也、法華経十万部よまれたると聞侍りき、うるはしく宮仕などもせず、続古今時、五月に菖蒲がさねのきぬ着て、今出川院中宮と申しに参りて、権大納言と名付きて、車より

おりもせでまかり出て侍りし、など被申き。誠にあつ氷の山口しるく、歌ごとにめづらしく優美によまれし人なり

この『井蛙抄』の逸話を、一応は事実と認めてまずその享年について考えたい。

近衛の最も早い事跡は、上記九つの折の詠歌を別とすると、文永二年（一二六五）十二月に成立した『続古今集』に「中宮権大納言」（中宮は亀山院中宮嬉子。後の今出河院）として一首入集したことである。そして最終事跡は、元徳二年（一三三〇）正月、北野社に奉納した忠房親王勧進の夏五十首の作者になったことである（これは夏五十首を含むもっと大規模なものであったが、今は触れない）。そして元徳三年（元弘元年）頃成立の『臨永』『松花』二私撰集はほぼ現存者の詠を集めているが、近衛は共に入集しているから、元弘元年頃まで生存していたらしいのである。福田秀一「続現葉・臨永・松花三集作者索引」（国文学研究資料館紀要10、昭59・3）が、元徳三年以後まもなく没か、としているのも上記のことに基づいていると思われ、この推定に従ってよいであろう。

さて、その生年であるが、まずその家系を考えてみよう。

師実流、大炊御門経宗の孫、鷹司頼平の系統である。父伊平は正二位権大納言。正治元年（一一九九）生、弘長二年（一二六二）十一月六十四歳で没した。『新勅撰』初出の歌人である。兄の伊頼は貞応元年（一二二二）生。翌貞応二年次兄実伊が生れている。もう一人の兄伊嗣は生没年不明だが、伊平・実伊と共に『続後撰集』入集。実伊は『続後撰』成立の建長三年（一二五一）は二十九歳。そして伊平・実伊・伊嗣は『建長八年百首歌合』の作者で、これはいわゆる反御子左派の人々が中心であったが、この一族は歌壇的には、御子左・反御子左派の間に立つ中間派と目されている（福田『中世和歌史の研究』）。

因みに、兄伊頼は、正元元年（一二五九）頃成った『別本和漢兼作集』に歌一首、詩一編（一一七四、五）が見え、

『和漢兼作集』（建治三〜弘安二年頃）に詩一編（五二四）が載り、いちおう和漢兼作の人であった。建治二年（一二七六）北条時宗結構の『現存卅六人詩歌』に詩作者として選ばれており、詩の方に力を注いでいた。弘安六年（一二八三）没。

文永二年成立の『続古今集』に、近衛は「中宮権大納言」として入集。仮に既に才女の聞えがあったとしても二十歳にはなっていたであろう。そして元徳二、三年は大まかに八十代の後半と考える。仮に元徳三年を八十八歳とすると、寛元二年（一二四四）の生れ、文永二年には二十二歳で、ほぼ辻褄が合う（早くて仁治、遅くて寛元の出生か）。寛元二年生とすると、父伊平は四十六歳。兄伊頼とは二十二歳、実伊とは二十一歳の差があり、異母兄弟であろう。

『井蛙抄』にいう、近衛九歳は建長四年（一二五二）頃で、伊頼三十一歳、実伊三十歳。

『井蛙抄』にある「若くて面々よみき」というのは、兄たちは父の命で若い時から歌を詠んだ、私が九歳の折、一家が揃って歌を詠む機会があったが……というのであろう。幼い妹が盗み見をしたのを、大人の兄たちが別に拒まなかった、和やかな雰囲気が感ぜられる。

建長四年（一二五二）生れの今出河院（西園寺公相女嬉子）よりは十歳ほどの長である。『井蛙抄』によると、文永二年頃が初出仕のようで、退出の折、車より降りもしなかった、というのはどういう意味か（人のしないことを敢て行うという強い性格、というのであろうか）。

『歌論歌学集成』第十巻所収の『井蛙抄』補注（小林強・小林大輔校注）によると、ここの部分は刊本では「車よりおりてまかり出でて、めづらしく優美によまれし人なり」とあり、（前掲文）「うるはしく」以下全体が頓阿の見解のような構成になっている、とする。この文に依れば、車より降りて（折に適った歌を？）優美に詠んだ、ということであろうか。

「うるはしく宮仕などもせず」――きちんとした宮仕えもしない――とあるが、中宮権大納言という女房名があり、文永八年頃成立の『人家集』には「今出川院近衛」という名で入集しているから（中宮嬉子は文永五年女院号）、ずっと仕えてはいたが、非常勤格の上臈であったのかもしれない。

今出河院は弘安六年に出家をしているが、近衛が出家をした年は不明である。「一生不犯の禅尼也」とあり、『徒然草』の記事からも、神仏への信仰の厚かったことは推測しうる。しかし「一生不犯」というのは、退廃的なこの時代の宮廷生活に、深くは立交らなかったにしても、志操堅固な人であったのであろう。漢詩の才もあったといい（和漢兼作集に入集）、知性の高い人であったのであろう。

『井蛙抄』の記事は頓阿の直聞であり、中に「五代勅撰」とあるから、『続千載集』成立以後、『続後拾遺集』以前、元応二年（一三二〇）～正中二年（一三二五）の間、頓阿は三十代、近衛ほぼ八十代前半の聞書で、それに基づいての文章化であろう（兼好も同じ頃、接触したのかもしれない）。

近衛の歌は、『続古今集』に一首。これはおそらく若くして歌才の誉のあったことでの入集ではなかろうか。続拾遺二首、新後撰三、玉葉一、続千載五、続後拾遺五、風雅零、新千載三、新拾遺四、新後拾遺・新続古今各一、という入集数をみると、ほぼ二条派系の歌人と見られよう。但し嘉元・文保百首の作者には入っていない。応製百首の人数に入る女性は、貴顕か歌道家の女性（専門歌人）の場合であり、近衛は勝れた歌人ではあったが、専門歌人と目せられていなかったからであろうか。上記、『続後拾遺集』は『続千載集』に比して六割余の歌数の規模であるが、共に五首入集であるのは、元亨・正中期に長老として優遇されていたのであろう。

私撰集では、『人家集』（文永末までに成立。現存本は残欠本）に三首採られており、序には「十三首」（完本の数）とあるから、その頃かなり高く評価されていた。なお上記『現存卅六人詩歌』にも歌人として選ばれている。『和漢兼作集』に漢詩一、和歌一、『拾遺風体集』に一首。『夫木抄』六九〇四に「今出河院兵衛」とあるのは近衛か兵衛か未考（石間集より採った歌とある）。『続現葉集』（残欠本）に一首、『拾遺現藻集』に六首、『松花集』（残欠本）に七首、『臨永集』に十二首。ほかに「北野宝前和歌」に四首。この辺は長老として待遇されているのであろう。なおこの「北野宝前和歌」は内閣本賜蘆拾葉所収の五十首が『新編国歌大観』十所収。おそらく「北野社奉納三百三十（三）首」の一部と考えられる。詳しくは別府節子「松梅院切・類切に関する考察」（出光美術館研究紀要7、'01）を参照されたい。忠房家の会にも関わりがあったのである。とりわけ和漢兼作の貴重な女性として注目もされたのであろう。

現存近衛の歌（六十首ほど）は恋歌が多く、またすべて題詠歌で、「あつ氷」のような面白い着想の即興歌などは残っていない。「歌ごとにめづらしく優美に詠まれし」と『井蛙抄』に評されているように、構想などに新味があり、なだらかで優美な二条歌風が基調であった。一首を掲げておこう。

わび人の秋のねざめはかなしきに鹿の音遠き山里もがな　（続千載・雑上・一七四八）

生涯和歌を廃せず、数寄を通し、晩年まで長老として敬慕されたようだ。その人柄・歌風はとりわけ二条派の歌人の口にのぼり、『徒然草』や『井蛙抄』の逸話として書き留められ、称揚されたのである。

# 第七章　藤原盛徳（元盛法師）

1

藤原盛徳（元盛）は『新後撰集』以下の作者。歌人として『勅撰作者部類』（古今～続後拾遺）、および『古今秘聴抄』の編者として注意されてよい存在であるが、『和歌大辞典』の項目（佐藤恒雄執筆）のほか、その伝についてまとめられたものはないようである。あまり明確に描けないが、管見に入った事蹟をまとめておこう。

盛徳については『尊卑分脈』に見えず、わずかに自身編んだ『勅撰作者部類』に、

五位対馬守　藤原盛継男

とあるのみである（活字本による。但し写本には父の名のないものがある）。藤原盛継の名は『尊卑分脈』によると、三名が掲出されているが、その中で可能性が高いのは、頼宗流、中納言能季の子孫で、下級貴族として、左衛門尉などに任じた人々で、左衛門尉・若狭守景俊の男・盛継であろうか。盛継にもその子盛氏にも左衛門尉以外の注記はないが、景俊女、盛継の姉妹に、一人は「東二条院・遊義門院・後深草院等祗候、大納言氏忠卿母」とあり、他の一人に「光久朝臣妻、光遠朝臣母」と注記がある。前者は『公卿補任』、大炊御門氏忠叙従三位の尻付（正

和四年）によると、遊義門院美濃と女房名がある。後者にみえる光久・光遠は、道兼流の蔵人丹後守光久、および丹波・丹後守・左衛門尉光遠で、光久の一女は洞院公賢の妻となり、実夏らをもうけ、他の姉妹も洞院流との関わりが大きい。もし右の推測が正しいならば、

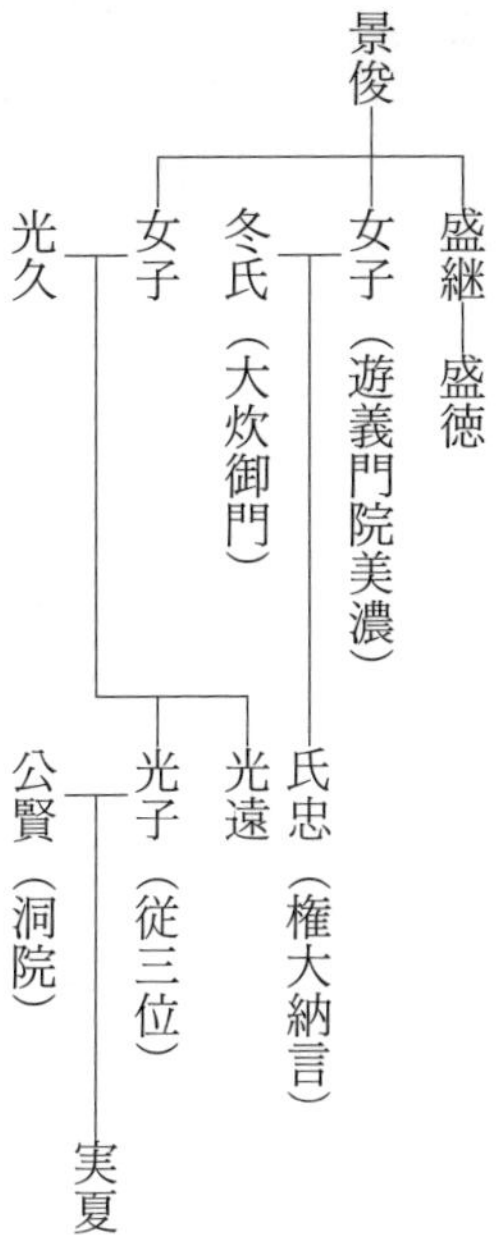


となる。

盛徳は後に述べるように後宇多院に参仕したらしいが、それは叔母が遊義門院（後宇多后）の女房であったという縁によったからではなかろうか。おそらく景俊流は代々五位の侍クラスで、権門に参仕する家柄であったと思われる。以上、活字本の「盛継男」に依ったので、この点は更に検討を要する。

重ねていうが、盛徳と景俊—盛継流を結びつける明徴はないが、以上可能性ある一推測を記した。

『勅撰作者部類』には「作者異議」が付されているが、それが盛徳の筆になることは次の文章（識語）によって知られる（『八代集全註』所収の本により、内閣文庫本を参考にした）。

爰ニ至愚ノ元盛ハ、新後撰ヨリ以来三代勅集ノ作者ニテ、彼亜相(小倉実教)ト二人、今世ニ遺タレドモ、恨メシキ事ハ、末ノ世迄モ忍バレヌベキ一首ヲモチタリセバ、ツイノヨミヂニモシルベトハ頼ミテマシ。カカル事ヲ思フニヨリテ、今モミソナハシ、後ニモ忍ベトテ、何トナキイタヅラ事ヲ書シルシテ、宗匠ノ家ニ寄ベキ部類、五百巻バカリモヤ侍ラン。手ヅカラ自ラ独シテ嗜侍ラ(ヲ)バ、此道ノ神モ守リ玉ヘルニヤ。今年ヤソヂノ老ヲカサヌル。

『勅撰作者部類』(古今〜続後拾遺)には「建武四年七月六日類聚之、更清書之」云々と奥書があって、元盛は『勅撰作者部類』を建武四年に成立せしめ(後にも述べる)、その後、暦応三年(一三四〇)に「作者異議」を執筆して上掲の識語を付したのだが、これによってその年が「八十路」であったことが知られる。ただ「八十路」は八十歳に近い場合もいうので、若干の誤差はあろうが、いちおうこの年を数え年八十とすれば、弘長元年(一二六一)生れとなる。まずはこの年を生年としておこう。なお元徳二年の所で再説するが、その年(一三三〇)「及七旬之頽齢」とあり、弘長元年生として七十歳となる。

2

盛徳の幼少年の頃のことは全く分らないが、次のことを記しておこう。

『古今秘聴抄』の終りの方に、次のような文章がある。

定為法師、宗匠のさしつぎの弟也。宗匠古今相伝之時、勤聞書之役。然而遂以不称相伝由、究道之奥旨、才学無比肩之人、偏助彼家、岐毎度勅集之功。愚僕随順彼貴坊、自幼年䜩聞道事等、後又従故戸部為藤奉訪厳旨者也。

右にみえる定為は為世の同母弟で、建長四年（一二五二）頃の生れと推測されるから（別項）、盛徳より九歳ほど年長である。

「幼年」より「随順」したというが、「幼年」を十歳と仮定すれば、文永後半頃から師事していたことになる。家格からいって、侍者として仕えつつかつ学んだのではなかろうか。定為は為世の信頼する弟であり、祖父為家の口説も聴講した。二条家門内では重きを為していた存在である。盛徳にとって親しみ深い師であったろう。のち為藤にも師事する。かくして広義の為世門、歴とした二条家の門弟として認められた存在であった。

盛徳の官途などは全く明らかでないが、勅撰集の名の表記に「朝臣」となく、在俗時、五位に止まり、また、もしも上記のような家系であったとしたら、左衛門尉などの官につき、また次の歌の贈答によって、鷹司家に参仕した侍であったのであろう。

永仁二年（一二九四。三十四歳ほど）八月八日、照念院関白鷹司兼平が没した。同じく為世門の僧公順から哀傷歌が贈られた。

照念院禅定太閤こと侍りし時、藤原盛徳もとへ申しつかはし侍りし

いかばかりやみをかなしと思ふらむかくれし月のかげをしたひて　（拾藻鈔四二七）

返し

山のはにかくれし月のおもかげは忘れずながらやみぞかなしき　（同四二八）

鷹司家に仕えていたと推測してまず誤りないであろう。

嘉元元年（一三〇三。四十六歳ほど）十二月、為世は『新後撰集』を奏覧、一首入集。まずは順当な所であろう。正和元年（一三一二）に京極為兼の撰んだ『玉葉集』には入集しなかったが、二条派末席の歌人と目せられていたので、

これも無理のない処遇であろう。

## 3

正和三年為世は春日社奉納三十首歌を人々に勧進した。公順の『拾藻鈔』に「入道前大納言家春日社三十首歌正和三」とあって、この催しは『続千載集』以下の多くの歌集に、年月は記されていないが、為世勧進春日三十首歌としてみえている。為世・為藤・為定が点者となり、作者には、定為・為藤・為定ら一門の外、公雄・実教をはじめ二条派の人々が加わる。おそらく大覚寺統・二条家の復活を祈る催しであったのだろう。

前大納言為世よませ侍りし春日社三十首歌中に　藤原盛徳

高円の野辺の秋風更くる夜に衣手さむみ月をみるかな　（続後拾遺集・秋下・三五一）

この折のものと思われ、二条派の内ではその地位が高くなっていたようだ。続いて元応二年（一三二〇）七月完成の『続千載集』（為世撰）には三首入集。雑歌下の懐旧歌群の中に、

（題しらず）　藤原盛徳

いまさらに昔を何としのぶらんうき世とてこそ思ひすてしか（一九六六）

とある。この年六十歳ほどで、既に出家していたのであろう。入集三首というのは、道我・公順・能誉・光吉らの二首、頓阿・兼好・浄弁の各一首に比べて、二条門流の中で、更に地位の上昇していることが知られる。

『臨永集』に次の歌がある。

世をのがれて後、禅林寺に侍りけるに、後宇多院南禅院に御幸ありて、聞郭公といふ事を講ぜられ侍りけるに、御前にめされてつかうまつり侍りける　藤原盛徳

またれけるけふとしりてやほととぎす山のかひあるねをばなくらん　（夏・一〇四）

なお『新千載集』（夏・二二二）にも、詞書がやや簡略化されているが、同じ歌がみえる。

右によると、盛徳は出家して禅林寺（いまの永観堂）にいることがあった。後宇多院が南禅院（禅林寺殿の中の持仏堂。禅林寺の南に接する）に幸した折に歌会があり、召されて詠歌している。この御幸は数回あったらしいが、一ケ度、年時の知られる御幸がある。文保元年四月十七日、「晴、大覚寺法皇（後宇多）今朝御幸禅林寺御時、已（巳カ）後可幸此御所云々、仍人々済々焉」云々と『継塵記』（小川剛生氏教示による）にみえる。

上記の詠歌が、文保元年の折のものかどうかは確実とはいえないが、時鳥を待つ感ある歌といい、「四月」といい、その可能性があろう。盛徳は遊義門院との縁もあり、後宇多院に参仕したことがあったのではなかろうか。元亨二年（一三二二）三月一日『拾遺現藻集』が成立した（小川剛生編）。撰者は未詳だが、二条派系の私撰集である。「元盛法師」として一首入集。『続千載集』の「兼好法師」と同じような、隠者僧の扱いというべきか。同三年頃成立の『続現葉集』（為世撰）に三首入集し、ここでは「藤原盛徳」の名で採られている。

以上によって、文保元年以前、確実には元亨二年以前に盛徳は出家していたのである。文保元年は五十七歳ほどである。なお勅撰集には俗男子として正式の書き方である「藤原盛徳」で記されている。ただ例外的に新千載集に一首だけ（三三）「元盛法師」とある。同集他の四首は盛徳の名であり、おそらく元盛という法名が著名であることと、歌（詞書）から（南禅院での詠歌）誤って記されたのではなかろうか。以下、元盛の名で記す。

長年師事していた定為は正中元年前後に没したらしい。また前にも触れたが、やはり師としていた為藤も正中元年七月に五十歳で他界している。

元盛は十四歳ほど年少の為藤を師と仰ぐこともあったのだが、それはおそらく次のような事情に依ったのであろう。

定為が弟子行乗に講義した『六巻抄』の冒頭で、定為は、汝は歌への志が深いから古今伝授を行うが、しかし重ねて為世か為藤に伝授してもらうように、と言っている。ここから推測すると、元盛は「幼年」から定為に就いていたが、きちんと宗家の宗匠から古今を伝受せよ、と勧められたのではなかろうか。そこでいつの年か不明だが、為藤から古今を伝受することがあったのである。

嘉暦元年（一三二六）六月九日『続後拾遺集』成立。為藤が途中で没し、最終撰者は為定であった。元盛は二首入集。『続後拾遺集』の歌数はほぼ一三五五首で、『続千載集』の63％である。従って盛徳の二首入集というのは前集と比率的にはほぼ同じで、その二条家門流内の地位は維持されていたとみてよい。

時代はやがて元弘の動乱に突入するのだが、おそらくそれ以前の某年、次のような和歌事蹟があったと考えられる。

公順の家集『拾藻鈔』は、その奥書によって、建武元年末頃に編まれたらしいが、集中に、「藤原盛徳勧進大原野社六首歌」（七七）という詞書が見え、人々に大原社奉納歌を勧めた。また、

藤原盛徳あづまのかたへまかり侍りし時、いたはるをりふしにて申しつかはし侍りし

ながらへてかへりこむをもまちみじとおもふわかれぞいとどかなしき（三五五）

返し

かへりこむちぎりおもへばかりそめのたびのわかれはなげかざらなん（三五六）

とある。東国下向の年時は不明であるが、おそらく乱より前に鎌倉に下向したことがあった。

また頓阿の『草庵集』に、

　元盛さそひて住江の中島の月を見侍りし時

思ひ出でばのちも心や住のえの松の木のまのありあけの月（五八三）

とあって、同門の後輩（三十歳近く年下）の頓阿と共に住の江の月見に赴いている。いつとは分らないが、鎌倉最末、大乱開始の元弘元年（一三三一）は七十歳ほどであり、おそらくはそれ以前であったろう。

また某年、元盛は浄弁に住吉三首（「河辺霞」「早春鶯」等）を勧進している（中村記念館蔵「手鑑」の内。稲田利徳『和歌四天王の研究』九四〇頁参照）。これは春題であり、『草庵集』の住の江行は秋なので、別の折のことかと思われるが、何れも鎌倉末期のことではなかろうか。

元徳二年（一三三〇）、元盛は國學院大學図書館蔵『後拾遺和歌集』を書写した。この集は列帖装一帖（貴重書・一二八）。末丁表中央に次の奥書がある。

　元徳二年七月三日及七旬之頽齢

　終一部之写功而已

　　　　　　　　　　三代勅集作□（者カ）（花押）

次に補紙一枚に次の識語が記されている。

此集定為法師所被書写□于釈教之歌一紙不足予如今叨筆以補之聊擬拾遺之義頗捧心之謂乎

　元辰仲冬上澣　権大納言光広（花押）

「元辰」とあるのは未考（元和二または寛永五年などの辰年をさすのか）。

さて、右の識語にあるように、確かに釈教の末の方（『新編国歌大観』番号一一九七詞書一行目から誹諧歌一二三〇詞書一行目まで）が鳥の子紙で補写されている。全体定家様の書風で、元徳二年の写本である。但し別項でも述べるように、元徳二年（一三三〇）は定為の没後と思われる。おそらく「三代勅集作□」は元盛であろう。『古今秘聴抄』の奥書の署名と「三代勅集作」まで一致する。なおこの元徳奥書は本文と同筆とみてよい。すなわちこの本は元盛筆本と見られる。

時代は下って、中院通村日記元和二年（一六一六）四月廿四日の条に、

（前略）昨日要法寺日就（信行院）、後拾遺本一冊（全部歌一行）持来、了佐（町人）、定為法印手跡之由申之云々、似定家卿手跡形儀有奥書名字朽損

とあるのは現國學院本ではあるまいか。歌一行書き、名字朽損、定家の手跡に似ることなど一致する。また古筆了佐の持参した点も注意される。この後光広（権大納言は元和二～寛永十五年の間）の閲、補写を経たということになろう（通村日記のこの記事については長友千代治「学者の講筵」日本古書通信'98・4に触れた点がある。なお上引通村日記は『大日本史料』による）。通村日記によって、定為の手跡というものが定家に似ていることが指摘されており、またこのころ國學院本によって定為門の元盛の如く定家様での書写が存在することも注意される。

## 4

元徳三年（元弘元年。一三三一）夏・秋の頃、二条派の二つの私撰集が撰ばれた。一は『臨永集』で、撰者は不明だが、浄弁の関与した可能性も推測されている。元盛は六首入集。かなり高く評価されている。他の一つは『松花集』（残欠本）で、やはり二条派の撰集だが撰者は未詳（浄弁に近い人の撰かとも）。元盛は一首入集。

元徳三年（一三三一）十月二十一日、元盛は『古今秘聴抄』を某に書き進めた。奥に、

元徳三年十月廿一日依厳命之難避、尽相伝之秘奥令書進之、輙不可被聴于外見者也

三代勅集作者元盛（花押）

とある。

この年八月九日後醍醐天皇により元弘と改元されていた。八月二十四日天皇は奈良に赴き、次いで笠置にたてこもって挙兵し、動乱が勃発。九月二十日後伏見上皇の詔を以て量仁親王践祚（光厳天皇）、両天子の対抗が開始された。やがて笠置は落ち、後醍醐は入京させられるが、動乱は続く。十月二十一日は楠木正成の赤坂城の落ちた日であった。

何故に元盛は「元徳三年」と記したのであろうか。

『続史愚抄』は諸記を引いて、（改元の）「無詔書。大外記某私注遣関東云。後日於鎌倉有議。非詔書施行之間。於武家者猶可用旧号云」とある。花園院記十一月廿一日の条に「又改元事関東書元徳之条強非別子細、只改元之詔書不下遣之故也」とあり、如何なる理由か（後醍醐朝廷混乱の故か）改元詔書が関東に下されなかったため、幕府関係では元徳を用いた、という。ただ久米邦武『南北朝時代史』（二六八頁）によると、光厳新帝も「元徳の年号を用ゐらるる武家に同じ」とあるから、京でも元徳を用いることがあったらしい。しかし元弘二年四月二十八日改元の詔には「其改元弘二年為正慶元年」とあるから、公式的には朝廷では元弘を用いたのである。おそらく元弘元年中には、武家方では元徳を用いることが多かったことは『鎌倉遺文』（第四十巻）によっても知られる。改元を知っていても知らなくても、年号の用い方は立場立場で、また地域によってそれぞれであったのであろう。

元盛は元徳号を用いていたとすれば、在鎌倉という可能性もあろう。しかしこの時、大仏貞直・足利高氏・二

階堂貞藤ら武家歌人らは九月に上洛しており、怱忙の鎌倉で悠々と古今集の講説を進めさせる上層の人がいたであろうか。

一方、この年十月京でも慌しい日々が過ぎて言った。親大覚寺統の二条家の人々は逼塞を余儀なくされていた。可能性として考えられることは、元盛は京において、直接政治騒乱に関わらない身分のある数寄の人（僧侶を含めて）に命ぜられて書き進めた可能性が存するのではなかろうか。おそらく大挙進駐して来た鎌倉方の勢力下に、京でも元徳号を用いる人も多かったのではなかろうか。

『古今秘聴抄』は曼殊院蔵一冊本で、新井栄蔵編集『曼殊院蔵古今伝授資料　第二巻』（汲古書院、'91）所収。浅見録解題。新井氏によると、右の奥書は元盛自筆という。本文は 同時代の筆になると見てよいようである。袋綴本で、汚損が甚しい由である（解題参照）。

浅見解題は簡潔で要を得ているが、なお詳しく論じたものに、関葉子「為世注説の展開――古今秘聴抄の性格」（『國學院大學大學院紀要――文学研究科』第30輯、'98）がある。また片桐洋一「住吉大社本『古今秘聴抄』について」（和歌文学会関西例会、'06・7）の口頭発表によると、住吉大社に江戸中期写本を蔵する。

本書の内容は、古今集仮名序の注に力を入れ、和歌については略注といってよい。関論文のまとめる所によると、序注は『古今為家抄』を土台として大幅に注記を加え、歌注の骨格は『僻案抄』と『顕昭注』とであるが、表面的には自家の説（定家の説）を明示し、注釈は性格の違う資料を組合せつつ二条家（為世）の説を加えている。要するに他家に対して自家の説の正統性を主張しているのである。

ここで触れておきたいのは、主として序注の中にみえる他家（主として為兼・為相ら）への批判、いわば歌壇史的資料である。

要点のみ記すと、為家は庶子や阿仏尼に家の秘事は授けていないこと、為家の証状があって、そこには阿仏尼はわがなき後「弁入道が光俊朝臣こしうちせんずる物にて」と、阿仏が真観に追従することを推測し、また為兼・為相・為実らは和歌の道を受けていないことを力説する。中に（阿仏尼）は「為氏の細川庄とらむとて為相をば後一条殿（実経）に奉公させて、わが身は関東にくだりて十余年へてかまくらにて死」などとあり、阿仏の鎌倉滞在が十余年という誤りもあるが（実際は三年半）、為相を一条家に奉公させて庇護を頼んだこと、また阿仏尼が鎌倉で死んだ記事など、対抗的伝承が殆どだが、興味深い。外に、阿仏尼らが古今集に「あさか山」の歌を書き入れたこと、「不立不断」の説のことなどを述べて為兼・阿仏尼・為相を批判している。

鎌倉末期、二条家では、『六巻抄』、『浄弁注』ほかによって、古今伝授・古今講説の広く行われたことが知られている（拙著『南北朝期』二五四頁以下）。広く門下の法体歌人に古今集を相伝するなど、二条家が地下歌人を大事にする幅広い性格の現れとして注意される。

建武の新政は元盛にとって一陽来復と観ぜられたことであろう。師家二条家が歌壇をリードし、建武二年（一三三五）、（おそらく後半期）内裏千首歌が行われた。まず公家による『探題千首』が行われ、そのあと第二度として公武と法体歌人から詠を召して千首とした。第二度は天象・地儀・植物・動物・雑物に、春・夏・秋・冬・恋・雑があった。なお詳しくは稲田利徳「草庵集の撰歌資料考（二）――「花十首寄書」と「建武二年内裏千首」――」（岡山大学教育学部研究集録52、'79・8）、井上「中世における千首和歌の展開」（和歌文学論集10、'96・3）などを参照されたい。

地下層の法体歌人にまで作者を広げているのは注目すべきで、これが上に述べたように二条家の特色でもあった。元盛の歌は『新千載集』に一首採られている。

建武二年内裏千首歌に、冬雑物といふ題をたまはりてよみてたてまつりける　藤原盛徳

天の原岩戸をあけし神代より今もたえせぬいと竹の声（神祇・九四七）

年次は全く不明であるが、『元可法師集』（公義集）に次の歌がみえる。

藤原盛徳すすめ侍りし懐旧歌に

我のみや忘れはてまし思ひ出のなきがしのばぬ昔なりせば（二九七）

公義は薬師寺次郎左衛門。高師直の家人である。のち師直の失脚に当たって出家、法名を元可といった。南北朝中期以後、名のあった武家歌人だが、この催しは元盛の、おそらく建武以後、公義の存在が歌壇で目立った頃のものではあるまいか。老年の元盛が、武家を含む人々に歌を勧めたことがあったのであろう。

建武四年（一三三七）七月六日、元盛は『勅撰作者部類』を「類聚」した（奥書）。弘長元年生とすると、七十七歳である。前年二月後醍醐は延元と改元しており、十二月に吉野に蒙塵、これより前、八月に尊氏は光明天皇を擁立して建武の年号を用いた。元盛が建武四年と記しているのは京の大勢に従ったまでであろう。

『勅撰作者部類』（古今〜続後拾遺）の奥書は次の如くである。

本云
建武四年七月六日類聚之、更清書之、忘余算之相迫、成多日之労功、速翻此愚老之業力、忽資彼作者之菩提而已　元盛　判

（少し隔てて）

書写了

因みに、そののち光之（惟宗光吉男）が『風雅』『新千載』の作者を加える。その奥書。

刑部侍郎光之

風雅集新千載集作者等、失錯多端、疑殆非一貺、而拭老眼、聊書入本部了

康安二年正月七日　和歌所旧生光之

光之は自編の部分を元盛編のものと合したのである。更に流布本には、『新拾遺』『新後拾遺』『新続古今』の作者を挙げた旨の、正保三年仲秋の榊原忠次の奥書があるが、これらはもとより元盛と関わりはない。

さて、元盛は上述のように勅撰集の作者を類聚した（作者を、同じ職種・身分等に従って集め、分類する意か。編纂とほぼ同義か）。具体的には、作者を帝王・親王以下、身分・官位を以て類別し、勅撰集ごとにその歌数を記したもので、現在からみると不便ではあるが、十六集まで堆積した勅撰集の作者を、この形で類別して歌数を掲げたのは、当時にあってはきわめて重宝なものであったであろう。

現在は、『国歌大観』などによる便利な作者部類が出来ているが、その変遷を考察する必要性がある。作者に略注が付されているが、建武四年時点のものとしてみると貴重な注記である。ただ本によってかなり注文の異同があり、空白があり、諸本による校合、根本的な諸本研究はぜひ必要であろう。（〔付記〕参照）

しかし元盛がこのような大きな仕事を志したのは何故であろうか。「更清書之」とあるのは師筋からの依頼・命令があったのではなかろうか。背後に相当大きな史料の存在が考えられ、またそれに費した労力も大変なものであったろう。

この編纂の後、三年を経た暦応三年（一三四〇。庚辰の年）、おそらく編纂中に得たさまざまな知識・感想をもとにして「作者異議」を付載した。その「歌読事」の中に、

此比庚辰年コソカヤウニ侍ケレ。道の宗匠(為世)モヲトトシノ秋、八十五ニテウセタマヒ、又吉野(後醍醐)ノ宮ノ天皇コソ、昔ノ御代ドモニモ劣リ玉ハヌ此道ノ君ニテオハシマシシモ去年ノ八月ニ神トアガラセオハシマシヌルノチハ、前大納言実教卿バカリコソ歌ヨム人トテハオハスレ、髣髴事歟。爰ニ至愚ノ元盛ハ新後撰ヨリコノカタ三代勅集ノ作者ニテ、彼亜相ト二人、今ノ世ニ遺タレドモ、恨メシキ事ハスヱノ世マデモシノバレヌベキ一首ヲモチタリセバ、ツヰノヨミヂニモシルベトハ頼ミテマシ。カカルコトヲ思ニヨリテ、今モミソハシ、後ニモシノベトテ、ナニトナキイタヅラゴトヲカキシルシテ宗匠ノ家ニ寄ベキ部類、五百巻バカリモヤ侍ラム、テヅカラミヅカラヒトリシテタシナミ侍ルヲ、此道ノ神モ守リタマヘルニヤ。今年ヤソヂノ老ヲカサヌル。（内閣本により校訂を加えた）

とあるが、「ナニトナキイタヅラゴト」というのは作者部類をさすのであろうか。次の「宗匠ノ家ニ寄ベキ」は、寄るべき、寄すべき、両様に読めるが、前者ならば、宗匠家から頼りになる五百巻を借りて（それによって）自ら編んだ、の意か、後者ならば、元盛が独力で五百巻の「部類」をつくりあげて宗匠家に寄贈したが、そのように努力作成したのも、神の護りに依ったからである、という程の意味であろうか。おそらくは作者部類奥書の「類聚」とここの「部類」が対応するのではあるまいか。すなわち元盛は独力で作者部類を編んで（五百巻として？）宗匠家に「寄せた」（献呈した）ということのようである。

惟宗光之は父光吉と同じく為世門で、宗匠家に出入し、それを見て写したのであろう。光之は貞和元年十一月「権侍医」（園太暦）、為世十三回忌の観応元年八月、刑部権大輔（刑部侍郎光之）、延文元年八月には右京権大夫（園太暦）であり、観応前後に元盛本を書写、延文元年『新千載集』の寄人となった。撰集の和歌所に詰め、撰集終了後の某年、『風雅』『新千載』の作者を増補したのである。「和歌所旧生」と署名したのも自然である。

「作者異議」も興味深い記事が多い。例えば、『玉葉集』に藤原（小串）範秀が入集しているが、範秀は六波羅の家人（陪臣）で、入集は許されないのだが、為兼の意で入れた、という。信じてよい話であろう。末尾に、飛鳥井雅孝の「タラチネノコトヲシゾオモフワカノ浦ヤタマヨセエラブ御代ニアヒテモ」について、父雅有は「イヅレノ撰者ニテ侍リケルヤラム」とあるが、これは敢て貶しめたのか、知らなかったのか。雅孝の歌は父雅有が永仁勅撰の撰者になったことを詠んでいるのであろう。最後に為相の「ナヲエタル月ヤテラサムワガイヘニツタヘシカゼノココロゴロロニ」（諸本、頭に「将軍宮月五首延慶二八十五」とある。守邦王の会である）について「此作者幼稚之時、厳親禅閤被満寂了、不伝家風之条勿論也」などと悪口を言っているのは『古今秘聴抄』と同様で、二条家の立場で記されている。

さて、元盛の最終事蹟は右の暦応三年「作者異議」の執筆であったと思われる。このより四、五年後の康永四年（一三四五）八月以前に成立したと思われる小倉実教撰の『藤葉集』（現存本は残欠本）に二首入集。この集には為世・為藤をはじめ、物故者も多く入集しているから、ここにおける入集によってその生没については何ともいえない。生きていれば八十半ばであるが、没後の可能性の方が高いと思われる。

## 5

元盛の詠は、『玉葉』『風雅』を除く『新後撰集』以下の勅撰集に入集（なお、新千載には盛徳で四首、元盛で一首）。『続現葉』『拾遺現藻』『臨永』『松花』『藤葉』などの各私撰集、ほかに『拾藻鈔』などから拾って三十首ほど現存。

上記の撰集の入り方からしても、典型的な二条派の歌人であったことが知られる。『古今秘聴抄』などにみえる反京極・冷泉の立場は両派の人に知られていたと思われ、その筋から好感を持たれず、更に元盛はそれによって一層両派を忌避した、というような点があったかもしれない。

今まで引いて来た歌によっても、また例えば四季歌を一首みても、

山のはの月に立ちそふうき雲のよそになるまで秋風ぞ吹く　（新後拾遺・秋上・三五七）

二条派風の温雅な感じのものが主流である。

藤原盛徳（元盛）は弘長元年（一二六一）ごろ、下級武官（侍クラス）の家に生れ、後宇多院・遊義門院の辺、また鷹司家に仕えたことなどを推測した。幼年より二条家の定為に歌を学び、のち為藤にも就き、嘉元の頃（四十代前半）には歌人として認められ、『新後撰集』に入集。そののちおそらく文保元年（一三一七。五十七歳ほど）以前に出家（元盛）。鎌倉最末期には、同階層の二条派歌人（行乗・浄弁・頓阿・兼好・隆淵ら）と並んで相当の活躍をし、同派の中ではかなり高く認められたようである。

元盛の和歌は二条派風の水準ということが出来ようが、むしろその功績は繰返し述べたように、二つにしぼられるであろう。一は『古今秘聴抄』の編述で、この時期、特に二条派の法体歌人は家の人々（為世・定為・為藤ら）から説を受けているが、その一環とみてよいであろう。内容については今後の検討が望まれるが、仮名序注には和歌の家の人々の動向やそれへの批判が記されていて興味深い。

次に『勅撰作者部類』（作者異議を含む）の編纂である。現在も作者部類は検索資料・伝記史料として貴重な書であるが、その原型を創始したものとして高く評価されねばならぬであろう。

【付記】'06・10和歌文学会大会で、スピアーズ・スコット「『勅撰作者部類』考」の発表があった。この発表で、写本間や、写本・活字本間の記載の異同、活字本の成立など、検討を要する問題の多いことが指摘された。

# 第八章　和歌の家の消長
## ――鎌倉末期〜室町初期――

鎌倉後期には、御子左流二条・京極・冷泉およびその分派、六条藤家の末流九条家、飛鳥井家、更に家隆流など、それぞれ和歌活動を行って存在を示していた。

右の諸流の内の幾つかの行方を追って見たい。

### 序　冷泉家の始発

まず序説として右の題を掲出した。

冷泉家は藤原道長の末子（男子）正二位権大納言長家を遠祖とする。そのあと、忠家は正二位大納言。俊忠は（五十一歳で没した故か）中納言従三位に止まったが、和歌・管絃にすぐれ、堀川院の近臣として宮中の歌合・歌会に出、自邸でも歌会や歌合を催している。その子顕広は十歳で父と死別、姉忠子の夫葉室顕頼に養われた。顕頼は鳥羽院の近臣として大きな勢威を持つ人物であった。顕広の顕の字はその偏諱であろう。

顕広が葉室家から大きな庇護を受けたであろうことは、その同母兄弟忠成・忠定らが五位に止まったのに顕広のみ三位に昇ったことによっても窺われよう。この辺の事情は谷山茂「葉室家と俊成」（著作集二）に詳しい。

一つ蛇足を加えたいのは、顕広の経由した官は、美作守・加賀守・遠江守・三河守・丹後守といった受領の歴任で、これは葉室家の、諸大夫家の歴任する官である。一方、忠家や俊忠は侍従―少将―中将―参議―中納言…というコースを経ているが、これは後世羽林家といわれる家柄のコースで、近衛次将を勤める公達の家であり、その形成の萌芽が平安後期に見えていたのである。そして上述した諸大夫家の人々の多くは、弁官を歴任し、権門の家司となってその家政を担当する実務官僚としての中下層貴族で、「諸大夫」とはややさげすんで呼ばれるクラスであった（橋本義彦『平安貴族社会の研究』）。

顕広は永万二年（一一六六）正月左京大夫を辞し、息成家の侍従を申請し、（願いが叶い）翌仁安二年十二月俊成と改名した。これは明らかに葉室家からの離脱、本流への復帰を意図していたと見られよう。成家への侍従申請はそれの前提であったと思われる（成家はこののち少将―中将に進む）。既に養父顕頼は久安四年に没しており、そののち遺族たち（光頼ら）と必ずしも「親密なものではなかったようで」（谷山）、家系へのプライドを賭けて本流への復帰に踏切ったのである。なお俊成が過去に昇叙昇任した折には「鳥羽院御塔修理功」とか「美福門院御給」などの記載が『公卿補任』にあり、俊成は処世に巧みで、政治的感覚があり、経済的にも困窮する所がなかったらしいが、それは葉室家の援助に依る所が大きかったであろうし、また政界人脈の利用、世を送る術も十分に養家から学んでいたようだ。

俊成自身は遂に参議になる機を逸したとはいえ、息の成家・定家は侍従から近衛次将への途を得たのも、そして冷泉家がいわゆる羽林家として展開したのも俊成のこの措置に依ったといえる。羽林家は実務官僚としての責務がない。この家柄と、定家の子孫（御子左流）が和歌の家として立つ関わりについては今後考えてみたい。

中世において、和歌は漢詩《からうた》と並ぶ日本の詩であり、勅撰集の撰集、応制百首、宮中・仙洞における歌会・歌合等々、すべて朝儀の一環であり、和歌は単なる風流韻事ではなく、和歌に関わる諸々の催しはすべて政治性を帯びたものであった。それを主催遂行し、天皇・上皇・顕貴の人々の和歌を事前に拝見する（指導する）ために専門歌人が生れ、和歌の家が生起したのである。平安末期から鎌倉期にかけて六条家、次いで御子左家などが相次いで成立する。下って御子左家が三家に分裂するのも、すべて和歌師範の地位獲得と深い関わりを持っての事態であった。

俊成・定家・為家の業績については多くの研究があるので、ここには触れず、以下、御子左流を中心に和歌の家の消長・盛衰について述べてみたい。

## 1　為相と為秀

まず冷泉家について瞥見する。

既に為相・為秀を中心とする冷泉家の動向については述べたことがあるが、近時研究がかなり盛んになって来ており、既述拙稿（『中世歌壇史の研究　南北朝期』ほか）の補遺として記しておきたい。

為相については幾度か調査を公表したが、『実躬卿記』および『冷泉家古文書』等の公刊によって新しい事実が多く見出される。例えば、『実躬卿記』によって、正応四年（一二九一）正月九日の御会始に参仕、永仁二年（一二九四）三月二十日内裏歌会、四月十九日鞠御会への出仕などが知られる。

為相の動向で最も重要なのは、早くから指摘されていたことだが、関東において和歌を中心とする文事の普及に大きく関わったことであろう。

あらためて記すまでもないが、為相は宴曲（早歌）の作詞者でもあった。明空が正安三年八月に宴曲の曲名を掲げた「撰要目録巻」（早大図書館蔵本。早大資料影印叢書『中世歌書集』'87、兼築信行解題、および冷泉家時雨亭叢書『宴曲集』上、'96、伊藤正義解題）によると、為相は「和歌」「竜田川恋」の作詞者であった。宴曲は関東下向の公武家・僧による作詞も多く、流行したが、為相は有力な作詞者であった（田中あき「宴曲『究百集』の和歌を読む」神女大国文15、'04など参照）。

「冷泉為秀申状案」（『冷泉家古文書』149。中に「不諧」＝病気であろう＝の後の如き記事により、康永・貞和頃のものと思われる）に、父為相について「亡父中納言、昔於関東、当道之恢弘抜群之功労、就内外、異他者歟」とあり、関東において和歌を広め、盛んにした功績を称えている。この為秀の父への賞揚は客観的にも認められることである。この為相と関東、すなわち武家との結びつきが後世に大きな影響をもたらし、その家の存続に果したことは大であったと思われる。

次にその為秀であるが、右文書によると、父の死後、兄為成が相続したが幾ほどもなく逝去、その子も幼にして早世したため、為秀が「自御堂関白家相承之秘書、自左金吾基俊当道伝授之奥秘等、次亦五条三位入道俊成卿・京極中納言定家卿・中院大納言為家卿自筆秘蹟、代々勅撰家々集等家記・口伝・故実物語以上自筆等、其外至于和漢史籍、已及数百合、為秀悉皆所令相続也」という状況であった。これは鎌倉最末期のことであろう。そして「当御代建武三年、将軍家御坐八幡・東寺等御所之時、為秀一人、或献諸社御願歌題、或抽不退愚直之功…」とある。尊氏は九州より上洛、六月に光厳院政が復活、八月に光明天皇が践祚する（「当御代」とあるのは光明天皇の御代ということである）。その頃、尊氏・直義兄弟は為秀に諸社奉納歌の出題を命じたのである。現在、九月十三夜住吉宝前和歌が残っているが、そこに公家では資明・為秀のみ作者で、為秀が出題ほか諸事をとりしきったことが推測される。おそらく元弘以前、関東にいた頃からの縁によってであろう。所が、「申状案」上掲の後に「雖励連々参仕之志、依不諧自然懈怠」とあり、為秀はやがて参仕の志がありながら病いによって出仕が懈怠がちになった。このことは園太暦（貞和二年閏九月七日）に「所労之後、目ハ勿論耳サヘ不聞候」とあるのに対応し、建武四年頃以降、康永初年までの五、六年間記録に名を見せず、おそらく病床に親しんでいたと思われる。この前後、（為秀の病も一つのチャンスとして）二条家側の巻返しがあった。少し後のことだが、例えば康永四年冬、尊氏は為定から三代集を伝受する（新千載・一九〇八、九）ことがあった。おそらく尊氏は既に『続後拾遺集』に一首入集するなど、二条家と関係があり、二条家側はそういうたよりもあって新権力者に接近したと思われる。上記「申状案」に「若又於吾道、成敵之族、讒侫之彙、仮衆口、欲鑠金歟」とあって、対抗者の二条家の人々は為秀を強く排斥したのであろう。為秀が暦応二年正月五日正五位下に叙せられつつ位記を賜わったのは康永二年十一月四日で（公卿補任）、この頃から再出仕を始めたのであろう。なお「申状案」は、為秀が為相・為成の遺跡を嗣ぐことに難儀があって、おそらく朝廷にその相続の正当性を訴えたもののようである。やがて（康永三、貞和元年の頃）為秀は花園院の御所に祗候することが多くなり、『風雅集』撰集の業に関わる寄人となった。花園・光厳の庇護もあって、康永三年正月には従四位下に叙せられており、冷泉家の相続が確認されたのであろう。

為秀は和歌史的にも重要な立場にあったが、そのことについては拙著並びに巻末の参考文献掲出の諸論を、また上記蔵書および為相・為秀と歌学書との関わりは、時雨亭叢書『中世歌学集』（島津忠夫解題）を参照されたい。

## 2　京極家の終末

転じて京極家の終末を見ておこう。拙著『京極為兼』でも略述したが、補足的に記しておきたい。

為兼は実子がなく、為仲・俊言・為基・忠兼（のちの公蔭）・教兼（喜賀丸か）という（現在数えられる）五人の養子（または猶子）がいた。

為仲は為顕男（為兼の従弟）。『玉葉集』に一首入集。「朝臣」とあり四位であった。姉妹の宣子が摂家二条兼基の妾で道平の母（良基の祖母）。為仲の事跡は殆ど分らず、文保二年に古今集の訓説を僧弘融に授ける（『野槌』）という伝えがある程度の人物である。その点は教兼（為守男。為兼従弟）も同様だが、ただ『二老革鞠話』によると、喜賀丸という鞠の名手と同一人物らしく、永仁末か正安初の生れらしい。正和四年二月長講堂鞠の会における技術および容姿は抜群であったという。

忠兼は正親町実明男。やや格の高い家からの猶子で、為兼失脚後、解官され、庄園を多く取り上げられ、郊外に籠居したが、まもなく大伯父小倉公雄（入道頓覚）の子となり（おそらく為兼猶子の経歴を消去するためか?）、やがて実家の正親町家に帰り、元徳二年従三位、のち権大納言に至った。『風雅集』の寄人となり、歌壇においても活躍する（『南北朝期』等を参照されたい）。

忠兼の若い時の一首並びに他の二人の詠を少々掲げておく。

花の春はあだし色にもうれへにき月みる秋ぞ物思ひもなき　（忠兼。玉葉・雑一・一九七八）

外山よりしぐれてわたるうき雲に木の葉ふきまぜゆく嵐かな　（為仲。風雅・冬・七四二）

霞みくる空ものどけき春雨にとほき入相の声ぞさびしき　（教兼。風雅・春中・一一九）

花ののちも春のなさけはのこりけりありあけかすむしののめの空　（同。同・春下・二九五）

教兼の歌などは京極派の歌風を体得しているようである。

為兼のあと、京極家を嗣いだのは俊言である。その俊言と、弟と思われる為基について記しておこう。

### (イ)　俊言

俊言は『尊卑分脈』に、

左馬頭
為言
母
――
頭　参議　内蔵頭　正三位
俊言
母
依為兼卿事
坐事解官
――
正四位下
内蔵頭
為基
父同時坐事
解官
法名玄哲
遁世
――
大納言実尹御室
内大臣公直公母
女子

とある。『公卿補任』(正和二年任参議尻付)に、

藤俊言九月六日任(元蔵人頭右中将)
十一月十四日従三位、十二月廿一(下文作廿八)日辞退
左馬頭為言朝臣男(入道前三木従二位為雄卿男)。母

とあり、また「一三一一(応長)去内蔵頭(譲舎弟為基)」とある。

為言は「為実」の条で述べたように初名為忠、おそらくは為氏の三男で、文応元年前後の生れと推測される。俊言は初名を俊実といい、正応元年(一二八八)十一月叙爵、四年二月任侍従、五年従五位上。仮に叙爵時を五歳とすると、弘安七年(一二八四)生となる。生れた年はこの前後とみてよいであろう。七年、為雄は三十歳、為言は二十歳位で、実父としては何れでもよいのだが、この点は分脈に従って為言男と一応はしておく。為言は左馬頭・四位を先途として、永仁三年閏二月十九日までの事蹟が見出されるが(実躬卿記)、まもなく没したかと思われる。その後、伯父為雄が俊言を養子としたのではあるないか。

なお為言について一つ注意すべき件が『菟玖波集』巻十九(一九六八)にみえる。

禅林寺(亀山院)仙洞にて為言朝臣ふたあゐの狩衣にうらしたりけるをきたりければ

ふたへにみゆるひとへかり衣　後西園寺《（実兼）》太政大臣
と侍に
うらもなき夏の直衣もみへだすき　藤原為言朝臣

為言は勅撰集の作者でなく、ここに一句見えるのみで、そしてそれが亀山院の御所で実兼との連歌のあるのは興味深い。西園寺家にも出入りしていたのであろう。

俊言は正安元年（一二九九）正月叙正五位下、六月左少将。前年佐渡配流の為兼とはまだ関係がなかったのであろう。翌二年従四位下。『勘仲記』『実躬卿記』『後深草院記』などによると、公事などへの出仕記事が多くなる。三年正月政変。後伏見は後二条に譲位。十一月兼備中守（大嘗祭国司）。その賞として従四位上。この辺から見ると、俊言は持明院統・大覚寺統両派から悪くは思われていなかったようだ。養父為雄は亀山院に近仕すると共に、かつて為兼の推挙で蔵人頭となり、「一文不通」の「有若亡」と酷評されたが（実躬卿記永仁二年三～四月の辺）、あるいは伏見院筋からも悪しくは思われず、「有若亡」も、意見・態度を明らかにせず、韜晦的な性質のあった人物だったのであろうか。

乾元二年（一三〇三）正月俊言左中将、閏四月右中将。為兼帰還。嘉元三年（一三〇五）九月亀山院の他界に従って為雄出家（法名覚心）。延慶元年（一三〇八）八月後二条他界、花園践祚。九月中将を辞し内蔵頭、十月正四位下に上り、応長元年（一三一一）閏六月九日蔵人頭、十月兼右中将。為雄の出家後、為雄と為兼が相談して俊言を為兼の養子としたのではなかろうか。故為言は上掲の連歌によると西園寺実兼に親しく仕えていたらしいので、為兼は早くから為言・俊言を知っていた可能性が高い。養子となったのは嘉元三年冬頃から延慶元年初頭までの間であろう。

正和元年（一三一二）十二月『玉葉集』成立。四首入集。いちおう京極歌風の歌を詠んでいた。

あれぬ日はおきつしほかぜのどかにてみるめをよするいその浦波（二〇九一）

ほぼ三十歳になっていたと思われる。が、『井蛙抄』が伝える、歌会の折、「左大臣」をサダイジンと読んだ（「ヒダンノオホイマウチギミ」とよむべきものという）という無識、また為兼もそういうことを教えず、という批判は全くの作りごとではなかったかもしれない。

正和に入って、職掌もあって、『花園院記』『公衡卿記』ほかに公事に忙しい記事が多い。二年六月十四日「今日又大納言為兼卿以俊言朝臣申入事有之」（花園院記）というように、為兼が俊言を介して（おそらく政務につき）言上することが多かったらしい。

二年九月任参議、十一月従三位、十二月辞参議。三年正月廿七日内々歌合に出（同上）、四年三月三席御会に、詞仙として「俊言京極前宰相」（後伏見院記）とあり、京極家の嗣子としての立場が明示されている。

四月二十三日為兼は一門を率いて南都に下り、二十八日一品経和歌披講、俊言の詠歌は『公衡卿記』にみえる。十二日為兼失脚。政事口入がその因であり、後伏見院のお覚えもよくなく、西園寺実兼の忌避にあい、幕府の介入があり、伏見院・花園天皇も如何ともなす術がなかった。五年正月為兼土佐に配流。関東は俊言の処分を言上したらしく（伏見法皇書状）、それに依ってであろうが、文保元年（一三一七）「俊言　月日出家」。

正中二年（一三二五）十月「俊言宰相入道逝去」（常楽記）。四十余歳か。

鵜飼舟さをさしつづきのぼるらしあまた見え行く篝火のかげ（玉葉・三八一一）

京極歌風ではあるが、特筆する程でもない。

俊言の歌は玉葉集四首、風雅集三首、ほか法華経和歌などしか管見に入らない。為兼の養子となっていたのはおそらく十年に満たず、しかも壮年期、公務多忙の折であり、和歌に専念することは出来ず、公務の方は一通り処置しうる能力はあったようだが、歌人としては到底磨き上げる期間また才能がなかったのであろう。嗣子のあった記録はなく、京極家は断絶する。継嗣となる可能性のあった為基については次に述べる。

### (ロ) 為基

為基は上記分脈によると俊言の男になるが、補任の俊言の尻付（上掲）によると、俊言の弟になる。為基が為兼の養子であったことは今川了俊がその著『了俊歌学書』で述べており（後掲）、また正和期以降の行動によっても明らかであるが、同時に正和五年為兼失脚後に「覚心子息儀」（伏見法皇書状。鎌倉遺文二五八三〇）といい、覚心（為雄）の子であったという。

孟夏朔日、珍重幸甚〻〻

抑一昨日令申候為基事、可為何様候哉、以覚心《(為雄)》子息儀、無為之条、不可有苦者、神妙事候歟、禁中無申限式にて候なりにも当時富直《(ママ)》候、無相違候者、可宣候歟、而若猶不可然なと言義も候ぬれは、無詮候へは、可被止出仕候歟、覚心子息儀も又他人にても候はす、只同事かと沙汰もや候むすらん、凡其子勅勘儀候者、父にて候つる覚心も、若又可謹慎候哉、如何、是にて候余事候哉、彼是不存伺之間、申含候也、関東は二品《(為子カ)》并俊言卿と指申之間、是は勿論候、所詮、俊言父与子可為何様候哉、且覚心も直定被申候歟

これは伏見院が為雄と為基との処置を如何にすべきか迷って実兼辺に処置を相談したもののようだが、不分明な点もあり、後考を俟つことが多い。

後に述べるが、俊言と為基の年齢差は十歳程と思われ、俊言の弟と見てよい。上記の伏見法皇の書状によっても、為雄の養子か実子か不分明な所もあるが、おそらくは俊言と同じケースで、為言男で、為雄、次いで為兼の養子となったのだが、為雄の子息という立場は消えず、その絆は強かったらしい。

『玉葉集』に入集せず、応長元年か正和元年頃は和歌未熟であったと臆測しておく。その頃、二十歳になっていたかどうか、という所であろう（忠兼が十六歳で入集したのは名門の出身者として別格である）。とすれば、正応五年（一二九二）か翌永仁元年頃の生れで、為言晩年の子である（永仁三年以後に為言が没して為雄が養子にした、と考えて無理がない）。

正和元年には兄俊言から内蔵頭を譲られた。

二年五月、為兼は伏見・後伏見両院の宸筆のお経を高野山に奉納するため下向、深更に霊光赫奕たる奇瑞があったが、この折、為兼は忠兼・為基を伴っており、詠歌している。内蔵頭為基は奉納歌・金剛三昧院潅頂廊障子後朝歌各一首を詠じている。因みに、この奉納に刺激されて八月後宇多院は自ら高野山に登った（続群書類従所収『後宇多院御幸記』。正和二年九月檀林朽木頼清〈頼済とも〉著。若干後補があるという）。なお西岡虎之助「後宇多法皇の高野山参詣」（『日本文学における生活史の研究』所収）によると、この御幸記と同じことを取扱った「仙蹕記」が高野山金剛三昧院に所蔵される由である。

正和初めには為基は為兼の猶子となり、その後三、四年間為兼に和歌を学んだのであろう。四年為兼の南都下向に従い一品経歌を詠じた。翌年五月伏見院は為兼の失脚に伴って為基の処置に悩んだらしい。覚心の子であるということで関東からの指名はなかったが、放置しておくのはよくないという言もあったらしい（上掲、伏見法皇書状）。『風雅集』に「文保のころ、つかさとけてこもりゐて」（一八七三）とあるように、解官され籠居するに至った。

その後不遇ではあったが、花園院の許に出入、院の命により泉州の為兼の許に赴き、院の歌を為兼に評せしむるなどの使者を勤め、元弘二年三月二十一日の為兼死去を二十四日院に言上している（花園院記）。

翌正慶二（元弘三）年出家（法名玄哲）、永陽門院左京大夫と歌を贈答（風雅集一九〇六、七）、これは為兼の死に殉じたのか、とも思えるが、おそらく後醍醐の復辟によって世を諦めたことが大きかったであろう。四十歳を少し超えた程であろうか。年末、山里に籠居、永福門院内侍と歌を贈答（同、一六二一、二）。

京極家の復興はここで絶望的になったが、結果的に見ると、為基の出家は早きに失したのではなかったろうか。建武三年（一三三六）後醍醐の吉野蒙塵、持明院統の光明天皇の践祚によって、花園・光厳院の治世となり、為基は歌壇的にも復活し、暦応頃には若き今川貞世が入門。風雅撰集の折には、かつて義兄弟の間柄であった忠兼（正親町公蔭）と、冷泉為秀と撰集の寄人となった（五十代半ばか）。

その故であろう、『風雅集』には二十二首の入集。なお『藤葉集』に一首入集。また『古来風体抄』『西公談抄』など書写などの業績がある（拙著『南北朝期』二六五頁）。

作品を『風雅集』から幾つか挙げておこう。

鷺のゐるあたりの草はうち枯れて野沢の水も秋ぞさびしき　（五〇六）
月のゆくはれまの空はみどりにてむら〳〵しろき秋のうき雲　（六〇二）
飛びつれて遠ざかり行くからす羽に暮るる色そふをちかたの空　（一六六〇）
山もとや雨はれのぼる雲のあとにけぶり残れる里の一むら　（一六九九）

自然詠のみを挙げたが、いわゆる京極派風の歌は身についていたようである。

『了俊歌学書』に

愚老が十六七歳の時、為兼卿の養子為基入道殿は僧に成給て、立誓《（玄哲）》と云し人のかたり給しは、故為兼卿の歌を教られしに……歌をば如此ただ有のままを可詠也との給しとかたられしを、心に納得して其比は稽古せ

し也

とあり、これは暦応四〜康永元年（一三四一、二）頃のことと思われるが、為基の歌論も為兼に教えられたことを終生守ったのであろう。

為基は在俗のままでいたら、四位で前内蔵頭の官途を歴ており、建武三年以後、上階の可能性もあって、仮に公卿に昇っていたら俊言の後嗣として京極家を復活させえたかもしれない。

その没年は不明であるが、最終事跡は観応元年（一三五〇）四月の玄恵追善詩歌である。「応化非真分」二首を玄哲の名で詠んでいる。五十歳代後半であったろうか。

なお川添昭二『中世九州の政治・文化史』（海鳥社、'03）に、了俊との関わりについて為基の論を収める（この書も俊言の弟と推測する。なお為秀・良基についての論もある）。

系譜類には為基の子に男子は見えないので、女子について記しておこう。

貞治元年（一三六七）三日、新玉津島社歌合の歌人の中に、「大納言《菊亭母》公直母俊言卿女」がみえる。これは分脈に、為基女（大納言実尹卿室、内大臣公直公母）とある女性であろう。分脈には為基・公直のそれぞれの箇所に為基女とあり、これは信じられる。

所が、岩佐美代子『風雅和歌集全注釈下』（作者索引）によると、公直朝臣母（同集に三首入集）は、（為基女、実尹室、公直母について）「或いは公直は兼季男、実尹弟で、公直母は右大臣兼季妾か（竹むきが記）」とある。この関係について私見はないのだが、為基女が実尹と同年位なら文保二年頃の生れ（為基二十五歳ほど）、兼季と同年なら弘安七年（一二八四）頃の生れとなって、これでは俊言・為基いずれの女子でもなくなる。兼季妾となった可能性も皆無ではないが、その場合、兼季が遥か年下の為基女を寵愛したということになる。

為基としては幸いにも外孫公直の出生（建武二年）を見たことになる。なお公直母（為基女）は『新千載集』にも一首入集。永和四年（一三七八）正月公直は母の喪に服しており、その没年が知られる。

### 3　六条家流九条家

六条藤家、顕家流は、知家―行家―隆博―隆教―隆朝、と歌人を出し、和歌の家として遇せられて来た。行家辺から九条を名乗るようになったようである。非参議の二位または三位に止まったが、隆教は嘉元・文保両百首の作者となり、隆朝（文和四年没）は『貞和百首』の人数に入り、晴の歌会には名を連ねている。その子行輔も『延文百首』の人数に入り、和歌の家の人として認められたが、『新千載集』には一首の入集に過ぎず、貞治二年二月五日宮中歌会に出、三年成立の『新拾遺集』に二首入集、六年新玉津島社歌合に出詠、中殿御会の講頌となり、いちおう和歌の家の人として遇せられているが、永和元年七月に至って、十一月の大嘗祭の和歌の作者を誰にすべきかということになった折、前関白近衛道嗣は、日野資業流と顕輔流（九条家）の人が作者になったが、行輔は「近年一向在国、在所不分明歟」（愚管記）ということで、日野流の二人（兼綱・忠光）が作者となった。行輔は貞治六年には在京していたが（前述）、その後（応安頃知行地にか）在国のままになっていた（経済的な理由であろう）。当然『永和百首』の人数にも入らなかったが、『新後拾遺集』に二首入っている所を見ると、この頃は生存していたのか、或は撰者が和歌の家の末孫として入れたのか、何れかであろう。しかしこの行輔をもって六条藤家の末孫九条流は断絶したのである。

## 4　二条家——為明・為遠・為重——

和歌の家二条家は、南北朝後期の頃から室町初期にかけて、極めて芳しからぬ事件を相次いで引起した。最初のトラブルは為定と為明という従兄弟同士の葛藤である。

延文五年（一三六〇）三月為定が死去したので、近衛道嗣は男為遠と為明とに弔問使を遣した所、為明は義絶している旨を答え、のち為明に会った所、為明は「不快間事、種々述懐」し（愚管記）、古今集の説も私こそがきちんと伝えたなどと語った（二言抄）。おそらく最晩年の為定は、わずか二十歳ほどの息為遠が、ベテラン為明（六十六歳）に圧されることを恐れ、一方為明にも我こそはというそぶりがあって不和が昂じたのではなかったろうか。

なお為明の弟為忠について触れておく。

為忠は若年のころ祖父為世、父為藤から前途を嘱望され、家督にも定められていたが、父の早世によって為定が家督となり、次第にその存在が軽くなったが、しかし『風雅集』には兄為明と同じく三首が入集。また御子左流の他の一つの家業である蹴鞠の名手でもあった。観応元年六月従三位に叙せられたが、擾乱で混乱の中、翌二年吉野に赴いた。歌壇的・政治的な面を視野に入れて前途を慮っての事であろうか。蔵人頭に補せられ、次いで参議に昇った。南朝では和歌の師範として尊重されたらしい。中納言にも任ぜられた。所が南朝参仕十年ほどで、延文四年十一月京に帰参し、五年十一月には正三位に昇った。これは為定の他界の後であるが、為明は為定の嗣為遠を抑えるため、冷泉為秀と手を握り、為忠とも手を結んだと思われるのだが、数年後に撰進された『新拾遺集』（為明撰、撰中没、頓阿助成）には入集しなかった。南山の長期滞在が理由であろうと推測されている（小川剛生「南北朝期の二条家歌人と古今集説——東山御文庫蔵『二条為忠古今集序注』をめぐって——」明月記研究3、'98・11、参照）。なお小川氏は、為忠の北朝帰参は、後光厳の蹴鞠愛好を聞き、自らの立身を賭けようとしたからではないか、と推測する（『二条良基研究』三一六頁）。こののち幾度も鞠の書『遊庭秘抄』を改訂したという。

さて、為明は『新拾遺集』の撰者となり、貞治三年（一三六四）四月四季部奏覧を終えたが、集の完成を遂げず十月七十歳で没した。頓阿が助成して完成したが、野僧頓阿には朝儀に参ずる資格がなく、十二月為秀男為邦を為明猶子として返納の儀を終えた。為明にもその遺志があったかもしれず、頓阿もこのころ為秀と悪くなく、為秀に否はなかっただろうから、その次第となったと思われる（二条家にとっては顔を逆撫でされた感触があったろう）。為明の和歌所は為邦が継受。為秀は将軍義詮の支持もあり、応安五年（一三七二）に没するまで、冷泉家は歌壇の第一勢力の地位を保持した（拙著『南北朝期』参照）。が、応安四年為邦は出家。十二歳の為尹が家を嗣ぎ、その歌壇的地位は低下する。

為遠は後光厳天皇の支持をえており、宮廷歌会の御製講師、題者などを勤め、応安四年三月後円融天皇に譲位後の仙洞歌会は為遠がリードし、二条家の正嫡として宮廷の和歌師範の地位を維持する。なお為定の従弟でその右筆（秘書）でもあった為重はこの段階では、諸状況を見て、いちおう為遠への対抗姿勢はとらなかったようである。

後光厳は七年正月に没し、翌年は永和元年と改元されたが、この年、為遠は三十五歳、為重は五十一歳、為遠男為衡は十八歳ほど、天皇と将軍義満も十八歳、為尹は十五歳で、為遠・為重が宮廷では完全に指導権を握っていた。その六月、義満の執奏という手続きを踏んで天皇は為遠に勅撰集撰集の命を下す。詳細は省くが、為遠は大飲酒家の怠け者で、義満から忌避され、永徳元年（一三八一）十五夜の宮中歌会の御製講師は為重がなる。二十七日為遠は「大中風」で急逝した（四十一歳）。そのあと武家執奏によって為重が撰者となり、小野庄の半分の管領が認められた（愚管記）。これは和歌所に付されていた庄園で、為遠男為衡が知行していたものであった（後掲文書）。為衡は不満であったと思うが、キャリアの相違がもたらしたものである。

為重は当時五十七歳、摂政良基に力量を認められ、その推挙によって義満の師範となり、宗匠としての地位は確乎たるものになっていた。これは他に比肩する歌の家の人の不在からいっても当然であったろう。為重にはその和歌に良基がいぶかしむ程の新しさがあったという（近来風体抄。なお島津忠夫「『新後拾遺和歌集』管見」参照）。

為重は至徳元年（一三八四）十二月に『新後拾遺和歌集』を完成奏進した。ここで興味深いことは、為重は為尹（二十四歳）の歌を二首入集せしめたが、それより少し年長と思われる為衡の歌を採っていない。為衡への評価が低かったのか、或は何かしっくり行かぬ仲であったのか、おそらく両方であろう。そして為重はわが子為右の歌も撰入していない。これはおそらく為右が若かった（二十歳かそれ以下）故の遠慮ではなかろうか。

しかし為重の最期は悲惨であった。『新後拾遺集』が完成して三ヶ月もたたぬ至徳二年二月十五日夜、為重は山科蔵人入道平井なる者に殺された。「撲死」といい、防いだ侍が一人討死したといい（常楽記）、暴力による横死であった。山科云々は不明だが（在地の武士か）、所領紛争の結果であろうか。享年六十一。

## 5　冷泉為邦

為秀息為邦についてまとめておこう。

その生年は不明であるが、一応臆測を試みておく。

父為秀の生年も不明であるが、為秀が乾元頃（元年が一三〇二）頃の生れとして、三十歳頃に為邦をもうけたとすると元弘元年（一三三一）の生れとなる。為邦の和歌事蹟を見ると、貞治三、四年頃の「一万首作者」（『南北朝期』

参照）に「左少将為邦」とあるのが早いものであろう。なお為秀の事跡からすると、元弘元年から建武頃は健在だが、既に述べたように建武四年以後病床にあったかと思われ、従って為邦の出生は元弘元〜建武三年の間、いちおうその中間をとって元弘三年（一三三三）であろうか。とすると、貞治三年（一三六四）十二月、俄かに故為明の猶子となって返納の儀を果したというが、その折は三十二歳となる。為明の和歌所（撰集の役宅）を継受し、五年十二月に行われた年中行事歌合は為秀が判者。作者表記として為邦は「為邦朝臣」また「五条左中将」とあり、四位左中将に昇っていた。また為邦のことを「和歌所の奉行」と称している（七番判詞）。おそらく為明所蔵の文書・典籍（すなわち撰集資料）もその管理下にあり、やがて冷泉家の所蔵となったと思われる。

なお「五条」とあるのは俊成邸趾であろうか。その俊成邸は五条烏丸にあった（現、新玉津島神社の辺という。『しくれてい』92所載、上野武「俊成の五条邸と和歌の神々」）。

為邦が為尹をもうけたのは康安元年（一三六一）で、上記の臆測によると二十九歳の折である。

応安四年（一三七一）「不慮出家」を遂げる。原因は全く分らない。三十九歳ほどのことである。為秀はやむなく孫為尹を子として家を嗣がせた。

そして為邦は「掃岩道膺」と号したという（公卿家伝。『室町前期』四五頁）。その号については応永元年十月二日「越中守護畠山基国遵行状」に、「冷泉中将入道々膺」の雑掌の申す、越中油田村の押領を却けるべき件につき、基国は遵行状を遊佐河内守に与えた（『冷泉家古文書』74）。所が、それは実行されなかったと見え、五年十一月九日の「越中守護畠山基国遵行状」には「冷泉中将入道光膺」が申すこととして、「先度施行」が行われていないので早速御書・御教書の旨に任すべきという沙汰を遊佐河内入道に与えている（同75）。また六年九月三日光膺は「冷泉少将入道」（光騰に比定されている）に遠江の小高御厨を譲渡している（同65）。因みに二十三年桑門光騰は

『愚秘抄』を書写している（日本歌学大系参照。光膺の子、為尹の兄弟か）。

更に歌書の奥書を見ると、八代集抄本『後撰集』に無年号ながら「以家本定家卿筆令校合了、尤可為証本矣　道膺判」（次に為尹の校合奥書）があり、京都府立図書館本『拾遺集』（特八三一・一九本、室町中期写）に「以家本定家卿筆令校合了、尤可為証本矣　道膺在判」とある。更に弘文荘書目36（昭44）の嘉禄本『古今集』（室町中期写）に、

此集以家本令書写校合訖、尤可為証本矣

応永三年六月一日　　道膺判

とあり、「道」の字の右に「光」と書き添えられている由である。

次に、京都府立図書館のもう一つの『拾遺集』（特八三一・八五本）には、天福元年融覚等の奥書の後に「此集以相伝本京極中納言入道殿所令書写也、尤可為証本矣　応永四年六月一日終功了　光膺御判」とあり、なお「以羽林為邦朝臣法名光膺御筆本令書写校合畢　文明十六甲辰年十一月三日終功了国武□（豊カ）書之」とある（『室町前期』四五頁。なお下村効『戦国・織豊期の社会と文化』所収「土佐の国人大平氏とその文芸」参照。初出は『日本歴史』315号）。

以上により、為邦は応永三年六月から四年六月までの間に、道膺の号を光膺に改めたと推測される。上記嘉禄本古今集の「光」の添え書きは後名（光膺）を知っている人の注記であろう。

なお為邦は為秀の命で『新勅撰集』を写した（昭34・12古書会館即売会、昭54・1　玉英堂出品本）、正徹が少年の頃、三五記の「冷泉中将為邦」所持本を一見した（天理本）、また某が為郡（邦）真蹟の新玉津島社歌合本を写した（類従本）など、歌書書写・所持にまつわる事蹟がある。

かくして為邦の和歌事蹟は、かなり多いことが窺われるが、既に『新拾遺集』に一首入集しながら次の『新後拾遺集』には入集していない。書陵部『為尹卿集』（彰考館本『まがひつる木の』も同）に「月日のみうつるにつけて

……」（四六）が『新後拾遺集』一二二二に「よみ人知らず」歌として見え、『室町前期』（六〇・四五四頁）で述べたように『為尹卿集』は為邦の集と見てよさそうである（私家集大成5に「歌人佚名」として所収。田中新一解題）。

『正徹物語』に次の記述がある。

（上略す。治部という武家の邸で月次会が行われるのに招かれた正徹が）廿五日に会に罷り出でしかば、一方の座上には冷泉の為尹・為邦、いま一方の座上には前探題（了俊）、その次に近習の人達、禅蘊（治部か）が一族共三十余人、歴々としてなみゐたる所へ、遅れ出でしかば、横座へ請せらるる程に（下略）

正徹十四歳の程、応永二年頃のことと思われる（二年上洛のこと、川添昭二『九州の中世世界』参照）。治部の経歴などは不明だが、この会は為尹・為邦の出席から推測して、冷泉系の、おそらくは冷泉家指導の月次会であったと思われるが、月次会といっても相当大きな、盛んな催しであったことが窺われる。

次の文章について考えてみたい。

慶運が子に慶孝とて有りし。東山黒谷に侍りし。花の盛りに、冷泉為尹いまだ宰相にて有りしころ、父の為邦、了俊など同道して、東山の花見侍りしに（以下、慶孝を誘って共に詠歌した記述がある。正徹物語）

このことは『室町前期』（四四頁）に考察した。為尹の参議在任は応永八年三月二十四日から九年三月二十八日まで。八年は閏正月があって、グレゴリオ暦でいうと、三月二十四日は五月二十四日であるのに対し、九年は二月二十日がグレゴリオ暦四月一日で、『正徹物語』による限りでは九年の方がよさそうである。

しかし吉田家月次記応永八年三月二十四日為尹参議任官について、（為尹）「実者故為邦朝臣入道息也」と記され（大日本史料による）、既に為邦は他界していたということになる。これは信ぜられよう。為邦の事跡は、管見による限りでは前述のように応永六年九月までであり、その後（七年前後）に他界したのでは、とも思われる。とすると、『正徹物語』の記述と喰違うのだが、何れが正しいのであろうか。

為尹は八年の参議任官前の六年四月に叙従三位。正徹はその頃（六年か七年）に赴いた春の花見を記憶によって「宰相にてありしころ」と記したのではなかろうか。為邦にとっては名残の花見であったのであろう。

為邦は不遇の中も歌書を多く書写した。為明の和歌所を引継ぎ、和歌所を管理し（『南北朝期』）、その蔵書を伝えたこと（藤本孝一「冷泉家と二条家本」しくれてい34、'90・9）とその書写活動は関係がありそうである。またおそらく和歌の道についても、為尹を指導し、了俊が応永二年に上洛した後は手を携えて家のために努力を重ねたのであろう。一首を掲げておく。

咲く花の木のもと近くなりぬらし匂ひぞふかき春の山風（新玉津島社歌合、「尋花」五十三番会）

なお推測年齢によると、応永七年は七十歳。

## 6　二条家――為衡・為右――

至徳二年以後、定家の血脈を伝える公家歌人としては三人が残った。為衡、為右、為尹である。勅撰集入集といったキャリアからいえば、当然為尹が宮廷歌壇の指導的立場に立つと思われるが、翌三年四月二十七日「後円融院仙洞歌会」には正四位下左中将為衡が題者・御製講師として（書陵部『禁裏洞中和歌御会部類』）、宗匠の地位を受け継いだようだ。やはり公家の歌壇では御子左嫡流（二条家）という権威が、仙洞や権門（良基や義満）に重んぜられていたのである。

ここで、為衡の生年について推測しておきたい。

『手鑑鴻池家旧蔵』（大東急記念文庫蔵。善本叢刊中古中世篇の内）の内に「二条為衡　未詳歌集」がある。南北朝末頃写の古筆一葉で、為有、御製（後円融か）、良、為衡、資康、道、、の暮秋歌六首を収める。歌会歌か、続歌か、私撰集か、明らかでない。私撰集にしては作者表記などが簡略な感がする。若し歌会歌か続歌とすれば、作者の一人為有（二条為定男、為遠弟。貞治・応安頃の歌会に名がみえる）が永和二年（一三七六）正月十七日に没しているから（愚管記）、それより前のものである。内々の宮廷歌会であろうか。

為衡の父為遠は永徳元年（一三八一）八月四十一歳で没しているから、仮に十八歳の折に為衡をもうけていたとしたら、為衡の出生は延文三年（一三五八）である。右の会がもし永和元年のものとしたら為衡は十八歳で、和歌の家の人であり、宮廷内々の会に出られる年齢といえよう。但し上記の切が私撰集のものであったら、この推測は成立しないが（出生は若干遅くなる可能性もあるが）、今は上記の切を歌会歌として、その出生の年をいちおう延文三年としておきたい。なお永徳三年三月には「朝臣」とあって（愚管記・さかゆく花）四位に昇っていた。

さて、至徳三年は二十九歳位か、と思われ、宗匠として辛うじて立ちえたのであろう。

その後、近衛道嗣（嘉慶元）、二条良基（同二）、後円融院（明徳四）の他界が相次いで、歌壇は沈滞するが、為衡は嘉慶三年（一三八九。康応と改元）元日の節会に次将として参仕（兼宣公記）、そのあと記録類に名が見えなくなる。代って公事などに参仕したのは為重男為右である。

公事のほかの事蹟を一、二挙げておこう。

至徳四年正月二十六日『新後拾遺集』を書写（兼右本）、康応元年六月十五日『代々勅撰部立』を書写（九大本。為右筆本。在九州国文資料影印叢書第二期所収）。また至徳二年四月五日父の為重五句願文・諷誦、四年四月十六日三回忌願文・諷誦（明徳二年二月にも七回忌のそれがある。以上、迎陽記）等。

公事では、明徳三年四月尊氏三十三回忌八講に参、応永二年（一三九五）四月七日足利義詮三十三回忌予修法華八

講に「二条少将為右朝臣」と名がみえ（『東山御文庫記録』。『大日本史料』に依る）、五年三月十一日後小松天皇の詩歌御会、七月三日御会に題者となり、為右が御子左家（二条家）の代表として遇されている。

「足利義満御判御教書」に「近江国小野庄領家職半済為衡朝臣跡□（可）知行之状如件　十二月廿二日（花押）（義満）二条少将殿」（『冷泉家古文書』35）とあるのは、年次不明だが、「二条少将」は為右で、上掲『東山御文庫記録』と同じ頃（応永二年前後）であろう。為衡は理由不明だが（失脚したらしく）和歌所所領としての小野庄の知行を没収され、将軍義満からその跡が為右に与えられたということであろう。

その為右は応永六年には、例えば八月十三日観月御会、十五夜百首短冊、九月三十日の会にも参仕（迎陽記）しているが、翌七年十一月、実に破廉恥な事件を起した。義満に仕えていた宋女と密通、懐妊せしめて瀬多の橋からつき落して殺そうとしたが女は人に助けられ、それが露顕し、義満の命で誅せられて了った（十一月二十二日の数日後か。吉田家日次記。小川剛生「為右の最期」。日本古典文学会々報、'00・7参照）。

その享年を推測しておく。全くの憶測だが、至徳元年勅撰集に入集するのに遠慮される年齢で、仮に二十歳少し前ぐらいとすると、貞治五年（一三六六）前後の生れ、応永七年は三十五歳前後である。

## 7　冷泉家の復興

この為右事件の直後、十一月二十六日の管領畠山基国施行状（守護佐々木六角満高宛）によって、小野庄領家職は二十五日に為尹に与えられている（『冷泉家古文書』36）。たいへん手まわしがよく、小川氏は「為尹が幕閣に深く食い込んでいた」と推測している。おそらく管領畠山氏などの支持があったのであろう。
為尹は十二歳で父（実は祖父）為秀を喪い、家を嗣いだ。実父の為邦入道や守護京極高秀、鎮西に下ってはいたが今川貞世（了俊）らの庇護はあり、永和元年には右少将になっており、三月二十二日の宮廷歌会等に出（愚管記）、次いで『永和百首』の作者となり、康暦二年（一三八〇）正月二十日義満直衣始に扈従、四月二十三日義満は良基邸を訪れ、歌会。良基・義満・為遠七首、為重・為尹・四辻善成五首、京極高秀・飛鳥井雅家四首など（迎陽記）、二十歳にして、和歌の家の人として待遇されている。『新後拾遺集』への二首入集も、それまでの和歌の家の人としての行動が認められていたのであろう。四位・中将となった年月は明らかでないが、応永六年四月三十九歳で従三位に昇った。為相は四十六、為秀は五十代半ばでの叙位に比べると、格段に速い。これは武家の支持があったとみるのが自然であろう。なお七年頃に実父為邦を喪っている。
八年三月、四十一歳で参議、九年三月権中納言に昇った。為相は五十五歳、為秀は六十歳を超えてからの任官で、スピード出世といえる。
為尹が参議に昇った八年三月二十四日の除目について、人々の運動が多かったが、「近年叙位除目毎度如此、北山殿執柄御沙汰也、主上只被染宸翰許也」（吉田家日次記）とある。為尹個人について触れてはいないが、その昇進の背景に義満（武家）の意志のあったことが推測される。
九年三月廿八日任権中納言。同記三十日の条に、
為尹卿納言事、於期無労功、於道無名望亦其身不出所望、為上被推任云々、参議第七超越六員了、過分之朝奨也、後聞、八座之中無可被任之人之間、為補闕、有沙汰云々、幸運之至極歟
とある。為尹は参議在任一年、その間「労功」もなく、道に於ける「名望」もなく、昇任の希望も出していなか

ったのに、他の参議に適任者がいなかったので、（権中納言に欠員が出来たということで）超越して昇任、「幸運至極」というのである。これも当然、天皇や幕府による支持があったのであろう。朝廷としては和歌師範に対する待遇という面があったと思われる。

八年閏正月二十二、二十六日の迎陽記などを見ると、為尹は東坊城秀長とは親交があったようだが、吉田兼敦とは親しくなかったらしい。後に述べるが、兼敦は飛鳥井家の人や常光院堯尋らと親交があった。しかし上記兼敦の言は、見方によると、為相・為秀と同様、為尹の持つ控え目な、温厚な性格が、武門の人々に好感を持たれていたことが推察されよう。醜聞の多い二条家の末流とは対照的な清潔さを義満も認めていたのであろう。

十三年正月六日為尹は正三位に昇り、六月五日伏見宮卅六番歌合に合点・判を行い、閏六月十一日重ねて行われた五十番歌合に宋雅と共に判・点者となり（沙玉集）、またこのころ為尹は公武の儀によく参じている。十四年十一月内裏九十番歌合に出、将軍義持と番えられて三持。この歌合には為尹男為員、また飛鳥井家の宋雅・雅清（後の雅世）も出、冷・飛両家の人々がリードしたのであろう。

十五年正月五日従二位に昇り、二月二十四日民部卿を兼ねた。この兼官は、遠祖長家、定家以後、為定・為明に至る御子左流宗匠の官で、為尹は明らかに定家の血脈の正統な継受者と認められたのである。三月北山殿行幸、二十日三船の会、二十三日和歌御会に為尹が題者・御製講師となって会をリードするのだが、その前触れであったと見てよいであろう。五月六日義満急逝。その後暫く歌会は行われなかった。

## 8　二条為衡の出現と消失

さて、驚くべきことが起った。

十六年二月十一日、新御所義嗣（義満の寵児。新将軍義持の異母弟）のもとで鞠の会があり、中山満親ら廷臣、賀茂の鞠の人々が参じた中に、「為衡朝臣」（教言卿記）の名がみえる。すなわち為衡の復活である。おそらく応永二年以前、明徳頃に義満に忌避され失脚したと思われる為衡は、義満の死が契機になってか、世に出ることが認められたのではなかろうか。五十二歳前後ではなかったかと思われる。

浅田徹「大東急記念文庫蔵「定家卿模本」（下官集）について」（『かがみ』36、'03・6）によると、定家が歌書の書写方法について記した「下官集」（大東急記念文庫本）の奥書は次の如くである（A〜Dは浅田氏の付したもの。注も同様だが要約を行って記した）。

A（注記）［二条中将為衡朝臣筆］

未被及御覧之歟之由存之。*定家卿筆作候故、進上仕候。相構而可有御隠密哉。比興*々々。

＊「存之」の右下に傍記（読めず）、「比興」に「本ノマヽ」の傍記。

B定家卿真跡也。為衡朝臣進養徳院、即伝領之。可秘。（花押）

C右奥書、判形雖不知之、実相院准后義運大僧正歟。筆跡相似者也。彼准后者、養徳院贈左相府［鹿苑院殿御舎弟権大納言満詮、号小川殿］子息也。相伝有其由歟。為衡朝臣者二条家正流、為遠卿子也。家之文書悉相伝之仁。所進養徳院無疑者乎。尤可秘蔵者也。

（以下補写）

享禄元年後九月廿八日老衲逍遙子誌

D此一巻、堀尾出雲守所持也。閑覧多幸之余令書写了。

慶長八年卯月廿五日　信尹

浅田氏は解説において、Aは為衡が養徳院満詮に定家自筆本を進上した時の奥書で為衡が満詮に定家筆本下官集を進上したのは何かの庇護を期待してのことであろうか、「相構……」は秘蔵してほしいという通常の言葉か、或は宗匠の地位をめぐる歌壇の力学が背景にあるのか、BはCによると義運の伝領奥書と推定され、Cは実際の極書、ABの伝来を吟味し、確かなことである証明である、と述べている（詳しくは浅田論文を披見されたい）。

右の奥書によって私見を述べると、満詮は義満の同母弟、貞治三年（一三六四）生。応永十年十二月権大納言となり、七日四十二歳で出家、二十五年五月十四日五十五歳で没した。人々から敬愛され、没後直ちに従一位左大臣が贈られ、養徳院贈左府と称せられた。為衡からの伝授が何時か、為衡の失脚前の、例えば、至徳・嘉慶の頃だと、満詮は二十代の前半で、その頃とも思えるし、また応永十五、六年頃とも考えられる。後者とすれば為衡復活後の事蹟である。

応永十六年八月十五夜、内裏にて人々題を探りて五十首歌つかうまつりけるに、寄月漁父といふ事を
藤原為衡朝臣

わたの原おきをふかめてすむ月の光にいづるあまの釣舟

『新続古今集』に一首だけ採られた歌である（秋上・四六四）。きらびやかな歌である。撰者雅世は（或は同じ歌会に出ていたのかもしれないが）二条家末孫の棹尾を飾る記念として撰入したのだろうか。

小川剛生氏教示による『類聚鈔』（書陵部柳原本）に、「応永十六九廿八禁裏九月尽御短冊五首、為衡朝臣内々送之、八月十五夜御会以後毎度彼朝臣出題、其以前勅題也、宗匠為尹卿無面目歟、如何」とある。おそらく十五夜の会も為衡の出題だったのであろう。為衡は義満の忌避から解放されて、公家社会に活動を始めた、と見られるのである。十五夜の会以前の会では勅題が多く、十五夜以後では参仕した為衡の出題であった、ということは、

為尹は義満の没後、宮廷歌会から距離を置かれていたのか。やはり公家社会で御子左嫡流の権威を重んずる風潮が根強かったのであろう。しかしこのあと為衡の事蹟は見えず、十七年八月に成った。『了俊歌学書』に「為世卿の末流、如形おはせしだに絶えたる……」とあるのは為衡の他界をさすと推測されるのである。――為衡の存在はここに消失するが、なお二条家の末孫について一言しておく。

『満済准后日記』永享六年正月十八日に、古今の説を「先年為将《ユキ》為忠孫子云々一反伝受了」とあり、為忠の孫に為将なる者がいて、古今集の説を満済に伝えたというから、父祖より歌学を受けていたのであろう。「和歌潅頂次第秘密抄」（家隆流の歌学伝書）の奥に「応永十年癸未九月日書之　藤原為将朝臣在判」（静嘉堂本・早大教林文庫本等）とあるのも同一人物であろう。応永十年に満済は二十六歳だから、為将に学んだのもその頃であろうか。

為定に芳徳庵なる娘がいて、十四年九十番歌合の作者となっているから、ひとかどの女性歌人と目せられていた。二十三年以後、伏見宮に出入、三十二年まで『看聞日記』や『沙玉集』に名がみえる。二十五年（一四一八）二月七十余の老尼であったというから、康永・貞和頃（一三四〇年代中頃）の生れである。為定の女として尊重されたのであろう。

二条家の末流とその衰滅の状況は以上の如くである。歌壇の与党的立場で権威を持っていたが、末流の間で一種の退廃的現象を生じ、血脈が絶え、一方、血統に関わらぬ地下層へと道統は継受されて行くのである。

## 9　二条派の形成

浄弁の『古今和歌集註』は、「二代作者八旬衰老浄弁」と署名があるから、これは八十歳の建武二年前後の奥書である（拙著『南北朝期』四二六頁）。浄弁の言――「愚老」は年来宗匠（為世）の許に参じ、面授口伝を受けたが、宗匠は常に、上﨟の門弟には熱意がなく、委しく問わないから授けない、汝らは熱心に何度も問うから、一度は秘そうと思うが、懇切の志・稽古の労を思って「秘曲」を授けるのだ、と述べている。

また『井蛙抄』では頓阿が以下のように語っている（拙著『南北朝期』二二三頁）。――為世は『続千載』撰集の折、大した歌詠みでもない者にも、歌があったらお出しなさい、といったので、為藤らは勅撰という重事にそれはどうか、と呟いていたが、為世は頓阿に対して、名誉なき人でも秀歌を持っているだろう、といったという。

正和三年四月定為は行乗に古今集を伝えた（六巻抄。片桐洋一『中世古今集注釈書解題』に翻刻がある）。その中で、故源承・明覚（為顕）は古今を授けることを好んだので、この一門の難にもなった、為兼・雅有・六条有房も古今の説を説いたりしたことがあった、などと記し、定為自身は伝授の器ではないから（と謙遜して）為世や為藤に重ねて受けるよう勧めたという。

かくして鎌倉後期、地下歌人は和歌に熱心であり、また堂上・地下を問わず古今の説が頻りに講ぜられていたことが知られるのだが、なお年次を逐ってその綱目を記しておこう（拙著『南北朝期』二五四頁以下参照）。

元応元年九月、頓阿、門葉相承のため古今集書写、十二月校合
元応二年十月十四日、浄弁は宗匠家の古今集を書写、頓阿が勘注を記す。翌々元亨二年六月八日、浄弁は為藤から家説を受け、正中三年四月二十日、弟子の運尋に伝える
元亨二年九月十二日、定為は古今集を河合権祝に授ける
元亨四年（正中元）十一月十六日、為世は兼好に古今集の家説を伝える
正中元年十二月十六日、為世は古今集の家説を隆淵に伝える
正中三年四月、浄弁は古今集の正本と家説とを慶運に伝える

嘉暦二年〜三年、行乗は為世から古今の講説を受ける
元徳三年十月二十一日、某の厳命によって元盛は古今集相伝の秘奥を某に進める。元盛は定為門

『後撰集』『拾遺集』も、門弟筋は伝受している。

二条家では古今集をはじめとする和歌の「奥旨」を、熱心な門弟（多くは法体の歌人）に伝授したことは確かである。浄弁注の奥書から推測すると、公家、廷臣たちは家業も荘園もあり、和歌を以て身をたてることもないのが一般であるが、法体の歌人は（兼好や元盛のように、もと下級貴族・侍クラスの人であっても）和歌の師匠、専門歌人として独立することを志す人々が多く、為世は流派の発展の為にもそれらの人々を尊重し、引立てたのである。冷泉家も飛鳥井家も、地方の武家層に対して同様の配慮を行っていたようだ。そして本意に根ざした温雅な歌風をよしとし、嫡流的権威を重んずる社会的・文化的底流に基盤を置く二条家の行き方が、多くの有能な地下の人々を引き付け、実家の血統が絶えた後も、その道統を維持拡大せしめる状況を生み出したのである。因みに、「心」、主体性を厳しく追究しようとした京極派は閉鎖性の強いエリートの和歌であったといえよう。

二条家の人々からその和歌（古今の説など歌学を含む）を伝受した門流を二条派と称しておく。この語は近代における学術的用語で、古くは「二条家の門弟」（了俊一子伝・落書露顕など）、或は、例えば頓阿らの歌風というのにも「二条家には少しも異風なることを嫌ふなり」（正徹物語）など、「二条家」ともいい、またその流れを汲む人々は当流・当家などと言った。ここでは血統たる「二条家」と区別するため、その門流を二条派と称することにする（『和歌大辞典』の「二条派」の項参照）。

二条家の門弟中、最も力量や政治性があり、更に長命という幸運によって大きな存在となったのはやはり頓阿で、更に『新拾遺集』を完成に向けて助成した実績は大きかったであろう。そして後継者として経賢のいたこと

は幸いであった。

経賢の勅撰集での初出は延文四年（一三五九）成立の『新千載集』に、権律師として一首入集。その前の貞和二年（一三四六）の『風雅集』に入らないのは、流派的なものと、若年と両方であろう。根拠なく貞和二年を二十歳とすると、嘉暦二年（一三二七。頓阿三十九歳）生れ、延文四年は三十三歳。貞治二年覚誉家五十首に加わり（新拾遺集など）、三年成立の『新拾遺集』に二首入集（権少僧都）、五年年中行事歌合、六年新玉津島社歌合の作者、某年義詮家三首会に出ている（新続古今集一〇八五）。父の引立ても大きかったであろう。貞治後半、足利義詮が勧進し、頓阿が建立した五条烏丸の新玉津島社の別当に補せられている（拙著『南北朝期』六三八頁）。四十歳前後であろうか。また上記のように歌人としての活躍を見せている。至徳元年成立の『新後拾遺集』に権大僧都とあり、三首入集、四年高田明神百首に加わる（法印権大僧都とある）。嘉暦二年生とすると六十一歳。こののち事跡は管見に入らない。頓阿が一介の野僧であったのに経賢が高い僧位僧官を得たのも頓阿の権力者への運動の結果であろう。

その子尭尋は『新後拾遺集』に一首入集。「法師」とあり、まだ若年で、僧位などないが、入集には父の推挙があったのではなかろうか。仮に二十歳を少し超えた頃とすると、貞治前半の生れであろうか。応永十九年に没しており（草根集）、五十歳とすると、貞治二年（一三六三）生である。高田明神百首には権律師として二首出詠しており、歌人として認められつつあった。なお頓阿が本拠としたのは仁和寺の中の蔡花園という庵（塔頭）で、見事な庭園があった。経賢・尭尋もそこをよく守ったらしい。この家系が二条派の核となる存在である。

## 10　飛鳥井家と尭尋との交流

飛鳥井家の雅家は、『公卿補任』に至徳元年まで記載があるがその後みえず、没したのであろうか。『永徳百首』の人数に入りながら、『新後拾遺集』には一首しか入っていない。

その子雅縁は十八歳の永和元年八月二十五日幕府歌会始に藤原幸福丸として出詠、翌々年三月四日宮中歌会に初参（後深心関白記）、以後、多くの晴の会、後円融院の宮中・仙洞の会に出席している（拙著『南北朝期』参照）。

雅縁の家集に『晴月集』があり、有吉保「中世飛鳥井流の歌壇活動の考察㈠——飛鳥井雅縁（宋雅）攷　新資料『晴月集』の翻刻を兼ねて」（日大文理・人文科学研究所研究紀要49、'98）に詳しい。『新後拾遺』には「藤原雅幸朝臣」として一首入集（二十七歳。四位であった。父も同数）、冷遇というか、飛鳥井家の、和歌の家としての歌壇的地位はまだ高くはなかった。しかし雅縁（新後拾遺集以後改名）は幕府の信任厚い覚王院宋縁に寵愛され、その推挙で幕府に出仕、義満と同年齢で、気に入られ、義満の宴遊・旅行などには必ず参ずるようになる。

応永四年四月十五日叙従三位（四十歳）。それまでに左中将の官にあり、二十二日右衛門督、十二月十九日任参議と速やかな昇進。義満の後援によったのであろう。

五年三月、雅縁は祖父雅孝の従二位権中納言を望んで許され、義満のあとを追って直ちに入道し、宋雅と号した。息（後の雅世）はまだ九歳。家の維持発展のためにも勤めねばならぬ状況であった。ただ義満の信寵は変らぬ所から、人々から一目置かれる存在であった。

堯尋は宋雅と親交を結んだ。『吉田家日次記』（大日本史料に依る）に依って宋雅・堯尋らの交流を中心に述べてみよう。

八年二月三日、吉田兼敦は前管領斯波義将邸に赴き、一献、宋雅・堯尋僧都も来会した。既に堯尋は僧都に昇っていた。四月十六日には義満日吉社参に堯尋の息春賀丸が供することになったが、春賀丸は四辻実茂の猶子たるべく……と吉田家日次記に見える。春賀丸は後の堯孝ではなかろうか。とすれば十一歳である。なお「春賀丸」は六年九月十五日、義満の臨んだ「相国寺大塔供養記」に供人として見える名であるが、堯尋の息と同一人物であろうか。

応永九年正月十三日、吉田兼敦は宋雅邸に赴いた。和歌会があり、「寄神道祝」題による懐紙、当座三十首で、子息の少将雅清（後の雅世）、修理大夫斯波義種、堯尋、宗仲らがメンバーであった。十三歳の雅清が講師を勤めたが「云詠歌、云手跡、共以器用、神也、妙也」とある。父からの修練は厳しいものであったのだろう。このあと義将邸ほかで歌会・連歌会・法楽歌が行われている。八月四日義将は兼敦邸を訪れ、「張行三十首、飛鳥井中納言入道・堯尋僧都・範信朝臣等入来」、六日には義将邸で、宋雅・堯尋ら会合して十首続歌あり、十一月三十日には宋雅邸月次会、義将頭役。十年二月十六日兼敦は故為重の遠忌として焼香念誦回向、「為歌道師匠之故也」とあり、兼敦が二条為重の門弟であったことが知られる。閏十月十四日には宋雅、また一樽を携えた堯尋らが来会して「有一続」、二十八日宋雅邸月次会に兼敦は参じた。以上のように『吉田家日次記』によって、宋雅・堯尋ら（為重門の兼敦らを含め）を中心とした二条・飛鳥井グループの存在が知られる。

これらの歌会が宋雅を中心に行われ、そこには斯波義将（新後拾遺集に七首入集しているベテラン）ら幕府の重職が加わり、宋雅のほか堯尋らの専門歌人がリードしていたと推測される。また宋雅は十年二月十三日の自邸の会では少将雅清を「兼頭役」とするなど、その育成に力をいれている。また正月には末子（後の雅永であろう）の叙爵を申請している。そして為尹の任権中納言の件りに記されているように、兼敦は為尹の昇進を冷やかに見ており、おそらく宋雅や堯尋らも同じ思いであったであろう。

次節に記すように、為尹の和歌を「他門」の人（冷泉家以外の人々）や「地下の輩」が非難した。宋雅や堯尋は地下とはいえないが、その門弟らが、師の意を帯して「市町の説」（世間の噂）として為尹の歌を貶めるべく流布させたらしい（二言抄・落書露顕）。敵対意識はかなり濃厚であった。

堯尋は応永十九年秋頃に没したが（拙著『室町前期』参照）、子堯孝は二十二歳、父のあとを嗣いだようだ。そして宋雅を中心とするグループに加わって和歌の道に精進したのであろう。なお堯尋三十三回忌追善和歌（文安元年秋）と思われる和歌がある（国文学研究資料館調査研究報告5、昭59・3、井上「室町期和歌資料の翻刻と解説」参照）。

このグループの存在・活動は顕著で、次は、「枝葉抄」より応永二十四年六月ごろ抜書したという「醍醐枝葉抄」（続群書類従本）にある挿話である。

応永十九年三月から二十八年七月の間、管領となった細川満元（道歓）もたいへんな数寄者であった。

> 伝聞、頃日何者カシタリケン、管領細川右京大夫入道道観(歓)ノ屋形ノ門ニ落書ノ歌ヲ押セリ、彼二首歌
>
> 政道ノ方ニハ更ニ無数奇ニテウタテヤ歌ヲナニ好ムラン
>
> 政道ヲ難題ゾトヤ思フラン案ジミヨカシヤスキ風情ヲ
>
> 又次日返歌トヲボシクテ
>
> 神代ヨリツタハリキタルコトノハヲクチキタナクモ何ソシルラン
>
> 政道ハ難題ゾトテウチヲキヌ只述懐ニトリカヽリツヽ
>
> 京童ノシワザ歟、此管領和歌ノ数奇異他也、毎日被管ノ者続歌等令読之、飛鳥井中将(納言カ)入道宗雅父子両三人彼家歌会之為宗匠云々

宋雅・雅清・雅永ら父子三人が、管領や被官らに歌を詠ませて毎日のように行った歌会に、宗匠（指導者）として招かれたのである。おそらくは堯孝らも加わっていたであろう。

満元は応永二十一年三十七歳。同年四月には頓証寺法楽千首を勧進（360頁［追記］③参照）。この頻繁なる歌会は

十年代からのものであろう。すなわち前述の義将歌会などと同様に上級武家の和歌好尚を物語るものであった。繰返すが、そういう人々を指導したのは、宋雅・堯尋ら飛鳥井・二条派グループであった。

## 11　冷泉為尹

応永十年前後、飛鳥井家と二条派の連合グループが、為尹の和歌に対してさまざまな批判を行った。それは為尹が武家からの信用があり、公卿に列し（応永六年。三十九歳）、小野庄の知行を許され（七年）、というような勢威の高まりに脅威を感じたからであろう。その非難に対して和歌所の為尹を激励したのが了俊の二言抄（和歌所へ不審条々）であった。応永十年の作である。そののち為尹の和歌師範の地位が確立するにつれて、批判の声は更に強まった。前節に述べたように、宋雅や堯尋らが、門弟の「地下の輩」に「市中の説」（世間の噂）として流したらしい。

冷泉黄門為尹卿の歌ざまの事、如市町ノ説は、詠歌の体其言自由にして幽玄の体を不存、闕たるすがた多云々

当時冷泉黄門為尹卿の歌様事、地下の輩の任雅意難申すとかや承及しかば、愚老もかの門弟一分なれば、子細を述懐申て、号落書記て一帖書て作者をば不顕して書たりしを後に披見すれば、愚老が作とみえたる事おほくて、比興尾籠に存ぜしかば、力なくまた落書露顕とて名付て侍也

右は今川了俊の落書露顕から引いたが、この書は十九年頃の成立と考えられ、為尹の歌に「地下の輩」が批判の矢を放ったことへの反論である。歌壇において、冷泉家の勢力伸張と、それに対抗するグループのかなり激しい緊張関係が、応永十年（以前）から、二十年代初頭まで存したことが知られる。

為尹は十四年七月十九日右大将義持の拝賀に参仕し（勝定院殿大将御拝賀記）、十五年正月十日義持の直衣始の公卿・殿上人出仕定の人数にも入り（教言記）、義持とも快く、十六年の為衡出現・消失の瞬間的動揺を経て十七年八月十九日の三席御会には上首、御製講師として（洞院部類記・公宴部類記）宗匠の地位を確保し、十八年三月八日、十九年三月二十日の和歌御会、同年十二月九日仙洞三席の会以下御製講師などを勤め、二十一年二月義持の命によって耕雲・宋雅と共に北野社十五首を奉納、二十二年三月冷泉家初例の権大納言となり、八月義持に為尹千首を詠進、二十三年五月細川庄の還付、とよいことづくめであったが、これは一に幕閣並びに有力武家からの信任で、冷泉家の堂上歌壇における優位は確定していたと見てよい。しかしそれも束の間、二十四年正月二十五日、五十七歳で没する。「歌道衰微之基歟、不便々々」（看聞日記）、門流の正徹は「和歌の道の長者」（なぐさめ草）として為尹の死を悼んだ。

為尹の没後、二十四年四月二十六日、冷泉家を嗣いだ為之は初めて後小松院の仙洞に参上した。

抑冷泉前大納言為尹逝去以後、子息為之仙洞初参、則被読歌

君をまつ千代のはじめとあふぐかなけふたちいづるわかの浦鶴

神妙詠之由、有御沙汰云々（看聞日記）

為之はこの年二十五歳。弟の持和は十七歳。為之は右の仙洞見参以降、宮廷や幕府の会などに出ることはあっても、以下述べる飛鳥井家の勢いには及ぶべくもなかった。

## 12　和歌師範家としての飛鳥井家

応永二十四年宋雅は六十歳、雅清は二十八歳、雅永は二十一歳。入道宋雅は宮廷歌会には出仕できなくとも、

隠然たる力を持っていた。二十九年には雅清は従三位となる（翌年雅世と改名）。

宋雅は、為尹の在世時より歌人としての名声は高く、『室町前期』に記したように、公式の和歌の催しに出詠する歌を、前もって宋雅に相談する人々も多く（満済准后日記・兼宣公記等）、上に掲げた『枝葉抄』が記すように「宗匠」とも称せられていた。応永二十六年三月十六日の宮中御会、二十八日の仙洞歌会には為之・持和も参じているが、雅清・雅永兄弟は講師や下読師などを勤める（公宴部類記所収「中山霜台入道記」〈薩戒記〉）。

応永末の幕府歌会などの題者は宋雅が勤め（正長元年四月二十九日、五月十五日の会等）、正長元年十月二日七十一歳で他界。翌永享元年正月十三日の幕府歌会始に早くも雅世は出仕して、題者・読師、雅永は講師となり、十四歳の雅親初参（満済准后日記）、その後の歌会始も同様であった。雅世は既に正三位四十歳、飛鳥井家の武家よりの信任は厚く、為之を押えて和歌師範（宗匠）の地位を獲得していたといってよい。

鎌倉期から南北朝期にかけては、晴の会をリードする題者・御製講師などの役割はほぼ御子左系の人々が勤めており、これが和歌の師範（宗匠）の大事な職分であったのである。飛鳥井家は重代歌人の家として尊重され、雅経や、永仁勅撰の撰者に指名された雅有は重要歌人であり、同家は歌鞠の家と見られてはいたが、和歌の家としては御子左家の権威に一籌を輸した。

飛鳥井家が和歌の師範家としての地位は、応永の末から永享期にかけて公的に明確化されたといってよい。この結果が、永享五年雅世の勅撰集撰集の下命となるのである。雅世が父以来の盟友常光院堯孝を開闔としてコンビを組んだのも当然の趨勢である。因みに、雅世の地位は後にその子雅親に引き継がれる。

飛鳥井の歌壇的地位の確定ということを記して、後の事跡は拙著（『室町前期』『室町後期』）に譲る。

## 13　冷泉家その後

為尹の没後、為之が家を継いで出仕したことは上述した。為之の弟持和（のち持為）は才気があり、父にも、将軍義持にも愛せられ、「持」は義持の偏諱であるが、（後掲小川論文の指摘する如く）将軍の偏諱を受けたのは持和が最初である。所が、持和は応永二十九年十一月十五日義持室（日野栄子）の高山寺参詣に供をしたが（花営三代記）、その後、公の場から姿を消す。

小川剛生「下冷泉家の成立――持為をめぐって――」（季刊ぐんしょ73、'06・夏）は、兼宣公記自筆本（歴博蔵）応永三十一年二月十五日の条にみえる記事を紹介した。

兼宣が室町殿に参ずると、持和の「希代振舞」を知っているか、と問われ、知らざる旨を答えると、「去十二日比丘尼一人構庭中申状云、持和継母比丘尼有之云々、持和犯此比丘尼上以令懐妊之間、憚外聞令毒害比丘尼云々」、そしてこの比丘尼兄弟の青侍を去々年殺害した、という「重畳之振舞」を申すので、播州細河庄を召放った、ということであり、兼宣らは「言語道断先代未聞」と感想を申したという。すなわち比丘尼の越訴により、持和が継母（為尹妾か）を犯し、妊娠させ、毒殺し、また去々年（二十九年か）比丘尼の兄弟の青侍を手討にしたというのである。

比丘尼との事件が何時のことか明確に記されていないが、青侍手討と同じ時なら二十九年で、持和の事蹟がなくなったことと関わりがあったのか。

持和のこの行為が細川庄召し上げで済んだのは（二条為右事件と違って）幕府との関わりがなく、一家内のことに止まっていたのでこの程度で許されたのかもしれないが、倫理的には「言語道断」のことには違いなく、訴えられた以上は公の場に出る事は許されないという社会的制裁を受けたのも当然であろう。詳しい経緯は小川論文を参照されたい。才気あり、有能な人と見られる持和と、この行為者である持和との総合的評価は私のよくする所ではないが、頽廃的な一面のある時代相の影響を、才人持和が受けていたのである。持和の沈淪の理由が明らかになったが、それは嘉吉の乱（将軍義教の横死。嘉吉元年六月）まで続き、晴れて官界・歌壇に復帰するのはその後である。持和男政為は有能で、この二代の活動によって下冷泉家は和歌の家を確立することが出来た。

本流としての為之・為富父子の存在は地味で、飛鳥井家の下風に立つことを余儀なくされたが（拙著『室町前期』等参照）、冷泉家に存する新資料の発見による事蹟は今後の研究に俟つとして、上冷泉家について、その存在を高からしめたと思われる為広について触れておきたい。

為広は宝徳二年（一四五〇）の生れ、正二位権大納言に至った。その生涯は十五、六世紀の、いわゆる東山時代から戦国初期にかけての時代である。将軍義尚・義澄、管領細川政元ほか多くの人々から信任された。永正五年（一五〇八）、為広を種々の面から推挙してくれた将軍義澄が失脚した折に殉じて出家、法名は宗清。友人の三条西実隆を訪れると、「美僧也。尤有レ興、法躰殊勝之由談之」（実隆公記）と記している。俗体でも美男だったが、法体もよろしい、というのである。五十九歳だから半ばひやかしでもあったのだろうが、もともと好感度の高い人柄であったらしい。江戸期の心月亭孝賀が飛鳥井雅章から聞書した『尊師聞書』に、

冷泉為広卿は博学多才の御人也。実隆公は歌は上手なれども為広卿程学問はなかりけると也。公条公は又為広卿より博学なるよし也。実枝公と為広卿と同じ程に侍るべきか。

とある。為広が和歌に熱心であったことは、文明元年から大永六年まで、途中欠けた年はあるが多くの詠草が残っていることによって知られる（私家集大成、新編国歌大観8、冷泉家時雨亭叢書『為広詠草集』所収）。その活躍についい

ては「しくれてい」60（平成9・4）に簡述した。
為広は旅が多かった。もとより戦国期の公家として経済的な面の目的もあったが、同時にそれが在地の人々への和歌の指導、普及に連なっているのである。

為広旅行記事（『為広下向記』等による）

応仁二～文明元年　近江坂本に疎開（『詠草』）。
文明二年（一四七〇）　播州下向か（永正十六年詠草）。〈二十一歳〉
延徳三年（一四九一）　三～四月『越後下向日記』。〈四十二歳〉
明応初頃（一四九二～）近江へ下向。
永正七年（一五一〇）十月廿一日　為広播州より上洛（実隆公記）。
〃十年三月廿七日～　『駿州下向日記』。〈六十四歳〉
〃十一年九～十一月　播州下向、赤松氏の許にて詠。
〃十三年九月初～十一月頃　（永正十七年詠草断簡）
〃十四年（一五一七）八月廿六日～十五年四月廿七日まで能登七尾畠山氏の許に滞在。そののち上洛。三～四月善光寺参詣。『能州下向日記』〈六十八、九歳〉
〃十六年八月十六日　播州に下る。途中堺に立寄り歌会など、九月七日播州に（『永正十六年和歌詠草』）。
〃十八年（大永元）（一五二一）　伊勢に下向？　九月堺に下向。
以下『永正十八年～大永六年詠草』。〈七十二歳〉
大永二年二月　奈良の泊瀬下向。六月播州「山里」にて。

六年（一五二六）三月九日　南都西南院当座、次いで「よし野」にて。五月能登下向。七月二十三日没、七十七歳。

とりわけ永正十四年（一五一七）秋から翌年四月まで、畠山義総の居館のある能登下向は『為広能州下向日記』（冷泉家時雨亭叢書）に詳しい記述がある。

帰洛直前の十五年四月、

某月、畠山義総（金吾。守護）月次

四月、義総歌合

二十一日、義総月次当座

二十七日、義総歌会

この外、正広の弟子正韵の会、被官の歌会、歌合、被官たちの入門記事は多く、在地の武士たちの和歌好尚の熾烈さが窺われる。とりわけ武士たちは歌合という形式を好んだようである（勝負が存在するからか）。伝統文化への憧れ、一方からみると伝統文化の拡散が如実に現れている。

この日記で興味深いのは、武士たちからの謝礼が記されていることである。

一　能州礼銭事　中村与四郎書出ノ分

一　百貫文　御やかた　一　十貫文　二本松殿

一　三貫文　大隅殿　一　一貫文　シヤウシンイン（以下略）

以上百五十九貫文歟（略）

一上洛ノ時也礼ニクレラルヽ料足共事（略）　三貫文　温井藤五郎　是ハ門弟ニナラルヽ時ノ前ノ礼銭也

美物事　一　ヒシクイ　隠岐豊前

一　セワタ桶一　一　魚子桶一（中略）　一　蠟燭二十丁安国寺ヨリ（以下略）

銭だけでも現在でいえば、数百万円以上の額になるであろう。冷泉家の大きな収入源であるが、一方、武家たちにとってみると、天下の宗匠と昵懇になり、和歌の弟子となることは、それ自体がステータスシンボルであり、大きな宣伝力ともなったのである。とにかく礼銭や土産の記述は、戦国時代の一面を語る貴重な資料である。また戦国時代の文化は、創造性は別として、この普及面で次代を導く大きな力となっていたことも知られて興味深い。

為広の詠草類、下向記のほか、その和歌の業績は多いが、冷泉家時雨亭叢書『為広・為和歌合集』（'06）には、文亀三年六月三十六番歌合（為広自筆稿本）、永正十一年十月三十六番歌合、大永三年六月五十番歌合、四十一番歌合、七十番歌合（終部に千五百番歌合抜書以下を付す。鈴木元・久保木秀夫解題）を収める。以上為広自筆で、貴重な伝本である。詳しい考究が期待される。

旅の回想歌を一首掲げておく。

月影のさすや塩津の波の上にあはと浮き出づる沖の遠島（明応七年詠草）

為広は、為之・為富と比較的地味な存在であった冷泉家を、然るべき地位に据え直した重要な歌人である。

為広男為和は文明十八年（一四八六）生。その家集は、今川氏との関係が深かったため書陵部本では「今川為和集」と称せられる。

駿河の今川氏のもとに主として滞留、そこから甲斐の武田氏、小田原の北条氏のもとに赴いて歌会の指導をしている。こういう動きは、当然政治的な要務を兼ねていたことと思われる。天文九年（一五四〇）十年ぶりに上洛、翌年民部卿となり、能登に下り、帰京して権大納言となり、未曽有のことと評判されたが、次いで能登から万疋献上があったのは、為和の斡旋によったものと思われ、戦国期公家の一面である対大名折衝にも有能な人物と思われる。またその筆跡は定家様で、この様式の先鞭をつけた人といわれるが、定家の正統な子孫としての誇りを示したものと思われる。

上掲『為広・為和歌合集』には天文十二年十月三十六番歌合（東素経自歌合、為和判）、「五番歌合・四十二番歌合・六番歌合（為和判）」、「十五番歌合」（駿河の武家の求めによる為和判歌合）、「為和判十五番歌合」、天文年間今川家中歌合（「東素経自歌合㈠」、「今川義元張行歌合」、「今川龍王丸（氏真）歌合」、「天文十六年八月二十六番歌合」、「十八番歌合」、「東素経自歌合㈡」）が収められる（解題小川剛生）。これも内容的には今後考究の課題となろう。

為広能登下向の件りに述べたが、戦国期の武家の歌合の好尚が如実に知られる。また『冷泉家古文書』172以下の「歌道入門誓紙」を見ると、駿・甲・江・能州などの在地の武士や僧侶らが、いかに多く為広・為和・為益らの門に入ったかが知られ、和歌や伝統的文化普及の様相の一端が察せられる。

為和の長子は早く時宗の僧となった明融で、定家の青表紙本源氏物語の書写者として著名。天正十年（一五八二）八月没。天正八年三月三日の和歌懐紙が時雨亭文庫に所蔵（「しくれてい62、'97・10」）。『落書露顕』（歌論歌学集成十一所収、歴博蔵本）の奥書にも名がみえる。

為和のあとは為益が嗣ぐ。眼の所労があったらしく、活発な動きは見せていないが、永禄八年（一五六五）九月、駿河に下る折に記した「置文」（『冷泉家古文書』140）は興味深い。貴重な相伝の草子や文書が「つづみ」や「皮籠」にある旨、冷泉家の由来、二条家、飛鳥井家、三条西家など和歌の家の来歴記事などが記されている。

為益の一女は誠仁《さねひと》親王に仕えて一男一女をもうけ、典侍となり、許されて興正寺佐超（本願寺光佐の弟）に嫁ぐ。一女は山科言経に、一女は織田信長の側近楠長諳の子正辰に嫁ぐ。

天正十三年西梅津知行の朝廷とのいざこざで為益の嗣為満は言経らと正親町天皇の勅勘を受け、流寓するが、細川幽斎や徳川家康にも親近し、慶長五年（一六〇〇）家康のとりなしで勅勘を許される。流寓中も雅事は盛んに行っている（言経卿記）。この辺の事情は既に記したことがあり、また論文も多いので省略する。

為満は元和四年（一六一八）権大納言となり、翌年二月六十一歳で没するが、武家との広い交際があったことは見逃しえない。

以上を通観して、冷泉家の累代は、詠作や相伝の典籍を伝えることに努め、伝統的な武家の後援のもと（これは飛鳥井家も同様の面があった）、長くその血脈を保持したといってよいであろう。

因みに、為相の邸宅は、為和の雑記帳『為和卿詠藻』によると、東は万里小路、西は高倉小路、南は冷泉小路、北は大炊御門大路、冷泉小路に面した正門により冷泉の家名がついた。為満の時代に家康から現在地を賜わったという（しくれてい月報63、'04・12、藤本孝一「伝来の歴史」四）。

冷泉家関係の論著は本書の末尾に付した「参考文献」に載せる。

［付記］

正徹―正広―正韵と続く招月庵流、本来は二条派の嫡流ともいうべき常光院流（尭憲―尭恵、経厚・梁盛……）の門流については、天文期まで『室町後期』に記したので、ここでは省略する。

# 第九章　三条西家

室町後期における三条西家の人々の家集や伝記などについては、拙著（『中世歌壇史の研究』室町前期・室町後期）でも触れ、また伊藤敬氏を初めとして詳細な研究業績が存するので、近時見出した若干の資料を中心に記すこととする。

## 1　『再昌』の基礎的考察——柳沢文庫の紹介を兼ねて——

伊藤敬『室町時代和歌史論』（'05、新典社）に、「三条西三代」の章があり、中に、実隆の評伝・和歌ほか広い視野での詳細な研究がある。

右の伊藤氏の研究以後、柳沢文庫蔵の『再昌』（「再昌草」と同じ。以下「再昌」の名称による）が見出されたので、それについて紹介したい。なお『再昌』を含めて実隆の家集について伊藤氏の行った翻刻・注釈を左に掲げる。

○大永四年分が、鷹司本を底本として『中世和歌集　室町篇』（新日本古典文学大系、'90）所収。

○文亀元、二、三年・天文五年分が柳沢本を底本として『草根集　権大僧都心敬集　再昌』（和歌文学大系、'05）所収。

柳沢本は江戸中期の写本ながら重要な伝本であるが、まだ発見以後日も浅く、右以外に翻刻はない。

## 『再昌』の伝本

三条西実隆の家集は、『私家集大成』7に従えば、『再昌草』『雪玉集』『集雪』の三系統に分けられる。『再昌草』はその日次詠草、『雪玉集』は江戸初期に編纂された部類（それに多くの定数歌を加えた）家集、『集雪』は『雪玉集』の未収録歌四百三十九首を集めたものである。

『再昌草』は次に述べる三伝本の内、二つが「再昌」と題しているので、以下『再昌』の名によって記述するが[1]、まず菅見に入ったその伝本を掲げておく（それぞれの文庫の目録の記載を尊重して記す）。

再昌草　文亀三欠　三五（冊）享保五霊元院筆　書陵部　特・一　御所本

再昌　一・二・六欠　安政五鷹司政通ら筆　書陵部　鷹・三八六　鷹司本

再昌(一)　冊一　柳沢文庫（「保光」の部）

再昌(二)　冊一　保光寛政九年丁巳春二年三月（月）（日）　柳沢文庫（「保光」の部）

柳沢文庫各一冊は上・下で、合せて一部のものである。なお御所本には二冊の付録（百首と五十首以下との定数歌を収める）があるので、正確には三十七冊である。

活字本には桂宮本叢書（第十一〜十三）本と私家集大成(7)所収本がある（以下、叢書・大成と略記する。底本の事等は後述）。

また『高松宮御所蔵旧有栖川宮御本マイクロフィルム目録』（昭44）に『逍遙院入道内府詠』を載せ、「享保元～三一名再昌草霊元天皇宸筆」とある書が掲出されている。高松宮旧蔵本で、上記冊子の番号等は「高58　五六コマ」、国文学研究資料館紙焼番号で「C八五三」である。内容は大永八年（享禄元）以後の歌会歌など四百二十二首を抜書したもので、伊藤敬「室町後期歌書誌」（苫小牧高専紀要4、'69・3）によると、書陵部五〇一・七五二『逍遙院入道前内府詠』が同内容の本、同一五四・五三六『逍遙院内府詠』（東山御文庫本を昭和二十八年写）、高松宮『逍遙院詠』などが同系本で、「歌会詠から実隆の歌を抜いて作られたものであろう」と推測する。上述『逍遙院入道内府詠』には十余首『再昌』に見えぬ歌があり、また公宴歌でないものも混り、『再昌』の抜書か否か、疑わしいので、本稿では対象外とする。

さて、『再昌』は御所本にのみ存する序に、大火でそれまでの詠草を消失してしまい、折から新帝の践祚があり、翌年は辛酉改元、以後、自身も宮廷に奉仕、詩歌の公宴にも連なり、書き留めた歌も多くなって二十年程になったので、「もしわが道の再昌なる日にもあへらば」そのよすがにもなろうと、わが家の二三子にこれを授ける、という旨を記している。大火は明応九年（一五〇〇）七月、後柏原天皇の践祚は十月、翌年二月、辛酉改元によって文亀となった。従ってこの序は永正十七年（一五二〇）頃に書かれて後にここに付されたものである。なお実隆は文亀元年四十七歳、従二位権大納言兼侍従、帝を初め、人々の信任厚いものがあった。

その御所本は、一年分を一冊とし、文亀三年を欠くが、あとの三十五冊には巻末毎によく似た霊元院の識語があり、実隆の、世上に流布せざる歌を書抜いた、とある。それはすなわち『雪玉集』所収歌や狂歌贈答歌などを省いたことを示すもので、事実、本文の中で初句のみ掲げて「私、歌雪に出、仍除之」などとあって（狂歌には注記のないことが多いが）省いているのである。但し雪玉集歌は見落しなどによる例外も多いようだ。

第一及び末冊の奥に書写経過に係わる識語がある。叢書・大成に翻刻されているから改めて掲げないが、要するに定家以後、無双の堪能であった実隆の、『雪玉集』以外の詠草を多年探していたが、三条西家に「最秘蔵、曽不許他見」詠草を、「以殊志節令備乙夜之覧」ということで写した、という霊元院の享保五年六月十五日の識語が第一冊に、「抑此草卅五冊自文亀元年至天文五年卅六冊、但此内文亀三年第三不足、仍而卅五冊也」を写した喜びを記した同年十一月廿五日の識語が第卅五冊にある。(2)

次に鷹司本であるが、これは御所本と相当な違いがある。

何年分かを合した冊があるので全部で十九冊。文亀元、二、永正三年および享禄二年以後がない。文亀三年分（第三）に安政五年（一八五八）五月の、永正二年分（第五）に九月の鷹司政通の書写奥書と花押がある。なお叢書の解題によると、第九冊前半まで政通筆、そのあと第十冊まで女性の筆、残りは別筆の由である。すべて三筆、字配り、改行等の書写形式は親本のままのようで、誤写誤読が多く、実隆の自筆原本からの写ではないか、と推定している。ただ大きな特徴は雪玉集歌や狂歌類も完全に写している点である。

叢書は御所本を底本とする（欠けている文亀三年のみ鷹司本）が、鷹司本の狂歌は「　」に入れて補い、雪玉集歌は補っていない。大成は鷹司本を底本とし、御所本のみの年は解題で翻刻している。(3)

伊地知鐵男「再昌草と雪玉集との関係を論じその連歌史料的価値に及ぶ」が『国語と国文学』に発表されたのは昭和十三年十二月で、今もこの論文の価値は全く失われていないが、『再昌』の伝本に関しては、そこに詳しく紹介された書陵部蔵の二本のみと思われて来た。が、いま新しく一本の存在が知られたので、以下それについて述べる。

大和郡山市の財団法人柳沢文庫に『再昌』が蔵せられている。同文庫は江戸期の大名柳沢家歴代の貴重な典籍・書画・文書等を所蔵し、『柳沢文庫収蔵仮目録』（昭58、柳沢文庫）があり、[4]それによって『再昌』の所蔵を知り、冒頭に記載したのである。

この柳沢本『再昌』は二冊、二三・八×一七・二糎、本文料紙は薄様の楮紙、大和綴。無地薄茶色の表紙の左に直書きで「再昌」とある。一面十二行、一首一行書き。後に述べるが、寛政九年柳沢保光書写本である。本文墨付、上二四二、下二三六丁。

柳沢本は、明応十年（文亀元）より天文五年まで三十六年間すべてを有するが、永正四年以後は抄出本である。委細は後述するとして、御所本・鷹司本・柳沢本の内容を表にしてみよう。

○は存する巻、×は欠巻。

番号は、御所本＝私家集大成解題の歌番号、鷹司本＝私家集大成本文の歌番号、柳沢本は井上の付したもの。

番号の歌の（　）の数字は歌数

| 年号 | 御所本 | 鷹司本 | 柳沢本 |
|---|---|---|---|
| 明応十 1501（文亀元） | ○序 ○1〜20（20） | × | ×序 ○1〜258（258） |
| 文亀二 | ○21〜235（215） | × | ○259〜548（290） |
| 文亀三 | × | ○1〜284（284） | ○549〜821（273） |
| 永正元 1504 | ○ | ○285〜671（387） | ○822〜1198（377） |
| 永正二 | ○ | ○672〜996（325） | ○1199〜1506（308） |

| | | | |
|---|---|---|---|
| 永正三 | ○ 236～418（183） | × | ○ 1507～1746（240） |
| 永正四 | ○ | ○ 997～1211（215） | ○ 1747～1800（54） |
| 永正五 | ○ | ○ 1212～1409（198） | ○ 1801～1865（65） |
| 永正六 | ○ | ○ 1410～1676（267） | ○ 1866～1954（89） |
| 永正七 | ○ | ○ 1677～1889（213） | ○ 1955～2000（46） |
| 永正八 | ○ | ○ 1890～2120（231） | ○ 2001～2071（71） |
| 永正九 | ○ | ○ 2121～2355（235） | ○ 2072～2205（134） |
| 永正十 | ○ | ○ 2356～2578（223） | ○ 2206～2293（88） |
| 永正十一 | ○ | ○ 2579～2766（188） | ○ 2294～2363（70） |
| 永正十二 | ○ | ○ 2767～2986（220） | ○ 2364～2454（91） |
| 永正十三 | ○ | ○ 2987～3253（267） | ○ 2455～2619（165） |
| 永正十四 | ○ | ○ 3254～3385（132） | ○ 2620～2667（48） |
| 永正十五 | ○ | ○ 3386～3578（193） | ○ 2668～2733（66） |
| 永正十六 | ○ | ○ 3579～3734（156） | ○ 2734～2791（58） |
| 永正十七 | ○ | ○ 3735～3934（200） | ○ 2792～2880（89） |
| 大永元 1521 | ○ | ○ 3935～4114（180） | ○ 2881～2960（80） |
| 大永二 | ○ | ○ 4115～4299（185） | ○ 2961～3037（77） |
| 大永三 | ○ | ○ 4300～4514（215） | ○ 3038～3119（82） |
| 大永四 | ○ | ○ 4515～4756（242） | ○ 3120～3251（132） |
| 大永五 | ○ | ○ 4757～4988（232） | ○ 3252～3344（93） |

| | | | |
|---|---|---|---|
| 大永六 | ○ | ○4989〜5193（205） | ○3345〜3446（102） |
| 大永七 | ○ | ○5194〜5349（156） | ○3447〜3542（96） |
| 享禄元 1528 | ○ | ○5350〜5639（290） | ○3543〜3678（136） |
| 享禄二 | ○419〜608（190） | × | ○3679〜3751（73） |
| 享禄三 | ○609〜797（189） | × | ○3752〜3864（113） |
| 享禄四 | ○798〜996（199） | × | ○3865〜3929（65） |
| 天文元 1532 | ○997〜1173（177） | × | ○3930〜4008（79） |
| 天文二 | ○1174〜1360（187） | × | ○4009〜4142（116） |
| 天文三 | ○1361〜1524（164） | × | ○4125〜4201（77） |
| 天文四 | ○1525〜1700（176） | × | ○4202〜4271（70） |
| 天文五 | ○1701〜1808（108） | × | ○4272〜4331（60） |

以上をざっと見ても、鷹司本の歌数が最も多く、まずこれが現存の巻に関しては原本の形に近いと推定される。柳沢本は鷹司本に存する文亀三〜永正二年分についてみると、主として漢詩中に省略があって、歌数は96％で、鷹司本に近く、御所本は文亀二・永正三年分についてみると、柳沢本の約76％である。その理由は上述の如く、雪玉集歌や狂歌類を省いたからで、院自身も識語で「書抜」と記しているように抄出本といってよい。そして柳沢本も永正四年以降は完全な抄出本である。

## 柳沢本　明応十年分について

柳沢本の巻頭三首を掲げよう（詞書は和歌に対して約五字下げだが、二字下げとした）。

明応十年二月廿九日改元為文亀元

元日陪　柿本影前言志和哥

あら玉のとしもうれしと思ふらん君よろつよの春の始を

同日雨ふり侍りしに

民の草ゆく末しるし降雪も春のめくみのけふの一しほ

十三日左衛門督為広亭会始

竹不改色

くれ竹のよゝにふりせぬ例とていまも色ある宿のことのは

右により御所本と全く異なることが知られよう。大成解題番号を漢数字で、私付した柳沢本の番号を算用数字で示すと左のようになる。

一5　二15　三16　四17　五18　六詞中の歌（あひにあひぬ）8　六9　七19　八20　九21　一〇22　一一23

一二24　一三25　一四26　一五28　一六30　一七32　一八33　一九34　二〇35

初めの形の歌順の相違する理由については未考。また柳沢本には、8のように他の伝本では詞書中にある歌（特に他人の贈歌など）が、実隆の歌と同じ高さに立つことが多い。

柳沢本の早期の影印化は望ましいが（暫くは為されないようなので）以下、詞書に見える人物やそれとの贈答などを中心に紹介しておきたい。

4の詞書に「近江国蒲生の何某入道智円といふ物会始にて」歌を請われた由がみえるが、これは「智閑」の誤りであろう。6は「正月廿一日ノ事道堅法師越前うすやうをおこすとて」贈答、10〜12二月廿六日万松軒にて義尚の十三回忌歌三首（為広題）、13 14は三月十四日内侍所花見（実隆記。以下、記と略す）、伏見殿と贈答、29伏見殿探題廿首、36〜38「円明勧進とて三条中納言もとより……」、38〜42義尚十三回忌にて行二と贈答、43 44四月五日行二と贈答、45 46四月十五日入江殿にて二楽院らと昔物語、「盃あまたゝひの後尺八小哥などありし次の日」二楽と贈答（かたらふに昔おほえて時鳥ありし声のみけふも恋しき。二楽歌略）、47 48十九日賀茂祭、天皇と贈答、50〜52廿四日公宴懐紙、53座主の宮より、58 59返歌、60 61宣胤母の喪、贈答、62 63五月四日、六日は尚行の一回とて寿量品歌を父行二に贈り返歌あり、64十三日公条初めて春日社参宿願の趣を短冊に書き奉納せしめ、65 66「古今集の作者部類うつしをきし本うしなひ侍しかはいさゝか見るへき事ありて行二法師に借請侍しかは」尚行筆跡のを貸したので贈答（以下行二とのこと71まで）、72〜76廿四日公宴短冊、77 78宗祇と書状による贈答。

宗祇法師三月廿九日の書状六月の末に参りしにわか草庵の旧跡之事もふして

77住すてゝ野へとともなさは木草にも名残はみえん夢の昔を

（78実隆歌略）

79 80飛驒の基綱との贈答、81〜83公宴懐紙、84〜89後六月廿四日公宴短冊、90六月駿河の宗長に文を贈る、91〜94「後六月十六日の夜前より心地れいなら」ず、七月一日「すこしおちゐぬる心ちして」歌、94は七絶、95七夕の七絶、96〜102七夕言志七首（済継らが歌で、和長が詩にて和する左注あり）、103 104常寂院承意の百首に合点して贈答、105〜107公宴懐紙。

日野一位資綱卿すきにし後六月廿七日丹波にて身まかりぬる今年八十三歳まことは八十六七になんとと聞てしその事

　子息前中納言量光いなかに侍るとふらひ遣すとて

109ためしにもひくはかりなる玉のをも惜むかきりはなかしともなし

110「十月十日この返事」と歌。なお資綱は『公卿補任』には明応九年閏六月廿七日薨とあり、閏月の事から文亀元年の事ともされて来たが、明確にこの年であることが知られる（記になし）。111〜114七月廿七日三条中納言邸歌、116〜118八月十四日徳大寺前左大臣家春日法楽、119 120十六日（正忌は十七日）甘露寺中納言、親長周忌品経歌・懐旧歌（関係歌123にも）、121十五夜十五首の内、122は記に見える連歌（第三まで。なお、連歌は歌より約三、四字分下げて書かれる）、124〜128十七日三条中納言会、129〜132廿四日公宴短冊、133 134俊量と贈答。

　粟屋左衛門尉親栄もとより源氏物語の事につけて

135見□そめし夢のうき橋末かけていつかむかひの岸にいたらむ

かへし

136思入る心しあらは末かけてなとかみさらん夢のうき橋

137 138太神宮法楽、140九月九日伯二位のもとへ方違、141〜143十一月に廿四日分の公宴歌、145〜147十三夜、149〜154十四日、名号六字の御製、155〜160返歌、161 162廿一日東山の寺、雲竜院にての歌（以下懐旧歌など）、169廿五日諒闇の終りの大祓、装束あらためるとて歌、170廿八日三位殿への歌、172粟屋左衛門尉すすめる歌。

　宗祇法師こしの国に久しく侍るにたよりにつけて此頃申遣し侍しなか哥九廿日

173おもひやる　こしちの山の　しらねとも　雪つもりぬる　としなみの　たひゐもさこそ　やすけなき　世の

うきふしの　しけからむ（下略）

174老ぬらん人やいかにと月日ふるおほつかなさに身もよはりぬる

次の175〜214は『雪玉集』（大成番号）六〇六二〜六一〇一である。216〜218十月五日内裏三十首の内、219〜223廿四日公宴、224十四日因幡堂に室町殿参籠、百首続歌の内、摂津中務少輔にあつらえられた一首、225〜230実望家会、231（十一月）十日親栄来て物語り、雪降りて、232聯輝軒すすめし歌、233〜235公宴懐紙、236藤原長正廿首に合点、237高松神明万句の発句「よやいく世紅葉もたかし松のかせ」。239は和漢の発句。

宗祇法師先日の長哥の事なと申をくり侍し状のおくに

240思やれうき年次の蓬生も今はしのふの露の旅ねを

返事鸚鵡かへしのやう

241思やれうき年頃の蓬生をわれもしのふの露のやとりを

242〜246十二月十六日公宴短冊、247 248十七日中納言亭会、249〜251十九日節分、旧跡に方違、つとめて雪降り北野にて、252親栄のすすめた短冊

水無瀬より□《本ノマヽ》雲院おほ根ををくらるとて

253波風も治るはるを待えてそみつきのおふね漕つれて行

返事蘆葍の根とかくし題にて

254雪のうちも春日やはやくかけろふのねよけに見ゆる草の色かな

以下は古歌を書付けたもののようである。「杲《(守カ)》寺僧正訲続湖藻集」と細字の注があって「永徳（虫損）年十月廿八日三条内大臣実継公もとに」として「さひしさの真柴のけふり……」および256返歌、次は巻軸二首。

同三年三月十一日権大納言公時卿身まかりし時父前内大臣実継公のもとに申をくり侍し

257ことはりのたかふにつけて定なき世をうき物とさこそしるらめ

返し

258定なき世のことはりもわすられぬ先たゝぬ身を歎くあまりに

実継・公時は実隆の祖であり、何か断片的な資料があってメモしておいたものか。

以上、柳沢本の明応十年分によって、実隆と公家・武家・連歌師との交流が具体物に知られるであろう（この年、記は正・二月、十月下旬以後が欠）。二百五十八首の内、末尾の四首、御所本にある二十首、雪玉集にある二十首などを引いて二百十四首が新資料となろうか（但し雪玉集歌などとの重複調査は精しくはしていないので厳密な数とはいい難い。なお拙稿公表後、文亀元、二、三年、天文五年分は上掲書に伊藤氏の翻刻・校注が収められた）。

## 柳沢本　文亀二年以後について

文亀二年以降は主として御所本の省筆を補えるものについて記しておく。

文亀二年は、280 281正月廿九日、煮酒を統秋より贈って来た贈答狂歌、344 345三月十日中御門宰相との贈答狂歌、385四月廿七日、

人の海松をいさゝかぬすみたりとておこせしに

白波のたよりにつけてほのかにもみるそまことに夢斗なる

493 494十一月七日民部卿典侍との贈答狂歌、508 509廿四日同上、548巻末に「漁村雪」歌一首が記されている（あまの住さとのしるへや降雪のいくかともなき松のした道）。

文亀三年は鷹司本の脱落とみえる一首を補いうる。大成一二四の次、665「槇のしま幾村となく布さらす軒端は

波のこすかとそみる」。

永正三年、御所本二四三の次、1514 1515正月廿五日勾当内侍との贈答狂歌、同じく二八六の次、1564 1565三月十八日民部卿との贈答狂歌、同じく三一七の次、

　　六月二日各よりあひて小飲の次にいりこ酒といふことを

1605杉ならぬしるしもこれそいもか門たつねといりこ咲か海か枝

　　民部卿

1606月いりこささふ猿のをや心やみに迷を哀とそきく

続いて1607済継の狂歌、同じく三四九の次、1648 1649八月二日二楽との贈答狂歌、同じく三五八の次、1664 1665廿九日二首の狂歌(5)。

享禄二年、御所本四七四の次3700「又 をしほめをしくゝみつゝ一盃のゐ壷に入るを君にみせはや」。三年（御所本）七二八の次、「周桂法師――」とある所に3814として狂歌体一首、同じく七二九の次、3818 3819十月五日蒯庵に狂歌体二首、3820九日常桓に「此比と菊もうつろひ秋過て時雨るゝ松をおもひやらなむ」。同じく七四一の次に3825十七日物名歌、七五五の次、物名の続き、3833「人丸 赤人 草枕よしさはたひとまろねせん一夜はかりはあかひとりのみ」。

天文二年で追加しうるのは御所本一三〇三の次の一首のみ。4094「名にたかき月に日比の雲もなしいかなるむねの霧ものこらし」。三年。御所本一四九三の次、4182「又一日のかへし」として狂歌。次は一五〇一の次4190 4192「同朝」として資直との贈答狂歌、一五〇二の次、4193〜4195資直との贈答歌（例えば4193「廿七日資直三位きんとんをゝくるとて　なかむれは冬の夕日もさひしきにとにかくにたゝうき身をそしる」、4195「蜜柑をいれてかへすとて　さえあかす夜はの嵐の朝永い

つくの水かむすはさるへき」などは狂歌ともいえない)、次は一五一二の次、十二月、

四日紹沤一壷鯛十をくり遣せしかはあくる日鮭一を遣す梅の枝につけてよめり

4199 限りあれはわするゝ草も雪の中にかれてや稀の跡もみえける

武野紹鷗への歌である。四年は一六九七の次、次の狂歌風三首の贈答である。

周桂法師炭をゝくるとて

4264 心からおくるはまれにけふらするかしら斗と大原の炭

かへし

4265 おこりての紋は雪にもいたゝきそかしらか奥は大原の炭

4266 ／なさけあれやかしらは雪のふるまてにおこせる年の大原の炭

以上である。――まとめると、明応十年分二百十四首と文亀二年以降で数えられる四十首とが新資料ということになる。(6)

## 柳沢本の識語をめぐる問題

最後に、巻末二つの識語を掲げ、柳沢本の成立などの問題について一言しておきたい。

初めに風早実秋の識語があり(その冒頭に、御所本末尾の霊元院の識語が引かれる。なお実秋と保光の親交や風早本については注4に掲げた日下論文参照)、次に保光の識語(書写奥書といってもよい)がある。以下の掲出に当って底本の改行には関わらなかったが、明らかに原文が意識して改行している所はそれに従った。

抑此集卅六冊先年

霊元院法皇以　宸翰令写給御写功終御奥書云
抑此草卅五冊自文亀元年至天文五年卅六冊但此内文亀三年第三不足仍卅五冊也自六月上旬連々借請書写之至今日終功寔以末代之明鏡何集如之千
喜万悦之至也
如此令嘆美給　御在世不離　御座右及　崩有　遺勅三条西家江被返下云〻尤彼一部今猶三条西家現在実秋於
此御集従亜相廷季卿蒙恩許以自筆之草遂写功実道之冥加有難事也雖就集中詩作連歌之発句等多分除之
但難除者書写之且和歌而已書写初至六冊各書之其後除之此事至而深有子細難尽筆舌者也可恐可敬尤題詠之分亦以類題御集校合除于茲子孫以其意可拝見実々当家之至宝子孫堅不可出困
外深可秘蔵努々不可緩若背此条者忽可蒙冥罰者
正三位実秋謹書

法皇崩後三条西家江以返勘可知也
一日三位実秋卿密际孤以此再昌御集者曰予嘗借之亜相廷季卿謄写至巻五六忽有身心所疾不能卒業嘆謂此是逍
公教戒奥秘及其終身詩歌尽載無所遺漏者也今不使我得書写者是其霊有所吝之而然乎不然則当為我徳不足以写
此書之故也嗚呼如無神許何廼詣三条西家完璧本集還疾即逾矣然書写之志余燼復燃殆不可撲滅也今春更請諸
逍公影前置之三次而後置乃従因再借之亜相謹写之功終成矣公亦与予同慕
逍公道徳有年我素知之盍請諸其像前而謄乎公若能獲神許而成功則此道之大幸不可言也孤拝下其言曰唯々容冬
十一月三日昧爽斎戒沐浴請諸
逍公像前置之一次置即従矣孤拝稽首謝神許之速謹写始於同月廿五日無一日之間断至今春二月二日卒業矣日数
僅六十八日是所謂道之冥加者也故識攴由於巻末貽(ママ)之子孫〻〻其尊敬之不敢許外人之閲者勿論也
寛政九年丁巳春二月三日
保光謹書

解し難い所もあるので、詳しくは今後の検討に俟ちたいが、簡単に経緯を記そう。

まず実秋の識語。

霊元院は座右から「再昌」を離さず、崩後三条西家に返却したが、それを実秋は三条西廷季から借り、「以自筆之草」写した。集中の詩や連歌の発句は、除き難いものを別として省き、初めの六冊はすべて写したが、そのあとは深い仔細があって題詠歌も「類題御集」（雪玉集）にあるものは省いた、というのである。実秋がこれを記したのは、中に「亜相廷季卿」（寛政四年二月任）、奥に「正三位実秋」（同五年八月叙）とあるから、寛政五年八月以後だが、次の保光の識語を見合せると、八年に近い頃であろう。

次に保光の識語。実秋がこの集の「巻五六」に至って心身の疾を得て写せなくなったのは、実隆がその作すべてを載せた集を写すのを吝《お》しんだからだ、と悟ったのだが、やはり書写の情熱はさめず、実隆の影の前で抄写した。貴方（保光）も実隆を慕っているから神の許しをえて写しては、と言われ、斎戒沐浴し影を拝し、寛政八年十一月廿五日から九年二月二日まで六十八日間一日も休まず写した、として二月三日の署名がある（柳沢本でいうと一日平均七丁を写したことになる）。

実秋は「以自筆之草」写したとあるが、実隆自筆本を写した意であろうか。初め六冊は完写したというが、柳沢本永正二年八月十五日の条に「実秋私云此以後詩畧之」とあり（鷹司本はそのあと詩四編あり）、六冊以内でもその類の省略を行ったらしい。六冊の後は詩・発句および題詠歌で雪玉集重複歌は省いたように記しているが、それにしても永正四年以後は（前述の理由によって）抄出度が大きく、抄出の基準は不明である（狂歌も、若干の詩・発句も写してある）。

保光は実秋本を写したと思われるが、永正二年六月十九日（大成八三〇の次）に「私云此已後詩畧之保光」とあり（鷹司本はそのあと詩九編あり）、柳沢本はこのあと詩は若干は存するものの多くは省かれている。保光も私意を以て省いた所があったらしい。

現在三伝本の形態的特徴は次の如くである。

御所本　序有、明応十年分は抄出、文亀三年分欠

柳沢本　序無、明応十年分完本、文亀三年分有（風早実秋本をほぼそのまま転写か）

鷹司本　序・明応十年分欠、文亀三年分有

根源は何れも三条西家本というが、以上縷述して来たことから、伝来・書写経過について二つのケースが推測されるのではあるまいか。

㈠三条西家には二部の『再昌』があったのではないか。一部は原本（実隆自筆）で、三十六冊。序なく、明応十年分は完本。風早本はこれを書写（永正四年以後抄写）。柳沢本は風早本を写す。もう一部は原本の転写本で、理由は不明ながら巻頭に後補の序があり、明応十年分は不完全抄出本で、文亀三年欠。霊元院はこれを書写（抄写）。

㈡三条西家にあったのは原本一部のみ。序はないが、本文は三十六冊の完本。但し霊元院に貸した時は、明応十年分のみ不完全な形の、序を付した本であり、文亀三年分が欠けていたが院から返却された後、明応十年分（完本、序なし）、文亀三年分が探し出され、風早本（柳沢本）、鷹司本はこれを写した。

㈠㈡何れが妥当か、遽かに断定しえないが、㈠の可能性が幾分高いかもしれない。日下論文（注4所掲）は文亀三年分が、返却後に発見されたと推測する。なお以上二つのケースとは別の可能性があるかもしれない。

三本の存する年の本文を比較校合してみると、御所本と柳沢本との一致が目立つが、これは鷹司本の誤写誤読が多いからで、明確に結論を出せるほど調べていない。鷹司本は書写者の政通が七十翁であり、他の二人の分担

書写者の力量が高くなくて特異本文が多くなったのではあるまいか。更に詳しく本文批判を行って結論を出すべきであろう。なお鷹司本の欠けている部分が安政五年の時既に失われていたのか否か分明でない。

以上によって、寛政期乃至は安政五年に、三条西家に原本のあったことが推測される。(7)

三条西家の蔵書が分散したのは反町茂雄『一古書肆の思い出』3によると、昭和二十一年から二十四年の間で、詳しい経過が記されている。例えば、実隆公記自筆本が史料編纂所に入った経緯など興味深い記述もあるが、自筆本『再昌』のことはみえない。反町氏の目に触れれば当然記されていたであろうが、その手を経ない三条西本も多かったようで（例えば、早大蔵三条西家旧蔵本は昭和二十五年に柳町の某古書店から入った由）、今後出現の可能性もあろう。なお風早本や、（注1）に記した山科本・中山本、（或は鷹司本の欠巻部分）の出現も期待できなくはないので、その探索は常に心にとめておく必要があろう。しかし柳沢本によって、従来の二伝本のみの時より遥かに多くの『再昌』の問題点が明らかにされたわけで、この伝本の持つ意義は、『再昌』については勿論、三条西実隆研究の上にも、大きいものがあろうと思われる。

**【注】**

（1）書名に関連して付言したい。山科言経の言経記天正四年の条に次の記事がある。

（八月十日）禁中召之間参、於番衆所明題抄可仕《書写》用之由則仕了、宮御方同被遊了、次再昌集、明題抄等被返了、

（九月十八日）中山新宰相《（親綱）》ヨリ再昌集借用之間遣了、（同十九日）中山新宰相ヘ罷向了、再昌集四冊借用之間遣了

（大日本古記録による）

右によると禁中（正親町天皇）に山科言経は「再昌集」を見参に入れたらしい。そして中山親綱に貸し、更に四冊本を

も貸したらしい。桂宮本叢書の解題も、右の八月十日・九月十九日の条を挙げ、これはまず実隆の『再昌草』であろうとしている。なお言経記同年四月廿二日の条に「今朝　禁中ヨリ逍遙院哥二冊・一明題抄御借用之間、伊与殿後局へモタセ進上了」とある「逍遙院哥」が八月十日の「再昌集」の可能性があろう（三ケ月半程の禁中留め置きの間に写されたかどうか分らない）。後に掲げる柳沢本『再昌』の識語に「再昌御集」とあり、「再昌集」と称せられることもあったらしい。これによると山科家にも伝本があり、中山家でもそれを写した可能性がある。山科家は言継（言経の父）が実隆・公条・実枝に親炙したから（拙著『中世歌壇史の研究室町後期』）、三条西家の『再昌』を写す機会もあったと思われる。

（2）『雪玉集』編纂に当たって『再昌』は資料とされていない。注（1）の「再昌集」は禁裏で写されなかったか、写したとしても失われていたのであろう。後水尾院は『雪玉集』を編む時なぜ三条西家から『再昌』を借りなかったのか。「此草者於家最秘蔵」で、他見を許さなかったので（御所本第一冊識語）後水尾院が知らなかったのか。鈴木健一氏から問題を出されたことがあるが、院と三条西家との関わりなども視野に入れて考えるべきかとも思われ、後考を俟ちたい。特にその頃の当主と思われる実教はどういう態度をとったか、など。

（3）大成の取った方法は『再昌』を通覧するには不便だが、叢書と別の底本を用いたことはそれなりにメリットがあったと思う。なお大成は他本と校合しない方針なので鷹司本を用いざるをえなかったという面もあった。『大日本史料』も初め御所本を底本として用いたが、雪玉集歌・狂歌類を補うのに煩わしかったからか、近時は鷹司本に依っている。ただ何といっても鷹司本は誤りが多い。極端な一例を挙げると、永正元年三月（大成番号三四二詞書）、鷹司本の「……今曙につけて申たりし……」は、御所本では今曙は道堅で、これで疑問は氷解する。不審の箇所は必ず活字本（叢書）を見合せる要がある。

なお鷹司本のケアレスミスと思われる脱落を記しておく。大成番号三七七の次、三九〇の次、八九四の次、九五〇の次、一〇一八の次、二六一四の次、四七四〇の次の各一首、五六一四の次の二首が御所本によって補われる。御所本（叢書）の翻刻は貴重である。

（4）管見に入った、柳沢文庫蔵書に関する論考には、宮川葉子「楽只堂と『源氏物語』――正親町町子と松蔭日記を中心に――」（『源氏物語の探求』15、平2・9）、同「徳川大名柳沢吉里の文芸活動――歌人としての成長を中心に――」（『文学・語学』130、平3・6）、同「徳川大名柳沢吉里と『源氏物語』――「詠源氏巻々倭歌」を中心に――」（近世文芸55、平4・2）、日下幸男「柳沢文庫の蔵書と古今伝授との関係」（研修余滴38、平6・12、大阪市立豊島第二工高）があり、日下氏の論に『再昌』の紹介がある。

（5）　抄出の永正四年分以降も、書写形態には変りなく、和歌が中心であるが、若干の漢詩・発句をも載せている。狂歌も同様である。抄出の基準は明らかでない。なお享禄二年以降は御所本が残り、それには狂歌の類が省かれているが、柳沢本には記された所があるので、以下それを掲げる。

（6）　鷹司本は五六三九首が現存、御所本（大成解題翻刻分）は雪玉集にありとする初句のみのものは数えず、一八〇八首、なお大成解題番号一七六五の漢詩は二編に数えるべきなので一八〇九首。計七四四八首。それに柳沢本の新出が二百五十余首（念のためいうと、すべて漢詩・連歌の句を含む）。因みに、『雪玉集』は大成八二〇二首。これは重複歌二首を持つ板本を底本とした為で、『新編国歌大観』ではそれを含まぬ板本に依ったので、八二〇〇首。『再昌』と『雪玉集』との重複歌は伊藤敬氏の教示によると二三七六首の由である。都合一万三千首を超える実隆歌の研究は将来の大きな課題である。

（7）　鷹司本が安政五年に三条西家の完本を写したとしたら鷹司本はその後若干の冊を散逸せしめたことになるが、その辺のところは全く分からない。

［付記］

本稿は一九九四年十月大妻女子大学で開催された和歌文学会大会において「明応十年における三条西実隆」と題した研究発表の原稿に補筆したものである。その前後に御教示を下さった伊藤敬・日下幸男・三村晃功・宮川葉子の諸氏、『再昌』の閲覧を許可された柳沢文庫とその職員の方々に厚く御礼申し上げる。

## 2　三条西家若干の問題

### 和歌の家としての三条西家

実隆の後は公条が、そのあとは実枝（実澄）が継いだ。公条については前掲伊藤著書に「称名院家集の成立」が収められ、また有吉保「『公条集』覚え書」（樋口芳麻呂編『王朝和歌と史的空間』笠間書院、'97）がある。実枝については伊藤著書に「評伝」「翻刻二篇」が所収。翻刻二編は（1）甲信紀行の歌（井上宗雄蔵　福井久蔵氏転写本）、（2）実澄公和歌（名古屋市鶴舞図書館蔵　河・サ・四六）である。「評伝」の中に実枝男公国について記述があり、それで要は尽されているが、埋没しがちな人物であるから、小稿に略年譜を添えておく。

一言記しておきたいのは、この室町末期に三条西家が和歌の家として成立していた点につき、他家からの記述「冷泉為益置文」（冷泉家古文書　140）の文を挙げておきたい。これは為益が永禄八年九月駿府下向に際し妻に与えたもので、稚児（八歳の為満）の養育につき記したものである。（読み易いように表記は変えた）

冷泉家の、俊成・定家・為家・為相・為秀筆の草子（歌書・古典籍）を多く伝えていること、「あすかい又三条西なども皆弟子どもの末々なるべく候」こと（いわゆる御子左家の弟子筋である）ということ、為相の兄為氏が不孝であったために（貴重な典籍などを）譲られたこと、その譲り文が皮籠の中の葛籠《つづら》にあることを述べ、次に和歌の家のことを記す。

> あすか井はその二条家のてい子也、西殿は千葉といふ弟子関東に候、それを東《とう》とも申候也、その者に宗祇と申候連歌師候者習候て、さて古今ども教へ候間、まはりてはこれの弟子筋ながら、物知りだてし候はんとて別儀なる様に申なされ候体《てい》に候

この永禄時点で、三条西家が二条家（為家）の弟子東（常縁）の弟子宗祇に（和歌を）習い、古今を伝受していることを指摘し、二条家（御子左家）の弟子筋なのに「物知りだてし候はん」（知った風をして、か）別の儀である（御子左家とは別の流、別の和歌の家だ）と称していることを指摘している（勿論この文章の底流には、いま冷泉家が御子左正流である自負を秘めている）。

しかしながらこの文章から、当時の世の中（歌壇）で、和歌の家は飛鳥井・三条西と冷泉家であることが示されていることになろう。そして三条西家では、御子左流に連なっているのに独自の古今伝授の継受によって「別儀」としてその独立性を揚言していたことを窺いうる。

この頃は、実隆の和歌と、公条の歌学（とりわけ永禄三、四年の正親町天皇への古今相伝、また日常の和歌指導などの事蹟）によって、三条西家が和歌の家として確立されており、歌壇でもそれが認識されていた、ということが推察されるのである。東家―宗祇―実隆―公条……という古今伝授の系譜も知られており、天皇への相伝によって重みを増し、（おそらく為益の言辞以上に）三条西家の和歌の家として確立されていた事実は永禄期には明確であったと考えられる。実澄はこの父祖の業績を継受したのである。

## 公国略伝

実世（実澄・実枝）男公国については伊藤敬氏の「実枝」の条に少年期が扱われている。以下、早世し、中継ぎの立場に終った公国について、どういう役柄・人物であったのか、その生涯を簡単にまとめておきたいと思う。

実枝の長子公世は天文七年の生れ、天文十三年二月七歳で早世、十七年次男公尊が生れたが、永禄四年十二月十四歳で没した。

公国は三男で、弘治二年の生れ。父は四十六歳、母は公尊と同じく正親町三条公兄女。この年は父駿府在国中であり、永禄元、二年にはいったん上洛するが、そののち十二年まで在国。五年（七歳）正月十日叙爵。公光《きんてる》（初名）。六月十三日侍従。『心珠詠藻』（相玉長伝）二二七に、「永禄五年七夕、三条大納言殿御旅亭にて御息侍従殿御会始に、織女契久」として長伝の詠がみえる点から、父に伴われて駿府に滞在していたようだ。幼少時から歌は父に学んでいたのである。翌六年十二月には祖父公条が没したが、祖父と見《まみ》えることもなかったといってよい。

十二年六月二十六日実枝上洛。公光は八年十二月叙従五位上、十一年正五位下の位記を十二年八月に賜ったとあるが（公卿補任）、これは父と共に六月に上洛したからであろう。九月二日右少将、十月二十四日公明と改名（狩野文書等、大日本史料による）。十三年（元亀元）十五歳。元日四方拝に参仕（言継卿記）。正月十九日和歌御会始に出（言継卿記）、三十日誠仁親王会に出（同）。父が後嗣として諸儀を学ばせている様が察せられる。

こののち朝儀、和歌御会等に父と共によく参じていることは、『言継卿記』等によって知られる。

官途は、元亀元年十二月二十七日従四位下、二年十二月二十六日中将、三年十一月七日従四位上、天正元年十二月十二日十八歳で参議に任じた。二十四日正四位下。かなり速やかな昇進である。三年七月七日権中納言、十二月二十九日公国と改名。天正六年正月六日正三位。この公国の急速な昇進は実枝の任槐遅滞の代替ではなかったか、と伊藤氏は推測する。七年正月父を喪う。十一月権中納言を辞。翌八年（二十五歳）正月五日権大納言、九年正月従二位、十三年正月正二位、十五年十二月九日所労危急により内大臣、同日薨（追号、円智院）。三十二歳であった。多聞院日記には「酒損ニテ死了、卅五歳云々」とあり、年齢が『公卿補任』とはくい違う。「酒損」は大酒による身体障害であったらしい。後掲架蔵本は享年三十三と。

公国の詠は天正三年七月二十八日「淀神明法楽百首」、同九月二十九日「熱田社奉納百首」（書陵部五〇一・八九二「百首五ヶ度」の内）、同年十二月二日、「公条十三回忌品経和歌」（釈教歌詠全集 四）、十一年九月九日内裏会（公宴続歌 二十五）および後掲書などに見える。

天正五年（四月下旬〜十一月）の誠仁親王家五十首は、冷泉為満（十九歳）などの若手、飛鳥井雅敦も加わり、実枝が評点を加えているが、公国は加わっていない。天正内裏歌合（天正八年か）の作者にもなっていない。この頃の、誠仁歌会を含めて公国の名はみえない（拙著『室町後期』七六二頁辺）。官位は昇進しており、どういう事情があったのか。「酒損」とされる死因を考え合せると性行上または健康上の問題か。

一首を掲げておく。

人しれぬこの谷かげもなべて世に春にはもれぬ鶯の声　（早春鶯。淀神明百首）

架蔵江戸期写一冊本は、公条詠約二百八十首、実枝歌九十七首、公国詠（春〜秋の題詠歌）三十七首、実条詠約二百首所収。公国の巻軸歌を掲げておく。「初雁　いかに今おもひかへして春をたにみすてし雁の又はきつらむ」。

詠も僅かしか残らず、特色も殆ど認められない。

実枝が細川藤孝（幽斎）に古今伝授を行った天正二年〜四年に公国十九〜二十一歳である。若年故に実枝は将来の返し伝授を藤孝に望んだのであろう。七年正月実枝は没し、公国にとっては藤孝が重大な存在になった。七年六月十七日公国は藤孝に誓紙を提出、古今の説の伝受を請うた（兼見記・図書寮典籍解題続文学篇、二〇一〜二頁）。そして八年七月、藤孝は丹後入国を前にして返し伝授を終えた証状を公国に与える。時に二十五歳。上掲『続文学篇』（二〇二頁）「三条西公国古今伝受誓状並幽斎相伝証明状写」（二通）を参照されたい（東山御文庫にも蔵）。天正十五年三月飛鳥井雅継（のち雅庸）が公国に歌道を学ぶべく誓状を提出（砂巌五）、いちおう和歌師範としての名声が備わって来たらしい。五月以後、近衛家にて伊勢物語を講じ、十月十五日月次歌会を催したが、十二月二日公条二十五回忌は「亭主不例」ということで出席できず（時慶記）、体調はかなり悪く、九日に没した。「酒損」というから節制もよくなったのであろう。上記の業績を見ても特筆すべきことはないといってよい。時に子息実条は十三歳、正五位下侍従。もとより「古今伝受」には程遠い年齢であるから、将来再び「返し伝授」が要請される事態になった。

## 3　三条西実条の詠草について

### 1

三条西実条（一五七五〜一六四〇）は公国男、実枝の孫。父に十三歳の折に死別したが、のち細川幽斎（実枝門）や也足軒中院通勝（幽斎門）の教えを受け、慶長九年幽斎から古今伝受、歌人として一家をなした。右大臣従一位、徳川幕府とも親しく、武家伝奏を長く勤めた。寛政十七年十月九日六十六歳で他界。

その著作類については後に簡単に触れるが、以下、詠草を中心に記したい。

従来、実条の詠草については早大本が中心であった。それには早大図書館に三条西家旧蔵本があり（文学関係約六十点、但し懐紙が約二百五十枚、外に三条西季知関係の記録類若干）、実条自筆の詠草や懐紙が含まれていたのである（井上宗雄・柴田光彦「早稲田大学図書館蔵三条西家旧蔵文学書目録」国文学研究32、昭40・10。以下、井上・柴田「目録」と略す）。

早大本実条詠草は多く仮綴の横本で、原表紙の上に三条西家の家紋を浮出した、藍の、おそらくかなり新しい時代の表紙を付す。多くは自筆本と見られ、明確な日次詠草と目せられるものは『私家集大成　7』（昭51、明治書院）に収められ、解題が付されている（柴田・藤平春男による）。なおその後一点見出されたものが、柴田「翻刻実条公御詠　寛永九至十三年――（『私家集大成中世Ｖ』補遺）――」（近世文芸研究と評論32、昭62・6。以下、柴田「大成補遺」と略す）に収められた。また懐紙については、細目は井上・柴田「目録」にもあるが、実条分は柴田「三条西実条懐紙」（伊地知鐵男編『中世文学　資料と論考』昭53、笠間書院）に翻刻された（以下、「懐紙」とあるのはこの早大蔵のものをいう）。詠草類については大成に解題があり、その他、幾つかの典籍は翻刻・影印され（一つ一つについては後述）、解題もあるので、書誌の詳細についてはそれらを参照されたい。

この早大本と、とりわけ詠草・懐紙類で、近い性格を持つ蔵書群の存在が近時知られたのである。最初の情報は、長谷川強・渡辺守邦・伊井春樹・日野龍夫「カリフォルニア大学バークレー校旧三井文庫写本目録稿」（『調査研究報告5』国文学研究資料館文献資料部、昭59・3。以下「目録稿」と略す）によってである。

この「目録稿」は労作であるが、「摘要」欄を見て行くと、例えば303・305の公福の集・詠草、845～847の実教・

実勲・実称の詠草、2323実条の詠草等が、三条西関係のものであることを窺い得る。そして「カリフォルニア大学バークレー校旧三井文庫蔵御会関係資料細目稿」（『調査研究報告9』昭63。以下「細目稿」と略す）によって、三条西家本とは銘打ってないが、「詠草文禄至天保」の細目がみえることによって、少なくともこの部分が三条西家旧蔵本であることを推測しうる。そしてこれらが実際に見られるようになったのは『国文学研究資料館蔵マイクロ資料目録15』（'91）によってである（細目も掲出）。そしてマイクロや写真版を披見することによって実条詠草を多く含む「詠草文禄至天保」が三条西家本で、早大本と分れ分れになった一部であることをはっきり推測しうるのである。三条西家累代の懐紙類は勿論、「三条西」の印記のある「大嘗会和謌」（二冊、上は仁明〜近衛、下は元文〜嘉永）など三条西旧蔵本であるのは間違いなかろう（近時、坂内泰子「三条西実条と後水尾院歌壇」近世文学俯瞰'97・5の注で推測している移動経路は、ほぼ納得される。但し後に述べるように、実条の辺で区切って分れたものではないようだ。また拙稿では後掲する伊井春樹文章の表題にあるように、バークレー本と呼称する）。

既に述べたように、『私家集大成7』には、当時分明であった早大本により、実条の家集をⅠ〜Ⅹに分けて掲出したが（のちに柴田によって、大成には入らなかったがもう一集追加された）、実は実条の詠草は、バークレー本の存在によって大きく追加されることになる。バークレー本は写真公開以後、紹介はまだなされていないようなので、それを紹介しつつ述べたいと思う。但しバークレー本は実見せず、写真版による披見なので、書誌は記しえない。

実条詠草を収める「詠草文禄至天保」は、すべて仮綴横本で、一括された上に一紙が置かれ、左に「詠　草文禄至天保　二七冊」と題簽が貼られているが、この一紙は新しいもののようだ。

以下、早大本と関わらせつつ編年的に紹介して行くが、二行書きの和歌は改行の所を一字あきとし、詞書などの行変りはこだわらず書き下ろした。バークレー本は稿本が中心で、難読の部分が多く、墨消しその他で読めぬ所は□で示した。本文の線による抹消下の言葉は、〔　〕に入れて記した所がある。「懐紙」とあるのは早大蔵のそれだが、多くは公宴へのものなので、その旨は一々注記しなかった（月日は、例えば四月廿四日は四24のように記した）。詠草で大成所収のものはごく簡単な解説に止めた。その歌番号をアラビア数字で示した所がある。なお詠草の紹介を中心とはしたが、付録的に実条関係の事跡や典籍および官位の叙任をも記した。

早大本の函架番号は、特別へ二・四八六七。その下に小番号が付くが、小番号を例えば、早大（一―一四）のように示した。

## 2

○天正三年（一五七五）

・正月二十六日実条生まれる。『砂巌』（図書寮叢刊、三一八頁）によると「母西園寺公相公女」とあるが、「公朝」（前左大臣、天正十八年没）であろう。父公明（十二月二十九日、公国と改める）は従三位権中納言、二十歳。

○天正四年

・正月五日叙爵（『砂巌』は二月二十四日とする）。八月十一日侍従。

○天正八年　六歳

・二月五日従五位上。

○天正十二年　十歳

・正月二十六日正五位下。

○天正十五年　十三歳

・十二月九日父公国没。

○天正十六年

・二月二十八日従四位下、着禁色、少将。『砂巌』によると「此日元服」とある。

十月十日会始。幽斎詠歌（土田将雄『細川幽斎の研究』九四頁）。

○天正十七年

・正月六日従四位上。七月十七日幽斎に河海抄を貸す（土田、九六頁）。

○天正十九年（一五九一）　十七歳

「懐紙」（四24、七7 25 28、九9、十二24）。最初の四月廿四日分を井上・柴田「目録」は天正九年としたが、「十九年」の誤り。・正月十日右中将。

○文禄元年（一五九二）　十八歳

「懐紙」（九9、十二25）。三月幽斎に枕草子を貸す（土田将雄『細川幽斎の研究』一〇三頁。なおこの類は以下多くは省く。この著以下、土田と略す）。

○文禄二年

バークレー本「詠草」。原表紙中央。左下に（花押）。見返し右に「文禄二年四月一日実条」とあり、次行に「元日哥」（以下空白）。次丁表、巻頭。

　春日同詠（ママ）……（小字若干、略）

　　四月二日に禁中御会はしめの懐紙

御題　余花似春〔といふ心を〕

＼おしめ猶時ならぬ花を夏山の□にほふ春□
夏山の青葉ににほふをは桜いかてか春の色□

以下、四月六日禁裏御会（二題各二首、内一首に点）、十五日西園寺殿にて当座、廿日禁中着到、廿六日・廿八日当座。計十五首。

「懐紙」（八6、閏九4にな川殿、詠5）。・閏九月五日当座歌会（土田、一〇七頁）。

○文禄三年

早大（一一四）。大成7（実条Ⅰ）。扉（原表紙）中央に「詠草」、左「文禄三」。後補の表紙左に題簽「丹州に於ける実条公御詠草」。六～十月丹後幽斎の許の詠。「懐紙」（八7 19、九19丹州月次詠等）。

早大（一一五）扉（原表紙）中央「文禄三八月十二日」。内容は源氏物語抜書。「薄紅梅」以下、源氏から和歌およびその前の文章を抜書したもので、十二丁。丹州で記したものであろう。

次のバークレー本も、この年実条が丹後で写したものであろう。定家の藤川百首の注である。

難題百首　　定家卿 □（表紙左）

春廿首　　定家卿（以下本文）

関路早春

古廿　みのノ国関のふち川たえすして君につかへん万代までに

たのみこし……

是は定家卿御位ヲノソませ給にいまた御位ゆるされすして読給述懐の御哥也関の藤川とは藤家なれはソレによりて読給也藤川は美濃ノ国ニアリ

末に「此百首注不知誰人之所作」（以下の奥書があり、「于時天正八歳中秋初四　一閑人〈花押〉」、更に「丹州□ニテ書之□于時文禄三九年十□　（花押）」）とある。すなわち、往年（天正八年）京を逐電して丹州に入っていた通勝の写した注を、文禄三年九月に、丹後に赴いた実条が写したとみてよいのであろう。

同じくバークレー本「道堅法師自歌合」も同様らしい。永禄十二年六月に通勝の写したもの（奥書。類従本等にも）を、「此一冊丹後也足軒書写候也　于時文禄□《三》九廿六　（花押）」とあって、実条が丹後で写したようだ。

・八月十六日田辺における連歌の連衆に加わる（土田、一一一頁）。

○文禄四年

早大（―一六）。大成7（実条Ⅱ）。扉（原表紙）に「文禄四年詠草」（書誌略す。大成解題参照。以下同）。正月〜五月、十二月、十九首。この冊後半は翌年の詠草。「懐紙」（二25、七7、九13飛州にてとあり、飛鳥井雅枝の所?）。・十一月四日正四位下。

○慶長元年（一五九六）　二十二歳

前年の早大本の後半。正〜三月二十九首。「懐紙」（四24）。・公宴懐紙に幽斎評点。

○慶長二年

早大（―一七）。大成7（実条Ⅲ）。正、二月十七首。

バークレー本表紙中央に「慶長□《墨消》詠草年月日次第不同也」。一枚目の表四首あり、墨で多く横線を引き抹消、一ウ「慶長二十一廿八於愚亭ニ俄ノ当座（下略）」二首のみ。「懐紙」なし。・二月二日参議、中将元の如し。

○慶長三年

早大（―一八）。大成7（実条Ⅳ）。正月〜十月、三十四首。

○慶長五年

この年の詠草は若干複雑である。

早大（一―一九）。大成7（実条Ⅴ）。この年の詠草は後補の表紙がなく、仮綴本で、原表紙中央に、

度々歌よふん入はかり也　同点取ノ歌寄書　年同題次第不同

とあり、巻頭（一番歌）が「木のも□さらてちる花もかな」と下句のみ、一オは6番歌まで、一ウ初めに「慶長五」とあって7～12まで、12番歌は上句のみで、これは1の上句のようである。一ウ→一オがよいとも思われるが、歌会催行年時の記載が、例えば、一ウは五月、十月、三月、一オは六月、九月九日（実は七夕）、四月で、早大本は以下も順不同の歌会催行月日であり、整然としていない。百三首（1と12で一首とみると百二首）。

バークレーには二部の別本（a・bとする）がある。a本は表紙中央やや左に「慶長五詠草」、b本は表紙中央に「慶長五年詠草」とある。

まずa本から記す。一オに「慶長四十二月……」の四首があり、一ウが「慶長五　元日哥」以下。十月廿四日の公宴歌まで百十三首。そして五月まで公宴歌は、普通一題に二首あり、その内一首に合点があるが、ない方は縦に墨を引いて消している（なお二月までは消された歌の上に、やや横に長い○がある）。また詞書にも消された部分がある。六月以降は一題一首で、合点歌・墨消はない。それらを含めて百十三首。更に注意すべきは、正月から十月まですべてにわたって長い一本の横線（所によっては補助的な線を加えて）が引かれ、つまりこの詠草（a本）は全編抹消ということになるのである。

興味深いことに、早大本の歌はすべてa本の墨消歌（縦線の抹消歌）である。そして六月以降、墨消歌がバークレー本になくなると、以下、公宴の旨の注記と歌題とは同じだが、歌は早大本と別のものになる。例えば、六月

廿四日の公宴では「扇」と「菊」と題はａ本と早大本とで同じだが、歌が異る。

次にｂ本であるが、巻頭は「慶長五　正月　実条」とある。「十二月九日大雪……」まで八十一首。合点・墨消歌は全くなく、五月まではａ本の、╲（合点）によって残された歌が記され、六月以降は、若干の書込み（評詞等）が残るが、ほぼａ本と同じ歌。但しｂ本はａ本の終った後に七首がある。従ってｂ本は一応整理本と思われるが、中に抹消箇所や十月公宴歌の次に四月廿六日詠があったりして、完全な清書本ともいえないようだ。

ａ・ｂ本により、早大本に若干の考察を加えると、上述のように歌が異なっても題の同じものが多く見え、配列が不順な早大本もすべて慶長五年のものと見てよい。早大本31の次にある評詞はａ・ｂ両本にはない。なお点者・評者は幽斎・也足。早大本74〜82、90〜95の十首等をはじめ若干の歌がａ・ｂ本にない。

以上、この三本の関係をどうとらえたらよいか。

一応考えられるのは次のようなことである。すなわち、或いはａ本がもとかもしれない。ふつう公宴などに出す歌は、一題で二首位を作ってまず稿本に書きつけ、それを懐紙に記して指導者（ここでは也足なり幽斎なり）に送る。返されて、点のない方の歌を稿本から墨で消す。つまりａ本が稿本で、点のある歌のみを記したのがｂ本で、従ってｂ本は一応整理された本ということになる。そこでａ本は不要ということになるから、横線を引いて抹消したのではなかろうか（但し六月以降なぜ一首のみか不明。なお今後考えたい）。では（一見敗者復活？本のようにみえる）早大本は何か、というと、次のような憶測を行ってみる。

也足や幽斎から返って来た懐紙は、上記のような役割を果したのちまとめておく。包紙に評詞などのあるものも保存しておく。終りの方にある十首歌などの歌稿も同様。それらを充分に整理せずに重ねておいて、直ぐか、若干の時を経てか、点の入らなかった方の歌を、勉強の為か将来の作歌の助けとする為か、写しておいた、それが早大本ではなかろうか。懐紙には端に催行年月日などを注記するのが普通なので、それを評詞と共に転記したのであろう（4のように「七月七日」とあるべきなのに「九月九日」と記すようなケアレスミスもあるが）。多くは批判的な評詞が書付けられているのも、落とされた方の歌が中心だからであろう。

この年、b本によると、正月十六日公宴会始（早大本70、歌は異る。以下同）、毎月公宴は廿四日、正月廿五日公宴御夢想当座、二月五日伯亭会、中院入道興行（早大本64・65。a本にはメンバーが記されている）。因みに、早大「懐紙」は七夕、廿四、十月廿八日公宴の三紙が残るが、「懐紙」には二首があり、合点歌（まことある）がa・b本に、早大本（4。九月九日と誤記）には二首目（神代より）がある。評詞は「懐紙」と早大本と同。廿四日は「遠江早秋」で、「懐紙」に二首あるが、二首目がa・b本に、早大本には一首目があり（21）、あとの二題各二首もa・b本には「懐紙」の合点歌のみ見え、早大本（22 23）には非合点歌が残る。十月もa・b本は「懐紙」の合点歌が、早大本（49 50）は非合点歌が載る。なお参考のため、三本の二月公宴分の一首を掲げておこう。

山花三月廿四公宴御月次　点幽斎
さく比は
＼よしの山みとりの空の色ならて　花にうつまぬ山のはもなし（早大11）

山花　点幽斎
＼さく比はみとりのそらのいろならて　花にうつまぬ山のはもなし（縦の線による墨消歌）
＼ならふ木の枝かさなりて山さくら　ひとへも八重の花とみすらん　是ニ定也
廿四　公宴御月次懐帋　点幽斎
（a本。歌の中頃に横線が通る）

山花
ならふ木の枝かさなりて山桜　一重も八重の花とみすらん（b本）

a本によると二首に合点があり、後者に定めた、とあるが、実条の意志か。

実条が毎年このような詠草を認めたのか否か分からないが、慶長八、九年分をみると、草稿本、整理本などがあったのかもしれない。・正月五日従三位。

○慶長六年

「懐紙」（六4、七7、九9 24）。

○慶長七年

日次詠草はないが、バークレーに「内裏着到百首詠草」（扉中央）がある。巻頭部分。

内裏着到百首慶長七年　上巳以来

実条

立春

天津かせのとかに吹てこのねめる　あさけの雲も春やしるらん

以下、「山霞」「海辺霞」…「祝」。

○慶長八・九年

早大（へ一二〇）は大成7（実条VI）。原表紙中央に、

慶長八〇九九月より

詠草

（花押）

とあり、一オに「慶長八十月二日サンゴウチにてヨミ侍しサキノ長老七年につきて」云々の二首があり、二オに「慶長八　九月廿六日　当家にて月次初度」「山紅葉　也足点也　題飛鳥井也」として二首あり、一首に合点がある。八年

分十二月まで八十一首。82〜87は重複抹消。

慶長九年分は正・二月四十七首。両年とも一題二首（内一首に合点）、評詞・添削あるものが多い。

バークレー本は、

慶長八年（同九年）　九月ヨリ　（表紙中央）

詠草　（花押）　（表紙左）

巻頭「慶長八年愚亭月次　実条」とあり、早大本3 6 8 10がある。すなわち早大本で合点のある歌を採っている。三十七首。そして早大本にある合点や評詞・添削の跡はなく、早大本の添削された形で記されている。早大本5詞書にある作者名などはない。慶長九年分も同じで、早大本104は挿入の印によって九年の冒頭にあることを示しているが、バークレー本はきちんと冒頭にある。早大本は懐紙を若干未整理のまま重ねたのを写して行ったのではないか。九月正月歌104が二月の途中にあるのも、そこに誤って重ねられたまま写し、後に気がついて前に入る印をつけたものではなかろうか。すなわちバークレー本が整理された本であるとみてよいであろう。

「懐紙」、八年（九26）、九年（四28、八・6中院亭）。

九年閏八月十一日、古今伝受の誓紙を幽斎に出す（『古今伝授沿革史論』二三六頁等）。

○慶長十年（一六〇五）　三十一歳

バークレー本、表紙中央に「慶長十年詠草　（花押）」、巻頭元日歌の次に、

元日柿本影前始詠　若丸

いく千世を子日の松に契りてや　けふ□（虫）そむるやまとことの葉

とあるのは九歳になった嗣子公勝であろうか。四日の「愚亭会始」にも出詠している。二月一日以下、水無瀬中

将会、八日公宴、十二日花山亭、十三日「愚亭」、廿二日水無瀬法楽まで二十三首。「懐紙」（六、八29中院亭、九16）。

○慶長十一年

・正月十一日権中納言。

○慶長十四年

早大（―二一）。大成7（実条Ⅶ）。扉（原表紙）中央に、

慶長十四年
同十五年

とあるが、なぜ「同十五年」とあるのか。書き加え？　あるいはもと十五年も合綴していてのち除かれたか。内容は十四年正、二月の会の歌など十首のみ。・正月六日正三位。

○慶長十五年・十六年・十七年

早大（―二二）。大成7（実条Ⅷ）。扉（原表紙）中央に、

慶長十六　同十五少々
詠草
同十七年

十五年は四月、七夕、十一月の八首、十六年は六月～八月の三十二首、十七年正、二月の四首。

「懐紙」（十六年九9、25後陽成院点）。十五年指導者幽斎・也足が没した。この後点のある懐紙があるが、誰の点であろうか。上記後陽成を除いて点者名はない。未考。

「夏日同詠五十首和歌」、早大（一―三五）。「権中納言藤原実条」とあり、「早春　わきてこの……」以下。慶長十一〜十七年の夏季の作（詳しくは、未考）。自筆一軸。巻頭歌、井上・柴田「目録」参照。

○慶長十八年

七夕御会（バークレー本、第3節参照）。・正月十一日権大納言、七月十一日武家伝奏。

○慶長十九年　　四十歳

この年三つの詠草がある。

a「東国名所在名ニ付雑〻覚」。早大（一―二三）、大成7（実条IX）。原表紙の左に「東国　名所在名ニ付雑〻覚」。本文端作り「〽国々〽名所〽在名ニ付テ〽本哥○誹諧躰」。右の「雑〻覚」は付せられていない（後述のバークレー本には存する）。

初めに、慶長十九年二月廿八日京を出、三月六日駿河で富士を見て、

　1雪をたゝ雲の色にもにほはせて　見そむるふしそ春にかすまぬ

これのみ正風体の歌で、以下十三首、江戸との往復における俳諧体の歌である。

b「哥　誹諧　狂哥　発句」という一冊本が書陵部にある（拙著『中世歌壇史の研究　室町後期』に簡単に紹介した）。江戸初期の、題名の通りの作を集めた書で、その後半部に次の一連がある。

　三条西実条江戸道狂哥

として、上記aの歌と大きく重複する。詞書に微少な違いがあり、歌順が少し異る。a本の1がない。以下、a本の番号（大成番号）で記すと、2 3 5 10 11 7 8 9 6 13 14の順。そして10と11との間に、

　ひわ嶋の川わたりなきにつきて

めうをんのまほりめあらはひわ嶋の川せの水はひかんとそ思ふ

があり、14の次に、

大津馬につきて

宮こ入の道にはやくもたつ馬のせなかのうへもにきはひにけり

があり、a本の異本といえよう。

さて、b本の初めの方に、

三条西実条江戸道之歌

逢坂を越侍るとて

道ひろき世に逢坂のみつからはうき旅としもおもはてそ行

を初めとして十六首がある。三首目にaの上記の「雪をたゝ」があり、これらは江戸に下向し、上洛した旅中詠（正風体の詠）である。

c「雑〻覚年不同江戸□」（バークレー一冊本）にこのbの旅中詠が入っている。やや詳しく後記するが、一ウに「慶長十九年三六駿河ニテ」として上記「雪をたゝ」があり、三オの途中に「慶長十九」とあって「逢坂にて道ひろき……」以下、b本とほぼ同じ。なお詞書に小異があり、またc本では「雪をたゝ」が上記のように別の所に入り、更にb本と反対に「宇津山にて」→「清見にて」となっている（帰途だからb本の方がよいか）。またc本は「角田川にて」の歌の次に、

同梅若丸が塚にて

くちにけりきゝゐ《（ママ）》かしぬる青柳も　角田川原のつかのまにして

がある。b・c本共に正風体の旅の歌である。

ここでc本の「雑ゝ覚」を略述しておく。

冒頭（見返し）に寛永二年元日の御製、自詠等四首、次の一オに、寛永元年十一月十六日女御（和子）従三位のこと、二十八日立后の事の記事がある。次に一ウ、上記慶長十九年「雪をたゝ」の歌（この歌の前に後ろの歌の入る印あり）、以下「元和二二廿九浅間《センケン》ニテ」、「元和四五」（以下各一首）、「同八四十□」「標原ニテ黒髪山ヲミテ」……「室ノ八嶋ヲミテ」（八首）、「同九三□」（東海道下向、江戸より帰途九首）、上記慶長十九年の正風体の旅の歌（「道ひろき」等）、「寛永元四十九」（東海道往復九首）。次に「京ヨリ大津へ三リ　大津ヨリ三リ半　クサツ三リ（中略）マリコ一リ」以下宿の名のみ、「シナ川　江」まで。次に、寛永二（三、四月か。下向の六首）、寛永十四（三月下向の三首）。

以上、武家伝奏として江戸に下った折の歌の覚書である。・正月五日従二位。

○元和二年（一六一六）　四十二歳
「雑ゝ覚」（慶長十九年の条c本参照）に一首。「懐紙」（九9）。

○元和三年
「懐紙」（三8）。・正月五日正二位。

○元和四年
「雑ゝ覚」（慶長十九年の条c本参照）に一首。「懐紙」（七7禁中および愚亭分、九9、十28）。

○元和五年
「懐紙」（二22 25、五6、七6）。

○元和六年・七年

バークレー本、表紙中央に「詠草元和六年同七年」。

六年は元日歌、十九日御会始、二・六月は法楽歌、七24、八月十五夜詠等、計九首。

七年は元日歌、十九日御会始、二・六月法楽歌、七7、計七首。「懐紙」（六年七7 24）。

○元和八年

「雑ゝ覚」（慶長十九年の条c本参照）に八首。「懐紙」（七7、八15中院亭法楽、26後陽成院正忌のために21短冊を被下、九6 9 13）。

○元和九年

バークレー本、表紙左「元和九　愚詠草」。元日歌、十九日御会始、二月七日初卯中院会、六日禁中月次、二十二日水無瀬法楽、二十五日聖廟法楽、廿四日月次短冊、四月六日月次懐紙、廿四日月次懐紙、五月六日月次短冊、廿四日懐紙、計十首。

「雑ゝ覚」（慶長十九年の条c本参照）に九首。「懐紙」（七7、閏八24、九6 9 13 14）。なお「叢塵集」に三月四日江戸下向の九首がある。

○寛永元年（一六二四）　五十歳

「雑ゝ覚」（慶長十九年の条c本参照）に九首。「懐紙」（七7、八17詩歌御会、24、八22九条殿当座、九6）。

○寛永二年

「雑ゝ覚」（慶長十九年の条c本参照）に御製・実条詠等四首。

○寛永四年

「懐紙」（九11 13）。

○寛永五年
早大（―二四）、大成7（実条X）。端作り「寛永五八〇十五中院亭御法楽」、江戸初期写の一紙。詠草の断簡？・六年十一月六日内大臣。十一月八日院執事別当。
○寛永七年
「懐紙」（七7）。
○寛永八年　・十二月六日内大臣辞退。
○寛永九年
バークレー本。表紙左に「寛永九　用心ノ哥少々」とあり、右側に、
寛永元年三月廿五日中和門院へ　行幸也御会ハ廿六日也予ノ哥　松色春久　としく〵にさかふる松の色みえて　行幸のかすのはるをかそへん
とある。本文は「用心ノ哥用ニ立ルニハ加点也」とあって、「月前郭公」「萩盛」「無常」以下添削・評詞のあるものがある。終りから四首目の「名所浦」に添削合点および〇点あり、次にも、
述懐
○世をはちぬ心やみえむさかふるも　猶しろかみにとしはふりつゝ
があり、巻軸は「寄松祝」。二十四首。催行年の注記もなく、委細未考。合点歌は将来の詠作使用に備えての心覚えのようなものか。

この年から十三年まで、早大図書館蔵の「実条公御詠」一冊がある（―二四の二）。柴田「大成補遺」に解説・翻刻された（大成未収）。右の題簽は後筆、本文は大部分実条筆とみられるが近親者による補筆もあるようだ。

九年分は元日から十二月まで公宴および院の会を中心とする三十四首。中に「九月八日春日の御局へ菊にわたをつけて」送った歌(20)などがみえる。

「懐紙」(七24から八月まで十首一紙、七26、八17、25後水尾仙洞法楽、26禁中月次等)。

○寛永十年(一六三三)

早大本(—二四の二、柴田「大成補遺」)。五月〜十二月、禁裏・院・国母(東福門院)ほかに詠進、三十一首。

「懐紙」(八25院、九20国母当座、九24禁中、懐紙の場合は二題各二首、内一首ずつ合点、上記詠草には合点歌のみあり。十17)。

○寛永十一年　六十歳

バークレー本、表紙左に「愚詠草寛永十一年」。正月十七日禁中御会始、二月十二日仙洞会始、十七日禁中月次、各一首計三首。以下空白。

早大本(—二四の2、柴田「大成補遺」)。バークレー本と同じ三首を含み、以下八月まで。西園寺公益・水無瀬氏成・転法輪実秀・竹門等との和歌交流、二十三首。「懐紙」(三24、九26)。

○寛永十二年

早大本(—二四の二。柴田「大成補遺」)。正月十七日禁中、仙洞会始、七月陽光院五十回忌歌などを含み十月まで十七首。「懐紙」(三13江戸政宗亭俄当座、八15、九24)。

史料編纂所「三条西実条詠草写」(箱書、貴11 9、江戸中期頃の写。昭26・5・30購入と記載がある)は中に年記はないが、この年のものである。二月十日出京、廿三日江戸着。接待役脇坂淡路守安元と歌の贈答が多い。三月十三日伊達政宗邸で公武十名による当座会があった(「懐紙」と対応)。廿七日帰途小夜中山で初郭公を聞く歌で終っている。三十四首。巻頭歌「都出てとしのはしめの勅り春くるかたに行てつたへん」。興味深い詠草である。高梨素子「三条西実条の詠草二種（翻刻）付、実条の江戸下向」（埼玉大学紀要　教養学部41・2、'06・3）に史料本の翻刻・解説がある。・正月五日従一位。

○寛永十三年

早大本（ー二四の2。柴田「大成補遺」）。正月九日院会始より十月まで十八首。「懐紙」（六17、八1517、九13。十三夜詠の端書に「少将哥ヲミせしに思つゝ遺候」などとある。「少将」は実教）。

○寛永十四年

早大本（ー二四の二）の冒頭に一首、次に「寛永十四年十月十六日国母ニテ御会通題ノ短冊也」として一首。「懐紙」（七6亭月次、十24）。

「雑〻覚」（慶長十九年の条c本参照）に三首。また龍谷大学図書館に「百首」。

春二十首　　正二位実条

立春

くもりなきはこやの嶺の日影より四方にへたてぬ春を知らん

以下「朝霞」「谷鶯」……「祝言」。末に「寛永十四年」とある。

○寛永十五年

「懐紙」（八15院の卅首、九9）。

○寛永十六年

史料編纂所「三条西実条自筆江戸下向記」（箱書、貴1110。昭26・5・30購入）は勅使として二月末出立、四月一日大樹（家光）対面、廿日江戸を出立。和歌十首を含む道中記。十六年のもので自筆と考えられている。寛永十二年の条に記した高梨論文に翻刻・解説がある。「懐紙」（七7、八15院当座三十首、九9禁中詩会、歌を詠進、13院当座卅首）。

○寛永十七年（一六四〇）　六十六歳

・六24右大臣、十4辞す。・十9他界。追号、香雲院。

### 3

詠草の外の三条西旧蔵本につき、実条のものを中心に述べておく。

まず早大本から。既に翻刻・影印などのあるものは書目を掲げる程度とする。

「実条公雑記」早大（―一）。実条筆。文禄五、慶長八年に也足へ質問の覚え書き。百九十四条。松浦朱美「実条公雑記」（伊地知鐵男編『中世文学　資料と論考』昭53、解題と翻刻）、『中世歌書集』に影印（解題兼築信行。早稲田大学蔵資料影印叢書の内。昭62、早大出版部）。

「幽斎聞書」早大（―二）。実条筆。実条が幽斎に主として歌語・歌詞に関する不審を尋ねたものの聞書。紙背の一部に文禄三年七月詠がみえる。『中世歌書集』に影印と解題（兼築執筆）がある。

右の「実条公雑記」「幽斎聞書」のある部分が、孫実教編「実条公遺稿」と関係深いことについては、上記それぞれの解題参照。なお「遺稿」については武井和人の部分翻刻がある（埼玉大学紀要、人文34、昭60・11）。また実条には「得実条卿貴名和歌読方」などがあるが、煩を懼れて省略する（井上『中世歌壇史の研究　室町後期（改訂版）』、大取一馬「訓題の事」龍谷大学論集’89・11参照）。

「歌雑々」早大（—四八）。実条筆。実条の和歌に関する雑メモ。『中世歌書集　二』（早稲田大学蔵資料影印叢書の内、'89）、影印と解題。解題は井上執筆。

実条「懐紙」。早大（—四五）。既述分の外、年次不明分がある。また〔三条西諸家懐紙〕早大（—四六）に賀亜丸・実教・公福・実称・廷季・端空（実勲）・季知ほかの計百二枚がある。共に井上・柴田「目録」に年時・初めの題を掲出、実条のは柴田の翻刻がある。また実勲の懐紙（—四九）が一紙。なおバークレーにも、上記実教〜季知ほかの懐紙が大量に（おそらく早大より多く）存している。三条西家のものが分割されたのである。

「実条公ニ被尋衆ノ哥」バークレー「詠草文禄至天保」の内。寛永十三年正月九日仙洞御会始ほか、通村・通純・氏成以下の人々が、一首乃至数首の和歌を実条にみせて合点並びに評詞をえたもの。

バークレー「詠草文禄至天保」の内。安永六年正月十八日の次、正徳六年二月廿二日の会の間に、「詠織女雲為衣」の御会詠がある。後水尾天皇・智仁・貞清・信尚・公広・資胤・雅庸・資勝・為経・光広・為満・良恕ら（公広の次に「——」状に記されているのが実条）。三十七名（実条の他各一首）。慶長十八年七夕御会である。

「寛永三年御月次自二月至六月」、早大（—三六）。寛永三年写一冊。

「賀亜丸詠草」、バークレー、十七通。

寛永七四年十八日　　賀亜丸

＼郭公

夏くれははや《山》　ほとゝきす　わか物となきて○行《すき》こゑを　けふもきくかな（他一首略）

以下、寛永十二年十五夜に至る。これは元和五年生の実教（公勝男、実条孫。公勝は寛永三年没）であろうか。とすれば寛永七年は十二歳。因みに、賀亜丸の懐紙（寛永九年六月廿四日禁中会）一紙が早大蔵（一四六）。そして十四年六月十一日家当座の懐紙（早大）では実教となっている。

「御会集」として国文学研究資料館においてまとめられた中近世の歌会歌は、三条西本か否か確認していないが、その細目が既掲『調査研究報告9』・『マイクロ資料目録15』に掲出されている。冒頭の永正八年正月十九日会始は別として、次の慶長十五年四月廿五日の会以下、実条の出詠しているものが多い。また江戸初期の歌会歌集として貴重なものでもある。

4

三条西家の蔵書が分散したのは、反町茂雄『一古書肆の思い出3』（'88、平凡社）によると、昭和二十一年の二月の入札会に始まり、二十四年までの間であったという。「実隆公記」の自筆本は柏林社を介して史料編纂所に入った。反町弘文荘を通して分散したものも多かったようで、更に幾つかの書肆により著名な古典籍は諸方に購入されたらしい。所で、早大に入った三条西本と、旧三井文庫に入った本は、（旧三井文庫の三条西本の全貌は私自身知悉していないが、上に記したような分明の限りでは）実条の詠草といい、懐紙といい、かなり性格が似通っている。私の印象では、当時においては地味なものであったのではなかろうか（今でこそ早大の古今伝受関係書などの価値は高いが）。早大には、昭和二十五年十一月に柳町のS書店を通して入ったという。一方、伊井春樹「バークレー校蔵旧三井文庫本調査始末記」（『調査研究報告5』）によると、三井家が家史編纂所として設立していた三井文庫は、戦後放出することになり、バークレー校の東アジア図書館で購入することが決り、'48末以後、紆余曲折の末、購入が決定され、'50（昭25）六月最初の35ケースが、年末までに485ケースがアメリカに運ばれたという。

憶測する以外にないが、昭和二十一～四年の間に、おそらく地味な典籍がどこかの場所に山積みされたのではなかろうか。それが厳密な区分けをされず、何軒かの古書肆を通して分散し、早大、三井文庫……と分けられたのではなかろうか（上記の史料本二点は未考）。とすれば、三井文庫に入った分はその後あまり年を経ずして、放出された文庫の一部として渡米してしまったことになるのであろう。

今後は、少なくとも現在分明な、早大本とバークレー本とを合せ、三条西家本を資料として近世堂上和歌、とりわけ重要歌人であった実条の研究を進めて行くのが望ましいであろう。因みに、近世中期のものも多いし、また幕末・明治に著名であった季知の資料も相当数存している点なども留意されてよいであろう。

［付記］成稿に当たって尾上陽介・柴田光彦氏の御援助をえた。謝意を表したい。

［追記］①「潮音堂書籍典籍目録」（第八号、'65・秋）に「三条西実条詠草巻　七巻」とあり、六点ほど写真が掲出されている。何れも定数歌のようで、読み得る所若干を記すと、「着到百首内卅五首」（「立春風」以下）、「夏日同詠五十首和歌　権中納言藤原實條　春十首　早春　わきてこの……」（慶長十五年の条参照）、「公宴着到　文禄二年五月二日よりの……」（「見月」以下。点あり）、「慶長九正廿四……」（「水鶏　つらくとも……」以下。点あり。端作なく、「早春」「氷解」以下。各二首）、「禁裏着到百首和歌　實條　春廿首　立春風　世におほふ……」以下、の如くである。

②右と同じ詠草と思われる「三条西実条和歌巻」が'06・11東京古典会大入札会に出品された。瞥見したのみであるが、未装七巻、定数歌のほか着到歌など。実条自筆かと思われる。

③既述架蔵本に、公国詠のあと、「実条公御詠」七十三首（四季・恋・雑）、仙洞着到百首（『中世百首歌』七に翻刻）、寛永二年江戸・日光等下向歌十六首、（静仙院宮よりの詩歌への返歌）近江松尾寺詠十四首を収める。なお実条の詠はおそらく外にも多いと思われる。

# 付章　小考三編（その一）

## 1　藤原成通の没年

89年11月に刊行された上野学園創立八十五周年記念展観「音楽相承系譜と楽人補任記」（上野学園日本音楽資料室）に「楽臣類聚」という書が掲出され、かつ展観されていた。右の解題によると、この書は、撰者成立等未詳、南都狛流ひちりき本家の窪家旧蔵一軸の写本。窪家第八代光逸の寛文十一年筆本という。内容は、藤原・源・津守三氏の主要な音楽家の名を挙げ、官職・楽種・続柄等を簡潔に記載している。藤氏21名、源氏35名、津守氏25名を収載。藤原・源氏と並んで津守氏が掲出されている点、注目される、とされている。

さて、その藤原氏の中に、季通・成通兄弟の記載がある。

季通　権大納言宗通卿息右大臣俊家公孫
　　　堪雅音人也琵琶箏笛郢曲

大納言
成通　同男竜笛郢曲蹴鞠長神変名人

応保二十廿薨六十六歳

（右につきいろいろ御教示あずかった福島和夫氏にお礼申上げたい。たいへん珍しい史料なので簡単に紹介させていただきたい、とお願いをしながら時間がたち、メモを失って不充分な紹介になり申訳ない次第である）

注意されるのは右の没年月日の記載である。成通の没年は不明で、川田順『西行』等に、応保二年十月没とあるが、典拠が記されていない。が、この川田掲出の説は「楽臣類聚」と一致する。川田氏が「楽臣類聚」乃至は同類の書を見たのか、あるいは他の資料にもこのような説があったのを引いたのか、明らかでない。「楽臣類聚」に享年六十六とあるが、生年は承徳元年となり、成通の既知の事柄であった承徳元年生と一致し、注意される。なお没年の記されている他の人々のそれは概ね正しい点からも貴重である。

拙著『平安後期歌人伝の研究』で、川田説の応保二年十月没は、養子泰通の叙任がこのころ空白なので、「案外当たっているかもしれない」としたが、どうも応保二年十月二十日没というのはよさそうな感がある。なお「楽臣類聚」の他の記載の批判による史料性の追求、他の史料の博捜が続けられるべきであろう。

成通に因んでいうと、父宗通に天仁三年の日記（藤原宗通日記）があると上掲拙著（増補版六二七頁）で記したが、先日、大東急記念文庫で閲覧させていただいたところ、永久二年二月（五日〜二十二日）の『中右記』であった。

［追記］「楽臣類聚」については、上野学園日本音楽資料室の目録を作成した神田邦彦氏によって詳しい報告が存する（'06・3）。「楽臣類聚」は同資料室の南都楽家窪家相伝の楽書の内。

なおその後、内閣文庫本（和学講談所本、江戸後期写）を披見して旧稿を若干補訂した。

## 2　東常縁と素暹と――歌人として――

もう半世紀も前になるであろうか、中世和歌に関心を抱いて調査していた頃、「古今伝授」なるものの創始者（?）として、名のみことごとしい東常縁の存在が気になった。いくら調べても、確定的な評価が摑めなかった。そこで、伝説的な事蹟と思われるものは一切無視して、確実な史料で常縁がどう扱われていたのか、という点から眺めようと思った。そのころ室町中期歌壇の状況を調べるため『実隆公記』を読んでいたのだが、そこで常縁の名が宗祇によってのみ語られていることに気がついた。その初出は文明十八年七月一日の条で、宗祇の歌話が詳しく語られている中に、「不立不断事、故藤常縁語云」として、常縁の祖素暹が、二条・冷泉分かれざる前の為家の説を受けたこと、「清濁声等事、堯孝法印相伝之儀、大略同藤之義、但少有相違事、素暹法師ハ毎年両度上洛、問道於為家卿、凡窮淵源者也、素暹子行氏又為氏之弟子也、仍彼家連綿而不絶也」などとある。上記二ケ所「藤」とあるのは、宗祇がトウと発音したのを書き違えたと思われる。実隆は東・常縁のことをよく知らなかったらしい。すなわち文明中期、常縁の名は京歌壇では無名に近い存在であったのではなかったか。

但し一つ例外があった。文明十六年は足利義尚企画の打聞編纂の最盛期で、九月十一日実隆は室町殿で、「平常顕哥《前下野守東》　平元胤《東》　素明法師《東》」の歌を撰び（実隆公記）は、また中院通秀は「東師氏、常縁等歌」を撰んでいる（打聞記）。これによって東氏の人々は代々家集・詠草の類を残し、撰歌資料として室町殿に集積され、既に常縁の詠草も届けられていた。武家ではあるが、東氏は重代歌人として全く無名の存在ではなかった筈である。

しかし『実隆公記』の前掲の記事を見ると、少なくとも実隆は宗祇の発言内容と、東氏の存在とが結びつかなかったのである。やはり常縁の名は決して高いものではなかった。

『実隆公記』長享二年三月廿八日の条でも、宗祇は「故常縁相語之由」とある。既に常縁の事蹟は文明十六年頃に失われており、その頃他界していたという推定は早くから為されていたが、「故常縁」の記述によって、それはまず間違いないことと思われる。

上掲の『実隆公記』の記事によって、宗祇は常縁の祖素暹が、二条・冷泉に分裂する前の為家から和歌の教えを受け、東家こそが和歌の淵源を窮めた家だ、と実隆に事あるごとに教え込んでいるのである。

室町中期の歌壇で、二条家流の正嫡と見做されていたのは常光院堯孝門の堯憲・堯恵である。宗祇はその下風に立ちたくなかったのだ。そこで師の故常縁こそが二条家の正統を嗣いだのだと強調して、自己を権威づけようとしたのである。

永禄九年前後に書かれた「東素山消息」に、東山殿の時、勅定により常縁上洛、関白政家・三条公敦・将軍義尚の師範となった、とあるのは『和泉吉見遠藤家譜』や一部の東氏・千葉氏の系譜類にも見えるが、政家記を含む確実な史料には全く見えず、常縁死後八十余年の間に、(宗祇流の宣伝効果もあったのか)常縁の名声が上昇して出来た粉飾と見てよい。なおこれら家譜類に見える明応三年九十四歳他界の記載も誤りであることはいうまでもない。ついでにいうと、川平ひとし「資料紹介正親町家本『永禄聞書』」(跡見学園大学紀要二五、'93)に、「伝受畢五十九老翁東常縁判寛正六年四月十九日」とあり、これによると、応永十四年生、文明十六年七十八歳で、事実に近い可能性がある。重要な記述といえよう。

なお常縁の為に一言すると、常縁は古今集を初め多くの古典の注釈があり、地味ながら篤学の歌人であった。

とりわけ文明三年に宗祇に行った百人一首の講義は（百人一首抄、文明十年本奥書）は、百人一首流布の源を為した観がある。これら注釈の依って来たる所については現在多くの論があり、その源流や性格についての総合的研究は将来の課題である。

常縁の祖胤行（素暹）について一言。

「三十六人大歌合」（群書類従・新編国歌大観五所収）は弘長二年九月前内大臣九条基家撰。作者はすべて現存歌人である。この歌合では公家・僧に混って、（宗尊親王を別にして）後藤基政・北条長時・同政村と素暹の四人の武家が選ばれており、素暹が当代一流の歌人であることを示している。

因みに、妻が為家女であったという説が流布しているが、これは『和泉吉見遠藤家譜』の胤行の条に「妻中院大納言為家女」また「胤行依為中院大納言藤原為家聟、師為家伝授歌道之奥儀」などとあるのに発した説らしいが、素暹（胤行）の妻が為家女であることを示す確実な史料は、今の所管見に入らない。この家譜の記載は、上に述べたように信じられぬものが多いので、為家聟の件も、他に確実な史料の出現しない限り、保留すべく、また直ちには信用すべからざるものである。

それでは上述宗祇の言を含めて為家門であったという伝えはどうであろうか。

素暹は為家独撰の『続後撰集』には二首、為家が撰者の一人であった『続古今集』には五首入集し、上記他の三人も同じ程度で、優遇といえる。この人々は京在勤中も鎌倉にいても、機会あるごとに詠草を為家に送って合点をして貰っていたと思われ（宇都宮時朝・景綱の家集から類推）、門弟であったことは確かであろう。素暹の子行氏以下の子孫も、勅撰集への入集のあり方から見て、代々二条家の門下であったことが（宗祇のいう程重い存在であったかどうかは別にして）推測されるのである。

# 3　今川氏真研究補遺

戦国期、室町末期、武家として本格的な家集を編んだ人が若干いるが、相当大きな規模の集を残した人に、(十市遠忠を別にして)岡江雪・今川氏真を挙げることができる。

岡江雪(板部岡氏とも。融成と号した。はじめ後北条氏に仕え、のち秀吉・家康に伺候。慶長十四年没、七十四歳)。家集には「江雪詠草」(彰考館本。『私家集大成7』所収。五二九首および五十句所収の、かなり大きな集)があるが、更に二五七首所収の「江雪詠草」が見出された。文禄五・慶長元年の詠をまとめたもので、若干の詞書を付した歌があり、武家歌人の詠草として注意される(井上編『中世和歌　資料と論考』明治書院、'92 所収。中田徹翻刻解説)。

次は今川氏真である。戦国大名義元の子である氏真については、後掲拙稿等で井上も何度か述べた。氏真には四種の家集がある。簡単に記しておこう。

一、国立公文書館内閣文庫本「今川氏真詠草」。天正三年分。四二八首。『今川氏と観泉寺』(吉川弘文館、昭49)、『私家集大成7』所収。

二、「詠草中」(井上蔵)。八一六首所収。一と同じ書に翻刻・解説(一と共に松野陽一氏と共同翻刻)。

三、「草庵中」(今川宗誾自筆詠草。弘文荘待価古書目6、昭11)。後述。

四、「今川宗誾詠草巻」(思文閣古書資料目録60、昭44)。「題入八十余首　一巻」。写真版より読みえた一首「九月尽とゝめえぬ秋の別のと計に暮て行身のかへりみはなし」。現在所在不明。

右の内、三と同内容と思われる集を井上が入手した事を報告しておく。写しは慶長頃で、上の弘文荘書目所掲本とは別の本である。一七〇首所収、天正中頃〜慶長頃の詠か。上記「江雪詠草」と合綴。『中世和歌資料と論考』に望月俊江・井上と共同で翻刻と解説を行った。因みに『過眼墨宝撰集5』（旺文社、'89）に、氏真の和歌懐紙が写真版と共に掲出されているが（「詠夜深聞荻」と「詠三首和歌　山花未遍」、共に署名は「沙弥宗誾」）、前者は「今川氏真詠草」（私家集大成、氏真Ⅱ）の五二四「うたたねの」と一致する。氏真の詠草・懐紙は今後出現の可能性は大であろう。

氏真の和歌については『今川氏と観泉寺』の中で、当時全歌を集めて翻刻したが、上記一・二の外、自筆百首・法楽百首・百首（二ケ度）・詠十五首和歌、散在歌等、合せて約千八百首を掲出した（その後、少数見出した歌がある）。

右に依って見ると氏真が武家歌人の中では現存歌数は格段に多い（一般歌人に比しても相当に多い）歌を残しており、少数ながら歴史的状況の中からの詠出した歌を含めて、中世和歌として水準の詠を残している点は注意してよい。詳しくは拙稿「氏真の生涯」（『今川氏と観泉寺』所収「今川氏とその学芸」の内）を参照されたい。

右の後、発見・刊行された和歌関係のものを挙げておきたい。

「今川龍王丸張行歌合」（冒頭に「一番　海辺月　龍王殿御張行」とある。為和筆草稿本）は解題執筆の小川剛生氏によると、この龍王丸歌合は「天文年間今川家中歌合」（『為広・為和歌合集』所収）の六点の内で、何れも天文十六年前後の成立なので、これもその頃のものと思われ、また大原泰至「今川氏真の幼名と仮名」（戦国史研究23、'92・3）によると、龍王丸は今川氏代々嫡子の幼名であるといい、天文十六年頃の嫡子は氏真なので、十歳ほどの氏真が、十四名による三題二十一番の歌合を催し、為和に判詞を執筆させたものという。一番左歌「秋の海や磯打浪をみわたせは月かけくたくをちの浦風」（作者名はない）。氏真はこのような時期から和歌を学び、為和の熱心な指導を受けていたわけである。

なお拙著で述べたし、米原正義『戦国武士と文芸の研究』（桜楓社、'77）にも指摘があるが、氏真の歌会始は弘治三年（二十歳）正月十三日で、既に義元から家督継承をしていたという（長谷川弘道「今川氏真の家督継承について」戦国史研究23、'92・2）。

次に、「今川氏真誓状」（冷泉家古文書195）がある。氏真が「冷泉殿人々御中」として古今伝授を請うたもので、「雖一言半句口外有之間敷候、殊数代為御門弟子之儀、異他之条、毎事不可存疎略候」とある。数代冷泉家の門弟とあるのは、為和の滞留を思えば自然である。おそらく永禄八年九月以後、下向して来た為益に対するものではあるまいか。

少年時、為和の指導を受けたといっても、為和の死の二年前であり、古今伝受には程遠い年齢である。為益の下向を好機としてあらためて伝受を願い、おそらく古今を伝受したのであろう。氏真の自筆で花押も据えられている（為益の下向がそれを一つの目的としたとも思える）。

今川氏の研究は近時多い。もとより歴史家の論著である（例えば、小和田哲男『駿河今川一族』新人物往来社、'83、今川氏研究会編『駿河の今川氏』第十集、'88、有光友學『戦国大名今川氏の研究』吉川弘文館、'94、長倉智恵雄『戦国大名　駿河今川氏の研究』東京堂出版、'95、『高家今川氏の知行支配』名著出版、東京学芸大近世研究会'02、久保田昌希『戦国大名今川氏と領国支配』吉川弘文館、'05等）。多くは歴史学の立場からの著作であるから、氏真に関していえば、氏真の行動が若干歴史的に役割のあった元亀・天正初期頃までの記述である（その後のことは小和田氏著が『今川氏と観泉寺』を活用して触れている位である）。そして「阿呆」観（『三河物語』ほか）によって氏真暗愚観が一般化するのであるが、これに大きく異を唱えたのが山室恭子『群雄創世紀』（朝日新聞社、'95）である。氏は『創業記考異』『家忠日記増補追加』『松平記』『三河物語』『武徳編年集成』『朝野旧聞裒藁《ほうこう》』『徳川実紀』等の文献および一等文書類を仔細に検討して、時期が下るに従って義元を悪役、氏真を愚昧とする見解が濃厚となることを指摘する。今川氏は元来松平氏を庇護し、また家康はその幼少時、今川氏のもとで厚遇されていたのだが、そののち家康は今川氏の衰亡に手を貸したので、そこで今川氏の衰亡は氏真が暗愚であったからだ、として徳川氏の覇権を正当化したのだ、と推定する。氏真が風流踊りに狂ったり、蹴鞠・和歌に熱心で、そのために国を滅ぼした、というのが『三河物語』等の記載で、そういう氏真バッシングが後の氏真観を形成したのだという。

氏真は義元の戦死後、かなり熱心に領国経営に勤めている。しかし周辺の信長・家康・氏康・信玄といったしたたか者には対抗しうる力量はなかったのであろう。今川氏を守りえなかったのは、いわば戦国の世の慣い、不運さであることは、山室氏の言の通りであると思われる。

おそらく氏真は文化の香り高い今川館で育ったいわゆる御曹司で、人間の質として低かったとは思えない。後年号した「仙巖」（浙江省にある山で、陳傅良の読書した所という）によって知られるように読書風雅を好む性格で、蹴鞠はプロ級の上手であったといい、和歌の方は水準を行く歌人と評して差支えない。典型的な文弱な人物だが、愚昧と斥けることはできないであろう。和歌史の観点からは、戦国末期の一歌人として、また熱心な武家歌人として、把握してよいと思われる。

# 第Ⅱ部

〔中世歌壇の種々相〕

# 第一章　中世歌集の形態㈠〈勅撰集〉

## 1　勅撰集の作者表記

勅撰和歌集においては、作者の表記の仕方に一定の決りがあったようである。もとより細かく見ると例外表記も多いと思われるが、大原則と見られることを試みに記し、大方の御教示を仰ぐことにしたい。

勅撰集の作者は、神仏や少数の庶民を別として、武家・僧侶・女房などを含めて貴族階級に属する人々が大部分で、その人々は概ね律令制の官位を持っていた。勅撰集は公的なものであるから、その人々の官位の高下などによって表記のされ方が違ってくるのも、時代的に自然であった。この作者表記の大筋は『八雲御抄』（作法部）に記述があり、近代では風巻景次郎「十三代集の集名に現れたる一問題」（『日本文芸論』所収）にも考察がある。また、こと律令制の官位に基本があるので、土田直鎮「平安中期に於ける記録の人名表記法」（『奈良平安時代史研究』所収。初出は『日本歴史』昭29・2）など参考となることも多い。以上の文献を踏まえながら、大原則と思われることを記してみたい。

一、天皇・上皇は、故人の場合、諡号（追号）で表記し、下に「御製」と記す。但し『新古今』『続古今』『風雅』の親撰三集では「御歌」と記す。光孝天皇までは「天皇」、宇多天皇以降は「院」と表記するが、宇多・醍醐・村上は「亭子院」「延喜」「天暦」と記す。現在の天皇は「今上御製」（親撰三集は「今上御歌」）、『新千載』の後光厳、在位中の『新後拾遺』（巻六まで）の後円融は単に「御製」、複数の上皇が存する場合は「院」「新院」「法皇」などの下に「御製」（親撰三集では「御歌」）。また親撰三集では下命の上皇は「太上天皇」とする。但し後嵯峨院は『続後撰集』にも、後宇多院は『新後撰集』に、後円融院は『新後拾遺集』の巻七以降、「太上天皇」とある（理由は不明だが、撰集に強く関わった院という故か）。

二、親王は実名で表記し、官位（官は中務卿など、位は一～四品）ある場合は名の上に記す。入道親王・法親王・内親王も同じ表記（例、入道二品親王覚誉など。金葉集の輔仁親王の「三の宮」、続古今集の宗尊親王の「中務卿親王」は例外的表記）。

三、摂関・大臣は故人は諡号（追号）、現存者はその官によって表記し、実名は表わさない。鎌倉期以後、同じ前官の人が何人か同一の集に入集した場合は、例えば『続後撰』「前内大臣家」（家良）、「前内大臣基」（基家）のように小字で実名の一字（または「一条」「鷹司」のような家名）を注記する。なお三代集では「一条摂政」を例外として摂関の字を表さない。新古今以後、貞信公・清慎公・廉義公・忠義公・謙徳公・恒徳公はこの諡号による。なお「関白前右大臣」「前関白右大臣」などの区別は厳密。

四、大納言・中納言・参議はその官と名とを表記し、大・中納言は現任の場合、正・権を区別し（千載集までは必ずしも厳密でない）、前官は正・権を区別せず、「前」の字を付す（例、権大納言公実、前大納言為家）。

五、非参議の公卿は位によって表記する（例、従二位家隆）。

六、大・中納言、参議の場合、大将・按察使・宮大夫（太皇太后・皇太后宮・皇后宮・中宮・春宮大夫）、などを兼ねている場合はそれによって表記することが多い。

中納言以下の公卿で衛府の督を兼ねている場合はそれで表記する。参議・非参議の公卿で八省の長官(卿)、大宰大弐・中将、修理大夫・京大夫、大弁を兼ねている場合はそれで表記する。また非参議の公卿で侍従、神祇伯、祭主、式部大輔である者は、それらの官で表記することがある。例えば、『詞花集』当時、中納言左衛門督家成は集では「左衛門督家成」、兼官を辞した後は本官で表示。なお従二位大蔵卿で没した九条隆博は集によって従二位隆博とあるが、大蔵卿とある集の方が多い。卿を兼ねた公卿の表記は撰者が苦労したらしい。蛇足だが、官・位の表記は公卿に限られている点、留意されたい(例えば、刑部卿忠盛・右大弁光俊は四位であるからそれらの官は表記されない)。

なお公卿を本官でなく、兼官で表示するのは、大・中納言、参議がそれぞれ複数いるため、兼官で呼称することの多い習慣に従ったのであろう(家格を示す場合もあったか)。

七、四位の人には氏・名の下に「朝臣」を付す(これは姓《かばね》としてである。例、「藤原範永朝臣」。なお古今・後撰集では公卿も「朝臣」で表記している)。

八、五位以下の人は氏名のみを記す(例、「源重之」——五位、「曽禰好忠」——六位)。

以上のほか、集によって特有な表記の仕方がある。『金葉集』の「神主忠頼」「左近府生兼久」「右近将曹兼方」、『玉葉集』では、前大納言良教・教良、准大臣兼教を「従一位」で表記する。『玉葉集』では従一位を優先表記としたらしい。

廷臣・武家などの俗人は出家をしても法名で表記しないのが原則だが、例外的に、集により(或は一集の中で)俗名で出たり法名で出たりする。例えば古今集の宗貞(遍昭)。以下の集、高光(如覚)、為業(寂念)、師綱(梵燈)

等々。新古今の藤原秀能は『新勅撰集』以後ではほぼ如願。なお俗人であった藤原敦頼は道因、東胤行は素暹と、法師として採られているが、如願を含めて、歌人としての活躍期の長さ、著名度に依ったのであろうか。

なお俗人は氏で記し、家名・苗字（京極・足利など）では表記しない。

九、僧位・僧官を持つ僧は、僧位・僧官の下に法名を記す。官位相当の場合（僧正―法印、僧都―法眼、律師―法橋がそれぞれ相当）は、僧官によって表記し、僧位の方が高い場合は僧位によって表記する（僧正・法印の場合は僧正某、僧都・法眼の場合は僧都某など。逆の場合、例えば僧都・法印の僧は法印某など）。なお僧官は大・正・権官を区別し、前官の場合は「前」の字を付す。

一〇、国師・禅師・大師号および上人は法名の下に記し、鎌倉期以後の現任の天台座主はそれを表記する（辞任後は僧官で表記）。「上人」は『拾遺集』の空也などを例外として（金葉集の瞻西が諸本によって聖人・上人）、鎌倉期以後の勅撰集に多くみえる。その外、「沙弥」「法務」などの例外表記があるが省略する。

一一、九・一〇以外の僧は法名の下に「法師」を付す。

一二、女性の場合、現后はそのまま皇后宮・中宮の如く表記し、女院は女院号で表記する。内親王は二に既述。なお皇后は諡号的な表記もある（枇杷皇太后宮）。実名は表記しない（千載集の「皇后宮定子」は例外的表記）。女御・更衣は通称的に表記したり、実名によって表記するが、原則のたて方は難かしい。

一三、三位以上の位を持つ女性は実名の上に位を付して表記する（例「従二位為子」）。なお「典侍親子朝臣」（続拾遺）、「典侍藤原親子朝臣」（玉葉集）など、官―氏―名―朝臣という形式もある（「朝臣」を付す場合は四位の女性であったようだ）。

一四、仙洞・内裏・権門に仕えた女性は女房名で（例、紫式部。女房名が変れば表記も変る）、然らざる女性は某女・某室（妻）・某母のように、主として男性の親族的関係によって表記される（その場合、某にあたる男性は、「皇太后宮大夫俊成女」のように、上記の官位表記が適用される）。

一五、ほかに尼・遊女・かんなぎ等々の表記があって複雑である。

以上の表記は詞書中の人名表記にも適用され、私撰集の作者表記も勅撰集に準拠していることが多い。なお伝記の皆目分らぬ者の身分が少し窺知しうる所があろう。

上に述べて来たような原則的なことは、概ね中世のそれであって、『拾遺集』以後順次整備されて原則が確立されたようである。以上かつて「勅撰集の作者表記」（解釈と鑑賞、昭43・3）に記したものを骨子にし、その後刊行された諸論の業績は吸収しえなかった。最近ではこの問題を簡潔に記した小川剛生「作者表記」（「勅撰集をよむための手引」の内。浅田徹・藤平泉『古今集　新古今集の方法』笠間書院、'04）が公表された。

## 2　勅撰和歌集の詞書について
### ――主として後拾遺集〜新勅撰集の場合――

勅撰和歌集の詞書に関する考察は、今まで国語学の方面からと、歌物語研究の方面からと論及されることが多かったのではなかろうか。このごろ詞書についての考察が、またしばしば為されているように感ぜられるのだが、やはり三代集辺の考究が多いように思う。以下、『後拾遺集』から『新勅撰集』の辺までを中心に、詞書の性格などについて考察してみたいと思う。末尾に、管見に入った戦後の関係論文を一括掲出したので、適宜参照していただければ幸いである。

(1)

まず詞書の性格、詞書は何のためにあるか、という問題から始めよう。
簡単にいってしまえば、詞書は歌の作られた状況をできるだけ簡潔に記述し、享受者（たてまえとしては下命の天皇または上皇、実際は一般読者）に対して、その和歌についての（撰者の）解釈と鑑賞を指示するものである。従って読者は、詞書を正しく、過不足なく理解して、歌に立向う必要があるわけである。そこで同じ歌が、勅撰集と私家集とにあって、詞書が異っていた場合、たとい私家集の方が第一次資料であっても、勅撰集の歌として読む時は勅撰集のそれに従うことになる。

後の勅撰集になるにつれて、（哀傷・旅、恋・雑などの一部を除いて）作歌の状況を記述する詞書が少なくなり、和歌の催された場や、詠作の資料的なもの（宮廷などの歌会・歌合・百首歌などの類。甲斐論文によれば、「第二次的事情」の記述）が多くなる。ところが、これもすべてを無制限に掲げているわけではない。以下この問題について考察してみたい。

まず『後拾遺集』から二、三例を掲げよう。

俊綱の朝臣の家にて春山里に人を尋ぬといふ心をよめる　藤原範永朝臣
たづねつる宿は霞に埋れて谷の鶯一声ぞする（二三）

長楽寺にて故郷霞の心をよみ侍りける　大江正言
山高み都の春を見渡せばただひとむらの霞なりけり（三八）

道雅の三位の八条の家の障子に人の家に梅の木ある所に水流れて客人来れる所をよめる　藤原経衡
たづねくる人にもみせん梅の花ちるとも水に流れざらなん（六四）

『後拾遺集』の詞書でその催行の場などが明示されている第一は、六四の「道雅の三位」のように公卿以上、つまり宮廷関係・摂関・皇族・公卿によるものが圧倒的に多いので、これらを記すのが原則であったようである。次に若干の殿上人（二三の俊綱）や著名歌人と思しき人（師賢・通宗・長能ら）の主催のもの、次に三八に掲げたような、或る限られた場のもの（長楽寺・河原院・法輪寺・禅林寺ほか。主として文学遺跡や文人のたまり場などで行われた雅会）がある。これらが『後拾遺集』詞書記述の原則であったようだ。

次に『金葉集』（再奏本）を少し掲げてみよう。

堀河院の御時、百首の歌召しける時、立春の心をよみ侍りける　修理大夫顕季
うちなびき春は来にけり山川の岩間の氷今日やとくらん（一）

実行卿の家の歌合に霞の心をよめる　少将公教母
あさみどり霞める空の気色にやときはの山も春をしるらん（九）

師賢朝臣の梅津の山里に人々まかりて田家秋風といへることをよめる　大納言経信
夕されば門田のいなばおとづれてあしのまろやに秋風ぞ吹く（一八三）

『後拾遺集』で記された範囲を一段と明確化し、宮廷～公卿の家の催し（定数歌を含む）は名を現わすことを原則とし、殿上人は師賢・家経・俊綱・兼房・通宗らに限定される。すなわち著名歌人（数寄者）乃至はパトロン的存在の人々である。「奈良にて人々百首歌よみけるに時雨をよめる」（権僧正永縁・二七六）も、公卿か好士殿上人かに準ずるのであろう（恐らく前者に準ずるか）。なお恋・哀傷・旅・別などには、好士や殿上人でなくとも詞書

に名をあらわされることがあるが、これは広義の記録性に基づくもので、かつ「なにがしが大隅守となりて下りける時、つかはしける」とあるよりも、そこへ固有名詞を入れる方が自然な書き方だからでもあろう。『詞花集』もほぼ同様である。

『千載集』も以上を踏襲して、詞書には公卿以上の催しが記述されている。なお俊綱は例外で、名が示されているが（六三一）、格別の好士ということであろう。治承二年賀茂社歌合は神主重保の主催だが、その旨が明記されているのは（六三）、撰者が晴の歌合と目したからであろう。また「円位法師人々にすすめて百首歌よませ侍りける時、時雨の歌とてよめる」（定家、四一三）、「殷富門院にて人々百首歌よみ侍りける時、月の歌とてよめる」（定家、一〇〇一）など、ごく例外的に好士等主催のものは名を現している。

故郷花といへる心を詠み侍りける　　よみ人しらず

さざなみや志賀の都はあれにしを昔ながらの山桜かな（六六）

は『忠度集』によると、「為業の歌合に故郷花」とある。為業は好士だが五位に止まったので（またこの作者の事情からも）詞書に主催者の名は出さなかったのであろう。一八七・一九八は仲正が丹後守為忠家百首で詠んだ歌だが、この百首も晴のものでないから名が出ていないのだろう。この類は他にもある。また頼輔は既に寿永元年公卿になっているが、三八・三九など頼輔家歌合の名が詞書にはみえない。この歌合が頼輔の殿上人時代に催されたからかとも思われるが（この類も多い。一六二・一六三の重家家歌合もそうである）、しかし一九六のように、殿上人時代の俊忠家歌合は名が現されており、撰集の資料によって名が出たり出なかったりするのかもしれず（なお俊忠の場合は俊成の父だからという事情もあろうし）、細かい点では原則を見出しにくい。

以下の集も大原則は同様で、新古今集を見ると、殿上人以下では、清輔の歌会（六七）、貫之曲水宴（一五二）、西行勧進の百首（三六二）を例外としてすべて公卿以上（従って清輔・西行らは格別の好士歌仙と見なされていたことが分る）。『新勅撰集』も同様で、公卿に至らぬ者は清輔・殷富門院大輔・平経正・源師光・重保・西行らのみである。その後のを一例だけ示せば、『続古今集』で「光俊朝臣人々に百首歌よませ侍りけるに」とあるように、当代の重要人物（歌仙・好士）のみを詞書に示すということが守られたようだ。

少し後の集だが、『玉葉集』を非難した「歌苑連署事書」に次のようにある。

俊恵法師歌林園月次に云々

俊恵をばときの人和歌政所と申しけり。その在所に歌林園と号する事ありけるにや。是はただ地下のともがらなどのいひならへることとなるべし。かやうのことばにげにげにしくかかれんまではいかがとおもひたまふはひが事歟

春下・一五一の源仲綱の歌に「俊恵法師歌林苑の月次の歌に」とあるのを非難している。「歌林苑」についての詞書は確かに『千載集』以下の勅撰集、勅撰集に倣った私撰集にはみえず（『歌論歌学集成』十、三五二頁参照）、既述の原則には当てはまらないであろう。

要するに、詞書は、撰者の、読者に対する享受の指示である。撰者が原資料から享受し、評価して作品を選び出し、それをある箇所に置く（配列の原則に従って入れる。すなわちそこに撰者の解釈が示される）。その際、原資料にある、歌の創られた状況を、撰者の解釈に沿って記すのである。すなわち撰者は、読者の自由なる解釈・鑑賞を許さず、自己の解釈によって詞書を付し、それに従って享受するよう指示するのである。

詞書には第一義的にこのような性格があるわけだが、その中で、宮廷から公卿までの主催した場を示し、例外

として一部殿上人や好士歌仙のそれをも詞書に明示するというのは、どういうことなのであろうか。明確にはい難いが、つまりはそれが晴の場で作られた歌であることを示し、宮廷を中心とする歌壇の上部で、和歌の催しが隆昌なることを記録すること（それを天皇に見せること）が必要である。すなわち公的記録性が存するのだ、ということ以外には考えることが難かしいのである。

なお中世の勅撰集もほぼ上記の特徴を継受している。『応制百首』は勿論、宮廷・仙洞・貴顕の家での催しは記すのが原則なのである。

(2)

詞書の書き方は一人称か三人称か、ということが早くから論ぜられて来た。例えば、古今集の

もろこしにて月を見てよみける（四〇六）

などは、「歌の作者が詞書の話者であることは明かである」（後掲、奥村）という（これは一人称で、歌の作者の立場で書かれている、ということになる）。次に詞書中に用いられている「はべり」の問題だが、これは、詞書のすべてに付されているのではなく、七十一例のみで、詞書の文章が天皇を直接の聞手としているにしては少なく、「わきの相手」として影響を与えているのだろう、とする（奥村論文）。岡村論文は、奥村論文を受けて、帝を「わきの聞手」としながら、読者一般に詠歌の事情を述べるのが古今集の詞書であるとし、よみ人が君がわ（天皇・后・東宮）の場合は撰者が話者となるという。即ち詞書には、よみ人話者型文と撰者話者型文とあり、左注は撰者話者型文であることを述べる。（「よみ人話者型」というのが前出の一人称、「撰者話者型」というのが三人称ということに当る）

これに対して阿部論文は、勅撰集の詞書はすべて撰者の立場、三人称の文章として解釈して矛盾はしない、私

撰集・自撰私家集も然りであると明言する。――以上の三論文は懇切で、論旨もよく徹り、詞書に関する古典的論文といえよう。

近時、片桐論文によって、古今集の詞書は三人称的なものではないか、という提言が為された。古今集時代の「侍り」は口頭語で、古今集の披講の場における、撰者の、天皇に対する人間的ポーズのあらわれとし、「この歌は……でございます」という場をそのまま伝えるスタイルと考えられるという（即ち「侍り」は用いられたり、用いられなかったり、恣意的な現れ方をする語なので、詞書の一つずつではなく、その幾つかごとに記されるのである）。注目すべき論文といえるだろう。

この片桐論文は、以下の勅撰集を考察するに当っても、大いに考慮されねばならぬが、その前に重見一行の後撰集詞書論文を一見すると、歌数に対する「侍り」数の百分率は、古今集4％、後撰集36％、拾遺抄51％、後拾遺集69％……のようになる。後撰集は褻的な説明が詞書に多いのを、公的な場の読者に表明する時、「かしこまり」が生じて、自然なる多用となり、『拾遺抄』では全面的に使用され、雅語的用法の側面が見られるという。右によって考えれば、『拾遺抄』『後拾遺集』と下るに従って、場面における披講のポーズというたてまえは失せ（或は極度に薄れ）て行き、「侍り」は書きことば化して行くのだろう。

なお敬語に関しては、（例えば待遇表現とかいうような）さまざまな用語の使い方があるようだが、ここでは常識的な尊敬・謙譲・丁寧という言い方によることにする。

『金葉集』は、上皇・天皇はもとより、白河院の皇后・女御・三宮・前斎宮・陽明門院・上東門院・選子内親王など、広く皇族に尊敬語を付している。これはおそらく白河院の意を体して、撰者が敬語の範囲を広げたのであろう。なお『金葉集』には辻田論文、『詞花集』には糸井論文がある。

『新古今集』の詞書の書き方は区々で、「……の歌合の歌」「……歌合に」「……をよめる」「……よみ侍りける」「……奉りし時」「……といへる心を」「……といふことを」「……にて」「……所」「……の歌」等々であるが、「よみ侍りける」が一応基調のようである。後鳥羽院が直接関与するものは「し」という助動詞を用い、自らには尊敬語を用いず、他の天皇・上皇や上東門院などには用いている。しかし「百首歌奉りし時」というような表現があり、これは一応臣下の謙譲的表現と思われ、上皇と五人の撰者の総合的立場で書かれているのだろうか。

(3)

八代集の詞書表現には若干すっきりしない点がつきまとうのだが、『新勅撰集』は、特に敬語表現に関して統一がとれている（もちろん完璧というわけではない。完璧というのは近代のものにおいても至難なので、明確にその立場がよみとれる程度にきちんとしているということである）。その特徴を列挙してみる。

第一に、詞書表現の基本的な型は「……よみ侍りける（に）」のようである（変型に「侍りければよめる」「よみ侍りけるに……の心を」その他がある）。三百数十例存するであろう。かくして『新勅撰集』の敬語は「侍り」が基本のようで、すこぶる多用されている。

第二に、「つかはしける」が多い。「……といへる心をよみてつかはしける」の類である。勅撰集の詞書では「やる」「贈る」に代って「つかはしける」が基本である（岡村・松尾・杉崎論文に「つかはしける」の解説がある）。

第三に、「奉りける時、……の歌」のように、臣下が天皇・上皇に歌を提出する謙譲表現が三十数例あり、「つかうまつりけるに」を併せると約五十例に及ぶ。

第四に、天皇や上皇には「……召しける時」とか「よませ給ひけるに……」のように尊敬語を用いる。

第五に、敬語表現のないもの、「閑庭萩をよめる」「祝の心をよめる」の類が少しある。撰者は、あまり厳密には点検せず、これらは自然に記してしまったのだろう。

第六に、以上のように文章として一応完結した形のものが多いが、外に「……の歌」「……の所」「……歌合に」のように体言的なもので結ばれているものが多い。なお宮廷関係のものには「月次御屏風に」のような尊敬表現を用いる。

要するに、『新勅撰集』の詞書の敬語表現は誰の立場で記しているか、といえば、一人称（作者）とも、三人称（撰者）ともとれるのだが、ここで次の例を考えてみたい。

定家、少将になり侍りて、月あかき夜、よろこび申し侍りけるを、見侍りてあしたにつかはしける

権中納言定家母

みかさ山みちふみそめし月かげに今ぞ心のやみははれぬる（一一五九）

文治のころほひ、父の千載集えらび侍りし時、定家がもとに歌つかはすとてよみ侍りける　尊円法師

わがふかくこけの下まで思ひおくうづもれぬ名は君やのこさん（一一九二）

寿永二年大方の世しづかならず侍りしころ、よみおきて侍りける歌を、定家がもとにつかはすとてつつみ紙にかきつけ侍りし

平行盛

ながれての名だにもとまれゆく水のあはれはかなき身はきえぬとも（一一九四）

春のはじめに定家にあひて侍りけるついでに、僧正聖宝、はをはじめ、るをはてにて、ながめをかけて、はるのうたよみて侍るよしをかたり侍りければ、その心をよまむと申してよみ侍りける

大僧正親厳

はつねの日つめるわかながめづらしと野辺の小松にならべてぞみる（一三七四）

右の詞書中の「定家」は明らかに自称である（従って一一九二の「父」は定家の父俊成である）。本来なら「権中納言定家」或は「定家卿」とあるべき所である。——事実そういう表記の撰集が多い。例えば、「左京大夫顕輔、加賀守にて下り侍りけるに……」（詞花集一七四）と撰者自身が記しているが、これは自己を客観化して表現しているのである。——この「定家」という表現は、序文に「定家はままつのとしつもり、かはたけの世々につかうまつりて、ななそぢのよはひにすぎ……」とあるのと対応するもので、明確に自称である。つまり敬語表現を詞書全体にわたって記そうとし、また（自分の歌でない詞書にも撰者の）自称を用いている点、撰者定家は、帝（後堀河院）を「わきの聞手」ではなく、「直接の聞手」として相対しているのではなかろうか。だから例えば、

立春の歌とてよみ侍りける　　皇太后宮大夫俊成

天の戸をあくる気色も静にて雲ゐよりこそ春はたちけれ（二）

という場合、撰者定家が後堀河院に対して、「皇太后宮大夫俊成は、立春の歌といって次の歌をよみました。すなわち天の戸を……、でございます」ということになるのであろう。こういう立場で、『新勅撰集』の詞書表現は大変よく統一がとれているようにみえるのである。

この後の勅撰集の詞書は、時に撰者自身、「為家参議の時……」というような自称表現を用い（続後撰集一一四六）、或は「前大納言為氏玉津島の社にて歌合し侍りし時……」（続拾遺集一一一五）のように自己を客観化したりして、全部の集を貫く方針は存しないようである。勅撰集は、たてまえ上、撰者が天皇（または上皇）一人の御覧に供するためのものだから、『新勅撰集』の詞書の立場が最も本筋ではあろう。しかし事実上は、多くの歌人に対して、撰者自身の歌観に基いた詞華集《アンソロジー》を示すものだから、詞書表現の場合、（たてまえは天皇一人に対するものであ

っても）ほんねは一般歌人に向けてしまって、すっきり統一した形ができにくくなるようなこともあったであろう。なお一集一集のきめこまかな調査が必要でもあろう。

また統計をとる時、勅撰集では詞書のない場合は前のをうけているのだから、それ（記述のないもの）をも数に入れるべきとは思う（特に歌数を基準として百分率を出す場合）。また森本論文のように私家集の調査も行うべきであろう。そして一首々々の歌の典拠を明らかにして、原資料と勅撰集との詞書のさまざまな異同を比較考察するという基礎的調査も進めねばならぬであろう。

以上、本稿の要点は、第一に、詞書の性格には、撰者による歌の解釈・鑑賞の指示と、原則として公卿以上の催しを記述する（例外として殿上人以下の歌仙好士のそれは記す）公的記録性とがあること、第二に、詞書を書く立場は、たてまえとして撰者のそれであることを述べた。

(4)

以下、詞書に関する論文で、管見に入ったものを掲出する。範囲は広くとったが、本居宣長の「玉あられ」のように古いもの、西下経一『日本文学史』（第四巻）のように戦中戦前のものは原則として省いた。単行本の下の数字は昭和の年数。論文はかっこに入れて誌名、昭和の年月を記した。

奥村恒哉「古今集の詞書の考察――書式及び『はべり』の使用に関する諸問題――」（国語国文32・4↓『古今集・後撰集の諸問題』）

阿部秋生「勅撰集の詞書の立場」（関西大学国文学29号、35・10）

久曽神昇『古今和歌集成立論研究編』36

渋谷孝「古今集における「左註的詞書」の意味」（新潟大学教育学部紀要39・3）
岡村和江「古今集の詞書および左注の文章について」（国語と国文学39・10→有精堂『古今和歌集』）
亀谷敬三「歌集の詞書における詩的発想に就て」（梅光女学院国文学研究1号、39・11）
玉上琢彌『源氏物語研究　源氏物語評釈別巻一』41（「敬語と身分――八代集の詞書と材料――」国語国文14・5を収
む）
片桐洋一『伊勢物語の研究　研究篇』43
島田良二「古今集の詞書の検討」（『平安前期私家集の研究』43）
佐藤高明『後撰和歌集の研究』45（「後撰集の詞書」国語と国文学35・11。「後撰集の恋歌の詞書について」を『言語と
文芸』38・11所収）
辻田昌三「詞書に見える時相辞への疑問――金葉集三本の詞書を端として――」（埴生野国文1号、46・3）
糸井通浩「「けり」の文体論的試論――古今集詞書と伊勢物語の文章――」王朝4号、46・8）
松尾聡『古文解釈のための国文法入門』48（「つかはす」他）
糸井通浩「勅撰名歌評釈(四)――難波江の芦間に宿る月――」（王朝7号、49・9）
甲斐睦朗「古今集の文章論的研究（一）――詞書の機能を中心として」（国語国文学報28号、50・6）
杉崎一雄「「つかはす」の敬語性とその一用法」（共立女子短大文科　紀要20号、52・2）
赤羽学「前書きの文体論的考察」（国文学52・4）
森本元子「私家集の詞書――序説―「よめる」の排除と採択と――」（『論叢王朝文学』53）
重見一行「詞書の待遇表現よりみた拾遺抄の撰集意識」（阪大語文35号、54・4）
大岡賢典「「題をさぐりて」について」（立教大学日本文学42号、54・7）
片桐洋一「古今和歌集の場」（上・下）（文学54・7 8。『古今和歌集の研究』）
重見一行「後撰和歌集詞書における「侍り」多用に関する試論」（国語と国文学54・10）

藤平春男「古今集「よみ人知らず」の背景」（東書国語54・11）
大坪利絹「『山家集』と詞書の時制」（『風雅和歌集論考』54）
山田瑩徹「三代集の詞書を通して見た格助詞「が」と「の」」（日大人文科学研究所、研究紀要23号、55・3）
尾崎知光「新古今集詞書の「侍り」について」（『中世和歌とその周辺』55）
岩下紀之「連歌集における詞書の書式について」（国文学研究71集、55・6）
藤平春男「題詠——古今集と新古今集——」（まひるの55・8）

〔追記1〕　本稿公表以後、後拾遺集以後の詞書研究に武田早苗「『後拾遺集』詞書についての一考察」（相模国文18、'91）、生沢喜美恵「新勅撰集の詞書」（百鳥国文7）が管見に入ったが、本稿には残念ながら充分に活用する暇がなかった。

〔追記2〕　勅撰集の歌を解釈・鑑賞する場合、詞書の指示に依る旨を述べたが、作品を集から抜き出して単独の作品として味わう時、撰集の歌として読むのと違う場合がある。なお撰集の配列の中にある場合と、切り離して読む場合も同様である（例えば、ある歌が勅撰集の中にある場合と、定家が百人一首に入れた場合と解が異って、解釈・鑑賞は多様化する）。それが和歌（短詩型文学）の興味深い所で、和歌がしぶとく生きて来た原因の一つである。

## 3　「心を詠める」について
### ——後拾遺・金葉集にみられる詞書の一傾向——

前々から気にしていながら、どうしても意義づけがうまく出来ずに思いあぐねている中古・中世和歌史上における一つの顕著な傾向について、敢て明確な結論は出ないまま、ここに述べて、大方の御教示・御叱正を賜わりたいと思う。

それは要するに、歌集（撰集・家集）に「……の心を詠める」という詞書が、勅撰集でいうと、『後拾遺』『金葉』両集ごろから急に多くなる、という顕著な事象についてである。

## (1) 三代集

伝本によって数が若干違うので、一応依拠した本を示して述べる（但し表記はよみ易いように適宜改めた。なお歌番号は旧国歌大観による）。まず古今集は、西下経一・滝沢貞夫氏編に成る『古今集総索引』（底本は日本古典全書）の中の「詞書左注索引」によると、四例あるのだが、「同じ心」というのを入れると五例である。「……竜田川もみぢ流る、といふ歌を書きてその同じ心をよめりける　興風」（三一〇）、「秋はつる心を竜田河に思ひやりてよめる　貫之」（三一一）、「……かきつばたといふ五文字を句のかしらにすゑて旅の心をよまむとてよめる　在原業平朝臣」（四一〇）、「……狩してあまのかはらに至るといふ心をよみてさかづきはさせといひければよめる　業平朝臣」（四一七）、「七月六日たなばたの心をよみける　藤原兼輔朝臣」（一〇一四）である。

『後撰集』は大阪女子大学国文研究室編の『後撰和歌集総索引』の「詞書自立語」によって、或る心によって詠歌したというものを数えると、前の題を受けて「おなじ心を」というのが三例と、「春の心を」（五八）、「かすみにこめて見せずといふ心をよみて」（七三）、「伏見といふ所にて、その心をこれかれよみけるに　よみ人しらず」（一二四三）の三例、外に、「あすか川の心をいひつかはして」（一〇一四）等の微妙な用例が若干存する。

『拾遺集』は片桐洋一氏の『拾遺和歌集の研究』所収の定家書写本系統によれば、「河原院にてあれたる宿に秋来るといふ心を人々よみ侍けるに　恵慶法師」（一四〇）、「冷泉院の東宮におはしましける時、月をまつ心の歌を男どものよみ侍けるに　藤原仲文」（四三六）とであるが、異本第一系統本だと「旅におもひをのぶといふ心をよみ侍りけるに　石上乙丸」がある（定家書写本系統では七八一の歌、「旅に思ひをのぶといふことを」）。なお『拾遺抄』には、上記一四〇・七八一の外に「権中納言義懐が家に、桜花惜む心よみ侍りけるに　藤原長能」「八月ばかりに雁の声を待つ心の歌よみ侍りけるに　恵慶法師」などが加わる。

繰返していうように、伝本によって表記が異るし、精密に数え上げたわけではない点は恐縮だが、要するに三代集においては、それぞれ数例にすぎない。諸本を検索しても一集に十例をこえることはあるまいと思われる。

さて、これらの「心」をどう解すべきだろうか。

その手掛りとして小沢正夫氏校注・訳『古今和歌集』（日本古典文学全集）の訳を見ると、四一〇は「思い」、三一〇・三一一・四一八・一〇一四は「趣旨」、と訳している。この二様の訳し方はそれなりによく分るので、前者は換言すれば気持ぐらいの意味でもあろう。問題は後者で、訳として趣旨を当てるのは確かに問題が少なく、「意味」などと訳して了うより、「心」の核心に近い。

そこで注意してみると、三一〇のように、或る古歌があって、それを新しく詠みかえる場合があり、これはまさしく古歌の詩趣が既に存在しているのに対して、その延長線上に一つの風趣を構築しようとしたものである。あらためて歌を引けば、

竜田川もみぢば流るかんなびの三室の山に時雨降るらし（二八四）

という古歌と同じ心を詠んだのが、左の歌である。

み山より落ちくる水の色見てぞ秋は限りと思ひ知りぬる（三一〇）

なお後撰集七三の歌もほぼ同じといえる。

一〇一四は「七月六日の七夕の心」を詠んだとして次の歌がある。

「いつしかとまたく心を脛にあげて天の河原を今日や渡らむ」である。これは彦星の心情を歌にしたとも見られるから、一見「心」はむしろ「思い」（気持）に近いように見えるが、この場合、作者がこのように構想して表現したのであって、恐らくもともとは、七月六日の七夕というそれ自体独特の趣を持っている題をどう歌にするか、もどく（擬く）か、というのが狙いではなかったのか、つまり趣旨を詠むというのが元来の狙いであったのだろうとも思われる。

『後撰集』一二四三の「伏見といふ所にてその心をこれかれよみけるに　菅原や伏見の暮に見渡せば霞にまがふをはつせの山」など、明らかに伏見の持つ特色、特徴的な美しさを歌として組立ることが狙いであった。いわゆる本意を詠むというのに近い。すべての歌を取上げる余裕もないので、『拾遺集』一四〇について触れるに止めるが（有名な「八重むぐら」の歌である）、これはいわゆる結び題で、「荒れたる宿に秋来る」という題そのものに、詩趣が蔵されている。それを歌で擬《もど》けばこうなるのだ、という組み立てによって歌自体に深い情趣を籠めようとするのだが、ただこの場合、河原院の情景に基づく点では上記の伏見の歌と同様と思われ、純粋に観念の中で美的世界を構築したものでは未だない。しかし与えられた題と現実の場とを重ね合せつつその融合の上に美を追求して歌を詠もうとした点、注意されよう。つまり、実際は特定の場所で作られた歌なのに、出来上った作品は独立性が強く、創作詩的性格が濃厚なのである。

### (2)　後拾遺集

『後拾遺集』に至ると、「……心をよめる」は一挙に六十二首（全歌数の約四・五％）に上る。大山寺本を底本とし、諸本との異同をも掲げた藤本一恵氏の『後拾遺和歌集』によると、上の外に、前の詞書の「……心をよめる」を受けるもの、他本には「……心をよめる」とあるものなど十首余を加えうる（ミセケチがあったりして正確に数えにくいし、かつ底本の「心」が他本では「こと」とあるものもあって現段階では確実に数をとらえにくい。而して二七七や三一五のように「心」をミセケチにして「こと」と記した点など、「心」の表記に注意を払っているらしい態度が窺われる。なおこの集の本文研究進展によっては将来更に検討すべきことも多いと思われるので、今は概数によって文を進める）。

而して注意されるのは、一つの例外なく、次のような題が「心をよめる」になっている点である。最初の二、三例を掲げよう。

　　春はひんがしより来たるといふ心をよみ侍ける　　源師賢朝臣
あづまぢはなこその関もあるものをいかでか春のこえてきつらん（三）
　　俊綱の朝臣の家にて、春山里に人をたづぬといふ心をよめる　　藤原範永朝臣
たづねつる宿は霞にうづもれて谷の鶯一声ぞする（二三）
　　長楽寺にて、ふるさとの霞の心をよみ侍ける　　大江正言
山高みみやこの春を見渡せばただひとむらの霞なりけり（三八）
　　　　　　　　　　　　　　　　　　　　　能因法師
よそにてぞ霞たなびくふるさとの都の春は見るべかりける（三九）

右によって知られるように、「春は東より来る」「春山里に人をたづぬ」「故郷の霞」というような、いわゆる結び題や複合の題である。それ自体が一つの詩趣を蔵して文章となっているものか、或は二つの素材が合して複雑な一つの題を為しているものである。

単純な題は、例えば「鶯をよみ侍ける」（一九）のような書き方である。また歌合や屏風歌は、例えば「花山院の歌合に霞をよみ侍ける」（一一）、「鷹司殿七十賀の月次の屏風に臨時客の所をよめる」（一四）、「屏風絵に梅花ある家に男来たる所をよめる」（五〇）の如くである（但し歌合も、一九七や三三一のように、「遥聞郭公」や「庭に秋の花をつくす」のような場合は「心をよめる」とある）。

而して『後拾遺集』の中には、例えば、

山路の落花をよめる　橘成元

さくら花道みえぬまでちりにけりいかがはすべきしがの山ごえ（五二）

のような詞書あるものが僅かにみえる。以下、五七「山家の梅花をよみ侍ける　加茂成助」、一七一「山家の卯花をよみ侍ける　藤原通宗朝臣」、三二四「山里の霧をよめる　大納言経信母」、七八二「冬夜の恋をよみ侍ける　藤原国房」、八三七「池上月をよみ侍ける　良暹法師」等がある。これらには何故に「心をよめる」とないのであろうか。本文に転写間のミスのない限り、文字通り解すれば、「心をよめる」はそれこそ「趣旨」を詠んだので、それが詞書にないものは、素材、嘱目の材から発した感動を実情的に詠んだ、ということになるのだろう。そこで、今「心をよめる」は『後拾遺集』では「趣旨」と解せられるように述べたのだが、中には必ずしもそうといえないものもある。例えば、

津の国に下りて侍けるに、旅宿遠望の心をよみ侍ける　良暹法師

わたのべやおほえの岸に宿りして雲ゐにみゆる生駒山かな（五一三）

のような歌は、恐らくは題詠歌であるにしても、現地の歌会か何かで、当座の情景を詠み込んで作ったものであろう。但し一首独立して味いうるという点で、単なる場の歌ではなく、『拾遺集』一四〇と同様の歌とみるべき

かと思われる。恐らく六十首に上る「心をよめる」の歌のかなりの部分が、これと似たような状況下で作られたのではあるまいか。つまりある歌会なら歌会で、その季節なら季節に応じて出された題の歌が多いのであろう。それは「長保五年五月十五日入道前太政大臣家歌合に、遥聞郭公といふ心よめる　大江嘉言」（一九七）などによっても窺われよう。

このように「心をよめる」が状況から完全に独立していなくとも、やはりそれは注意されるのである。何といってもそれらの歌は題に即して独立した世界を持っているのである。そしてこの詞書がとにもかくにも、題詠であることを明示しているのは確かであろう（因みに、これらの歌人は、能宣ら若干を除いて、殆どが十一世紀の歌人である点も注意される）。では、何故に単純な題（「花山院の歌合に霞をよみ侍ける」の類）が題詠であっても「心をよめる」とは記されていないのか、という対比においていえば、歯ぎれのよい、明快な答えは、今の私には出て来ないのである。結び題などの複雑な題は、繰返し述べたように、それ自体詩趣を籠めているので、そういった題の美的本質を求めて、和歌でもどけばこうなのだ、という点の強調であろうか（題詠は所詮もどきである）。そうすれば、この「心」は、何らかの実景・実情性を基きながらも、一首で完結し、独立した美的世界の構築であり、本意に近い意味を持っているといえよう。

### (3)　金葉集

『金葉集』において「心をよめる」は激増する。三奏本（岩波文庫本による）では六十首、詞書がなくて前の「心をよめる」を受けている歌（六首）を合せると、連歌を含めた全歌数六百四十八首に対して10％強に達するのである。而して再奏本（八代集抄本による）においてはもっと多くて、百二十二首、異本に「心……」とあるものや、詞書にはないが、前の「心を……」を受けているものや、末尾の異本歌に「心……」とあるものを加えると百五十首をこえ、七百十六首の21%強となる。そして注意されることは（以下、再奏本による）、例えば、

堀河院の御時百首の歌めしける時、立春の心をよみ侍ける　修理大夫顕季

うちなびき春は来にけり山川のいはまの氷けふやとくらん（一）

春宮大夫公実

春たちてこずゑにきえぬ白雪はまだきにさける花かとぞ見る（二）

初春の心をよめる　太宰大弐長実

いつしかと春のしるしにたつ物はあしたの原のかすみなりけり（六）

のように、結び題のようなものでなく、単純な歌題に「心をよめる」と記されていることである。而して、こういう題にすべて付されているか、といえば、必ずしも厳密ではなく、上記一・二は『堀河院百首』の歌だが、

百首の歌の中に柳をよめる　春宮大夫公実

あさまだき吹くる風にまかすればかたよりしける青柳の糸（二五）

のように、『堀河院百首』の歌でも「心……」のないものがあり、しかもこういう例は多い。

しかしながら『金葉集』の「心」が「趣旨」と解してほぼ当っているのは確かだろう。また峯村文人氏校注・訳の『新古今和歌集』（日本古典文学全集）では「心」をすべて「趣」と訳しているが、これも一応妥当な訳で、『金葉集』の「心」も題の持つ趣、つまり美的性格を意味しているのであろうから、いわゆる本意というのに近いであろう。

『金葉集』において更に注意されることは、『後拾遺集』で「心をよめる」と記されていた複雑な題についていえば、「ことをよめる」と記したものが頗る多いのである。尤も全部ではなく、「心をよめる」とあるものもある

が、「こと……」が（前の詞書を受けたり、異本の表記を含めたりして）約百二十首に及ぶのに対し、「心……」はほぼ二十首である。各一例を掲げておく。

あかつき鶯をきくといふことをよめる　　源雅兼朝臣
うぐひすの木づたふさまもゆかしきにいま一声はあけはててなけ（一五）

花薫風といふ心をよみ侍ける　　摂政左大臣
よしの山峰の桜や咲きぬらむ麓の里に匂ふ春風（三〇）

因みにいうと、『後拾遺集』では「……ことをよめる」という表記は殆どない。「心」が本によって「こと」になっている僅少例があるだけなので、元来「こと」と記すことがなかったのだろうとも思われ、このような点が将来本文批判を行う時の一材料になるかもしれない。

さて、詞書に「……を見てよめる」「……を聞きてよめる」というようにあるのは、一応生活中における詠作契機を示すといえるわけだが、『金葉集』の詞書の「心をよめる」「ことをよめる」はほぼ題詠とみて差支えないだろう。場から切離されて題の趣を詠ずる事がほぼ確立した時期である。糸井通浩氏の「勅撰名歌評釈（四）」（『王朝』七）は、詞花集詞書の分析だが、「心をよめる」と「ことをよめる」は共に題材（こと・ことがら）を示すもので、題詠を示し、かつ「……をよめる」も素材（もの）を示すものだが、これも題詠とみてよい旨を指摘している。『金葉集』の場合も同形式であり、同様である。「梅花をよめる」といったような場合も、多くは、梅花の趣を詠んだものとみて一応はよいのかもしれない。そして「こと」はいわば事柄の趣（「ことの心」）の意とみてよいであろうが、『金葉集』の場合、複雑な題が「こと」となるのは、その題の持つ、それこそ複雑な事柄・境地・世界の趣といったニュアンスの問題であろうか。更に「心」も「こと」もないのは、上述したように、形式的には生活中の詠懐の筈だが、糸井氏の言うように「心」を略したのと同じと見るべきかもしれないし、また何か法則があるのか、今後の考究課題であろう。

### (4) 詞花集以後

『詞花集』の、この問題についての詞書の書き方はほぼ『金葉集』を襲っているようだ。大ざっぱにいって釈教歌を除いて簡単な題には「心」、複雑な題には「こと」と記されている。「心」とあるのは十二首のみで、全体の比率からいってもそう多くはない。

『千載集』(久保田淳・松野陽一氏校注、笠間書院版による)は「ことをよめる」が全くなく、(単純なもの、複雑なのもすべて「……心を……」の形で、殆ど三百首に達し、その詞書を受ける歌を合せると、三百七十首に及ぶ。すなわち全体の三割弱で、恐らく勅撰集中最高比率ではないか。但し例えば「夏月を詠める」とある場合も題詠歌はあるのだが、最もすっきりした形にはなっている。そして新古今集では再び「心」と「こと」が混在し、『新勅撰集』では再び「心」に統一され、以後の集では「心」を主としたもの、「心」と「こと」と共存するものなど様々で、一々について調べ、数を掲げる事はそう難しくはないが、これらは既に題詠の手法が確立した後のものであり、今後の課題とはなろうが、当面問題とすべきはやはり院政期和歌史における各集の詞書表記の検討であろう。

そして、「心をよめる」の詞書表記は、更に家集や私撰集の検討をも併せ行う必要があろう。家集では既に『貫之集』に若干みえるが、やはり長能や嘉言の辺から顕在化してくる。また上述したように勅撰集にみえることれら詞書の数量化に当っては、伝本の表記に異同あることが正確な数を出しにくい、という問題があるが、これは家集や私撰集においても同様である。

何れにしろ、『後拾遺集』で急増し、『金葉集』で激増し『千載集』でピークに達したかと思われる「心をよめる」の表記は、さまざまな錯雑した問題を孕んでいる。明快な結論は今の私には全く出せないが、これが題詠の方法の自覚的確立期、或は本意の最終的形成期に当っているのは偶然ではあるまい。和歌が創作詩としての独立を目ざす過程において撰者らが詞書の書き方について格闘した跡をまざまざと見せつけられるような感を受ける。

本稿の骨子は、昭和五十年秋季の中世文学会・和歌文学会の合同大会で研究発表を行った折の付言である。結論を見出せないままの未熟な発言に対して谷山茂氏からさまざまな御教示を忝くした点、深謝の意を表したい。私なりに今後考えたいが、大方の御検討と御教示を切に願う次第である。

## 4　再び「心を詠める」について
### ——後拾遺・金葉集にみられる詞書の一傾向——

『立教大学日本文学』35（'76・2）（五十一年二月）に、「「心を詠める」について」という一文を草した（前節）。三代集では「……の心を詠める」という詞書は、それぞれほんの数例にしか過ぎないが、『後拾遺集』においてはそれは飛躍的に増大し、七十首に近く存する。しかもそれが、例えば「春は東より来たる」とか「故郷の霞」とかのような、複雑な題に限られている事が注意される。そして『金葉集』では、単純な題、例えば「立春」(1)のようなものに「心を詠める」と記され、複雑な題には「ことを詠める」とある事、『詞花集』も『金葉集』の生き方を襲っている事、『千載集』では、単純な題も複雑な題も「……心を詠める」に統一されて歌の詞書に付されている事、新古今以後は集によって表記法の異る事などを述べた。現象として極めて注意すべきだが、意義づけは難しいので後考を俟つと記した。その後若干の事実を見出したので、意義づけは依然として出来ないが、若干の問題について述べてみたい。

## (1)　後拾遺集(1)

『後拾遺集』において、「……心を詠める」とある詞書を見ると、次のような型に分類されよう。

(1)は題のみを記して「心を詠める」とした型、(2)は題によって詠ぜられた場所や時間や周辺の状況などが説明され、つまり題詠の場が限定されているもので、多くは「……にて、……心を詠める」と記した型、(3)は大体は詩句や仏典について、その「心を詠める」とある型だが、これは広く解すれば「……に……といふ心」という形になるから(2)に含めるべきかもしれない。各々を略述しよう。

(1)についてだが、まず具体例を幾つか掲げよう（以下、後拾遺集の本文は大山寺本を底本とした藤本一恵編の桜楓社版により、書陵部一本を底本とした糸井通浩等編の清文堂版ほかを適宜参照した。なお読み易いように表記を改めた。算用数字は国歌大観番号〈旧番号〉）

柳、池の水を払ふといふ心をよみ侍りける　藤原経衡
75池水のみくさもとらで青柳のはらふしづえにまかせてぞ見る（巻一・春上）

夜思桜といふ心をよめる　能因法師
98桜咲く春は夜だになかりせば夢にも物は思はざらまし（同・同）

三月晦惜春心を人々よみけるによめる　大中臣能宣朝臣
163時鳥なかずはなかずいかにしてくれ行く春をまたも加へん（巻二・春下）

四月一日時鳥を待つ心をよめる　藤原明衡朝臣
166昨日まで惜しみし花も忘られて今日は待たるる郭公哉（巻三・夏）
夏の涼しき心を　堀川右大臣
229程もなく夏の涼しくなりぬるは人にしられであきやきぬらむ（同・同）
九月尽日秋を惜しむ心をよめる　藤原範永朝臣
372明日よりはいとど時雨やふりそはんくれゆく秋を惜しむ袂に（巻五・秋下）
九月尽日終夜惜秋心をよみ侍りける
373明けはてば野べをまづ見む花芒招くけしきは秋に変らじ（同・同）
落葉如雨といふ事をよみ侍りける　源頼実
心（書陵部本等）
382木の葉ちる宿は聞き分くことぞなき時雨する夜も時雨せぬ夜も（巻六・冬）
藤原家経朝臣
383紅葉ちる音は時雨の心地して梢の空は曇らざりけり（同・同）
旅宿雪といふ心をよめる　津守国基
409ひとりぬる草の枕はさゆれども降りつむ雪を払はでぞみる（同・同）

前の詞書を受ける歌を含めて三十七首数えられる。右の引用で実は一つ問題になる事がある。それは多く「……といふ心を」とあるのだが、163 166 229 372 373などは「といふ心」でなくて、直上の活用語の連体形から続いている。これが何故であるか分からない事である。しかもこれらに共通するのは、229を除き、上に「三月晦」「四月一日」「九月尽日」がある事で、なおこれが題の一部なのか、日時の説明であるのか明らかでない。373は家集によると、「宮のさぶらひにて、九月つくる夜、夜もすがら秋を惜しむといふ題を」とあって、――の部分は甚だ微妙である。163については「三月晦に」とある本があり、それが正しければ「三月晦」は下を限定している訳だから、⑵に入って然るべきものである。そしてこういう詞書の不明確な書き方は後の勅撰集には殆どなくなり、もっとすっきりした「海路三月尽」「山家暮春」式のものになるのである。

しかしこれらをも含めて、「心」が題の趣旨という意味でほぼ当っている事は、肯定できるであろう（前稿参照）。つまり題が明らかにされていてその趣旨を和歌で詠み、しかも必ずそれで完結しているものなのである。163等四首は月日がなければ和歌の趣旨が分らなくなるもので、題の一部分と見なす方がよいのか、詞書の一部として時間の限定を示すのか、なお考慮したい。

### ⑵　後拾遺集⑵

次に⑵について述べる。まず例歌を掲げよう。

俊綱の朝臣の家にて、春山里に人をたづぬといふ心をよめる　藤原範永朝臣

23たづねつる宿は霞に埋れて谷の鶯一声ぞする（巻一・春上）　大江正言

長楽寺にて、故郷の霞の心をよみ侍りける

38山高み都の春を見渡せばただひとむらの霞なりけり（同・同）　能因法師

39よそにてぞ霞たな引く故郷の都の春は見るべかりける（同・同）　大弐実政

上の男ども歌よみ侍りけるに春の心〔心（陽明本）〕花に寄すといふ事をよめる

95春ごとに見るとはすれど桜花あかでも年のつもりぬるかな（同・同）

堀川右大臣の九条家にて、毎レ山に春ありといふ心を　前中納言顕基

106わが宿の梢ばかりと見し程によもの山辺に春は来にけり（同・同）

内のおほいまうち君の家にて、人々酒をたうべて歌よみ侍りけるに、遥かに山桜をのぞむといふ心をよめる　大江匡房朝臣

120たかさごの尾上の桜さきにけりと山の霞たたずもあらなん（同・同）

長保五年五月十五日入道前太政大臣家歌合に、遥聞郭公といふ心をよめる　大江嘉言

197いづ方と聞きだにわかず郭公ただ一声の心まどひに（巻三・夏）

八月ばかりに殿上のおのこどもを召して歌よませ給ひけるに、旅中聞雁といふことを《こころ（陽明本）》《こころ》　御製

277さしてゆく道も忘れて雁の聞ゆるかたに心をぞやる（巻四・秋上）

禅林寺に人々まかりて、山家秋晩といふ心をよみ侍りけるに　源頼家朝臣

281くれ行けば浅茅が原の虫の音も尾上の鹿も声たてつなり（同・同）

宇治にて、人々、紅葉を翫ぶ心をよみ侍りけるによめる　藤原経衡

343日をへつつ深くなり行く紅葉々の色にぞ秋の程は知りぬる（巻五・秋下）

師賢朝臣梅津の山庄にて、田家秋風といふ心をよめる　源頼家朝臣

369宿近き山田の引板に手もかけで吹く秋風にまかせてぞみる（同・同）

染殿（為平）式部卿のみこの家にて、松の上の雪といふ心を人々よみ侍りけるによみける　藤原国行

403あは雪も松の上にしふりぬれば久しくきえぬ物にぞありける（巻六・冬）

津の国に下りて侍りけるに、旅宿遠望といふ心をよみ侍りける　良暹法師

513 わたのへやおほ江の岸に宿りして雲ゐに見ゆる生駒山かな（巻九・羈旅）

関白前左大臣家に、人々、経年恋といふ心をよみ侍りける　左大臣

661 われが身はとかへるたかとなりにけり年をふれどもこひは忘れず（巻十一・恋一）

右大臣

662 年をへてはがへぬ山の椎柴やつれなき人の心なるらん（同・同）

前蔵人にて侍りける時、対月懐旧といふ心、人々よみ侍りけるに　源師光

855 常よりもさやけき秋の月を見てあはれ恋しき雲の上かな（巻十五・雑一）

上の男ども、松澗底に生ひたりといふ心をつかうまつりけるに　御製

1051 万代の秋をも知らで過ぎきたるはがへぬ谷の岩根松かな（巻十八・雑四）

なお私は(3)については未だ殆ど考える所がない。白氏文集関係二首、仏典関係二首であるが、ここに一例だけを掲げておく。

文集の蕭々暗夜打窓声といふ心をよめる　大弐高遠

1016 恋しくは夢にも人を見るべきを窓うつ雨に目をさましつつ（巻十七・雑三）

まず一言しておきたいのは、既に(1)の382の詞書にも存したが、上記95・277に見るが如く、「こと」と「こころ」と動くものがある事である。簡単に私見を述べれば、何らかの本には「心」とあるので、『後拾遺集』では「……のことをよみ侍りける」とは書かなかったと思われる。

23 38 39 96 281 343 369 403 661 662は詠作の場を、95 1051は歌人の階層並びに宮中という場を示し、277はその上に八月という

時間を加えている。120は場所と状況（宴会）を、197は時間と場所を、513は状況（作者の行為）を、855は境遇を示している。

右の内、197によって明らかだが、「遥聞郭公」という題は当季のものである。277は、「旅中」は現実体験ではないが、「聞雁」は当季のものである。つまりその季節の現実に即して題が出されているし、また513をみると、恐らく難波の人々が良暹を迎えて、その客人の立場で歌会の題が出されたと推測されるのである。更にこれらによって推測すると、23 38 39 281 343 369は、その場所と歌の題とが無関係ではないどころか、歌題はその場に支えられたものとみてよいのであろう。例えば、23は恐らく春に伏見の山荘で歌会が行われたから、そのような題が出されたのであろう。以下、長楽寺・禅林寺・宇治・梅津の山里において、春・秋・秋・秋に歌会が行われ、その題が出されたので、従って歌人たちはそういう場、雰囲気の中で、一〇〇パーセント観念的にでなく、歌を詠じたのであろう。(2)

このように場や時間や状況などと題が密接な関係を持っている歌は十七首程度見せる。(2)の歌は二十九首数えられるので、恐らく残りの十二首の多くも（661 662のような恋歌を除いて）上記十七首と同様に考えてよいと思う。なお120は師通邸から東山などを眺めての詠と推測してよいわけだが（勿論「たかさご」は固有名詞でない）、ただ「酒をたうべて」という状況が詞書中に何故必要か、という点は分らない。

(2)より推すと、(1)も多くは同じような場の下で詠作されたものと思われ、場を記さなかったのは、撰者が知らなかったとか、内々のものであったり享受に関係がなかったりして切り捨てたかしたものなのだろう。かくして見ると、『後拾遺集』の中で、最も題詠的な相貌を示す、複雑な題の心を詠んだものが、実は、三代集の系列をを引く、場所・時間・状況などと切離せない題で、そういう雰囲気の中で詠まれた、現実との関りの強いものであった、といえるのではないか。逆にその歌を享受する時には、その場にまで想いを馳せて味わう事が要求されたのかもしれない。

しかし現実との関りが強いといっても細密画的写生の手法であるという意味ではない。その「現実性」を示す「……にて」を取払っても（つまり場が分らなくても）、題の心（趣旨）はきちんと詠まれていて享受するのに差支えはない。場の雰囲気の中で詠まれた王朝的和歌の外に、題の美的本質（本意）をすばやく的確に把握し、三十一文字によって美的世界を構築するという題詠の手法は確立しており、この頃そのようにして詠むのが和歌なのだ、という合意は普遍化していたのである。

### (3)　金葉集以後

『金葉集』は、単純な題が「心をよめる」で、複雑な題が「ことをよめる」で、これが「法則」のようなものであったらしい。例えば次の如くである。

百首の歌の中に、鶯の心をよめる　　修理大夫顕季

12鶯の鳴くにつけてやまがねふくきびの山人春を知るらん（再奏・巻一・春）

初聞鶯といへることをよめる　　春宮大夫公実

13今日よりや梅のたちえに鶯の声里なるるはじめなるらん（同・同）

『堀河百首』の歌はすべて「心をよめる」である。詞書が上記のようになっていない場合、どれかの本を参照すると、大体「法則」通りになる。例えば、八代集抄本、30「花薫風といふ心をよみ侍りける」は、初奏本・三

奏本・黒川本・公夏本・続類従本は「こと」である。58「月前見花といふこころをよめる」も、初奏本・黒川本・公夏本・続類従本は「こと」である。私自身、『金葉集』の伝本については素人だが、八代集抄等の流布本は、この件に関して何か誤写と思われるものが多く、「こと」とあるべきなのに「心」とあるものは、他本によって殆ど訂せられそうである。

「ことをよめる」は、いわば或る複雑な事柄の趣旨、つまり何らかの趣旨を持つ一つ一つの事柄が複合して、更に複雑な趣をつくり出す、その美しさを詠む事なのであろう。単純な題はそのものずばりの心（趣旨。本意といってもよいであろう）を詠むのである。

さて、『金葉集』の「心」「こと」を詠んだという詞書について、『後拾遺』に倣って、「……にて」という限定のあるものとないものとの数を一応掲げてみよう。「心」は無限定六十首、限定七十一首、他一首、「こと」は無限定九十六首、限定三十五首、他六首である。そして場所・時間・状況などの限定が、殆ど晴の歌合・歌会および百首歌になっており、公的記録性が強化されている（例えば、41「新院御方にて花契遐年といへることをよめる」）。中には「師賢朝臣梅津山里に……」の類もあるが、数は少なくなっている。

「心」「こと」を詠んだと詞書にみえるのは題詠歌と見て間違いないと思われるが、その数は二百六十九首に及び、『金葉集』（再奏本）の四割近くになっている。この外にも題詠歌は勿論あるわけで、題詠が既に詠歌の主流となっていた事を察知しうるであろう。なお『詞花集』は『金葉集』の書き方を襲っているが、数は減少している。

『千載集』は複雑な題も単純な題もすべて「心をよめる」に統一されている。次の如くである。

梅花夜薫といへる心をよめる　　　源俊頼朝臣

26梅が香はおのが垣根をあくがれて真屋のあたりにひま求むなり（巻一・春上）

前中納言匡房

堀河院御時百首歌奉りける時、春雨の心をよめる

31四方山に木の芽春雨降りぬればかぞいろとかや花の頼まん（同・同）

単純な題も複雑な題も、要するにその美的本質（趣旨）を詠むという精神が強烈に確認されたからであろうか。『千載集』で「心をよめる」とある詞書は三百六十首をこえるであろう。

『後拾遺集』の詞書の表記の仕方には、現実性と観念性の交錯・格闘とでもいったらよいのだろうか、複雑な和歌史の曲り角的な位置がそのまま反映されている。そして上述のような考察、後拾遺―金葉―詞花―千載という詞書表記の推移の中に、題詠手法の確立を辿りうるとすれば、その第一歩を踏み出したのは『後拾遺集』である事は間違いない。(3)

本稿も、現象面の記述にすぎない稿となった点をおわびしたい。

**【注】**

（1）単純な題、複雑な題とはいかにも幼稚な呼称である。堀河百首題は、若干の恋題を除いて、立春・子日・霞……述懐・祝まで単純な題である。これに対して、二つ以上の観念が結合して一題を為しているものを複雑な題といったのだが、これには二つの型があって、一つは「柳、池の水を払ふ」のように、完結した文を為しているもの、一つは「旅宿雪」のように、二つ（以上）の観念が結合してはいるが文となっていないものである。世に「結題」という語があるが、『日本国語大辞典』では「漢字三、四字から成り、二つないしはそれ以上の事柄を結合した歌の題」と定義し、「初春霞」「雪中子日」「旅宿夜雨」などを例としている。後鳥羽院御口伝や毎月抄に出典用例があるが、後者によっては具体的内容はよく分らない。前者（御口伝）では、文章を素直に読めば「池水半氷」のような一つの文章を為したものであ

り、更に、愚問賢注などにみえる結題の具体例は「池水半氷」および「花下送日」などで、これも一つの文章を為したものである。久保田淳『新古今歌人の研究』（七六六頁）の指摘のように、結題は句題の一種であろうし、その語源も推測されており、まずは一つの文章を為したものをさすとも思われる。なお松野陽一「平安末期の百首歌について」（教養部紀要東北大第二十五号、昭52・2。『鳥帚』所収）は二つ以上の事物を結ぶものは寄物題を含めて「複合題」、単に題と称せられているものは「素題」と呼ぶ、と使い分けている。複合題というのは仲々よい言葉である。ただ上記の、文章を為しているものと然らざるものとの区別の必要な場合もあるわけで、結題の意味の確定をも含めて、学界においてコンセンサスが出来るのが望ましい。なお複雑な題（複合題）の中で、結題は一つの文章を為す題というふうに一応考えておく。

（2）詞書に詠作の場を記す問題に関連して次の点を一言しておきたい。後拾遺の詞書で、詠作の場を示すものは次の如き場合のようである。宮廷関係、皇族・摂関・大臣・公卿・殿上人および今昔の有力歌人・文人の邸における晴の歌合や歌会（殿上人・有力歌人の邸とは、例えば師賢・通宗・長能・義清らの催し、それに文学遺跡的な場所における文人の雅会、例えば長楽寺・河原院・法輪寺・禅林寺、宇治・桂などの会）は記すようである。これは、その歌が晴のものだという事を示すと共に、勅撰集の持つ公的記録性に基くものであろう。また屏風歌を記すのは、記録性の外に、その歌の享受の仕方を規定する為でもある。従って、晴の会でなくて、その歌の享受に何ら影響を与えない場合は、催行場所は記さないのが原則である（例えば三七三は家集によると、上掲のように「宮のさぶらひにて……」とあるのだが、数寄者による内々小規模の会なので、敢て記さなかったと思われる。

（3）本稿の主旨と関連して一言したいのは詞書研究の必要性である。特に後拾遺集以後のそれである。歌集を読む場合、つい詞書によりかかりすぎたり、逆に無視したりしがちではなかろうか。詞書が無駄についているのでない事は確かである。特に勅撰集の場合、一は公的記録性があり、一は撰者の読者に対する享受（解釈と鑑賞）の指示がある。即ち詠作の場・状況を詞書に示す事によって、勅撰集の歌として、解釈の恣意性を拒否し、享受の方向を指示するのである。「題不知」と雖も、制作の場は示されないにしても、その歌をそこに配列したのは撰者がその主題を読み取った結果であって、読者はいったんはその指示に従わねばならぬであろう。

特に勅撰集の撰者は詞書を慎重に書いている筈である。同じ場なり状況なりを示す場合は、統一表記を行っているであろうから、逆にそこからわれわれは法則性を見出して歌を読まねばならぬであろう。しかし撰者はそれを意図しつつも、行文上、記せなかったり、省略したりする場合もあったろうし、撰者の人柄によっては規格的神経に乏しく、不統一になったりして、近代的緻密さ、合理性を厳密に適用できぬものもあり、われわれはそれぞれの集の特異性に向き合わねばならぬであろう。

なお「心をよめる」の考察は私家集においても為すべきであろう。平安朝の比較的早い家集には、歌合や歌会の題詠はそのまま「題にて」という風に、直接的に記されている。屏風歌は絵を説明して「……ところ」とあるものが多く、いわゆる生活歌、題詠歌、屏風歌の区別されている家集がある。今ここで家集詞書の点検を行う余裕もないので、一、二、瞥見した感じをいうと、散木奇歌集は「心」と「こと」が混在している。ただ単純な題には「心」が多い。貧道集には「題を…」があり、頼政集などは金葉集方式に近く、長秋詠藻は多く「心」で、時々「こと」が混るようだ。こういった面の考察も必要なのではあるまいか。

**［追記］**

「心を詠める」が『後拾遺』『金葉集』に始発し、『千載集』で確定したのは、「補記」の「秋の月」→「月」が『金葉集』に現れて『千載集』で確立したことと軌を一にするが、これはやはり多くの題のそれぞれに本意が形成され、成立したこと、それが歌人世界の合意を得られたことと見てよいであろう。

なお「心を詠める」「ことを詠める」については滝澤貞夫『王朝和歌と歌語』（笠間書院、'00）一三〇頁以後に詳しい考察があるので参照されたい。

**［補記］「月」はいつから秋になったか**

和歌において、ただ「月」といえば秋の月をさすようになったのは何時からか。

題・詞書・歌の中に秋を示す語が無く、ただ「月」で秋の月をさすのは勅撰集でいえば『金葉集』からである（例、秋二一六、忠盛「有明の月もあかしの浦風に波ばかりこそよると見えしか」など）。早く穎原退蔵「俳諧の季についての史的考察」、井本農一「季語の文学性」に指摘がある。所が『詞花集』の撰者藤原顕輔はこの点伝統的で、久安五年家成家歌合で、「すみわたる月を見てしか白河の関まで同じ影やしたると」（七番右、遠明）の歌に対して顕輔は判詞の終りに「秋といふ文字や侍らぬ」と記している。『詞花集』も秋部には秋の字を添えている月の歌のみを採っている。そして『千載集』、その前の私撰集の『続詞花集』ではただ「月」とのみある歌が秋部に入っている。月は秋が最も美しい、月といえば秋の月をさすのだ、という歌人達の合意は、『金葉集』に現れ、若干の曲折があって『千載集』で確立した。秋の月の本意の確定である。井上「季語の問題」「堀河百首」から「筆のまよひ」まで（和歌史研究会会報22、昭41・5）、「顕輔と秋の月」（同71、昭54・9）にやや詳しく記した。

# 第二章　中世歌集の形態㈡〈私家集〉

## 1　私家集について

中古（王朝）・中世の私家集すべてを論ずることは、到底為しうることではないので、中世の私家集を中心に若干の基礎的考察を行ってみたい。

まず私家集と同じような意味を持つ「詠草」という語との関わりを述べておこう。

### ⑴　詠草と私家集

「詠草」という言葉を持つ家集は、中世も後期に入る頃から多くなるようである。「詠草」の定義を辞書から引いてみよう。

⑴　詠作した和歌や俳諧。また、それを紙に書きつけた草稿。様式に縦横両方あり。（下略、用例として慕景集を挙げる）→『日本国語大辞典』

⑵　①　和歌の草稿。連歌・俳諧の草稿にも準じていう。（竪詠草と折詠草のことを記し、出典は資慶卿口授）②　①

を書き留めたもの。「慶運法師今はの時、年来の詠草・抄物ども住みなれし東山藤もとの草庵のしりへにみなうづみ捨て侍るとなり」〔ささめごと・下〕。↓『角川古語大辞典』

(3)　㈠　作歌の下書き。歌稿。㈡　特定の詞書のない述懐の作品などにつける漠然とした題名。㈢（竪詠草・折詠草のことなどを記し）訓〈クサ〉は散文の場合の徒然草・思出草などのように〈くさぐさ（雑）〉字の意の借字、音〈ソウ〉の借字に藻あり、〈長秋詠藻〉などのように用いる。↓『和歌文学大辞典』（佐伯仁三郎執筆）

(4)　懐紙や短冊に書いて歌会等に提出した和歌に対して、詠者の手控として書き留めた和歌。また提出和歌の下書き、歌稿。（以下、近世における縦詠草・横詠草・綴詠草のことなど）↓有吉保編『和歌文学辞典』

(5)　〔歌学用語〕和歌の草稿。またそれを書き留めた歌稿。詠作した自作歌群を謙退の意により詠草と称することもある。（以下、縦詠草・横詠草のことなど）↓『和歌大辞典』（橋本不美男執筆）

(6)　（要約して記す）本来歌の草稿を意味する。従って披講された懐紙・短冊・観賞用色紙は詠草料紙ではなく、個々の懐紙和歌・短冊和歌というべきである。（以下、竪詠草等の解説略す）室町中期以後の公宴歌会の、宗匠による内見用の詠進歌稿が竪詠草の初で、詠者のもとにも詠進先にも留められず、現存のものは殆どない。ただ懐紙や短冊に自歌を書くまでの過程で、推敲のため、または師匠の添削を受けるための詠草（歌稿）は鎌倉末期から現存する。↓橋本不美男『原点をめざして』

「草」には下書きの意味がある所から、以上全部を通して「歌稿」（下書き）と定義されている。ただ(5)に、謙退の意を込めた自己の詠作歌群をさす、とあるのが注意されるが、その規模については触れられていない。

「詠草」という語の用例は、歌集の書名を別にすると、古いものは少なく、鎌倉期では『夫木抄』一九九〇「詠草、万七　よみ人不知　つねならず……」、南北朝期では貞秀集の七四歌左注「点歌詠草歌数百卅二首とあり」、室町期では、今川了俊の父心省は「詠草とて撰び給ふもなく」（二子伝）、『正徹物語』に「治部が所の会よりこのかた（正徹自身）詠草三十六帖ありしなり、三万余首あるべきなり、それをみな今熊野にてやき侍りしなり、そののちより今までの詠草、二万首にちと足らぬものなり」、『下葉集』六一二詞書「藤原長衡詠草二巻、愚点の末に（ママ）」、また上掲(2)の「ささめごと」などが目に触れた位である。記録や散文類には多くあるかもしれないので大方の御教示を得たい。

以上を見ると（よく分らない夫木抄の用例を除く）、慶運のものは「年来の詠草」とあるから、かなり多くの詠を含む歌稿、貞秀のは点歌百三十二首だから小家集程度だが、これも自筆のもの、『下葉集』の長衡（遊佐長衛）のは二巻とあるからきちんとした家集のようにも思われるが、これも自筆のものであり、つまり師筋の人に見せる自筆のものを「詠草」と記したのか。正徹のはきわめて大きなものであったらしいが、自己の歌稿なので「詠草」と記したのであろう。かくして、上記の用例についていえば、作者の歌稿であることが共通し、しかし家集的なものも含む可能性があり、(5)にいう自作歌群を謙退していう意味は確かにあるが、正徹のそれのように大部のものにも用いたのである。

次に、歌集の集名についていうと、まず注目されるのは『長秋詠藻』である。(3)の指摘があるように、「草」の借字に「藻」があって『長秋詠藻』というのだ、というのが通説であろう。その二類本の、寛喜元年四月の定家の奥書にも「……件草自筆……」とあり、俊成自筆本を「草」といっている。更に注意すべきは定家の『集目録』にも「長秋詠草」とある。定家の『拾遺愚草』は自らの命名であるし、為家の『中院詠草』（外題）は（佐藤恒雄教示によると）後人の付したもののようだが、同集は写本内題の「〻〻愚草」や『一夜百首』の外題「百首愚草」は為家自らつけた書名らしく、「草」とか「愚草」とか謙遜の意でつけられたものと思われる。但し上記の「長秋詠草」を別にすると、「詠草」という語は乏しいようで、「草」「愚草」、または後二条院の家集のように「愚藻」が普通であったのではなかろうか。憶測すると、多くの家集にはそういう表題があっても、他者が転写する折にそれを省くということがあったのではなかろうか。なお形態をみると、俊成・定家・為家・後二条院のものも基本は部類家集であることに一応注意される。

さて、室町期になると自筆の家集が多く残る。冷泉家時雨亭叢書の『為広詠草集』は、一々挙げないが、例えば、原表紙外題に「明応七年詠草」のように記したものが多く、「愚詠草」と自署したものもある。すべて年次別に日次形態である。また中世最末の、三条西実条の詠草が、早大図書館とカリフォルニア大学バークレー校などに分蔵されているが、その多くは原表紙に「詠草」と自書、日次詠草である。外にも、尊経閣蔵「十市遠忠詠草」にも「詠草」、書陵部蔵「言国詠草」も「愚詠草」と自署するが、この類は枚挙に暇がない。何れも日次の集である。他筆の表題にも、高松宮旧蔵「持為卿詠」の扉に「永享四年詠藻」、書陵部蔵「持和詠草」（永享九年分）、彰考館蔵「江雪詠草」（文禄三年分）も扉に「詠草」等。遡ると、南北朝期の、二条為重の康暦二年の詠草も「為重詠草」（彰考館本）とある。

こうみてくると、室町期の詠草というのは日次の集が多く、つまり日々の詠歌（歌会歌として公表するものを含む）を記しつけたもので、歌稿の集ということになろうか。重ねていうことになるが、冒頭(5)にみえる、「詠作した自作歌群を謙退の意により詠草と称することもある」ということだが、「称することもある」というより「称することが多い」というべきかと思われる。「自作歌群」についてはこれも正徹の「詠草」について述べたように、そして室町期の歌人は年間数百首を残すことが普通でもあったようだから、大部のものも多いのである。「私家集とは個人歌集をいう」という一般の定義からすれば、これらはみな私家集であることに間違いない。そこで「詠草」は、部類された（本格的な）私家集の名にも付せられることが多くなる。『宗祇家集』を『宗祇詠草』（神宮文庫本等）とする類は多いのである。平安末期の『清輔朝臣集』を、享禄三年に十市遠忠が写した時、「清輔詠草」と題したのも（尊経閣本）、室町期の風習によったのではなかろうか。

御子左三代の集は、典型的な私家集であるが、謙退の意を込めて「草」「詠藻」などという言葉を付したのであろう。室町期の「詠草」に謙退の意は勿論あるとして、しかし基本的には日次の歌稿を重ねたものの意識が強いであろう。

以上、比較的曖昧に用いられている「詠草」という語の整理を試みた。

## (2) 私家集の分類

周知のように「私家集」という語は、松田武夫「私家集の研究——王朝初期の私家集——」（岩波講座日本文学。昭7・3）におけるものが早いとされる。古くは「家の集」、略して「集」と呼ばれた。

中古（王朝時代）から中世にかけて、極めて多くの家の集が成立したが、平安時代から室町の末頃までの現存の集を形態・内容などから分類し概説したものに、『図書寮典籍解題文学篇』（昭23）、ほぼそれを襲ったものに『和歌文学大辞典』（昭37）の「家集」の項目があり、共に橋本不美男の執筆である。藤岡忠美「私家集——編集の生態——」（『日本文学の争点・中古』、昭43）もそれを高く評価しているが、こういう総合的・俯瞰的な論は時に試みられてよい。周知のものだが、念のため骨子のみを掲げておこう。〈例は各一に止めた〉

自撰家集〈建礼門院右京大夫集など〉
一　作者自身の内的動機によるもの（純粋な創作的欲求によるもの、記録・備忘としてのもの等）　二　外的な動機によるもの（撰集のため、勅命・貴命によるもの、ほか）
他撰家集（家人・縁故者・後人の撰など）〈雪玉集など〉
形式的組織からの分類
1　部立あるもの　2　雑纂的に集めたもの　3　百首歌およびその集成等　4　編年体　5　撰集を基礎として分類したもの
内容的取材からの分類（恋愛物語・紀行・日記・釈教）〈伊勢集など〉
また、5には前長門守時朝入京田舎打聞がある。
以上、後の研究の目安になった妥当な分類だが、実際には中古・中世の私家集の形態は千差万別で、歌会歌詠（詠草や懐紙など）を連ねたもの、そこに定数歌が加わったものなども多く、もとになった歌稿が年次的に配列されていれば編年体だし、その配列が乱れていれば雑纂形態ということになろう。
まず私家集の基本形態である部類本と編年体（日次本）について概説し、合せて雑纂形態の本につき付記しておく。

## 部類本

早くから部類された自撰家集の存在したことが指摘されている（例えば、赤染衛門集異本、伊勢大輔集二類本ほか）。しかし（四季・祝・別離……というように）自覚的に整然と分類された初めは『散木奇歌集』と考えられており、これ以後、平安末期に至るまで多くの集が編まれている。田多民治・清輔・林葉・頼政・教長・林下・山家などの家集はよく整備されているといえよう。いわゆる『寿永百首家集』も、すべて自撰部類家集で、奉納されたものであり、部類が晴の形式であることを明示したものととらえてよいであろう。

平安末期から盛行するようになった百首歌の、家集における扱いはどうなのだろうか。『行宗集』は中程に『崇徳院初度百首』があり、『忠盛集』(II)は初めに『久安百首』が置かれ、あと部類・雑纂という形だが、これらは純粋な自撰部類家集といえないので措く。『堀河集』は、四季(部類)、『久安百首』(四十一首抄出)、恋雑という構成だが、これは四季恋雑に構成された後、転写ミスか錯簡などで、増補された百首の抄出が入り込んだのではないかといわれている(私家集大成解題)。また『清輔集』は、『久安百首』を抄出して各部立の中に分散入集させている(散木奇歌集や教長集も百首歌は分散入集である)。『山家集』は部類の後に恋百十首を置く(末尾の百首は西行が入れたのか別人が入れたのか説が分れる)。さまざまな形があり、概していうと試行状態のようでもある。

冒頭に百首を置き、その後に部類の集を置くという形態の始めは『長秋詠藻』で、『秋篠月清集』『壬二集』『拾遺愚草』などがこれに連なる。勿論、この後も部類の中に百首歌を分散した集もあるし、他に色々変形したものもある(定数歌―歌会・歌合歌―部類歌＝明日香井集など)が、主流は、まず定数歌を置き、そのあとに部類歌、という形になったようだ。

ただ、仔細に見ると、部類本の中にも様々な形がある。一つを挙げる。鎌倉初期の歌人藤原範宗の集は、春・夏・秋・冬・恋・雑の部立の夫々の中が、ほぼ編年になっている。そこで立春・霞・子日・梅……という部類本の定型ではなく、建暦から承久、更に貞永頃までの定数歌や歌会・歌合歌がほぼ年時順に配列され、その催しごとに歌が掲出されている。従って、例えば、「月」題などは多くの催しで出題されるから、それらの催しごとに

月歌があり、秋部では月歌が十数ヶ所に分散されている。興味深い形態である。（〔追記〕参照）

## 編年体（日次本《ひなみ》）

歌が編年的に配列されている集は古くからあった。『紫式部集』『能因法師集』『四条宮下野集』『成尋阿闍梨母集』など、文芸作品としての自覚に基いて構成されたもの、おのずから高い文芸性を獲得したものなど、それぞれみな特色がある。また生涯を回顧し、忘れ難い事跡と歌とを選択し、喪われた生の回復を試みたのではないか、と思われるような、日記文学的性格を持つ集には『建礼門院右京大夫集』がある。これなど王朝文学の流れともいえようか。

一方、平安末期から、『六条修理大夫集』『左京大夫顕輔集』のように日次詠草的・歌日記的なものも多くなる。『重家集』に至ると記事は一層詳密になる。和歌の家の初期の人々の集がこの形態であるのは興味深い。時代が下るに従っていよいよ厖大な集となり、『草根集』『再昌』（再昌草）に至るのである。尤も十五巻本草根集（流布本）は、定数歌一巻、日次十巻、部類四巻で、この形は他撰の結果であるが、自撰の永享五、六、九年分の日次詠草が流布本とは別に伝存し、流布本の五、六年詠草と比べると所収歌に相当相違があって不思議である。また『再昌草』も、明応十年分など、御所本二十首の所収に対して柳沢文庫本は二五八首もあって、その理由は不明である。

『草根集』や『再昌』が典型だが、これらは歌日記である。日々の贈答歌、独詠歌・歌会歌などの刻明なメモであり、備忘録的である。一括して編年体家集といっても『右京大夫集』などとは質が違うというべきであろう。

付　雑纂形態の本

歌の配列が乱れて組織が不分明になったものが多いと思われるが、編む当初から雑纂形式にしたものとして『兼好集』が著名である。この集には冒頭に兼好自身の方針が書かれていて貴重である。新日本古典文学大系（校注荒木尚）、和歌文学大系（校注斎藤彰）所収本があり、斎藤「兼好自撰家集の考察」（和歌文学研究29、昭48・6）等に詳しい考察がある。この集が風雅集撰集の資料として編まれたかどうか、種々の意見があるが、集五一「世をのかれてきそちといふ所をすきしに　思ひたつ……」の歌は『風雅集』に採られているが（一八五五）、詞書が末尾の「すき侍るとて」を除いて同じであり、集を資料としたように見える。おそらく兼好は、風雅集撰集の資料として、同時に自分の生涯の記念を兼ねて、の意図があったのではないか。そして読者一般（および撰者）の自由の解釈・鑑賞を妨げないために雑纂形式にしたのではないか。既撰集入集のメモも読者・撰者への参考のためであろう。確かに兼好の個性的な自由意識の表れであろう。『兼好集』については個別特別の問題とも見られ、雑纂形式についての広い考察は更に調査すべきであろう。

［追記］

一人の歌人で部類・編年両形態の自撰家集を持つ人は極めて少ない。実隆の『再昌』『雪玉集』は後者が後人の他撰である。

しかし皆無ではないようだ。

南北朝時代の大物歌人頓阿は、延文二年ごろ『新千載集』の資料として『頓阿法師詠』をまとめ、そののち『草庵集』『続草庵集』を自撰した。何れも整然とした部類本である。近時、それらに先行する日次家集の存在が切によって知られた（早大蔵、室町写、九首所掲）。それに伴なって早く稲田利徳紹介の「乙夜随筆」所載の十首（『和歌四天王の研究』所載）も同様の頓阿の日次家集の切であろうと推測される（小林大輔「新出の頓阿の日次家集（断簡）をめぐって」国文学研究129、'99・10）。日次家集の全貌は未詳にしても、両形態の家集を一人で自撰した数少ない珍しい例といえるであろう。

次に、右に関連して誤解した例を一つ挙げておこう。

鎌倉末期の歌人藤原光経の流布本の家集は六二三首を収める大きなものだが、これは建保六年から嘉禄二年頃まで、ほぼ年代順に歌を配列した編年体の集である。別の一本が時雨亭文庫から見出され、冷泉家時雨亭叢書『中世私家集三』（'98）に収めた。これを私は、部類された五十首の小家集と解題に記した（流布本の内二十九首があり、二十一首が新出）。所が'05・秋に行われた出光美術館の展観（「平安の仮名　鎌倉の仮名」）に出品された「詠五十首歌巻　静真筆」（鎌倉時代写、一巻、個人蔵）が上記〈部類本〉と同内容で、五十首歌（定数歌）と見るのが妥当であった（冷泉家時雨亭叢書月報60、'06・2にその旨を記した）。

## (3)　室町期の家集

『散木奇歌集』以後、私家集には整然とした部類本が多くなった。そして『長秋詠藻』以後、定数歌を前に、次に部類歌を置くという形も多くなった。これは定数歌を一つの作品単位として尊重した結果であろうが、それはそれとして基本的には、勅撰集に倣って一首で完成した世界を築き上げた歌を自歌の中から選びとって、自然や人間の形成する秩序に沿って分類した部類家集が中世においては完成形態と考えられていた。

にも拘わらず、室町期に入ると、部類家集は相対的に少なくなる。勿論、堯恵の『下葉集』以下、少なくはないが、大成3（平安末〜鎌倉初）では49家集の内、60％ほどが部類で、編年的なものは『右京大夫集』など四集ほどである。所が、大成6・7（室町期の集）では114の家集中、大まかにいって部類と編年はそれぞれ四十集を少し越えた程度、三十集足らずが雑纂である。

注意されるのは、室町期の主要歌人の、『亜槐集』（雅親）、『雪玉集』（実隆）、『碧玉集』（政為）、『柏玉集』（後柏原院）は、基本は部類の集だが、みな後人の編である。正徹の『草根集』、弟子正広の『松下集』の中心は日次の集である。実隆には『再昌』（再昌草とも）、雅親には二つの日次の集が残る。冷泉家の持為・政為・為広・為和らの家集はみな日次集で残り、部類家集は現存しない。有名歌人で生前部類家集を編んだのは堯恵・兼載・基綱そして宗祇（自撰と推定）ぐらいであろうか。因みに、形態にこだわらずにいえば、公条（広本の集）・実枝（三光院集）・幽斎（衆妙集）・通勝集などは何れも後人の編である。（政為の日次詠草は時雨亭叢書所収予定）

著名歌人が家集を編むことの少なかったのは何故であろうか。詠作が余りにも大量で、その余裕がなかったのであろうか。試みに、一つの家集で歌数の多いものを順に掲げてみよう（歌数は本によって異なるが、大成および『新編国歌大観』（以下、大観と呼ぶ）を適宜勘案した。集中他人の歌等を含む）。

1草根集（正徹。一一二三七首。部類本は殆ど重複するが一〇六四三首）　2雪玉集（実隆。八二〇〇首）

3再昌（実隆。約七七〇〇首。雪玉集との重複は約二四〇〇首なので別に立てた）　4拾玉集（慈円。五八〇三首）　5拾遺愚草（定家。員外を含めて三七五五首）　6松下集（正広。三二四四首）　7壬二集（家隆。三二〇一首）　8隣女集（雅有。二六一七首）　9年代和歌抄（国永。二四九三首）　10柏玉集（後柏原院。二四三四首）

以下、『伏見院集』『春夢草』（肖柏）・『今川為和集』『為家集』などが二千首をこえる。念の為いうと、一人で幾つも家集を持っている人もかなり多く、その複数の集を合計すれば二千首をこえるという人は多い（頓阿・雅親・遠忠ら）。なお上記十集の内、定数歌が主体ながら部類を含む家集を自撰しているのは定家のみであろう。因みに、後柏原院には未翻刻の『広本柏玉集』があり、これは五千首近い歌を収める。

制作多量だけが部類家集を編まなかった理由とはいえないであろうが、実隆の日記を見ていても、生涯の決算として部類家集を編む意欲があった記事は見出せない。また例えば、正徹には、現在二つの日次家集が独立伝存し、それと『草根集』の日次部分とは歌が相互に出入する。その関係は不明だが、共に全詠歌を集めていない。更に実隆の『雪玉集』は『再昌』を見ないで編纂したが、両集の重複歌が必ずしも多くない所から、実隆は『再昌』に記しつけた歌の外に、定数歌その他、別にプールしていたのであろうか。こうみてくると、大量制作の巨匠たちは作品の自己管理が充分ではなかったのであろうか。――このような点は、将来考究すべき課題となるであろう。

以上述べたように、室町期の、特に同じ年に日次の集を二つ持つ歌人の詠を比べてみると、それぞれの集にすべての自作を載せたわけでもないらしい。しかし慨していえば、そういう格別に量産した巨匠を除いては、出来た作の殆どを――若干の選択は行ったであろうが――手許の草子に書きつけて行ったのではなかろうか。それは、自筆の残る為広や実条らの詠草をみると知られるのである。念のため、既述の集を除いて著名な日次の集を挙げれば、堯孝の二つの家集（一つは堯孝法印日記といわれるように、和歌と共に刻明に歌会記録を認めている）、義運の集、実連の二つの集、足利義尚の『常徳院集』、遠忠の各詠草、言国・言綱・言継や時慶の集などがある。また日次の集ではないが、『十輪院集』や伏見宮各親王の詠草も、細かく年月を注している。

## ⑷　終りに

先述したように私家集とは個人の歌集をいう、と定義する以上、日次詠草も私家集であることに間違いはない。とすれば、日次詠草を含めた編年形態の私家集には二つのかなり異なった性格があるのであろうか。

古く『紫式部集』や『能因法師集』は編年だが、前者は詞書・左注と相俟ってその心の深さが滲み出、後者は全体を一箇の作品として構築している、と指摘されている（荒木孝子「私家集の世界」、後藤祥子編『王朝和歌を学ぶ人のために』所収。平野由紀子「能因集の一研究」、『寝覚物語対校・平安文学論集』所収）。そして日記文学的性格を持つとされる『成尋阿闍梨母集』や『建礼門院右京大夫集』がある。

『右京大夫集』の冒頭、「家の集などいひて歌詠む人こそ書き留むる事なれ、これはゆめ〳〵さにはあらず、ただあはれにも悲しくも何となく忘れ難く覚ゆる事どものある折々、ふと心に覚えしを思ひ出でくるままに、我目ひとつに見んとて書きおくなり」とあるが、編年のこの集は、自分一人の為のものなのだが、しかしそれは一回的な人生において感動的に忘れ難いものを選択し、失われた過去を書くことによって生き返らせる、という主体的な営為が見えている。

そして一方に、縷述した、日々制作した和歌をそのまま書きつけて行ったような、詠草（歌稿）の積み重ね、日次の集がある。これらは編年形態ではあるが、上記右京大夫集のような意識には乏しく、いわゆる文芸的であるよりは、記録的・備忘的なものであり、『右京大夫集』のような編年形態のものや、既述した『散木奇歌集』以下の部類形態の家集と性格を異にするのかもしれない。しかしこれも私見では家集と思うので、上記の家集とは違った質的把握をすべきものと考える。すなわちこれら詠草にも当然佳什があるし、また『再昌』のように、和歌・連歌・狂歌・漢詩などの諸ジャンルの併存しているものがあり、また断片的ながらさまざまな感懐が書きつけられてもいる。そこから我々は佳什を選び出して評価し、文芸観なり人生観なりを汲み取り、歴史の流れの中に生きたそれぞれの生涯の軌跡を追究する必要があるのではなかろうか。多くの日次詠草は、そういう視点から性格を探り、価値を定めるべきものではなかろうか。

繰返すが、私家集の晴の完成形態は部類形態の本である。日次（編年）本には、『右京大夫集』のような、数は少ないが王朝の日記文学的性格を持つものと、中世後期に多い記録的（歌日記的）詠草とがある。ただ後者においても、自己の歌人としての生涯の軌跡を残しておこうという意図は、心底深い所にあったのではなかろうか。

家集の成立や形態などを巨視的に見ること、同時に一つ一つの集について微視的に調査検討行うこと、両面からの考究が必要であろう。それによって家集の性格や価値が新たに明確化されると共に、それに関わる重要な（文学的・歴史的）事実に新たな照明の当てられることも多いと思われるのである。

## 補説　伝本分類の用語管見——特に私家集について——

古典の、写本や板本などの伝本を集め、一通り文献学的な検討を行い、内容の特徴に応じて分類するという操作は、研究上日常茶飯事のように行われている。勿論どのジャンルの作品についてもいえることだが、特に私家集研究の場合、表現上の問題で、少しばかり気になる点がある。表現上のことに過ぎないともいえるし、すぐ解決できることでもないが、一応問題点を記しておこう。

伝本分類で、系統とか類とかいう語を使う場合に、三つのレベルがあるのではなかろうか。

〔一〕　一人の作家が複数の作品を書くのは普通のことである。散文の場合、それは書名（題名）によって直ちに分ることが多いから余り問題にはならない。紫式部の、『源氏物語』『紫式部日記』『紫式部集』のように、ジャンルが違っていれば尚更である。ここで問題としたいのは私家集の場合である。私家集には成立や内容が違って、書名の同じものが多いのである。西行の、『山家集』『西行法師家集』『聞書集』『山家心中集』のような場合は、普通呼ばれている名が異るからまず問題はないが、源有房の『有房中将集』は、書陵部一本と類従本等流布本とは成立・内容が全く違うのに書名が同じである（なお共に時雨亭文庫に蔵せられるが、それも同様）。こういうケースは、『小侍従集』（三種類あるが）など他にも多い。このような場合、分類の名称に「系統」という語を用いることがある。例えば上記有房中将集に、一、群書類従所収本系統、二、書陵部蔵本（一五〇・五六七、五〇一・三〇九）系統、というように。

〔二〕　同じ作家なり歌人なりが、一つの作品を著したり撰んだりする場合、その作品の諸伝本を比較して、異文が見出され（数量の多少や記述順序の相違を含む）、他にこれと類似した伝本を確認すると、それを同じグループとして、A系統と称し、他をB系統・C系統……ということが多い。例えば、勅撰集でいうと、『詞花和歌集』の初度本系統、二度本（精撰本）系統などである。

この系統の名称は、実にさまざまなレベルで付けられる。御所本系統、類従本系統、広本系統、略本系統、初稿本系統、改稿本系統、誰某自筆本系統……など。なお源氏物語の青表紙本系統、河内本系統、『宝物集』の一巻本〜七巻本系統というのも同様であろう。そして違う系統の本を異本といったりすることがある。

なお異本といっても、大きく内容の異なるものの場合、何を以て同一の作品というのか、認定の難かしいものがあろう。後尾に付加されているとか、途中であっても増補が明らかであるものなどは同一作品とみてよいのだろうが、微妙なものもあろう。『源平盛衰記』はかつて『平家物語』と別作品とみられていたが（昭和十年代中学生であった私などそう教わった）、今では広本系の一種、異本と目されている。『枕草子』の諸異本などはどうであろうか。『増鏡』は流布本（増補本とも）も十七巻本も基本的には同一作品とみてよいであろう。所収和歌はほぼ同じだが、『草根集』の流布本（定数歌・日次の集の中に若干の部類部分のあるもの）と部類本とは同一の家集とみるか否か難かしい。形態が大きく変れば別の作品とみるという考え方もあろう。

〔三〕　〔二〕の下位分類の場合である。例えば『長秋詠藻』について、松野陽一『藤原俊成の研究』は、第一類本～第四類本に分け、第二類本の下位分類として第一種本・第二種本として立てている。この下位分類の名称も様々のようだが、煩を厭うて一々は記さない。

さて、類という語を用いる場合があるが、これも実にさまざまに使われる。〔一〕の場合、系統と同じに用いられることがあるし、〔二〕〔三〕も同様である。すなわち〔一〕の場合、「何某家集は四類に分けられる」という形。〔二〕の場合、系統という語は使わず、「何某家集は四類に分れ、一類は……、二類は……」という形。〔三〕の場合、「何某家集の○○系統本は四類に分けられる」という形。なお〔二〕の場合、例えば、「この家集は三系統に分けられるが、その一類本は……、二類本は……、三類本は……」と、系統という語を使いながらすぐそれを類という語に置き換えて用いることも多い。

系統という語も、類という語も、同じ種類・同じ仲間ぐらいの、ほぼ同じ意味を持つが、やはり若干のニュアンスの差はあろう。系統という語には、歴史的・系譜的な意味と、序列的・体系的というような意味とがあり、類という語には、似通ったもの、同種のもの、ぐらいの意味で用いられることが多いであろう。

そして、おそらく系統という語がよく用いられるのは、伝本調査の結果、系統表を作る操作（系譜法による本文批判）が典範化されたことに影響されているからではなかろうか。実際、そういう操作を行うと、例えば二、三の伝本を調査した程度でも、親本とか兄弟本とかという関係を察知することが多くて、系統という語を使うことがあるであろう。

一方、系譜法は万全のものではない、すべてを系統化するのは難かしい、と密かに感ずる折、意識的に、あるいは無意識的に通常語化した系統という語を避けて、類という語を使うことがあるであろう。更に、その「系統」と目したラインに（初撰本系統とか類従本系統とかの）適切な名が付けられない場合は、第一系統（本）とか第二系統（本）とかいうのが熟さないから、類、つまり一類（本）とか二類（本）とかの語を用いることになるのであろう（逆に名称の付く場合は、自撰本類や他撰本類というのが熟さないのであって、自撰本系統などというのが普通である）。

以上は、若干の伝本解題（とりわけ歌集の）を見ての感想に過ぎない。研究者の中には確乎たる理念に基いてその用語を選んでいる人もあろうが、大方は、各自の習慣に基いて自然にこれらの語を使っているように思われる。通観すると、繰返すが、大まかにいって、系譜的な伝本相互の関係が知られて、類従本系統とか自筆本系統とかのように名称が付けられる場合は系統という語を用い、そうでない場合は類という語を用いることが多いようである。

縷言したが、格別な意見があるわけではない。ただ〔一〕の場合のみは、系統や類が〔二〕〔三〕のケースに多用されている現状から、誰某には三種類の家集がある、というのが妥当かと思われる。散文と違って家集は、全く別の集でも作品が重複することが多い（例えば山家集と西行法師集のように）。従ってはっきり別の集とはいいにくくなるのだが、やはり別の種類だ、ということは終始把握しておくべきであろう。当面、系統や類という語の用い方や、名称の付け方は、研究者個々の見識に委ねる外はないであろう。ただそれらの語を用いる場合、上記のような大よその筋は意識しておいたらどうであろうか。

## 2　藤原為理集

『為理集』（従三位為理家集）は私家集大成・新編国歌大観に、書陵部本を底本として収められていたが、最近、冷泉家時雨亭文庫から書陵部本の親本（鎌倉後期写）が発見され、同叢書『中世私家集』十に収められることになった。なお既に井上「「七夕七十首」と「従三位為理家集」」（季刊ぐんしょ44、'99・春）、同「私家集の形態について」（むらさき37、'00・12）および河野真奈美「藤原為理の伝記と和歌」（文芸研究160、'05・9）等の論があり、叢書類の解題にも記述があるが、私家集の形態上珍しい家集なので、ここで一応取上げておく。

為理は法性寺為信の男。為経・隆信・信実の子孫で、従三位に至り、正和五年（一三一六）十二月十五日に没した。享年は不明だが四十九歳前後か。二条派系の歌人（伝は『鎌倉時代歌人伝の研究』に簡単に触れた）。

家集は八二八首を収めるが、一～二四五、二四六～七二七、七二八～八二八の三部構成である。この構成について小川剛生『拾遺現藻和歌集』にある為子一回忌歌（七八九・七九〇）の頭注で、為理集にも為子一回忌歌（四九七）があり、為子の死は正和三年か、と推測した（小川氏は調査の結果、為理集第一～三部を正和三～五年と推定していた）。これに示教を得て見ると、第二部にある「花十首」（三五三～三六二）は確かに正和四年三月の催行であり（書陵部本等）、また四年七月二十一日に民部卿を辞した為世を、辞任を境にして前を「民部卿」、その後では「前藤大納言」と表記しており、第二部は正和四年の詠であることが知られる（ただ為藤のことを「左宰相中将」としているが、為藤がそう呼ばれたのは正和二年八月七日までである。が、例えば「花十首寄書」にも為藤は現任さながら「宰相中将」とあって、辞任後も現任時の名で呼ばれていたらしい）。従って『為理集』の第一〜三部はそれぞれ正和三〜五年の各一年の詠集となるのである。

そして各年の中が春・夏・秋・冬・恋・雑と部類されており、その部類の中では、歌会などの催しの月日順に配列が行われているようで、従って同題歌が催し別に分散し（例えば「春月」歌が一四・二六・二八というように）部類という点からは完璧とはいえないが、極めて珍しい形態を取っている。

以上によって、為子の死が三年八月十二日であることが知られる。また四年三月には為藤が源氏物語の巻名和歌を人々に勧める（六八八）など興味深い催しもあった。また七夕七十首が三年七夕の詠であることも知られる（八〇〜一五三）。

その『七夕七十首』は、家集では、七夕雲・七夕雨・七夕露・七夕梶の四題に二首ずつあるが（計七十四首）、群書類従本の『七夕七十首』ではその二首の内一首がない。中近世では、歌会などに提出する場合、一題に二首を詠じ、後に一首を削ることがよくある。また類従本（他にも内閣文庫『片玉集』所収本など）の冒頭には「従三位藤原為理」とあるが、為理は三年十月二十一日に叙しているのであり、『為理家集』は草稿本、類従本は精撰本ということになるのであろうか。まとまった七夕歌として注意される。なお稲田利徳論文によると、同氏蔵『続草庵集』所収の「為定七夕七十首」（「正和三年七月七日詠之皁　御方御会なり」と奥書）も同時に催行されたものであろう（中世文芸38、昭42・7）。東宮尊治親王催行の七十首である。

為理の歌は、

面影はくれても残るさくら花月にそふべき色ぞ待たるる（三四、花間待月）

のように二条派風の穏やかなものが多いと見られるが、それは今後の検討に俟ちたい。何といっても家集は歌壇史の資料として価値が高い。

少々記すと、この頃、東宮（尊治）、一宮（邦良）、九条大納言（房実）、為世・為藤ほかの歌会が頻繁に行われていたことが知られる（持明院統系の人や会は全く出てこない）。また第二部のように、一年間に四百数十首も書き出している熱心さは大変なものである。

第三部の七五一歌によると、春頃から病んでいたが、しかし詠歌を廃せず諸方の会に出詠、七八八・八〇一は十二月十五日竜楼（東宮）の会に出詠しているが、これは為理他界の日である。十五日夜急死したか、あるいは前もって兼題の歌を詠進していたのか。

この家集は、為理が、一つ一つの会における題とその和歌を、春・夏・秋・冬。恋・雑のそれぞれの個所に分けて、また各部位の中は催された会の年時順に配列するなど、編集したものが基本であったと思われる（五年の詠草は最終的には近親者の手によって整理された所があったかもしれないが）。

私家集の形態からみると、この集の構成は極めて珍しい。これに近い形の家集は「私家集大成」による限り、為家IIの『中院集』で、各年詠草の中が部類されている（但し同一歌題の歌は一ヶ所にまとめられている）。この形態は、前述した、部類されている中が編年である『範宗集』の逆である。巨視的に見て、『範宗集』は部類形態、『為理集』は編年形態といえるが、しかし私家集における編年と部類という二つの基本形態を、共に尊重しようという意志の表れであろうか。

**［追記］**

『範宗集』は書陵部に甲・乙両本があり、共に貞永元年七月以後、翌天福元年六月（範宗没）の間に編まれ、甲本は精撰して新勅撰集の資料として定家に送ったと推測される。それまでの歌会・歌合・定数歌等の資料に基いて急ぎ編まれたのでこの形になったか。なお'06・12早大国文学会でこれに関わる小沢美沙子の発表があった。

# 第三章　中世歌集の形態 ㈢〈定数歌〉

## 1　定数歌について



### 〈定数歌の意味〉

定数歌の定義というのはあれどもなきが如し、というのが実情であろう。ふつう百首歌が思い浮び、それが中軸であるのは確かだが、多いのは何首ぐらいまでをいうのか、少ないのはどのくらいまでのを指すのか。これらの問題は簡単には記せないので、一先ず組題百首の祖といわれる『堀河百首』（以下この略称で記す）について述べることとする。因みに、その組題とは何か、というと、一つの定数歌において、総合的・全体的な見地から、組織的・体系的に選定されて配列された題、ということになろう。

ごく小規模だが、「天徳四年三月三十日内裏歌合」では、霞・鶯・柳・桜・款冬・藤・暮春・首夏・卯花・郭公・夏草・恋と十二題で、ちょうど催行の日が春ではあるが、夏との境目なので、春7、夏4とそれぞれ代表的な景物を掲げ、恋を加えた設定となっており、組題意識の萌芽がみられる。そしてこの前後、とりわけ後になるに従って、こういう題の組みたて方をとった十題十番、十二題十二番、十五題十五番の歌合が多くなる。組題のみならず広く題や題詠の考察に当たっては、歌合や屛風歌などに目を配る必要がありそうである。

さて、堀河百首以前の百首は、それぞれの歌人が自由に詠じたものと一応見てよいであろう。しかし『堀河百首』は組題という条件の設定によって、多人数（最終十六人）が同一条件によって詠作するという統一性が生れ、題ごとに十六人の各一首が配列される、という類聚百首の形式が成立し、それ以前の百首の、家集的なものから、撰集的なものへと展開したのであった（褻から晴へ、といってよいのかもしれない）。

もちろん最初のものであるから、歌人によっては暗中模索的困惑のための問題歌もあり、競作的・協同的詠歌も見出され、それが却って興味深く、後世への影響も多大なものがあった。また題には、複合題（二つ以上の物象や概念から成る題）と見られそうなものもあるが、基本的にはすべて素題（一物象・一概念から成る題）である。そして例えば「春雨」題の歌の殆どは、春雨が野辺の緑を増し、花を綻びさせ、静かに降り続く、という風情が詠まれており、春雨の趣旨（本意）がこの頃ほぼ成立していたことを想察させる。もとより堀河百首以後、平安末期に至るまで、題の拡大につれてそれぞれの題の本意も形成されて行くのだが、『堀河百首』がそのモデルを示したものであるのは確かである。

『堀河百首』については、峯村文人「源俊頼」（日本歌人講座2、'60）、橋本不美男・滝沢貞夫『校本　堀河院御時百首和歌とその研究』（'76）、上野理『後拾遺集前後』（'76）、竹下豊『堀河院御時百首の研究』（'04）などを参照されたい。

『堀河百首』の提起した問題点を踏まえつつ、以下、中世に至る定数歌について述べてみたい。

## 〈定義〉

定数歌の定義を記したものは専門辞典以外には殆どない。一般の国語辞書には（『日本国語大辞典』を含めて）「定数」はあるが、「定数歌」はない。つまり定数歌は国文学の術語なのだが、『日本古典文学大辞典』の項目に、近代に設定された語「私家集」はあるが、「定数歌」がないところをみると、和歌研究上のみの狭い術語というべきかもしれない。なお戦後刊行の三つの専門辞典にはいずれも立項されている。

まず『和歌文学大辞典』（'62）には「定数和歌」として項目があり、市村宏氏執筆。

一定の数を定めて和歌を詠むこと、またその作品の称。作歌修練の方法として一時多作が意図され、定数の続詠がなされたのに起因するが、のちには作品発表の様式ともなり、共同製作や競技の手段ともなった。定数和歌は百首が基本的であるが、三十首・五十首・三百首・五百首・千首もあり、その他歌仙にちなむ三十六首や、その一〇倍の三百六十首、伊呂波歌にちなむ四十七首など様々ある。これが様式化されると様式美が追求され（下略、「桐火桶」が引かれている）……

として〔参考〕に『古事類苑 文学部』『国文学全史 平安朝篇』（藤岡作太郎、'05）等が挙げられているが、この両書には百首歌等の記述はあるが、「定数歌」の名称はみえていない。

有吉保編『和歌文学辞典』（'82）には「定数歌」の項目があり、

一定の数を集めて歌を詠む詠歌方式の一つ、またその作品をいう。百首歌が基本であるが、十首・三十首・五十首・三百首・五百首・千首、歌仙にちなんだ三十六首・三百六十首など様々ある。（中略、発生、作品形式、作品例を記し、大規模な多人数百首の成立、それが）撰集資料として重視されたので、歌人たちは秀作を競い合い、歌界は文芸的なたかまりを呈するに至った。

とある。穏当な解説である。

『和歌大辞典』（'86）は「定数歌」の項目で、上野理氏の執筆。

定数和歌・定数歌集とも。一定数の和歌を詠むことやその作品および作品群をいい、さらに一定数にまとめられた歌集をもいう。百首が多く、これが基本だが、十首・三十首・五十首・三百首・五百首・千首もあり、歌仙やいろは歌に因んだ三十六首・四十七首もある。定数歌を一人で詠む場合も、多数の歌人が勧進をうけたり、歌会に出席したりして競作する場合もあり、一部の書としてまとめられたりするが、法楽・追福等のために数人あるいは数十人の歌を合わせて千首としたり、各歌人より代表作一首を撰び、百人一首・千人一首の形式をとって百首や千首とした定数歌集もある。（下略。主題、部立、組題のこと、題のない作品のこと、詠作の目的などを詳しく記し、作品名も具体的に挙げられている）

〔参考文献〕として『大日本歌書綜覧』を掲げる。広い目配りの利いた解説である。

結局、私が今まで探索した範囲では、「定数歌集」などの語を用いた最初は、『和歌大辞典』の参考文献が掲げる福井久蔵『大日本歌書綜覧』（'26、以下『歌書綜覧』と略す）ではあるまいか。つまり福井の造語ということになろう。但し福井はそれを定義していないので、上記諸辞典の解説により定義を加えれば、定数歌とは「一定の数を決めて和歌を詠むこと、またその作品」ぐらいの意味になろうか。付録的にいえば、「一定の数」というのは、その目的が習作にしろ自己主張にしろ、当然ある程度まとまった数を必要とするわけだが、その数については後に考えたい。

## 〈分類〉

さて、福井は『歌書綜覧』の「凡例」で次のようにいう。

定数歌集はこれを百首、千首、五十首、三十六首等に分ち、百首は一人詠百首と数人百首と百人一首撰とに小分せり。中に就き百人一首撰は家集（ママ）の部に、一人詠百首は家集と見做さるべき性質もあれど、索引の便宜上ここに収め、時として他の部にその目のみを掲げたるあり。

『歌書綜覧』は定数歌集を次のように分類している。

甲　百首類　　い　一人百首　ろ　数人百首　は　選百首（小倉百首、同注釈、各種の選百首）　附　狂歌百首
乙　千首類
丙　五十首類
丁　三十六歌仙類

右の内、「数人百首」というのは、『堀河百首』『永久百首』のように、複数歌人の各百首を合わせたものをいう。但しこの類の中に、

頓証寺法楽百首　永享九年住吉社奉納百首　石清水社百首続歌

以下略するが同類の百首が多く掲出されている（その中には『歌書綜覧』の「奉納歌集の部」にも重複掲載されているものがある）。さらにこの「数人百首」には、「御着到百首」「永正着到百首」「後柏原院御月次結題」……などが挙げられているが、これは複数（数人から十数人）歌人による百首である。法楽歌・続歌《つぎうた》を含めている（続歌とは題を人々に分け与えて詠進させ、一書としたもの）。なお『頓証寺法楽百首』の冒頭を挙げれば、「春二十首　立春　宋雅

けふよりの春をは空に吹たてゝ浪そをさまる松のうら風」、次は「山霞　道歓　さほ姫の袖のかさしの山さくらかすみをかけし雲そあけゆく」、三首目は「海霞　性光　（歌略）」という形で、『堀河百首』などとは全く質を異にする。なお室町後期の宮中月次（公宴）は、正月御会始は祝意を込めた一題、二月以後は一月交替で、三首懐紙と、短冊による百首続歌とあり、後者はすべて複数の歌人が詠じたものである。従ってこの百首続歌は厖大な数が残る（『公宴続歌』参照）。月次以外の法楽歌も百首続歌のものが多く、大体二、三十人が作者となっている。これらは歌会の一形式で、『歌書綜覧』の分類によれば「歌会集」に入るべきものである。

以上をまとめれば、「数人百首」は、

個人百首の集成（一人一人が百首を詠んでいるが、イ　堀河百首のように、一題ごとに各人の詠が並記されたもの、ロ　久安百首のように、一人一人の百首をそのまま集成したもの、とある）

続歌百首（百首を複数歌人が詠むもので、殆どが続歌形式であるが、或いは無題で、複数歌人による百首があるかもしれない。その場合は名称を変更する要がある）

という分類になろう。

また『歌書綜覧』は「白河殿七百首」「亀山殿七百首」をもここに含めているが、これも便宜的な措置で、「七百首」という項を立てるのが妥当である。探題に依り続歌形式で成ったものだから、本来は「歌会集」に入れるべきものである。

選百首というのは「小倉百人一首」が始祖で、後世それに倣った、異種百人一首とか変り百人一首とかいわれるものが殆どで、これは私撰集乃至は秀歌撰的性格を持つもので、これも個人百首とは質的に異なるものだが、形の上では定数歌集ではある。

千首についても百首と同様なことがいえる。

為家千首・師兼千首・宗良親王千首・耕雲千首……は個人千首である。これらはある契機で一時に詠まれたものだが、大量に残された一人の作品から、別人が秀歌を選び出したのが『正徹千首』である。

千首にも、百首と同様に、数人千首というべきものがあり、さらにそれは、個人千首の集成と続歌千首とに分けられる。が、さすがに、量の関係から前者に属するものは少なく、「三千首和歌」（後述）、板本「千首部類」がそれであろうか。しかも後者は宗良・耕雲・為尹・宋雅の各個人千首と続歌千首である文明千首とを、一題の下に並記したものである。なお続歌千首は室町期以後に多い。『文明千首』は作者十人、『将軍家千首』は五十人による各二十首。『天文千首』『慶長千首』も多人数による千首。「小倉百人一首」式の選千首は乏しいが、塚本邦雄の『清唱千首』がこれに当たろうか。

千首以上の歌数を持つ定数歌はあるのだろうか。

『徳川黎明会叢書』所収の「三千首和歌」は、実は南朝の天授千首の内、長慶天皇・春宮（熙成親王）・関白（二条教頼）三名の千首に宗良親王が評点を施したものの零本である。個人千首の集成である。

次に、彰考館「一万首作者」は四百四十六題を約二百三十人の歌人が詠じたといわれるものだが、歌は残らない。南北朝中期のもののようだが（拙著『中世歌壇史の研究　南北朝期』参照）、一万首を詠じたか否か詳しいことは一切不明である。量的には定数歌はほぼ千首を限度とすると考えてよいかもしれない。

五十首和歌について、『歌書綜覧』は分類せずに古い順に掲出しているが、初めの「顕仲五十首和歌」（藤原顕仲作とする）はおそらく後のものであろう（山田洋嗣「神祇伯顕仲伝の考察」立教大学日本文学36、’76・7参照）。次の「守覚法親王五十首」（御室五十首。現存五十首の初）は個人五十首の集成、後に出てくる大永二年恋五十首は続歌五十首。ここも選五十首としての五十人一首を含め、色々な性格のものを混えている。
三十六人歌仙類は殆どが秀歌撰である。

『歌書綜覧』は、上に述べたように、かなり質の異なるものを、歌数という形式によって一括している。これは確かに一つの見識で、作品（堀河百首とか頓証寺法楽百首とか）の内容・成立状況等々を一々考証して性格を決め、分類することはきわめて困難なので、それを承知しての処置であろう。

しかし定数歌を考察する目的は何か、という点から、定数歌そのものの和歌史的意義や、その中における歌人の役割・歌風の究明などが目的ならば、やはり個人の定数歌、個人定数歌の集成が主たる対象となるので、続歌形式のものや選百首の類は、歌会歌や秀歌撰に含めるのが妥当ではあるまいか。仮に表示すれば、

- 定数歌
  - 狭義の定数歌
    - 個人定数歌
    - 個人定数歌の集成
  - 広義の定数歌
    - 狭義の定数歌
    - 続歌等による定数歌
    - 選　定数歌

となろうか。

## 〈歌数〉

『歌書綜覧』は定数歌を千首から三十六首までに限定し、『和歌文学辞典』『和歌大辞典』は十首から千首まで

を含めている。多い方は千首としても、少ない方の下限（？）は何首が適当なのであろうか。十首を下限とする根拠は分らないが、十という数がまとまった数の最低だからであろうか。なお次のような事象がある。

勅撰集を通観してみると、『金葉集』の所で、まず「百首歌中に」というような詞書がみえるが、これは『堀河百首』以後始めての勅撰集だから当然であろう。さらに「十首歌」を詠むという詞書も多い（二度本47 106 430 510、三奏本60など。『新編国歌大観』の番号に依る）。

『千載集』では、『堀河百首』『久安百首』を示す詞書は勿論多い。そして7 55 76 280 703 709 852 853 953 990〜994が十首歌で、主催者を示さないものもあるが、忠通家・俊忠家・俊成家など明記するものも多い。なお十五首歌（87 166 1077 1083）や、月三十首（275）もある。

次に私家集であるが、『能因法師集』に有名な「奥州想像十首」があり、俊忠集に「十首の恋歌」など散見するが、『散木奇歌集』、さらに下って『林葉集』に至ると十首歌会が諸方で行われたらしいことが知られる。早く安井久善「俊成卿家十首会をめぐって」（語文　日大25、'66・12）、近時、松野陽一「平安末期の百首歌について」（教養部紀要　東北大25、'77・2、『鳥帚』所収）、「公通家十首会歌集成稿」（『中世和歌　資料と論考』'92）によって、この辺の十首について詳しい検討が為されている。安井氏は俊成十首会の十題（立春・花・更衣・郭公・月・九月尽・雪・歳暮・恋・祝）を「百首題詠の基本形」として、すなわち小型百首としてとらえるようである。松野氏は、この時代の複数歌人による百首は十首単位の披講が一般で、「十首会・十五首会といった定数歌会に極めて親近した在り方で百首歌は意識されていた」とし、公通家の十題（夕霞・落花・待時鳥・夏草・野風・水月・残菊・旅雪・夜恋・竹為友）は俊成十首題の正則性に比べて「少々ひねりをきかせた風雅性」があり、当時の小規模定数歌会の大半は晴儀的性格を持たないから、「本十首会の組題は当代の典型的な例」としている。松野氏は組題による十首歌会を小定数歌会と見ている。

十首歌会はふつう十題の組題で行われるが（これは従来の歌合の影響があったか）、百首歌の小型版という意識があったのであろう。すなわち或る程度まとまった数で詠歌する最少の所に十首会があったのではなかろうか（上記のように十二世紀に入って歌集の詞書に十首歌が頻りに書かれるようになったのはこういう事実や意識と関係があったからかもしれない）。かくして定数歌の量的下限は十首歌とみてよいであろう。

さて、さまざまな歌数の定数歌がそれぞれ何時頃から詠まれるようになったか。これは和歌史考察の場合に必要でもあるから、今後緻密な調査が為されるべきだが、とりあえず気のついた点をメモしておく。

十五首歌は崇徳院内裏で天承元年九月・長承元年十二月に行われているが（時信記）、前者は霞・鶯・桜以下、『堀河百首』の凝縮版のようであり、後者はやや特殊な題で、合せて『堀河百首』『永久百首』を意識しているのかもしれない（松野「組題構成意識の確立と継承」文学・語学70、'74・1、『鳥帚』所収）。こののち十五首歌も相当に詠まれている。二十首は『拾遺愚草』『同員外』にあり（建久二年文字鎖歌廿首ほか）、『土御門院御集』にもみえる。久安頃の『後葉集』『清輔集』にみえる「廿五名所和歌」は二十五首歌か。三十首は『拾玉集』『玉吟集』『拾遺愚草』『後鳥羽院御集』などにある。和歌を冠に置いた三十一字和歌が『拾遺愚草員外』に、三十五首は永暦元年忠通家月三十五首（重家・清輔・俊恵らの家集）、いろは歌四十七首は『拾玉集』『拾遺愚草員外』にある。いろはを沓冠に置いた四十七首に別和歌一首を加えた西念の「極楽願往生和歌」は康治元年に成る。

『信実朝臣集』に「七十首歌よみ侍りしに」とあり、下って七夕七十首が『為理家集』にある。百五十首は宗尊親王の中書王御詠に、二百首は『順徳院御集』に（建保四年頃）、三百首は宗尊親王の『竹風和歌抄』ほかにあり、三百六十首歌は好忠のは別として、『時朝集』『柳葉和歌集』に所収、五百首は『後鳥羽院御集』『竹風和歌抄』にある。このほか、屏風歌十二首（拾遺愚草）も定数歌に入るのだろうか。三十三首（為家集・実材母集）なるものもあり、六十首は『明月記』建永元年十月十三日に、後鳥羽院が定家に与えた記事がある。

## 〈百首歌の詠み方〉

定数歌には無題のものもあるが、多くは題がある。題詠歌を読解するに当たっては、その歌が、題の本意に基づいて構想が立てられて（風情が構えられて）いるか、落題・傍題ではないか、歌語を基本として表現されているか、など留意して行くほかはないのだろうが、紙幅もないし、それを説く適任者でもない。研究が活発化している最近の、次のような題詠に関する論考（既掲のものを除く）を参考にされたい。


○『論集〈題〉の和歌空間』和歌文学会編（'92。片桐洋一・菊地仁・佐藤明浩・深津睦夫氏らの論、参考文献・基本用語辞典が本稿と関わって参考になる）
○『新古今とその前後』藤平春男（'83）
○「題―結題とその詠法をめぐって―」田村柳壹（『論集和歌とレトリック』'83）
○「初期百首と私家集」久保木寿子（『王朝私家集の成立と展開』'92）
○「為忠家両度百首に関する考察」佐藤明浩（語文阪大57、'91・10）
○「丹後守為忠朝臣家百首と和漢朗詠集」柳沢良一（金沢女子短大紀要22、'80・12）
○「為忠家両度百首に関する一考察―結題の詠法をめぐって―」家永香織（『論集中世の文学　韻文篇』'94）
○「定家『院句題五十首』の結題詠法について」中田大成（『王朝文学　資料と論考』'92）

因みに、百首歌や歌題集成書については、小泉和「延文百首の歌題構成」（フェリス女学院大学紀要23、'88）、蒲原義明「嘉元仙洞御百首について」（古典論叢11、'82）ほか一連の論考、深津睦夫「応制百首和歌に関する一考察」（名大国語国文学53、'83）、『明題部類抄』（宗政五十緒ほか編、'90）、『類題鈔（明題抄）影印と翻刻』（類題鈔研究会編、'94）等の研究がある。

いま一つ重要なのは、往昔の人々が定数歌、とりわけ百首歌の詠み方についてどう考えていたかということである。崇徳院が顕輔に対して「百首よむやうは習ひたるか」と問い、「習ひたる事候はず、顕季も教へず候」と答えたが、院は「まことにや、百首には同じ五字の句をばよまざるなるは」と問うたので、顕輔が否定すると、院はそれは公行が申したのだ、というので『堀河百首』を見て「秋風」が並んでいる（公行の祖父公実の）歌を公行に見せて閉口させた、という『十訓抄』『古今著聞集』の話は、盛行に向かおうとしている時期の、基本的な戸惑いであろう。「正治二年俊成卿和字奏状」や『明月記』など記録類にも、百首をめぐる記述があるが、内容に踏み込んで述べているのは為家の「八雲口伝」（詠歌一体）であろう。

百首を詠まむには地歌とて所々にさる体なるものの言ひ知りたるさまなるを詠みて、其の中に秀逸出で来ぬべき題をよくよく案ずべし、さのみ心をくだくも其の詮あるべからず、よき歌の出で来る事も自然の事なれば、百首などに数々に沈思する事はせぬ也、三十首、廿首などは歌毎によく詠みて地歌混るべからず、作者の身にとりてはよくよく沈思すべし。

これが後世に大きな影響を与えている。「三五記　鷺本」は殆ど同文を引いている。「桐火桶」は若干異なって、やや具体的である。

百首には先づ地歌を珍しげなくさつさつと読みわたして、その所々に秀逸めきたる歌をよみ交ふるなり、百首に七八首乃至十首にはすぐべからずして錦を色々におりまぜよと亡父の卿も宣ひしなり、俊頼・基俊などは百首の歌うけたまはりては四五日に詠吟して案ぜられけるにや、四五首だによまれたりければ、打ち置きて当日になりて地歌をさらさらと口に任せてよまれしとや（亡父・西上人・慈円みな同様であった由を記す）

事実として百首全部を秀歌で埋めることは不可能であろう。地歌を混えて詠むのは当然で、読解に当たってもそれは考慮してよいであろう。廿、三十首歌には地歌を混えないというのも尤もであろう。

付言すると、だいたい定数歌は、（稽古などを含めて）ある目的によって、時間（〆切）を決めて詠むことが多い。中には、過去の自詠を選んで百首などをまとめることもあるが、殆どは一定の期間内に詠むものと考えられていた。

以上、基本的な整理にのみ終始してしまった。成立契機・構成や内容の考察は行いえなかった。習作、自己の文芸的主張、感懐表出、追善、法楽など、さまざまな詠作目的において、とりわけ百首歌は手頃な規模のものであったからか、中世には夥しく成立し（千ケ度は優に超えて残るであろう）、和歌の中でも大きな分野といえよう。

このように縷々述べて来たことでも知られるように、現在好むと好まざるとに関わらず「定数歌」という語は、和歌研究者の間では市民権を得ているとみてよいであろう。今後、個々の定数歌の研究が主になることが多いであろうが、同時に和歌史全体を視野に入れた上での考察も必要であろう。

## 2　中世における千首和歌の展開

### ⑴　序説

まず「中世における」と題を限定したことについて述べておきたい。

実は平安末期に、既に千首についての記事がみえる。すなわち『長秋記』長承三年九月廿九日の記事に、「今日於広田社頭、為神講千首和歌」とある。『長秋記』の記主源師時は『堀河百首』の作者、『金葉集』以下の歌人であり、家郷隆文氏は「為家卿千首に就いての吟味」(国語国文研究26、昭38・9)において、千首は為家千首において突如出現したのではなく、右のように、師時がそれを行うのに充分な才があった、という旨を述べている。ただ、和歌史の流れからすると、この千首歌の催行は突出して早い。この頃行われた定数歌は百首で、それも初・中期の百首を除けば、『堀河百首』、『永久百首』、そして内々のものとしての『為忠家百首』(初度)が成ったかどうか、という時期である。もちろんこれら現存のものばかりでなく、幾つかの百首は成立していたであろうが、むしろ十首、十五首といった歌会が盛行していた。千首という大規模な定数歌が生まれる歌壇的地盤は薄かったと考えざるを得ない。或は長秋記活字本の誤植かとも考えて、最も古い写本と思われる尚蔵館本[1]によると、やはり「千首」とあって、今の所、千首和歌の存在を長承期に遡らせて認める外はない。法楽などの場合に限って行われたのであろうか(なお加畠吉春「源師時伝素描」平安朝文学研究'95・12がこの千首に触れている)。

次に、平安最末期の歌壇に活躍し、正治二年以前に没したとされる殷富門院大輔は「千首大輔」と称せられたが（和歌色葉）、これは家郷論文が推測するように、数多く歌を詠む人、の意で、千首の先蹤とは為し難いであろう。

『長秋記』記載の例外はあるにしろ、以下述べるように千首和歌は主として中世に発展したものとみてよいであろう。

千首和歌についてもう一つ述べておきたいことがある。

千首歌は、百首歌・五十首歌などと共にいわゆる定数歌の一つとされている。そして百首歌は、特に平安末期以降、和歌というジャンルの中で、私家集や歌合と並んで大きな分野を占めるようになった。千首歌はそれほど多くはないにしても、相当に広く行われたことは確かである。最近、定数歌について、定義や分類などでの小文を草したことがある（別項）。詳しくはそれを参照願うこととして、当面、前提として記しておきたいのは次のことである。

ふつう千首歌は、春・夏・秋・冬・恋・雑の部立があり、少数無題のものを除いて、題が一定の順序で置かれている（題による分類は後に述べる）。そしてその形態・構成はほぼ同じように見えるが、内容は大きく次のように二分される（かっこ内に主な千首を例示したが、個人の場合は千首を略した）。

一　個人千首

1　個人千首（為家・宗良・長親・師兼・為尹・宋雅・統秋・牡丹花・守武・遠忠）

2　個人千首の集成　イ　複数歌人の個人千首を歌人毎に集成したもの（群書類従の和歌部の一部。群書類従巻百六十～百六十三、続群書類従巻三百七十六～三百七十九）　ロ　複数歌人の個人千首の歌を、歌題毎に並記した

もの（類聚千首ともいうべきもの。三千首和歌・宋雅牡丹花千首・千首部類）

付1　個人百首を十ヶ度重ねたもの（近衛前久＝龍山）

付2　個人の選千首（正徹）

二　複数歌人の歌を集めて千首歌としたもの（続歌千首）

千首を、複数歌人（二人以上、数十人に及ぶ場合もある）に歌題を（力量・身分その他に応じて）分ち与えて和歌を詠ぜしめ、一まとめ（一書）としたもの。多くは探題により続歌形式でまとめたもの（文明十三年九月百日著到千首・同十四年将軍家千首・同十六年義尚主催千首・慶長千首(2)）

付1　百首を十ヶ度重ねたもの（百首は大体続歌による。十百首ともいう。天文十一年千首和歌大神宮法楽）

付2　撰千首（後水尾院撰千首）

性質からいえば、一の個人千首は個人の歌集であり、私家集的であり、2の複数の個人千首を類聚した『類聚千首』は類題集的性格を持ち、二の続歌千首は歌会歌の一形態とみられよう。大づかみにいえば、個人千首と続歌千首とは質的に異るものであるが、千首和歌の研究が進んでいない現況から、以下、千首和歌形態のものをすべて合せて時代順に展望してみようと思う。なお撰千首は私撰集乃至は秀歌撰と同性質である（まだ上記以外の分類もあると思う）。

## (2)　鎌倉時代の千首歌

新古今時代に千首歌が詠まれた形跡はなさそうだ。ただ上述の「千首大輔」は多作家という意味であるにしろ、「千首」という語は使われていたのである。

『為家卿千首』は現存最古の千首である。
貞応二年（一二二三）八月に成立した『為家卿千首』は、慈鎮の教訓によって詠じ、定家・慈円の合点を得、家業継承者として立つべき決意を示したものとして著名で、縷説は要さないであろう（佐藤恒雄「藤原為家の初期の作品をめぐって」言語と文芸、'69・6参照）。

この千首に部立はあるが、題はない。ただ書陵部本に冬まで題が付されているのは後人の書入れと考えられており、しかし全体として堀河百首題に依拠して詠まれたらしい（家郷氏前掲論文）。そしてこの千首に至るまでに、文治六年俊成の『五社百首』、家隆や順徳院の二百首等々の積み重ねのあったことも推測されている（同）。後鳥羽院の『遠島五百首』（後鳥羽院集所収）は成立不明で、樋口芳麻呂氏は嘉禎頃とするが、これも無題である。隠岐で詠まれたとしたら、為家の千首を聞いて（或は見て）ということはなかったのだろうか。

次に、『隆祐集』中の百番歌合に、

九番　河上霞

左　　　千首中遠所三十六人撰歌々中

朝日山うつろふかけも霞つゝとをさかりゆく宇治の川波

とある（右歌には出典名がなく、これも左歌と同じかとも思えるが、一応断定は避けておく）。細かい記述は省くが（久保田淳『中世和歌史の研究』七六二頁参照）、後鳥羽院を中心として撰ばれたということの『三十六人撰』は天福元年頃の成立と見られるが、その前に千首を詠んでいたのだろう。隆祐四十代後半か。なお『隆祐集』二六一に「光俊朝臣よませ侍し千首歌に、芭蕉を　ふるさとの庭のはせをのひとつはをあまたになして秋風そ吹く」とあり、この家集の成立は仁治元、二年とされるから（私家集大成4解題、久保田淳執筆）、それ以前（為家以後であろうが）の催行である（個人か続歌か）。上記の千首との関係は未詳。なお「芭蕉」は為家が百首歌で詠じている（夫木抄・一三六五一）。また同集二六三によると、日吉社奉納千二百首（その内に十禅師宮百首があった。おそらく百首十二ヶ度構成）をも詠じている。

次に「前長門守時朝入京田舎打聞」の「楡関集に入歌十六首 幡州西円撰」の中に、

京極中納言家へ千首歌を進しける、春歌の中に
ちりのこるこすゑの花をなかむれは春のひかすもすくなかりけり（二四）

また「新玉集に入歌五十三首 幡州西円撰号宇都宮打聞」として、

京極中納言家へ千首をよみ進しける中に
ふる雪にうつもれゆけはしはのとをたゝく嵐のをとつれもなし（一一〇）

とある（後者は新和歌集三一二にも）。時朝は元久元年（一二〇四）生れ、文永二年（一二六五）没。その家集は晩年の自撰か、と考えられているが（私家集大成4解題。『中世私家集』七の解題は弘長頃とする）、嘉禎三年（一二三七）四月に没した家隆に百首を見て貰っているから（三一以下）、その頃には詠歌しており、翌年正月には将軍頼経に従って入京（新和歌集四二三。家集にもあるが「嘉禎三年」となっている）しているわけだから、定家に千首を見せたのも、その前後であろうか。嘉禎四年（暦仁元年）は三十四歳。貞応二年の為家千首よりは後であろう。

『為兼卿和歌抄』に「京極入道中納言定家、千首をよみて送る人の返事に書けるごとく、歌は必ず千首・万首をよむにもよらず、その道を心得てよむ人は、十首・廿首より見ゆべし、さればこれほどの心ざしならば、歌のやうを問ひ聞きてぞ読むべきといへる、肝要なるべし」とある。定家に千首を見せたのは時朝ばかりではなかろうが、時朝に示した言の可能性もある。千首を詠むのは熱心だからだ、という口吻は『為兼卿和歌抄』の文から

も感ぜられる。これら当然個人千首であろう。また時朝のは題が記されていない所をみると、為家卿千首同様に無題であったか。

次に年月の明らかなのは『顕朝卿千首』である。

『明題部類抄』に、

千首建長七年出題　権大納言顕朝卿入道光俊朝臣　野宮亭会

千首全体は残らず、橋本不美男・福田秀一・久保田淳編『建長八年百首歌合と研究』下（未刊国文資料、昭46）に、久保田氏によって主として『夫木抄』から作品が集成、解説されている。歌題はすべて『明題部類抄』に掲出、冒頭は、

立春三首　山早春　海早春　都早春　早春風　早春雨　早春水　早春鶯　霞始聳

であり、末尾部分は、

鶴三首　餞　別　旅　眺望八首　樵夫二首　狩猟二首　漁　夢　懐旧十首　述懐十首　祝十首

の如くであり、一字題や素題と結び題・複合題との混成で、恋下は寄恋の形をとり、題者の好尚を反映してか歌材として珍しい景物が選ばれている（解説参照）。すなわち一題一首ではなく、主要な題は複数歌を詠む。組題による千首歌の年時分明な最古のものはこの『顕朝卿千首』である。そして現在行家・光俊・信実ら十二名の作者が知られるが、個人千首ではなく、続歌千首である。

次に年時の明らかな千首は、弘長三年（一二六三）二月八日鎌倉の相模守政村常盤亭で行われた一日千首探題で、『吾妻鏡』に詳しい記事がある。作者は十七名で、歌人によって歌数に差があり、真観百八首、掃部助範元百首、亭主政村八十首、真観息俊嗣五十首等。懸物があった。辰剋より「秉燭以前終篇」、披講範元、九日に合点のた

めに千首を真観に送り、十日には合点され、披講があった。その興味深い様子が詳しく記されているが、題は全く分らない。

『明題部類抄』の、上述の『顕朝卿千首』の次に載せられている千首がある。

千首 前大納言為家卿　中院亭会 題亭生

この千首の作品は、撰集や家集類を見ても、何か該当するものがあるのかもしれないが、よく分らない。従って年月も未詳である（ただ配列から建長七年以後か）。題は複合題が殆どである。前後各五題を掲げる。

立春朝　立春天　立春日　立春風　立春霞……寄椿祝　寄榊祝　寄杉祝　寄鶴祝　寄亀祝

一首一題であるから、歌題がきわめて細かくなっている。そして「中院亭会　出題亭主」とある点から、おそらくは複数歌人の探題による千首であったのであろう。「中院亭千首」と仮称しておくが、この組題は為家の出題ということからも後世に大きな影響を与えた。なお後に述べるが、雑部の無常の所と釈教歌内部とに題の異るものも出来た。

なお『他阿上人集』に、

去徳治三年夏ノ比、有人為家卿出題ノ千首ノ侍ルヲ奉リテ、歌ヨマセ給ヘト申セシ時、幾程ナキ日数ノ内ニヨミ給ヒシヲ、為相卿ノ見給ヒテ合点アリシ歌　春四十六首　立春朝

＼朝霞ケサタツ春ハ昨日マテ待コシ年ノ始ナリケリ（一二四八）

とあり、この為家出題千首歌が徳治三年（一三〇八）に詠まれたことが明らかである。因みに、他阿の歌は合点が百九十九首が掲出されている。これは個人千首である。

文永二年（一二六五）七月に行われた『白河殿七百首』（現存七百首の最古）は、春百三十、恋の百五十題を為家が、

夏七十、冬七十題を行家が、秋百三十、雑百五十題を真観が出した。『中院亭千首』の題と一致するのは、為家のが二百十五題（出題二百八十題との一致率77％）、行家のが四十三題（一致率31％）、真観のが七十四題（同26％）で、為家の一致率が高いのは、当然といえるのではあるまいか。但し文永二年白河殿七百首と中院亭千首との前後は実は分らないので、為家が『中院亭千首』をもとに七百首中の春・恋題を選んだか、七百首の出題を踏えて春・恋の千首題が選ばれたか明らかではない。文永二年為家は六十八歳で、『中院亭千首』はそれ以前の催行かと臆測されなくもないが断言はできず、今後の課題としたい。因みに、『顕朝卿千首』の真観の出した題は「立春三首」といったものが多く、七百首の真観出題分と比べにくいので、比較は行わなかった。

この七百首の方も殆どが複合題で、中院亭千首同様細かいものである。恋題はすべて寄題で、百五十題中百二十八題が『中院亭千首』と一致している（一致率85％）。

＊寄天恋　＊寄日恋　＊寄月恋　＊寄星恋　＊寄雨恋　＊寄風恋　＊寄雲恋　＊寄霞恋　＊寄霧恋　＊寄露恋　＊寄霜恋　＊寄雪恋
＊寄靄恋　寄時雨恋

右は『白河殿七百首』の恋題の初めの方だが、＊のあるのは『中院亭千首』と一致するもので、天象現象の中では、時雨のみ一致せず、千首の方にある「寄電恋」が七百首にはない。とにかく一致率は高い。

これら千首乃至は七百首の複合題の成立過程は今後考究の課題である。七百首や千首の題をすべて素題で出すことは不可能であろうから複合題となるのも自然であろう。

因みに、元亨三年（一三二三）七月『亀山殿七百首』は、題者が後宇多院か為世らしく、五百三十余題が『中院亭千首』と一致し、恋部後半の寄物題は完全に『中院亭千首』の恋題に含まれるもので、二条派指導の七百首であるからその影響下に題が組まれたのであろう。

弘安三年七月九条基家が没した。『続古今』に「千首歌の中に　八雲たつ道は深きをあさか山浅くも人の思ひいるかな」（一七七五）、『和漢兼作集』に「千首歌　くもりてもかくてみるべき月なれば身のほどをしるわが涙かな」（八〇五。八二三にも）と基家の歌があって、在世中千首を詠じたようだ。

この弘安三年には東宮煕仁親王のもとで千首が行われている。「春能深山路」によると、弘安三年五月二十七日東宮（煕仁親王）祇候の人々が管絃・風月（漢詩文）・和歌の三番に分けられ、三番の歌の人々は毎日探題で百首、五日間行う（おそらくこれを二度行って千首にする予定であったらしい）、ということが定められ、この日早速、東宮・長相・具顕・定成・顕世・雅有が詠じ、雅有は十五首詠じた。二十八日同人数で雅有は十二首、二十九日は二十二首、三十日は二十三首、六月一日は雅有十七首を詠じ、五百首で結願、あとの五百首は次の番の時ということで、十一日開始、雅有二十一首、十二日十首、十三日二十一首、十四日同、十五日は人数多く十一首ですみ、この日結願、千首に満ちた。「予が歌の数取り集めて百七十一首なり」（上記合せると百七十三首）。

廿二日日暮し千首の次第を重ねらる、清書きせらるべき故なり、（作者名は前記の人の外、経資・資顕・為方・顕家・大蔵卿の局）端作りのやう藤大納言（為氏）に尋ぬべき由仰せある間、状を遣す所に、「続百首和歌五月」書くべき由申してすなはち参らる……

とあり、二十三日千首を百首ずつ分けて清書、七月一日「先の千首、疑はしき事もあれば、皆誓状すべき由沙汰ありて、右少弁為方筆を取りて、誓状の言葉を加へて人々判を加ふ、人数十二人なり」とある（上述の人名では十一名だが、五日の条によると範藤も作者）。

さて、右の記述によると、これは東宮が側近（おそらく五〜十二名）と行ったもので、一日百首を探題で詠み、十日で千首とする。百首単位で詠むのだが、最終的には歌題の順序を揃え、千首としてまとめられたのであろう。上記の『吾妻鏡』のように一日で千首を詠む時もあったが、「春能深山路」のようなやり方もあった。中には代作や旧作を混えることもあったのだろうか。未発表の旧作ならともかく、代作は不可だったのかもしれない。誓状をとる所など興味深いが、習作的なものとはいいながら出来栄えについての批評もあった。更に君臣の絆を強めることも期待され、さまざまな性格を持っていた。題の分らないのが残念だが、ただ一つ、『新続古今』に「同三《弘安》年春宮の御方にて人々千首うたつかうまつりける時、依花厭風といふ事を　たづねこし……」と雅有の歌があり（一二五九）、この折のものであろうか（飛鳥井家に伝存していたものか）。なお小林強「鎌倉中期主要散佚歌合・歌会等小考㈢」（中世文芸論稿15、'92・3）に、『春宮探題千首』についての記述がある。

弘安の末か正応の初め頃、為世主催の千首歌が行われた。藤原政範集（古典文庫『中世歌書集』、『新編国歌大観』七所収。実材母の子供かその縁者の家集）に、

右兵衛督為世卿一条京極にて千首の続哥せられ侍けるとき三十首の題をきてをくられ侍りしに雪中鶯
春もなをゆきふるすをはいてやらてたにかかせさむしうくひすのこゑ（三三四）

以下、春河・初花・夕花……尺迦（三六三）に至る。「右兵衛督為世卿」とあるが、為世の右兵衛督時代は、文永六〜十年と、建治三〜正応三年と二度あり、前者は四位時代、後者も弘安六年三月二十八日に参議に任ぜられるまでが「為世卿」ではないので、多分弘安六年三月末から正応三年六月八日辞職するまでの間ではないか。

この家集の三十題が『中院亭千首』の題と大略一致するのだが、最後の「尺迦」が問題になる。『明題部類抄』掲出の題で、「釈教二十首」の中にはこの題がない。所が、この二十題の内後半分の十題が、地獄・餓鬼……菩薩・仏でなくて、大日・阿弥陀・釈迦……二乗とあるものがある（耕雲千首・為尹千首ほか）。すなわち前者を甲系

列、後者を乙系列とすると、これは乙系列で、既にこの頃、『中院亭千首』は釈教題に二通りが存したらしいのである。その理由は不明である。なお『新千載』一七〇二に、為世家探題千首で定為が「山家花」を詠じているが、この題は『中院亭千首』にあり、この時のものかもしれない。

源恵千首。源恵は将軍頼経の子。第九十七代天台座主、法印大僧正。鎌倉の勝長寿院（大御堂）に住し、大御堂僧正と称せられた。『続拾遺』以下の作者。『明題部類抄』に、

千首　大僧正源恵

とあって、題はすべて掲出されている。初めの方を掲げる。

春上百首

立春十首　早春五首　子日三首　霞十五首　鶯十首　若菜五首　残雪三首　余寒三首　梅十五首　柳五首　若草二首

『明題部類抄』に年次はないが、（昭38）文庫会に出品されていた「飛鳥千首」（手許のメモによる）の奥に、

正応四年二月廿七日於大僧正源恵号大御堂坊詠之云々

元亨三年八月廿六日於藤大納言為世卿又詠之

とあり（この記載は、この組題による千首和歌の催行の先例を記したものと思われる）、正応四年二月の催行となる。『拾遺風体抄』に、

大僧正源恵千首歌読みけるに若草を　為相

消初る雪まにみゆる春の色の浅沢をのの草の下もえ（一五）

とあり、為相は作者の一人で、或は題者であったかもしれない。

『沙弥蓮愉集』に「大御堂僧正源恵千首続歌よみし時」（九）とあるのも同じ時のものであろう。「千首の題さく

り侍し時」（六二・一二〇・一三二・三七三）などとあるのも、この時の千首の可能性がある（一三二「更衣」は源恵千首題に見える）が、これらはただ「千首のうた」（一七八）とあるのと共に、別の折の千首か、或は次の千首の可能性もあろう。

『沙弥蓮愉集』に、

中納言為世卿将軍平貞時朝臣旁和謌師範定侍し時、千首続歌よみ侍しに、浦といふ題をとりて

続千／　この春そあつまに名をはのこしける四代のあとふむ和歌浦風（五六一）

とある。為世の（権）中納言時代は正応三年六月から五年十一月の間だが、四年八月為相と係争中であった細川庄地頭職が勝訴となり、この前後に鎌倉に来て、将軍久明親王・執権貞時の和歌師範になったと考えられる。その折であろうか。題は「浦」しか分らない。もし「名所浦」であったら中院亭千首のそれかもしれないが、この歌は『続千載集』に入集し（一九三六）、そこにも「浦」としかないから、どの千首題か分りにくい。

次の永仁期にはまた千首の催行がみえる。春日若宮神主の中臣祐臣の家集『自葉和歌集』に、

永仁二年三月父中臣祐春連家にて、題をさくりて人々千首歌よみ侍しに、花下忘帰といふことを

中臣祐臣

御点　ちらはまたいつちゆくへきわか身とて花にわするゝ家ちなるらん（四四）

同三年千首歌よみ侍しに古木花を

まれに咲おひ木の花もおもひいてゝをのかさかりのはるや恋しき（四五）

とあるのをみると、二年には父の祐春家で（数人の歌人で）探題千首が行われ、三年にはおそらく祐臣が一人で詠じたものの如くである。『自葉集』は残欠本だが、二年の方は右と九七（人伝郭公）のみ。三年の方は、一九（海

霞)、二〇（梅移水)、二四・三九（花)、五八（題なし)、一四九（海辺七夕)、一五〇（七夕)、二三九（時雨浢袖)。なお濱口博章「中臣祐春筆万葉集断簡について」（万葉、昭50・6）によると、手鑑「藻塩草」に伝為道筆西宮切（鎌倉期写）があり、「永仁三年に千首歌よみ侍しに忍逢恋　をのつからしたにこゝろそとけそむるこほりのひまのにほのかよひち」（他一首略）は『自葉集』の切であろう、という。その通りであろう。上記の題は、それまでの千首題と必ずしも一致していないので、新たに設定されたものであろうか。『自葉集』には点のある歌があり、御点（為世か)、定為点、隆博点、故中将殿（為道か）点などあり、或いはこれら専門家に出題を請うたものであろうか。南都歌壇の盛況ぶりも窺われる。

正安二年（一三〇〇）四月高階宗成は同一門の和歌を中心とする「遺塵和歌集」という私撰集を成立させるが、中に、

近衛関白家千首のつぎ歌に、暮秋薄を　（高階宗成朝臣）
かれそむる一村すすきはなちりて庭にさびしき秋の夕風（一〇五）

とあり、また「近衛関白家千首探題に　新陽明門院兵衛佐」（一六九）ともあるが、この近衛関白は永仁四年六月三十六歳で、現職のまま没した近衛家基と思われ、それ以前に近衛家で千首探題続歌が行われたわけである。独自題か。

鎌倉の歌壇が活発であったのは源恵の千首でも知られるが、将軍久明親王は和歌を好み、為相を師としていたらしい。嘉元元年式部卿親王（久明）家続歌千首が行われている。為相の家集藤谷集には以下が収められる。31糸遊、43野遊、50雲雀、77早苗多、89山家夏、122古寺月、129暁月、138野径月（夫木五一一二、径月)、142原虫、148滝

紅葉、157栗（夫木一四〇一五、千首とはない）、166初冬（夫木六三五七によると千首とはない）、170野草欲枯、233寄櫨恋、241寄橋恋（二年とあり、夫木一三八九九寄槇恋存疑）、253山榊、301寄沼述懐、307山家鶏、308麓柴、309山家夏（夫木一六四〇六は山家夢）。実は上記はすべて夫木抄にあり、他撰の家集が夫木から採ったもので、夫木の記述が正しいであろう。また柳風抄に、式部卿のみこ（久明）の詠として「当座千首歌」と詞書ある歌（37古寺花、57夏夜?）がある。以上の内、「雲雀」は夫木一八五五にあり、題はないが、歌の内容から「野雲雀」であろう。すなわちすべてが中院亭千首の題である。作者は二人しか分らないが、為相が父の設定したものを出題したとみてよいであろう。

次は、前述の徳治三年夏、為家出題の中院千首題で他阿上人が詠じたものがある。合点歌百九十九首のみであるが（実際は雑部にもう一首あった筈）、個人千首で、和歌への熱意を察しうると共に、貴重な資料である。『俊光集』に「千首歌よみ侍しに」などと詞書して、早春・霞・春暁月・曙帰雁・尋花・庭落花……寄夕恋・朝など二十首程がみえる（但し「千首歌……」の詞書を受けるのが、そのあとどこまでか不明なので、何首載せられているか一寸分りにくい）。俊光集は玉葉集撰の折に為兼に付したとあり（奥書）、これはおそらく応長頃のことであろうから、俊光が千首を詠じたのはそれ以前である（俊光は応長元年五十二歳）。独自題による一人千首である。出題者は不明だが、千首が当時しばしば行われたことの証となろうか。

さて、正和元年に成立した『玉葉集』に、

題をさぐりて千首歌人人によませ給うけるついでに旅の心を　院御歌（一一二六）

ふるき歌のこと葉にて千首歌人人によませさせ給うけるに、ことばかよへど　従三位房子（一五〇四）

ふるき歌のこと葉にて人人に千首歌よませさせ給ける時、ありなぐさめて、といふことばを読み侍りける
民部卿為世（二五六二）

題をさぐりて人人に千首歌よませさせ給うける時、寄鳥述懐　（従三位為子）（二五六四）

何れも伏見院主催のものである。年次は不明で（小林守「玉葉和歌集と探題和歌」明治大学日本文学22、'94・9）、正和元年以前としかいえない。房子と為世のものは同時であろう。万葉歌の句を題にして探るという珍しいものである。房子と為子とのは同時か別か不明だが、或は別か。院の在位時か退位後か、通して二、三度は千首探題の行われていたことが知られる。

次は大覚寺統・二条派の時期の千首である。

元亨二年亀山殿にて人人題をさぐりて千首歌つかうまつりし時、花　　前大納言為世

みるままに立ちぞかさぬる筑波根の峰の桜の花のしら雲（続後拾遺七六）

更に同集（九五六）に「亀山殿の千首歌に恨恋」（有忠）とあるのが同じものであろうか。また「千首歌よませ給うけるに」とあるのも同様。なお「亀山殿千首歌に」とあるのは、新千載（五五九・後宇多、七〇八・雪・実教、一九〇九・為世）、新拾遺（三七・霞・為世、五三四・紅葉・邦省、一二五八・遇不逢恋・為藤、一三四四・為親、一六八八・経継）、新後拾遺（三五五・月・後宇多）、新続古今（一〇八〇・為定）、同七一一に「元亨三年亀山殿千首歌に」（邦省親王）も同じ折のものであろうか。更に『続現葉』の（一六・若菜、為世）など計約三十首に及ぶ。上記以外の人では雲雅・公明・有忠・忠房・季雄らが加わる。『源恵千首』と同題のようである。

以上を記した後に発見された『拾遺現藻集』に三十首ほどこの千首が見える（三六以降）。以上の外の歌人に、世良親王・実泰（左大臣）・経宣・清忠・教定・光忠らが加えられる。なお『井蛙抄』（巻六・補遺）に、経継が『亀山殿千首』で詠じた「津の国の難波わたりの朝ぼらけあはれ霞のたちどころかな」（渡霞）を頓阿の称美した挿話が記されている。――大規模な催しであった。

以上の外、『続草庵集』に「元亨二年二条大納言家一日千首に、花」(三九)、『草庵集』に「二条大納言一日千首に、初秋」(四一八) と為世邸一日千首の記事があり、『拾遺現藻集』にも為世が探題千首を詠ませた (八一六・凝念)、とあり (元亨三年三月以前)、二条家ではしばしば千首の会が行われた。

次に、『惟宗光吉集』に、

続後拾遺撰せられけるとき、和歌所の寄人になりて、千首歌よみ侍けるに、述懐を
かすならぬ我身のほとにこえにけり心をかけしわかの浦なみ (二八五)

とあり、続後拾遺撰集を為藤が受命して元亨三年八月四日事始を行ったが、その後、千首 (恐らくは探題か) があったのである。そして同年八月二十六日為世の許で千首が詠まれた (上述、正応四年源恵千首の件り参照)。その為藤は翌正中元年に急逝するのだが、生前千首を催したことがある。『拾藻鈔』に「民部卿家続千首」とある (二九三・顕恋、三四〇・山家、四九〇・尺教)。『続現葉集』にも (五一九、津守国道、雪) そして『草庵集』に「民部卿一日千首歌に」として一一一六 (天象)*・一一八八 (浄侶夕帰)・一二〇三 (山家獣)・一二八二 (旅)*・続集二四一 (鴫)*・三一三 (雪)* がみえる。前者は『源恵千首』と一致し、後者は*が『源恵千首』と一致するが、同千首は山家と獣とが別々にあり、「浄侶夕帰」はなく (白河殿七百首にあり)、『源恵千首』の変形か、独自題であろう。『拾藻鈔』には「一日千首」とないが、同じ折のものか、別のものか、これも存疑である。恐らくは別の催行か。

このほか長舜が人々と当座千首を詠む (続現葉集七五五) など、鎌倉中期以後、探題による続歌千首が実に頻繁に行われていたことが知られるであろう。個人千首は皆無ではないがさすがに少ない。続歌千首も習作、晴儀、記念など動機はさまざまである。

## (3) 南北朝時代の千首歌

建武新政を祝って、後醍醐天皇は建武二年（八月以後か）内裏で公家による探題千首を催し、次いで第二度として公家・武家・法体歌人を合せて人々から詠を召して千首とした（稲田利徳「草庵集の撰歌資料考（二）——「花十首寄書」と「建武二年内裏千首」——、岡山大学教育学部研究集録52、'79・8）。『風雅集』には一首入るのみだが、『新千載』『新葉』などに多くみえ、兼好や頓阿の家集に出詠歌が収められる。

さて、前者は現在分明な限り、『源恵千首』と題は一致する。後者は、天象・地儀・植物・動物・雑物、それぞれに春・夏・秋・冬・恋・雑があり（春天象・夏天象……恋雑物）、千首を三十題で詠じた。『明題部類抄』には明確に、

千首 内第二度 出題 御子左中納言建武

天象 地儀 植物 動物 雑物

春二百首夏百首秋二百首恋二百首雑二百首

と記されている（為定はこの第二度の題者。あるいは初度もか）。

南北朝期に入ってからと思われる京都側の千首を掲げておく。

『草庵集』に「等持院贈左大臣家千首に、草」（一二二六）、「贈左大臣家北野法楽千首に、草を」（一四二三）とあるのは、おそらく惚忙の中で閑暇をえた尊氏が千首を催したのであろう。『続草庵集』に「西林寺二品親王家千首に、里花」（七三）、また「世務ひまなき人、千首歌を詠みてみせられしを、返すとてつつみ紙に」（四四一）などあるのも、千首歌の催行を窺わせる。「世務ひまなき人」と敢て隠名にしているが、政治的に顕名にしえない

武家であろうか。

因みに、慈勝が主催して為定や慶運に詠ませた千首（新後拾遺二三八題なし・一三五〇田家）は慈勝の没年が観応元年九月なのでそれ以前、また『草庵集』に「人の千首の歌よみ侍し所にて萩」（草庵集四六〇）などとあるのは、何れも鎌倉末期かもしれないが、一応記しておく。

南朝歌壇においては千首和歌は活発であったが、まず挙げられるのは『正平八年賀名生内裏千首』である。「正平八年内裏にて人人題をさぐりて千首歌読み侍りける時、初鶯を」（一二）、或は「正平八年うへのをのこども題をさぐりて千首歌つかうまつりける次に」（禁中花、一二二）などとあるもので、作者は福恩寺前関白（二条師基）・親房・為忠・光任・後村上・頼意・冷泉入道前右大臣（公泰）・公冬ら公卿・殿上人によるもので、二十首ほど見えている。この年は観応の擾乱の続きで、南朝側が勢力を持ち、六、七月には京都を回復し、大覚寺統に秘かに心を寄せる廷臣も賀名生に来ており、おそらく二条為忠を指導者として、歌壇が活発化した反映であろう。但し八年の何月に行われたか明らかでない。中院亭千首題である。

そして右と前後して行われたと思われるのが福恩寺前関白内大臣（小木喬『新葉和歌集の研究』の二条師基説に従う）家千首である。「家にて題をさぐりて千首歌よみ侍りける中に」などとあるから、探題によって人々に詠ませたのであろう。『新葉集』には二七七（故郷露）・四九五（関雪）・八七三（寄関恋）すべて師基の詠である。そして四九五は、

かくしつつ世にふるかひはなけれども跡をばつけつ関の白雪

とあるのは明らかに関白となったことを詠じており、小木説によるとその在任時は正平六年十二月廿八日から八年後半（六月十七日から十二月三日の間近衛経家が南朝関白となる）以前で、その千首は在任時か、辞職後まもない頃か

であろう（師基は正平十四年出家、出家後も南朝側に止って詠歌、二十年没）。内裏千首より前ということも考えられなくはないが、一応後としておく。題は中院亭千首のそれと思われ、内裏のに倣った可能性があろう。

次に注意されるのは『李花集』にみえる千首である。集中には幾つかの千首の記事がある。

(1)千首歌よみ侍りしに立春天（二。以下、立春雲・立春関・早春河・早春湖と続くのは同じ千首か。更に、二八「千首の歌中に鶯とて」以下六一・六二・六三ぐらいまで同様の詞書がある）。

(2)旅の空にも年月のみつもり侍ぬれは、故郷もさすかに恋しく侍しに千首歌読侍し次に帰雁　春来ぬとわかるゝ雁のわれならはかへる雲路にねをはなかしを（七〇。この後千首のことしばらくなし）。

(3)千首歌よみて為定卿のもとへつかはし侍し（四一九・四二〇、「浜千鳥」）。

(4)千首歌かきあつめて為定卿の許へつかはし侍し次に、贈三品（為子）のおよはぬ跡をもたへしとて此道の心さしふかきにてなと申しかはし侍しに　散はてしはゝその杜の名残そとしらるゝはかりのことの葉かもな（七四六。新葉一二〇二も同）。

同千首歌の中によみくはへてつかはし侍し（七四七）。

同千首の歌のつゝみ紙にかきつけゝる（七四八。七四九に為定の返歌）。

(5)千首歌よみ侍し時、法花経の品々をよみけるに序品（八七九。八八六まで続くか）。

右の内、(1)と(5)とは同じ千首の可能性がある。そして(3)(4)が同じではあるまいか。延文元年（正平十一年）六月以後為定が新千載撰集の業を進めている段階で、遠方でそれを聞いた宗良が（秘かに入集を期待して）従兄の為定に送ったものとするならば、新千載成立の延文四年（為定は翌年没）まで（元〜四年の間）に(3)(4)の千首は成立したのであろうか。為定が長点を含めた点を加えたというのはこの千首であろうか（竹柏園本耕雲千首奥書[3]）。

さて(2)が不明である。歌が境涯を詠じているので敢て「旅の空にも……」という詞書を付しただけで、(1)(5)または(3)(4)と同じ千首の中の一首の可能性もあろう。

(1)(5)の制作年時も不明である。以上、二度の詠千首ということになろうが、あるいは(1)から(5)まで同一の千首と考えてよいかもしれない。そして(2)は「帰雁」のみ、(3)(4)は「浜千鳥」のみ題が分明で、これだけではどの千首題か不明。(1)(5)も品経題があるのは珍しく、素題・複合題入り混り、独自題であろうか。但しこの集全体にわたって詞書の書き方が不明確な点があり（例えば、千首云々の詞書がどこまでかかるのか）、上記の推測についても後考を俟つ所が多い。

『天授千首』については簡単に記しておく。

天授二年季夏、長慶と東宮熙成（後亀山）とが千首を企て、長親（耕雲）・関白教頼・師兼・経高も詠ずべく命じ、「いくばくの日数もなく」天皇・東宮・関白が詠じたので、作者名を隠して宗良が評点を加えた。遅れて師兼・経高も詠じたのでそれにも合点を加えた。そして宗良は自らも詠じ、病気で詠進しなかった長親が、三年春、快方に向ったので上記六千首を見せた。長親も辞退を許されなかったので「如形」詠じた所、宗良は、和歌は古来長点を加えぬものだが、先年宗良の千首を為定が褒めて長点を付したので、この例によって長親の千首に長点を加えた（宗良千首跋並びに竹柏園旧蔵耕雲千首奥書による）。

すなわち『天授千首』はすべて七名。長慶・熙成・教頼が天授二年季夏を幾ばくも経ず詠じ、次いで師兼・経高・そして宗良、三年の春（過ぎて？）長親のが成立、ということになる（宗良のを信太杜千首、長親のを後年の法名により耕雲千首ともいう）。厳密な意味では応制千首とはいえないが、二年には『新葉集』の撰集は決定されていたと思われるので（井上『中世歌壇史の研究　南北朝期』）、それへの資料という側面も当然存したろうから、応制千首としての性格もあったといってよいであろう。

この千首は宗良・耕雲のが完本で伝存する（後者には点がある）。長慶のは二〇四首の抜書本があり、熙成・教頼・師兼・経高のは『宗良千首』の跋にみえる各六首によって知られる（なお熙成以外は新葉入集歌がある）。ただ天皇が女房、熙成が光長朝臣という隠名で、そして関白（教頼）の三者による各千首の残欠本が、「三千首和歌」として徳川美術館に蔵せられ、『和歌題林抄　三千首和歌　萱草』（徳川黎明会叢書）として影印公刊された。春部の一部、三九八首所収、宗良と思われる人の評点（長点を含む）がある。恐らく上述の宗良の三者評点のそれであろう。一例を掲げる。

帰雁幽　　　　女房

白雲にそれかとみえて行雁の
緑の空にかすみはてぬる

関白

＼おのつからかすまさりせは天さかる　〈普通の合点〉
雲井の雁はしはしみてまし

光長朝臣

＼秋の夜は数さへみえし月影の　〈長点〉
かすみてかへる春の雁かね

数さへみえし月の影霞てみえぬ空に帰る雁の風情尤可有其興候天さかる雲井の雁も詞優候歟

残欠だがきわめて貴重な伝本である。今後の考究が俟たれる。

『天授千首』は中院亭千首題である。但し釈教部後半に甲・乙の二系列のあることは『政範集』の条に記したが、宗良は甲系列（地獄…仏）、耕雲・長慶は乙系列（大日…一乗）である。何故こうなったか不明である。もう一つ、宗良・耕雲の雑部の内、「夢七首」の次は「山眺望」「野眺望」「海眺望」という眺望題三首である。所が、「明題部類抄」記す所では、「夢七首」の次は「無常三首」である。天授千首の、ここに一つの変更があり、しかもこののち多くの中院亭千首題の千首では眺望題が採られている。これも一応注意してよい。若干の変更はあったにしろ中院亭千首題による個人千首が完本として眼前に現れたのである。

『師兼千首』は天授千首の後、新葉集成立以前、天授後半に詠まれたものであろう。「元日立春」以下、複合題で、独自の組題千首として注意される。なお師兼は『天授千首』の作者でもあり、すぐ新たな千首を詠ずるなど、多作家であるが、南北朝期における千首歌（個人も続歌も）の盛行の反映とでもいうべきか。

宗良・耕雲・長慶・師兼の各千首は『新編国歌大観十』所収。なお詳しくは上掲井上著書を参照されたい。

## (4)　室町時代の千首歌

室町時代に入るが、まず『菊葉集』に

千首の歌の中に寄獣恋を　　三善直衡

したへども人の心は荒熊のなつかぬ中をなにしのぶらん（一二四五）

続いて同題、季富朝臣の歌がある（一二四六）。『菊葉集』は伏見宮貞成王と伏見宮に仕えた今出川家の人らによって応永七年（一四〇〇）頃成立の、いわば伏見宮グループの撰集であり、この千首もその人々によるものであろうが、催行時期は不明。応永七年（貞成二十九歳）の少し前ぐらいではあるまいか。因みに、季富朝臣は応永十三年九月の（伏見宮）名所百番歌合に名がみえ、貞成の仮名かとも思われるが（『図書寮叢刊　後崇光院歌合詠草類』解題）、『菊葉集』においては従三位政子が貞成の仮名である。所が『菊葉集』（九九二）の季富の歌「逢坂や杉の下道ほのぐ〱とまだ夜をこめていそぐ旅人」が「和歌撰集」（『図書寮叢刊　後崇光院歌合詠草類』九—1）には「よみ人しらず」とあり（一四）、この「和歌撰集」の「よみ人しらず」歌には他にも後崇光院歌と推測されるものがある（解題）。更に「百番自歌合」の季富も上述のように貞成と推測されており、要するに政子といい季富といい、後崇光院（貞成）の隠名であり、上記の千首に貞成の加わっていたことが明らかになったわけである。ただこの千首がどの組題に依ったかは不明である（独自題か）。

応永二十一年松山法楽一日千首短冊。

これは細川道歓邸で、その分国讃岐の頓証寺法楽を行った続歌千首である。崇徳院二百五十回忌法楽を京の邸で、道歓（管領満元）が行った。作者の一人正徹は六十首を詠じたが、それは草根集巻一に存する（稲田利徳『正徹の研究』、『新編香川叢書　文芸篇』解題は佐藤恒雄執筆）。作者は道歓・東益之・梵燈・飛鳥井雅清・堯孝、ほかに細川被官が多い。『顕朝千首』と同題とみてよさそうである。（360頁［追記］③参照）

応永二十二年（一四一五）八月二十四日、将軍足利義持は、信任している歌人冷泉為尹に千首を詠ませた。為尹千首である（群書類従・新編国歌大観4所収。伝本は極めて多い）。「華麗巧緻の歌風」で（和歌大辞典の項目、田中新一執筆）、「寄河述懐　おほけなき身ののぞみにもあらじかしいつかむすばむ細河の水」のような訴嘆がさりげなく込められた歌もある（翌年細川庄還付）。中院亭千首と同題で、上記による乙系列である。

次に『宋雅千首』であるが、伝本は三類に分けられる。佐藤恒雄氏によると（続群書類従第三十七輯　拾遺部、解説）、一類は初稿本（龍谷大本ほか、続類従所収「栄雅千首」、刊本「千題和歌集」）、二類は再稿本（内閣本ほか）、三類は定稿本（書陵部本）。三本間の相違は、三類本を基準にすると、一類本には百十余首、二類本は三十余首の異った歌があり、その三十余首はすべて百十余首に含まれ、おそらく一類本の内、八十首ほど改削して二類本とし、更に三十余首を改めて定稿本としての三類本が成ったと考えられている。一類本は応永二十七年十月一〜十日、義持の不例平癒を北野社に祈って宋雅（飛鳥井雅縁）が詠じたものである。改稿も早く行われ、三類本が奉納本かと思われる。三類本は上掲、「拾遺部」に翻刻されている。中院亭千首題、甲系列。

さて宋雅は翌年またも千首歌を詠じた。別本宋雅千首である。佐藤解説によると弘文荘待賈古書目20に「飛鳥井千首」、同じ本と思われる既述の「飛鳥千首」、そして東大国文研究室本居文庫本「宋雅千首」、また続類従の「為相千首」が、巻頭「立春　神垣の松にもけふや春たつといふことの葉のはしめなるらん」とあってこれも同本である。「飛鳥井千首」の奥書に、去年十月聖廟記念の意趣が成就したので起誓にまかせて重ねて奉納したとあって二十八年十月十日の日付がある。これは『源恵千首』と同題である。

正長・永享期に入って伏見宮の千首が復活する。

正長二年（永享元）、千首和歌が行われた。上掲『後崇光院歌合詠草類』に「後崇光院千首和歌正長二年夏残欠」として収められているものである。これは後崇光院（貞成）が、重有・長資・行資・経良・梵祐・承泉ら十一名の側近と行ったもので、十ヶ度の百首による千首である。現在五ヶ度が残るが、初めの百首は五十六首の残欠本で、「明題部類抄」巻五にある「百首一字　年記可勘之　出題不知之」とあるものと同題。他は一ヶ度が十首欠けた外、ほぼ完本である。計四百四十六首。奥書によると、三月三日から六月十三日まで百日の間に千首を詠み了えたとある。

次に、同書所収の「後崇光院千首和歌残欠」で、七十九首現存。作者は後崇光院以下。なお「看聞日記紙背文書」（図書寮叢刊）所収の「千首和歌題」（恋・雑の題のみ）に相当し、かつ同じく「永享二年千首和歌巻末」には作者十一名が記され（正長二年のと九名が一致）、その紙背文書には、永享二年三月三日から三年六月下旬に至る間に「連々時々詠畢」と記されている。題は『顕朝千首』の変形であろうか。なお承泉ら、地下の芸能者たちが加っている点、注意される（八嶌正治「後崇光院詠草を巡って」書陵部紀要31、'79、補遺から33、'81）。

次に、『沙玉和歌集』（私家集大成5所収 後崇光院Ⅱ）に、「永享六年九月九日より百日のあひた百首つゝ千首を人々によませ侍る中に」（六三五）とあって、七九三に至る百五十九首がみえ、終りに「千首の内百六十首詠畢」とある（家集は一首欠）。十ヶ度の百首の積み重ねである。『看聞日記』にその記事があり、十二月十九日に「今日百日稽古結願也、今夜当座哥面々詠、予、源宰相、三位、隆富朝臣、重賢、経秀、行資、承泉等也、春歌廿首詠令披講、凡百日之間九百余首詠了、千首可詠也」とあり、実際は千首に満たなかったのである。後崇光院は永享四年頃から、三月三日・九月九日から側近と共に百日間、四絃和歌連歌の稽古を始めることを恒例としたことが『看聞日記』にみえており、「千首」となくても、それが行われた可能性もあろう。

さて、次も伏見殿である。

題林愚抄巻六「故宅五月雨」に次のような歌がある。

伏見殿千首　　茂成朝臣

露はらふひまこそなけれよもぎふの宿ふりまさる五月雨の比（二三七四）

このような詞書を持つものが、二三七八（浦五月雨、重賢朝臣）、二四七四（橋蛍、親長）、二六三六（夕立雲、雅親朝臣。家集Ⅳ一六六に見ゆ）、二七〇四（樹陰夏月、同上）、そして二二七七「急早苗」に「伏見院千首　季春」とあるのも「伏見殿」の誤りであろう。この催しに初めて注目したのは三村晃功氏だが（『中世類題集の研究』）。井上『中世歌壇史の研究 室町前期（改訂新版）』参照）、要するにこの千首は、もし『題林愚抄』の作者表記を原資料の通りであるとするならば、「親長」（五位表記）で叙四位の文安五年正月五日以前、「重賢朝臣」は嘉吉二年冬（建内記三年元日の条）に四位となっているからその後の催行、大よそ嘉吉三〜文安四年の間であろう。いま分明なのが夏題ばかりだが、夏題で千首の組題を構成したとも思えず、おそらくは中院亭千首題であろう。閑暇の伏見殿で、専門歌人（雅親）を混えての続歌千首であろう。

雅親詠草の文安五年分（私家集大成6、雅親Ⅰ）一六に「関白千首続歌　七夕霧　秋二百首」とみえ、以下十首みえる。中院亭千首題のようなので「初雁悲」とあるのは「初雁幽」、「山草」とあるのは「山菊」であろう。この詠草は文安五年七〜九月分の残欠らしく、『亜槐集』（男雅俊が父の詠を集めたもの）一二二三に文安五年関白家千首続歌として「松」の歌がみえるが、これは「寄松祝」のようだ。関白一条兼良家の続歌千首である。

私家集大成6所収「常徳院詠」（高松宮蔵）の巻頭歌「早春鶯　千首点ノ会文明元年　今朝よりは氷うちとけ吉野川岩波たかく春とつくなり」とある。但しこの歌は「慈照院殿義政公御集」（同大成6）の六番歌で、題は「河早春」。上掲「常徳院詠」の冒頭五十四首は元来の義尚の家集の歌ではなく、一方、「慈照院殿義政公御集」の方も、初めの方は『道興百首』の歌が混っていたりして純粋の集ではない。何れにしろ、文明元年は義尚五歳で、或は義政の歌かと思われるが明確でない。ただ全くでたらめのものとも思われず、どこかで文明元年に千首会があった可能性がある。応仁元〜文明初頭のころ悠然と（？）千首会などが出来るのは義政の周辺に限られているとみるべきかもしれない（応仁元、二年には「東山殿御時度々御会歌」という歌集がある早大蔵）。

文明三年には厳宝の千首がある。

兼良の子で、東寺の僧であった准后厳宝は、応仁の乱を避けて奈良の松林院に閑居、おそらく大乗院に疎開していた兼良からであろうが「閑居のなくさめによみつらねても見よとて千首の題をくたされ侍り」というので詠じた千首が、いま冬以下の後半四百九十八首が残る（神宮文庫蔵。簗瀬一雄・井上・和田英道編『未刊和歌資料集』11所収）。題は「十月小春」「初冬暁」「里初冬」「時雨告冬」「初時雨」「山時雨」「嶺時雨」「谷時雨」……で、中院亭千首を大きく変形したものの如くである。釈教の部分には、地獄…仏、大日…二乗（甲乙二系列）の両方の題が含まれている。

文明九年、ようやく大乱の終息が近づき、京では宮廷・幕府で歌会・歌合などが頻りに催されるようになる。九月九日より宮中で百日千首続歌が行われた。後土御門天皇・宮御方勝仁・伏見殿邦高・旧院上﨟・勾当内侍・親長・教国・季経・実隆・元長（実隆・親長記）。「自今日百日日次和歌千首題也」と実隆記にあり、千首題であろう。時々参内しては書き集め、十人各百首で、十二月二十日満日。大日本史料にその時の詠として（？）紅塵灰集の三首を載せるのは非で、作品は残っていない。弘文荘名家真蹟目録に「後土御門天皇等着到和歌」として大奉書紙二枚つぎ（神祇歌十五首）をこの折のものとするのも非。作者が食違っている。これには雅康・通秀・教秀・政為・為広・実淳・基綱・季凞らが作者に連なる。通秀の家集や雪玉集巻十七にみえるが、百首歌らしく、年時不詳。拙著『室町後期（改訂新版）』で弘文荘の解説に従ったのは誤りであった。

年次順記述を行っているので一言すると、正徹千首は、正徹の詠千首を『草根集』から選んだものとされるが、撰者は稲田利徳『正徹の研究』によると、一条兼良（或はその周辺の人物）の可能性もあるという。撰んだ時点は明らかでないが、兼良は文明十三年四月に没しているからそれ以前ということになる。選個人千首として注意される。

文明十三年九月一日より内裏百日千首が始められ、十二月二十七日栄雅に点すべく命ぜられた。後土御門・前内府（信量）・旧院上﨟・中院一位（通秀）・海住山大納言（高清）・按察使（親長）・侍従中納言（実隆）・四辻宰相（季経）・姉小路宰相（基綱）・右衛門督（為広）の十名（親長記等）。一人百首。着到形式で、短冊八葉が大日本史料に掲出（猪熊信男蔵二百十一枚の内）。中院亭千首題（甲系列）。書陵部本・板本千首部類本ほかがある。文明千首と略称される。また後土御門・基綱・通秀らの家集にも。'04・12に三村晃功「内閣文庫蔵『文明十三年着到千首』——解題・本文・初句索引」（京都光華女子大学短期大学部研究紀要42）が公表された。

十四年閏七月十五日将軍義尚は千枚の短冊を公武僧五十名に配り、八月十日に詠進すべく命じ、十一日に披講した（政家・通秀・親長記ほか）。栄雅点。将軍家千首と称せられる。書陵部本ほか。大日本史料に初めの部分が翻刻。中院亭千首題（甲系列）。天皇・義政・義尚・実隆・政為・為広・尚氏・宗伊を含む豪華メンバーであった（『室町前期（改訂新版）』六〇五頁、作者の末尾に政孝を加えるべきであった）。

十六年七月十六日義尚は二十名の歌人から五十首を召し、披講した。立春子日、更衣日見卯花、寄述懐祝言のように、堀河百首題二を合せて一題とした五十題を二十名に詠ませて千首としたのである。書陵部本等があり、一部大日本史料に翻刻。義尚を含め、実隆・為広・正般・宗伊ら名流を集めている。題も珍しい。

義尚は長享元年（一四八七）近江に出陣して、京の義尚を中心とした歌壇はその賑いを停め、やがて延徳元年（一四八九）陣没。世は戦国期混乱の様相を深めてくる。

周防の大名大内政弘の『拾塵和歌集』に、

英因法眼・源道輔等千首歌を十人にすゝめて住吉社に奉り侍るよしきゝて、よみてつかはしける歌の中に、伊勢を

なにことをいのるとしもはあらねともわきてそあふくいせの神垣（一〇九三）

奥書によると、延徳三、四年頃、政弘の二万首を英因・道輔らに精選せしめ、更に政弘自ら千百首ほどに厳選し、家集とした等々のことがみえ、右の英因らによる千首（続歌方式であろう）は、政弘が在京を打切って帰郷した文明十一年以後、延徳三、四年までの間か。中院亭千首題によるか。

関東の武家歌人木戸孝範の家集に「京千首歌すすめて人の大神宮に奉りけるに、花」として一首が見える。「京」は「京進」のことで、京の歌人に披見を請うた。文亀二年以前の某年の詠であろう。

京に戻ると、明応二年（一四九三）二月将軍義材は畠山基家ら征討を目的として河内に出陣するが、それに関してであろう。千首が行われた。既に三月五日頃からその話が起り、四月七日二楽軒宋世が人々に「相触」（北野社家日記）、十六日披講があった。『政家記』に、

是日於北野松梅院坊有千首続哥、御陣之御祈禱聖廟法楽云々

政家三十五首、尚通二十首、十三日に題を貰って十五日夕清書、十六日未明に送った、という。二楽の出題で、二人の外、冬良・実遠・実淳・堂上の人々。公武僧の人々が坊に参集したという。和歌は残らない。出陣千句などと同趣旨の戦勝祈願を込めたのであろう。明応の政変の直前の催しである。なおこの千首については秋定弥生「宗祇周辺の人々――土岐濱豊後守康慶　覚書」（鳴尾説林13、'06・2）に考察がある。

明応五年。実隆記に次の記事がある。

抑豊原統秋千首和哥合点之事所望、久預置之間、如形付墨加奥書今日遣之了

これ以前に統秋が詠じて実隆に合点を請うていたのを実隆が返したのである。「亜三台拾遺郎（花押）」の奥書がある自筆原本が天理図書館蔵。歌は抄出されて、「千首の歌よみて御点申請侍しに、立春風」のような形式で、家集「松下抄」の各部立内に分散配置されている（拙著『室町後期』四七頁参照。但し七年と誤植して了った。五年が正。中院亭千首題、釈教は乙系列）。

永正元年（一五〇四）三月三日を起日として十名による実隆家著到千首和歌が行われた。作者は実隆・政為・済継・公条・為孝・公瑜・資直・道堅・元長・雅運（実隆記）。この抜書本が書陵部「侍従大納言家千首文亀三重陽著到十人詠之抜書」である（文亀三重陽は誤り。四百六十余首を収める）。この年は三月に閏があり、満日は五月十四日。千首とはいうが、十人各百首で計千首というものである。実隆の百首は雪玉集巻七（立春　君か代を雲井はるかに…）に、政為のが『中世百首歌一』（古典文庫、井上・大岡賢典編）所収。同解題を参照されたい。題は興味深いことに、『顕朝卿千首』より百題を抜出して構成したもののようである。

猪苗代兼載の『閑塵集』に、

飛鳥井羽林、住吉社へ千首歌たてまつられしに、惜月

かたふくを打なかめてそいそきつる空もくやしき秋の夜の月（一五四）

なお「住吉社千首　寄稲妻恋」（二七〇）もみえる。この飛鳥井羽林は雅綱と思われる。『公卿補任』によると、文亀四年二月十六歳で左少将となっている。千首を人々に勧めるのはもう少し年長になってからか、とも思われるが、『閑塵集』の成立は文亀四年（永正元）から、その没する永正七年六月までの間であり、左少将に任じた雅綱が歌道家の後嗣として千首を勧進した可能性も皆無ではなく、永正元年仲春以後、数年間の催行であろう。中

院亭千首題か。

永正元年七月、管領細川政元は愛宕法楽千首を人々に勧進した（二水記・政家記・宣胤記・再昌ほか）。政家の所には廿四日に政家分十五首、尚通分十首の短尺がもたらされ、廿八日に奉納すべき由であった。為広出題。為広は政元と親密であった。また修験に凝っていた政元には愛宕への深い信仰があった。作品は政為の『碧玉集』・『実淳集』および実隆の『再昌』などにみえる。例えば、「夕鶯　七月廿八日愛宕山権現法楽千首　細川右京太夫政元願主」（碧玉五一）、「細川右京大夫愛岩《（ママ）》法楽千首勧進しけるに　立春日」（実淳四六七以下。「人にかはりて」とあるものも）、「廿八日右京大夫政元朝臣愛宕法楽千首勧侍しに廿七日遣了野子日題為広卿」（再昌五四三以下十首等）。中院亭千首題のようである。甲乙系列未詳。

幕臣伊勢貞仍は前将軍義尹（義稙）に従って永正二年には周防におり、独吟千首を詠じた。家集『下つふさ集』（上巻のみ現存）に十首ほどみえる。顕朝千首題のようだ。「永正二年独吟千首歌よみ侍しに、花」（一〇四）の如くである。

『大日本歌書綜覧』中五五六頁に、

三内府千首　写二巻　三条西実隆《（ママ）》

一巻は禁中花より始まり、一巻は第六霞より始まる。千首の零本なり。自筆の二巻のみ三条西伯爵家にあり。永正三年の詠なるべし。

とある。書陵部現蔵（三光院内府千首和歌）、天文十三年実枝自詠自筆。初め十首欠。現存本巻頭は「外にみぬ色香や〔　〕へしより　八重さく花も〔　〕重のはる」。以下、山花・庭上落花……。永正は誤り。なお後述。

永正十年八月、今川氏親の浅間勧進続歌千首に冷泉為広が百首を詠じた。翌年八月畠山太郎の命でその奥書草案を記したことが『為広詠草集』に見える（解題は島津忠夫・稲田利徳執筆）。

『雲玉集（抄）』という、やや特殊な形態をした家集は、永正十一年四月に衲叟馴窓なる人物が貴命（千葉氏の某であろう）によって撰んだものである。関東歌壇の様相がよく知られるが、

天神御法楽千首の内、雨中蓑をつかうまつりし

あやしくもみのひとつだにあらぬてふ花にをぐらの里もとはじを（一〇九）

以下、八首ほどみえる。何れの天神か不明だが、下総の佐倉城周辺であろうか。個人千首か続歌千首かも不明。題も独自題か。成立時も永正十一年以前としか分らない。関東には好士が多かったのである。

大永二年七月下旬から九月十日にかけて、荒木田守武が『法楽千首』を詠じている。中院亭千首題、釈教は甲系列。影印が『荒木田守武集』（昭58、皇学館大学刊、発売は八木書店）所収、福井毅氏の解説がある。

大永三年からその没する七年四月の間、肖柏は千首（牡丹花千首）を詠じた。伝本は板本と写本で伝わる。中院亭千首題、釈教は甲系列。但し雑部の内、眺望三首がなく、無常三首のある点が注意される。これは古い形である（別項）。

天文六年六月に七十二歳で没した慈運（貞常親王子、曼殊院門主。本名良厳。文明十六年三月得度）は既に文明十六年頃から内裏御会に出。千首は天理図書館蔵。春二百、夏百、秋二百、冬百、恋二百、雑二百首の構成であるが、現在、春百七十四首で、初め二十六首が欠けているらしい。題は為家の『中院亭千首』を参考にしつつ独自の題を加えているようだ。現在の巻初は「旧巣鶯」「山家鶯」、巻軸部分は「寄君祝　君をわれふた心なくよゐ〳〵に千代ませとのみいのりきにけり」。跋がある。

あし原の風しつかならす世中のみたれそめぬるほともなく九重の都のうちはやけの原となりゆくままに、た

かきもみしかきもしるもしらぬもけふりと友にたちうかれあなたこなたへちり〳〵にゆきわかれぬる……

（北山の室の扉を離れて某院に移住して五年……と記して末欠）

右によって、また年齢から考えて明応頃であろうか（但し全くの臆測である）。この千首については阿波谷伸子翻刻が「天理図書館蔵慈運僧正千首（一〜三）」が『ビブリア』100（'93・10）、101（'94・5）、103（'95・5）に載る。

享禄四年（一五三一）四月廿一日内侍所法楽千首続歌が行われた。暁天から夕方まで一日で詠じた、当座の会である。「春夏三百首」とあるから、春・秋各二百、夏・冬各百首、恋・雑各二百首であろうか。天皇は七十首、宣秀は八十首という具合であった。作者三十二名。後奈良・伏見宮・宣秀・公条・隆永・公音・実胤・公頼・隆康・為学・伊長・秀房・雅綱・重親・尹豊・兼秀・範久・隆重・長淳・季遠・以緒・氏直（宣秀記・二水記・実隆記・御湯殿上日記）。

大和の武家歌人十市遠忠は、天文四年（一五三五）千首を詠じた。尊経閣に「千首詠歌」（三百六十首歌＝天文九年に詠じ、公条に点を請うたもの＝を付す）がある。自筆本。巻頭部分を挙げておく。

春二百首

立春朝

明わたる空ものとかに大伴のみつの浜松春かせそふく

末に、「僻点三百廿九首」とあるが、事実その数に合点が存する。次に「む月たつ　春の空より」の遠忠の長歌、次に実隆の返歌、

あしかきの　よしのゝ山の　みねの雲　たつたの河の　おきつなみ……

そして返歌があり、実隆の署名がある。

うつせかひいかにい(はカ)からむことのはの海は千尋のふかき心を

逍遙叟堯空在朱印

八十二歳

右の署名も遠忠の写しである。八十二歳は天文五年である。奥書を掲げておく。

此千首去年自正月至九月終功仍去冬逍遙院御点申処依御中風雖返給之以西室院家重而懇望申之処御合点給早

于時天文五年閏十月廿二日

なお御点以後、同類歌等を改め、天文七年春百番自歌合（尊経閣蔵、公条判）に合点歌の内百二十八首を用いた、という識語があり、「右令書写同加一校訖　天文九八月廿三日」とある。因みに、実隆に重ねて合点を請うた折の仲介者、西室院家は実隆子公順。なお遠忠の天文四年詠草（私家集大成7、遠忠Ⅲ）に、「千首清書誂ける人のもとへ、雨中に申つかはし侍る」（二九六）とあるのはこの千首であろうか。独吟千首で、中院亭千首題、雑に眺望題あり、釈教は甲系列（なお遠忠についてはは拙著『室町後期』参照。実隆最晩年の合点でもある）。

天文十一年二月九、十日、宮中で千首大神宮法楽が行われた。後奈良天皇・公条・実世以下廷臣によるものだが、千首とはいうが、実世の家集（私家集大成7所収）三光院詠、三七〇以下の肩付に「天文十七二《一イ》十太神宮御法楽十百首当座御会」（傍書が正）とあるように十百首（十ヶ度の百首）であった（類従本の識語にも「十百首」とある。十ヶ度の百首の意）。この十百首という語は、連俳用語「十百韻」との関係で一応注意される。『言継記』はこの催しについて、二月六日の条に「百首題十也」とあり、九日には人々が宮中で六百首を詠じ、十日には四百首を詠じ、「八過時分御千首出来也、十百首め之春廿首、又軸与披講候了、読師内大臣、講師雅教朝臣、発声飛鳥井大納言也」と記している。さて第一の百首は堀河百首題、第三は宝治百首題により、他のは「明題部類抄」を見合せると、依拠百首が見出せる。歌は三光院詠や公条の家集（肩に「天千」とある）にみえる。なお『御湯殿上日記』にも記事がある。なお十三年に実澄は個人千首を詠（書陵部本。前述）。その翻刻については360頁追記④参照。

この後久しく千首のことは記録・歌集に見えない。天正八年九月には、『御湯殿上日記』を引いて林達也「後陽成院とその周辺」（『近世堂上論集』所収）が指摘するように、天皇・尊朝・菊亭晴季・庭田重通・園（基継か）ら五人が千首ずつ詠んで五千首にしようという計画があり、百首ずつ詠んで検討を加えて清書している。世上の安定によってであろう。天正二十年三月十日山科言経が大村由己亭で冷泉為将に千首題を教えた記事（言経記）がある。次は慶長十年（一六〇五）九月十六日後陽成院催行の当座続歌の千首、『慶長千首』である。作者は三十六名。中院亭千首題（甲系列）。なお雑部中、眺望題・無常題が各三首あり（普通は眺望題か無常題か何れか）、懐旧の内、夢中懐旧・寝覚懐旧・懐旧非一がなく、七首となっている。――中世末か、近世の初頭に位置するというべきか。重要歌人の参加も多い（上掲林論文参照）。続々群書類従・古典文庫（『近世堂上千首和歌集』上）所収。

陽明文庫「龍山詠」（二十二冊）の内に東入（東求院近衛前久）の「詠三千首和哥」（百首のみ）、「詠千首和哥　第一」（百首のみ）などがある。その没する慶長十七年以前のもの。また文禄三年には五～九月の各二日、計十日で、それぞれ百首を詠んで千首としたものがある（書陵部「類聚百首」にその写しがある。拙著『室町後期』参照）。

この後、後水尾院御撰千首（日下幸男『円浄法皇御自撰和歌』参照）は慶安・承応頃の成立というが、撰千首として注意される。――以上の外、重要な千首の見落しも多いと思われるが[4]、一応、慶長千首の辺で打切っておく。

### (5)　終　章

以上、結局、千首年表に類したものになって了ったが、従来、千首に関する研究が殆ど為されなかったので、ここから始める必要があると思ったからである。また個人千首と、複数歌人に依る続歌千首、更に撰千首の類も区別せず年次順に掲げたが、冒頭に述べたように、それぞれ質的に異るものであることは言を俟たない。

さて、個人・続歌の千首を合せて、以下のことを記してまとめとしたい。

無題千首は初めの為家千首等を除いて少ない。組題による千首が殆どである。その組題も、

1素題を中心としたもの（源恵千首）

2素題と複合題とを混えたもの（顕朝卿千首）

3複合題を中心としたもの（中院亭千首）

4その他

などに分けられる。1 2には主要題を複数歌数で詠むものが多い。後世1 2 3の組題に依るものが多いが、建武二年の地下による千首の題を除いて全貌の分らないものが多い。また百首十ヶ度を合したものは、それぞれ百首題に依って詠むこと、いうまでもない。

現在、記録のみのものを含めて六十数ヶ度の千首が判明するが、中院亭千首題に依る催しが最も多い。三十近くあって、個人・続歌ほぼ半々である。一つには為家出題という権威があったからであろうが、私見によれば、やはり複合題が詠み易いからであろう。すなわち素題を与えられて、取合せるべき素材、場面の構成、構想など、あれこれ思いめぐらすことは、限定された題詠において自由な想像を馳せられる領域がやや広く確保されてはいるが、逆に、多くの歌数を詠むのが前提の千首などでは、題材が既に幾つか設定されていたり、場面が限定されていたりする複合題の方が創り易いことは確かだと推測される。その上、他の自詠との素材等の重複も自然に避けられる。

主要な素題を何首か自由に詠まねばならぬ顕朝・源恵の千首題（共に四、五ヶ度の催行列はあるが）よりも、きめ細かく千の題が定められている中院亭千首題が、題詠による量産の（個人でも、続歌でも）要求された中世において広く享受されたのは当然であろう。

この千首題は、四季恋雑それぞれの部立内において実によく考えて構成されている。例えば、恋では、天象15、時間5、地勢35、郷・家など20、草20、木15、鳥20、獣5、虫10、調度服飾30、諸道具20題といった具合である。勿論、顕朝・源恵のそれも存在意義があるわけで、中院亭のそれが続いて催されたりすると、源恵題に依るとかのことはあったりする。しかし、中院亭のそれが中世において最もふさわしいものと受けとめられていたことは確かであろう。因みに、千首の独自題は室時期に入ると殆どといってよいほど見えない。

千首歌（個人でも続歌でも）の持つ意義については先送りとなったが、もともと和歌は量産の文芸である。歌題の多様性、題詠歌の量産というような面において、最も中世的なあり方を示しているのが数多くの千首和歌の創出であるとみてよいであろう。

【注】

（1） 鎌倉初期、定家ほか写。平林盛得氏より御便宜をえて、写真版により確認。

（2） 続歌の性格に当座性ということがいわれるが、千首の場合、著到方式によって、かなり長期にわたってようやく成立する場合がある。短冊による詠進なので、続歌形式でまとまるわけである。

（3） 和歌には古来長点はなかったが、「詠千首遣故御子左大納言為定卿之処、此千首篇々鏤金玉、古今傑出之佳篇」なので長点を加えた、とある（八代国治『長慶天皇御即位之研究』二一四頁）。但し延文頃と記したのは私の推測である。

（4） 「書目集」の内、「国朝書目」巻之下に二十六部の千首が掲出されている。「文亀三年侍従大納言家千首」と「侍従大納言家千首」と同じか否か、「称名院千首」は天文十一年の大神宮千首と違うか否か、「天文千首」とあるのもそれではないか、「中院一位文明千首」とあるのは十輪院詠の「文明十三年千首」（文明千首）ではないか、「後円融院菊千首」はおそらく永和二年菊十首か、などいささか疑問があるが、なお不明のものを挙げると、建仁元年千首、後柏原院千首、着到千首（文明千首か）、宗尊親王千首、堯孝千首、十題千首などである。

〔追記〕　三手文庫「詠千首和歌　敦通卿」は久我敦通の千首。「立春朝　今朝よりは霞わたりて久方の雲井はるかに春や立らん」。中院亭千首題。眺望・無常題各三首。甲系列。慶長四年以後流寓期のものか。

## 3　「牡丹花千首」について

「牡丹花千首」などと題して伝存する千首和歌がある。春二百首、夏百首、秋二百首、冬百首、恋二百首、雑二百首という構成で、歌人であり、古典学者であり、とりわけ連歌師として著名な牡丹花肖柏のものと見なされている。従来ほとんど取上げられていないようなので、主として基礎的な面についての考察を試みたい。(1)

### 1

まずその伝本を掲出する。なお〔　〕に入れたのは後文で用いる略称である。

詠千首和歌　宮城県図書館伊達文庫（伊九一一・二五六・一五）写　一冊〔伊〕
牡丹花千首　水府明徳会彰考館（巳・一五）写　一冊〔彰〕
詠千首和歌肖柏　歴史民俗博物館（田中穣旧蔵）室町末写　一冊

詠千首和歌　国立公文書館内閣文庫（二〇一・四八四）　写　二冊　（宋雅千首と並記）〔内〕
宋雅肖柏千首　宮内庁書陵部（五〇一・八五六）　写　一冊　（宋雅千首と並記）〔書甲〕
牡丹花千首　同右（二六五・一〇五七）　日野輝資写　一冊　（為家千首・宗良親王千首等と合綴）〔書乙〕
千首　高岡市立中央図書館（九一一・一・一八）　写　（新編和歌叢書1の内。栄《ママ》雅千首と並記）〔高〕
詠千首和歌　三手文庫（歌・以）　写　二冊　（宋雅千首と並記）〔三〕
宋雅肖柏二千首　龍谷大学図書館（九一一・二五・四四）　写　一冊　（宋雅千首と並記）〔龍〕
牡丹花千首　柿衛文庫（五四八八）　写　一冊　〔柿甲〕
千首和歌　同右（二二九六）　写　一冊　〔柿乙〕
詠千首和歌　天理図書館（九一一・二六・七三）　写　（「千首類聚和歌」の内、宗彭・沢庵・吉保の各千首と合綴）〔天〕
宋雅牡丹花詠千首和歌　佐賀県立図書館（鍋九九一・二・二一九）　二冊　写　（宋雅千首と並記）〔佐〕
牡丹花千首　島原市立図書館松平文庫（一四〇・一六）　写　二冊　（宋雅千首と並記。「尚舎源忠房」印あり）〔島〕
牡丹花家集　三冊　版（元禄四年奥書）　大阪市立大学森文庫・大阪府立図書館・柿衛文庫・刈谷市立図書館・九大・京大・林田良平・神宮文庫・天理図書館・祐徳文庫・陽明文庫等(2)
右の外、谷山茂蔵「続百首和歌十二」に肖柏の「詠百首和歌」が収められている（未精査であるが、千首の抄出か。但し牡丹花筆を以て写すという注意すべき奥書がある）。
また右の書名は多く外題に依った（題の下の作者名は略した）。多くは江戸期の写本で、それも初期の末から中期のものが多い。

宋雅千首と並記、と記したのは左の如き形式のものである。内閣本の冒頭二首を記す。

詠千首和哥　上　宗雅（ママ）　牡丹花

春二百首

立春朝

天の戸のあけゆくほとのやすらひに日影をまちて春やきぬらん

このねぬる一よあくれは三冬つき春きにけらし空のゝとけさ

ミミ天

いま（つ）のまにみとりの空のかすむらん春たちきぬる空の通路

かきりなき春のみとりにすみのかけ今朝染いたす天津空かな

同題の前歌が宋雅の、後歌が牡丹花のものである。以下この形で終りまで続いている（合綴とはいえないので、便宜上、二首並記本と称する）。それ以外は、後歌のみ一首が題の下に書かれている（以下、一首本と称する）。なお、例えば宗彭の千首と合綴、のように記したものは、それぞれの千首が独立して記されているものである。〔書乙〕〔天〕は牡丹花千首に関していえば一首本になる。また内題（端作り）は、〔書甲〕にはなく、〔版〕は、「牡丹花家集」、他は、二首並記本は上掲の形が多く、一首本は「詠千首和歌　牡丹花」である。

伝本の中には奥書を有するものがある。

まず〔書甲〕のそれを掲げる。

本文の最後の歌（ゐる亀の）から約四行置いて、小ぶりな字で、

延宝二年三月廿三日一校了　二三□字有之

とあるが、本奥書と思われる。余白のままその丁の裏に次の如く記されている。

和哥の浦に玉もましらぬもしほ草古今のかすをとめぬる

本云

此千首可進詠由去八月廿四日自室町殿蒙仰同十月八日持参之

応永廿二年十月　月

向寄窓屡招早涼為尹卿以自筆本書写之件雖三帖今一帖用之

文明元年初秋濆　羽林郎将藤原為広

此奥書ノアルハ為尹ノナリ以木阿本写之

大永七年丁亥十一月十四日

九州肥後住人水俣瑞光写之

（この面の左端に）

文禄五年閏七月十八日　書写之

右の奥書があるのは〔内〕〔高〕〔三〕であるが（なお文中小異はある。例えば〔三〕は「文明元年初秋漢」とよめる）、私に——を付した箇所は〔書甲〕にのみ存する。そして〔高〕には「大永七年丁亥十一月十四日」に続き、

無常三首

寄風無常　　牡丹花

おもはすや花も紅葉も夢とのみさそひし風の心ふかさを

寄雲無常

さま〳〵のかたちみえても跡とめぬ雲にこの世をおもはさらめや
　寄露無常
身のうへも世のはかなさも浅ちふの露よりほかにいかてしらまし
　右三首牡丹花千首板本ニ出タリ
于時元禄六年癸酉六月廿九日㊞（ママ）拭老眼令書写早落字等可有之以他本可被書入者也
棄門寂峯
　宝永二乙酉年遂一校猶落脱有之也

なお右三首は、〔高〕にない無常三首を、〔版〕によって補ったというのである（なお後述）。因みに、〔高〕を第一冊に含む「新編和歌叢書」（四冊）は土御門・順徳・忠度百首ほか多くの歌書を合冊としたもので、宝永頃の書写奥書ある一筆、第三、四巻には享保・元文から寛政頃までの筆のものが多い。
〔島〕には以上の奥書がなく、次の文がある。
此千首題和謌上下巻宗雅杜（ママ）丹花詠云々既見本之㝡初題皆冷泉為尹卿千首同之今按之飛鳥井雅縁卿法名宋雅云ゝ為尹同時代也若宋宗両字誤欤但杜丹花者非為尹宋雅之時代見彼題後世詠之加筆而為一本欤亦飛鳥井栄雅杜丹花同時也栄字似宗字誤矣以他本可決定之
〔版〕にも以上すべての奥書はなく、次のようにある。
這集千首倭歌者杜丹花老人所詠也書店某偶得之欲鏤梓行于世也然袖来問云此集何人所咏乎予答以旨又云然則銘乞於巻末彼老人集依書之応求尓
元禄四年霜月下旬

葉山之隠士山雲子
高辻通雁金町永原屋
中村孫兵衛梓

右は刈谷本に拠った。

さて、〔内〕〔書甲〕等にある「応永廿二年十月　日」の奥書であるが、これは『為尹千首』に存するものである。類従本等の『為尹千首』をみても知られるように、「和哥の浦に」の歌を含めて、為尹が将軍義持の命によって応永二十二年に詠進した旨を記す奥書であることは明らかである。従って次の文明元年為広（為尹の曾孫）の奥書も為尹千首にあったものであろう。次の大永七年十一月のものについては不明だが、やはり為尹千首についてであろうか。因みに木阿は幕府の同朋衆であったらしく、幾つかの本の伝来に関係があった（例えば李花集）。そして〔書甲〕によると、大永七年十一月十四日というのは肥後の水俣瑞光がこの書を写した（木阿本によってか）ことになる。[3]（〔追記〕①参照）

所で、二首並記本の初めの歌が宋雅（飛鳥井雅縁）千首であることは確かである。『宋雅千首』は三類に分けられ、一類本（龍谷大本等。続類従にある栄雅千首がこれである）は応永二十七年将軍義持の不例を北野社に祈った千首であり、二類本（牡丹花千首合綴本）の改稿を経て三類本（書陵部本）の完成に至るという。而して二類本の奥に付された『為尹千首』の奥書は、何らかの事情で誤って添えられたもので、『牡丹花千首』の成立以後誰かの手で編まれたもの、という（佐藤恒雄『続群書類従　第三十七輯』所収「雅縁卿千首」解説）。

なお記すべき点はあるが、一応諸本の伝存状況については以上で止める。（〔追記〕①参照）

## 2

この千首の伝本は、上掲のように、版本を一本として十三本の完本、冬以下の残欠本が一本知られているが、この内、〔書甲〕〔内〕〔三手〕〔龍〕〔佐〕〔島〕および〔高〕が二首並記本である。但し本文を検すると、脱落歌は二首並記本の方が多いが、本文そのものは二首並記本と一首本とどちらが善いか、一概にいえないので、それにとらわれず若干の調査結果を記したい（なお〔柿乙〕は虫損が激しいので調べられなかった所がある）。

まず欠歌（脱落歌）について、二本以上欠けている歌を列挙する（番号は［追記］②に記した翻刻本文の番号。なお欠けている伝本は略称で列挙した）。

143春・花挿頭　いかにせん春をしめゆふさほ姫のかさしのさくらうつる世中　〔内〕〔龍〕〔佐〕〔島〕

344秋・野女郎花　女郎花結ふや野辺の草枕わするなとたに契りをかはや　〔書甲〕〔書乙〕〔柿乙〕

527冬・篠霜　いさときもことはりならし笹の葉の深山の霜を袖のかたしき　〔書甲〕〔書乙〕〔柿乙〕

684恋・寄蘆《（薦）》恋　いもに恋おもひあかしつこもまくらたかせのよとのかりふしのそら　〔内〕〔龍〕〔三〕〔佐〕〔島〕

713恋・寄塩木恋　全伝本歌ナシ（柿甲・天・版は題もなし、他は題あり）

719恋・寄水鶏恋　忍ひかねとふもはかなしいもか門たゝく水鶏のよひのまかひに　〔内〕〔龍〕〔三〕〔佐〕〔島〕

以下の数件は文章化して記す。

792「恋・寄筌恋　なとてかく伊せおの蜑の浪にひくうけくに身をも任せつるかな」は〔彰〕〔書乙〕にはこの

ようにあるが、〔柿甲〕〔天〕〔版〕には「寄浮恋」とあって、この辺、〔彰〕などと歌順がやや異っている。そして〔伊〕〔内〕〔書甲〕〔高〕〔柿乙〕〔三〕〔龍〕〔佐〕〔島〕には歌欠。そして右と連動して、〔柿甲〕〔天〕〔版〕は恋部の終りの方が他本とやや順が異っているが、終りから四首目に「寄筌恋　いかてかくふかき恋路に埋らんうへ(け柿甲)にかゝれるうおならなくに」がある。

次に雑部908 909 910は宋雅千首は眺望題である。二首並記本は題の下に宋雅のそれを記し、二首目を空白にしているが、〔彰〕〔柿甲〕〔天〕〔版〕は無常三首を記している。〔版〕と校合してその結果を巻末に記したのが上掲〔高〕である。

かくして歌数からいうと、全伝本に713がなく、また或る特定の歌数首がなく、その上偶然に一、二首欠けたりして、七、八首から十首前後不足の本が多い（〔書甲〕〔内〕ほか）。歌数の上からみて傷が少ないと思われるのは〔彰〕（713がないだけ）、〔柿甲〕（713がなく、「寄筌恋　いかてかく」がある）であろう。

本文異同に関しては掲げると際限がないので、二、三記しておくに止める。

里鶯

40すむ人も春をしれとやうち羽ふきときはの里の鶯のなく

「なく」が〔書甲〕〔書乙〕〔柿甲〕〔天〕〔版〕、「こゑ《なくィ》」が〔彰〕、他は「声」である。

岸藤

189くれ方の春の河きし行舟の心見えける春のふちかな

末句が〔書甲〕〔書乙〕以外は「ふちのかけ哉」。

〻（寄）屋〻（恋）

668雨そゝき思ひたえてもあつまやの軒もる月そ人たのめなる

末句、「人たのめなる」が〔書甲〕〔書乙〕〔柿甲〕〔天〕〔版〕、「人の為《たのめイ》なる」が〔彰〕、他本は「人のためなる」。

石清水

942いはし水やまと嶋ねをおさめこしなかれの末を今かいまゝて

末句が「今かいまゝて」は〔書甲〕〔書乙〕、他本は「思はさらめや」。

189
942などを見ると、〔書甲〕〔書乙〕は初案で、他本が後案ともみられなくはない。しかし40や668を見ると、すっきりしない場合も多く、簡単に初案・後案などでは括れないようである。ただ〔彰〕のように「イ」による校異の跡があって、〔彰〕は明らかに〔書甲〕や〔柿甲〕など（或はそれに近い本）と校合している。

右の外、歌順の相違が全体にわたって多く、また例えば139が「花梢」、140が「花枝」だが、「花梢」の下に「此題為尹ノ二ハ花ノ枝ノ後ニアリ」のように為尹千首と比較して注記を施した所があり（〔書甲〕〔書乙〕に多い）、校本作成の上で総合的に考えるべきであろうから、以上の程度に止めておく。

従ってまだきちんと系統分けをすることは出来ないが、大まかにいうと、〔柿甲〕〔天〕〔版〕がかなり近いグループを為し、それと対立するものに〔内〕〔三〕〔龍〕〔佐〕〔島〕がある。あとはその中間ともいえようが、〔書甲〕〔書乙〕は前者にやや近いかもしれない。〔彰〕も同様にみえるが、本文上明らかに他本との接触がみられ、それによって整備された本文の可能性もある。

この千首の恋部は二百首で、すべて寄物題だが、例えば天象に寄する恋は十五、草に寄する恋は二十というように整然としており、713「寄塩木恋」をもともとないものとすると、木に寄する恋は十九首という半端な形になる（〔柿甲〕〔版〕は歌も題もない）。それを補うように「寄筌恋」（いかでかく）を入れたために、調度や道具類に寄する恋が五十一首という、これまた半端な数になる。こういう操作を誰が行ったのか謎である。繰返していうように、〔柿甲〕は脱落歌もなく、整っているようにみえるが、「いかでかく」を加えた為に一寸波乱を起しており、一方、歌数では「いかでかく」がないため一首足りない〔彰〕がすっきりしているが、しかしこれも他本との接触により整備された気配があり、伝本の性質については今後考究すべきものであろう。

## 3

『牡丹花千首』の組題は次述の中院亭千首に依っている。千首和歌には個人と続歌とあり、後者の催行は鎌倉末以後の家集・撰集類によって窺われるが、その展開については前節を参照願うこととして、ごく簡単に現在作品が残っている個人千首和歌を挙げると次のものがある（室町期まで）。

為家千首　*宗良親王千首（天授千首）　*耕雲千首（同上）
*長慶天皇千首（同上。抄出本）　師兼千首　*為尹千首
*宋雅千首　別本宋雅千首（為相千首として続類従所収）
正徹千首　*統秋千首　*遠忠千首　*守武千首

＊印を付したものが基本的には同題の千首である。この中院亭千首は、作品が現存せず、かつ一人千首ならざる続歌形式のものであったらしいが、「明題部類抄」に、

千首前大納言為家卿　中院亭会
　　出題亭主

とあり、催行年時も不明だが、為家の組んだものの故か後世に大きな影響を与えたものなのである。(4)

さて、この『牡丹花千首』は各伝本の表題および冒頭の署名に「牡丹花」（或は「肖柏」）とあるのを信ずる以外、牡丹花肖柏のものという証拠はない。伝本の書写年時も江戸初期の末頃のものが最も古い。元禄期には（恐らく表題と署名とから）肖柏のものとされていたことは〔版〕の識語によって明らかである。また歌書類の目録の中でも古い大東急記念文庫「禁裏御蔵書目録」に「千首　宋雅　肖柏　二冊」とあって、（これは万治四年正月禁中炎上の折に焼失した書目を伝えるものだから）江戸初期に恐らく現存の二首並記本が禁裏に存し、既に牡丹花のものとされていたことが分る。そしてこの千首の作品内容が、後述の肖柏の伝記などと全く矛盾しない点から、まずは肖柏のものとみてよいであろう。

それではこの千首の成立はいつごろであろうか。〔書甲〕ほかの本の、応永廿二年・文明元年の奥書が為尹千首のもので、牡丹花千首とは関わりがない。恐らく大永七年十一月のも為尹千首のものであろう（この年四月に肖柏は没しているから、牡丹花千首のものとしても成立の手がかりにはならない）。

肖柏についてはいうまでもないが（注1参照）、伝について必要な点のみ記しておくと、嘉吉三年生。堂上の中院通淳の子、内大臣通秀の弟。文明五年（三十一歳）以前、若くして出家、正宗龍統の命名によって肖柏と号した。そののち宗祇の門に入り、和歌・連歌・王朝古典を学ぶ。本格的に摂津池田に住したのは長享元年頃かららしい。この前後から盛んに歌人・連歌師・古典学者として活躍するようになるのだが、永正八年六十九歳の冬、牡丹花と改名した。十五年冬、七十六歳の折、堺に移住、こののち多くの門弟を指導し、大永七年四月四日八十五歳で没した。花・香・酒を愛し（「三愛記」）、牡丹の華麗を好んだ。なお家集の「春夢草」は永正十三年以後まもない頃の成立らしい。以上のことを念頭に置く。

老後歳暮（冬）

599おもはすよ八十あまりに長らへて暮行としにをくるへしとは

住吉（雑）

952かしこしな八十の後の老までもたもとふれこし住吉の松

これらは題詠による虚構とは思われない。肖柏は大永二年八十歳であり、従ってこの千首が今見る形になったのは「八十あまり」、大永三年以後、没する七年四月までのこととみてよくはなかろうか。すなわち最晩年のものである。なお「老後懐旧」のように、題によって老を詠じたものもあるが、そうでなくて「老」を詠んだものがこの千首には多い。すべてがフィクションとは思えない。

暁時鳥（夏）

220たくひなしや老のね覚のあはれしる友はありとも山郭公

名所浦（雑）

839老ぬれはあはれこゝろもつきはてぬうらやましきはわかのうらつる

懐旧非一（雑）

920いくかへり老の末までなれきつる春と秋とを思ひいてにせし

寄霜述懐（雑）

929ますかゝみあしたにうつすまゆの霜おとろかれしも昔成けり寄雪述懐（雑）

930老はてゝみるそかひなきうなひこのまろはしあそふ庭の白雪

これらは老境を素直に反映しているものとみてよくはないか。すなわちこれらは上記の年時の間に成立したという推測を支えるものとみてよくはないだろうか。

その作品についてであるが、一首一首みごとに完結し、当時としては高い水準のものが多い。例えば適宜眼に触れたものを挙げてみても、

　春河（春）

105霞けりひかりもうすき月の中の桂の里のよるの川音

　岡月（秋）

409はるかにも月出ぬらしかた岡のいさゝ村竹かけそうつろふ

といった平明な表現の中に優美な境地を詠出した佳什が多い。

その特徴は、先に老境の反映ということを述べたが、そのほかどういう点があるであろうか。題詠歌であるから、身辺詠とみられるものは少ないが、それでも居住していた堺の庵の周辺を詠じたとみられるものがある。

　泊月（秋）

432ここなからもろこし舟のかねの音を枕の上におつる月影

　舟月（秋）

449すむ月にきくそかなしき松浦舟ゆくゑもしらぬよるのかちをと

など堺住の詠ではなかろうか。少なくとも前歌は堺港の景ではないかと思われる。そのような堺の庵居という視点でみると、

花色（春）

151一木さく草の戸ほそのさくら花うき世の外の色そさひしき

花主（春）

153とちはつるむくらのかとにしほれけりあるしうらむる花の夕露

籬款冬（春）

183ゆきめくるまかきの小蝶まかふなりさける山ふき散みたる比

などは、草庵の生活に材をえたのではなかろうか。自在な表現の内に花を愛する肖柏の気持が滲み出てくる。

隣月（秋）

447遠からぬ隣の人もいねかての月にはなひる音きこゆなり

寄竹祝（雑）

994みの上もなにかおもはん竹のはをすさむる程のゐいのたのしひ

前者は庵居生活の中から出てくるユーモア、後者は酒を愛した肖柏の感懐であろうか。

夕蛙（春）

165埋水ありとも見えす鳴かはつ夕かけ草に声あまるなり

庵月（秋）

443かたみにそ月のあはれも知られける庵りならふる秋のね覚に

谷氷（冬）

536谷の戸をたゝくときけは朝氷水くむ人のくたく成けり

杣檜（雑）

805杣木ひくこゑをふもとに送りすてゝ峯の檜原に残る秋風

庭苔（雑）

813名もしらぬとりもおちきて庭の面の苔の筵にあさるこゑ〳〵

庵居、田園、山里の景情を的確に詠い上げている。

また上にも引いたが（952）、堺に近い住吉の歌が散見する。

松雪（冬）

578住吉やはま松かえのしたもみちふりもかくさぬけさのうす雪

題詠とみられる名所歌が多いから強引に結びつけることは慎しむべきだが、かつて住んだ摂津池田周辺の景を詠んだものがみえる。

山春（春）

102春ふかみ霞なはてそ松一木たまさか山にたてる夕くれ

原時鳥（夏）

229ありま山夕かけふかし時鳥一声なきてゐなのふし原

山落葉（冬）

518色みえて心よはしや木枯を待ちかねやまにもろきもみちは

源氏学者として古典文学の境地を踏えた歌もあると思われるが、全文を詳しく検討した上で、将来識者の指摘があるであろう。

原虫（秋）

360みや人のこゑの面かけすゝ虫のみかきか原に残す秋かな

とりあえず右の一首を掲げておく。

禁中月（秋）

436身をかへてみるよしも哉萩の戸や竹の台の露の上の月

石清水（雑）

942いはし水やまと嶋ねをおさめこしなかれの末を思はさらめや

前者は中院家出身の気持を秘め、後者は村上源氏流のプライドを込めて詠い上げているのではなかろうか。

4

以上に述べたように、この千首は恐らく大永三年から七年四月までに、今の形にまとめられたものと思われるが、千首歌はどの位の時間で詠まれたものであろうか。

従来の個人千首をみると、天授千首における長慶天皇・春宮（後の後亀山天皇）・関白教頼は、天授二年夏以後「いくばくの日数もなくてよみいださせ給ふ」（宗良親王跋）というから数ケ月もたたぬ内に詠じたらしい。耕雲は二十日間（いわゆる竹柏園本奥書）。為尹は一ケ月半足らず、宋雅は十日間、守武の『法楽千首』も一ケ月半程度（奥書）であった。但しこれらは応製的なもの、貴命、法楽などの厳然たる目的があったから短期間に成ったのであろう。肖柏の場合、具体的な契機は分らないが、八十余歳という高齢で詠じたのは、生涯の決算、総括としての気持が基本にあったのではなかろうか。そしてその長い歌歴から、思い立てば、何年もかかるということはなかったとみてよいのではあるまいか。上例を見ても千首を詠じること自体そう長い時間は要しないのである。それにしても八十余歳という高齢でまとめ上げた気力の充実と、高い質を維持した力量とにあらためて敬服されるのである。以上、中世、特に後期における千首和歌の研究は殆ど為されていない。今後の研究の資として牡丹花千首の輪郭を記述してみたのである。

【注】

（1）牡丹花肖柏については木藤才蔵『連歌史論考（下）』に収められた一連の研究があり、なお井上『中世歌壇史の研究（室町前・後期）』も触れ、その後、綿抜豊昭「牡丹花肖柏年譜稿」（連歌俳諧研究66、昭59・1）が出された。また最近、鶴崎裕雄「牡丹花肖柏の経済活動」（季刊ぐんしょ73、'06・夏）が発表された。多くは「牡丹花千首」については触れていない。なおこの千首の伝本は次に掲げる。また近時翻刻が為された（〔追記〕②参照）。

（2）以上の外、『国文学研究資料館蔵マイクロ資料目録』11によると、林田良平（蝸牛廬文庫）にもあるように記されているが（肖柏千首の条）、一本は「春夢草」（歌集）の写本、一本は版本であった。また版本の掲出については『国書総目録』を参考にしたが、同書に掲げられている早大本というのは存在しない。版本には後掲の元禄四年山雲子の奥書があるが、『大日本歌書綜覧』（中）には、「牡丹花千首　三巻　肖柏　刊本の外題に牡丹花家集とあれど、春夢草とは別なり。林家の奥書あり」とある。葉山之隠士山雲子は坂内真頼という人物の由である（『和学者総覧』）。版本は元禄奥書の数本を見ただけなので、他に林家奥書本というのも存するのだろうか（なお本稿で調査した伝本の内、国文学研究資料館のマイクロフイルム及び紙焼に依ったものがある）。なお、東海大学桃園文庫にも一冊本を蔵する由。

（3）拙著『中世歌壇史の研究　室町後期』（三一一頁）で、大永七年十一月の奥書を書いたのは遠忠かもしれぬ、と記したのは誤りであった。この一連の、為尹千首と思われる三つの奥書が付されたのは、宋雅と為尹が同時代なので（その点は〔島〕の奥書が指摘している）、初め宋雅千首に付せられ、何かの事情で宋雅・肖柏の千首が並記されるようになった後、その後ろに置かれたのか。

（4）但し牡丹花千首は従来と違う題が若干ある。本文的には未だ確定できない前述の恋部の終りの方の歌題がある。他に例示すると次の如くである。冬部548「池千鳥」、549「汀千鳥」は他の同題千首には「池水鳥」「河水鳥」で、これは牡丹花千首の独自題である。また雑部908 909 910無常三題は多くの先行同題千首が眺望題であるが、「明題部類抄」によると中院亭千首が無常題で、それに依ったらしい。雑部986の「寄地祝」は他の千首は「寄風祝」だが、これも中院亭千首に依ったようだ。雑部971〜980は、この同題千首の展開中、地獄界〜仏界の系列と、大日〜二乗の系列とに分れたが（前者は宗良・宋雅等千首、後者は耕雲・為尹等千首）、牡丹花千首は前者に属する。

［付記］

本稿は一九九〇年秋、堺市で行われた和歌文学会大会において、「中世堺における和歌活動」と題して発表したものの一部をまとめたものである。その折お世話になった片桐洋一・竹下豊の両氏、並びに資料収集に当たってさまざまな御教示をえた松野陽一氏に厚く御礼申し上げる。

［追記］

①『思文閣古書資料目録』第百三十二号（'92・10）に「詠千首和歌」二冊が掲出、「江戸前期頃写　文禄五年阿野実顕筆伝写本　飛鳥井宋雅・牡丹花肖柏和歌　阿波国文庫旧蔵　和大　帙入」とあって、巻頭・巻末の写真が掲げられていた。端作りは「詠千首和歌上　宋雅　牡丹花」で、二首並記本である。奥書は、応永廿二年十月日、文明元年云々、大永七年十一月瑞光、文禄五年などで、書陵部（五〇一・八五六）本と同じだが、「文禄五年閏七月十八日書写之　実顕」と、実顕（阿野実顕）の名がみえる点、注意される。〔書甲〕と同系の本と思われるが詳細は不明。

②肖柏千首は古典文庫『中世百首歌』十（'01）に井上・中村文が翻刻した（底本〔書甲〕）。

③松山短冊については、和歌文学会'06・10に行われた大会において、別府節子「頓証寺法楽一首千首短冊について」の題で詳しい発表が行われた。

④天文十三年実澄は十ケ度の百首による千首歌を詠じた。自筆本が書陵部蔵。②に記した『中世百首歌』十所収。

# 第四章　和歌の実用性と文芸性

## 1　和歌の実用性と文芸性
――狂歌・教訓歌と正風体和歌と――

### 1　和歌における実用性(1)

和歌は実用品であると共に文芸品である、と言い切ったのは窪田空穂である。(1)　和歌は社会生活の上に広く深く織り込まれ、生活の一部となっていて、これを離れて上流社会の人は十分な生活が出来なかった。宮中の儀式は上代以来和歌を伴うが、古今集時代にも「大歌所御歌」に引継がれ、私人の社交には賀歌が、また哀傷歌が、そして離別歌が詠まれ、物の贈答の時も挨拶は和歌で行い、勧盃《けんぱい》の場合も同様であった。更に何としても避けられぬのは結婚の時で、思う心を和歌として贈り、応答も和歌を以てしたのである。――これが空穂のいう実用品としての和歌であった。空穂はこの見解を「平安前期時代概説」(2)や『古今和歌集評釈』新版の序(3)でも進めているが、それは要するに、和歌は本来恋の歌、恋の意思表示をする律語形式の詞で、これによって結婚を申込み、諾否を与える、結婚成立にあたって不可欠なものであり、だからこそ万葉・古今の大半が恋の歌であり、その意味では実用品であって、文芸以前のものであった。しかしそういう和歌を美しいものとし、力あるものとしようとしたことが文芸品への道に連なるのである。つまり万葉時代にも文芸品としての方面を発揮する歌は勿論あったが、古今時代に入ると、恋の歌ではその気分をいうようになり、美しく幽かに、しめやかな心を訴えようとし、季節の花の枝に結びつけたり美しい花を女性の譬喩にするなど、四季歌と融合させて文芸品となったのである。更に端的にいえば、ことや心を主として言った社交上の和歌、恋の歌は生活上の必要品、すなわち実用品であって、平安時代には実用品としての和歌と文芸品としての和歌とがあった、ということになるのであろう。

なおもう一つ時枝誠記の考えを挙げておこう。

時枝は源氏物語の和歌を例に挙げて、それは登場人物の会話と同じものであり、会話性を持っており、すなわち日常言語の延長で、当時の和歌の持っていた一つの性格の反映であり、日常の対人関係から起る一切の言語表現の持つ機能（怨恨・嫉妬・求愛・訓戒・勧誘・懇願・慶弔等の表現）、人間的交渉の色彩を持っていて、生活の手段としての実用性を多分に持っていたことを述べている。(4)

このようにして見ると、この問題は、特に平安時代の和歌においては、対詠性・贈答歌などにまで広げて考察すべきことになる。また古今序における和歌の功用論、或は（たてまえ論としての）政教性なども無視できないが、そこまで広げて論ずる用意はないので、再び空穂の見解に立戻って考えたい。

## 2 和歌における実用性(2)

上に縷説したように、空穂は「和歌は実用品であるとともに文芸品である」といった。これは例えば、平安時代の歌にはそれぞれの性格を持つ作品に二分されるように読めるが、一首の歌の中にこの二つの性格が込められている作品もある、と考えることはできないのだろうか。具体的に考えてみたい。

　仁和の帝、皇子におましましける時に、人に若菜賜ひける御歌

君がため春の野に出でて若菜摘むわが衣手に雪は降りつつ（古今集・巻一・二一）

この歌について、空穂は〔評〕に、

　人の物を贈る時に、その物は心をこめた物だということを断るのは、当時の風となっていたということで、……これは人情にかなった事でもある。それで「わが衣手に雪は降りつつ」と、雪に「は」の強めを添え、「降りつつ」と、その事の継続をいう事によって、労苦を暗示している。この暗示が一首の中心である。しかし、この暗示は、その必要だけにとどまらず、作品の印象を通して、その場の光景を髣髴させるものともなって、そして味わいはかえってこちらにある。

と記しているが、まずこの歌は、人に物を贈る時、自分の気持を込めて添える挨拶の歌（つまり実用品としての歌）であることを述べ、またそれが挨拶に止まらず、光景を髣髴とさせ、味わいを深からしめること、つまり美的な世界を形成している文芸品としての性格を持っていることを指摘している。すなわち一首の歌の中に両性格のあることを述べているのであろう。

　十一世紀頃までの、いわゆる王朝和歌は、実用品としての歌、文芸品としての歌、そして両性格を持つ歌が存したのではなかろうか。

　橋本不美男『王朝和歌史の研究』（昭47・1　笠間書院）によると、十世紀後半から十一世紀前半にかけて、宮廷生活における和歌は、その場の心を得て折にあうことが第一条件であったという。和歌は、雅びな宮廷や貴族のサロンへの奉仕である、また総合美を目指す「折」の一環である、という点で、広義の実用性を保っており、こ

れが王朝和歌と、創作詩としての中世和歌との区別を為すものということが出来るのだろう。

さて、近代的な意味で、いわゆる文学という概念は古い時代にはなかったにしろ、風雅とか正風体とかいう言葉に、文学に通ずるものがあり、勅撰集の中心をなすのもそういう歌であろう。しかし中には神祇釈教等の宗教的性格の濃いもの、恋歌や雑歌中に贈答唱和の歌など伝達性を重んじる歌も多かったし、現在でも冠婚葬祭に当たって挨拶の歌はしばしば詠まれており、古今にわたって和歌の持つ範囲というか概念には相当に広いものがあった（ある）と考えてよい。そういう範囲の中に実用品としての和歌があると見てよいが、和歌史全体を通観して論じる力は私にない。

以上、総論的に主として空穂の提起した問題を記すに止め、あとは私がかつて調べたことのある、中世における「実用的な」和歌形式の具体相について述べることとしたい。

## 3　広義の狂歌と正風体の和歌

誰にもあるようなことだが、私の体験を記そう。

巳《み》は上に已《すで》に已《や》む巳《のみ》中程に
己《おの》れ己《つちのと》下につくなり

これは大変よく似た巳・已・己という三つの漢字について、どう訓よみするか、ということを教える歌である。私が旧制中学に入って初めて学んだ漢文の時間に教わったような記憶があって、作者は不明だが、それ以来便利重宝な歌（とも気がつかなかったが）として後輩や学生にも伝えて来た。

所で、いま「歌」といったが、果してこれは歌（和歌）であろうか。確かに五七五七七、三十一文字、短歌形式である。五七五七七形式を持つものはすべて歌であると定義すれば、短歌には違いないが、普通は、例えば作者の感情が込められていることとか、美的世界が構築されているとか、いわば内容的なことが問題になるであろう。右からはそういうものは感ぜられない代りに一つの大きな特徴がある。つまり物事を教えることが目的で、教える内容を覚えやすくする為に短歌形式にしたのである。私が五十年間巳・已・己を誤らなかったのはその故であり、もしこれが歌であるとすれば、実に現実的実用的な、便利なものであったといえるであろう。

そしてこのような「歌」は中世・近世には沢山あった。例えば「道歌」といい「教訓和歌」といい、包括的には「狂歌」ともいった（具体例は後掲）。道とか狂とかの限定詞をつけながらそれらは「歌」の一種として認められていた。つまり往昔の人は歌を広く考えていたのであろう。

それでは何に対して狂歌というか、といえば、正風体の歌に対してである。正風体という語は、正しい風体の歌、例えば（或は、特に）二条家（派）の歌風をさすことがあるが（例えば『正風体抄』という書名など）、字義通りにいえば次のようなものであろう。

　足引の山路の苔の露の上にね覚夜ぶかき月をみる哉（藤原秀能）

　（新古今）同秋上に山月を読めり、ただ景気まで成るべし……正風躰にして歌おもての外、かくれ所なし（『月花集拾遺』）

　打ち出でて玉津島よりながむればみどり立ちそふ布引の松（豊臣秀吉）

　是も正風躰の佳作なり、各々これを吟味す（『紀州御発向記』）

すなわち、正統な歌、何か作意を裏に込めているのではない歌、まっとうな歌、ということで、勅撰集やそれを模した私撰集、或は私家集にみえる歌、伝統的な歌、つまりは文芸的な歌という意である。

「狂歌」とは、広くはこの正風体から外れる歌をさすので、それは次のように分類されるであろう。⑴狭義の狂歌。主として現実・日常に材を取って滑稽化した歌。⑵落書（落首）。政治や世相を諷刺・批判した歌。⑶教訓歌（道歌）。教訓を主旨とする歌。⑷諸道教訓歌。技芸・武道ほか諸々の道の精神・技術・知識などを覚えやすく教える歌。⑸呪文としての和歌。

以下、それぞれについて簡単に説明を加えることとする。なおこれらを包括的に扱った参考文献およびそれらを載せる資料を注に掲げておく。(5)

## ⑴狂歌（狭義の狂歌）

これは実用性という性格には乏しい。一例を挙げる。

除日狂歌

年はただくれうくれうといひながら手にとるものは今日までもなし（『再昌』永正六年）

三条西実隆は、「狂歌」とは銘打たないものをも含めて、この類を家集『再昌』に二百首ほど収めている。貧乏な大晦日の生活をふり返って、自嘲的・戯画的に滑稽化して詠んでいる。もちろん『再昌』ばかりでなく、『言継卿記』『多聞院日記』ほかの記録類にも散見している。そしてこの類を集めたものも室町後期には多く成立している。主なものを挙げれば、古くは『餅酒歌合』（二条良基）があるが、室町後期のものには『永正狂歌合』（群書類従）、『玉吟抄』（『狂歌大観』等）がある。後者から二首を掲げておこう。作者は実隆の子公条である。堀河百首題による題詠ではあるが現実を滑稽化している。

秋風の明日よりふく《吹く・福》を身にしめてけふびんぼうの祓をぞする（三十五番左・六月祓）

いづみなる堺によするはかた船わきいづるほどおほき唐物（九十一番左・海路）

のように、題詠ではあるが、世相に材をとって滑稽化したものが基調である。このの ち安土桃山期にかけて狂歌はいよいよ多くなるが、『道増誹諧百首』『雄長老狂歌百首』等、いずれも堀河百首題である。生活的なものや卑俗な境地に材をとり、一方、ことばのおかしみ、パロディー風のものなど多彩であって、ここから政治的な風俗を詠ったもの（例えば雄長老の狂歌には「田家　田のはたに家は作らじ度々の検地の衆の宿にからるる」などがあって「この歌当時有憚」と評が加えられている）が次第に消えて行って、やがて題詠による表現の巧みさを主流とする狂歌が独立したジャンルになるのである。

この範疇に入るものに職人歌合があり、『再昌』の狂歌と相通ずるものがあり、実隆作と推定されるものもある。(6)

この類の狂歌は実用性に乏しい、と上に述べたが、それはいわゆる独詠歌についてであって、『再昌』や『新撰狂歌集』などを見ても、対詠的な歌（贈答歌や唱和歌）も多く、それらは当然ながら伝達性・会話性が濃厚である。

**(2)落書（落首）**

落書については参考文献も多いので、(7)詳しくは述べないが、「おとしぶみ」の和製漢語で、人の目に触れる所に敢て落して世を諷刺する書の意で、『菅家文草』にもこの語が見え、『本朝文粋』には「桜島忠信落書」もあり、『小右記』（万寿五年八月十八日以下）や『中右記』ほか平安中期以後の文献にしばしば見える語だが、『和歌色葉』には、『花譬』（撰集？）に対する「落書」（批判の書？）があったといい、更に『落書十五番』（散逸。和歌形式の落書を十五番の歌合としたものか）というものもあったらしい。平安最末期のものであろう。上代の「童謡」などをみても時世批判は韻文形式をとりやすいのであろう。

さて、落書は『平家物語』にもみえ、『玉葉』（建久二年六月十二日、七月十七日）や『鎌倉遺文』所収の文書にもあり、鎌倉時代にはかなり盛んに行われたことが分るが、建武二年二条河原落書（『梁塵秘抄』の今様形式に模したものか。七・五形式）や『太平記』に多く記され、「狂歌」とも呼ばれている。建武二年十二月足利尊氏追討軍は敗色濃厚となり、後醍醐以下の廷臣は肝をつぶしたが、内裏の陽明門に「一首の狂歌」が書きつけられていた。

賢王の横言に成る世の中は上を下へぞ返したりける（太平記）

明応二年（一四九三）細川政元のクーデターによって将軍足利義材は失脚するが、義材側に立ってその一党の狂歌を集めたのが『金言和歌集』である。この集の終りの方に「それ此一冊のきやう歌は世上のぜんあく、ことにものゝふのしんたいのおもむきどもをほぼしるしわけ侍りて」云々とあり、政道批判・人倫教訓の意図を含んだ歌が中心で、それ故に『金言和歌集』なのである。

親に子はおとるものから勝元があしあとほどもなきは政元

明確に、具体的に政治・政界を批判しており、五七五七七乃至は長歌形式ということ以外、表現も内容も全く自由であり、この意味で、曝露的であり、現実的であり、結果として滑稽性があり、またきわめて実用的なものといえる。匿名がたてまえであるが、知識人でなければ駆使しえぬ修辞技巧や五七感覚がある。近世においてはいよいよ盛行したことはいうまでもない。なお「落書」といえば散文・韻文形式のものを含むが、「落首」は韻文形式のものをさす（江戸初期頃からの語か）。

### (3)教訓歌（道歌）

人倫・道徳を教える歌だが、作者の意図は別にして、経典の主旨を歌にすると、そこにおのずから教訓歌的なものとして用いられることがあった。例えば、

不邪婬戒　　　　　　　寂然法師

さらぬだに重きが上のさよ衣わがつまならぬつまな重ねそ（新古今集巻二十・一九六三）

など、その類であろう（『太平記』の話だが、塩冶判官の妻が高師直をたしなめる歌にもなる）。

藤原定家には「中将教訓愚歌」という自筆の「教訓小色紙」があり、教訓歌を詠み、

よにふればかつは名のため家の風吹つたへてよ和歌の浦波

と為家を諭している。定家も和歌にこういう機能のあることを認識しているわけだが、むろんこの時代こういうものは少なく、大量に詠まれるようになったのは室町期においてである。なお「道歌」という語は既に『運歩色葉集』などにみえて中世後期には用いられた和製漢語だが、道徳を中心とする、と狭くとらえられるのを避けて、昔も「教訓和歌」「教訓の歌」「教訓百首」などと題される書も多いので、「教訓歌」と称しておきたい。

まず長歌形式（中世これを「短歌」と呼ぶことがあった）のものがある。

見るからに　誰も心を　なやますは　かたち余りに　すぐれねど　身持ちやさしく　おほやうに　心けだかく　はなやかに……みめもかたちも　いつくしく　人の恋しと　おもふとき　世の思ひにて　情あるべし

（『仮名教訓』の内『宗祇法師長うた　若衆身もち』続群書類従雑部）

伝宗祇の長歌形式の教訓歌は六種あるが、「若衆教訓之短歌宗祇作云々」（『実隆公記』永正六年二月十六日）などとあって、これらは宗祇作の可能性もある。なお右のは五七……五七七形式だが、意味的には七五調で、他の伝宗祇教訓歌には七五……で始まるものもある。この系譜は長く後に続き、細川幽斎長歌というものもあり、近代では例えば、秋山好古が日露戦争後、復員に当たって部下の将兵に与えた、

別れに臨んで教へ草　先づ筆とりて概略を　勤倹尚武は国の本　苦難は汝等の玉なるぞ　自労自活は天の道

卑しむべきは無為徒食……天の与へし良心は　常に汝を導かん　絶えず汝を守るらん

また娘にも同じように、

自労自活は天の道　卑むべきは無為徒食　難行苦行世の習ひ　朝早く起き顔洗ひ　食事済して学校へ……

（結句同上）

と与えている。(8) 但し最後は……五七七でなく、七五七五で終っているから、新体詩のような形だが、これも教訓歌には違いない。近代に至ってもこの類は多いであろう。

次に五七五七七の短歌形式による教訓歌は、中世から多く作られ、近代に及んでいる。近世初期までの主要なものには、『世中百首』（大永五年、一五二五。荒木田守武作）、『多胡辰敬《たごときたか》家訓』（尼子氏の臣多胡辰敬家訓の中に五十数首の教訓歌がある。天文ごろ成るか）、『西明寺殿百首』（北条時頼に仮託したもの。室町後期成るか）、『詠愚息庭訓百首和歌』（北畠国永の年代和歌抄の内、永禄七年）、『細川玄旨教訓百首』（細川幽斎のものと伝える）ほかがある。

歌を少々掲げておく。

世中の親に孝ある人はただ何につけてもたのもしき哉　（世中百首）

碁将棋ハヤガテ勝負ノ有物ゾリコウハシスナ腹ヲ立ルナ　（多胡辰敬家訓）

人はただ仁義礼智の正しくてぢひ正直を本とあるべし　（細川玄旨之歌百首）

いろは四十七文字を冠に置く歌（いろは歌）は古来から詠まれて来たが、室町期には道徳的教訓を内容としたものが殊に多くなる。薩摩の日新斎島津忠良のが有名だが、注意してよいものを一つ掲げておく。すなわち高松宮旧蔵『天文七年いろは哥』（二冊、江戸前期写か）は冒頭に次のようにある。

てんぶん七年の春、此国のみたれがはしき比ほひ、かた山里にかくれゐて、ながき日のつれ〴〵さのあまりに、ひとりむすめありけるに、いやしき身にしたがひたる家をもつけう望のために、いろはのもじを哥のかしらにをきて人（三字分虫損の形を線で示す）りとも、しら糸のかゝるすぢなき事（同上）はべりけれ

本文はいろはを冠にした四十七首、次に一〜十・百・千・万・億を冠に置いた十四首、更に一行分あけて二十三首がある。巻頭は

いたづらに月日をだに汚をくらずは身をもつことはうたがひもなし

『草短歌』『女訓集』といった江戸初期の写本（前者）や板本（後者）所収のいろは歌とこの『天文七年いろは哥』とは異本関係にあるようだ。全く歌形の異るものもあるが、

ゆだんすな身はゐんおうの中なりとふちせにかはる人のこゝろを（高松宮）

ゆだんすな身はゐんおうの中なりとふちせにかゐる人のこゝろぞ（草短歌の二種の内一）

ゆだんすなひよくれんりのなかなりとふちせにかはる人のよの中（女訓集）

などにみえる如く、大ざっぱにいえば、高松本と草短歌本（の中の一種）は若干の語句の異同はあっても基本的には一致し、かなりリアリティのある詠みぶりである。それに反して女訓集本は一般的な詠みぶりで、リアリティが失われている。おそらくは高松宮本が原型で、乱世の中、娘を嫁がせるに当たっての父の教訓か。

らんごくはさはがぬさきにまづおちよけふよあすよとみあはせずとも

うはなりはよしつらくともよのなかにあるをならひとおもひなぐさめ

まゝ子あらばわが子をおもふこゝろもてなをへだてなくつねにはごくめ

ここから推測すると、後妻になって嫁ぐ娘に対して、乱になったらすぐ逃げること、夫婦の仲でも油断するな、といった処世訓が実は厳しい現実に対処すべき、父親の細やかな愛情の発露らしいことが窺われ、一見無味乾燥

とみえる教訓歌も、その源流には身につまされるような状況があって、そこから生み出されたものなのである。

### ⑷諸道教訓歌

さまざまな道や技芸に関する教訓歌が中世以後多く作られた。鷹に関するものが古いであろう。鷹三百首・鷹百首ほかの鷹の歌は、後京極・定家・慈円作と伝承され、室町末頃までに成ったものが相当数あるようだ。注意されるのは佐賀県立図書館本『西園寺公経鷹百首』（注付本。もちろん公経作ではない）で、明応四年（一四九五）五月堯恵の本奥書があり、堯恵がその所持本を写したもので、成立はだいぶ前のものであろう。この百首には、鷹の有様を詠じた歌が多く、あからさまに鷹の飼い方を主題にしたものは乏しい。飼い方の歌を混ぜているのは近衛前久の『龍山公鷹百首』（天正十七年四月自詠自注）で、巻頭歌「行幸せし御かりの野べの昔にもとかへる鷹ぞ世々に絶えせぬ」。優美に、鷹を囲む景を詠じた、文学的なものもあるが、同時に「餌袋におき餌さゝではいかならむ昔は鷹にいむとこそきけ」のように飼い方を詠じたものも多い。但し前者も、注によると近衛家伝来の故実や知識を授けるものであったようだ。

『後普光院殿鷹百韻連歌』『梵燈庵鷹詞百韻連歌』（続群書類従）は群書解題にそれぞれ良基・梵燈作を認めており（岩橋小弥太執筆）、私もそれを襲ったが、『俳諧大辞典』該項（金子金治郎執筆）には「二条良基作という」「梵燈庵作という」とあって、「鷹の伝書として意義を持つ」とし、作者を特定していない。それが穏当であろう。因みに尊経閣本『鷹詞連歌二条殿基房作并鷹詞聞書之和哥』は、注が付せられている。

佐保姫の鷹やあかけの山わすれ

さほひめの鷹とは去年の若鷹を春取たる也、あかけ百首に見へたり、山わすれとは春《青イ》たかをとりてよくなつけて手放するを申也、取飼て又家にかへりてよき餌を忘飼とも山忘とも申也の如くである。次に「聞書之哥」として「はし鷹の遠山の毛に雪かけて袖うちはらふ春のうすゆき」以下を付す。この本は基房の作とする。この連歌は露骨に鷹作法を叙述していないが、右の注によっても知られるように、鷹の様子を描き叙しつつ、同時にそれが鷹についての故実・知識や飼い方を伝えているもの、と見てよいであろう。

以下、中世後期から近世初期にかけての諸道教訓歌を若干掲げておく。

蹴鞠百首。蹴鞠の作法・技術を歌にしたもので、『蹴鞠百首和歌』（続群書類従）が有名である。奥書にある、永正三年（一五〇六）三月飛鳥井雅康（二楽軒宋世）が仁和寺御室（尊海）に贈った、ということは認めてよいであろう。

連歌式目和歌。連歌の制作に必要な式目などを和歌形式にしたもの。『連歌去嫌之歌』以下多い。松永貞徳の俳諧式目歌もある。(9)

音曲道歌。能や囃子や謡についての心得を和歌形式にしたもの。(10) 室町後期成立と見られる『観世音阿弥教訓和歌』（彰考館本）ほか多い。

有職故実に関する知識を和歌にしたもの。『百寮和歌』（群書類従）、その別本(11)もある。これらは室町最末期までには成立か。板本に『和歌職原捷径』（伝今出川晴季作）がある。

茶の湯教訓和歌。『利休百首』が有名だが、既に天文・永禄期に『長歌茶の湯物語』が制作されていた。(12)（別項）

礼法に『躾之秘歌』、医薬に『合食禁歌』『歌薬性』『歌脉書』（この三書は毛利氏の臣玉置吉保の自伝『身自鏡』〈元和三年成る〉所収）その他がある。

挙げて行くと際限がないくらい多いので、この辺で止めるが、最後に一言したいのは兵法道歌、或は武道歌といわれるものである。夥しく存するが、大きく、イ合戦の方法（軍法）を詠じたもの、ロ武芸を詠じたものに分けられよう。

イは、今村嘉雄編[13]『武道歌撰集』(下)に、『義経軍歌』『伊勢三郎義盛百首』『持長軍歌百首』『信玄軍歌抄』『謙信百首軍歌』の五種が収められている。『義経軍歌』が最も有名で、伝本も多い[14]。巻頭は、

大将は人に詞をよくかけて目をくばりつつかけひきをせよ

で、おそらく軍学の形成と関係があり、江戸ごく初期には成立していたであろう。注釈書や板本があり、江戸時代に如何に好み読まれていたかが知られる。他のものは『義経百首』の影響下に成ったものであろう。簗瀬「軍歌覚書」は上記の外に『義貞百首』『軍歌三百六十首』を挙げている。なお幾つかの軍歌を集めたもの(『佃が軍歌』『軍歌弐百首』など)もある。

ロは、『武道歌撰集』(上)による分類だと、剣術・居合術・柔術・弓術・槍術・薙刀・馬術・砲術・水術・手裏剣・忍術となるが、自筆本が存するのは柳生石舟斎の『兵法道歌』で、慶長六年二月竹田七郎宛の奥書がある。

世をわたるわざのなきゆへ兵法をかくれがとのみたのむ身ぞうき

以下。自筆本として注意されよう。ロの殆どは江戸期の作であろう。『武道歌撰集』にみえないものに、『射儀指南の歌』(内閣文庫ほか)、『軍歌集并武者詞』(群馬大学新田文庫)、また「軍歌覚書」は『武具短歌』ほかを掲げている。そのほか『卜伝百首』など探せば多数存するであろう。

以上、長い伝統を持ち、莫大な知識の獲得を必要とし、或は複雑な法則・作法・技術を要する道や技芸・芸能において、主として記憶し易いために和歌形式が利用されたのであろう。

### (5)呪文としての和歌

これも中世にはきわめて多いのだが、一例のみを挙げておく。

『多聞院日記』永禄八年(一五六五)八月八日の条に、伝弘法大師の

ツユ落チテ松ノハカロクナリヌレバ雲ノヲコリヲハラウ（ママ）秋風

という歌を南に向いて唱えると瘧を落すことが出来る、とある。もっと多くの例を挙げていうべきだが、言霊思想と和歌即陀羅尼の考え方との結合があったであろうし、本来和歌が持つと信じられていた神秘的・呪術的な力がこの時期に呪文としての和歌を多く生み出したのであろうか。この性格は宗教的なもので、実用性として処理すべきではないと思われるが、文芸性を超えたものであり、一応ここに掲げておく[15]。

## 4　終りに

上述したように、勅撰集と、それを規範にした私撰集や私家集に収められた歌は、いわゆる正風体の歌が基本である。古い時期の勅撰集には、恋・雑の部に贈答歌が多く、いうなれば伝達性・実用性を込めた歌が多かった。そのほか折句・物名・俳諧など、いわゆる言語遊戯に類する歌が多かった。もっとも言語遊戯は文学の範囲内に入るものであり、これらの歌自体に趣あるものや優美さが秘められており、勅撰集的世界の辺境に位置づけられていたのであろう。

さて、歌の持つ伝達性の現れである恋・雑歌における贈答歌、或は恋の実際の場における訴えかけや感情を込めた歌は、勅撰集を見ると、中世以後、時代の下降と共に減少し、題詠歌が多くなる。すなわち中世では実生活上でも、結婚形態が変化して和歌をやりとりすることが少なくなり、しかし恋歌の伝統的重みは残ったので、実生活を離れて王朝時代の恋歌の本意を継承して恋の趣を湛えた題詠歌が主流となるのである。全く私的な試みとして、かつて勅撰集の詞書によって恋歌を三つに分類してみたことがある。

詞書の記載が事実であったかどうかは別として、Aが減少し、Cが増加して行くことは一目瞭然であろう。和

最上欄の数は恋歌数。Aは、詞書に恋の場面の中で詠まれたとする歌で、上が歌数で、下が恋歌数に対する百分率、Bは題不知とあるもの、数字は同上、Cは題詠歌（歌合歌・歌会歌・定数歌）と目されるもので、数字は同上。

| | 恋歌数 | A | B | C |
|---|---|---|---|---|
| 古今 | 360 | 34<br>0.09 | 304<br>0.85 | 22<br>0.06 |
| 後撰 | 568 | 485<br>0.85 | 83<br>0.15 | 0<br>0 |
| 拾遺 | 379 | 89<br>0.23 | 275<br>0.73 | 15<br>0.04 |
| 後拾遺 | 228 | 143<br>0.63 | 71<br>0.31 | 14<br>0.06 |
| 金葉 | 166 | 60<br>0.36 | 31<br>0.19 | 75<br>0.45 |
| 詞花 | 85 | 37<br>0.44 | 23<br>0.27 | 25<br>0.29 |
| 千載 | 318 | 52<br>0.16 | 102<br>0.32 | 164<br>0.52 |
| 新古今 | 446 | 119<br>0.27 | 183<br>0.41 | 144<br>0.32 |
| 新勅撰 | 395 | 59<br>0.15 | 153<br>0.39 | 183<br>0.46 |
| 続後撰 | 373 | 59<br>0.16 | 105<br>0.28 | 209<br>0.56 |
| 続古今 | 444 | 34<br>0.08 | 96<br>0.21 | 314<br>0.71 |

| | 恋歌数 | A | B | C |
|---|---|---|---|---|
| 続拾遺 | 331 | 21<br>0.06 | 92<br>0.28 | 218<br>0.66 |
| 新後撰 | 437 | 6<br>0.01 | 143<br>0.33 | 288<br>0.66 |
| 玉葉 | 577 | 161<br>0.28 | 120<br>0.21 | 296<br>0.51 |
| 続千載 | 597 | 23<br>0.04 | 200<br>0.33 | 374<br>0.63 |
| 続後拾 | 339 | 28<br>0.08 | 93<br>0.28 | 218<br>0.64 |
| 風雅 | 450 | 51<br>0.11 | 71<br>0.16 | 328<br>0.73 |
| 新千載 | 631 | 56<br>0.09 | 203<br>0.32 | 372<br>0.59 |
| 新拾遺 | 461 | 28<br>0.06 | 120<br>0.26 | 313<br>0.68 |
| 新後拾 | 339 | 22<br>0.07 | 146<br>0.43 | 171<br>0.50 |
| 新続古 | 553 | 16<br>0.03 | 81<br>0.15 | 456<br>0.82 |
| 新葉 | 364 | 18<br>0.05 | 96<br>0.26 | 250<br>0.69 |

歌の伝達性（実用性）が後退し（Aによる）、題詠化・創作化が進行して行く（Cによる）ことも察せられるであろう（この数には私の数え違いもあろうし、本によっても異るかもしれないが、おおよその趨勢はとらえられよう）。これによって、勅撰集、とりわけ『続後撰集』以後の恋歌は、題詠という手法により、創作詩的に、恋の美的世界を形成することに重点が置かれて行ったことを知り得るであろう。

しかし（恋歌に限らず）題詠歌が文芸としての和歌の中心となったとしても、和歌の中から実用性が全く追放されたわけではない。贈答唱和の和歌は中世以後にもずっと続くのだが[16]、また宗教的性格を持つ和歌も根強く生きていたし、政治・世相批判の歌、教訓の歌、知識を保持するための歌といった「実用的な歌」（現実生活に根ざした「和歌」）は大量に生産され続けたのである。それらを人々は「落書」「狂歌」「道歌」「教訓の歌」などと称したにしろ、和歌の一部と考えていたのは確かで[17]、和歌を頗る広い範囲でとらえていたのである。古代・中世・近世においてトータルとしての和歌が如何なるものであったか、今後とも考えてみたいと思っている。

【注】

（1）「古今和歌集概説」。『古今和歌集評釈』の巻頭に置かれている。上巻は昭和10年10月、下巻は昭和12年12月東京堂。本稿では『窪田空穂全集』第二十巻（昭40・8　角川書店）に依った。

（2）『平安秀歌前期』（日本の秀歌3、昭32・6　春秋社）の巻頭に置かれたもの。

（3）『古今和歌集評釈』は加筆訂正を加えて新版として刊行されたが、そこに収められた「新版の序」（昭35・2）。注1に掲げた全集版に依った。

（4）『古典解釈のための日本文法』（昭25・12　至文堂）。

（5）狂歌に関する論は余りにも多いので、『和歌大辞典』（犬養廉ほか編。昭61・3　明治書院）の「狂歌」の項（上條彰次執筆）掲出のものにゆずる。なお拙稿「中世教訓歌略解題」（立教大学日本文学24、昭45・7）、『中世歌壇史の研究室町後期〔改訂新版〕』（昭62・12　明治書院）、「中世和歌と茶の湯教訓歌」（別稿）を参照されたい。また翻刻を多く収めるものに、『中世近世道歌集』池田広司編（昭37・7　古典文庫）、『狂歌大観』狂歌大観刊行会（1は昭58・1、2は昭59・4　明治書院）、『道歌大観』松尾茂（復刊昭57・2　三宝出版会）。なお「狂歌」に、(5)呪文としての和歌、を含めることには問題があろうが、正風体の和歌からははみ出ること、当面の課題としての実用性の和歌を考える上で便宜のため一応ここに置いた。

（6）「職人歌合の詠者たち」岩崎佳枝（語文41、昭58・5）、徳田和夫「三条西実隆の〈俗〉」（解釈と鑑賞、'85・7）。

（7）古典的なものには『らくがき史』李家正文（昭25　実業之日本社）があり、新しいものに「落書・落首」島津忠夫（『中世文学史論』。昭54・11　和泉書院）、『落首文芸史』井上隆明（昭53・9、高文堂出版社）、『落首辞典』鈴木棠三（昭57・11　東京堂出版）等。

（8）『秋山好古』秋山好古大将伝記刊行会（昭11・11　同会）。

（9）『『連歌去嫌之歌』その他』木藤才蔵（国文目白20、昭56・2）、『俳諧史の諸問題』中村俊定（昭45・9　笠間書院）、『伊地知鐵男著作集II』伊地知鐵男（'96　汲古書院）。

（10）「百々裏話」おもてあきら（鉄仙141〜147、昭41・6〜42・2）ほか。

（11）別本は東大図書館蔵。「別本百詠和歌について」久保田淳（和歌史研究会会報55、昭50・3）。

（12）注(5)掲出の拙稿並びに筒井紘一『茶書の系譜』（昭53・11　文一総合出版）。

（13）『武道歌撰集』今村嘉雄編（上は'89・1・3、下は'89・8　第一書房）。

（14）「軍歌覚書」簗瀬一雄（『中世和歌研究』所収。昭56・6　加藤中道館）。

（15）風巻景次郎は「中世和歌の問題」で次のようにいう。すなわち、『後拾遺集』以後は個人意識が進展し、（和歌を神々と人間との間のものとしていた）三代集まで生きていた神観念と結びついていた発想は薄れたが、しかし前古代から中世を貫いて近世にも及ぶ呪術的な信仰は残存し、更に仏教の媒介によって成立する中世心によって中世和歌は支えられていた、だからこそ和歌は亡びもし崩壊もしなかったのだ、という（『風巻景次郎全集』7、昭45・8　桜楓社）。なお呪文の歌については「おまじないと和歌」三谷栄一（実践国文学19、昭56・3）、「中世国語意識の一側面」猿田知之

（茨城キリスト教短大研究紀要22、昭57・12）繁田信一『呪いの都平安京』（吉川弘文館、'06）等を参照されたい。

(16)　鎌倉時代の家集では、『権中納言実材卿母集』や『平親清五女集』、室町時代では『再昌』などを見ると、日常生活での和歌の贈答の頻繁であったことが知られる。

(17)　これらはもちろん正統的な私撰集や類題集にも収められず、勅撰集の、辺境ではあっても範囲に入っていた物名・俳諧歌の類よりも更にはみ出た、文芸の埒外と見られていたが、広く和歌の範囲に入ることは確かであろう。なお脱稿後に手にした『解釈と鑑賞』（'91・3）に、徳江元正・広田哲通・稲田利徳・小野恭靖ほか多くの論考が本稿と関わりがあろうと思われる点を付記しておく。

［補記］1

注の(5)に掲げた拙稿「中世教訓歌略解題　付・教訓歌小考」（昭45・7）には主として「鷹三百首」以下の諸道教訓歌を掲出し、それぞれの略解題を記した。

そののち昭47に刊行した『中世歌壇史の研究室町後期』に「狂歌・教訓歌書目稿」を付載、書目の列挙に止まったが、その内の多くは同書本文の中で解説を行っている。また同書「改訂新版」（昭62）には、そののち見出した書および参考文献を掲出した。

上掲の「付・教訓歌小考」には大要次のようなことを記した。

昔の人も、教訓歌を含む（広義の）「狂歌」（狂歌・落書・教訓歌・諸道教訓歌を含む。以下同じ）を正統な和歌とは見ていなかったであろう。ただ正統な和歌としての「正風体」に対して、和歌の一体とはとらえていたのであろう。教訓歌の場合、教訓なり、道のしきたり・作法を伝えるには歌の形を借りるのが記憶に便利だ、ということと共に、和歌にやどる一種の神秘性・呪術性を人々は暗々裡に意識していたのではなかろうか。風雅の誠をせめるのが和歌の正統であることを観じつつ、それだけが和歌ではなく、神仏の道や、人倫や、もろもろの道を伝えることも、「心を種」とした言の葉で、それは人の心をゆるがすものであって、和歌というものは大きな広がりを持つものととらえていたのではなかったろうか。和歌の全円的な把握にはこの視点が欠かせないのではあるまいか。

これを和歌史的に見れば、「狂歌」は、題詠化し、文芸化した（幽玄な）「正風体」の和歌に対するアンチテーゼとして、中世とくにその後期に、現実との深い関わりにおいて盛行したものと見ることが出来よう。それはすなわち所謂「非幽玄」の世界のものであるが、これを欠落させると、和歌の、和歌史の大事な部分の切り捨てにつながりはしないか。そんなことを考えて(広義の)「狂歌」の資料を収集し、意味を考えようとしたのである。

［補記］2

中世後期に広義の「狂歌」がなぜ多く詠まれたか、について、和歌史的にまとめれば、補記1の繰返しにはなるが、次のように言えるであろう。

中世において、和歌は本意を安らかに詠む雅びな文芸であるという基本的な性格はいささかも変らなかった。いわゆる風雅な和歌、正風体の歌と称するものがそれである。しかし南北朝、とりわけ応仁・文明の乱以後、世の混乱に対応して正風体ならざる和歌形式が多く作られ、かつ書き留められるようになった。いわゆる狂歌・落書・道歌・教訓歌といわれるものがそれである。すべて現実生活の中から生み出されたものである(室町期に多く制作された職人歌合の歌も同じ性格のものであろう)。これらの事象は中世後期歌壇の大きな特色といえるが、このようにさまざまなものを生み出し、包摂しつつ、中世末の歌壇は次の時代を迎えるのである。

## 2 和歌と茶の湯

和歌と茶の湯との関わりについて文章を求められたことがあったので、近世ごく初期に至る茶人と和歌の関わりを前半に述べ、後半に諸道教訓歌の一として茶の湯教訓和歌について記すという方法をとった。前節の「和歌の実用性と文芸性」の一環としてここに置いた。

## 1　正風体和歌と茶の湯

### (1)　珠光以前

中世において茶の湯と和歌との関わりをみていくとなると、南北朝期の佐々木導誉（道誉とも書くが自署は導誉。永仁四〈一二九六〉～応安六〈一三七三〉）であるが、著名な人物で、多くの論もあるようなので、導誉と和歌とについて一言記しておくに止める。

室町幕府で大きな権勢を持っていた導誉は連歌壇の大パトロンで、連歌撰集『菟玖波集』（二条良基撰、救済助成）は導誉の力で准勅撰集となり、八十一句も入集した（第四位）。和歌も一通り嗜んで、勅撰集では『新続古今集』に一首採られている。貞治六年（一三六七）新玉津島社歌合の作者ともなった。「さだめなき世をうき鳥のみがくれてしたやすからぬ思ひなりけり」（新続古今・一七八三。以下歌番号は『新編国歌大観』の番号）など、動乱の時期に遭遇しての感懐が込められている。

和歌はいわば連歌の本家である。連歌に打込む上層部の人々にとっては、その支えとして和歌への嗜みは必須の素養であった。そして南北朝期の連歌は、島津忠夫『連歌の研究』が指摘するように、田楽や闘茶と隣り合せのところにおり、導誉の場合も、闘茶は当時の連歌と本質的に相近い環境のなかで行われたものであった。連歌・闘茶は、田楽・猿楽などとともに当代の風潮、婆娑羅の一環を担うものであった。

『諸家系図纂』に導誉は「香会・茶道長人」とあり、卓越した風流人・才人であった。

室町時代に入って、歌人正徹（永徳元〈一三八一〉～長禄三〈一四五九〉）は、その歌論書『正徹物語』（下巻の「清巌茶話」）に「歌の数寄に付きてあまた有り。茶の数寄にも品々あり」として「茶数寄」「茶飲み」「茶くらひ」と分け、それに歌人の格とを対応させている。この書は蜷川智蘊（文安五年〈一四四八〉没）の聞書したものというような説もあるが、弟子の正広の聞書という表題のある書（内閣文庫本）もあって、宝徳元（一四四九）、二年頃までに、弟子の聞書を、正徹自身が手を加えてまとめた可能性が高いであろう。正徹は相当程度、茶のあり方を知っていたと思われる（戸田勝久『武野紹鷗研究』、永島福太郎「清巌茶話」〈『茶道文化論集　下巻』所収〉などを参照されたい。永島氏は「清巌茶話」の称はのちに茶道数寄者がつけたものか、と推測する）。

正徹は将軍足利義政に『源氏物語』を講じたが、東山文化の体現者とされる義政も和歌に堪能であったことはいうまでもない。百首集や自歌合などがある（詳しくは拙著『中世歌壇史の研究　室町前期』参照）。

その東山時代を生きた宗祇（応永二十八〈一四二一〉～文亀二〈一五〇二〉）はいうまでもなく超一流の連歌師で、また歌人でもあったが、宗祇は珠光と交流があった。

島原松平文庫蔵『歌書続集』所収の宗祇書状は、島津前掲書に翻刻・解説がある。同書によると、これは文亀元年五月二十九日京の土蔵志野宗信家「名香合」に関わるもので、当時、越後の上杉氏の許にいた宗祇に、閏六月十八日付の宗信の手紙が届いたのに対する宗祇の返信である。なかに「此会に珠光之名候はず候間、如何に其身心中候らん、雖然歓楽宜やうに承候へば、嬉しさ無申斗候」とあって、珠光がおそらく「歓楽」（病気）で出席できなかったことを記しているらしい（ちなみに翌年宗祇も珠光も他界する）。なおこの書状は『続史籍集覧』所収の「続扶桑拾葉集」にもあり、この本では追而書に「返々御懇之御志難申尽候、近日歓楽仕而、心中思やうにも不申述候、残多し」とある。宗祇も病んだらしい。

島津氏は、珠光が宗祇と昵懇の仲であり、なお宗祇門の玄清も志野家に出入し、名香合の連衆で、更に宗祇門の宗長は珠光と共に一休に参禅したことをも併せて、「いはば珠光を主導とする茶道の形成が、実は宗祇を中心とする連歌師たちのグループと密接に交錯して作りあげられた世界」で「初期の茶道の形成が、連歌や和歌とともに、中世庶民の心をともにみがきあげて来た」と指摘している。連歌との深い関わりは、すなわち和歌との近接ということに他ならないことでもあった。

### ⑵　武野紹鷗

武野紹鷗（文亀二〈一五〇二〉〜弘治元〈一五五五〉）についてはここで喋々することもないであろう。戸田勝久『武野紹鷗研究』に委細は記されている。なおそれを踏まえて若干の記述を行うに止めたい。

周知のように、『実隆公記』に紹鷗の名が最初に現れるのは大永八年（改元享禄。一五二八）三月九日の条である。

抑印政昨日来、々示之、内誘引堺南庄竹野皮屋云々、新五郎――来、食籠・錫物一対携之、太刀黒・貳百疋折帋進上之、賜盃謝遣之、不慮之事也

とあり、連歌師印政が連れて訪問したのである。時に実隆（すでに入道、堯空）は七十四歳。前内大臣正二位。歌人・古典学者として高い信望があり、紹鷗は一流の文化人への挨拶の料として相当豊かな土産を持参している。

印政の出自は不明だが、永正十五年（一五一八）八月の『東山千句』からその名がみえる。この千句は宗長が興行した京都東山の安養寺における芥川城主能勢頼豊（細川氏の被官）三回忌追善で、玄清・宗碩・寿慶・周桂ら著名連歌師、波々伯部正盛・河原林正頼ら有力被官が作者となり、実隆も出座している。印政はこの千句では主要な作者とはいえないが、上記の人々と交わりのある職業連歌師であることが知られる。このの ち幾つかの百韻に連衆となり、天文四年（一五三五）四月宗碩三回忌に実隆とともに哀傷の句を賦し（『再昌』）、また享禄三年正月二十九日出雲の小笠原上総介長隆の百首詠草の合点を実隆に請う仲介者となる（「百足進上」の旨が『実隆公記』にみえる。

なお米原正義『戦国武士と文芸の研究』によると、「雲州」と実隆が記したのは誤りで、石見の国人）など、文化の媒介者として、典型的な連歌師であった。

大永八年六月紹鷗は印政とともに伊勢物語の講義を実隆から受けるが、これは王朝古典文学入門といってよいであろう。

紹鷗は大永五年二十四歳の折に上洛して、四条戎堂の隣に居（大黒庵）を構えたという。皮革商というが、戸田著書によれば、堺の軍事力を統轄する家であったという。現に武家とも交流頻繁であり、家業の出張所として、武野家の若主人が京に家を構えるのは自然である。堺の富裕な町衆の環境から文事に心を潜め、連歌師との交渉を希求したのもこれまた自然の成り行きであろう。「紹鷗卅年マテ連歌師也」（『山上宗二記』）の文は、連歌師の交友圏にいて、よそ目には連歌師とみえたということであろう。そして江戸初期に成った『明翰抄』中の「堺連歌師」には、

紹鷗。大黒庵。茶湯者。
宗易。利休居士。俗名千与四郎。茶湯名人。

とある。現在、人の肩書乃至は位置づけに「文化人」とか「評論家」とかさまざまな呼称を用いるが、当時、「歌人」といえば、専門の歌の家の人（冷泉・飛鳥井家などの公家、あるいは招月庵・常光院といった地下の宗匠）をさすのであり、そういうクラスでない和歌・連歌を嗜み、文筆に携わる文化人的存在は結局「連歌師」というレッテルを貼る以外になかったのではなかろうか。また町衆クラスの人が貴人に伝手を得るには連歌師と交わってそれを介するのが普通であったのだ。

勿論紹鷗は連歌にも熱を入れ、実隆邸で多くの連歌師と交わり、天文三年四月二十五日「紹滬、万句発句とて

所望せしに」として実隆の発句を貰う（『再昌』。「実隆公記」にも）など、連歌興行も行っている。『大永六年九月十三日宗長稙充等何人百韻』（大阪天満宮。発句宗長）の連衆に「新五」という名がみえる。紹鷗であろうか。下って『天文十八年四月三嶋宮法楽百韻』に陶氏の人々とともに「新五」の名がみえるが（大山祇神社）、これは前者とは別人であろう。また前者も紹鷗か否か、存疑。

初めから専門的な歌人を志すのでなければ、ある程度教養ある武家・町衆は連歌に手を染めてから和歌を嗜むのが一般であった。以下は和歌をめぐる実隆と紹鷗との関わりを略記しよう。

和歌に関わる素地づくりが王朝文学的雰囲気の体得で、前述の『伊勢物語』の講読がその一例である。

次には和歌そのものの考究ともいうべく、和歌の性格や本質、和歌史の勉学だが、まず古典和歌の原点・軌範としての『古今集』を知ることが第一である。実隆からそのテキストを受領していたようで、享禄五年正月三十日実隆書写の『古今集』の奥書を請い、二月二十日にそれを得ている。そしてその少し前だが、享禄三年三月二十一日に『詠歌大概』を授与されている。この書は漢文で書かれているから、さまざまな概念を抽象的に把握しやすい。すなわち作歌の原理、詞の用法、その前提となる古典歌境の体得、結論として詠歌の心得。そして終りの部分に付されている「秀歌体大略」によって理想とすべき名歌・秀歌を味わい得るようになっている。コンパクトながら密度の濃い、質の高い歌論書であるから、中世多くの注釈が制作されたのである。

上引に続いて『山上宗二記』は「三条逍遥院殿詠歌大概之序ヲ聞、茶湯ヲ分別シ、名人ニナラレタリ、是ヲ密伝ニス、印可ノ弟子伝ヘラル、也」とある（本により若干文が異るようだ）。いま『詠歌大概』の本体とみられている漢文の部分を往時は「序」とみたのである。さらに「……情以新為先、詞以旧可用と有を、紹鷗是を好、茶道もかくの如く道具ハ旧きを用、其時節の働にて心を新しくする也とて、小倉の色紙をかけてより、専定家を用る也」（『石州三百ヶ条』）とある。

この冒頭の「情以新為先……」について、宗祇が記したという書陵部本『詠歌大概』の注に「此の心といふに情の字を書ける事、其の義甚だ深き也、こころといふには心・意・識とて三つの心あり、心のこころはさらにはたらかぬ心也、意のこころは少し分別する意也、識のこころは物をくはしく了知す心也、情の字は識の心也、歌をよむ時は心を天地にめぐらし、性を草木禽獣になずらふるものなれば、情の字を書く事おもしろき也」とあり、積極的に生き生きと働く「情」がなければ、作意すなわち創作力（新しさへの追求）も生じないのだ、と述べる。この宗祇の説を弟子実隆がどのくらい受けとめていたかは分らないが、参考とするに足りる注であろう。

享禄三年十二月十七日「武野新五郎不審一巻勘付遣之」（『実隆公記』）とあり、紹鷗の質問に詳しい解答を与えている。『詠歌大概』のことについてと考えたくもなる。

次に、紹鷗は実に多くの古典籍を入手して実隆に見せている。享禄三年十二月八日『八雲御抄』などの銘を請うているが、自家蔵書に貼るためのものであろうか。「定家卿色紙表背絵結構令見之」とあるのは、有名な「一、床、定家色紙、天ノ原、下絵ニ月ヲ絵ク……」（『今井宗久茶湯日記抜書』。天文二十四年十月二日の会）と関わるものであろうか。享禄四年八月二十四日には三代集・三跡・宸筆、享禄五年正月三十日故上原豊前蔵、道円筆『古今集』、五月二十六日定家筆『千載集』を見せている。

当時次々と連歌師が貴重な古典籍を発掘したことは有名だが、紹鷗も同類にみえる。おそらくは連歌師を介して、豊富な資金で入手したのではあるまいか。

さて、その詠作であるが、『実隆公記』によると、紹鷗はしばしば実隆に十首題などの歌題を請うている（享禄三年十二月八日、四年六月二十八日、七月二十六日「十首月題遣之」、八月十八日、享禄五年四月十六日、天文二年四月二十日等々)。これは自らの詠歌のため、または歌会用であろう。そして実隆に詠草を見せ、合点を請うた(例えば大永八年六月三十日、四年七月二十六日、天文元年十二月十五日、二年三月二十五日「紹鷗哥詠草令見、於灯下合点」等)。

『烏鼠集』(この書については後述)巻一に「……聴雪の様、老後月と云たいにて、御哥に、月にさてむかふ夜いかに老はてゝ人にみゆるもおもはゆき身の、名物幷諸具取扱時、この哥の心持可然と、紹鷗常に申されし」とある。これは『再昌』天文元年八月十五日に、

人の十首題こひ侍し、書きてつかはし侍しを月下にてかきつけし(一首略)

対月

月にかくむかふよいかに老はてゝ人にみゆるもおもはゆき身の(以下八首略)

とあるのに対応する。前年七月二十六日の条の例から推すと、紹鷗に十首題を請われて自詠を添えて遣したのではなかろうか(この年『実隆公記』七、八月欠)。紹鷗との親しい交流が窺われる。

実隆邸の会に参じた記録は享禄四年正月四日二十首探題くらいであるが、「宗碩毎年嘉例各同道来」とあり、宗碩の肝いりで正月歌会が恒例として行われた。記録に紹鷗の名がなくても歌人として認められ、参じていることは、次のことによって知られる。

濱口博章氏蔵『公条家集』の末尾に、三十七人の四十三首と一句を付すが、初めの二十首は巻頭と巻軸の堯空歌が、『再昌』天文五年正月四日にみえるから、恒例の二十首会の折のものである。この十九首目に、

釣舟

浪かせを身にしめつゝやあはれにもうきてよわたるあまのつり舟

紹鷗

とある。実隆男公条、孫実世、連歌師周桂、印政、寿慶らも加わっている。

戸田著書の紹介・翻刻している堀口捨己蔵、紹鷗の二十首和歌と同内容のものが祐徳中川文庫に蔵せられている。江戸中期頃の写本である。巻頭は次の如くである（表記底本のまま）。

詠二十首和歌　　　　法橋紹鷗

初春霞

をそくとくひらけん花のおも影の
今朝より空に立つ霞哉

堀口本とは若干語句の違いがあるが、本文・歌数などほぼ一致、大筋においては近い関係にある伝本といえよう。

旅宿夢

たづねばや五十もさらに夢の世を
しらする旅の枕ありとや

この五十年もあらためてふり返ると夢の世であった、と教えてくれる旅の枕があるのかどうか聞きたいものだ、の意で、「五十」というのは当時四十代の後半以後をもいうから、天文末頃の某年、構成が春・恋・雑だから、春季の作ではあるまいか。平明な歌風である。「法橋」とあるが、享禄五年出家後、実隆か公条を介して献金などを行って法橋に叙せられた可能性はあろう（伝えによる従五位下因幡守は信じ難い）。なお祐徳本の奥書に「此二十首和歌以紹鷗自筆臨写畢」とあるのは信じてよくはあるまいか。

他に、戸田著書掲出の短冊二首がある。

紹鷗と実隆とに関わることで付言。柳沢文庫本『再昌』天文三年十二月に、

四日紹泜一壷鯛十をくり遣せしかばあくる日鮭一を遣す梅の枝につけてよめり

限りあればわするる草も雪の中にかれてや稀の跡もみえける

紹鷗が授業料の代として丁寧な挨拶をするのは自然だが、実隆も手許に適当な物があるとお返しをしている。この頃の両人入魂のさまが垣間みられよう。

晩年の茶会に「天の原」を掛け（前述）、また定家の「見渡せば花も紅葉もなかりけり浦の苫屋の秋の夕暮」（新古今・三六三・定家）の歌を「わび茶」の心として尊んだという（『南方録』）。この歌は現在、『源氏物語』明石巻の場面を面影とした複雑な美的境地があるといわれているが、石田吉貞『隠者の文学』で、「花・紅葉のかすかな余響をうしろにして、さびしい苫屋の情趣にうつるところ、まことに草庵露地にふさわしいもの」と述べているのが穏当なところかもしれない。「わび」については筒井紘一『茶の湯事始』に簡潔な解説がある。なお文芸の上で「わび」という美意識が理念として完成されたのは俳諧においてであって、むしろ茶の湯の、紹鷗の先見性が注目される。

### ⑶　戦国武将

戦国武将で和歌・連歌ともに茶の湯を嗜んだ人は多い。

阿波細川氏の重臣で、堺を抑えていた三好氏の長慶は、茶の湯にはそう関わりがなかったようだが、大林宗套に参禅。南宗寺は長慶が大林のために建てた寺である。大林に参禅した紹鷗が南宗寺を一新して大林を開山にしようとしたのだが果さなかったのを、長慶が弘治二年（一五五六）に竣成している。

長慶の弟義賢（実休）は和歌も詠んだが、「実休ハ武士ニテ数奇者也」（『山上宗二記』）といわれるほど茶の湯の愛好者であった。――こういう例を挙げれば際限がないので、詳しくは米原正義前掲著書および同氏『戦国武将と茶の湯』を参照されたい。以下一、二の人のみ記しておこう。

『山上宗二記』南治好本の奥書に、「……此一巻之儀、今度御上洛ニ付テ、以テ血判之誓紙ヲ御懇望候条、不残心底書顕、進上候、第一、牢人中、以御芳志、当府ニ堪忍仕之条、二十余年稽古之程、大抵申度候、行〻迄於可被成御数奇者、口伝密伝毛頭残申間敷候、此一札、接子上洛仕候歟、死去仕候後ニ、執心申御弟子ニ可在御伝者也、仍印可状如件、／天正十七年己丑二月　宗二判　江雪斎参」とある江雪斎は、『茶道古典全集　第六巻』解題（桑田忠親執筆）が指摘するように小田原北条氏の臣板部岡江雪斎融成（天文五〈一五三六〉～慶長十四〈一六〇九〉）である。江雪が重大使命を帯びて上洛するに当たり、小田原滞在の宗二が江雪の厚遇に感謝して与えたもので、すでに死を予覚していたことがわかる（翌年四月頃殺される。なお米原正義『天下一名人　千利休』参照）。ちなみに、上記天正十七年奥書に続き、南治好本付録の末尾に「慈鎮和尚ノ歌ニ　ケガサジトヲモフ御法ノトモスレバ世ワタルハシトナルゾカナシキ常ニ此歌ヲ吟ゼラレシ也、宗易ヲ初、我人トモニ、茶湯ヲ身スギニイタス事、口ヲシキ次第也天正十六年戊子正月二十一日　瓢菴宗二判」とあるが、右の歌は、慈鎮でなく『明恵上人集』（五八）にある性禅という僧の述懐歌である。

江雪斎はのち岡野と姓を変え、秀吉・家康に仕えたが、早く北条幻庵から古今を伝受、連歌・能に巧みで、茶の湯に堪能で茶会にも名がみえる。家集『江雪詠草』（彰考館本）は文禄三年頃にまとめられたもの、井上宗雄蔵家集は文禄五年頃の詠を収める（前者は『私家集大成7』に、後者は井上編『中世和歌　資料と論考』に中田徹の翻刻・解説がある）。他に『融成百首』（彰考館本）がある。茶の湯を直接詠じた歌はないが、

雨ならぬ風の音にも呉竹の夜の間の露の窓をうつ哉（窓前竹風　井上本、二一九）

など、茶の湯を嗜んだ人の雰囲気があろう。

江雪斎は宗二から伝書を受けた天正十七年二月、上洛してすぐ細川玄旨（幽斎）の歌会に参じた。

天正十七年二月上洛のみぎり、細川玄旨におゐて興行、野夏草にて

露や先秋のすがたをこぼすらん花はなつ野の草の夕風（彰考館本、四二一）

細川幽斎（天文三〈一五三四〉～慶長十五〈一六一〇〉）、三斎（忠興。永禄六〈一五六三〉～正保二〈一六四五〉）父子については述べるまでもないと思うので、若干のことを記すに止めたい。

幽斎と千利休とが並んで親しく文献に現れるのは天正十四、五年の秀吉の九州出兵をめぐる折であろうか。天正十四年正月二十三日の『上井覚兼日記』に「旧冬羽柴殿より書状到来候、并びに細川兵部太輔入道玄旨、当時之茶湯者宗易両所よりも副状あり」とみえ、入道していた幽斎が利休とともに、外交をしばしば担当していたことを察し得る。

天正十五年六月八日には博多陣中の利休の所で秀吉・幽斎・日野輝資らが連歌を行っている（幽斎『九州道の記』）。輝資には利休の宛てた手紙があり、和歌の師ともいわれる人である。ここでもその交流は知られる。二十五日、

あまざかる鄙の住まひと思ふなよどつこもおなじ浮き世ならずや

と宗易よりいひ遣せられける返事に

あまざかる鄙にはなほぞゐたむなきどつこもおなじ浮き世なれども

と『九州道の記』（小学館『中世日記紀行集』による）にみえる。「どつこ」は「何処《どこ》」を強めた俗ないい方で、幽斎

はそれを受けて「ゐたむなき」すなわち「居たうもなき」の詭語をまじえて返している。いわば狂歌体だが、変転自在な詠み方で面白い。

天正十七年二月七日玄旨邸において歌会が行われた（曼殊院良恕の聞書『叢塵集』翻刻・解説、越智美登子、『京都大学国語国文資料叢書』臨川書店。『御五時代和歌』龍門文庫蔵、室町中期以後の歌会集）。

明ぼのゝ春をもつぐるうぐひすの一木の梅に声のきこゆる（初春鶯、巻頭。秀吉）

ふる音も聞えぬ春の夜の雨や霞にかゝる玉だれの露（夜春雨。輝資）

思ふともいはずはしらじいかにして心のほどを人につたへん（忍恋。宗易）

海原やいづるとみえしつり船の霞にまがふ波の上哉（海眺望。忠興）

巻軸は玄旨の「寄神祝　かゞみこそしるし成けれくもりなき心を神とあふぎきぬれば」（『衆妙集』五九六にも）。以上の他の作者は公遠・晴季・雅春・道澄・晴豊・全宗・基孝・雅継・昌叱・紹巴・実条・永孝・由己・親綱・玄以。秀吉の来臨を仰いだ晴の会に利休も忠興も出席出詠している点、留意されよう。

なお忠興は、天正二十年正月二十六日聚楽邸行幸和歌にも出詠。また『三斎様御筆狂歌』もある（『狂歌大観一』）。以上の他、秀吉や黒田如水はじめ和歌と茶の湯を嗜んだ武将は多いが、あとは省く。幽斎についてはのちにも述べる。

### ⑷　千利休

利休の和歌については先にも触れたが、なお戸田勝久『千利休の美学―黒は古きこゝろ』、諏訪勝則「利休歌の概要」、奥村徹也「和歌・狂歌にみる利休の心」（後二論文は米原正義編『千利休のすべて』所収）に詳しい。諏訪論文では「書簡などに見られる利休歌」四十五首、更に連歌の発句等五句、「茶書などに見える利休歌」三十八首を掲出する。最後の三十八首は別として日常的な歌、狂歌が多く、そこに本音が出ていて大事なのだが、正風体のものも数首みえている。

山里にひとり物おもふ夕ぐれは風よりほかにとふ人もなし（宛名・年月不明）

おもひやれみやこをいでて今夜しもよどのわたりの月の舟路を（天正十九年芝監物宛）

など、平明無難なものであろう。正風体の和歌、連歌、教訓歌などを時に応じて詠むのは当時の一流の文化人の嗜みであったが、その資格を優に備えていた人である。

『南方録』に、上述の、紹鷗の挙げた「わび茶」の心を表した「見ワタセハ花モ紅葉モ」の他に「又宗易、今一首見出シタリトテ、常ニ二首ヲ書付信ゼラレシ也、同集家隆ノ歌ニ、花をのみ待らん人に山ざとの雪間の草の春を見せばや　これ又相加へて得心すべし」として以下その心を述べている。

芳賀幸四郎『千利休』によると、この歌に利休は自らのわびの真味を託したので、その茶は、豪華絢爛たる感覚的な美を止揚した「雪間の草の春」に象徴される美を理念とし、それを実際に具現したものであった。秀吉を頂点とする豪奢な茶に対する諷刺・皮肉を託していたのではないか、とする。

私自身、この芳賀立言を批判する力はないが、しかしそのような大事な和歌を利休はどこから見出したのであろうか。

この家隆の歌は『新古今集』にはなく、『六百番歌合』（若草・二十二番右）が出典で、家集『壬二集』（三〇四）に収められ、なお室町後期に成立した類題集『題林愚抄』（六七二）にも入っている。右の三書は江戸期には版行されるが、利休時代はすべて写本で伝わり、しかもみな厖大なもので、何から得たか興味がある。既に永正二年

（一五〇五）より少し前に連歌師牡丹花肖柏（宗祇門）が、新古今時代の有力歌人六人の家集から歌を抄出して『六家抄』を編んでいるが、この書に「花をのみ」も収められている。連歌師間に相当に流布していた書であるから、ここから見つけ出した可能性がある。また家隆の家集『壬二集』（玉吟集）を直接披見して見出したとも考えられなくはない（なお抄ではなく六家集の本体がまとめられたのは利休没後、幽斎によってである）。何れにしろ歌書を広く披見していたようだ。

次に『定本千利休の書簡』一八六「六月廿五日付竜野侍従宛自筆書状」は、木下勝俊（後の長嘯子）に「御前にて尊札今拝領仕候昨日万々忝次第ニ候将亦先度進申候外を書立申候者調可懸御目候追々可得尊意候」とあり、桑田忠親氏はこれを一応天正十六年（一五八八）頃とし、「利休は、勝俊に和歌の添削を請うていたらしい」と推測する。但し勝俊は永禄十二年（一五六九）生として（『寛政重修諸家譜』）、これを天正十六年とすれば二十歳で、すでに和歌に手を染めてはいたが、利休が添削を請うほどの存在であったとは思えない。宇佐美喜三八「木下長嘯子の生涯」（『和歌史に関する研究』所収）によるとこの頃はまだ習作期である。この書状はむしろ利休が何かを書き進めたことについてのことではないか。利休としては当時和歌の添削を請うなら幽斎・輝資をはじめ多くの適当な人がいたのである。なお十八年十一月、勝俊は利休百回茶会の正客（朝の茶会記。津田修造「木下長嘯子年譜稿」鶴苑八、昭56・2）。

### (5) 小堀遠州

小堀遠州（天正七〈一五七九〉～正保四〈一六四七〉）、本名政一（実名は正一。一般記録は政一）。徳川家康・秀忠・家光に仕え、公儀作事に才腕を振い、近江浅井郡で一万二千石を領した。号は宗甫。茶の湯についてはいうまでもない。その文芸面の業績は森蘊『小堀遠州』は次のように分けている。
①書体。定家に傾倒し、定家様の書をよくしたこと。②和歌修業。冷泉為満・為頼父子に学び、また木下長嘯子に親しみ、師事したこと。③連歌と和漢連句。小堀宗慶方に和漢の一幅が所蔵、松花堂昭乗、遠州が参禅した春屋宗園らの名がみえるが、遠州は専ら「和」のみ担当し、「漢」の方は得意でなかったらしいこと。

私はかつて「小堀遠州の文学」と題して『淡交』(昭53・12月号)に一文を草したことがあった。そこでは和歌・俳諧・紀行文について述べたので、詳しくはそこに譲り、要点のみを記しておきたい。

まず和歌についてであるが、「遠州蔵帳」(『小堀遠州』、昭38・9　小堀遠州展)には興味ある歌書の名が多くみえる。例えば、「冬康百詠歌巻物」(三好長慶の弟、数寄の士であった安宅冬康百首か)、二条為世筆『古今集』、正徹筆『千載集』、為忠筆『新古今集』、肖柏筆『六家集』、後伏見院筆『新勅撰集』、伝称筆者であろうが貴重なものである。歌学の教養としても和歌を熱心に学んだのである。

遠州の和歌は、書状や短冊類に書かれたもの、茶道具に付せられたもの、後に記す紀行文などにあるが、まとまっては詠草がある。

それは天理図書館蔵本で、『小堀遠江守政一詠草』と題簽ある一冊本。一丁表右下に「伊達伯観瀾閣図書印」と印記があり、伊達家旧蔵本。江戸中期の写、墨付六丁、他に伝存を聞かない本。評点ある歌を含む三十一首があり(合点歌十五首、内一首に長点と目されるものがある)、その後に「烏丸光広卿点」とあり、さらに「追加」として四首が記されている。すべて題詠歌。光広点ということを信じて、その没する寛永十五年七月以前のものである(なお光広と遠州は同年)。一、二掲げておこう。

さびしさをなにゆふ暮と思ひけん明くる朝の荻の上風(朝荻。巻頭歌。合点あり)

『枕草子』の「秋は夕暮」、後鳥羽院の「見渡せば山もと霞む水無瀬川夕べは秋となに思ひけん」、藤原清輔の「薄霧のまがきの花の朝じめり秋は夕べと誰かいひけむ」（共に新古今歌）の影響を受けつつ、「荻の上風」という聴覚によって秋の朝の寂しさを詠出している。

難波江の芦の枯葉の霜の上に有明の月の影のさやけさ（追加）

これも清輔の「冬枯れの森の朽葉の霜の上に落ちたる月の影のさやけさ」（新古今集）の影響が強い。この詠草の歌は、古歌の影響を受けたものが多く、伝統的な歌風といってよいが、『新古今集』への共感は強かったようだ。定家への傾倒がそうさせたのか。古典をよく学んでいたことが知られる。この詠草は遠州研究のため翻刻が望ましいものであろう。——近時、芦刈宗茂氏が『甫公詠歌集』（茶道遠州会福岡支部発行、'01）として遠州の詠をまとめて公刊した。

俳諧。未刊の写本がある。名古屋大学図書館蔵、『小堀宗甫翁詠草』と題簽ある一冊。天保十四年書写奥書。四季に部類し、発句四十一句、狂歌二首。巻頭は、

寛永初の午の年

元日　　　　宗甫

咲く梅の花かはつよし午の年

なかに、「武州江戸城御普請の年　木やりせよをんどりなくばほととぎす」、あるいは「仁和寺造り立てし頃……」など作事に関わるもの、信州における句等々前書きあるものもある。寛永年中のものか。翻刻は芦刈氏上掲書所収（なおこの拙文初稿ののち天理図書館綿屋文庫に自筆稿を蔵することを知った）。

紀行。二つの紀行を残している。

元和七年（一六二一）『辛酉紀行』（『遠州守政一紀行』とも）。四十三歳の折、九月二十二日江戸を出立して十月四日京都に着くまで十三日間の紀行。『続群書類従』所収。煩を厭うて詳しく述べないが、初稿本と改稿本かと思われる文章のかなり異る二系統のあることを記している。沢島英太郎「小堀遠州の研究」（『茶道全集　巻十二』）には（井上前掲文参照）。文章は、例えば、富士川に着き、「渡守はや船に乗れといふ」が『伊勢物語』を踏まえている、というように、古歌や古典を背負った雅文体が基調である。四十七首の和歌がなかにあるが、十首ほどがくだけた体である。

旅衣やぶるるかげを見られじと笠着て腰もかがみ山かな

旅中の俗なること、滑稽なることにも目をふさがぬのびやかさがあり、しかも全体の品格は損われず、いかにも近世初頭らしい色調がにじんでいる。

もう一つは寛永十九年（一六四二）の『東行之記』（湯本紀行）である。遠州六十四歳。これは同年十月京都から江戸に赴いた時の紀行で、『続群書類従　第三十四輯（拾遺部）』に収められている。主要部分が箱根で終っているから、後人の風流によって「湯本紀行」とも名づけられたらしい（太田善麿解説）。他人の歌・古歌の数を含めて和歌二十二首、付合一、発句一、偈二をまじえる。元和七年の紀行とほぼ同様の文体だが、さすがに老いの故か、枯れた趣があり、簡潔にまとめている。和歌もほぼ手慣れた正風体である。

箱根路を行く手に見れば伊豆の海の沖津小嶋のあまの釣舟

は、有名な源実朝の「箱根路をわがこえくれば伊豆の海や沖の小島に波の寄る見ゆ」を踏えていよう。この実朝の歌は『金槐集』にあるが、『続後撰集』に採られており、後者をみたところからおのずから生れたものであろうか。和歌を含めて平明簡素で好もしい紀行。

以上、遠州が和歌を好んで詠じ、造詣の深かったことの一斑を記した。公家の王朝風と武家式正の茶を総合したところに遠州の茶の湯があるといわれているが、その王朝風の中核は和歌であった。飛鳥川・村雨・音羽山……等々、遠州命名の茶入の銘に歌語の多いことなど私が申すまでもないことであろう。

## 2　茶の湯教訓和歌

前節に述べたように室町時代には、狂歌・落書・教訓歌（道歌）・諸道教訓歌が多く成立する。その一環として、茶の湯の盛行と相俟って茶の湯教訓の和歌が作られた。

### (1)　茶の湯教訓歌1

武芸も文芸も、遊技、芸能、有識、作法など、万般の道といわれるものが、発達し、内容・法則・技術などが複雑化すれば、初心者に限らず身につけるのは困難を伴うであろう。所与の、制度化されたものの記憶は韻文によって記憶するのがよい、とりわけ歴史の長い和歌のリズムによるのがよい、というのは人々の知恵であったであろう。

茶の湯の和歌で最も古いのは「長歌茶湯物語」である（今日庵文庫蔵、同文庫発行『茶道文化研究　第一輯』昭49・8に影印並びに釈文、筒井紘一「伝相阿弥『長歌茶湯物語』と初期茶道」がある。なお筒井『茶書の系譜』文一総合出版・昭53、『茶の湯事始』'86年講談社、'92年講談社学術文庫にも本文が掲出され、研究が載る）。巻頭部分を挙げる。

たうせひ《当世》は　らつふ《乱舞》おんきよく《音曲》／ちこかしき《稚児喝食》　若道以下も／たえはてて　もとと立ゆく／世の中にひなを《鄙遠》ん国の／はてまても　すき《数寄》とやらんの／ちやの湯とて　とめる《富》まとしき《貧》／おしなへて　もてあそひける／

その中に　心よりすく／かた〳〵は　たくひも希に……。

筒井氏によれば、宗祇の「児教訓」、伝一条兼良作「酒食論」の強い影響下に作られ、天文・永禄期には成立していたと推測されている。これは単なる作法や教訓ではなく、室町末期の茶道形成期の乱雑さをみてきた作者の教訓・批判とみられ、それだけに具体性があって面白い。初期茶道資料として価値の高いものとされる。ちなみに、末尾の反歌に「きくやいかにあそひの上の茶湯たに／すかてはしらしならひありとは」は「聞くやいかにうはのそらなる風だにも松に音するならひありとは」（新古今・恋三・一一九九、宮内卿）を本歌としている。この歌は謡曲「隅田川」にも引かれて有名だが、何れかをよく知っている教養人の作である。

茶の湯を詠んだ和歌で、次に古いのは細川幽斎の二編である。

一は「細川幽斎長歌」（史料編纂所蔵、「細川侯爵家文書二」の内、古典文庫『中世近世道歌集』所収）で、末尾に「玄旨法印」とあり、自筆と思われるものが北岡文庫にあり、還暦（文禄二年）以後の筆という一札がある。教訓を表面に出さず、当時の風俗描写といったものを表に出し、主に僧侶以下の悪しき風態を酔余の興に口誦んでいる形式で、背後に教訓・慨嘆の情を込めているらしい。巻頭と茶の湯の関わる辺を挙げると、「世はさかさまになるは　僧俗共に物しらす　ほめん事をはほめもせて　そしらんことをほめてけり……　我か物もちての其上に　無用と見えし若衆すき　しるもしらぬも茶湯とて　闇座敷の四てう半　つほのうちにはいなの篠　つたやふたうをははせつつ　いかけせゝけるてんとりや　とひんの口のかけたるを　面白しとてもてはやし　よき物もたぬわびすきは　せめての事にやくにたつ　道具一つも苦労せて　伊勢てんもくや古ちやしやく　しろき物の水かほし三服たつれは水あまり……」の如くである。

もう一つは「細川玄旨教訓百首」（神宮文庫・彰考館）で、他に名称は区々で伝存する（「長岡幽斎百首」東京都中央図書館加賀文庫。「細川家記」中に存するものが桑田忠親『細川幽斎』所収）。『中世近世道歌集』所収の「見咲三百首和歌」（「人はまつ仁義礼いち信たゝしくて慈悲正ちきをほんとあるへし」以下百首）も異本である。武士やその家族に対する教訓が多く、大名の立場で諭したものとみてよく、幽斎作とみてよいであろう。

　哥連歌乱舞茶の湯を好人そだちの程の知もこそすれ（加賀文庫本。見咲本ほか第三句「きらふ人」）

など六首の茶の湯に関わる歌がある。

　習なき人のちやのゆのすいさんはかならず恥をかく物ぞかし（見咲本）

はのちの「利休百首」の原形の歌で、注意されるという（筒井紘一『茶書の系譜』）。

## (2) 茶の湯教訓歌2

百首歌として（幽斎のそれより）古いのは「茶場百首歌」であろうか。巻頭は、

　もろこしに陸桑苧《りくさうちよ》や盧玉川《ろぎよくせん》
　茶は数奇《すき》遊ふ輩《ともがら》ときく

で、百首に追加十首がある。これについては永島福太郎「烏鼠集とその成立の環境」（『茶道文化研究　第一輯』）に詳しい考察があり、天文二十三年（一五五四）の奥書のある「茶具備討集」の内容を詠じた、茶器記憶の便のためのものであることが明らかになった。なお『烏鼠《うそ》集四巻書』に触れておくと、今日庵文庫蔵、茶書集成の書、『茶道文化研究』（第一輯）に翻刻がある。

　管見に入ったところでは、「茶場百首歌」の伝本は四本三系統ということになろうか。すなわち一は『烏鼠集四巻書』の巻四所収本（江戸初期写）。二は東大寺図書館蔵「茶湯秘抄」（元文三年〈一七三八〉松屋元亮の編纂書）所収

本。三は「茶場百首歌」と内題があり、「寛永十九壬午仲夏吉且《(ママ)》鐫行」（但し「十九」は書入れ）と刊記ある東京教育大本。なお東北大狩野文庫に同内容の板本があるが、跋と刊記がない。

一の翻刻注記に「茶湯秘抄」と校合して異った歌形のもの二十四首が掲げられているので、二はそれにより、一・二・三を対校し、その結果のみを記すと、一と三とは本文が近い。歌順は若干異り、語句に少異はあるが、一と二とのかなり大きな本文の相違に比べれば、近いといってよい（但し何れかが親本で一方が子本だというほどの近さではない）。二は、一か三かを基に転写されていく過程で内容改訂が行われたものであろうか。一首だけ例を掲げておこう。

建渓や双井日注陽羨《サウセイニッシュヤウセン》や顧渚曽坑《コショソウカウ》に岳源《カクケン》もあり（『鳥鼠集四巻書』）

茶の名所《めいしよ》双井日注陽羨《さうせいじつしゆやうせん》や顧渚曽玩《こしよそうかう》に岳源《かくげん》もあり（寛永板本）

北焙や双井日注陽羨や建溪岳陽顧渚や曽坑（『茶湯秘抄』）

板本の跋の要点を述べると、茶器を作るのを生業とした藤重の「子葉」藤好は、器物に加うるにこの道に関することを集めて茶の歌百首を作った。ある人これを鳥鼠集《ちようそ》といった。鳥鼠とは蝙蝠のことで、鳥であって鳥でなく、鼠であって鼠でない。つまりこの歌も、漢字かといえばすべてはそうでなく、倭語かといえばそうでもないからである。そこで「予」（跋の記者）は、あなた（藤好）も茶に関わる人として貴人にも侍するため法体をしているが、僧の姿にして僧でなく、俗であって俗でない、この百首集ばかりでなく、（号として）書斎に札を扁けては、と勧めた。

藤重はもと中国の陶工で、来朝して奈良で塗師となり、天文初に上洛、その子が（藤重を姓として）藤重藤元、孫が藤厳。藤重の子藤好と藤元が同一人か兄弟か不明だが、藤厳が慶長二十年の大坂落城の焼跡から新田肩衝等々を見出して復原したと伝えられ、藤重・藤元・藤厳の三代は天文〜慶長年間に活躍した人々である（上掲永島論文、筒井『茶書の系譜』）。なお『烏鼠集四巻書』の、この百首の後に「元亀三龍集壬申辰重陽　湖東一枝叟書焉」とある。永島論文は、この百首の元亀成立は信じられず、慶長・元和頃の成立だろうとする。筒井著書は、『茶場百首歌』は『烏鼠集四巻書』の書かれた元亀年間には「烏鼠集」の名で成立していた、とする。

東京教育大本（正確には旧蔵本）には、表紙に文政三年（一八二〇）の柳亭種彦の貼紙があり「茶百首一名烏鼠集全　藤重男　藤好詠」云々とあり、藤好を藤重の子としているが、天文期の人という藤重の子とすれば藤好が元亀年間にこれを制作したとみることも無理ではない。慎重な立場をとれば、微妙で判断に難しいところで、元亀〜寛永という半世紀余りのなかで今後成立の可能性を探る他はないであろう。

一と三との跋を本文的に比べると、一長一短だが、三によると、この「茶場百首歌」の名としては「烏鼠集」がよい。「烏鼠」は古くから中国の熟語である（山の名、また蝙蝠のこと。一方、今日庵文庫本四巻書の外題は確かに「烏鼠集」と読めるから、この書の書名はそれでよい。ただ「烏鼠」という語の意味はこれから考究せねばなるまい）。

三の寛永十九年の刊記は書誌学的に信頼しうる。茶書についていえば、寛永三年版の『草人木』に次いで古いものという。諸道教訓歌の書としてはすでに寛永十三年『後西園寺殿鷹百首』の刊行があり、それに次ぐものである。なお道歌には、宗祇の教訓歌（「若衆物語」）以下、慶長の古活字本があり、この類が、啓蒙的な、道徳文芸の時期である江戸初期に広く世に迎えられていたことが想察される。

　其道にいらむとおもふ心こそわが身ながらの師匠なりけれ

世に「利休百首」として伝わるものの巻頭歌である。茶道の心得、道具の扱い方、そうあってほしい境地などを詠んだ教訓和歌である。伝本は多く、本によって九十二首ぐらいから百三首ほどの歌を収め、語句にも若干の異同があり、ある本では利休の、ある本では遠州の、またある本では紹鷗のとする。写本や板本には跋文があって「天正八年孟春　抛筌斎専利休　宗易（花押）」と奥書があるものもある。勿論信ずるわけにはいかない。この百首については筒井紘一『茶書の系譜』、「茶湯百首について③」（『茶湯　十三号』'77）に詳しい考察があり、要点のみをいえば、十七世紀（江戸初期）を通じて、茶の湯の教訓和歌が少しずつ生れ、あるいは既存のものが掘り起こされて、利休のものとされるようになり、元禄三年（一六九〇）の百年忌頃に利休茶湯百首としてまとめられる気運が高まったのであろう。紹鷗や遠州の名が冠せられたのはそのあとで、さらに二百首、三百首と発展していったものもある。

右の筒井氏の見解につけ足すものは何もなく、詳しくは上記の論を参照されたい。なお伝本には、紹鷗百首と題するものに佐賀県立図書館鍋島文庫本、利休（宗易）とするものに鹿島市祐徳中川文庫本・大阪市立大学図書館本・東京都中央図書館加賀文庫本、遠州作とするものに内閣文庫『墨海山筆』所収本などがあり、他にも伝本は多いが、管見に入った内では祐徳本の写しが最も古く、江戸中期の初め（十八世紀初め頃）ではないかと思われる。

九十二首本で、

此百首利休宗易居士之製作茶湯之大体也、
落首在之、遺恨〳〵
元和九年八月日　書写畢

と本奥書があるが、元和九年の年時も軽々に信ずべきものではなかろう。書写の比較的古いことが注意され、十七世紀の末頃にはまとめられていたと思われ、筒井氏の推定の確実性が窺われるのである。

注釈やテクストは甚だ多い。私の傍らにも金澤宗為・土肥宏全・井口海仙等々の解があり、テクストとしては玄々斎写を底本とした『茶道古典全集　第十巻』（淡交社）に収められている。また『続群書類従（飲食部）』所収の『紹鷗茶湯百首』も異本の一つである。筒井紘一「茶湯百首について③」（『茶湯　十三号』'77）には、異本関係にある『茶湯秘抄』本、『茶道古典全集』本、紹鷗百首本とが表示され、異同が一目瞭然で、比較考察するに至便である。また「茶之湯三百首」「利休三百首」および幕末の写本に載る「亭主方五十首」「客方五十首」も翻刻されている。

なお江戸時代には、茶器を題材にした『沢庵和尚茶器詠歌集』などを含め、多くの茶の湯に関する歌書が生れたが、それらについては述べる力がない。筒井前掲書、また「茶湯百首について②」（『茶湯　十一号』'76）を参照されたい。

和歌は日本文学史を貫通する唯一のジャンルであり、王朝文化の精髄を持つものとしての権威を有していた。時が下るに従って、その作者層は貴族・女房・僧侶から武家や町衆へと拡大していき、和歌を詠むことがステータスシンボルと観ぜられるようになった。

中世の末に近づく頃、茶の湯を嗜む人々が、多くこのような和歌（王朝文化の王座を占めていた正風体の和歌）に憧憬を抱き、優・艶・寂び・雅俗といった美的理念を身につけていった。――ちなみにいえば、茶の湯の「和様化」の趨勢に伝統的・古典的な文化が及ぼした影響、あるいは和歌から分かれた連歌の冷え寂び、枯淡といった美意識や、会席のあり方が茶の湯に与えた影響などについて記すには全く力がない（古典的な論文として芳賀幸四郎「近世茶道の成立と古典復興」、『近世文化の形成と伝統』（'46）に所収、あるいは新しい論文であるが熊倉功夫「茶の湯の連歌的性格」『国文学』'98・12等がある）。

さて、正風体和歌が美的世界の形成を第一義とする以上、中世社会の苛烈な現実に直面した人々が、そこに湧き起こった感情を、そのまま（優美を本質とする）正風体和歌に託することは困難であった。しかし和歌を嗜むようになった多くの人々は、現実世界から受ける衝撃を、やはり馴染んだ和歌形式によって詠もうとしたのである。それが狂歌であり落首であった。現実的性格の濃いこれらの作品が、中世、とりわけ室町期から増大したのも故なしとしない。繰返していえば、広義の狂歌として、すなわち狂歌の一分野として道歌や諸道教訓歌が次々と生れてきたのも、時代のおのずからなる勢いであったのである。人々に教訓を与え、逆に人々が諸道諸芸の精神や作法技術を知るためには、長い歴史のなかで育てられ、人口に馴れた和歌形式こそ最も適当だ、という知恵が当時の人々の頭のなかに染み込んでいて、和歌形式なるものを自然に受容する基盤があったからこそ、諸道教訓歌の一環としての茶の湯教訓歌が盛行したということになるのである。

# 付章　小考三編（その二）

## 1　百人一首注釈雑考

二〇〇四年に『百人一首　王朝和歌から中世和歌へ』という本を刊行した（笠間書院）。その前々年に国文学研究資料館で行った連続講義をまとめたものである。その中の一首、

わが庵は都のたつみしかぞ住む
世をうぢ山と人はいふなり

という喜撰法師の著名な歌（原拠は古今集・雑下・九八三）の、第三句の解だが、現今の通説に従って「このように心静かに住んでいる」とした。しかしこの歌には周知のように別解がある。顕昭は『古今集注』で、「教長卿云……シカゾスムハ山里ナレバ鹿スムニヨセテ、然ゾ住スルト我身ヲカケタリ。是ニコモリヰタレバ世間ヲ倦タリト、カノ山ノ名ニヨセテヨメリ。私云、鹿ニヨセムコトハサシモナクヤ……」と記し、更に『顕注密勘』では、

此歌の心は宇治は都の巽にあたれり。しかぞすむとは然ぞすむと云。しかぞはさぞと云詞也。鹿ぞすむとよめるなど申人あれど、さもきこえず。しかのすまむからによをうぢ山と云べきよしなかるべし。しかに然を

よせたりと云ても尚無由歟。

とあり、鹿ぞ住む、あるいは教長の「しか」（鹿・然）掛詞説を否定している。申すまでもなく『顕注密勘』の「顕」は顕昭の注、「密勘」は定家の考えで、顕昭説について密勘注のない所は定家はほぼそれに賛成していると考えられており、定家も鹿および掛詞説には同調していないとみられている。ところで、前掲拙著では、西行が伊勢に下って詠んだという次の歌を掲出した。

内宮のかたはらなる山陰に庵むすびて侍りける比

爰もまた都のたつみ鹿ぞすむ山こそかはれ名は宇治の里

おそらく治承四年以後、宇治山田に住んだ折の歌とみられるが、確かに都の東南である。これによると、洛外の宇治にも伊勢の宇治にも鹿が住んでいたと解せられ、教長と同説と考えられる旨を記した。右の歌は『新編国歌大観』『私家集大成』所収本に依ったが、共に「鹿」という漢字表記なので自然に宇治には鹿が住むと解したのである。

拙著刊行後ふと考えたが、もし右の歌が「しか」という仮名表記であったらどうだろう、と思って渡部保『西行山家集全注解』を見ると、第三句の解は、（鹿説不採らしく）「何とか暮らしている」とする。しかも「神祇百首引歌　神祇百首は度合《ママ》元長の撰という」と注記があり、早速元長の「詠太神宮二所神祇百首和歌」（群書類従・神祇部）を見ると、元長の立春歌の自注に「西行此宇治ニテ読ル歌」として「爰モ又」が引いてある。この百首は応仁二年作というから、「爰モ又」は西行の伝承歌とみられよう。

更に三村晃功「歌枕「宇治」考」（『京都と文学』所収、和泉書院）もこの「西行歌」を挙げており、更に鴨長明『伊勢記』に「いせのうぢ山をよめる　これも又みやこのたつみうぢの山やまこそかはれしかはすみけり」という歌のあることを指摘している。そしてこの「長明歌」の歌意は、「このわが草庵もまた、喜撰法師のそれと同様に、都の東南の方角にあって、都から離れてはいるが、このようにのどかに住んでいるよ」（下略）としている（すなわち渡部・三村両解は「然」説である）。

「爰モ又」は『西行法師家集』（大観六〇六）にあり、五九九番歌以後は「追而加書西行上人和歌次第不同」の歌である。

更に索引類を検索すると、

これもそのみやこのたつみしかもすむ山の名同じしばの庵ぞ

という歌が、空体房鑁也の家集『露色随詠集』（一四一番歌。「閑居百首」の内）に見える。石田吉貞「鑁也と露色随詠集」（『新古今世界と中世文学（下）』所収）によると、集中の歌は建久七年前後から建保末頃のものと推測されている。そして鑁也は『明月記』によると、寛喜二年正月下旬伊勢で没したが、久しく伊勢に住んでいたようである。（建暦二年以後は確かだが、それ以前いつ頃から住んだかは未詳）。

上記「閑居百首」の成立年時は不明だが、伊勢との関わりから、「これもその」は伊勢における詠とみられ、ここで注意すべきは（伊勢の宇治に）鹿が住んでいるように解せられることである。この鑁也歌と西行伝承歌との関係はどうなのであろうか。鑁也歌は鑁也の真作だが、伝承の西行歌は、これが西行の真作なら鑁也歌はその影響による作か、逆に鑁也歌が（伝）西行歌のもとになったとも考えられる（既にこの西行伝承歌についての論はあるのであろうか。御教示を得たい）。

定家の『拾遺愚草』に、水無瀬殿に滝が落とされた歌（二五一八）の次に、

春日野やまもるみ山のしるしとて都の西もしかぞすみける　（二五一九）

という歌があり、これは春日神社を分祠した大原野神社を詠じているらしく、その点、鹿が出てくるのは自然だが、同時に下の句は喜撰歌を踏まえており、鹿が実在しているように詠んでいる。また、

鹿の音にかたしく袖やしをるらん今宵もふけぬ宇治の橋姫　（後鳥羽院集・八一九）

里の名や身にしらるらんさをしかの世をうぢ山となかぬ日もなし　（為家集・一八四四）

ほか略すが、鎌倉前期、喜撰歌を踏まえつつ実際に鹿の鳴いている歌は多い。この人々が顕昭説は知らなかったのか、また知っていたとしたら、その場合は鹿が実在すると見た方が面白いと思って詠んだのであろう。

これ（歌の多様な解釈）とほぼ同じケースと見られるのは次の歌である。

ちはやぶる神代も聞かず竜田川からくれなゐに水くくるとは

古今集（秋下・二九四）の在原業平の歌である。『顕注密勘』には「水くくるとは紅の木のはの下を水のくぐりてながると云歟。潜字をくぐるとよめり。（中略）業平が歌はもみぢの水くぐるとよめる歟。（中略）今案に、業平は紅葉のちりつみたるを、くれなゐの水になして、竜田河をくれなゐの水のくぐる事は昔もきかずとよめる歟」とあり、文中に在原友于「時雨にはたつたの河もそみにけりからくれなゐにこのはくぐれり」を引いて、この歌は「時雨にたつたの河をそめさせつれば、からくれなゐにこのはをなして川をくぐらせたれば、只同時にて侍歟」、友于は業平の兄行平息で、業平の没後、舅《おじ》の歌を「かすめよむ歟」としている。顕昭は、「竜田川に赤い紅葉が散り敷いて、その下をくぐって流れる」と解していた。定家の注はなく、顕昭と同じか。

江戸中期の賀茂真淵が「是は或家の古き説に、此くくるは泳《くぐる》にはあらで絞《くくる》なりとあるによれり」とし、友于歌も「くくり染めにとりなせしものなり」（『うひまなび』）によって、「くくり染め」説が提唱され、現在は「水を真っ赤にくくり染めにする」というのが通説と思われる。

さて定家の時代、顕昭の説（くゞる）は果たして通説であったのか。『新編国歌大観』から十首程引いておく（清濁は歌集担当者の認定のまま）。

霞立つみねの桜の朝ぼらけ紅くくる天の川なみ　（拾遺愚草・六〇四）

竜田川いはねのつつじ影みえてなほ水くぐる春の紅　（同・二一九二）

河浪のくぐるも見えぬくれなゐをいかにちれとか峰のこがらし　（同・二三八一）

とけにけり紅葉をとぢし山河の又水くぐる春の紅　（後鳥羽院・遠島百首・三）

春風のにほてるおきをふくからに桜をくくる志賀の浦浪　（後鳥羽院集・一一六四）

秋風のたつた山より流れきて紅葉の川をくくるしら波　（秋篠月清集・四三七）

竜田川ちらぬ紅葉のかげ見えて紅くくるせぜの白波　（正治初度百首・四五六・良経）

神無月みむろの山の山颪に紅くくる竜田川かな　（式子内親王集・二五七）

秋風やたつたの川のきりの中に色こそ見えね水くくるなり　（道助法親王五十首・六〇〇・家衡）

おほゐ河くだすいかだの紅にいは波くくる秋をこそ待て　（建保名所百首・二四二・行意）

私の読解力不足で明確にいえないが、くぐる、くくる何れとも解せる歌が、この時代相当数あるのではないか。『顕注密勘』を重視することは大事だが、それ一辺倒になるのはどうであろうか。それが当時多くの人の従った定説であったかどうか、検討を要するであろう。なお「くぐる」は古く「くくる」であったかとされるが、「平安末期以降は「くぐる」の形が用いられている、という『角川古語大辞典』の解説に従う。

『顕注密勘』から離れても、上記のような例は多いと思うが、百人一首の歌からもう一首引いておこう。

奥山に紅葉踏み分け鳴く鹿の声聞く時ぞ秋は悲しき　（猿丸大夫）

古今集・秋上・二一五、詠み人知らず歌。

この歌は、一般的に、古今集時代には萩の黄葉を人が踏み分けて、と解し、定家の時代には紅葉を鹿が踏み分けて、と解するのがよいなどといわれている。今詳しくは立ち入らず、「踏み分けて」の主体は誰か、という点についてのみ一言したい。

秋山は紅葉踏み分けとふ人も声聞く鹿の音にぞなきぬる　（拾遺愚草員外）

右によると定家は「人が」と考えていたのだろうか。

秋はただなほおく山の夕まぐれもみぢ踏み分くる鹿の音もうし　（明日香井集）

飛鳥井雅経は「鹿」が、として詠んでいる。

ちりつもるもみぢふみ分けわが宿の鹿より外にとふ人もなし　（壬二集・一五九七）

この家隆歌は「鹿も人も」であろうか。

類歌は多いが、右によって推測すると、「奥山に」の歌は新古今時代には両様に解せられていたと思われる。或は当時の歌人は、古歌の解釈にはこだわらず、詠作に当たってその時その時に応じて詠み分けていたのであろうか。そのようにも思える。

中世初頭の社会（歌壇）で、古典の解釈などはどう行われ、享受されていたのか。現代のような通説とか定説とかいうようなものは存在していたのだろうか。特に和歌のように、一方において古典作品を受けとめつつ実作を伴うジャンルではどうであったのか。——本稿を草している時に公表された紙宏行「「くものはたて」の注釈と実作とをめぐって」（文教大学国文34、'05・3）が本稿と若干の関わりがあると思われるが、それらについては更なる展開を期待したい。

百人一首は古来愛好されて来ただけあって、歌の解釈には歴史的堆積があり、現在も新しい解釈が次々と加えられ、「正解」の出ぬ歌が多い。また百人一首の成立、構成の問題、作者について、或は小倉色紙のことなど、いつ果てるとも知れぬ論議が交わされている。研究が進めばそれらに変化の生ずるのも当然である。

以上と関わらせて、百人一首歌の作者の伝について二例を挙げてみよう。

式子内親王の生年が久安五年（一一四九）であることは十数年前に上横手雅敬氏によって証せられ（陽明叢書『人車記』解説、'87）、次いで兼築信行氏によって補強史料が提示され（『定家小本』に嘉応元年「廿一」とあること。「和歌文学彙報」3）、確定した。しかし新古今や百人一首の注釈書には依然として生年不明とするものがある。

次に藤原清輔に関して最近二つの新知見をえた。一つはその享年で、今まで承安二年（一一七二）白河尚歯会の記事（群書類従所収）に、清輔が六十九歳とあるのに拠って、生年は長治元年（一一〇四）とするのが通説であった。最近公刊された「尚歯会和歌」（冷泉家時雨亭叢書46）には「六十五」とあり、'05中古文学会秋季大会で、この会記の研究発表をされた後藤昭雄氏が言及した由である（鈴木徳男・竹下豊氏の教示に依る）。これによると通説より四歳若く、天仁元年（一一〇八）生となる。而して顕広王記にその没年を「七十」としていることと一致し、すなわち父顕輔十九歳の折の子で、天仁元年生がよさそうである（但し諸史料の文献批判は未済なので、なお今後の検討によって確定すべきか）。なお天仁元年出生説によると、「ながらへば」歌を詠じたのは二十九歳頃となるが、それはそれで差支えない。もう一件は、松本智子氏から「扶桑葉林集」について問合せがあったので、思いついて書陵部「歌書類目録」を披見したら、「扶桑葉林清輔二百巻」とあった。集成的叢書の編があったのか。なお時雨亭本には「扶桑葉林　第六十八　宴歌十八」と内題した嘉保三年の尚歯会記を収める（解題は後藤氏執筆）。また書陵部（一〇二・一二八）『歌書目録』にはその書名・内題のみ掲出されている。既に小川剛生氏が研究をまとめられている由なので、詳しくはその成果の公表を俟ちたい。私は清輔伝の専門家を自認しながら（?）恥かしい次第であった。まさしく研究は日進月歩である。

［追記］

小川剛生氏は「『夫木和歌抄』の成立と享受」と題する和歌文学会例会（'06・7、於東京大学）の研究発表において、『扶桑葉林』に詳しく触れ、『夫木抄』において歌を「扶桑（葉林）」より採ったと思われるものにある注記を考察し、また他の資料によって、扶桑葉林は承安二～治承元年の間の清輔の撰か、と述べ、出典資料別の叢書であること、巻一～二十は歌合、巻五十一～六十八は宴歌で、和歌文献を網羅することを目的とした史上最大の和歌文献の集であることを指摘、二条良基以後実見された徴証なく、散逸か、と推定した。妥当な論と思われる。

## 2　後鳥羽院・芭蕉・楸邨

### ——「我こそは」の歌をめぐって——

### 1　後鳥羽院と芭蕉

句集『雪後の天』の自序に、加藤楸邨は「後鳥羽院のかゝせ給ひしものにも、これらは歌に実ありて悲しびをそふるとのたまひ侍りしとかや。さればこの御ことばを力として、その細き一節をたどりうしなふことなかれ」(圏点原文そのまま）を引き、この芭蕉の悲願を思い、衝迫のまま隠岐に旅をした、というのだが、それは昭和十六年三月であった。この隠岐行については今私が喋喋することもないであろう。重苦しい時局下、閉ざされがちな精神の、一つの突破口として選んだ旅であったのであろうか。

さて、右の芭蕉の文章は、申すまでもないが、「許六離別の詞」（元禄六年四月）の一節で、釈阿（藤原俊成）・西行の作品についての院の評詞である。私は芭蕉の専門家ではないから見落しも多いと思うが、諸注は『後鳥羽院御口伝』（遠島御抄。以下『御口伝』と略す）からの引用であるとする。どの部分からの引用なのかについても多くの指摘があるが、それは後に述べることとして、その前に気になるのは、芭蕉は『御口伝』を何のテキストで読んだのであろうか。

『御口伝』の成立年時について、承久の乱以前と以後と、専門家の間で両説に分かれて、結論のついていないのが現状だが、今ここでは立ち入らない。その伝本は『国書総目録』や、和歌文学輪読会編『校本後鳥羽院御口伝』などによると、五十を超えるようである。

その内、『和歌手習』所収本（寛文四年八月刊記）と『和歌古語深秘抄』所収本（元禄十五年正月刊記）とを除き、すべて写本である。江戸初期、後水尾院の時に後鳥羽院ブームがあったので、そういう折に写された本を芭蕉は見たのであろうか。しかしやはり刊本（板本）を見た可能性を探るのがよいであろう。

『和歌古語深秘抄』本は芭蕉没後の刊行だから、先行するといえば、『和歌手習』所収本である。この書は幾つかの歌書の抜書きを合したもので、その内、上巻十三丁裏九行から二十丁表五行目までが『御口伝』であるが、題名の表示も奥書もない。芭蕉がこの本に依ったとしたら、北村季吟あたりの教示があったのであろうか。

この本は仮名の多い本文だが、他の写本と大きな違いはない。芭蕉が『御口伝』から「許六別離の詞」に引いたとされる箇所は（同文はないのだが）既に諸家の指摘があり、その箇所を『和歌手習』本によって掲げると次の如くである。

しやくあはやさしくゑんに心もふかくあはれなる所もあり、ことにぐゑいにねかふすかた也、西行はおもしろくてしかもこゝろもふかくありかたくかたきかたもともにあひかねて見ゆ（中略）しやくあさいぎやうなとかさいしやうのしうかはことはもゆふにやさしきうへは、心ことはふかくいはれもあるゆへに、人の口にあるうたあけてかそふへからす（下略。読点私付。清濁原文のまま）

『御口伝』の「心もふかく」が芭蕉の「歌に実ありて」に、「あはれなる所もあり」が「悲しびをそふる」に対応するのであろう。芭蕉は院の評詞の精神を読み取り、取意して記したと思われる。――そして楸邨はおそらくこの点に真実の把握と表現の一致とを見出したのではなかろうか（「真実感合」を述べたのは昭和十六年八月のことのようだ）。

以上、芭蕉の後鳥羽院享受の問題となったが、最近、後鳥羽院の研究は盛んである。しかしまだ『御口伝』の享受史までには及んでいない。今後、連歌論書（例えば『御口伝』の内の「五尺の菖蒲」は連歌論書に引かれており、これが芭蕉の句に影響を及ぼしたとも考えられている）や、俳諧の分野をも視野に入れて行われることが期待される。

## 2　後鳥羽院「我こそは」の歌について

我こそは新島守よおきの海の荒き波風心して吹け（『遠島百首』）

承久の乱（一二二一）で隠岐に配流された後鳥羽院の、比較的早い頃の作とされる内の一首である。戦前、小学校の国史教科書に載っていたから、年輩の方はよく御存知であろう。そしてこの歌は、乱後約百三、四十年頃に創られた歴史物語『増鏡』に引かれていることで有名になり、院が寂しい境遇の中から詠んだ歌として、近代では次のように解釈された。

我こそ、新に、この隠岐の島にうつりきて、島守となれるものぞ、されば、ふく波風も、気をつけて、あらくな吹きそよとの意なり。

これは、戦前信頼性の高かった佐藤球『増鏡詳解』の訳である。

私こそはこの隠岐の島の新任の島守なのだ。荒々しく吹く海の風よ、この私をいたわって心して吹いてくれ。

佐藤注解後、多くの解があるが、右は比較的新しいものを挙げた（山岸徳平・鈴木一雄『大鏡・増鏡』昭51）。これが通説といってよいであろう。(A)懇願（哀願）型、または願望型とでもいうべきか。

丸谷才一『後鳥羽院』（昭48）はこの通説に対して、流人としての哀願ではなく、先日まで日本を支配していた帝王が、手ごわい新任の島守として来たのであって、海の波風に今までとは違うぞ、とおどしている、すなわち王者としての自負を失わない誇りの表明と見る。これを(B)命令（号令）型（あるいは気魄表明型）と称しておく。現在(B)を支持する人も増えている。一方、『遠島百首』の基調は悲嘆であり、また「心して吹け」という表言は、『新古今集』で見る限り、風に対して穏やかに吹くようにと希望したものであって、強い表現ではない、として(A)を支持する立場も依然として多く存在する。

所で、(B)には丸谷説以前に先蹤がある。『新古今集』の研究者として著名な小島吉雄の『新古今和歌集講話』（昭18）では、波風に向かって「心して吹け」と「御号令遊ばされ」た「帝王の御気魄」を示した歌と見ている。以上は知られた諸説である。

所が、更に一年遡る。小島説とまずは関わりのない所での発表があった。それは昭和十七年十月楸邨の「後鳥羽院懐古」（『隠岐』所収）という一文である。以下はその要約である。

「我こそは」の歌について、佐藤球の解は納得が行かない。院の歌には確かに新古今風の「なよやかな歌調」

もうかがわれるが、それは一部分に過ぎない。『遠島百首』の、

しほ風に心もいとど乱れ芦のほに出てなけどとふ人もなし

外四首（「問はるるもうれしくもなし此海を渡らぬ人のなげの情は」「人ごころうしともいはじむかしより車をくだく道もたえにき」「憂しとだに岩波高き吉野川よしや世の中思ひ捨ててき」「おなじ世にまたすみのえの月やみん今こそよそに沖つ島守」）などには、有名な、

奥山のおどろの下もふみわけて道ある世ぞと人に知らせむ

から続く「たくましい歌調を通じて、高く強靭なる」性格がうかがわれる。そして「新島守」の歌には『万葉集』の「いまかはる新防人が船出する海原の上に波なさきそね」（大伴家持）の歌のひびきが感ぜられる（因みに、芭蕉表現と『御口伝』との関わりにも言及があるが、要約が難かしいので省略する）。

「我こそは」の歌も、「嫋々たる」詠嘆ではなく、鎌倉幕府に立ち向った雄大な心が、隠岐の風土の中に立ち、「至尊の御誇りもて、われこそは新島守ぞと宣らえて、荒き波風も心して吹けと強く」表現したものなのである。以上は私の要約だが、本文は『加藤楸邨全集　第八巻　紀行一』に依った。(B)説の最も早い提唱と見て特筆されてよいであろう。

## 3　再び「我こそは」の歌について

「我こそは」の歌について、丸谷・小島・楸邨という三者が、それぞれ関わりなく近い説を出したのは、この歌にそういう力が込められているからであろうか。

とりわけて戦前の時点で『増鏡』を熟読し、『遠島百首』を見渡して、広い展望の上に、院の心の中に深く分

け入っての、楸邨の厳しい読みには思わずたじろぐ。あらためていうのも気がひけるが、院が京歌壇から離れて、隠岐の自然を見据えて詠歌したことに、楸邨自身の俳句観形成が重なり合っている所がすごいと思う。

でも、今もし楸邨先生健在ならば、やはりお教えを受けたいことがある。

保田與重郎は、『後鳥羽院』（昭14刊）で、「我こそは」の歌を、前掲「おく山の」と百人一首の「人もをし人も恨めしあぢきなく世を思ふ故に物思ふ身は」と並べて、雄大にして激越な精神の様相を見る、としている。また丸谷氏も引いているが、折口信夫もこの歌を「至尊種姓らしい柄の大きさ」と評する（「女房文学から隠者文学へ」）。どれも短い評しか付せられていないのだが、これらの説に対して楸邨先生の忌憚ない見解をうかがいたかったと思う。

中世和歌史専攻の徒として、私は保田説には左袒し難いが、なお『遠島百首』をあらためて考えると、近時の研究では、この百首は時間順に改変されて伝本は五類に分けられる。そして先掲の五首（「しほ風の」など）も「我こそは」の歌も一類本に入っている。一類本は配流後あまり時日を経ない頃の詠ともいわれ、絶望・憂愁の念の投影している作が基調をなし、先掲の五首も、必ずしもたくましく強い調とはとらえきれぬ所がある。すなわちやりきれぬ悲嘆の情と諦念の入り混った作のようにうけとれる。楸邨の不肖の弟子である私は、『増鏡』の愛読者（?）であることも併せて、現在も(A)説を捨てきれない立場をとっている。

和歌史上、後鳥羽院の存在は大きい。晩年のこのユニークな作品の読解・評価について楸邨先生はそれこそ古人の跡を批判的に摂取して新しい読みを力強く提唱した。今後は先人の求めた足跡を踏んで、更に新しく検討せねばならぬとの思い、切なるものがある。

楸邨の後鳥羽院と芭蕉への強い思いと、院の「我こそは」歌への読解とは、深い所で通底していると思われるが、この拙文では私見を加えて記述したため、煩雑にしてとらえにくい文となったことをお詫びしたい。但しその私見も楸邨に触発された賜物なのである。

**[追記]**『御口伝』の初めての刊行は『和歌手習』である、と既に『松尾芭蕉集』(小学館、村松友次氏校注)に指摘のあることを、加藤定彦氏より教示を受けた。

## 3 『代集』についての一考察

(1)

『代集』の歌書としての意義、また新出の上野学園日本音楽資料室本の貴重さについては、さまざまに考究された論があるので、[1]その成果を踏まえて少々の考察を行いたい。

まず成立問題である。勅撰集の記載が、彰考館本では『続拾遺集』まで、上野学園本はそのあとに四つの勅撰集(新後撰~続後拾遺集)の記載があるが、『続拾遺集』以前の記載に比べると簡略なので、公憲筆本の筆者による暦応三年(一三四〇)~五年頃の書き継ぎと推定されている(福島)。従って『代集』の成立は『続拾遺集』奏覧の弘安元年(一二七八)十二月二十七日以降、『新後撰集』奏覧の嘉元元年(一三〇三)十二月十九日の間ということになる(久曽神・有吉・半田)。

『代集』は発見以来、成立問題に多くの説が出された。最初には為家・真観没後の建治二年(一二七六)以後、というように解説されたが（佐佐木）、次いで『代集』の「物語」の項の中の『今物語』の条に、隆信・信実流の系図の記載があって「為行」まで記されており、この表記は為行が後に為信と改名している所から『代集』は改名以前の成立、すなわち弘安元年〜十一年の間と推定された（久曽神説は上記の推定を更に絞ったものである）。その後の弘安年間成立説（長崎・中川）はこれに賛意を表したものであろう。次に『千載集』の条に御子左家（定家・為家の家系を一応こう称しておく）の系図があり、（上略）「為氏大納言　為世同」とある所から、為世が権大納言となった正応五年（一二九二）から『新後撰集』撰集の院宣が下った正安三年（一三〇一）の間とする説（山岸）がある。また『続拾遺集』の条に「当院禅林寺殿　続拾遺一部二十巻」と注記のある所から、「当院」すなわち亀山院が出家した（禅林寺殿と称せられた）正応二年九月から嘉元元年十二月十九日の間とする見解もある（松田・鈴木）。これらの諸説は、上述の『続拾遺集』と『新後撰集』との間に成立したとする、最も穏当・安全な説を幾らかでも縮めようとして検討されたもののようである。

上記の内、「禅林寺殿」の注記は後の加注とみるのがよく（久曽神・福島）、為世の大納言については本来「参議」などとあったのを後に「同」と改めた（久曽神）と推測され、これらの指摘は認められようから、結局「為行」という表記を尊重した弘安年間説が妥当ということになろう。

為行は有名な隆信・信実流の廷臣で、その祖父為継辺から法性寺家ともいわれた(2)。弘安元年百首の人数に入り、『続拾遺集』にも一首採られているから、歌人として認められてはいた。宝治二年（一二四八）の生れ、弘安元年は三十一歳。そして『公卿補任』（新訂増補国史大系本）嘉元二年叙従三位の尻付に、「本名為行」、「同（弘安）十一二廿一従四上（于時為信）」とあるから、従来の見解は、弘安十一年頃まで為行であったとしたのであろう。

所で、『勘仲記』弘安六年十二月廿日京官除目の儀に参仕した人々の中に「為行」がおり、その後しばらく記録類に名がみえないが、九年五月九日新日吉小五月会競馬の儀に参仕した人々として『実躬卿記』『勘仲記』に「為信朝臣」の名がみえる。「朝臣」とあるのは前年正月に従四位下に昇ったからである。（これ以後の記録には「為信朝臣」で表記されている）。以上によって為行が為信と改名したのは弘安六年末から九年五月以前ということになる。もう一つ推測を加えると、上記『公卿補任』尻付に「同（弘安）八正五従四下、同十一二廿一従四上（于時為信）」とある点から、八年正月五日にはまだ改名していなかったのではなかろうか。とすれば改名は八年正月六日以後、九年五月八日以前ということになろう。但しこれは推量に止まるから厳しくいえば、やはり六年十二月二十一日から九年五月八日までの間の改名ということになるが、大づかみには七年から九年初夏頃までの間ということでよいであろう。すなわち『代集』の「為行」という記載を尊重する限り、その成立は、弘安元年十二月二十七日（まず二年といってよい）以後、九年初夏頃までの間ということになろう。

なお、一つだけ付記しておきたい。掲出されている「打聞」の内、『人家集』までは、例えば『石間集』が建治元年（一二七五）九月以前に成立、というようにやや漠然と知られる集もある。が、一応推定のつくのは、文永八年（一二七一）後半から十一年正月までに成ったと考えられる『人家集』あたりが最も新しい集である。ただここで注意されるのは『残葉集』（為氏の弟慶融撰。散逸。弘安初頃成る）、『現葉集』（為氏撰。散逸。弘安三年前後成立）、『閑月集』（仁和寺関係の僧の撰か。弘安四、五年頃成るか）[3]の名が「打聞」の項に見えないことである。この三集の流布度がどの程度であったかは不明だが、『代集』の作者がそれを知っていれば当然掲出したであろうから、『代集』は弘安三年前後に成ったか、と推測できないこともない。しかし三集の流布度が狭かったか、また後に述べるように作者は御子左家とは歌学を含めて少しく距離のある所にいたとも想察される点があって、『残葉』『現葉』の撰を長く知らなかった可能性もあり、彼我考え合わせると、『代集』の成立は、（弘安の比較的早い頃の可能性もあるという含みを残して）やはり上述のように弘安二年から九年初夏以前とするのが安全であろう。

「打聞」の私撰集の掲載順は極めて大まかにいって時代順だが、末尾の『合點集』以下十四集は、その内『連峯集』が、撰者の光経の没年が文応元年（一二六〇）[4]だから、それ以前に成ったということ以外、全く成立が分からなかったが、『代集』上記の成立推定時期から、有名な『うづまさ集』を含む十三集の、弘安九年初夏以前に成ったことが知られるのである。

(2)

さて、「打聞」に掲出されている私撰集の内、或る程度解説しうる手掛りのある若干の集とその撰者などについて注しておきたい。

『南都現存集』『草庵集』の撰者尊海は、興福寺・元興寺の僧で、奈良の僧であるから前者は奈良の現存歌人の歌を集めたものであろう。『続後撰集』以下の作者で、『続古今集』に三首入集、文永三年には生存（『続古今和歌集目録当世』）。寛元四年（一二四六）春日若宮歌合に出詠しているが、これは反御子左派旗揚げの歌合で、それに加わっていることで光俊（以下、真観と記す）と親しかったことが分り、また『人家集』には十五首も入集するが、その内、六六（『新編国歌大観』番号。以下同じ）に「光俊朝臣よませ侍りける春日社五首歌合に」とあり、更に真観に近い人々の撰んだ『現存六帖』『万代集』『秋風集』『雲葉集』の作者で（『夫木抄』によると『明玉集』にも）、反御子左派に極めて親近した存在であったらしい。弘安まで生存の可能性はあるが、『続拾遺集』に入集していないのは、没後か、或は御子左家から好感を持たれなかったからであろう。

『社壇集』の撰者源全は「叡山法印」（『勅撰作者部類』）、『玉葉集』初出で、その二〇四六、七に、為家が日吉社に詣でた折の源全との贈答歌があり、『人家集』一六〇に日吉社に百首を奉納したことが見え、叡山の僧として当然のことながら日吉社と関わり深く、「社壇」とは日吉の社殿をさし（例えば『成仲集』一七「ひえの社にて、社壇郭公といふことをよめる」など）、『社壇集』とは日吉関係の歌を集めたものであろう。また『人家集』に七首も入り、一五六によると真観に勧められた百首を詠んでいる、というように反御子左派とも親交があった。娘の永陽門院少将は春宮時代から伏見院に仕え、父より早く『新後撰集』に入集、『玉葉集』に四首入集。(5) 源全の『玉葉集』入集も娘の縁故（？）に依ったか。

『秋山集』『新修桑門集』の撰者如円は、『勅撰作者部類』に「法師、深草寺如信上人子」とあり、『尊卑分脈』には、如信は範宴（親鸞）の子とも、また範宴の子慈信（善鸞）の子ともあり、如円は如信の子、また分脈一本には慈信の子ともいう。如円は『続拾遺集』に一首入集しており、その前に『人家集』に六首入集、文永の終り頃には三十歳に達していたであろう（一二四三年頃の生れか）。如信・慈信の生没年には諸説あるが、如信は一三〇〇年に没し、一二三五年頃の生れだから、如円は如信の子の可能性は低く、慈信（一二一〇年頃の生れか）の子か（親鸞の孫であろう）。兄如信の養子となったのか。

『新拾遺集』八六一に、

信実朝臣身づから影をうつしおきて侍りけるを、身まかりて後見侍りてよめる　　如円法師

思ひ出でてみるもかなしき面影をなに中々にうつし置きけん

とあって、信実の生前（信実は文永三年、或はやや後に没）親近したことがあったようだ。またその撰『新修桑門集』は、顕昭の『桑門集』に倣って僧の歌を集めたものと思われ、『人家集』入集によって行家に認められていたことと合せて六条家（九条家）とも親しかった。

「打聞」の終りの部分には、衣笠内大臣（家良）、九条前内大臣（基家）、真観・知家・行家・定円（『常在集』の撰者。真観の子）など、反御子左系の人々の撰者となった私撰集が多く挙げられている。私撰集は反御子左派の人々によって撰ばれたものが多いので、それは当然ともいえるが、上述のように尊海・源全・如円も反御子左派の人々と親しく、『代集』の作者はそれらとの交流があったのではないか。そして「うづまさ集源承法眼撰類聚哥林をいふか」とあるように、作者は源承（為家子）撰の集を直披していず、少なくとも御子左家の中枢にいた人ではなさそうである。

(3)

『代集』の「古今序注」の部分は従来あまり注意されていない。今は気のついた一、二の点のみを記しておく。

「ただことうた」の例歌に、

山桜あくまでいろをみつるかな花ちるべくも風ふかぬ世に

の兼盛の歌があることにつき、「六義の注を、民部卿入道為家卿は貫之注と申さる。弁入道光俊朝臣は四条大納言公任卿と申さる。後嵯峨法皇御時、続古今の時あらそひありけり。つらゆきの注といへば、兼盛がうた、時代たがふ事也」とある。すなわち六義の注は貫之か公任か何れが注したか。兼盛の歌を古今序注に貫之が入れるというのは時代的におかしいから公任の注だ、と真観は主張し、貫之注説を採る為家と論争した。結果的にこの歌は『続古今集』一〇四に入集しているから、合理的な真観の説が通ったのであろう。『代集』の作者は評価を記していないが、真観の主張（それは顕昭『古今序注』の説でもある）を是としていると思われる。なおこの論争については『六巻抄』にも記述があり、『明疑抄』（偽書）にも見える。それによると、貫之説は定家で、為家はそれを守っていたもののようである。

人丸が三位であることは『公卿補任』にみえず、おそらくは「ひがごと」か、としている（顕昭の『古今序注』も「不審」としている）。因みに『為家古今序注』には、『公卿補任』になく、「かやうの不審たづねさだむべしといへども、歌の本意にあらざれば、くはしくしるさず」と避けている。「ならの御門」について『代集』は、文武・聖武・大同（平城）とみな申しているが、「一流の相伝、かの御時とは三の義中には聖武天王御事也」とある。御子左家では、俊成が聖武説、定家が文武説で、子孫たちは苦慮しているが、為世はたてまえとして文武説を採っていた（『六巻抄』参照）。後に冷泉家・飛鳥井家は聖武説、また二条家の正流とは距離を置く立場の『毘沙門堂本古今集注』も聖武説を採るようである。

冒頭に「心は万法の根本なるいはれ、この道よりあらはるる也。ひろくみ、とをくきく道にあらず。心よりいできて、みづからさとるもの也」とあるのは、『近代秀歌』に「おろそかなる親のをしへとては、歌はひろく見、とほくきく道にあらず。心よりいでて、みづからさとる物也。とばかりぞ申し侍りしかど……」とある文の祖述で、二条家伝来の考え方が入っている、という見解がある（松田）。確かに『近代秀歌』（或はそれとは別に存在して今は散逸したと思われる俊成の著作）からの影響であろう。但し『近代秀歌』等の流布がそう狭くなかったとしたら、この文は御子左家の人以外も知っていた可能性があろう（なお反御子左派の真観も知家も定家の弟子である）。この引用から二条家（御子左家）の人が書いたとは限定できない。

以上の記述から作者について触れておこう。

『代集』には、御子左家、六条（九条）家、法性寺家の三家（三流）の系譜が記されている。そして「古今序注」の文中に「一流」という語が三度出てくるが、これは作者の関与した流派ほどの意ではなかろうか。何れかの流派の師などから説を受けたことがあったのであろう。上に述べたように、『代集』の「うづまさ集」の記載や古今序注部分の片鱗からも作者は為世（松田）とは思われない。

既に記したので繰り返しは避けるが、「打聞」の終りの部分の撰集の挙げ方などからも、作者は反御子左派に親近感を持っていたのではないか。少なくとも悪意は抱いていず、中立的立場の人ではなかったか。

まず法性寺流の人について記すと、この家は定家・為家とは親戚で、親しくしていたのだが、同時に反御子左派とも親交がある、中間派的な立場であった。重代の歌人ではあったが、御子左家や九条家と違って和歌の（専門の）家という訳ではない。隆信・信実ともに物語の作者であり、信実女弁内侍には日記があり、また累代絵画をよくした。『代集』の系譜も物語を列挙した中に存在する。そして「ことに物語はむかしいまかずをしらず。くはしくしりても哥の道によしなきのみあればしるさず」とある。ただし伊勢・源氏などが挙げられており、これらは当時歌書とも見られていたし、『今物語』に歌話の多いことも周知の事実である。右の文章は額面通り受けとれば公平な見解といえるが、同時に、つまらぬ物語は見る要もないが、として歌の道に有益な物語のあることも示唆しているのではなかろうか。そういう観点を込めて、敢て系譜を掲げたのは注意され、為行も弘安七、八年には三十七、八歳で、弘安百首、『続拾遺集』の作者であり、為行かその周辺の人が『代集』の作者である可能性は皆無ではない。

次に九条隆博は和歌の家の人であり、かつて光俊の仲間として活躍した知家の孫。父の行家は反御子左派の一員に数えられつつも為家とも悪くはなかった。隆博は『続古今集』以後の作者であり、弘安七、八年には四十歳を超えている。既に真観の没後数年を経て、いわゆる反御子左派は解体していたが、その流れを汲む人々は存しており、隆博はその代表的な一人であった。やや後に源承が『和歌口伝』の中で、隆博の五首を挙げて批判しているのは、要注意の人物であったからではないか、とも把握されている。(7)『代集』の作者が隆博かその周辺の人物である可能性もなくはない。

この時代、今は隠れて了った和歌流派が、上記以外にも存していたことは『毘沙門堂本古今集注』末尾にみえる如願流などの系譜を見ても明らかで、そういう人々の中に作者がいる可能性もあり、今後、更に視野を広くして探って行かねばならぬであろう。

(4)

以上述べたことの要点のみを記しておく。

『代集』の成立は弘安二年から九年初夏までの間であろう。前半の書目の内、「打聞」に列挙されている私撰集の、終りの十数部は弘安九年春以前の成立であることが知られ、また注記によって知られる撰者等を細かく考察すると、それぞれの集の性格が明らかになることがあると思われる。そして「古今序注」の部分は御子左家正流の説ではないようで、今後詳しく検討し、鎌倉中期における古今注釈の流れの中でどう位置づけるかを考えるべきであろう。作者の特定は現在困難だが、御子左家の中枢とは距離のある人らしく、「古今序注」の書きぶりや「打聞」後半部の私撰集の掲げ方から、反御子左系の色彩のある人で、その系統に親しい人か、中立的立場の人（例えば隆博・為行やその周辺、或は当時幾つか存した別派の人）の中から可能性を考えるのがよさそうである。

すぐれた古写本である上野学園本の出現を契機に、東博本・彰考館本と合せて検討することによって、ユニークな歌学書である『代集』の貴重さがあらためて浮き彫りにされることと思う。一層深い追究が期待される次第である。

【注】

（1）『代集』についての諸論・解説は極めて多い。以下の記述では論者の氏のみを掲げることにするので、その出現順に文献名を挙げることとする。

福島和夫「暦応三年公憲筆『維摩会表白』並びに紙背の〔代集〕について」（『日本音楽史研究』2、'99）、久曽神昇「代集」解題（『日本歌学大系』5、'57）、有吉保編「代集」（『和歌文学辞典』'82）、半田公平「上野学園日本音楽資料室蔵、新出資料『代集』の成立問題について」（『中世文学』45、'00）、佐佐木信綱『国文秘籍解説』（'44）、長崎健「代集」（『和歌大辞典』'87）、中川博夫「代集」（『日本古典籍書誌学辞典』'99）、山岸徳平「代集」（『和歌文学大辞典』'62）、松田武夫「代集小考」（『田山方南先生華甲記念論文集』'63等）、鈴木美冬「代集」（『日本古典文学大辞典』4、'84）。なお上記半田論文に文献は詳しく所掲。以下、『代集』の文の引用は半田「上野学園日本音楽資料室蔵、新出資料『代集』について」（『日本音楽史研究』3、'01）の上野学園本の翻刻に依り、欠けている部分は東京国立博物館本（小松茂美『古筆学大成』24・28）、日本歌学大系本に依り、適宜表記を改めた。

（2）為信については井上『鎌倉時代歌人伝の研究』（'97）で考察したことがある。

（3）『人家集』については福田秀一『中世和歌史の研究』（'72）、『残葉』『現葉』については「中世私撰和歌集の考察」（『文学・語学』15、60・3）、『閑月集』については久保田淳『閑月和歌集』（古典文庫、'80）参照。

（4）光経の没年については小川剛生「歌人伝資料としての『経俊卿記』」（『銀杏鳥歌』7、'91・12）参照。なおすぐ上に見える『合點集』は冷泉家時雨亭叢書『中世私家集』（六）所収の『合点和歌百集』とは別本の可能性が高い（後者は個人の集のようである）。

（5）岩佐美代子『京極派歌人の研究』（'74）参照。

（6）『古今集』の注釈については、片桐洋一『中世古今集注釈書解題』の刊行があり、また『毘沙門堂本古今集注』（片桐洋一蔵）も影印化されたので、それらを手引として『代集』の古今序注の性格を検討すべきであろう。なお『六巻抄』ほか古今注釈については主として上記片桐著書に依り、顕昭の『古今序注』は日本歌学大系（別巻四）に依った。

（7）佐々木孝浩「九条隆博伝の考察（一）」（『三田国文』14、'91）参照。

［追記］

本稿は'02に書き終え、'03・3に『日本音楽史研究』に発表したが、次の二編を見落していた。

永井義憲「歌学書『代集』は頼瑜の撰か」（佐藤隆賢古稀『仏教教理・思想の研究』山喜房仏書林、'98所収）

髙橋秀城「頼瑜撰『真俗雑記問答抄―上覚『和歌色葉』との関連から―」（『日本文学研究』40、'01・2。口頭発表は'00年度の由）

前者は『真俗雑記』所掲の撰集・歌学書の表をもとに『代集』の撰者が頼瑜ではないか、と考察。後者は平安末期から『代集』『私所持和歌草子目録』に至る撰集・歌学書の一覧表を作成して『真俗雑記』巻五に見られる書目を論じたもの。いま永井論の結論について私は判断しえないが、両論、『代集』に関わる注意すべき論として掲げておく。なお頼瑜（一二二六〜一三〇四）は新義真言宗の著名な僧。髙橋氏に「頼瑜の歌学」（智豊合同教学大会紀要'04・3）ほか関係論文がある。

なお上野学園日本音楽資料室は、'06・10、上野学園大学日本音楽史研究所と名称が変更された。

# 第Ⅲ部

〔歌壇史のこと〕

# 1　歌壇史研究について

## 1　和歌史研究と歌壇史研究

和歌史は、歌壇史・歌論史・歌風史三者の各研究を有機的に綜合して大成される、としたのは福田秀一「歌論及び歌論史の研究について」（『中世和歌史の研究』所収、'72）である。同書の「結語」によると、上記論文は東大中世文学研究会例会で発表（'59・11）、その要旨をタイプ版で発表した由である。この福田論文は歌論史研究を主眼としたものだが、その位置づけを行うと、和歌史の構成は、

和歌史 ─┬─ 歌壇史
　　　　├─ 歌風史
　　　　└─ 歌学史─歌論史

と図示されることになるという。

和歌史の構成を簡明に表示した最初はこの福田論文であると思われる。この内、歌風史と歌論史については、従前からその範疇に属する論著があったが、歌壇史研究については一言注しておく要があろう。

歌壇史研究は、戦後、特に'50年代半ば頃から盛んになり、十年程して総括や批判が現れた。藤岡忠美氏が（歌壇史研究は）「新しい方法として自覚されたというよりも、ある有効な方向として」探り出されたもので、従って

橋本不美男・山口博・藤平春男・福田・井上など、方法などにかなりの相違があった、と詳しく指摘しているが（『平安和歌史論』'66。'65・4に『国語と国文学』に発表したものの改稿）、これが歌壇史研究批評の最初であろう。

さて、福田氏はその前年「鎌倉中期歌壇史における反御子左派の活動と業績」（『国語と国文学』'64、8・11。前掲著書所収）において反御子左派の構成を詳しく調査し、その歌風・歌論の特質を解明したが、それに対して藤平春男氏は、和歌研究に当って性急に現代的意義を押し出すより正確に歴史的復元をはかるべきなので、歌壇史研究の必要性は認められるが、それは歌風論や歌風分析を含み込むものではなく、下部構造を明らかにするもののはずである、と批判した（『文学・語学』35、'65・3の学界展望。「歌壇史研究について」和歌史研究会会報17、'65・4）。これについて福田氏の反論もあるが（前掲著の補注）詳細は省く。更に藤平氏は、歌壇史研究の成果は認めつつ、歴史的復元や表現研究の精密さそのものは文学史・和歌史研究にはならず、「文学史の体系化の根源になる価値観に対しては禁欲的」であることを指摘し、「文学論的追究」を忘れるべきではない、と力説した（『文学論序説』'65中の文章。『藤平春男著作集3』所収）。

藤平氏の立場は明快で、充分に了解はされるが、しかし歌壇史研究についての私見をいえば、ある歌人集団や流派の構造を解明する時に、その特徴の一環として歌風・歌論の分析を行うのは自然であろう。なおいえば、歌壇史研究は、文学性の有無に拘らず、和歌形式を創り出した人や集団を対象として、その構造なり、歌人の静態・動態なり、社会との関係なりを、歴史学と同じ方法で、つまり厳密な史料批判に基づいた実証的な方法に依って行うべきもので、端的にいえば、歴史学の一分野といってよいであろう。

さて、谷山茂氏は、和歌史には、和歌の世界のやや特殊な条件に即して、歌風史（風体史など。広くいえば表現史）、歌論史（美的様式史、思想史、歌学史等を含む）、歌壇史（広くいえば環境史・周辺史）の三つに大別される態度・方法があり、理想的にはこの三者とその態度・方法を総合・統一的に把握し、それらを包み込んだ原理・法則を叙すべきだが、それは至難の業かつ理論的にも不可能で、何れかの態度・方法に重点をおきがちになる、という指摘を行った（「風巻氏の中世和歌史観とその方法」、『風巻景次郎全集7』解説、'70。『中世和歌つれづれ』'93所収）。

この谷山氏の、和歌史研究に三つの別あることについての論説は、福田氏見解と一致することを福田氏著書は補注で指摘している（前述のように福田原論文は市販されたものではないから、この一致は偶然の所産とみてよいであろう）。谷山氏見解の、三者の総合叙述が「論理的にも不可能」かどうかは別として、「至難の業」というのは、確かに研究の実情を指摘している、と私には思われる。

古典和歌の研究に当って、古くからその中心であった歌論・歌風の研究についても、現在では谷山氏のいう歌壇・環境や、或は歌風史に含まれる表現についての精密な調査に基づいて行うことは既に自明のことになっているように思われるが、一方それらの方法についての相互批判はかつての頃に比べて薄れているように見える。時には批判や反省も必要ではあるまいか。その一つの手がかりとして、歌壇史研究をめぐって、藤岡・福田・藤平・谷山各氏の見解を掲げて記してみたのだが、これも和歌史の構想を考える上に、全く無駄ではないように思われるがどうであろうか。

以上は拙文「和歌史の構想」（『和歌を歴史から読む』'02）第一節「初めに——和歌史の構成」より。

**補注**

戦後まもない頃、昭和二十年代から三十年代にかけて、「歌壇」と銘打った論著を若干掲げてみよう。

石田吉貞「宇都宮歌壇とその性格」（国語と国文学、昭22・12）

井上「南北朝時代における歌壇の動向」（国文学研究5、昭26・12）
濱口博章「鎌倉歌壇の一考察」（国語国文、昭29・3）
犬養廉「和歌六人党に関する試論――平安朝文壇史の一齣として――」（国語と国文学、昭31・9）
島津忠夫「南朝の歌壇とその行くへ」（語文18、昭32・4）
山口博「師輔歌壇と私家集と」（文学・語学、昭33・8）
橋本不美男「院政期歌壇の一考察」（書陵部紀要10、昭33・10）
井上「院政期歌壇の考察」（国文学研究19、昭34・3）。
藤平春男「建保期の歌壇について」（国文学研究20、昭34・9）
家郷隆文「新古今歌壇の晩鐘」（国語国文研究18・19、昭36・3）
井上『中世歌壇史の研究　室町前期』（昭36。『南北朝期』は昭40）
橋本『院政期の歌壇史研究』（昭41）

右に見るように、戦後、とりわけ昭和20年代の後半以後、歌壇的状況に配慮した論文は多くなる。こういう状況が生れた背景を考慮しつつ、歌壇史研究ということについての私見を記しておきたい。

## 2　「歌壇史研究について」

［昭和40年（'65）9月「冷泉家関係者の記した奥書を持つ歌書類について　付・歌壇史研究について」という一文を『立教大学研究報告　人文科学18、一般教育部』に発表した。当時、冷泉家の秘庫に蔵せられている貴重な典籍は、到底研究者の眼には触れられぬものと思っていた。そこで、写本・刊本に、冷泉家の

人々の名の見える奥書を収集することによって、冷泉家に伝襲されているであろう、或はされたことのある典籍を窺知しうるであろうこと、併せて典籍の奥書は、その書の伝来などを知る証ともなりうるのは勿論だが、更に歌壇史・歌人伝研究の大事な資料ともなろうかと考えて、収集を試みたのである。

この調査に関連して「歌壇史研究について」の私見を記した文章を付載した。直前に発表された藤岡・藤平氏の歌壇史研究についての発言に対応する心算もあった。私個人の早い時期の発言ということに過ぎないし、素朴な文章で恥しいが、以下、歌壇史研究について若い頃どう考えていたか、という見解の提示として、抄録の試みを許されたい。」

歌壇史、それも平安・鎌倉・室町の各時代を対象とする歌壇史研究が盛んになったのは昭和二十年代の後半以後である。そしてそれはいわゆる歴史社会学派の研究に接続して現れてきたものの如くであった。但しそれは歴史社会学派のように或る一つの哲学によって裏づけられたものではなく、比較的若い研究者が、当初はお互いに連絡もなく、従って研究の目的も方法も多少の相違感を持ちつつ行われてきたが、それらにほぼ共通している事は、要するに文学作品や作家を生み出した場を実証的に解明する事であった。

私もそういう一人であるが、そのころ私は歴史社会学派の論著に対して強い共感と反撥を覚えた事を記憶している。その意識の分析は別の機会に行おう。ただそのラフな論証の仕方——いわゆる下部構造が余りにも直接的に作品や作家を規定するといった叙述の仕方には首を傾けざるをえない事が往々にしてあった。特に和歌の場合、社会構造が直接に和歌を規定する事は少ないのではないか、和歌の背負っていた重苦しい伝統は決してそれらを無媒介に受容する事はなかったのではないか。

大体、日本の短詩型文学は、何らかの集団の内において創作され、享受される事が多かったが、社会の展開に伴って思想や感情が複雑になってくれば、感動の把握の仕方や、それを詠み出す為の技法的なものの修練がいよいよ重要なものになって来るし、時代の下降に伴って伝統的規範の集積も自由な詠法を拒否してくる。専門的歌人の発生が必然化し、それを中心とする同好的・派閥的な小集団（グループ）の生起も亦必然である。――なお特に専門歌人が簇出してくるのは院政期である。

もとより現代と違って階層制の顕著な社会にあっては、身分関係や政治的関係でグループを作り易いし、それらはサロン的性格の濃い時もあるし、文芸意識が濃厚になればそういう性格も濃くなろうが、とにかく和歌は集団の中で創作・享受されるのが一般のあり方であった。

歌壇とは、要するにお互に交渉を持つ複数歌人の集団であるが、実際的には以上述べたような専門歌人を核とした幾つかのグループを含む歌人集団の世界を指すものであるといえよう。――学問は抽象作用の上に成立するものであるから、かかる世界を歌壇と規定して、それを研究する事は差支えあるまい。

歌壇の性格は時代によって変化がある。私は主として院政期から室町期に至るそれを研究対象としているが、この間、和歌は日本を代表する詩歌であり、大袈裟にいえば社会的にも最高の地位を与えられていた文芸であった。従って、歌人たる事は文化人の象徴でもあった、というのは言いすぎであろうか。

歌壇の最高指導者は権力によって支持され、公認された歌道家の人々であった。その権力とは、いうまでもなく院権力を含む王朝的権力であり、更に、（新興の武家階級も和歌に対する価値観を変更しなかったから）北条氏や足利氏などの幕府権力であった。一方、歌道家と、それを中心とする歌人グループの存在は、単数である場合が少なかったから、他のグループと競合し、歌壇の指揮者たる事を願って権力と結合する事を好む傾向が常に強かった。

——かくして歌壇の円と政界の円とは大きく重なりあい、即ち歌壇が政治権力と密接な関係を持っていた事が知られよう。

要するに院政期から室町期に至る歌壇は、文芸意識と権力に対する指向とが微妙にからみあったグループの簇出と、それら諸グループの綜合の上に形成されていたといえるであろう。例えば、白河院近臣による歌人グループは、政治的利害の一致した集団とした成立し、そこから自ずと共通した文芸意識が生れたのではないかと思われ、新儀非拠達磨歌の御子左派は、共通する文芸意識によって結成された後に後鳥羽院権力の支持をえて歌壇の覇者となり、京極派グループは、両者を微妙に止揚する事によって形成されたらしく考えられる。

歌人集団の存在や動向、構造や性格を明らかにする事、即ち実証的方法によって歌壇の歴史的事実を明らかにし、その諸事実相互の因果関係を把握する事が歌壇史研究である。而してその研究過程においては、いわゆる文芸学の領域に属する事をも考察せねばならぬ。しかし歌壇史研究では、和歌の美的典型の種々相や、その流れや、文芸的価値の究明を目的としない。——かかる意味において歌壇史研究は歴史学の一分野と見做してよいのではなかろうか。

室町期から江戸初期にかけての人々が——正徹ら一、二の例外を除いて、公家も武家も僧侶も女房も町衆も——挙って平安（乃至は新古今）的和歌のイミテーションを大量生産したのは何故であろうか。それらをエピゴーネンとか質的低迷とか評し去る事は易しい。しかし何世紀もの下積みにたえて、ようやく新たに権力や財力を手にして、さて少しは教養や文化を身につけたい、と切に望んだ人々がこの上なく憧れるのは、やはり完成された伝統的文化であるのが自然なのではあるまいか。それればかりではない。一条兼良とか三条西実隆のような一流の文化人まで「つまらぬ」「マンネリズム」の歌を競って詠んだのは、滅び行く伝統的文化への憧れと共に、その保持者としての限りない誇りがあったからではなかろうか、こういう彼らの生活した場を、そしてその心情を無視すべきではなかろう。

和歌の文芸学的研究が重要である事はいうまでもない。しかしそれが「学的研究」である以上、歴史的媒介を経て行われねばならぬのはいうまでもない。その歴史的な場をできるだけ正しく復原しようとするのが歌壇史研究の中心課題である。文芸の「学的研究」にあたって、文献学・書誌学・古文書学……精神史・文化史等をも含む歴史学等々の諸種の隣接科学の援助をえねばならぬのは勿論であるが、就中和歌の研究は、既述の如き和歌の持つ性格から、作家や作品を生み出す直接母胎である歌壇の動静を明らめた上で行われねばならぬのではなかろうか。

頗る未熟、幼稚な議論である事を承知で、縷々このような事を記したのは、最近相次いで歌壇史研究についての批判（好意的にではあるが）が行われたからである（藤平春男氏『文学・語学』35所載の学界展望「展望」及び「和歌史研究会会報」17所載の一文・藤岡忠美氏「平安朝の和歌」国語と国文学　昭40・4）。歴史社会学派の後に登場したこの研究は、新しい方法として自覚されたというよりも、各人各様に或る有効な方法として敏感に探り出されたものという性質が強い（藤岡氏）、ここらでその目的や方法について深く考えてみるべき時期にさしかかったのではないか（藤平氏）、という問題提起に触発されて、考えの熟さぬ点・論じ残した事も多いが、敢て草してみたのである。

［右の文章を草して後、私はこの方法によって調査を進めて来たが、学界においてもこの研究方法についての発言や批判は殆ど見られなかった。上に述べたように、歌壇史研究といっても人によって相当に異る面が存したが、巨視的に見て、作品なり歌人なりを研究対象として扱う場合、それを取巻く状況（場）の研究は広く行われるようになったものと感じている。

私自身、古稀を超え、機会があれば歌壇史研究について、回顧反省の気持を述べたいと思うようになった。'01年以後、慶応義塾大学斯道文庫、東京大学国文学会、早稲田大学国文学会等において、折を得て口頭で語ることがあった。ちょうどそのころ川平ひとし氏が『中世和歌論』（'03）の緒言で、短い文章だが、戦後の和歌史研究について、歌壇史研究を含めて、的確な批評を行っている。そういう時機になって来たのかもしれない。縁があって『本郷』（no63、'06・5）に「歌壇史研究のこと」という一文を草した。書き終えてみると、論旨は四十年前と殆ど変らないが、おそらく将来この件について私が書くこともないだろうと思い、加筆を行って次に掲出することとした。」

### 3 「歌壇史研究のこと」

短歌も俳句も、五七五七七、または五七五という形で独立するのだ、というのは正論である。すでに八百年近く前に藤原定家も、和歌は「いささかも事により、折によるといふ事なし」と明言してる。しかし実際には、作品を読む時、詞書（前書き）と合せて、また例えば良寛や一茶の境涯や生活を重ねて味わうことが多いのではなかろうか。

『後鳥羽院御口伝』は、上記の定家の立場を理解しつつも、しかし、和歌はそう窮屈なものではない、作者や作品を取巻く状況を知り（つまり歴史的存在であることを認識し）、その上で評価することも伝統なのだ、と力説するのである（中世和歌と王朝和歌との対比がそこにはある）。現代でも歌人道浦母都子はいう。「歌は作者の名前までついて一首という文学なのだ」と。

更に、万葉集でも古今集でも、猿蓑でも、斎藤茂吉の『赤光』でも、集の中の一首・一句は厳しく独立しながら、同時に「古今集の世界」とか「猿蓑の世界」というように、集の世界を一つのまとまりとしてとらえることも普通ではなかったのだろうか。

なおつけ加えれば、万葉集に多い連作・群作(例えば讃酒歌のような)、王朝・中世和歌でいうと、和泉式部の帥宮挽歌群、西行の「たはぶれ歌」「地獄絵」の歌、光厳院の灯火六首のように、複数の作品がまとまって強力な一つの単位をなす形式があって、これも和歌の一潮流を形成している。

短詩型文学は、一首で独立・完結することをたてまえとしつつ、一方では、詞書と合せて、作者の境涯を知って、集などのように或るまとまりにおいて、また連作・群作というような形式においてその光を放つという性格があり、この二律背反性によってこそ、和歌(短歌)も俳句もしぶとく生き抜いて来たのである。

それでは和歌(史)の研究は如何であるべきか。

戦前の古典和歌研究は、主として個々の作品の印象批評であった。前に掲出した藤岡忠美氏の言葉を借りれば「歌風・歌調の展開の美学的方法による叙述」(或は「印象的鑑賞主義」)であった。戦争が終って昭和二十年代の和歌研究に大きな一石を投じたのは谷宏氏の一連の論文であった(「京極派歌風の一問題」国語と国文学、昭22・8、「玉葉風雅歌風」同、昭23・9、「京極為兼——その「新風」について」文学、昭23・8、「新古今集——古代の落日——」同、昭24・6ほか)。京極派和歌についていうと、持明院統宮廷を支える上流貴族層と中下流貴族層において、後者の進出する意識から京極派は生れたのだ、という。この「歴史社会」と和歌とを直接に結びつける論を、私などは実に斬新な見方として受けとめたのであった。世にいう歴史社会学派である(戦後、唯物史観は多くの青年たちに、——賛否は別として——関心を持たれており、この学派の考え方は受け容れ易かったといえる)。

折からも私も卒業論文を書く季節を迎えた。文学史上の問題点を雑然と調べた中で早くから詩歌に関心があったので、印象に残ったのは、鎌倉後期から南北朝初頭にかけて、持明院統が政権を握ると京極派が優勢になり、大覚寺統が政権を握ると二条家が歌壇の支配権を獲得するという事態が繰返されたが、南北朝中期に至ると、持明院統の後光厳天皇が二条家を支持するという転換が起こったが、それは何故であったのか。

大学院に入ってあらためてその問題を調べ直した。『国歌大観』『群書類従』等々所収の多くの歌書の、和歌と詞書を見ている内に、二条家の人々が新権力者足利尊氏・直義兄弟や有力武家に、三代集伝授などを通して巧みに近親関係を得、その支持を背景に、歌壇における勢力を回復するに至ったことが知られた。上級武家の多くは鎌倉時代から京の伝統文化、なかんずくその中核である和歌に憧れ、詠歌に努めていた。尊氏も、鎌倉末に二条家の手に成る『続後拾遺集』に入集、すでに二条家と親交があったと思われる。二条家はその旧縁を生かして接近をはかったのである。

この調査をまとめて、「足利尊氏と二条家」というような題にして、早大国文学会の『国文学研究』誌に投稿した。そのあとで先輩の藤平春男氏に会った所、氏がいうには「先日の編集委員会で君の論文につき質問があったので、要するに南北朝時代の歌壇の動向を資料に基づいて論証したものです、と説明したら、委員会では、それなら今の説明通りの題にした方が分り易い、ということになったので、それでどうですか」というので、誠にその通りと思って承諾した。昭26・12発行の『国文学研究』誌（五号）に「南北朝時代における歌壇の動向——足利尊氏と二条家との関係について」と題して発表されたものがそれである。

因みに、この題名を見た明治生れの母が仰天し、「おまえ、頼むから尊氏のような逆賊の研究などはしないでおくれ」と懇願された。戦後六年を経過しても逆賊尊氏のイメージは母から消えていなかった。戦前、尊氏を褒めて大臣の椅子を棒に振った人のことを想起したらしい。尊氏など研究していると世に出られないと思っていたらしい。すぐれた文化人で大きなスケールを持った尊氏を褒めることができたのは明治末の山路愛山『足利尊氏』までであったのだろうか。私はこの書から大きな影響を受けていた。

この論文を書いたことで、歌人は「歴史社会」からはもちろんだが、最も強く影響を受けるのは、師友、歌人仲間の世界、すなわち歌壇からである、ということを知ることができた。

和歌は王朝時代、社交雅語といわれる半ば実用的な存在であった。それが平安末期（院政期）以降、漢詩と並ぶ日本の詩としての地位が確立され、文芸詩として歩み始めると、歌人たちは師に就いて歌を学ぶことが常道となり、専門歌人が輩出し、六条家、御子左家といった和歌の家が相次いで誕生し、それを取巻くグループが発生する。それら複数の歌人集団が対抗し、あるいは協調する世界、すなわち歌壇的世界が常態となったのである。

後鳥羽院は強力な院政を展開したが、その一環として和歌そのものの支配を断行する。新古今集の撰集、歌合・歌会・百首歌などの催しはすべて朝儀に組み込まれる。歌人の中心は宮廷人である。和歌は単なる風流韻事ではなく、強い政治性を帯びる文化の一つのジャンルとなった。定家―為家の子孫が二条・京極・冷泉の三家に分裂したのも、宮廷人に和歌を指導する師範の地位を獲得して、自己の存在意義を明らかにするためであった。

京極為兼は持明院統の伏見天皇に信任され、宗家（二条家）に対して新しく家を立てようとして宗家と異なる和歌を創り上げ、対して二条為世は伝統的立場を揚言して大覚寺統に密着したのだが、いずれも歌の家の存立を賭しての争いであった。

このような和歌をめぐる状況が明らかになってくるにつれて、確実な史料に依り、歌人が生き、作品が創作された場のあり方を、より精密に実証的に探ることの必要性が痛感されたのである。歌壇史の研究が盛んになったのも自然の勢いであった。それはほぼ昭和三十年（一九五五）前後のことで、いったん歴史社会学派に共感しつつも、その粗い論証を克服した結果と見てよいであろう。

私見による歌壇史研究は、個々の和歌の、文芸としての評価を第一義とはしない（だいたい文芸の価値評価は相対的なもので、例えば、古今集評価の浮沈（？）がよい例である。また京極派和歌も長く異端とされ、近代に至って復権、同時に明治初めまで主流であった伝統的な二条派和歌は現在は「平凡」の一言で片づけられる）。明らかにすべきは、過去の時代の歌人を取巻く集団・流派の存在、その規模・動向・性格、個々の歌人の行動などが如何なるものであったかを解明することである。その面では歴史学の一分野といえることと同時に、文献学と並んで「和歌文学」研究の不可欠な基礎的研究である、ということになるのである。

最後に、具体的に一作品を論評して結びとしたい。

京極派和歌は、新鮮な感覚でとらえた対象を、洗練した表現で構築したものが多く、概言すれば一首で独立した作が多い。

浪の上にうつる夕日の影はあれど遠つ小島は色暮れにけり　（玉葉集、為兼）

一方、次の歌はどうであろうか。

あれぬ日の夕べの空はのどかにて柳のうへは春近く見ゆ　（永福門院）

徳治頃（一三〇六年頃）、伏見院仙洞で行なわれた、最も純粋な京極派メンバーによる二十番歌合の歌である。微妙な自然の変化を鋭くとらえて、そこから春の訪れを感じとった秀歌であるといってよい。しかし伏見院はこの歌の判詞で「柳のうへ春近く見ゆる心、猶思ふ所あるにや」といっているが「猶思ふ所」がある、とは何であろうか。――この徳治期は、大覚寺統の後二条天皇の在位も六、七年に及び、岩佐美代子氏の『永福門院』が推測するように、伏見院側は鎌倉幕府に強硬に譲位請求を行ない、速やかなる皇太子富仁親王（伏見院皇子）の践祚を期待していた。永福門院歌には、その将来を寿ぐ予祝の心が込められている、と把握したのが判詞の心であり、それは一座の人々の心でもあった。この歴史的、歌壇的な状況を踏まえることによって、美しい自然美の背後に上記のような深い心の込められていることが知られるのである。創作の背景を把握することによって、読者が作品を一層深々と味わいうるものがあるのだ、という面を如実に示している和歌ではあるまいか。

# 2 歌壇の概観

## 1 はじめに

中世歌壇の流れをどう時期区分するか、井上は『平安後期歌人伝の研究』（'78、増補版'88）、「中世歌壇の展開」（『中世の和歌』和歌文学講座7、'94）、『鎌倉時代歌人伝の研究』（'97）、「和歌史の構想」（『和歌を歴史から読む』'02）などにおいて試みたことがある。「和歌史の構想」においては、次のように区分した。

十一世紀中葉（後朱雀・後冷泉の時代。中世歌壇前史として）

Ⅰ　延久元〜承久三年（一〇六九〜一二二一、主として院政期）

Ⅱ　承久三〜観応二年（一二二一〜一三五一。定家指導の承久三〜仁治二年、為家・為氏指導の寛元元〜弘安十年、二条・京極対抗の正応元〜観応二年の三期に分ける）

Ⅲ　文和元～延徳元年（一三五二～一四八九。二条家指導の時代・南朝新葉集の時代の文和元〈正平七〉～明徳三年、飛鳥井家指導の明徳四～永享十二年、足利義政・義尚の東山時代としての嘉吉元～延徳元年の三期に分ける）

Ⅳ　延徳元～十七世紀初頭（一四八九～一六一〇前後。永正期・三玉集の時代としての大永六年頃まで、後奈良・正親御院時代の大永末期頃～天正十年代半ば、後陽成院を中心とする天正十年代半ば～慶長十年代半ばの三期に分ける）

『鎌倉時代歌人伝の研究』のまとめとした「歌壇の概観」では「弘安期」までを記したので、本稿ではその後を受けて正応以後の流れを、「中世歌壇の展開」に依りつつ略述し、「まとめ」に代えたいと思う（但し標目は新たに立てた）。

## 2　鎌倉後期～南北朝初期

### 正応・永仁から正和まで（『玉葉集』前後）

鎌倉末から南北朝初期にかけての歌壇は、皇統の分裂と結びついた歌道家間の対抗期である。正応・永仁期はその初期で、伏見天皇の周辺で為兼を指導者とするグループ（いわゆる京極派）が形成されつつあったが、正応期は晴の会では為兼・二条為世・飛鳥井雅有・九条隆博らが参仕し、まだ表向き抗争の跡はみられない。しかし永仁元年（一二九三）天皇が上記四人に勅撰集の企画を諮った時、撰歌範囲は上古を含めるか否かなどの問題で為世と為兼と対立し、両者の見解の相違は明らかになる。そしてこの頃為兼の新風を喜ばぬ対立者が『野守鏡』を著して為兼を攻撃する。また鎌倉に居ることが多く、細川庄で二条家と係争中の冷泉為相も、永仁二年撰者に加わりたい旨を申し出て、為兼もこれを支持する。源承（為氏弟）の『和歌口伝』は真観や為相ら御子左宗家に反抗した人々を非難する書として永仁年中著されたものである。

為兼は永仁四年政治介入を讒言する「傍輩」によって政治的に失脚し、六年佐渡に流され、隆博・雅有も没して、永仁勅撰の議は一応立消えとなった。六年伏見天皇は後伏見天皇に譲位するが、為兼の失脚中にも歌合を行い、次第に新鮮な京極派歌風をうちたてて行く。永福門院ほか勝れた歌人が多かった。同時に二条家も為世・為藤・慶融・定為らが大覚寺統の後宇多院・後二条院の支持の下、団結の傾向を示し、関東では将軍久明親王、北条貞時以下多くの歌人を擁して、歌会などが活発に行われ、為相はそこで指導的地位を保っていた。

正安三年（一三〇一）正月、幕府の意向によって後二条天皇が立ち（正安の政変）、後宇多院の院政が開始されると、二条派の優勢期が到来、為世は院から勅撰集撰集の命を受ける。乾元二年（嘉元元年。一三〇三）には為兼が帰洛を許され、伏見院仙洞で五十番歌合などが行われ、京極派も活発化する。後宇多院は百首を召し（嘉元百首）、為世は元年末、『新後撰集』を撰進する。ほぼ伝統的な歌風が基調である。

なおこの頃、醍醐寺の歌人グループが『続門葉集』を撰んでいる。

延慶元年（一三〇八）後二条天皇が早世し、持明院統の花園天皇が立ち、伏見院政が開始される。三年、かつての永仁勅撰の企てを再興させようとした為兼に対して、為世が烈しく反発し、いわゆる「延慶両卿訴陳状」が交わされる。結局、正和元年（一三一二）為兼が撰者の命を受けて『玉葉集』を撰進する。伏見院・定家・実兼・為教女為子らの入集歌数が多く、京極派とそれに提携した冷泉派の優位は明確であった。

正和期に入ると、政権の外にいた東宮（尊治）らの歌会が頻りに行われ、敗者の地位にある二条派の動きが活発で、『玉葉集』に対する非難の書『歌苑連署事書』が著され、為世らの『花十首寄書』（正和四年）ほかの催しが多い。為世一門や廷臣のほか、頓阿・浄弁・慶運、遅れて兼好ら歌僧もこの頃から存在を明らかにしてくる。

二条家は有能な地下の歌人をよく受け容れ、育てている。

関東では早く為顕が歌会を行い、延慶期には為相が『柳風抄』を撰び、弟子の勝間田長清が『夫木抄』を編む。為氏男為実も関東に下ったが、為実周辺やその対抗者との間で、いわゆる偽書が数々制作されたらしい。

為兼は伏見院の信寵を頼んで勢威を振ったが、和歌師範の分を超えた政治介入により、幕府からも忌避され、正和四年末失脚、土佐に配流された。

## 文保から元弘まで（鎌倉最末期の歌壇）

文保二年（一三一八）花園天皇は後醍醐天皇に譲位、大覚寺統の治世となって後宇多院は直ちに為世に『続千載集』（元応二年成立）を撰ばしめ、それに先立って『文保百首』が詠進される。その後の元亨期の二条派系歌壇の盛況には顕著なものがあった。多くの歌会が催されたが、元亨三年の『亀山殿七百首』の規模がとりわけ大きい。元亨元年で後宇多院は院政を停止したが、そののち正中にかけて後醍醐天皇内裏の和歌の催しも活発であり、『続後拾遺集』が嘉暦元年（一三二六）に成立（撰者為藤、撰中没して為定が完成）する。二条派は小倉公雄・実教父子、中御門経継ら家の人以外にも有力歌人を多く擁し、為世門の浄弁・頓阿・兼好・能誉（後に慶運が代る）が、（為世門法体歌人の）四天王と称せられる。持明院統でも花園院・永福門院を中心に内々の歌会が行われた。

二条派では私撰集『続現葉集』『拾遺現藻集』『臨永集』『松花集』が成立、後二者には九州の人々の歌が多く、北九州には歌壇が成立していたようだ。また関東歌壇の賑わいも続いている。伊勢では早く永仁三年頃、祭主や内宮の人々が中心となって『新名所絵歌合』（為世判）が行われたが、元亨元年には外宮の神官が中心となって『外宮北御門歌合』（公雄判）が催され、建武元年朝棟邸歌会は外宮の人々を中心に祭主家・内宮の神官も加わって行われ、歌人は頗る多かった。なお二条派の元盛の『古今秘聴抄』、次いで『勅撰作者部類』の編が注意される。

### 暦応・康永・貞和期（『風雅集』前後）

元弘三年（一三三三）後醍醐天皇の復位によって二条派は復活、そのリードの下、歌会が頻りに行われ、建武二年（一三三五）内裏千首が大々的に催され、浄弁・頓阿・兼好ら地下の歌人も歌を召されている。しかし建武三年（延元元年）足利尊氏が後醍醐天皇と対立し、光明天皇を擁立、後醍醐が吉野に蒙塵することによって両朝それぞれの歌壇が成立する。延元四年後醍醐天皇が没し、後村上天皇が立つが、細々ながら吉野では歌会が行われた。宗良親王（後醍醐皇子）も東海・越中・信濃と転戦してしきりに詠歌している。

北朝では暦応頃から京極・冷泉派の動きが活発化するが、康永に入ると、為定・為明・為忠ら二条一門も結束して勢力挽回をはかり、足利氏を中心とした武家に親近して行った。四年為定は尊氏に三代集を伝えている。また二条家の小倉実教が『藤葉集』を撰び、全体として二条派の地盤は厚かった。しかし何といっても歌壇のリーダーシップを握っていたのは、花園・光厳両院で、歌合・歌会が行われ、かつて為兼の猶子であった正親町公蔭・藤原為基らが有力歌人であった。次いで光厳院の発議で（二条派の後押しのある武家が難色を示したにもかかわらず）勅撰集撰集が着手され、『貞和百首』が召され、貞和二年、『風雅集』の和漢序と春上が成立、五年頃完成する。撰者は光厳院。花園院は監修的立場で、公蔭・為秀（冷泉為相男）・為基が寄人であった。伏見院・永福門院・花園院・為兼らが上位を占め京極派の優位は顕著である。集成立後も光厳院三十六番歌合など側近による歌合が行われたが、京極派は終始持明院統を中心とする一握りの貴族による閉鎖性が強かった。観応元年（一三五〇）

には玄恵追善詩歌や為世十三回忌歌が行われ、前者には為秀も加わっているが、ほぼ二条派色の公武僧であり、後者は当然のことながら二条家の人や公賢・尊氏はじめ親二条系の人が多い。

この時期まで、歌壇はともかくも貴族階級が主導権を握り、伝統的な立場を守る立場と、新しい歌論・歌風を生み出す立場があり、対抗・批判する力、創造的エネルギーを持ちえていたといえる。

## 3　南北朝中期〜室町前期

### 南朝歌壇と北朝歌壇

観応元年（一三五〇）の末から始まった、いわゆる観応の擾乱は政界ばかりでなく、歌壇にも大きな影響を与えた。光厳院らは南朝方に拉致され、長く賀名生・河内天野などに幽閉され、京で新しく擁立された後光厳天皇に対して尊円や二条良基が勧めて、持明院統は二条派支持に転ずるのである。なお南朝方は二条為忠を指導者として正平八年（一三五三）賀名生で千首が詠まれ、やがて正平十年代の後半以後住吉行宮でも、後村上天皇を中心に活発に歌会などが催された。こちらも基調は二条歌風である。

延文に入って京はやや平静に帰し、足利尊氏の、武家執奏という形式で二条為定が撰者に推され、後光厳の命によって四年（一三五九）『新千載集』が成立する。ここで幕府が実質的に勅撰集の発議権と撰者の指名権を獲得したのである。応製百首としての延文百首には進子内親王や公蔭ら京極派歌人が詠進したが、為秀は敢えて加わらず、ここに二条派の指導権が確立し、京極派の退色は蔽うべくもなくなった。

延文五年為定が没すると、その頃から為定と不和であった従弟の為明は、将軍義詮の支持をえて勢力を拡大し、為定男為遠を抑えて『新拾遺集』の撰者となる。為明は撰中没したが頓阿が助成、完成、返納の儀には為秀男為邦が猶子の資格で参仕した。このの ち貞治後期に歌壇は冷泉為秀が復活して関白二条良基の支持をえ、後光厳の支持をえた為遠と対立しつつそれを圧倒し、頓阿も為秀らに近づき、この人々によって貞治五年（一三六六）年中行事歌合が行われる（判者は為秀）。また崇光院を中心とした歌合も為秀が指導している。しかし応安五年（一三七二）に為秀が没すると、冷泉家の勢力は急速に退潮し、二条為遠が歌壇の中心人物となる。(1)

三代将軍義満は後円融天皇に勅撰集のことを執奏し、撰者に為遠を推し、永和（永徳）百首が詠進されるが、為遠は怠惰で撰集の業は捗らず、義満の怒りに触れ、永徳元年（一三八一）病没し、代って二条為重が撰者となり、至徳元年（一三八四）『新後拾遺集』が成立したが、その為重も翌年横死し、為定男為衡、次いで為重男為右が二条家を嗣ぐ。

正平二十三年（一三六八）南朝の長慶天皇践祚。建徳二年（一三七一）天野で関白二条教頼が三百番歌合を催し、合点を宗良親王と頓阿に請うて得ている。このように南朝方と京の二条派の歌人とは交流があった。次いで南朝方は吉野に後退したが、文中三年（一三七四）宗良が信濃から吉野に戻り、その指導で歌壇は俄かに活発化する。天授元年（一三七五）五百番歌合、二、三年には天授千首（完本としては宗良・長親のものがある）が詠進され、『新葉集』撰集が開始され、弘和元年（一三八一）宗良は完成して准勅撰の綸旨を得るのである。この集の歌風の基調は二条派のそれだが、中にいわゆる境涯の歌が混っている。北朝方の撰集が南朝歌人の詠を採らないため、南朝歌人の詠が埋もれるのを嘆いて編まれたものである。そしてこの撰集を最後に南朝歌壇は衰退の一途を辿った。

**応永期**

飛鳥井雅縁（入道宋雅）は義満の信寵があり、専門歌人としても認められ、頓阿の子孫で二条派の道統を受けた尭尋と親交があって、応永十年代一つのグループを形成していた。一方、二条家の為右は不倫の所業で七年義満に誅殺されたので、武家に親しい冷泉為尹が定家の子孫として和歌の師範としての地位を得たが、それに対する反対派（飛鳥井・二条派グループの意を受けた門流であろう）の批判があり、為秀門の今川了俊は、十年代、二言抄・落書露顕を著して反駁、為尹を擁護した。

内裏では十四年歌合が行われ、また武家には義満、細川道歓以下和歌を好む人々が多く、歌壇は活発であった。なお義満は十五年に没し、次の将軍義持は耕雲（旧南朝の廷臣花山院長親）を信任、その名声も高いものがあった。義満に忌避されていたらしい二条為衡は、十六年に一時宮廷歌壇に復活するが、まもなく没したらしく、二条家はここに断絶したといってよい。

冷泉為尹は歌壇で高い地位を維持していたが、二十四年に没し、後嗣の為之は若年、その弟の持和は応永末に不倫の所業があって、冷泉家の地位は低下し、飛鳥井家は宋雅の後見を得た雅世・雅永兄弟が堯尋の嗣、常光院尭孝と提携して、その存在がいよいよ大きくなった。

なお崇光院・栄仁親王を中心とした伏見殿の歌人グループは、南北朝期からその存在が認められ、応永初期に歌合や歌会が盛んに行われ、私撰集『菊葉集』が撰ばれるが、歌壇では傍流的存在であった。

**永享期**

将軍義教は専制君主であったが、和歌を好み、幕府でも上級武士の邸でもしばしば歌会が行われた。公家にも一条兼良らの歌人が多かった。

五年、義教の発意によって勅撰集が撰ばれることとなり、和歌の師範として確乎たる地位を得ていた飛鳥井雅世が撰者に、堯孝が開闔となって業が進められ、永享百首が詠進され、十一年（一四三九）『新続古今集』が成立した。雅縁の二十九首入集以下、飛鳥井家・二条派の優越、権門歌人の優遇が顕著である。

永享六年以後も宮廷歌会が連々として行われ、十年から月次会も催される。幕府では義教の勧進で法楽歌の盛行があった。伏見殿では後花園天皇がその出身（貞成親王＝後崇光院の子）で、歌壇的地位も向上した。なお正徹は歌人として一家をなしていたが、義教や雅世に快く思われず、『新続古今集』には入集しなかった。

応永期は冷泉為尹が重んぜられた時期もあったが、飛鳥井家と提携者二条派の主導の強い時代であり、永享期は左大臣として公家の最高権力をも握った将軍義教が雅世・堯孝を支持し、実質的に歌壇を支配した。なお延文の新千載集以降の四勅撰集はすべて足利将軍の意向によって成立したのであった。

### 文安・宝徳・寛正期

後花園天皇の宮廷歌壇は引き続き活発で、廷臣歌人による月次会と、側近による内々の会が行われ、前者はほぼ十八日、後者は二十二日のち二十五日に催された。歌会も多く行われた。伏見殿は文安四年（一四四七）以後は仙洞として後崇光院（この年太上天皇号をおくられる）また貞常親王を中心として歌会や仙洞歌合も行われ、撰集も編まれ、院や親王は宮廷の会にも出詠し、交流しあっていた(2)。

義教の死によって、忌避されていた持為（下冷泉持和）が歌壇に復帰、一条兼良と親しかったので、嘉吉三年（一四四三）前摂政兼良家歌合は一条家・冷泉系の人々が中心であった。兼良はその高い家格と学識によって文化界・歌壇に重きを為したが、雅世（入道祐雅）はこれに対抗して宝徳二年（一四五〇）の仙洞歌合には共判を行い、歌道家の地位を保持するのに努めた。朝幕の会では祐雅・堯孝ら飛鳥井家・二条派の人々が点者となるなど、力を持っていた。

将軍義政は文安四年以後歌会を行い、公武の人々が多く参じた。畠山賢良・同持純、細川道賢ら数寄者が多く、多くの武家の邸で歌会が行なわれた。堯孝の地位は高く、東常縁も宝徳期に入門する。招月庵正徹は智蘊・正《しよう》広《こう》・心敬・忍誓ら多くの門人を擁し、大きな門戸を張り、歌合も残っている。

享徳・康正・長禄の頃、祐雅・持為・堯孝・正徹ら大家が次々に没し、雅親が歌壇の指導者となり、寛正六年(一四六五)義政の執奏によって勅撰集の撰集が企てられ、撰者雅親、開闔が堯憲(堯孝養子)に決り、文正百首の詠進があったが、応仁元年雅親の和歌所が戦災に遭って第二十二代の撰集は成らなかった。なお地方歌壇では、関東の木戸孝範、美濃の斎藤利永、周防の大内教弘らの事蹟にみるべきものがあった。

**文明前期**

応仁元年(一四六七)から文明三年(一四七一)に至る戦乱期は、多くの公家が地方に流寓し、在地でも歌会が行なわれたが、京では宮廷・幕府が同居して歌会が行なわれている。文明四年以後、戦乱が下火になると、京の後土御門天皇宮廷や公家の邸で歌会や歌合が復活、次第に活発化する。指導者としては奈良に疎開していた兼良、また雅親・雅康兄弟であった。新進歌人として上冷泉為広・三条西実隆らが登場する。

地方における文運興隆は目ざましく、著名な人としては美濃の斎藤妙椿、周防の大内政弘、越前の朝倉孝景、関東の太田道灌・木戸孝範らがおり、文明六年には心敬を判者として道灌主催の『武州江戸歌合』が行なわれた。そのほか近江の蒲生智閑や摂河泉の豪族たちにも和歌に熱心な人が多かった。また東常縁は文明初め、関東におり、三年に伊豆で宗祇に『古今集』を講義し、次いで五年美濃で古今の説を悉く伝えた(いわゆる古今伝受)。常縁は東家並びに堯孝からの歌学を受け、自らも古典を考究し、篤学な人物であったが、京の歌壇では大きな存在ではなく、従ってこの「伝受」も当時歌壇的な大事件ではなかった(常縁は死後、宗祇により著名となる)。

**文明後期**

後土御門天皇・勝仁親王を中心とする宮廷では皇族・門跡・廷臣・女官らを中心に月次会や著到歌が行なわれ

た。指導者は飛鳥井家の栄雅（雅親）で、その弟雅康（二楽軒宋世）・男雅俊も活躍し、冷泉家の為富は家蔵の典籍の保持につとめ、男為広、下冷泉政為の存在が高まってくる。兼良は十三年に没したが、甘露寺親長・三条西実隆・姉小路基綱・中院通秀を初めとする公家歌人は数多くおり、またこの人々によって宮廷・諸家では歌書の収集・書写が盛んに行われた（大乱で焼失した補完が続いている面がある）。

義政の和歌についての関心も衰えなかったが、将軍職を譲られた義尚は更に熱心で、頻々と歌合を催し（文明十四年には百番歌合を行っている）、十五年から打聞編纂を大々的に行った。自ら撰者となり、公武の人々を役員として歌書の収集、選歌に力を尽くした（結局、長享元年の近江出陣、延徳元年の死によって完成しなかったが）。

武家では右の撰集の役員となった杉原宗伊・二階堂政行・大館尚氏・一色政凞・河内宏行・岩山尚宗を初めとする熱心な歌人が多かった。

一乗谷の朝倉氏、七尾の畠山氏（十三年の歌合が残る）、春日山の上杉氏、山口の大内氏らを中心に地方歌壇が形成されたが、これらを指導したのは宗祇や、常光院流の堯恵（堯孝門）・堯憲、招月庵正広、また下向公家としての宋世ほかの人々であった。江戸の道潅を中心とした関東歌壇の賑わいも大変なものであった。

## 4　室町後期～江戸初期

### 明応・永正期

この時期、宋世・雅俊・為広・政為ら歌道家の人々や、実隆・基綱らの実力派、近衛尚通・徳大寺実淳ら上流公家の数寄者、武家の大館尚氏・岩山道堅（尚宗）ら、或は細川の被官たち、法体の、宗祇流の人々（宗祇・宗長・肖柏ら）、常光院流の堯憲・堯恵（兼載や青蓮院の経厚らがこの門）、招月庵流（正広・正般ら）、多くの歌人が活躍した。特に堂上歌壇の賑わいを示す資料は多い。

文亀・永正期の堂上歌壇では月次歌会はもとより、着到歌・法楽歌などが頻繁に催され、文亀三年（一五〇三）三十六番歌合が晴の催しである。公武の師範としての為広が判者となった。また後柏原院・為広・政為・実隆四者の月次歌会詠を集めた『一人三臣』という歌集があるが、この四名が代表的な堂上歌人であった。なお『柏玉集』（後柏原院）、『碧玉集』（政為）、『雪玉集』（実隆）は近世初頭後水尾院の許での編とされ、三玉集として著名である。それについて、例えば、「集は三代集并二条家三代集みるべし。……近代にては柏玉御集、雪玉集、草庵集みるべし」（『尊師聞書』、飛鳥井雅章述）、また「雪玉集、随分当流のすがた也、ちとあたらしき趣也、法皇《後水尾院》にもまなび給ふよし」（『資慶卿口授』。以上『近世歌学集成』に依る）等々、三玉集、特に実隆の和歌は、準古典（古今集などの古典に対して）として江戸初期堂上歌人の手本になっていたことが知られる。

武家歌壇は、永正五年（一五〇八）を境に、義澄と義稙《よしたね》の二期に区分される。後者の時期は、管領細川高国と、滞京十年に及んだ大内義興および被官らの数寄によって和歌の催しが色々とあった。高国には永正八年と推定される常桓自歌合（実隆判）がある。またやや下った大永三年には一族を中心に蜷川親孝歌合（実隆判）が行われた。

宗祇は文亀二年に没したが、歌人としてより歌学者・古典学者として認められ、その古今伝授は三条西・近衛・姉小路家の人々や、肖柏に伝えられ、時代が下るにつれて権威を増してくる。池田、次いで堺を本拠とした肖柏の門からは宗訊のような町衆出身の連歌師・歌人が出、なお宗祇門の宗長・玄清・宗碩の活躍が認められる。

地方では、一乗谷の朝倉氏のもとに堯憲が、駿河の今川氏親の客分に東《とう》素純《そじゅん》（常縁男）がおり（そして宗長も住み）、山口の大内氏の許には三条公敦らがいて文事が盛んであり、また能登七尾の畠山氏のもとでは、被官を混えて、下向して来た為広を指導者として歌合・歌会がしばしば行われた。なお関東には孝範や衲叟馴窓（家集に雲玉集がある）、また多くの文事好尚の武士がいた。(3) また小浜・宇治山田ほか地方歌壇の存在が認められる。

室町後期の歌壇史を大きく二分する時期は大永・享禄の頃で、雅俊・政為・後柏原院・為広・肖柏・宗長・宗碩らが相次いで没し、歌人の世代交代が顕著となり、飛鳥井・冷泉の人々には困窮による在国も多く、歌壇は次第に沈滞する。

後柏原院の没後践祚した後奈良院は実隆・公条父子から古今を伝受し、二条家宗祇流の古今の血脈が宮中に入り、三条西家が天皇の歌道・古典学の師範としての地歩を固めた。実隆の名声は永正以後すこぶる高いものがあった。

## 天文・永禄期

実隆はこの期の初めに没し、跡を嗣いだ公条は好学で、歌人・古典学者として第一人者であった。男実澄（実枝）も和歌に熱心であったが、天文二十年（一五五一）以後は駿河への在国が多かった。冷泉為和（天文十八年没）も駿河の在国が多かったが、男為益や明融らも歌人としての名があった。飛鳥井家も歌鞠の家としての地位は保っていたが、雅綱・雅教父子も在国がしばしばであった。京歌壇は沈滞を免れなかった。天文期の近衛家は尚通が数寄者で、公武僧の歌人や連歌師が多く出入し、サロンの観を呈していた。男稙家は政治に介入することが多かったが、その男前久が歌会をよく催した。九条稙通はしばしば政治に介入して流浪したが、天文末からは京にいることも多く、公条七十賀・源氏竟宴和歌を主催したりする。そのほか富小路資直・山科言継・柳原資定・清原宣賢ら公家、大館常興・蜷川親俊ら武家、宗牧・周桂・永閑・寿慶・宗養・紹巴ら連歌師も活動している。

地方歌壇は多くの下向公家を迎えて活発に動いた。大和の武士十市遠忠は実隆・公条・資直らの指導を受けて詠作に励み、歌書書写の功績も大きい。一乗谷では朝倉義景が永禄五年（一五六二）曲水宴を催し、翌年歌合も行った。地方の武家歌人には、関東の木戸正吉・一色直朝、小田原の北条氏康、一族の幻庵、甲府の武田信玄、駿河の今川義元・氏真父子、伊勢の北畠国永、山陰地方では多胡辰敬、安芸の毛利元就とその臣大庭賢兼、薩摩の島津忠良・樺山玄佐等々枚挙に暇がない。外にも堺・小浜・尾張・七尾などでの和歌事跡は多く見出しうる。

なお戦国期地方歌壇の一様相について触れておく。

応仁・文明の大乱以後、歌人層が拡大し、守護大名が被官を伴って在国するようになると地方歌壇が次々に成立するが、新しく和歌に手を染めた人々は、作歌のため、また教養を身につけるため古典歌書を熱心に求めた。そこで歌書が多く書写され、同時に『古今集』『百人一首』『詠歌大概』等々の注釈書が数々著されたのであった。歌学書も題詠の方法を中心に、例えば栄雅の『筆のまよひ』のように一つ書きで記されることが多く、歌会のあり方や作法の書が、例えば冷泉為和の『題会庭訓』、飛鳥井流の『和歌懐紙短冊認様同会席次第』のように次々と述作され、武家・僧侶の歌人たちに続々と伝えられ、また既に室町中期に題林愚抄が撰ばれていたが、後期にも纂題和歌集ほか大小の類題歌集が編まれた(4)(なお、鎌倉末以後に多く編まれた『明題部類抄』等の歌題集成書も歌会出題の為のものである)。在地の人々の作歌熱意に応えて、専門歌人たちは(生活の資を得るという側面も勿論あるが)熱心に指導に努めたのである。

**元亀・天正前期(信長の時代)**

織田信長自身は和歌にあまり関心を持たなかったが、その政権下に京が安定を取戻すにつれて歌壇も沈滞から脱し、特に誠仁親王(陽光院)の御所での歌会は活発であった。指導者は三条西実枝で、天正七年(一五七九)没した後は飛鳥井雅教であった。天正八年ごろには久しぶりで正親町天皇宮廷で歌合も行われた(天正内裏歌合)。冷泉家は為満の成長と共に復興の気配を見せる。前久・道澄・中院通勝(八年勅勘)・言継・紹巴らの活躍が一応顕著である。細川藤孝（天正十年出家、幽斎）は実枝に古今を伝受し、古典学の考究に力を入れ、和歌にも熱心で次第に専門歌人として認められてくる。地方では奈良（林宗二ら）、小田原、伊勢、土佐（長宗我部元親の周辺）、鹿児島などに歌壇が存在していた。駿府は今川氏の滅亡、甲府は信玄の死を契機として歌壇は喪失したが、漂泊の今川氏真は熱心に作歌している。しかし概していえば、元亀・天正前期は戦国時代の最末期、最も混沌騒乱の烈しい時期であったから全国的な観点からは歌壇がそれほど活発でないのも当然である。

**天正後期・文禄・慶長期（秀吉・家康の時代）**

豊臣秀吉は初め狂歌体の歌を詠んでいたが、高官に昇るにつれて正風体を詠み、天正十六年の『聚楽亭行幸和歌』に見る如く、関白としての綺羅を飾る為に和歌を利用もした。次いで関白となった秀次も和歌・能そのほかの文化を愛好したが、彼らによって歌壇が派手やかに彩られたことは確かであろう（豊臣文化圏的なものの成立）。御伽衆の大村由己や楠長諳らも和歌を好んだ。

宮中では後陽成天皇が成長するに従って和歌や古典学の復興に力を入れ、歌壇も天正の後半から会や定数歌がしばしば行われるようになる。天正末以来細川幽斎の指導的地位は次第に高まり、慶長五年（一六〇〇）智仁親王に古今伝授半ばにして田辺城で囲まれた時、後陽成が囲みを解かせたというのも、皇室・堂上に文化的権威を回復せしめる方針の現れであったとみられる（なお後述する）。

幽斎近辺には也足軒素然（中院通勝）・烏丸光広・三条西実条・松永貞徳ほかの人々がいたが、勅勘を許された也足が慶長四年以後、堂上歌壇における指導力を強める。慶長十年には宮中千首といった大規模な催しがあり、信尹はじめ有能な堂上歌人を抱えて堂上歌壇は活発化している。

飛鳥井家は雅春（雅教）・雅庸の時代で、一応の活躍を見せている。冷泉家は為満が天正十三年勅勘を受けたが、慶長に入って許され、徳川氏との親近関係もあって歌道家としての存在を認められ、その歌会もかなり賑やかなものがあった（但し徳川氏は和歌への関心は豊臣氏ほどは強くなかったようだ）。京周辺では日野輝資・今出川晴季・紹巴・今川氏真・木食応其ら、武家では諸侯として上杉景勝・毛利輝元・島津龍伯ら、家臣クラスでは直江兼継・木戸元斎・岡江雪・玄与ほか、注意される人々が多い。

天正後半から慶長前半にかけて、公武僧や連歌師が一座して自由に歌会の行われることも多かった。特に由己主催の会などは諸階級の人々が混り、慶長期に復活した冷泉家の会なども同様で、慶長六年（一六〇一）木下長嘯子の会などは自由奔放の気が満ちていたという。一方、同じ頃に堂上歌壇は次第にその権威・優位性を取戻してくるが、しかし地下歌人の数も時を逐うて増大して行く。和歌関係の記録や資料も夥しく残るようになる。

## 5 終りに

後陽成歌壇で注意すべきは次のことであろうか。

第一に、慶長五年に細川幽斎の智仁親王への古今伝授である（古今伝受あるいは古今相伝などの用語・表記の件は今は措いて、一般的な古今伝授の表記による。但し受け手が主体の場合は伝受とする）。古今伝授に関しては、例えば籠城の幽斎を救うために後陽成が勅使を発したという話が象徴するような高い権威を（とりわけ三条西流のそれを）、いつ、どうして備えるようになったのだろうか。天正十八年九月に後陽成が幽斎に古今伝授を望んで、若年故に果さなかったということが『兼見卿記』に見えるが、これは、後奈良が実隆・公条から、正親町が公条から伝受した跡を襲おうとしたものであろう（なお後柏原は堯恵から古今集の講説は受けたが、実隆から伝受はしていない）。古今伝授が和歌に携わる上で重要な学習・儀礼であるという認識はあったにしろ、元亀末・天正初の実枝から藤孝（幽斎）への古今伝授の折も、戦乱期ではあったが歌道流派内の営みで、どの程度一般にも仰がれる文化的権威であったのか、不明の点がないわけではない。また天正十年代の幽斎は、宮廷人を含む、（今風にいうと）文化人・教養人の間でどのくらい高い評価をえていたのであろうか（この辺、更に細かい検討が課題となろう）。

今いちおう次のように考えてみたい。すなわち信長時代を経て秀吉の時代に入り、宮廷の地位の安定化と共に、その文化的権威が復活上昇し、伴なって歌壇の地位も高められ、その過程で二代の帝に古今伝授を行った三条西家の権威があらためて認識・重視され、そこで三条西の門流であり、歌人として、とりわけ古典研究に熱心で、しかも母方の祖父は大儒清原宣賢と、公家の血を引く幽斎の存在が注目されて来たのではなかろうか。その背景には武家社会における名声・実力が暗々裏に物をいっていた、ということも想像に難くない。繰返すことになるが、安定に向った宮廷歌壇の中で、和歌の権威の象徴として高められて来た古今伝授とその継受者としての幽斎の立場が確認されて上記天正十八年天皇の古今伝授希望となり、慶長五年の幽斎から智仁への古今伝授へと繋がったということなのであろうか。この後陽成歌壇という宮廷体制の中に古今伝授を組込んだ意味は、今後より精しく問われて然るべきであろう。

次に後陽成は、千首和歌を初めとするさまざまな形式での催しを行った点が注意され、更に後陽成自身、『方輿勝覧集』等の名所歌集を編み、『詠歌大概』を講じ、伊勢物語・百人一首ほかの注釈書を著し、古典の研究・収書に熱を入れ、「従神武百数代末和仁」（『名所之抜書』）などと奥書に記してもいる。勅版の実行も著名である。(5)

以上すべては皇室の文化的権威を高揚しようとする意志に基づくものである。かくして古今伝授の宮廷への吸収を含めて和歌に関わる万般の事跡を復興・整備させようとしたことも、皇室の権威発露の一環であると了解されるのである。

後陽成の歌壇に次ぐ慶長末以後の後水尾歌壇は、古今伝授を核とした公家歌人のまとまり、学芸の高揚、一方、地下歌壇の成長など、変化が見られるのが大方の見解であろう。天皇父子の不和は有名だが、そのような個々の愛憎を超えて、やはり後陽成歌壇を基盤として新しい展開があったのではなかろうか。

中世と近世との歌壇の境界は（どの時代においても同様であるが）曖昧である。しかしゆるやかな歩みではあるが、変化の相は後陽成と後水尾との辺に見てとれそうである。

【注】

（1）赤瀬信吾「中世冷泉家の蔵書をめぐって――「歌の家」の形成・確立と典籍の移動」（『中世文学研究は日本文化を解明できるか』笠間書院、'06）は冷泉家の考察に欠かせない論。
（2）位藤邦生『伏見宮貞成の文学』（清文堂、'91）参照。
（3）松本麻子「『雲玉和歌抄』から見る関東歌壇」（和歌文学研究90、'05・6）参照。
（4）三村晃功『中世類題集の研究』（和泉書院、'94）に詳しい。
（5）田島公「近世禁裏文庫の変遷と蔵書目録」（『禁裏・公家文庫研究一』思文閣出版'03）には後陽成の収書ほか重要な指摘がある。なお後陽成の収書活動について酒井茂幸の論が公表される予定と聞く。

## 付　参考文献

前著『鎌倉時代歌人伝の研究』の「歌壇の概観」に注形式で「参考文献」を記したが、本書ではそのあとを受けて、「正応期」以後の文献一覧を付す心算でいた。しかし『国文学年鑑』に詳しい掲載がある現在、網羅主義は避けて、本文を記述するに当たって参考にしながら掲げえなかった最近の論著、また私の関心ある若干の文献を記すに止めた（表記等の不統一は御寛恕願いたい）。

参考文献は『国文学年鑑』の外、左記論著に掲出がある。
井上『中世和歌集』（小学館、'00。06第二刷）、岩佐美代子『玉葉和歌集全注釈別巻』（'96、笠間書院）、『風雅和歌集全注釈下巻』（'04、同）、井上『京極為兼』（'06、吉川弘文館）
右の内、京極派関係文献を広く集めているのは岩佐二著である。

### ⑴　鎌倉後期から南北朝期へ

以下、ほぼ歴史的な順序によって記すが、原則として本文に掲げた論著は省略に従った。
鎌倉後期・南北朝期の和歌に関わる資料には（細目は掲げないが）、新日本古典文学大系『中世和歌集　鎌倉篇』同『室町篇』（'91・'90）、『歌論歌学集成』（第十巻。三弥井書店、'99）、和歌文学大系『続拾遺和歌集』（明治書院、'02）、

『草庵集　兼好法師集　浄弁集　慶運集』（'04）があり、詳しい校注があって有益である。冷泉家時雨亭叢書には、貴重な（多くは古写本）中世の私家集・百首・私撰集・歌合・歌学書・古文書などが収められている。

この時期、全般にわたっての論を収めた近年の著書には、川平ひとし『中世和歌論』（笠間書院、'03）、深津睦夫『中世勅撰和歌集史の構想』（同上、'05）、安田徳子『中世和歌研究』（和泉書院、'98）がある。なお大取一馬編『中世の文学と学問』（思文閣出版、'05）も多くの和歌論考を収める。田島公「中世天皇の文庫・宝蔵の変遷」（『禁裏公家文庫研究二』'03）も有益。また和歌史全体を踏まえてこの時代の和歌・歌集を論じたものに島津忠夫『和歌文学史の研究　和歌編』（角川書店、'97）がある（なお同氏の著作集第八巻「和歌史　下」〈和泉書院、'05〉参照）。

為家・阿仏尼を含む冷泉家関係について。

諸家の論を編集したものに、冷泉為人編『冷泉家・歌の家の人々』（書肆フローラ、'04）、同編『京都冷泉家の八百年』（日本放送出版協会、'05）がある。佐藤恒雄編著『藤原為家全歌集』（風間書房、'02）は精確な本文集成、解説等、今後拠るべき大冊。田渕句美子に『阿仏尼とその時代』（臨川書店、'00）の好著がある。また野口華世「安嘉門院と女院領荘園」（『日本史研究』456、'00）は、この方面からの研究の重要性を指示する。

森井信子「藤原為家と阿仏尼の夢」の歌について」（国文鶴見40、'06・3）、同「『安嘉門院四条五百首』の諸伝本」（『国文学研究資料館紀要』32、'06・2）、酒井茂幸「冷泉為相の「海道宿次百首」について」（国語と国文学、'02・6）、錺武彦「冷泉為相の歌風」（早大大学院文学研究科紀要49、'04）、「藤谷和歌集について」（和歌文学研究88、'04）、「冷泉為相の万葉歌享受」（国文学研究147、'05）等、近時研究が重ねられている。高橋喜一「『狂歌酒百首』の成立時期について」（梅花女子大学文化表現学部紀要1、'04）は為守の作と伝える『狂歌酒百首』についての考察である。

以上の外、「しくれてい」51～83号（'95・1～'03・1）に、井上・久保田啓一・小倉嘉夫執筆の「冷泉家の歴史」

（長家から近代の為任まで）が連載。また冷泉家時雨亭叢書の月報には、熱田公「古文書にみる中世の冷泉家」（月報35以下）、藤本孝一「冷泉家蔵書の伝来の歴史」（同60以下）等、有益な文章が多い。

京極派の研究は活発といってよい。

全体にわたるものとして、岩佐氏の諸著の外、次田香澄『玉葉集　風雅集攷』（笠間書院、'04）によって旧稿がまとめられた。井上『京極為兼』（吉川弘文館、'06）は人物叢書の一冊として刊行。

以下、管見に入ったものを掲げておく。

佐々木孝浩「中世歌合諸本の研究」（斯道文庫論集、34、'00に為兼卿家歌合、39、'05に五種歌合の考察を所収。なお佐々木氏には、同論集、古典資料研究などに中世歌合の注意すべき研究がある）、河野真奈美「明日の道ゆく旅人――『玉葉集』における〈明日〉を中心に――」（解釈、'04・4）、村尾美恵「壁の中のきりぎりす」（かほよどり8、'00）、小林一彦「京極為兼の術策――〝阿仏尼派〟の継承――」（京都産業大学日本文化研究所紀要9、'04）、同「京極派歌人とはいかなる人々を指すか」（国語と国文学、'04・5）、小川剛生「京極為兼と公家政権」（文学、'03、11・12）等が注意される。

次に冷泉・京極派以外の論著であるが、鎌倉後期の研究は最近きわめて活発化しており、その一斑を掲げる。川上新一郎「寂恵の古今集研究について」（斯道文庫論集38、'04・2、〈続〉が同論集39、'05・2に）、金光桂子「『権中納言実材卿母集』の長女哀傷歌群について」（大阪市大人文研究、'01・12）、源承和歌口伝研究会『源承和歌口伝注解』（風間書房、'03）、関葉子「為世注説の展開――古今秘聴抄の性格――」（国学院大学大学院紀要　文学研究科30、'98）、中條敦仁「十三代集系統一覧表」（自讃歌注釈研究会誌9、'01）ほか十三代集本文研究（中世文学46・和歌文学研究80などに所載）、小林大輔「長舜と二条家和歌所」（和歌文学研究83、'01）、島内祐子『兼好』（ミネルヴァ書房、'05）などがある。

二条派の研究も多くなっているが、中世歌壇の主流であった二条派を見直す立場からの研究は、今後も大いに為されるべきであろう。

真言僧頼瑜（嘉元二年没、七十九歳）は勅撰作者ではないが、続門葉・安撰集に入集。その著『真俗雑記問答抄』には和歌関係の記事が多い。前にも触れたが、高橋秀城氏の論を掲出しておく。「頼瑜の学問と和歌（「頼瑜の学問と和歌」」（「中世宗教テクストの世界へ」'02、名古屋大学文学研究科）、「頼瑜の歌学」（智山学報53、'04）、「内閣文庫蔵『真俗雑記抄』乾、翻刻」（仏教文化学紀要13、'04）、「頼瑜周辺の言談」（日本文学研究44、'05）、「身と心の歌」（現代密教17、'04）。

偽書（仮託書）の出現・成長もこの時期の重要な問題である。為顕流（『竹園抄』等）、為実流（『三五記』『愚秘抄』等）、為世流（『悦目抄』）、ほかに家隆末流・為相流（冷泉流）など、それぞれの流派の正統性を主張すべく制作されたものが多く、委細は三輪正胤『歌学秘伝の研究』に尽されている。広く中世の偽書について近時研究は盛んである。錦仁・小川豊生・伊藤聡編『「偽書」の生成』（'03、森話社）が注意され、和歌に関しては、責任編集小川豊生『日本古典偽書叢刊』第一巻は『和歌古今潅頂巻』『玉伝深秘巻』などを収め、翻刻・注・解説を加える（現代思潮新社、'05）。

### (2) 南北朝期

まず掲げるべきは小川剛生『二条良基研究』（笠間書院、'05）である。この時代に幅広く活躍した良基を、文学事蹟に限定せず、広い視野に立ち、かつ緻密な考察によって斬新な見解を随所に鏤めた大著である。

次に風雅集・京極派関係であるが、岩佐『風雅和歌集全注釈』の大著は、今後の研究の大きな指針となるであろう。同氏には『光厳院御集全釈』（'00）がある。なお以下、論著を掲出する。

錦仁・小林一彦『冷泉為秀筆『詠歌一体』』（和泉書院、'01）、小林一彦「偽書論をこえて――冷泉為秀の周辺」（文学、'03、11・12）、村尾美恵「永福門院内侍と進子内親王」（かほよどり12、'04・11）、鹿野しのぶ「『風雅和歌集』以降における冷泉為秀の和歌」（日本大学大学院国文学専攻論集2、'05）、同「冷泉為秀の和歌表現」（語文日大、112、'05）、阿尾あすか「炊煙の歌――『風雅和歌集』雑中を中心として――」（文学、'05、7・8）、同「「力あり」ということ――『光厳院三十六番歌合』判詞をめぐって――」（京都大学国文学論叢15、'06・3）、深津睦夫「勅撰集と権力構想――風雅集・雑歌下・巻頭部の述懐歌群をめぐって――」（国語国文、'06・3）、石澤一志「尊円親王筆『風雅和歌集』奏覧本の断簡」（国文鶴見37、'03・3）等注意される。

風雅集以外の論著を挙げる。

小林大輔「『水蛙眼目』跋について」（国語国文、'06・2）、斎藤彰『徒然草の研究』（風間書房、'98）、石澤「高野山金剛三昧院短冊（『宝積経要品』紙背）の無署名短冊について」（『目白大学人文学部紀要』10、'03）。なお金剛三昧院和歌に関わるものとして西山美香『武家政権と禅宗』（笠間書院、'04）がある。夢窓国師の歌（家集類）、金剛三昧院奉納和歌など、これらの書の題に即して関係あるテーマが精細に考察されている。夢窓の家集について、I版本系、II百首系、III上記以外の抄出本と思われる系統（三本の内の一本花園大学柳田文庫本を翻刻）と三類に分ける。IIIの内の柳田文庫本は、足利義政が夢窓家集の決定版として編んだか、と推測する。

春日若宮社家からは祐賢・祐春・祐世・祐臣ほか多くの歌人を出したが、文和元年七十八歳で没した祐殖（祐茂男祐親の子）に百首の残簡のあることが随心院から見出された。海野圭介「随心院蔵『秘奥集』「阿弥陀決定秘印」紙背『中臣祐殖百首』残簡について」（語文80・81輯、'04・2）、「随心院門跡と歌書」（『日本古典文学史の課題と方法』和泉書院、'04・3）、高橋秀城「随心院蔵『中臣祐殖家集断簡』翻刻と解題」（『随心院聖教とネットワーク』1、

’04・3）等の貴重な解説・翻刻がある。

鎌倉時代末期・南北朝期の和歌研究は、前の時代に比べればやや立遅れの観はあるにしても、既に述べたように研究は活発化している。

### (3) 室町期

室町期は、それに比べて将来に期する所が多い、というのが正直な所であろう。しかし着実な歩みは見られるので、管見に入った一斑を挙げておきたい。

まず本文を収める書には、『公宴続歌』（三村晃功ほか編。室町期の宮廷関係の歌会集。和泉書院、’00）、『中世定数歌』（歴博貴重典籍叢書、文学篇11、小川剛生解題。臨川書店、’00）、また『中世百首歌』（一～十。古典文庫）、『一人三人詠』（未翻刻。写本のみ）、「（永正六年）後柏原院日次結題」（続々群書類従）、「永正八年七月廿五日日次懐紙」（詞林17、’95・4。伊井春樹翻刻）などがある。和歌文学大系には『草根集　権大僧都心敬集　再昌』、『新続古今和歌集』がある。『歌論歌学集成』第十一巻（三弥井書店、’01）・第十二巻（’03）には室町期の論書を収める。

菅原正子『中世公家の経済と文化』（吉川弘文館、’98）には、史料編纂所蔵徳大寺家史料によって、公維ほかの歌人の詠の詳しい紹介、室町末から秀吉時代頃までの歌会表が公維詠草によって掲載されている。氏の「「公維公記」と公維詠草」（和光大学人文学部紀要30、’96）と共に貴重な考察である。

因みに記すと、『思文閣古書資料目録』（197、’06・7）に、文明十七年三月二十四日「十八番歌合」が一部写真と解説を付して掲載されている。海住山大納言高清、姉小路基綱、沙弥宗伊、木阿、兵庫頭尚氏ら作者十二名、「尚氏張行之」とあって尚氏が奉行であったらしい。判詞がある。義尚は作者に加わっていないが（判者か）、その側近による歌合で、新資料である。室町期の新資料は、右のような注目すべきものを含めて今後出現の可能性は高い。新資料発掘の努力は怠ることは出来ない。

論著としては伊藤敬『室町時代和歌史論』（新典社、'05）をまず挙げねばならぬであろう。二条良基、伏見宮、菊葉集、宗良親王、一条兼良、三条西三代、豊原統秋、山科言継等々について、永年にわたる研究の結晶をここに見ることができる。

三村晃功「内閣文庫蔵『文明十三年着到千首――解題・本文・初句索引――』（京都光華女子大学短期大学部研究紀要42、'04）、同「宮内庁書陵部蔵『和歌部類　二』――解題・本文・初二句索引――」（同43、'05）、位藤邦生・相原宏美「拾翠愚草抄――解題と翻刻――」（表現技術研究Ⅰ、'04。拾翠愚草抄は山科言継の家集）、山本啓介「和歌会作法書『和歌秘伝聞書』――解題・翻刻・校異――」（青山学院大学文学部紀要47、'05。なお和歌文学研究91参照）、稲田利徳「正徹のなぐさみ草」の自筆本をめぐって」（岡山大学教育学部研究集録130、'05）、浅田徹「堯恵古今伝授年譜稿」（国文104、'05）、同「心敬の和歌資料覚え書き」（お茶の水女子大学人文科学研究2、'06）、那須陽一郎「『訳和和歌集』享受の様相」（日本大学大学院国文学専攻論集2、'05）、西野強「兼良の古今伝授の方法と形成――『古今三鳥剪紙伝授』本文考――」（専修国文78、'06）、酒井茂幸「国立歴史民俗博物館蔵田中穣氏旧蔵『広幢集』――書誌と翻刻――」（古典遺産54、'04）、同「『広幢集』考」（同館研究報告130、'06）、戸田勝久『武野紹鷗』（'06）等、注意される。また最近管見に入った綿抜豊昭「猪苗代兼純・長珊・宗悦の歌道伝授」（中世文学51、'06・6）は猪苗代兼載が堯恵門なので、いわば常光院流に属し、門弟との契約も「二条家」を称している。なお冷泉家蔵の為広・為和・政為の詠草等が時雨亭叢書所収。以上、さすがに室町期の研究には本文・資料紹介を初めとする基礎的な考察が多い。

小倉百人一首享受の研究も順次行われて来ているが、秋定弥生「宗祇と小倉色紙」（『武庫川国文』60、'02）、澤山修「「宗祇抄」作者論」（国語と国文学、'05・7）がある。なお宗祇関係には稲賀敬二「「宗祇短歌」と「少人をしへの詞」」（王朝細流抄、4、'99）がある。

'94刊行の『東常縁』（島津忠夫・井上共編。和泉書院）は諸家の論九編を収める（井上は年譜と諸著作についての論を載せた）。'06に初版第二刷が刊行された。

武井和人氏を中心として十市遠忠の研究が活発に行われ、多くの遠忠関係の和歌について、とりわけ『研究と資料』誌上で、「玄誉と宣光」（浅田徹。五十三輯）、「天理図書館蔵『遠忠朝臣詠草』」（武井。五十四輯、'05）ほかの研究・翻刻が公表された。また武井氏には「『習見聴諺集』攷」（埼玉大学紀要・教養学部、'02）がある。この書は「実暁記」とも呼ばれていたもので、和歌・連歌資料を含む、室町後期の実暁（興福寺別当）の貴重な覚書である。

『和歌の伝統と享受』（風間書房、'96）には、小高道子「三条西実枝の古今伝受」を含む中近世の論を収める。なお近世初頭の研究は日下幸男『近世古今伝授史の研究』（新典社、'98）、同「中院通勝年譜考」（龍谷大学論集463 464 467、'04～'06）、熊倉功夫『後水尾院』（朝日新聞社、'82）、鈴木健一『近世堂上歌壇の研究』（汲古書院、'96）などをはじめとする論著が公刊されている。

〔追記〕資料および参考文献を収める単行書等を追記しておく。

○『大東急記念文学善本叢刊中古中世篇』の『和歌Ⅰ』『和歌Ⅳ』『手鑑鴻池家旧蔵』に関係資料を収める（汲古書院、'03～）。

○『久保田淳著作選集三』（中世の文化。岩波書店、'04）

○田中登『古筆切の国文学的研究』（風間書房、'97）

○八木意知男『儀礼和歌の的研究』（京都女子大学、'98）

○蔵中さやか『題詠に関する本文の研究』（おうふう、'00）

○本位田重美『古代和歌論考』（笠間書院、'77。八代集の詞書に関する論を収める）
○加賀元子『中世寺院における文芸生成の研究』（汲古書院、'03）
○荒木尚『中世文学叢考』（和泉書院、'01）
○廣木一人『連歌史試論』（新典社、'04）
○『研究と資料』（五十六輯、'06に山本一「鷹歌文献序説」、武井和人、遠忠の定数歌の翻刻所載）

＊

拙稿について述べるのは恐縮であるが、本書所収の論に関係ある旧稿を左に掲げ、今回収めなかった理由を一言記しておきたい。

○「中世教訓歌略解題　付・教訓歌小考」（立教大学日本文学24、昭45・7）
第II部第四章と関わるが、『中世歌壇史の研究　室町後期〔改訂新版〕』に「付　狂歌・教訓歌書目稿」に所在目録を掲出し、同書本文中に解説もあるので省略した。
○「三源一覧の著者富小路俊通とその子資直と」（立教大学日本文学17、昭41・11）
○「橋本公夏の生涯」（リポート笠間3、昭47・4）
○「玖山・九条稙通」（『平安朝文学研究　作家と作品』有精堂、昭46・3）、やや改稿し「九条稙通の生涯」として野村精一編『孟津抄』（下巻、桜楓社、昭57・2）に所収。
○「也足軒・中院通勝の生涯」（国語国文、昭46・12）
以上四編は室町時代の源氏物語注釈者の伝記を草したものであるが、その事蹟はほぼ上掲拙著に吸収したので収めなかった。

# 初出一覧

## 第Ⅰ部

第一章　中御門宗家（雨海博洋編『歌語りと説話』新典社、’96・10）
第二章　歌僧慶融（『平安朝文学研究』40、’03・12）
第三章　藤原為顕　新稿
第四章　一条法印定為（『國學院雑誌』’00・1）
第五章　藤原為実略伝　新稿
第六章　今出河院近衛（『いずみ通信』20、’97・5）
第七章　藤原盛徳（元盛法師）　新稿
第八章　和歌の家の消長　新稿
第九章　三条西家
1　『再昌』の基礎的考察（『和歌文学研究』70、’95・6）
2　三条西家若干の問題　新稿
3　三条西実条の詠草（樋口芳麻呂編『王朝和歌と史的展開』笠間書院、’97・12）

付章　小考三編（その一）

1　藤原成通の没年（「和歌史研究会会報」98、'90・12）

2　東常縁と素暹（『千葉史学』44、'04・5）

3　今川氏真研究補遺　新稿

## 第II部

第一章

1　勅撰集の作者表記（『国文学解釈と鑑賞』昭和43・3）

2　勅撰集の詞書（『平安朝文学研究』29、昭和56・7）

3　「心を詠める」について（『立教大学日本文学』35、昭和51・2）

4　再び「心を詠める」について（同右39、昭和52・12）

第二章

1　私家集について（『文学・語学』158、'98・3）

2　藤原為理集（『季刊ぐんしょ』44、'99・春の号）

第三章

1　定数歌について（『国文学』'94・11）

2　中世における千首和歌の展開（『和歌の伝統と享受』和歌文学論集10、風間書房、'96・3）

3　牡丹花千首について（『国文学研究』第百九集、'93・3）

第四章
1 和歌の実用性と文芸性（『和歌の本質と表現』和歌文学講座1、勉誠社、'93・12）
2 和歌と茶の湯（『茶と文芸』茶道学大系9、淡交社、'01・2）
付章 小考三編（その二）
1 百人一首注釈雑考（『研究と資料』54、'05・12）
2 後鳥羽院・芭蕉・楸邨（『寒雷』、'05・5）
3 『代集』についての一考察（『日本音楽史研究』4、'03・3）

**第Ⅲ部**

1 歌壇史研究について（兼築信行・田渕句美子編『和歌を歴史から読む』笠間書院、'02・10所収の「和歌史の構想」、『立教大学研究報告 人文科学』18、昭40・9所収論文、および『本郷』'06・5所載の「歌壇史研究のこと」の三編より構成）
2 歌壇の概説（「中世歌壇の展開」、『中世の和歌』和歌文学講座7、'94・1）
付 参考文献 新稿

以上、旧稿に基いたものはいずれも相当程度加筆して収めた。なお旧稿の原題は本書に掲出した題と小異あるものがあるが、それは省略した。

# あとがき

　この数年、少しずつ書いて来た文章と、現在でも辛うじて生きているか、と思う旧稿とを合わせてまとめてみたい、と考えるようになっていた折、笠間書院の橋本孝編集長から、一冊にしてよい旨が伝えられた。思い決して、新稿に旧稿を合わせて約三十編を選び、大きく三部に分けてみた。

　まず第Ⅰ部は、歌人の伝記、歌の家の消長、歌人の詠草などを中心にまとめた。冒頭の中御門宗家は平安末期の歌人である。往年、書陵部の中御門大納言殿集という零本を松野陽一氏と共同研究したことがあるが、冷泉家の完本が発見された折、その縁《ゆかり》で井上が時雨亭叢書の解題を担当することとなり、それに伴なって伝を調べる気持が生じて草したものである。宗家以外は鎌倉中期以後の為顕・慶融・定為・為実・盛徳および近衛を考察したが、二条家（派）とそこからややはみ出た人々で、二条家系歌人研究の重要性を前々から考えていたので、おのずからそれに沿ったものとなった。次に、南北朝から室町初期にかけての歌道家の消長、盛衰に視線を合わせた。京極・二条家衰亡の経緯、代って家の道統を継受したと称する二条派と、飛鳥井家との連携、そして冷泉家の消長を、私なりに調査した範囲で述べた。最後に三条西家に関する若干の問題。思いかけず発見した実隆の『再昌』の一本と、玄孫実条詠草の紹介を中心に記した。実条詠草に関わった契機は、早大の三条西家本を往年柴田光彦氏と共同で整理した縁による。なお付章三編は、従来考察した歌人伝の補考である。

　第Ⅱ部は、中世歌壇の種々相（諸相）ともいうべきもので、第一章から第三章までは、勅撰集・私家集・定数歌について、主として形態上の問題を考察した。第一章に添えた「心を詠める」は、現在から見ると未熟極まりない論だが、当初井上としては珍しい論だとされた。現在この問題はより深く追究されているが、参考資料のような気持で収めた。第二、三章には、私家集・定数歌に関わる一家集や千首歌の考察を具体例の形で付した。第四章は、「和歌の実用性と文芸性」と、その一つの表れである「和歌と茶の湯」とについて、(中世には限らないが)和歌の持つ一つの性格という観点から考察したものである。共に或る機会に依頼されて書いたものなので、十分な自信はないが、従来殆ど扱われた領域ではないように思われたので、御批判もあろうかと思うが載せた。付章三編の内、初めの二編はやや随想風のもの、『代集』は本書の内容とした時代と重なる考証なので、ここに置いた。

第Ⅲ部は、歌壇史研究の方法についての回顧と展望である。理論に苦手な性格なので、緻密な頭脳を持った理論家からみれば幼稚杜撰なものと思われるであろうが、私にとってはこの方法で半世紀を超えて行って来たことの総括である。なお「歌壇の概観」は蛇足でもあろうが、前著『鎌倉時代歌人伝の研究』に倣って付載した。

前著の「あとがき」にも記したが、初めに刊行した歌壇史の研究三冊は、それまでの論を解体して書き下した。ある時、伊地知鐵男先生に、君のような研究は、四十代、せいぜい五十代初めぐらいまでかな、といわれたが、誠にその予言(?)通りになって、次の歌人伝の研究二冊は、既発表の論文を中心とした構成になったが、本書も結局それに倣うことになった。しかも本書には貫く棒の如きテーマもないし、また時代全体を見わたす視野にも欠けたものになってしまった点は重々自覚しており、御批判は甘受する覚悟である。しかしながらいま自分でも信じられない年齢に達し、このようなまとめ方が私の辛うじて生きて来たあかしである、と観念する外はないのかもしれない。

近頃、若い方々の論を読み、研究発表を聴くにつれ、私自身の（資料収集から思考方法に至るすべての点で）古さが顧みられ、老兵であるという思いが身にしみて、まさしく「後生畏るべし」という言が痛切に感ぜられる。おそらくそれが研究というものなのであろう。――「後生」の方々に、鎌倉・南北朝・室町時代の和歌・歌壇・歌人を（世にいわれるような興味のないものでは決してない）、手をゆるめず追求することを期待したい。

あらためて思う。私が最初に論文を公表した昭和二十六年は、大戦の名残がまだまだ濃く漂っている時代であった。それから半世紀余り、私に即していえば、この書を含めて数冊を公刊することが出来た。また和歌文学会をはじめとする学会の、厳しくも和やかな集いが重ねられて大きな刺激を受けて来た。これらを含めて研究の営為そのものがすべて平和の賜物であったことに思いを致す時、この平和が永久に続くように、末期戦中派の一人として心から庶幾する次第である。昨今の雰囲気からどうしても一言したい気持である。

多くの研究者から賜わった学恩は（本文や「参考文献」などにお名前を挙げさせていただいたのであらためて記さないが）深謝の意を表したい。

刊行を快諾して下さった笠間書院の池田つや子社長、刊行を慫慂して下さった橋本孝編集長、種々のわがままを聞き届けて下さった担当の大久保康雄氏に厚く御礼申し上げる。

二〇〇六年　尽きる日

井上宗雄

【著者紹介】

井上宗雄（いのうえ　むねお）

1926年生まれ。早稲田大学大学院修了。

早稲田大学高等学院教諭、立教大学教授、早稲田大学教授を経て、現在、立教大学名誉教授。専攻は中古・中世和歌史。

主著に、『中世歌壇史の研究』（3冊。風間書房・明治書院）、『平安後期歌人伝の研究』（笠間書院）、『鎌倉時代歌人伝の研究』（風間書房）、『百人一首　王朝和歌から中世和歌へ』（笠間書院）など。

中世歌壇《ちゅうせいかだん》と歌人伝《かじんでん》の研究《けんきゅう》

平成19(2007)年7月30日　初版第1刷発行©

著　者　井上宗雄

発行者　池田つや子

発行所　有限会社　笠間書院
〒101-0064　東京都千代田区猿楽町 2-2-3
☎03-3295-1331㈹　FAX03-3294-0996
振替00110-1-56002

NDC分類：911.142

ISBN978-4-305-70350-7

シナノ印刷
（本文用紙・中性紙使用）

落丁・乱丁本はお取りかえいたします。

出版目録は上記住所までご請求下さい。

http://www.kasaamashoin.co.jp

# 索　　引

## 凡　例

1　索引は、1　人名　2　書名・事項名　3　研究者名　4　和歌初句二句の四部に分けた。

2　数字は所在の頁を示す。多くの頁にしばしば出てくる場合は、初めの頁と終りの頁とを—で結んだ。所在頁をゴチックで示したものは、その頁に（またはその頁から）やや詳しく記してあることを示す。

3　1に掲げた人名について、実名・法名は主として漢音により（例えば、為兼はイケン、正徹はセイテツなど）、そのほか（女房名を含む）は通行のよみにより（例えば、亀山院はカメヤマイン）、現代仮名づかい五十音順に配列した。女房名はその最小単位で掲げた。人名の下に、氏・家の名や、女房の出仕した主人の名などを（　）に入れて記した。

4　2・3は通行のよみ方により、現代仮名づかい五十音順に配列した。なお3は比較的近時の研究者名を掲げた。

5　4は本文中に引いた和歌の中から、私意により注意されると思われるものを選んで、歴史的仮名づかい五十音順に配列した。

6　以上、本文中の人名・書名・事項等から適宜選んで項目としたので、落ちも多いと思うが、御了承を得たい。

# 人 名 索 引

## う



## え



## お



## か



## き

## く



## け

## こ



## さ



## し

## す



## せ



## そ

## た



## ち



## つ



## て

## と



## な



## に



## の



## は



## ひ



## ふ



## へ



## ほ



## ま



## み



## め



## や

### ゆ



### ら



### り



### れ



### わ

# 書名・事項名索引

## く



## け



## こ



## さ



## し

へ



ほ



ま



み



む



め



も



や



ゆ



よ



ら



り



る



れ



ろ



わ

# 研究者名索引

す



せ



そ



た



ち



つ



て



と



な



に

## よ



## り



## れ



## わ

# 和歌初句二句索引

## あ



## い



## う



## お



## か

き



く



け



こ



さ



し



す



せ



そ



た

ち



つ



と



な



は



ひ



ふ



ほ



ま



み

む



め



も



や



ゆ



よ



ら



わ



ゑ



を